L'ASSOMMOIR

ÉMILE ZOLA

L'Assommoir

PRÉFACE DE FRANÇOIS CAVANNA

COMMENTAIRES ET NOTES
DE AUGUSTE DEZALAY

FASQUELLE

Auguste Dezalay est professeur à l'Université des Sciences humaines de
Strasbourg. Spécialiste du naturalisme, docteur de IIIe Cycle et docteur
d'Etat, il s'est consacré d'abord à la présentation d'inédits dans les
Œuvres complètes de Zola, puis a publié de nombreux articles sur le
romancier, et fait paraître en 1973 *Lectures de Zola* chez A. Colin, et en
1983 *L'Opéra des Rougon-Macquart* chez Klincksieck. Il se consacre
désormais à des études de rythmologie romanesque.

PRÉFACE

GERVAISE, Gervaise, où cours-tu ? Ton ballot de linge sale est plus gros que toi, il te tire la hanche sur le côté, et tu cours, Gervaise, tu clopines sur les pavés bossus, aussi vite qu'une qui aurait les deux jambes pareilles, tu traînes tes deux moutards pleurnicheurs cramponnés à ta jupe... Tu cours au lavoir, Gervaise, tu cours arracher tes trois sous quotidiens à grands coups de battoir, tu es déjà en nage, tout à l'heure tu ruisselleras dans la grosse buée chaude qui pue la potasse et la javel.

Tu es vaillante, Gervaise, dame, l'ouvrage ne te fait pas peur. Tu n'avais pas dix ans que tu battais déjà les draps dans la rivière, à Plassans, où tu es née. Et puis Lantier, cette pâle crapule, t'a planté ton premier gosse dans le ventre quand tu attrapais tout juste tes quatorze ans. Et puis un deuxième. Et puis il t'a fait monter à Paris avec lui, ses ambitions étouffaient à Plassans, et puis d'autres amours l'ont emporté, et te voilà seule, Gervaise, perdue dans la ville énorme, au fond de ce garni sordide, seule avec tes deux petits, sans un sou, car il a tout raflé en s'en allant, le salaud, tout, jusqu'à tes trois pauvres frusques.

Tu es vaillante, Gervaise, mais tu es faible. Tu es sans défense devant la solitude, devant la volonté — ou l'inertie — des autres. Tu fonds à la moindre tendresse. Tu ne sais que travailler et te dévouer. Tu es de celles qui se font avoir. Et tu te feras avoir. La fatalité de ton destin est inscrite dès le départ. Il sera terrible. Pis que terrible : lamentable. Tu es une Macquart, tu es une bâtarde, tu charries dans tes veines l'alcool que tes aïeux ont bu, déjà ta jambe trop courte devrait t'avertir, tu es marquée, Gervaise, tu es maudite.

Oh, tu auras des moments d'espoir, tu connaîtras des périodes presque heureuses où tu oseras croire que le soleil brille pour toi aussi. Tu demandes si peu à la vie ! Une chambre sous les toits, avec des meubles à soi et du travail tous les jours. C'est ça, ta vision du paradis. Tu le toucheras du doigt, tu en sentiras le goût, brièvement, quand tu auras rencontré l'honnête Coupeau, plombier-zingueur de son état, ouvrier pas feignant et bon zigue un peu blagueur, tu en auras senti le goût juste assez pour que la dégringolade te soit plus terrible, quand les années de misère te dévoreront jusqu'à l'os.

Car Coupeau est un faible, lui aussi. Il se méfie de l'alcool mais il ne se méfie pas des copains. Et quand un accident du travail lui aura fait perdre pour un temps ses habitudes raisonnables, il ne s'en relèvera pas. Il s'enfoncera tout doucement dans la paresse, la vie de café et, l'un entraînant l'autre, dans l'alcoolisme.

Et toi, Gervaise, toi si indulgente aux faiblesses des autres, tu traîneras ce grand feignant, tu l'engraisseras, riant à ses farces d'homme soûl, encaissant sur ta peau ses fureurs ravageuses, tu épongeras son vomi... En toute innocence, tu précipiteras sa déchéance, et il dévorera ton travail et ta vie, et tu finiras par baisser les bras... Tu te laisseras aller, tant qu'à faire, à ton secret penchant pour les bonnes choses et la rigolade, tu donneras des fêtes, tu te goinfreras. Tu boiras, toi aussi. Et ce sera, de noce en bamboche et de gueule de bois en dégoût du travail, l'irrésistible glissement vers le naufrage. Les années d'acharnement et de privations aboutiront à cette navrance : un couple de pochards se battant devant le buffet vide, en attendant la grande crise de delirium qui balaiera Coupeau dans un paroxysme d'épouvante, et enfin ta propre hideuse mort, car tu crèveras sur une litière d'ordures dans le recoin sous l'escalier.

*
* *

Gervaise, petite Gervaise, notre sœur, héroïne de misère que nous regardons se débattre contre la vacherie de la vie qui te guette, tapie derrière la porte, toujours prête à te bondir dessus, Gervaise que nous savons condamnée d'avance, et que nous verrons t'abandonner au malheur, t'y coucher tout de ton long en rêvant de la mort consolatrice, Gervaise, naïve fille de la campagne qui crois qu'avec deux bons bras et du cœur à l'ouvrage on s'en sort toujours, Gervaise qui ne sais pas que ce manque de caractère qui fait de toi une « bonne fille » te livre sans défense à la vigilante méchanceté du monde, Gervaise qui ne sais ni amadouer les envieux ni leur clouer le bec, Zola l'anti-romantique t'avait voulue sec objet d'étude, sujet d'expérience sous l'objectif impassible de l'observateur « naturaliste » des lois scientifiques régissant la biologie et la société, et voilà : Zola a fait de toi un des personnages les plus éperdument, les plus douloureusement romantiques jamais créés.

« Scientifique » ou pas, le roman de Zola obéit à cette malédiction de la fatalité qui fait qu'un roman, de quelque école qu'il se recommande, est roman et non fait divers. Quand on a saisi la règle du jeu, on peut prédire qui triomphera, qui échouera. Le roman naturaliste est tout aussi implacablement fataliste — et tout aussi « noir » — que l'était le roman romantique, que l'étaient les légendes grecques du cycle des Atrides, que l'était *Tristan et Yseult*. Outrances flamboyantes des romantiques ou délectation morne dans l'horreur même de la condition humaine de l'école réaliste-naturaliste, ce ne sont là que traits secondaires. L'essentiel de l'attrait du romanesque est ce fascinant pessimisme qui fait pleurer Margot et nous fait, à travers les héros malheureux, nous attendrir sur nous-mêmes.

L'Assommoir est manichéen comme un western du dimanche soir, simplement les impératifs n'en sont plus ceux de la morale boy-scout du western mais bien ceux des enchaînements implacables de la pathologie et de l'hérédité confrontées au milieu social. Les sujets dont le bilan pathologique est dynamique triompheront des passifs, les excités des mous, les sans-scrupule des naïfs.

Zola est noir, plus noir encore que Balzac, parce que plus « quotidien », mais il se veut moins désespéré. Chez Balzac, les coquins, les fourbes, les « adaptés » triomphent. Les idéalistes, les débonnaires, les cœurs purs sont broyés. Le monde est ainsi fait, il serait vain de l'espérer autre. Il ne reste qu'à se résigner, à étouffer son cœur et à se tailler sa petite place dans le panier de crabes, si l'on peut. Ou à mourir avec un doux sourire, les mains jointes et les yeux au ciel, si décidément on est un saint.

Chez Zola, aussi épouvantables soient les destins, ils n'étaient pas inéluctables. Les faiblesses humaines ne sont pas inhérentes à l'homme, c'est l'alcool ou la maladie qui les introduisent en lui, lui « pourrissent le sang » et vouent sa descendance à la dégénérescence. Leurs conséquences ne sont dramatiques que parce que la société est mal faite. Après Rousseau, après Saint-Simon, après Hugo, Zola proclame : « Changez la société, vous changerez l'homme ! » Ou plutôt, vous le rendrez à lui-même, à sa vraie nature, qui est de justice et de fraternité.

Vœu pieux ? Optimisme de commande surplaqué après coup pour se faire pardonner un pessimisme effroyable et sans faille ? Il semble bien que cette humanité terrible que découvre Zola l'effraie au point qu'il ne puisse la supporter qu'en la corrigeant par une espérance rejetée dans un futur bien commode. Même le « bon » ouvrier, le beau forgeron à la barbe blonde, n'arrive pas à éveiller notre sympathie. Ce colosse au regard pur, musclé comme sur les affiches bolcheviques de propagande des années 30, qui ne boit pas, ne gaspille pas et vit avec sa maman, nous apparaît caricatural. Zola l'a voulu exemplaire, mais Zola ne l'aime pas, et cela se sent.

*
* *

« Naturaliste » ? Oui, bien sûr, Zola l'est, et sans tricher. Il n'empêche que ses personnages, hormis Gervaise, ont pour raison d'être d'incarner un trait de caractère et un seul, ni plus ni moins que les masques traditionnels de la *commedia dell'arte.*

Gervaise seule possède une psychologie riche, nuancée, souvent contradictoire. A tout moment, il suffirait de peu de chose, semble-t-il, pour faire dévier la trajectoire sinistre : un sursaut, un caprice, une rencontre... La moindre aspérité à quoi s'accrocher... Si Goujet avait *vraiment* voulu... Si Coupeau n'était pas tombé du toit... Si Lantier n'était pas revenu, ou s'il avait trouvé en face de lui un « homme »... On peut rêver.

Coupeau, par contre, sort tout droit d'une image d'Épinal, vivant exemple des « méfaits de l'alcool et des mauvaises fréquentations », ni plus ni moins que le triste héros du « Mauvais génie » de la comtesse de Ségur (le rapprochement aurait, je crois, surpris l'un et l'autre ! Et pourtant...). Goujet, l'ouvrier modèle, saint Joseph à auréole sorti, lui, d'une image de première communion, voue à Gervaise une adoration platonique et quasi mystique de roman de chevalerie. La grande Virginie, prototype de la garce, dont la première apparition est d'une garce, se conduira en tout comme une garce, d'elle on ne saura rien d'autre. Les Boche sont concierges comme les Lorilleux sont mesquins : tout d'un bloc et de la tête aux pieds.

Et il y a les personnages-symboles : le père Bazouges, le croque-mort, incarnation de la mort-repos, de la mort-oubli... Surtout, l'alambic formidable, Moloch de cuivre rouge flambant dans la pénombre de l'Assommoir du père Colombe de tous ses feux maléfiques...

*
* *

Zola observateur « scientifique », cela fait sourire. Impassible, ce passionné, cet écorché vif ? Allons donc ! Le parti pris naturaliste n'est ici qu'une autre façon — et combien efficace ! — de susciter l'émotion. Nous n'assistons pas objectivement à la cascade de ratages de Gervaise. Elle a notre sympathie, nous voudrions qu'elle s'en sorte, qu'elle soit heureuse, nous ressentons son terrible échec comme le nôtre propre. Nous haïssons l'ignoble Lantier et nous nous soucions peu de savoir quels fatals enchaînements biologiques sont responsables de sa crapulerie ! Bref, nous ne sommes pas, ainsi que Zola désire (feint de désirer ?) que nous soyons, d'attentifs étudiants disséquant un cas social. Nous vibrons, nous pleurons ! Nous « marchons » ! Et à fond !

* *

L'Assommoir est rouge et noir. *L'Assommoir* flambe et hurle de toutes les flammes et de toutes les cacophonies de l'enfer. *L'Assommoir* est un livre d'horreur et d'épouvante, un livre terrible, le plus terrible livre qui fut peut-être jamais écrit.

Merci, monsieur Zola.

CAVANNA.

PRÉFACE

Les *Rougon-Macquart* doivent se composer d'une vingtaine de romans. Depuis 1869, le plan général est arrêté, et je le suis avec une rigueur extrême. *L'Assommoir* est venu à son heure, je l'ai écrit, comme j'écrirai les autres, sans me déranger une seconde de ma ligne droite. C'est ce qui fait ma force. J'ai un but auquel je vais.

Lorsque *L'Assommoir* a paru dans un journal, il a été attaqué avec une brutalité sans exemple, dénoncé, chargé de tous les crimes. Est-il bien nécessaire d'expliquer ici, en quelques lignes, mes intentions d'écrivain? J'ai voulu peindre la déchéance fatale d'une famille ouvrière, dans le milieu empesté de nos faubourgs. Au bout de l'ivrognerie et de la fainéantise, il y a le relâchement des liens de la famille, les ordures de la promiscuité, l'oubli progressif des sentiments honnêtes, puis comme dénouement, la honte et la mort. C'est de la morale en action, simplement.

L'Assommoir est à coup sûr le plus chaste de mes livres. Souvent j'ai dû toucher à des plaies autrement épouvantables. La forme seule a effaré. On s'est fâché contre les mots. Mon crime est d'avoir eu la curiosité littéraire de ramasser et de couler dans un moule très travaillé la langue du peuple. Ah! la forme, là est le grand crime! Des dictionnaires de cette langue existent pourtant, des lettrés l'étudient et jouissent de sa verdeur, de l'imprévu et de la force de ses images. Elle est un régal pour les grammairiens fureteurs. N'importe, personne n'a entrevu que ma volonté était de faire un travail purement philologique, que je crois d'un vif intérêt historique et social.

Je ne me défends pas, d'ailleurs. Mon œuvre me défendra. C'est une œuvre de vérité, le premier roman sur le peuple, qui ne mente pas et qui ait l'odeur du peuple. Et il ne faut point conclure que le peuple tout entier est mauvais, car mes personnages ne sont pas mauvais, ils ne sont qu'ignorants et gâtés par le milieu de rude besogne et de misère où ils vivent. Seulement, il faudrait lire mes romans, les comprendre, voir nettement leur ensemble, avant de porter les jugements tout faits, grotesques et odieux, qui circulent sur ma personne et sur mes œuvres. Ah! si l'on savait combien mes amis s'égaient de la légende stupéfiante dont on amuse la foule! Si l'on savait combien le buveur de sang, le romancier féroce, est un digne bourgeois, un homme d'étude et d'art, vivant sagement dans son coin, et dont l'unique ambition est de laisser une œuvre aussi large et aussi vivante qu'il pourra! Je ne démens aucun conte, je travaille, je m'en remets au temps et à la bonne foi publique pour me découvrir enfin sous l'amas des sottises entassées.

ÉMILE ZOLA.

Paris, le 1er janvier 1877.

I

GERVAISE avait attendu Lantier jusqu'à deux heures du matin. Puis, toute frissonnante d'être restée en camisole à l'air vif de la fenêtre, elle s'était assoupie, jetée en travers du lit, fiévreuse, les joues trempées de larmes. Depuis huit jours, au sortir du *Veau à deux têtes*, où ils mangeaient, il l'envoyait se coucher avec les enfants et ne reparaissait que tard dans la nuit, en racontant qu'il cherchait du travail. Ce soir-là, pendant qu'elle guettait son retour, elle croyait l'avoir vu entrer au bal du Grand-Balcon, dont les dix fenêtres flambantes éclairaient d'une nappe d'incendie la coulée noire des boulevards extérieurs ; et, derrière lui, elle avait aperçu la petite Adèle, une brunisseuse qui dînait à leur restaurant, marchant à cinq ou six pas, les mains ballantes comme si elle venait de lui quitter le bras pour ne pas passer ensemble sous la clarté crue des globes de la porte.

Quand Gervaise s'éveilla, vers cinq heures, raidie, les reins brisés, elle éclata en sanglots. Lantier n'était pas rentré. Pour la première fois, il découchait. Elle resta assise au bord du lit, sous le lambeau de perse déteinte qui tombait de la flèche attachée au plafond par une ficelle. Et, lentement, de ses yeux voilés de larmes, elle faisait le tour de la misérable chambre garnie, meublée d'une commode de noyer dont un tiroir manquait, de trois chaises de paille et d'une petite table graisseuse, sur laquelle traînait un pot à eau ébréché. On avait ajouté, pour les enfants, un lit de fer qui barrait la commode et emplissait les deux tiers de la pièce. La malle de Gervaise et de Lantier, grande ouverte dans un coin, montrait ses flancs vides, un vieux chapeau d'homme tout au fond, enfoui sous des chemises et des chaussettes sales; tandis que, le long des murs, sur le dossier des meubles, pendaient un châle troué, un pantalon mangé par la boue, les dernières nippes dont les marchands d'habits ne voulaient pas. Au milieu de la cheminée, entre deux flambeaux de zinc dépareillés, il y avait un paquet de reconnaissances du mont-de-piété, d'un rose tendre. C'était la belle chambre de l'hôtel, la chambre du premier, qui donnait sur le boulevard.

Cependant, couchés côte à côte sur le même oreiller, les deux enfants dormaient. Claude, qui avait huit ans, ses petites mains rejetées hors de la couverture, respirait d'une haleine lente, tandis qu'Étienne, âgé de quatre ans seulement, souriait, un bras passé au cou de son frère. Lorsque le regard noyé de leur mère s'arrêta sur eux, elle eut une nouvelle crise de sanglots, elle tamponna un mouchoir sur sa bouche, pour étouffer les légers cris qui lui échappaient. Et, pieds nus, sans songer à remettre ses savates tombées, elle retourna s'accouder à la fenêtre, elle reprit son attente de la nuit, interrogeant les trottoirs au loin.

L'hôtel se trouvait sur le boulevard de la Chapelle, à gauche de la barrière Poissonnière. C'était une masure de deux étages, peinte en rouge lie de vin jusqu'au second, avec des persiennes pourries par la pluie. Au-dessus d'une lanterne aux vitres étoilées, on parvenait à lire entre les deux fenêtres : *Hôtel Boncœur, tenu par Marsoullier*, en grandes lettres jaunes, dont la moisissure du plâtre avait emporté des morceaux. Gervaise, que la lanterne gênait, se haussait, son mouchoir sur les lèvres. Elle regardait à droite, du côté du boulevard de Rochechouart, où des groupes de bouchers, devant les abattoirs, stationnaient en tabliers sanglants; et le vent frais apportait une puanteur par moments, une odeur fauve de bêtes massacrées. Elle regardait à gauche, enfilant un long ruban d'avenue, s'arrêtant presque en face d'elle, à la masse blanche de l'hôpital de Lariboisière, alors en construction. Lentement, d'un bout à l'autre de l'horizon, elle suivait le mur de l'octroi, derrière lequel, la nuit, elle entendait parfois des cris d'assassinés; et elle fouillait les angles écartés, les coins sombres, noirs d'humidité et d'ordure, avec la peur d'y découvrir le corps de Lantier, le ventre troué de coups de couteau. Quand elle levait les yeux, au-delà de cette muraille grise et interminable qui entourait la ville d'une bande de désert, elle apercevait une grande lueur, une poussière de soleil, pleine déjà du grondement matinal de Paris. Mais c'était toujours à la barrière Poissonnière qu'elle revenait, le cou tendu, s'étourdissant à voir couler, entre les deux pavillons trapus de l'octroi, le flot ininterrompu d'hommes, de bêtes, de charrettes, qui descendait des hauteurs de Montmartre et de la Chapelle. Il y avait là un piétinement de troupeau, une foule que de brusques arrêts étalaient en mares sur la chaussée, un défilé sans fin d'ouvriers allant au travail, leurs outils sur le dos, leur pain sous le bras; et la cohue s'engouffrait dans Paris où elle se noyait, continuellement. Lorsque Gervaise, parmi tout ce monde, croyait reconnaître Lantier, elle se penchait davantage, au risque de tomber; puis, elle appuyait plus fortement son mouchoir sur la bouche, comme pour renfoncer sa douleur.

Une voix jeune et gaie lui fit quitter la fenêtre.

« Le bourgeois n'est donc pas là, madame Lantier!

— Mais non, monsieur Coupeau », répondit-elle en tâchant de sourire.

C'était un ouvrier zingueur qui occupait, tout en haut de l'hôtel, un cabinet de dix francs. Il avait son sac passé à l'épaule. Ayant trouvé la clef sur la porte, il était entré, en ami.

« Vous savez, continua-t-il, maintenant, je travaille là, à l'hôpital... Hein! quel joli mois de mai! Ça pique dur, ce matin. »

Et il regardait le visage de Gervaise, rougi par les larmes. Quand il vit que le lit n'était pas défait, il hocha doucement la tête; puis, il vint jusqu'à la couchette des enfants qui dormaient toujours avec leurs mines roses de chérubins; et, baissant la voix :

« Allons! le bourgeois n'est pas sage, n'est-ce pas?... Ne vous désolez pas, madame Lantier. Il s'occupe beaucoup de politique; l'autre jour, quand on a voté pour Eugène Sue,[1] un bon, paraît-il, il était comme un fou. Peut-être bien qu'il a passé la nuit avec des amis à dire du mal de cette crapule de Bonaparte.

— Non, non, murmura-t-elle avec effort, ce n'est pas ce que vous croyez. Je sais où est Lantier... Nous avons nos chagrins comme tout le monde, mon Dieu! »

Coupeau cligna les yeux, pour montrer qu'il n'était pas dupe de ce mensonge. Et il partit, après lui avoir offert d'aller chercher son lait, si elle ne voulait pas sortir : elle était une belle et brave femme, elle pouvait compter sur lui, le jour où elle serait dans la peine. Gervaise, dès qu'il se fut éloigné, se remit à la fenêtre.

A la barrière, le piétinement de troupeau continuait, dans le froid du matin. On reconnaissait les serruriers à leurs bourgerons bleus, les maçons à leurs cottes blanches, les peintres à leurs paletots, sous lesquels de longues blouses passaient. Cette foule, de loin, gardait un effacement plâtreux, un ton neutre, où dominaient le bleu déteint et le gris sale. Par moments, un ouvrier s'arrêtait, rallumait sa pipe, tandis qu'autour de lui les autres marchaient toujours, sans un rire, sans une parole dite à un camarade, les joues terreuses, la face tendue vers Paris, qui, un à un, les dévorait, par la rue béante du Faubourg-Poissonnière. Cependant, aux deux coins de la rue des Poissonniers, à la porte des deux marchands de vin qui enlevaient leurs volets, des hommes ralentissaient le pas; et, avant d'entrer, ils restaient au bord du trottoir, avec des regards obliques sur Paris, les bras mous, déjà gagnés à une journée de flâne. Devant les comptoirs, des groupes s'offraient des tournées, s'oubliaient là, debout, emplissant les salles, crachant, toussant, s'éclaircissant la gorge à coups de petits verres.

Gervaise guettait, à gauche de la rue, la salle du père Colombe, où elle pensait avoir vu Lantier, lorsqu'une grosse femme, nu-tête, en tablier, l'interpella du milieu de la chaussée.

« Dites donc, madame Lantier, vous êtes bien matinale ! »

Gervaise se pencha.

« Tiens ! c'est vous, madame Boche !... Oh ! j'ai un tas de besogne, aujourd'hui !

— Oui, n'est-ce pas ? les choses ne se font pas toutes seules. »

Et une conversation s'engagea, de la fenêtre au trottoir. Mme Boche était concierge de la maison dont le restaurant du *Veau à deux têtes* occupait le rez-de-chaussée. Plusieurs fois, Gervaise avait attendu Lantier dans sa loge, pour ne pas s'attabler seule avec tous les hommes qui mangeaient, à côté. La concierge raconta qu'elle allait à deux pas, rue de la Charbonnière, pour trouver au lit un employé, dont son mari ne pouvait tirer le raccommodage d'une redingote. Ensuite, elle parla d'un de ses locataires qui était rentré avec une femme, la veille, et qui avait empêché le monde de dormir, jusqu'à trois heures du matin. Mais, tout en bavardant, elle dévisageait la jeune femme, d'un air de curiosité aiguë ; et elle semblait n'être venue là, se poser sous la fenêtre, que pour savoir.

« M. Lantier est donc encore couché ? demanda-t-elle brusquement.

— Oui, il dort », répondit Gervaise, qui ne put s'empêcher de rougir.

Mme Boche vit les larmes lui remonter aux yeux ; et, satisfaite sans doute, elle s'éloignait en traitant les hommes de sacrés fainéants, lorsqu'elle revint, pour crier :

« C'est ce matin que vous allez au lavoir, n'est-ce pas ?... J'ai quelque chose à laver, je vous garderai une place à côté de moi, et nous causerons. »

Puis, comme prise d'une subite pitié :

« Ma pauvre petite, vous feriez bien mieux de ne pas
rester là, vous prendrez du mal... Vous êtes violette. »

Gervaise s'entêta encore à la fenêtre pendant deux mortelles heures, jusqu'à huit heures. Les boutiques s'étaient
ouvertes. Le flot de blouses descendant des hauteurs avait
cessé; et seuls quelques retardataires franchissaient la barrière à grandes enjambées. Chez les marchands de vin,
les mêmes hommes, debout, continuaient à boire, à
tousser et à cracher. Aux ouvriers avaient succédé les
ouvrières, les brunisseuses, les modistes, les fleuristes,
se serrant dans leurs minces vêtements, trottant le long
des boulevards extérieurs; elles allaient par bandes de
trois ou quatre, causaient vivement, avec de légers rires
et des regards luisants jetés autour d'elles; de loin en
loin, une, toute seule, maigre, l'air pâle et sérieux,
suivait le mur de l'octroi, en évitant les coulées d'ordures.
Puis, les employés étaient passés, soufflant dans leurs
doigts, mangeant leur pain d'un sou en marchant; des
jeunes gens efflanqués, aux habits trop courts, aux yeux
battus, tout brouillés de sommeil; de petits vieux qui
roulaient sur leurs pieds, la face blême, usée par les
longues heures du bureau, regardant leur montre pour
régler leur marche à quelques secondes près. Et les
boulevards avaient pris leur paix du matin; les rentiers
du voisinage se promenaient au soleil; les mères, en
cheveux, en jupes sales, berçaient dans leurs bras des
enfants au maillot, qu'elles changeaient sur les bancs;
toute une marmaille mal mouchée, débraillée, se bousculait, se traînait par terre, au milieu de piaulements,
de rires et de pleurs. Alors, Gervaise se sentit étouffer,
saisie d'un vertige d'angoisse, à bout d'espoir; il lui
semblait que tout était fini, que les temps étaient finis,
que Lantier ne rentrerait plus jamais. Elle allait, les
regards perdus, des vieux abattoirs noirs de leur massacre et de leur puanteur, à l'hôpital neuf, blafard, montrant, par les trous encore béants de ses rangées de fenêtres, des salles nues où la mort devait faucher. En face

d'elle, derrière le mur de l'octroi, le ciel éclatant, le lever de soleil qui grandissait au-dessus du réveil énorme de Paris, l'éblouissait.

La jeune femme était assise sur une chaise, les mains abandonnées, ne pleurant plus, lorsque Lantier entra tranquillement.

« C'est toi! c'est toi! cria-t-elle, en voulant se jeter à son cou.

— Oui, c'est moi, après? répondit-il. Tu ne vas pas commencer tes bêtises, peut-être! »

Il l'avait écartée. Puis, d'un geste de mauvaise humeur, il lança à la volée son chapeau de feutre noir sur la commode. C'était un garçon de vingt-six ans, petit, très brun, d'une jolie figure, avec de minces moustaches, qu'il frisait toujours d'un mouvement machinal de la main. Il portait une cotte d'ouvrier, une vieille redingote tachée, qu'il pinçait à la taille, et avait en parlant un accent provençal très prononcé.

Gervaise, retombée sur la chaise, se plaignait doucement, par courtes phrases.

« Je n'ai pas pu fermer l'œil... Je croyais qu'on t'avait donné un mauvais coup... Où es-tu allé? où as-tu passé la nuit? Mon Dieu! ne recommence pas, je deviendrais folle... Dis, Auguste, où es-tu allé?

— Où j'avais affaire, parbleu! dit-il avec un haussement d'épaules. J'étais à huit heures à la Glacière, chez cet ami qui doit monter une fabrique de chapeaux. Je me suis attardé. Alors, j'ai préféré coucher... Puis, tu sais, je n'aime pas qu'on me moucharde. Fiche-moi la paix! »

La jeune femme se remit à sangloter. Les éclats de voix, les mouvements brusques de Lantier, qui culbutait les chaises, venaient de réveiller les enfants. Ils se dressèrent sur leur séant, demi-nus, débrouillant leurs cheveux de leurs petites mains; et, entendant pleurer leur mère, ils poussèrent des cris terribles, pleurant eux aussi de leurs yeux à peine ouverts.

« Ah! voilà la musique! s'écria Lantier furieux. Je vous avertis, je reprends la porte, moi! Et je file pour

tout de bon, cette fois... Vous ne voulez pas vous taire?
Bonsoir! je retourne d'où je viens. »

Il avait déjà repris son chapeau sur la commode. Mais
Gervaise se précipita, balbutiant :

« Non, non! »

Et elle étouffa les larmes des petits sous des caresses.
Elle baisait leurs cheveux, elle les recouchait avec des
paroles tendres. Les petits, calmés tout d'un coup, riant
sur l'oreiller, s'amusèrent à se pincer. Cependant, le père,
sans même retirer ses bottes, s'était jeté sur le lit, l'air
éreinté, la face marbrée par une nuit blanche. Il ne s'endormit pas, il resta les yeux grands ouverts, à faire le tour
de la chambre.

« C'est propre, ici! » murmura-t-il.

Puis, après avoir regardé un instant Gervaise, il ajouta
méchamment :

« Tu ne te débarbouilles donc plus? »

Gervaise n'avait que vingt-deux ans. Elle était grande,
un peu mince, avec des traits fins, déjà tirés par les
rudesses de sa vie. Dépeignée, en savates, grelottant sous
sa camisole blanche où les meubles avaient laissé de leur
poussière et de leur graisse, elle semblait vieillie de dix
ans par les heures d'angoisse et de larmes qu'elle venait
de passer. Le mot de Lantier la fit sortir de son attitude
peureuse et résignée.

« Tu n'es pas juste, dit-elle en s'animant. Tu sais
bien que je fais tout ce que je peux. Ce n'est pas ma faute,
si nous sommes tombés ici... Je voudrais te voir, avec
les deux enfants, dans une pièce où il n'y a pas même
un fourneau pour avoir de l'eau chaude... Il fallait, en
arrivant à Paris, au lieu de manger ton argent, nous établir tout de suite, comme tu l'avais promis.

— Dis donc! cria-t-il, tu as croqué le magot avec moi;
ça ne te va pas, aujourd'hui, de cracher sur les bons morceaux! »

Mais elle ne parut pas l'entendre, elle continua :

« Enfin, avec du courage, on pourra encore s'en tirer...
J'ai vu, hier soir, Mme Fauconnier, la blanchisseuse

de la rue Neuve; elle me prendra lundi. Si tu te mets avec
ton ami de la Glacière, nous reviendrons sur l'eau avant
six mois, le temps de nous nipper et de louer un trou
quelque part, où nous serons chez nous... Oh! il faudra
travailler, travailler... »

Lantier se tourna vers la ruelle, d'un air d'ennui.
Gervaise alors s'emporta.

« Oui, c'est ça, on sait que l'amour du travail ne
t'étouffe guère. Tu crèves d'ambition, tu voudrais être
habillé comme un monsieur et promener des catins en
jupes de soie. N'est-ce pas? tu ne me trouves plus assez
bien, depuis que tu m'as fait mettre toutes mes robes
au mont-de-piété... Tiens! Auguste, je ne voulais pas
t'en parler, j'aurais attendu encore, mais je sais où tu as
passé la nuit; je t'ai vu entrer au Grand-Balcon avec cette
traînée d'Adèle. Ah! tu les choisis bien! Elle est propre,
celle-là! elle a raison de prendre des airs de princesse...
Elle a couché avec tout le restaurant. »

D'un saut, Lantier se jeta à bas du lit. Ses yeux étaient
devenus d'un noir d'encre dans son visage blême. Chez
ce petit homme, la colère soufflait une tempête.

« Oui, oui, avec tout le restaurant! répéta la jeune
femme. Mme Boche va leur donner congé, à elle et à sa
grande bringue de sœur, parce qu'il y a toujours une
queue d'hommes dans l'escalier. »

Lantier leva les deux poings; puis, résistant au besoin
de la battre, il lui saisit les bras, la secoua violemment,
l'envoya tomber sur le lit des enfants, qui se mirent de
nouveau à crier. Et il se recoucha, en bégayant, de l'air
farouche d'un homme qui prend une résolution devant
laquelle il hésitait encore :

« Tu ne sais pas ce que tu viens de faire, Gervaise...
Tu as eu tort, tu verras. »

Pendant un instant, les enfants sanglotèrent. Leur mère,
restée ployée au bord du lit, les tenait dans une même
étreinte; et elle répétait cette phrase, à vingt reprises,
d'une voix monotone :

« Ah! si vous n'étiez pas là, mes pauvres petits!...

Si vous n'étiez pas là!... Si vous n'étiez pas là!... »

Tranquillement allongé, les yeux levés au-dessus de lui, sur le lambeau de perse déteinte, Lantier n'écoutait plus, s'enfonçait dans une idée fixe. Il resta ainsi près d'une heure, sans céder au sommeil, malgré la fatigue qui appesantissait ses paupières. Quand il se retourna, s'appuyant sur le coude, la face dure et déterminée, Gervaise achevait de ranger la chambre. Elle faisait le lit des enfants, qu'elle venait de lever et d'habiller. Il la regarda donner un coup de balai, essuyer les meubles; la pièce restait noire, lamentable, avec son plafond fumeux, son papier décollé par l'humidité, ses trois chaises et sa commode éclopées, où la crasse s'entêtait et s'étalait sous le torchon. Puis, pendant qu'elle se lavait à grande eau, après avoir rattaché ses cheveux, devant le petit miroir rond, pendu à l'espagnolette, qui lui servait pour se raser, il parut examiner ses bras nus, son cou nu, tout le nu qu'elle montrait, comme si des comparaisons s'établissaient dans son esprit. Et il eut une moue des lèvres. Gervaise boitait de la jambe droite; mais on ne s'en apercevait guère que les jours de fatigue, quand elle s'abandonnait, les hanches brisées. Ce matin-là, rompue par sa nuit, elle traînait sa jambe, elle s'appuyait aux murs.

Le silence régnait, ils n'avaient plus échangé une parole. Lui, semblait attendre. Elle, rongeant sa douleur, s'efforçant d'avoir un visage indifférent, se hâtait. Comme elle faisait un paquet du linge sale jeté dans un coin, derrière la malle, il ouvrit enfin les lèvres, il demanda :

« Qu'est-ce que tu fais?... Où vas-tu? »

Elle ne répondit pas d'abord. Puis, lorsqu'il répéta sa question, furieusement, elle se décida.

« Tu le vois bien, peut-être... Je vais laver tout ça... Les enfants ne peuvent pas vivre dans la crotte. »

Il lui laissa ramasser deux ou trois mouchoirs. Et, au bout d'un nouveau silence, il reprit :

« Est-ce que tu as de l'argent? »

Du coup, elle se releva, le regarda en face, sans lâcher

les chemises sales des petits qu'elle tenait à la main.

« De l'argent! où veux-tu donc que je l'aie volé?...
Tu sais bien que j'ai eu trois francs avant-hier sur ma
jupe noire. Nous avons déjeuné deux fois là-dessus, et
l'on va vite, avec la charcuterie... Non, sans doute, je
n'ai pas d'argent. J'ai quatre sous pour le lavoir... Je n'en
gagne pas comme certaines femmes. »

Il ne s'arrêta pas à cette allusion. Il était descendu du
lit, il passait en revue les quelques loques pendues autour
de la chambre. Enfin il décrocha le pantalon et le châle,
ouvrit la commode, ajouta au paquet une camisole et
deux chemises de femme; puis, jetant le tout sur les bras
de Gervaise :

« Tiens, porte ça au clou.

— Tu ne veux pas que je porte aussi les enfants?
demanda-t-elle. Hein! si l'on prêtait sur les enfants, ce
serait un fameux débarras! »

Elle alla au mont-de-piété, pourtant. Quand elle
revint, au bout d'une demi-heure, elle posa une pièce
de cent sous sur la cheminée, en joignant la reconnais-
sance aux autres, entre les deux flambeaux.

« Voilà ce qu'ils m'ont donné, dit-elle. Je voulais
six francs, mais il n'y a pas eu moyen. Oh! ils ne se rui-
neront pas... Et l'on trouve toujours un monde, là-dedans! »

Lantier ne prit pas tout de suite la pièce de cent sous.
Il aurait voulu qu'elle fît de la monnaie, pour lui laisser
quelque chose. Mais il se décida à la glisser dans la poche
de son gilet, quand il vit, sur la commode, un reste de
jambon dans un papier, avec un bout de pain.

« Je ne suis point allée chez la laitière, parce que
nous lui devons huit jours, expliqua Gervaise. Mais je
reviendrai de bonne heure, tu descendras chercher du
pain et des côtelettes panées, pendant que je ne serai
pas là, et nous déjeunerons... Monte aussi un litre de vin. »

Il ne dit pas non. La paix semblait se faire. La jeune
femme achevait de mettre en paquet le linge sale. Mais
quand elle voulut prendre les chemises et les chaussettes

de Lantier au fond de la malle, il lui cria de laisser ça.
« Laisse mon linge, entends-tu! Je ne veux pas!

— Qu'est-ce que tu ne veux pas? demanda-t-elle en
se redressant. Tu ne comptes pas, sans doute, remettre
ces pourritures? Il faut bien les laver. »

Et elle l'examinait, inquiète, retrouvant sur son visage
de joli garçon la même dureté, comme si rien, désormais,
ne devait le fléchir. Il se fâcha, lui arracha des mains le
linge qu'il rejeta dans la malle.

« Tonnerre de Dieu! obéis-moi donc une fois! Quand
je te dis que je ne veux pas!

— Mais pourquoi? reprit-elle, pâlissante, effleurée
d'un soupçon terrible. Tu n'as pas besoin de tes chemises
maintenant, tu ne vas pas partir... Qu'est-ce que ça
peut te faire que je les emporte? »

Il hésita un instant, gêné par les yeux ardents qu'elle
fixait sur lui.

« Pourquoi? pourquoi? bégayait-il... Parbleu! tu vas
dire partout que tu m'entretiens, que tu laves, que tu
raccommodes. Eh bien, ça m'embête, là! Fais tes
affaires, je ferai les miennes... Les blanchisseuses ne travaillent pas pour les chiens. »

Elle le supplia, se défendit de s'être jamais plainte;
mais il ferma la malle brutalement, s'assit dessus, lui
cria : Non! dans la figure. Il était bien le maître de ce
qui lui appartenait! Puis, pour échapper aux regards
dont elle le poursuivait, il retourna s'étendre sur le lit,
en disant qu'il avait sommeil, et qu'elle ne lui cassât pas la
tête davantage. Cette fois, en effet, il parut s'endormir.

Gervaise resta un moment indécise. Elle était tentée
de repousser du pied le paquet de linge, de s'asseoir là,
à coudre. La respiration régulière de Lantier finit par la
rassurer. Elle prit la boule de bleu et le morceau de savon
qui lui restaient de son dernier savonnage; et, s'approchant des petits qui jouaient tranquillement avec de vieux
bouchons, devant la fenêtre, elle les baisa, en leur disant
à voix basse :

« Soyez bien sages, ne faites pas de bruit. Papa dort. »

Quand elle quitta la chambre, les rires adoucis de
Claude et d'Étienne sonnaient seuls dans le grand silence,
sous le plafond noir. Il était dix heures. Un rai de soleil
entrait par la fenêtre entrouverte.

Sur le boulevard, Gervaise tourna à gauche et suivit
la rue Neuve[1] de la Goutte-d'Or. En passant devant la
boutique de Mme Fauconnier, elle salua d'un petit signe
de tête. Le lavoir était situé vers le milieu de la rue, à
l'endroit où le pavé commençait à monter. Au-dessus
d'un bâtiment plat, trois énormes réservoirs d'eau, des
cylindres de zinc fortement boulonnés, montraient leurs
rondeurs grises; tandis que, derrière, s'élevait le séchoir,
un deuxième étage très haut, clos de tous les côtés par des
persiennes à lames minces, au travers desquelles passait
le grand air, et qui laissaient voir des pièces de linge
séchant sur des fils de laiton. A droite des réservoirs, le
tuyau étroit de la machine à vapeur soufflait, d'une
haleine rude et régulière, des jets de fumée blanche. Gervaise, sans retrousser ses jupes, en femme habituée aux
flaques, s'engagea sous la porte encombrée de jarres d'eau
de Javel. Elle connaissait déjà la maîtresse du lavoir,
une petite femme délicate, aux yeux malades, assise dans
un cabinet vitré, avec des registres devant elle, des pains
de savon sur des étagères, des boules de bleu dans des
bocaux, des livres de bicarbonate de soude en paquets.
Et, en passant, elle lui réclama son battoir et sa brosse,
qu'elle lui avait donnés à garder, lors de son dernier
savonnage. Puis, après avoir pris son numéro, elle
entra.

C'était un immense hangar, à plafond plat, à poutres
apparentes, monté sur des piliers de fonte, fermé par de
larges fenêtres claires. Un plein jour blafard passait libre-
ment dans la buée chaude suspendue comme un brouillard laiteux. Des fumées montaient de certains coins,
s'étalant, noyant les fonds d'un voile bleuâtre. Il pleuvait
une humidité lourde, chargée d'une odeur savonneuse,
une odeur fade, moite, continue; et, par moments, des
souffles plus forts d'eau de Javel dominaient. Le long

des batteries, aux deux côtés de l'allée centrale, il y avait
des files de femmes, les bras nus jusqu'aux épaules, le cou
nu, les jupes raccourcies montrant des bas de couleur et de
gros souliers lacés. Elles tapaient furieusement, riaient,
se renversaient pour crier un mot dans le vacarme, se penchaient au fond de leurs baquets, ordurières, brutales,
dégingandées, trempées comme par une averse, les chairs
rougies et fumantes. Autour d'elles, sous elles, coulait un
grand ruissellement, les seaux d'eau chaude promenés et
vidés d'un trait, les robinets d'eau froide ouverts, pissant
de haut, les éclaboussements des battoirs, les égouttures
des linges rincés, les mares où elles pataugeaient s'en
allant par petits ruisseaux sur les dalles en pente. Et,
au milieu des cris, des coups cadencés, du bruit murmurant de pluie, de cette clameur d'orage s'étouffant sous le
plafond mouillé, la machine à vapeur, à droite, toute
blanche d'une rosée fine, haletait et ronflait sans relâche,
avec la trépidation dansante de son volant qui semblait
régler l'énormité du tapage.

Cependant, Gervaise, à petits pas, suivait l'allée, en
jetant des regards à droite et à gauche. Elle portait son
paquet de linge passé au bras, la hanche haute, boitant
plus fort, dans le va-et-vient des laveuses qui la bousculaient.

« Eh! par ici, ma petite! » cria la grosse voix de Mme
Boche.

Puis, quand la jeune femme l'eut rejointe, à gauche,
tout au bout, la concierge, qui frottait furieusement une
chaussette, se mit à parler par courtes phrases, sans
lâcher sa besogne.

« Mettez-vous là, je vous ai gardé votre place... Oh!
je n'en ai pas pour longtemps. Boche ne salit presque pas
son linge... Et vous? ça ne va pas traîner non plus, hein?
Il est tout petit, votre paquet. Avant midi, nous aurons
expédié ça, et nous pourrons aller déjeuner... Moi, je
donnais mon linge à une blanchisseuse de la rue Poulet;
mais elle m'emportait tout, avec son chlore et ses brosses.
Alors, je lave moi-même. C'est tout gagné. Ça ne coûte

que le savon... Dites donc, voilà des chemises que vous
auriez dû mettre à couler. Ces gueux d'enfants, ma
parole! ça a de la suie au derrière. »

Gervaise défaisait son paquet, étalait les chemises des
petits; et comme Mme Boche lui conseillait de prendre
un seau d'eau de lessive, elle répondit :

« Oh! non, l'eau chaude suffira... Ça me connaît. »

Elle avait trié le linge, mis à part les quelques pièces
de couleur. Puis, après avoir empli son baquet de quatre
seaux d'eau froide, pris au robinet, derrière elle, elle
plongea le tas du linge blanc; et, relevant sa jupe, la
tirant entre ses cuisses, elle entra dans une boîte, posée
debout, qui lui arrivait au ventre.

« Ça vous connaît, hein? répétait Mme Boche. Vous
étiez blanchisseuse dans votre pays, n'est-ce pas, ma
petite? »

Gervaise, les manches retroussées, montrant ses beaux
bras de blonde, jeunes encore, à peine rosés aux coudes,
commençait à décrasser son linge. Elle venait d'étaler
une chemise sur la planche étroite de la batterie, mangée
et blanchie par l'usure de l'eau; elle la frottait de savon,
la retournait, la frottait de l'autre côté.

Avant de répondre, elle empoigna son battoir, se mit à
taper, criant ses phrases, les ponctuant à coups rudes et
cadencés.

« Oui, oui, blanchisseuse... A dix ans... Il y a douze ans
de ça... Nous allions à la rivière... Ça sentait meilleur
qu'ici... Il fallait voir, il y avait un coin sous les arbres...
avec de l'eau claire qui courait... Vous savez, à Plassans!..
Vous ne connaissez pas Plassans?... près de Marseille?

— C'est du chien, ça! s'écria Mme Boche, émerveillée
de la rudesse des coups de battoir. Quelle mâtine!
elle vous aplatirait du fer, avec ses petits bras de demoiselle! »

La conversation continua, très haut. La concierge,
parfois, était obligée de se pencher, n'entendant pas. Tout
le linge blanc fut battu, et ferme! Gervaise le replongea
dans le baquet, le reprit pièce par pièce pour le frotter

de savon une seconde fois et le brosser. D'une main, elle fixait la pièce sur la batterie ; de l'autre main, qui tenait la courte brosse de chiendent, elle tirait du linge une mousse sale, qui, par longues bavures, tombait. Alors, dans le petit bruit de la brosse, elles se rapprochèrent, elles causèrent d'une façon plus intime.

« Non, nous ne sommes pas mariés, reprit Gervaise. Moi, je ne m'en cache pas. Lantier n'est pas si gentil pour qu'on souhaite d'être sa femme. S'il n'y avait pas les enfants, allez !... J'avais quatorze ans et lui dix-huit, quand nous avons eu notre premier. L'autre est venu quatre ans plus tard... C'est arrivé comme ça arrive toujours, vous savez. Je n'étais pas heureuse chez nous ; le père Macquart, pour un oui, pour un non, m'allongeait des coups de pied dans les reins. Alors, ma foi, on songe à s'amuser dehors... On nous aurait mariés, mais je ne sais plus, nos parents n'ont pas voulu. »

Elle secoua ses mains, qui rougissaient sous la mousse blanche.

« L'eau est joliment dure à Paris », dit-elle.

Mme Boche ne lavait plus que mollement. Elle s'arrêtait, faisant durer son savonnage, pour rester là, à connaître cette histoire, qui torturait sa curiosité depuis quinze jours. Sa bouche était à demi ouverte dans sa grosse face ; ses yeux, à fleur de tête, luisaient. Elle pensait, avec la satisfaction d'avoir deviné :

« C'est ça, la petite cause trop. Il y a eu du grabuge. » Puis, tout haut :

« Il n'est pas gentil, alors ?

— Ne m'en parlez pas ! répondit Gervaise, il était très bien pour moi, là-bas ; mais, depuis que nous sommes à Paris, je ne peux plus en venir à bout... Il faut vous dire que sa mère est morte l'année dernière, en lui laissant quelque chose, dix-sept cents francs à peu près. Il voulait partir pour Paris. Alors, comme le père Macquart m'envoyait toujours des gifles sans crier gare, j'ai consenti à m'en aller avec lui ; nous avons fait le voyage avec les deux enfants. Il devait m'établir blanchisseuse et tra-

vailler de son état de chapelier. Nous aurions été très
heureux... Mais, voyez-vous, Lantier est un ambitieux, un
dépensier, un homme qui ne songe qu'à son amusement.
Il ne vaut pas grand-chose, enfin... Nous sommes donc
descendus à l'hôtel Montmartre, rue Montmartre. Et ç'a
été des dîners, des voitures, le théâtre, une montre pour
lui, une robe de soie pour moi; car il n'a pas mauvais
cœur, quand il a de l'argent. Vous comprenez, tout le
tremblement, si bien qu'au bout de deux mois nous étions
nettoyés. C'est à ce moment-là que nous sommes venus
habiter l'hôtel Boncœur et que la sacrée vie a commencé... »

Elle s'interrompit, serrée tout d'un coup à la gorge,
rentrant ses larmes. Elle avait fini de brosser son linge.

« Il faut que j'aille chercher mon eau chaude », murmura-t-elle.

Mais Mme Boche, très contrariée de cet arrêt dans les
confidences, appela le garçon du lavoir qui passait.

« Mon petit Charles, vous serez bien gentil, allez donc
chercher un seau d'eau chaude à madame, qui est
pressée. »

Le garçon prit le seau et le rapporta plein. Gervaise
paya, c'était un sou le seau. Elle versa l'eau chaude dans
le baquet, et savonna le linge une dernière fois, avec les
mains, se ployant au-dessus de la batterie, au milieu
d'une vapeur qui accrochait des filets de fumée grise
dans ses cheveux blonds.

« Tenez, mettez donc des cristaux, j'en ai là », dit obligeamment la concierge.

Et elle vida dans le baquet de Gervaise le fond d'un sac
de carbonate de soude, qu'elle avait apporté. Elle lui
offrit aussi de l'eau de Javel; mais la jeune femme
refusa; c'était bon pour les taches de graisse et les taches
de vin.

« Je le crois un peu coureur », reprit Mme Boche, en
revenant à Lantier, sans le nommer.

Gervaise, les reins en deux, les mains enfoncées et crispées dans le linge, se contenta de hocher la tête.

« Oui, oui, continua l'autre, je me suis aperçue de plusieurs petites choses... »

Mais elle se récria, devant le brusque mouvement de Gervaise qui s'était relevée, toute pâle, en la dévisageant.

« Oh! non, je ne sais rien!... Il aime à rire, je crois, voilà tout... Ainsi, les deux filles qui logent chez vous, Adèle et Virginie, vous les connaissez, eh bien, il plaisante avec elles, et ça ne va pas plus loin, j'en suis sûre. »

La jeune femme, droite devant elle, la face en sueur, les bras ruisselants, la regardait toujours, d'un regard fixe et profond. Alors, la concierge se fâcha, s'appliqua un coup de poing sur la poitrine, en donnant sa parole d'honneur. Elle criait :

« Je ne sais rien, là, quand je vous le dis! »

Puis, se calmant, elle ajouta d'une voix doucereuse comme on parle à une personne à qui la vérité ne vaudrait rien :

« Moi, je trouve qu'il a les yeux francs... Il vous épousera, ma petite, je vous le promets! »

Gervaise s'essuya le front de sa main mouillée. Puis, elle tira de l'eau une autre pièce de linge, en hochant de nouveau la tête. Un instant, toutes deux gardèrent le silence. Autour d'elles, le lavoir s'était apaisé. Onze heures sonnaient. La moitié des laveuses, assises d'une jambe au bord de leurs baquets, avec un litre de vin débouché à leurs pieds, mangeaient des saucisses dans des morceaux de pain fendus. Seules, les ménagères venues là pour laver leurs petits paquets de linge, se hâtaient, en regardant l'œil-de-bœuf accroché au-dessus du bureau. Quelques coups de battoir partaient encore, espacés, au milieu des rires adoucis, des conversations qui s'empâtaient dans un bruit glouton de mâchoires; tandis que la machine à vapeur, allant son train, sans repos ni trève, semblait hausser la voix, vibrante, ronflante, emplissant l'immense salle. Mais pas une des femmes ne l'entendait; c'était comme la respiration même du lavoir, une haleine ardente amassant sous les poutres du plafond l'éternelle

buée qui flottait. La chaleur devenait intolérable; des
rais de soleil entraient à gauche, par les hautes fenêtres,
allumant les vapeurs fumantes de nappes opalisées, d'un
gris rose et d'un gris bleu très tendres. Et, comme des
plaintes s'élevaient, le garçon Charles allait d'une fenêtre
à l'autre, tirait des stores de grosse toile; ensuite, il passa
de l'autre côté, du côté de l'ombre, et ouvrit des vasistas.
On l'acclamait, on battait des mains; une gaieté formidable roulait. Bientôt, les derniers battoirs eux-mêmes se
turent. Les laveuses, la bouche pleine, ne faisaient plus
que des gestes avec les couteaux ouverts qu'elles tenaient
au poing. Le silence devenait tel, qu'on entendait régulièrement, tout au bout, le grincement de la pelle du
chauffeur, prenant du charbon de terre et le jetant dans
le fourneau de la machine.

Cependant, Gervaise lavait son linge de couleur dans
l'eau chaude, grasse de savon, qu'elle avait conservée.
Quand elle eut fini, elle approcha un tréteau, jeta en
travers toutes les pièces, qui faisaient par terre des mares
bleuâtres. Et elle commença à rincer. Derrière elle, le
robinet d'eau froide coulait au-dessus d'un vaste baquet,
fixé au sol, et que traversaient deux barres de bois, pour
soutenir le linge. Au-dessus, en l'air, deux autres barres
passaient, où le linge achevait de s'égoutter.

« Voilà qui va être fini, ce n'est pas malheureux, dit
Mme Boche. Je reste pour vous aider à tordre tout ça.

— Oh! ce n'est pas la peine, je vous remercie bien,
répondit la jeune femme, qui pétrissait de ses poings et
barbotait les pièces de couleur dans l'eau claire. Si j'avais
des draps, je ne dis pas. »

Mais il lui fallut pourtant accepter l'aide de la concierge. Elles tordaient toutes deux, chacune à un bout,
une jupe, un petit lainage marron mauvais teint, d'où
sortait une eau jaunâtre, lorsque Mme Boche s'écria :

« Tiens! la grande Virginie!... Qu'est-ce qu'elle
vient laver ici, celle-là, avec ses quatre guenilles dans un
mouchoir? »

Gervaise avait vivement levé la tête. Virginie était

une fille de son âge, plus grande qu'elle, brune, jolie,
malgré sa figure un peu longue. Elle avait une vieille
robe noire à volants, un ruban rouge au cou; et elle était
coiffée avec soin, le chignon pris dans un filet en chenille
bleue. Un instant, au milieu de l'allée centrale, elle pinça
les paupières, ayant l'air de chercher; puis, quand elle eut
aperçu Gervaise, elle vint passer près d'elle, raide, inso-
lente, balançant ses hanches, et s'installa sur la même
rangée, à cinq baquets de distance.

« En voilà un caprice! continuait Mme Boche, à voix
plus basse. Jamais elle ne savonne une paire de manches...
Ah! une fameuse fainéante, je vous en réponds! Une couturière qui ne recoud pas seulement ses bottines! C'est
comme sa sœur, la brunisseuse, cette gredine d'Adèle,
qui manque l'atelier deux jours sur trois! Ça n'a ni père ni
mère connus, ça vit d'on ne sait quoi, et si l'on voulait
parler... Qu'est-ce qu'elle frotte donc là? Hein! c'est un
jupon? Il est joliment dégoûtant, il a dû en voir de propres,
ce jupon! »

Mme Boche, évidemment, voulait faire plaisir à Gervaise. La vérité était qu'elle prenait souvent le café avec
Adèle et Virginie, quand les petites avaient de l'argent.
Gervaise ne répondait pas, se dépêchait, les mains
fiévreuses. Elle venait de faire son bleu, dans un petit
baquet monté sur trois pieds. Elle trempait ses pièces de
blanc, les agitait un instant au fond de l'eau teintée,
dont le reflet prenait une pointe de laque; et, après les
avoir tordues légèrement, elle les alignait sur les barres
de bois, en haut. Pendant toute cette besogne, elle affectait de tourner le dos à Virginie. Mais elle entendait des
ricanements, elle sentait sur elle ses regards obliques.
Virginie semblait n'être venue que pour la provoquer.
Un instant, Gervaise s'étant retournée, elles se regardèrent toutes deux fixement.

« Laissez-la donc, murmura Mme Boche. Vous n'allez
peut-être pas vous prendre aux cheveux... Quand je vous
dis qu'il n'y a rien! Ce n'est pas elle, là! »

A ce moment, comme la jeune femme pendait sa dernière pièce de linge, il y eut des rires à la porte du lavoir.

« C'est deux gosses qui demandent maman! » cria Charles.

Toutes les femmes se penchèrent. Gervaise reconnut Claude et Étienne. Dès qu'ils l'aperçurent, ils coururent à elle, au milieu des flaques, tapant sur les dalles les talons de leurs souliers dénoués. Claude, l'aîné, donnait la main à son petit frère. Les laveuses, sur leur passage, avaient de légers cris de tendresse, à les voir un peu effrayés, souriant pourtant. Et ils restèrent là, devant leur mère, sans se lâcher, levant leurs têtes blondes.

« C'est papa qui vous envoie? » demanda Gervaise.

Mais, comme elle se baissait pour rattacher les cordons des souliers d'Étienne, elle vit, à un doigt de Claude, la clef de la chambre avec son numéro de cuivre, qu'il balançait.

« Tiens! tu m'apportes la clef! dit-elle, très surprise. Pourquoi donc? »

L'enfant, en apercevant la clef qu'il avait oubliée à son doigt, parut se souvenir et cria de sa voix claire :

« Papa est parti.

— Il est allé acheter le déjeuner, il vous a dit de venir me chercher ici? »

Claude regarda son frère, hésita, ne sachant plus. Puis, il reprit d'un trait :

« Papa est parti... Il a sauté du lit, il a mis toutes ses affaires dans la malle, il a descendu la malle sur une voiture... Il est parti. »

Gervaise, accroupie, se releva lentement, la figure blanche, portant les mains à ses joues et à ses tempes, comme si elle entendait sa tête craquer. Et elle ne put trouver qu'un mot, elle le répéta vingt fois sur le même ton :

« Ah! mon Dieu!... ah! mon Dieu!... ah! mon Dieu!... »

Mme Boche, cependant, interrogeait l'enfant à son tour, tout allumée de se trouver dans cette histoire.

« Voyons, mon petit, il faut dire les choses... C'est

lui qui a fermé la porte et qui vous a dit d'apporter la clef, n'est-ce pas? »

Et, baissant la voix, à l'oreille de Claude :

« Est-ce qu'il y avait une dame dans la voiture? »

L'enfant se troubla de nouveau. Il recommença son histoire, d'un air triomphant :

« Il a sauté du lit, il a mis toutes les affaires dans la malle, il est parti... »

Alors, comme Mme Boche le laissait aller, il tira son frère devant le robinet. Ils s'amusèrent tous les deux à faire couler l'eau.

Gervaise ne pouvait pleurer. Elle étouffait, les reins appuyés contre son baquet, le visage toujours entre les mains. De courts frissons la secouaient. Par moments, un long soupir passait, tandis qu'elle s'enfonçait davantage les poings sur les yeux, comme pour s'anéantir dans le noir de son abandon. C'était un trou de ténèbres au fond duquel il lui semblait tomber.

« Allons, ma petite, que diable! murmurait Mme Boche.

— Si vous saviez! si vous saviez! dit-elle enfin tout bas. Il m'a envoyé ce matin porter mon châle et mes chemises au mont-de-piété pour payer cette voiture... »

Et elle pleura. Le souvenir de sa course au mont-de-piété, en précisant un fait de la matinée, lui avait arraché les sanglots qui s'étranglaient dans sa gorge.

Cette course-là, c'était une abomination, la grosse douleur dans son désespoir. Les larmes coulaient sur son menton que ses mains avaient déjà mouillé, sans qu'elle songeât seulement à prendre son mouchoir.

« Soyez raisonnable, taisez-vous, on vous regarde, répétait Mme Boche qui s'empressait autour d'elle. Est-il possible de se faire tant de mal pour un homme!... Vous l'aimez donc toujours, hein? ma pauvre chérie. Tout à l'heure, vous étiez joliment montée contre lui. Et vous voilà, maintenant, à le pleurer, à vous crever le cœur... Mon Dieu, que nous sommes bêtes! »

Puis, elle se montra maternelle.

« Une jolie petite femme comme vous! s'il est permis!...

On peut tout vous raconter à présent, n'est-ce pas? Eh bien, vous vous souvenez, quand je suis passée sous votre fenêtre, je me doutais... Imaginez-vous que, cette nuit, lorsque Adèle est rentrée, j'ai entendu un pas d'homme avec le sien. Alors, j'ai voulu savoir, j'ai regardé dans l'escalier. Le particulier était déjà au deuxième étage, mais j'ai bien reconnu la redingote de M. Lantier. Boche, qui faisait le guet, ce matin, l'a vu redescendre tranquillement... C'était avec Adèle, vous entendez. Virginie a maintenant un monsieur chez lequel elle va deux fois par semaine. Seulement, ce n'est guère propre tout de même, car elles n'ont qu'une chambre et une alcôve, et je ne sais trop où Virginie a pu coucher. »

Elle s'interrompit un instant, se tournant, reprenant de sa grosse voix étouffée :

« Elle rit de vous voir pleurer, cette sans-cœur là-bas. Je mettrais ma main au feu que son savonnage est une frime... Elle a emballé les deux autres et elle est venue ici pour leur raconter la tête que vous feriez. »

Gervaise ôta ses mains, regarda. Quand elle aperçut devant elle Virginie, au milieu de trois ou quatre femmes, parlant bas, la dévisageant, elle fut prise d'une colère folle. Les bras en avant, cherchant à terre, tournant sur elle-même, dans un tremblement de tous ses membres, elle marcha quelques pas, rencontra un seau plein, le saisit à deux mains, le vida à toute volée.

« Chameau, va! » cria la grande Virginie.

Elle avait fait un saut en arrière, ses bottines seules étaient mouillées. Cependant, le lavoir, que les larmes de la jeune femme révolutionnaient depuis un instant, se bousculait pour voir la bataille. Des laveuses, qui achevaient leur pain, montèrent sur des baquets. D'autres accoururent, les mains pleines de savon. Un cercle se forma.

« Ah! le chameau! répétait la grande Virginie. Qu'est-ce qui lui prend, à cette enragée-là! »

Gervaise en arrêt, le menton tendu, la face convulsée,

ne répondait pas, n'ayant point encore le coup de gosier de Paris. L'autre continua :

« Va donc! C'est las de rouler la province, ça n'avait pas douze ans que ça servait de paillasse à soldats, ça a laissé une jambe dans son pays... Elle est tombée de pourriture, sa jambe... »

Un rire courut. Virginie, voyant son succès, s'approcha de deux pas, redressant sa haute taille, criant plus fort :

« Hein! avance un peu, pour voir, que je te fasse ton affaire! Tu sais, il ne faut pas venir nous embêter, ici... Est-ce que je la connais, moi, cette peau! Si elle m'avait attrapée, je lui aurais joliment retroussé ses jupons; vous auriez vu ça. Qu'elle dise seulement ce que je lui ai fait... Dis, rouchie, qu'est-ce qu'on t'a fait?

— Ne causez pas tant, bégaya Gervaise. Vous savez bien... On a vu mon mari, hier soir... Et taisez-vous, parce que je vous étranglerais, bien sûr.

— Son mari! Ah! elle est bonne, celle-là!... Le mari à madame! comme si on avait des maris avec cette dégaine!.. Ce n'est pas ma faute s'il t'a lâchée. Je ne te l'ai pas volé, peut-être. On peut me fouiller... Veux-tu que je te dise, tu l'empoisonnais, cet homme! Il était trop gentil pour toi... Avait-il son collier, au moins? Qui est-ce qui a trouvé le mari à madame?... Il y aura une récompense... »

Les rires recommencèrent. Gervaise, à voix presque basse, se contentait toujours de murmurer :

« Vous savez bien, vous savez bien... C'est votre sœur, je l'étranglerai, votre sœur...

— Oui, va te frotter à ma sœur, reprit Virginie en ricanant. Ah! c'est ma sœur! C'est bien possible, ma sœur a un autre chic que toi... Mais est-ce que ça me regarde! est-ce qu'on ne peut plus laver son linge tranquillement! Flanque-moi la paix, entends-tu, parce qu'en voilà assez! »

Et ce fut elle qui revint, après avoir donné cinq ou six coups de battoir, grisée par les injures, emportée. Elle se tut et recommença ainsi trois fois :

« Eh bien, oui, c'est ma sœur. Là, es-tu contente?...
Ils s'adorent tous les deux. Il faut les voir se bécoter!...
Et il t'a lâchée avec tes bâtards! De jolis mômes qui ont
des croûtes plein la figure! Il y en a un d'un gendarme,
n'est-ce pas? et tu en as fait crever trois autres, parce
que tu ne voulais pas de surcroît de bagage pour venir...
C'est ton Lantier qui nous a raconté ça. Ah! il en dit
de belles, il en avait assez de ta carcasse!

— Salope! salope! salope! » hurla Gervaise, hors d'elle,
reprise par un tremblement furieux.

Elle tourna, chercha une fois encore par terre; et, ne
trouvant que le petit baquet, elle le prit par les pieds,
lança l'eau du bleu à la figure de Virginie.

« Rosse! elle m'a perdu ma robe! cria celle-ci, qui
avait toute une épaule mouillée et sa main gauche teinte
en bleu. Attends, gadoue! »

A son tour, elle saisit un seau, le vida sur la jeune
femme. Alors, une bataille formidable s'engagea. Elles
couraient toutes deux le long des baquets, s'emparant
des seaux pleins, revenant se les jeter à la tête. Et chaque
déluge était accompagné d'un éclat de voix. Gervaise
elle-même répondait, à présent.

« Tiens! saleté!... Tu l'as reçu celui-là. Ça te calmera
le derrière.

— Ah! la carne! Voilà pour ta crasse. Débarbouille-
toi une fois dans ta vie.

— Oui, oui, je vas te dessaler, grande morue!

— Encore un!... Rince-toi les dents, fais ta toilette
pour ton quart de ce soir, au coin de la rue Belhomme. »

Elles finirent par emplir les seaux aux robinets. Et,
en attendant qu'ils fussent pleins, elles continuaient leurs
ordures. Les premiers seaux, mal lancés, les touchaient
à peine. Mais elles se faisaient la main. Ce fut Virginie
qui, la première, en reçut un en pleine figure; l'eau,
entrant par son cou, coula dans son dos et dans sa gorge,
pissa par-dessous sa robe. Elle était encore tout étourdie,
quand un second la prit de biais, lui donna une forte
claque contre l'oreille gauche en trempant son chignon,

qui se déroula comme une ficelle. Gervaise fut d'abord
atteinte aux jambes; un seau lui emplit ses souliers,
rejaillit jusqu'à ses cuisses : deux autres l'inondèrent aux
hanches. Bientôt, d'ailleurs, il ne fut plus possible de
juger les coups. Elles étaient l'une et l'autre ruisselantes
de la tête aux pieds, les corsages plaqués aux épaules, les
jupes collant sur les reins, maigries, raidies, grelottantes,
s'égouttant de tous les côtés, ainsi que des parapluies
pendant une averse.

« Elles sont rien drôles! » dit la voix enrouée d'une
laveuse.

Le lavoir s'amusait énormément. On s'était reculé, pour
ne pas recevoir les éclaboussures. Des applaudissements,
des plaisanteries montaient, au milieu du bruit d'écluse
des seaux vidés à toute volée. Par terre, des mares
coulaient, les deux femmes pataugeaient jusqu'aux
chevilles. Cependant, Virginie, ménageant une traîtrise, s'emparant brusquement d'un seau d'eau de
lessive bouillante, qu'une de ses voisines avait demandé,
le jeta.

Il y eut un cri. On crut Gervaise ébouillantée. Mais
elle n'avait que le pied gauche brûlé légèrement. Et, de
toutes ses forces, exaspérée par la douleur, sans le remplir
cette fois, elle envoya un seau dans les jambes de Virginie,
qui tomba.

Toutes les laveuses parlaient ensemble.

« Elle lui a cassé une patte!

— Dame! l'autre a bien voulu la faire cuire!

— Elle a raison, après tout, la blonde, si on lui a pris
son homme! »

Mme Boche levait les bras au ciel, en s'exclamant.
Elle s'était prudemment garée entre deux baquets; et les
enfants, Claude et Étienne, pleurant, suffoquant, épou-
vantés, se pendaient à sa robe, avec ce cri continu :
« Maman! maman! » qui se brisait dans leurs sanglots.
Quand elle vit Virginie par terre, elle accourut, tirant
Gervaise par ses jupes, répétant :

« Voyons, allez-vous-en! Soyez raisonnable... J'ai

les sangs tournés, ma parole! On n'a jamais vu une tuerie pareille. »

Mais elle recula, elle retourna se réfugier entre les deux baquets, avec les enfants. Virginie venait de sauter à la gorge de Gervaise. Elle la serrait au cou, tâchait de l'étrangler. Alors, celle-ci, d'une violente secousse, se dégagea, se pendit à la queue de son chignon, comme si elle avait voulu lui arracher la tête. La bataille recommença, muette, sans un cri, sans une injure. Elles ne se prenaient pas corps à corps, s'attaquaient à la figure, les mains ouvertes et crochues, pinçant, griffant ce qu'elles empoignaient. Le ruban rouge et le filet en chenille bleue de la grande brune furent arrachés; son corsage, craqué au cou, montra sa peau, tout un bout d'épaule; tandis que la blonde, déshabillée, une manche de sa camisole blanche ôtée sans qu'elle sût comment, avait un accroc à sa chemise qui découvrait le pli nu de sa taille. Des lambeaux d'étoffe volaient. D'abord, ce fut sur Gervaise que le sang parut, trois longues égratignures descendant de la bouche sous le menton; et elle garantissait ses yeux, les fermait à chaque claque, de peur d'être éborgnée. Virginie ne saignait pas encore. Gervaise visait ses oreilles, s'enrageait de ne pouvoir les prendre, quand elle saisit enfin l'une des boucles, une poire de verre jaune; elle tira, fendit l'oreille; le sang coula.

« Elles se tuent! séparez-les, ces guenons! » dirent plusieurs voix.

Les laveuses s'étaient rapprochées. Il se formait deux camps; les unes excitaient les deux femmes comme des chiennes qui se battent; les autres, plus nerveuses, toutes tremblantes, tournaient la tête, en avaient assez, répétaient qu'elles en seraient malades, bien sûr. Et une bataille générale faillit avoir lieu; on se traitait de sans-cœur, de propre à rien; des bras nus se tendaient; trois gifles retentirent.

Mme Boche, pourtant, cherchait le garçon de lavoir. « Charles! Charles!... Où est-il donc? »

Et elle le trouva au premier rang, regardant, les bras

croisés. C'était un grand gaillard, à cou énorme. Il riait,
il jouissait des morceaux de peau que les deux femmes
montraient. La petite blonde était grasse comme une
caille. Ça serait farce, si sa chemise se fendait.

« Tiens ! murmura-t-il en clignant un œil, elle a une
fraise sous le bras.

— Comment ! vous êtes là ! cria Mme Boche en l'apercevant. Mais aidez-nous à les séparer !... Vous pouvez
bien les séparer, vous !

— Ah bien ! non, merci ! s'il n'y a que moi ! dit-il tranquillement. Pour me faire griffer l'œil comme l'autre
jour, n'est-ce pas ?... Je ne suis pas ici pour ça, j'aurais
trop de besogne... N'ayez pas peur, allez ! Ça leur fait du
bien, une petite saignée. Ça les attendrit. »

La concierge parla alors d'aller avertir les sergents de
ville. Mais la maîtresse du lavoir, la jeune femme délicate,
aux yeux malades, s'y opposa formellement. Elle répéta
à plusieurs reprises :

« Non, non, je ne veux pas, ça compromet la maison. »

Par terre, la lutte continuait. Tout d'un coup, Virginie
se redressa sur les genoux. Elle venait de ramasser un
battoir, elle le brandissait. Elle râlait, la voix changée.

« Voilà du chien, attends ! Apprête ton linge sale ! »

Gervaise, vivement, allongea la main, prit également
un battoir, le tint levé comme une massue. Et elle avait,
elle aussi, une voix rauque.

« Ah ! tu veux la grande lessive... Donne ta peau que
j'en fasse des torchons ! »

Un moment, elles restèrent là, agenouillées, à se mena-
cer. Les cheveux dans la face, la poitrine soufflante,
boueuses, tuméfiées, elles se guettaient, attendant,
reprenant haleine. Gervaise porta le premier coup ; son
battoir glissa sur l'épaule de Virginie. Et elle se jeta de
côté pour éviter le battoir de celle-ci, qui lui effleura la
hanche. Alors, mises en train, elles se tapèrent comme les
laveuses tapent leur linge, rudement, en cadence. Quand
elles se touchaient, le coup s'amortissait, on aurait dit
une claque dans un baquet d'eau.

Autour d'elles, les blanchisseuses ne riaient plus; plusieurs s'en étaient allées, en disant que ça leur cassait l'estomac; les autres, celles qui restaient, allongeaient le cou, les yeux allumés d'une lueur de cruauté, trouvant ces gaillardes-là très crânes. Mme Boche avait emmené Claude et Étienne; et l'on entendait, à l'autre bout, l'éclat de leurs sanglots mêlé aux heurts sonores des deux battoirs.

Mais Gervaise, brusquement, hurla. Virginie venait de l'atteindre à toute volée sur son bras nu, au-dessus du coude; une plaque rouge parut, la chair enfla tout de suite. Alors, elle se rua. On crut qu'elle voulait assommer l'autre.

« Assez! assez! » cria-t-on.

Elle avait un visage si terrible, que personne n'osa approcher. Les forces décuplées, elle saisit Virginie par la taille, la plia, lui colla la figure sur les dalles, les reins en l'air; et, malgré les secousses, elle lui releva les jupes, largement. Dessous, il y avait un pantalon. Elle passa la main dans la fente, l'arracha, montra tout, les cuisses nues, les fesses nues. Puis, le battoir levé, elle se mit à battre, comme elle battait autrefois à Plassans, au bord de la Viorne, quand sa patronne lavait le linge de la garnison. Le bois mollissait dans les chairs avec un bruit mouillé. A chaque tape, une bande rouge marbrait la peau blanche.

« Oh! Oh! » murmurait le garçon Charles, émerveillé, les yeux agrandis.

Des rires, de nouveau, avaient couru. Mais bientôt le cri : « Assez! assez! » recommença. Gervaise n'entendait pas, ne se lassait pas. Elle regardait sa besogne, penchée, préoccupée de ne pas laisser une place sèche. Elle voulait toute cette peau battue, couverte de confusion. Et elle causait, prise d'une gaieté féroce, se rappelant une chanson de lavandière :

« Pan! pan! Margot au lavoir... Pan! pan! à coups de battoir... Pan! pan! va laver son cœur... Pan! pan! tout noir de douleur... »

Et elle reprenait :

« Ça c'est pour toi, ça c'est pour ta sœur, ça c'est pour Lantier... Quand tu les verras, tu leur donneras ça... Attention! je recommence. Ça c'est pour Lantier, ça c'est pour ta sœur, ça c'est pour toi... Pan! pan! Margot au lavoir... Pan! pan! à coups de battoir... »

On dut lui arracher Virginie des mains. La grande brune, la figure en larmes, pourpre, confuse, reprit son linge, se sauva; elle était vaincue. Cependant, Gervaise repassait la manche de sa camisole, rattachait ses jupes. Son bras la faisait souffrir, et elle pria Mme Boche de lui mettre son linge sur l'épaule. La concierge racontait la bataille, disait ses émotions et parlait de lui visiter le corps, pour voir.

« Vous avez peut-être bien quelque chose de cassé... J'ai entendu un coup... »

Mais la jeune femme voulait s'en aller. Elle ne répondait pas aux apitoiements, à l'ovation bavarde des laveuses qui l'entouraient, droites dans leurs tabliers. Quand elle fut chargée, elle gagna la porte, où ses enfants l'attendaient.

« C'est deux heures, ça fait deux sous », lui dit en l'arrêtant la maîtresse du lavoir, déjà réinstallée dans son cabinet vitré.

Pourquoi deux sous? Elle ne comprenait plus qu'on lui demandait le prix de sa place. Puis, elle donna ses deux sous. Et, boitant fortement sous le poids du linge mouillé pendu à son épaule, ruisselante, le coude bleui, la joue en sang, elle s'en alla, en traînant de ses bras nus Étienne et Claude, qui trottaient à ses côtés, secoués encore et barbouillés de leurs sanglots.

Derrière elle, le lavoir reprenait son bruit énorme d'écluse. Les laveuses avaient mangé leur pain, bu leur vin, et elles tapaient plus dur, les faces allumées, égayées par le coup de torchon de Gervaise et de Virginie. Le long des baquets, de nouveau, s'agitaient une fureur de bras, des profils anguleux de marionnettes aux reins cassés, aux épaules déjetées, se pliant violemment comme sur des charnières. Les conversations continuaient d'un bout à l'autre des allées. Les voix, les rires, les mots gras, se fêlaient dans le grand gargouillement de l'eau. Les robinets crachaient, les seaux jetaient des flaquées, une rivière coulait sous les batteries. C'était le chien de l'après-midi, le linge pilé à coups de battoir. Dans l'immense salle, les fumées devenaient rousses, trouées seulement par des ronds de soleil, des balles d'or, que les déchirures des rideaux laissaient passer. On respirait l'étouffement tiède des odeurs savonneuses. Tout d'un coup, le hangar s'emplit d'une buée blanche; l'énorme couvercle du cuvier où bouillait la lessive, montait mécaniquement le long d'une tige centrale à crémaillère; et le trou béant du cuivre, au fond de sa maçonnerie de briques, exhalait des tourbillons de vapeur, d'une saveur sucrée de potasse. Cependant, à côté, les essoreuses fonctionnaient; des paquets de linge, dans des cylindres de fonte, rendaient leur eau sous un tour de roue de la machine, haletante, fumante, secouant plus rudement le lavoir de la besogne continue de ses bras d'acier.

Quand Gervaise mit le pied dans l'allée de l'hôtel Boncœur, les larmes la reprirent. C'était une allée noire, étroite, avec un ruisseau longeant le mur, pour les eaux sales; et cette puanteur qu'elle retrouvait lui faisait songer aux quinze jours passés là avec Lantier, quinze jours de misère et de querelles, dont le souvenir, à cette heure, était un regret cuisant. Il lui sembla entrer dans son abandon.

En haut, la chambre était nue, pleine de soleil, la fenêtre ouverte. Ce coup de soleil, cette nappe de poussière d'or dansante, rendait lamentables le plafond noir, les murs au papier arraché. Il n'y avait plus, à un clou de la cheminée, qu'un petit fichu de femme, tordu comme une ficelle. Le lit des enfants, tiré au milieu de la pièce, découvrait la commode, dont les tiroirs laissés ouverts montraient leurs flancs vides. Lantier s'était lavé et avait achevé la pommade, deux sous de pommade dans une carte à jouer; l'eau grasse de ses mains emplissait la cuvette. Et il n'avait rien oublié, le coin occupé jusque-là par la malle paraissait à Gervaise faire un trou immense. Elle ne retrouva même pas le petit miroir rond accroché à l'espagnolette. Alors, elle eut un pressentiment, elle regarda sur la cheminée : Lantier avait emporté les reconnaissances, le paquet rose tendre n'était plus là entre les flambeaux de zinc dépareillés.

Elle pendit son linge au dossier d'une chaise; elle demeura debout, tournant, examinant les meubles, frappée d'une telle stupeur, que ses larmes ne coulaient plus. Il lui restait un sou sur les quatre sous gardés pour le lavoir. Puis, entendant rire à la fenêtre Étienne et Claude, déjà consolés, elle s'approcha, prit leurs têtes sous ses bras, s'oublia un instant devant cette chaussée grise, où elle avait vu, le matin, s'éveiller le peuple ouvrier, le travail géant de Paris. A cette heure, le pavé échauffé par les besognes du jour allumait une réverbération ardente au-dessus de la ville, derrière le mur de l'octroi. C'était sur ce pavé, dans cet air de fournaise, qu'on la jetait toute seule avec les petits; et elle enfila d'un regard les boulevards extérieurs, à droite, à gauche, s'arrêtant aux deux bouts, prise d'une épouvante sourde, comme si sa vie, désormais, allait tenir là, entre un abattoir et un hôpital.

II

Trois semaines plus tard, vers onze heures et demie, un jour de beau soleil, Gervaise et Coupeau, l'ouvrier zingueur, mangeaient ensemble une prune, à l'Assommoir du père Colombe. Coupeau, qui fumait une cigarette sur le trottoir, l'avait forcée à entrer comme elle traversait la rue, revenant de porter du linge; et son grand panier carré de blanchisseuse était par terre, près d'elle, derrière la petite table de zinc.

L'Assommoir[1] du père Colombe se trouvait au coin de la rue des Poissonniers et du boulevard de Rochechouart. L'enseigne portait, en longues lettres bleues, le seul mot : *Distillation*, d'un bout à l'autre. Il y avait à la porte, dans deux moitiés de futaille, des lauriers-roses poussiéreux. Le comptoir énorme, avec ses files de verres, sa fontaine et ses mesures d'étain, s'allongeait à gauche en entrant; et la vaste salle, tout autour, était ornée de gros tonneaux peints en jaune clair, miroitants de vernis, dont les cercles et les cannelles de cuivre luisaient. Plus haut, sur des étagères, des bouteilles de liqueurs, des bocaux de fruits, toutes sortes de fioles en bon ordre, cachaient les murs, reflétaient dans la glace, derrière le comptoir, leurs taches vives, vert pomme, or pâle, laque tendre. Mais la curiosité de la maison était, au fond, de l'autre côté d'une barrière de chêne, dans une cour vitrée, l'appareil à distiller que les consommateurs voyaient fonctionner, des alambics aux longs cols, des serpentins descendant sous terre, une cuisine du diable devant laquelle venaient rêver les ouvriers soûlards.

A cette heure du déjeuner, l'Assommoir restait vide. Un gros homme de quarante ans, le père Colombe, en gilet à manches, servait une petite fille d'une dizaine d'années, qui lui demandait quatre sous de goutte dans une tasse. Une nappe de soleil entrait par la porte, chauffait le parquet toujours humide des crachats des fumeurs. Et, du comptoir, des tonneaux, de toute la salle, montait une odeur liquoreuse, une fumée d'alcool qui semblait épaissir et griser les poussières volantes du soleil.

Cependant, Coupeau roulait une nouvelle cigarette. Il était très propre, avec un bourgeron et une petite casquette de toile bleue, riant, montrant ses dents blanches. La mâchoire inférieure saillante, le nez légèrement écrasé, il avait de beaux yeux marron, la face d'un chien joyeux et bon enfant. Sa grosse chevelure frisée se tenait tout debout. Il gardait la peau encore tendre de ses vingt-six ans. En face de lui, Gervaise, en caraco d'orléans noir, la tête nue, achevait de manger sa prune, qu'elle tenait par la queue, du bout des doigts. Ils étaient près de la rue, à la première des quatre tables rangées le long des tonneaux, devant le comptoir.

Lorsque le zingueur eut allumé sa cigarette, il posa les coudes sur la table, avança la face, regarda un instant sans parler la jeune femme, dont le joli visage de blonde avait, ce jour-là, une transparence laiteuse de fine porcelaine. Puis, faisant allusion à une affaire connue d'eux seuls, débattue déjà, il demanda simplement à demi-voix :

« Alors, non ? vous dites non ?

— Oh ! bien sûr, non, monsieur Coupeau, répondit tranquillement Gervaise souriante. Vous n'allez peut-être pas me parler de ça ici. Vous m'aviez promis pourtant d'être raisonnable... Si j'avais su, j'aurais refusé votre consommation. »

Il ne reprit pas la parole, continua à la regarder, de

tout près, avec une tendresse hardie et qui s'offrait, passionné surtout pour les coins de ses lèvres, de petits coins
d'un rose pâle, un peu mouillé, laissant voir le rouge vif
de la bouche, quand elle souriait. Elle, pourtant, ne se
reculait pas, demeurait placide et affectueuse. Au bout
d'un silence, elle dit encore :

« Vous n'y songez pas, vraiment. Je suis une vieille
femme, moi ; j'ai un grand garçon de huit ans.!.. Qu'est-ce
que nous ferions ensemble ?

— Pardi ! murmura Coupeau en clignant les yeux, ce
que font les autres ! »

Mais elle eut un geste d'ennui.

« Ah ! si vous croyez que c'est toujours amusant ?
On voit bien que vous n'avez pas été en ménage... Non,
monsieur Coupeau, il faut que je pense aux choses sérieuses. La rigolade, ça ne mène à rien, entendez-vous ! J'ai
deux bouches à la maison, et qui avalent ferme, allez !
Comment voulez-vous que j'arrive à élever mon petit
monde, si je m'amuse à la bagatelle ?... Et puis, écoutez,
mon malheur a été une fameuse leçon. Vous savez, les
hommes maintenant, ça ne fait plus mon affaire. On ne
me repincera pas de longtemps. »

Elle s'expliqua sans colère avec une grande sagesse,
très froide, comme si elle avait traité une question d'ouvrage, les raisons qui l'empêchaient de passer un corps de
fichu à l'empois. On voyait qu'elle avait arrêté ça dans sa
tête, après de mûres réflexions.

Coupeau, attendri, répétait :

« Vous me causez bien de la peine, bien de la peine...

— Oui, c'est ce que je vois, reprit-elle, et j'en suis
fâchée pour vous, monsieur Coupeau... Il ne faut pas que
ça vous blesse. Si j'avais des idées de rire, mon Dieu !
ce serait encore plutôt avec vous qu'avec un autre. Vous
avez l'air bon garçon, vous êtes gentil. On se mettrait
ensemble, n'est-ce pas ? et on irait tant qu'on irait. Je ne
fais pas ma princesse, je ne dis point que ça n'aurait pas
pu arriver... Seulement, à quoi bon, puisque je n'en ai
pas envie ? Me voilà chez Mme Fauconnier depuis quinze

jours. Les petits vont à l'école. Je travaille, je suis contente... Hein, le mieux alors est de rester comme on est. »

Elle se baissa pour prendre son panier.

« Vous me faites causer, on doit m'attendre chez
la patronne... Vous en trouverez une autre, allez! monsieur Coupeau, plus jolie que moi, et qui n'aura pas deux
marmots à traîner. »

Il regardait l'œil-de-bœuf, encadré dans la glace. Il la
fit rasseoir, en criant :

« Attendez donc! Il n'est que onze heures trente-
cinq... J'ai encore vingt-cinq minutes... Vous ne craignez
pourtant pas que je fasse des bêtises; il y a la table entre
nous... Alors, vous me détestez, au point de ne pas
vouloir faire un bout de causette? »

Elle posa de nouveau son panier, pour ne pas le déso-
bliger; et ils parlèrent en bons amis. Elle avait mangé,
avant d'aller porter son linge; lui, ce jour-là, s'était
dépêché d'avaler sa soupe et son bœuf, pour venir la
guetter. Gervaise, tout en répondant avec complaisance,
regardait par les vitres, entre les bocaux de fruits à l'eau-
de-vie, le mouvement de la rue, où l'heure du déjeuner
mettait un écrasement de foule extraordinaire. Sur les
deux trottoirs, dans l'étranglement étroit des maisons,
c'était une hâte de pas, des bras ballants, un coudoie-
ment sans fin. Les retardataires, des ouvriers retenus au
travail, la mine maussade de faim, coupaient la chaussée à
grandes enjambées, entraient en face chez un boulanger;
et, lorsqu'ils reparaissaient, une livre de pain sous le bras,
ils allaient trois portes plus haut, au *Veau à deux têtes*, manger un ordinaire de six sous. Il y avait aussi, à côté du
boulanger, une fruitière qui vendait des pommes de
terre frites et des moules au persil; un défilé continu
d'ouvrières, en longs tabliers, emportaient des cornets de
pommes de terre et des moules dans des tasses; d'autres,
de jolies filles en cheveux, l'air délicat, achetaient des
bottes de radis. Quand Gervaise se penchait, elle apercevait encore une boutique de charcutier, pleine de
monde, d'où sortaient des enfants, tenant sur leur main,

enveloppés d'un papier gras, une côtelette panée, une saucisse ou un bout de boudin tout chaud. Cependant, le long de la chaussée poissée d'une boue noire, même par les beaux temps, dans le piétinement de la foule en marche, quelques ouvriers quittaient déjà les gargotes, descendaient en bandes, flânant, les mains ouvertes battant les cuisses, lourds de nourriture, tranquilles et lents au milieu des bousculades de la cohue.

Un groupe s'était formé à la porte de l'Assommoir.

« Dis donc, Bibi-la-Grillade, demanda une voix enrouée, est-ce que tu paies une tournée de vitriol ? »

Cinq ouvriers entrèrent, se tinrent debout.

« Ah ! ce voleur de père Colombe ! reprit la voix. Vous savez, il nous faut de la vieille, et pas des coquilles de noix, de vrais verres ! »

Le père Colombe, paisiblement, servait. Une autre société de trois ouvriers arriva. Peu à peu, les blouses s'amassaient à l'angle du trottoir, faisaient là une courte station, finissaient par se pousser dans la salle, entre les deux lauriers-roses gris de poussière.

« Vous êtes bête ! vous ne songez qu'à la saleté ! disait Gervaise à Coupeau. Sans doute que je l'aimais... Seulement, après la façon dégoûtante dont il m'a lâchée... »

Ils parlaient de Lantier, Gervaise ne l'avait pas revu ; elle croyait qu'il vivait avec la sœur de Virginie, à la Glacière, chez cet ami qui devait monter une fabrique de chapeaux. D'ailleurs, elle ne songeait guère à courir après lui. Ça lui avait d'abord fait une grosse peine ; elle voulait même aller se jeter à l'eau ; mais, à présent, elle s'était raisonnée, tout se trouvait pour le mieux. Peut-être qu'avec Lantier elle n'aurait jamais pu élever les petits, tant il mangeait d'argent. Il pouvait venir embrasser Claude et Étienne, elle ne le flanquerait pas à la porte. Seulement, pour elle, elle se ferait hacher en morceaux avant de se laisser toucher du bout des doigts. Et elle disait ces choses en femme résolue, ayant son plan de vie bien arrêté, tandis que Coupeau, qui ne lâchait pas son désir de l'avoir, plaisantait, tournait tout à l'ordure,

lui faisait sur Lantier des questions très crues, si gaiement, avec des dents si blanches, qu'elle ne pensait
pas à se blesser.

« C'est vous qui le battiez, dit-il enfin. Oh! vous
n'êtes pas bonne! Vous donnez le fouet au monde. »

Elle l'interrompit par un long rire. C'était vrai pourtant, elle avait donné le fouet à cette grande carcasse de
Virginie. Ce jour-là, elle aurait étranglé quelqu'un de
bien bon cœur. Et elle se mit à rire plus fort, parce que
Coupeau lui racontait que Virginie, désolée d'avoir tout
montré, venait de quitter le quartier. Son visage, pourtant, gardait une douceur enfantine; elle avançait ses
mains potelées, en répétant qu'elle n'écraserait pas une
mouche; elle ne connaissait les coups que pour en avoir
déjà joliment reçu dans sa vie. Alors, elle en vint à causer
de sa jeunesse, à Plassans. Elle n'était point coureuse du
tout; les hommes l'ennuyaient; quand Lantier l'avait
prise, à quatorze ans, elle trouvait ça gentil parce qu'il se
disait son mari et qu'elle croyait jouer au ménage. Son
seul défaut, assurait-elle, était d'être très sensible, d'aimer
tout le monde, de se passionner pour des gens qui lui
faisaient ensuite mille misères. Ainsi, quand elle aimait un
homme, elle ne songeait pas aux bêtises, elle rêvait uniquement de vivre toujours ensemble, très heureux. Et,
comme Coupeau ricanait et lui parlait de ses deux
enfants, qu'elle n'avait certainement pas mis couver
sous le traversin, elle lui allongea des tapes sur les doigts,
elle ajouta que, bien sûr, elle était bâtie sur le patron
des autres femmes; seulement, on avait tort de croire
les femmes toujours acharnées après ça; les femmes
songeaient à leur ménage, se coupaient en quatre dans
la maison, se couchaient trop lasses, le soir, pour ne pas
dormir tout de suite. Elle, d'ailleurs, ressemblait à sa
mère, une grosse travailleuse, morte à la peine, qui avait
servi de bête de somme au père Macquart pendant plus
de vingt ans. Elle était encore toute mince, tandis que sa
mère avait des épaules à démolir les portes en passant;
mais ça n'empêchait pas, elle lui ressemblait par sa

rage de s'attacher aux gens. Même, si elle boitait un peu,
elle tenait ça de la pauvre femme, que le père Macquart
rouait de coups. Cent fois, celle-ci lui avait raconté les
nuits où le père, rentrant soûl, se montrait d'une galanterie si brutale, qu'il lui cassait les membres ; et sûrement,
elle avait poussé une de ces nuits-là, avec sa jambe en
retard.

« Oh! ce n'est presque rien, ça ne se voit pas », dit
Coupeau pour faire sa cour.

Elle hocha le menton ; elle savait bien que ça se voyait ;
à quarante ans, elle se casserait en deux. Puis, doucement,
avec un léger rire :

« Vous avez un drôle de goût d'aimer une boiteuse. »

Alors, lui, les coudes toujours sur la table, avançant
la face davantage, la complimenta en risquant les mots,
comme pour la griser. Mais elle disait toujours non de
la tête, sans se laisser tenter, caressée pourtant par cette
voix câline. Elle écoutait, les regards dehors, paraissant
s'intéresser de nouveau à la foule croissante. Maintenant,
dans les boutiques vides, on donnait un coup de balai ;
la fruitière retirait sa dernière poêlée de pommes de terre
frites, tandis que le charcutier remettait en ordre les
assiettes débandées de son comptoir. De tous les gargots,
des bandes d'ouvriers sortaient ; des gaillards barbus se
poussaient d'une claque, jouaient comme des gamins,
avec le tapage de leurs gros souliers ferrés, écorchant
le pavé dans une glissade ; d'autres, les deux mains au
fond de leurs poches, fumaient d'un air réfléchi, les
yeux au soleil, les paupières clignotantes. C'était un
envahissement du trottoir, de la chaussée, des ruisseaux,
un flot paresseux coulant des portes ouvertes, s'arrêtant
au milieu des voitures, faisant une traînée de blouses,
de bourgerons et de vieux paletots, toute pâlie et déteinte
sous la nappe de lumière blonde qui enfilait la rue.
Au loin, des cloches d'usine sonnaient ; et les ouvriers
ne se pressaient pas, rallumaient des pipes ; puis, le dos
arrondi, après s'être appelés d'un marchand de vin à
l'autre, ils se décidaient à reprendre le chemin de l'ate-

lier, en traînant les pieds. Gervaise s'amusa à suivre trois
ouvriers, un grand et deux petits, qui se retournaient
tous les dix pas; ils finirent par descendre la rue, ils
vinrent droit à l'Assommoir du père Colombe.

« Ah bien! murmura-t-elle, en voilà trois qui ont
un fameux poil dans la main!

— Tiens, dit Coupeau, je le connais, le grand; c'est
Mes-Bottes, un camarade. »

L'Assommoir s'était empli. On parlait très fort, avec
des éclats de voix qui déchiraient le murmure gras des
enrouements. Des coups de poing sur le comptoir, par
moments, faisaient tinter les verres. Tous debout, les
mains croisées sur le ventre ou rejetées derrière le dos,
les buveurs formaient de petits groupes, serrés les uns
contre les autres; il y avait des sociétés, près des tonneaux,
qui devaient attendre un quart d'heure, avant de pouvoir
commander leurs tournées au père Colombe.

« Comment! c'est cet aristo de Cadet-Cassis! cria
Mes-Bottes, en appliquant une rude tape sur l'épaule de
Coupeau. Un joli monsieur qui fume du papier et qui a
du linge!... On veut donc épater sa connaissance, on lui
paie des douceurs!

— Hein! ne m'embête pas! » répondit Coupeau, très
contrarié.

Mais l'autre ricanait.

« Suffit! on est à la hauteur, mon bonhomme... Les
mufes sont des mufes, voilà! »

Il tourna le dos, après avoir louché terriblement, en
regardant Gervaise. Celle-ci se reculait, un peu effrayée.
La fumée des pipes, l'odeur forte de tous ces hommes,
montaient dans l'air chargé d'alcool; et elle étouffait,
prise d'une petite toux.

« Oh! c'est vilain de boire! » dit-elle à demi-voix.

Et elle raconta qu'autrefois, avec sa mère, elle buvait
de l'anisette, à Plassans. Mais elle avait failli en mourir
un jour, et ça l'avait dégoûtée; elle ne pouvait plus voir
les liqueurs.

« Tenez, ajouta-t-elle en montrant son verre, j'ai

mangé ma prune; seulement, je laisserai la sauce, parce
que ça me ferait du mal. »

Coupeau, lui aussi, ne comprenait pas qu'on pût avaler
de pleins verres d'eau-de-vie. Une prune par-ci, par-là,
ça n'était pas mauvais. Quant au vitriol, à l'absinthe et
aux autres cochonneries, bonsoir! il n'en fallait pas. Les
camarades avaient beau le blaguer, il restait à la porte,
lorsque ces cheulards-là entraient à la mine à poivre. Le
papa Coupeau, qui était zingueur comme lui, s'était écrabouillé la tête sur le pavé de la rue Coquenard, en tombant, un jour de ribote, de la gouttière du n° 25; et ce
souvenir, dans la famille, les rendait tous sages. Lui,
lorsqu'il passait rue Coquenard et qu'il voyait la place,
il aurait plutôt bu l'eau du ruisseau que d'avaler un
canon gratis chez le marchand de vin. Il conclut par
cette phrase :

« Dans notre métier, il faut des jambes solides. »

Gervaise avait repris son panier. Elle ne se levait pourtant pas, le tenait sur ses genoux, les regards perdus,
rêvant, comme si les paroles du jeune ouvrier éveillaient
en elle des pensées lointaines d'existence. Et elle dit
encore, lentement, sans transition apparente :

« Mon Dieu! je ne suis pas ambitieuse, je ne demande
pas grand-chose... Mon idéal, ce serait de travailler tranquille, de manger toujours du pain, d'avoir un trou un
peu propre pour dormir, vous savez, un lit, une table et
deux chaises, pas davantage... Ah! je voudrais aussi
élever mes enfants, en faire de bons sujets, si c'était possible... Il y a encore un idéal, ce serait de ne pas être
battue, si je me remettais jamais en ménage; non, ça
ne me plairait pas d'être battue... Et c'est tout, vous
voyez, c'est tout... »

Elle cherchait, interrogeait ses désirs, ne trouvait plus
rien de sérieux qui la tentât. Cependant, elle reprit, après
avoir hésité :

« Oui, on peut à la fin avoir le désir de mourir dans
son lit... Moi, après avoir bien trimé toute ma vie, je
mourrais volontiers dans mon lit, chez moi. »

Et elle se leva. Coupeau, qui approuvait vivement ses
souhaits, était déjà debout, s'inquiétant de l'heure. Mais
ils ne sortirent pas tout de suite ; elle eut la curiosité d'aller
regarder, au fond, derrière la barrière de chêne, le grand
alambic de cuivre rouge, qui fonctionnait sous le vitrage
clair de la petite cour ; et le zingueur, qui l'avait suivie,
lui expliqua comment ça marchait, indiquant du doigt
les différentes pièces de l'appareil, montrant l'énorme
cornue d'où tombait un filet limpide d'alcool. L'alambic,
avec ses récipients de forme étrange, ses enroulements
sans fin de tuyaux, gardait une mine sombre ; pas une
fumée ne s'échappait ; à peine entendait-on un souffle
intérieur, un ronflement souterrain ; c'était comme une
besogne de nuit faite en plein jour, par un travailleur
morne, puissant et muet. Cependant, Mes-Bottes,
accompagné de ses deux camarades, était venu s'accouder
sur la barrière, en attendant qu'un coin du comptoir fût
libre. Il avait un rire de poulie mal graissée, hochant la tête,
les yeux attendris, fixés sur la machine à soûler. Tonnerre
de Dieu ! elle était bien gentille ! Il y avait, dans ce gros
bedon de cuivre, de quoi se tenir le gosier au frais pendant
huit jours. Lui, aurait voulu qu'on lui soudât le bout du
serpentin entre les dents, pour sentir le vitriol encore
chaud l'emplir, lui descendre jusqu'aux talons, toujours,
toujours, comme un petit ruisseau. Dame ! il ne se serait
plus dérangé, ça aurait joliment remplacé les dés à coudre
de ce roussin de père Colombe ! Et les camarades ricanaient, disaient que cet animal de Mes-Bottes avait un
fichu grelot, tout de même. L'alambic, sourdement,
sans une flamme, sans une gaieté dans les reflets éteints
de ses cuivres, continuait, laissait couler sa sueur d'alcool,
pareil à une source lente et entêtée, qui à la longue devait
envahir la salle, se répandre sur les boulevards extérieurs,
inonder le trou immense de Paris. Alors, Gervaise, prise
d'un frisson, recula ; et elle tâchait de sourire, en murmurant :

« C'est bête, ça me fait froid, cette machine... la boisson
me fait froid... »

Puis, revenant sur l'idée qu'elle caressait d'un bonheur parfait :

« Hein? n'est-ce pas? ça vaudrait bien mieux : travailler, manger du pain, avoir un trou à soi, élever ses enfants, mourir dans son lit...

— Et ne pas être battue, ajouta Coupeau gaiement. Mais je ne vous battrais pas, moi, si vous vouliez, madame Gervaise... Il n'y a pas de crainte, je ne bois jamais, puis je vous aime trop... Voyons, c'est pour ce soir, nous nous chaufferons les petons. »

Il avait baissé la voix, il lui parlait dans le cou, tandis qu'elle s'ouvrait un chemin, son panier en avant. Mais elle dit encore non, de la tête, à plusieurs reprises. Pourtant, elle se retournait, lui souriait, semblait heureuse de savoir qu'il ne buvait pas. Bien sûr, elle lui aurait dit oui, si elle ne s'était pas juré de ne point se remettre avec un homme. Enfin, ils gagnèrent la porte, ils sortirent. Derrière eux l'Assommoir restait plein, soufflant jusqu'à la rue le bruit des voix enrouées et l'odeur liquoreuse des tournées de vitriol. On entendait Mes-Bottes traiter le père Colombe de fripouille, en l'accusant de n'avoir rempli son verre qu'à moitié. Lui, était un bon, un chouette, un d'attaque. Ah! zut! le singe pouvait se fouiller, il ne retournerait pas à la boîte, il avait la flemme. Et il proposait aux deux camarades d'aller au *Petit bonhomme qui tousse*, une mine à poivre de la barrière Saint-Denis, où l'on buvait du chien tout pur.

« Ah! on respire, dit Gervaise, sur le trottoir. Eh bien, adieu, et merci, monsieur Coupeau... Je rentre vite. »

Elle allait suivre le boulevard. Mais il lui avait pris la main, il ne la lâchait pas, répétant :

« Faites donc le tour avec moi, passez par la rue de la Goutte-d'Or, ça ne vous allonge guère... Il faut que j'aille chez ma sœur, avant de retourner au chantier... Nous nous accompagnerons. »

Elle finit par accepter, et ils montèrent lentement la rue des Poissonniers, côte à côte, sans se donner le bras.

Il lui parlait de sa famille. La mère, maman Coupeau,
une ancienne giletière, faisait des ménages, à cause de
ses yeux qui s'en allaient. Elle avait eu ses soixante-deux
ans le 3 du mois dernier. Lui, était le plus jeune. L'une de
ses sœurs, Mme Lerat, une veuve de trente-six ans, travaillait dans les fleurs et habitait la rue des Moines, aux
Batignolles. L'autre, âgée de trente ans, avait épousé un
chaîniste, ce pince-sans-rire de Lorilleux. C'était chez
celle-là qu'il allait, rue de la Goutte-d'Or. Elle logeait
dans la grande maison, à gauche. Le soir, il mangeait la
pot-bouille chez les Lorilleux; c'était une économie pour
tous les trois. Même, il passait chez eux les avertir de ne
pas l'attendre, parce qu'il était invité ce jour-là par un
ami.

Gervaise, qui l'écoutait, lui coupa brusquement la
parole pour lui demander en souriant :

« Vous vous appelez donc Cadet-Cassis, monsieur
Coupeau?

— Oh! répondit-il, c'est un surnom que les camarades
m'ont donné, parce que je prends généralement du cassis,
quand ils m'emmènent de force chez le marchand de vin...
Autant s'appeler Cadet-Cassis que Mes-Bottes, n'est-ce
pas?

— Bien sûr, ce n'est pas vilain Cadet-Cassis », déclara
la jeune femme.

Et elle l'interrogea sur son travail. Il travaillait toujours
là, derrière le mur de l'octroi, au nouvel hôpital. Oh! la
besogne ne manquait pas, il ne quitterait certainement
pas ce chantier de l'année. Il y en avait des mètres et des
mètres de gouttières!

« Vous savez, dit-il, je vois l'hôtel Boncœur, quand
je suis là-haut... Hier, vous étiez à la fenêtre, j'ai fait aller
les bras, mais vous ne m'avez pas aperçu. »

Cependant, ils s'étaient déjà engagés d'une centaine de
pas dans la rue de la Goutte-d'Or, lorsqu'il s'arrêta,
levant les yeux, disant :

« Voilà la maison... Moi, je suis né plus loin, au 22...
Mais cette maison-là, tout de même, fait un joli tas de

maçonnerie! C'est grand comme une caserne, là-dedans!»

Gervaise haussait le menton, examinait la façade. Sur la rue, la maison avait cinq étages, alignant chacun à la file quinze fenêtres, dont les persiennes noires, aux lames cassées, donnaient un air de ruine à cet immense pan de muraille. En bas, quatre boutiques occupaient le rez-de-chaussée : à droite de la porte, une vaste salle de gargote graisseuse; à gauche, un charbonnier, un mercier et une marchande de parapluies. La maison paraissait d'autant plus colossale qu'elle s'élevait entre deux petites constructions basses, chétives, collées contre elle; et, carrée, pareille à un bloc de mortier gâché grossièrement, se pourrissant et s'émiettant sous la pluie, elle profilait sur le ciel clair, au-dessus des toits voisins, son énorme cube brut, ses flancs non crépis, couleur de boue, d'une nudité interminable de murs de prison, où des rangées de pierres d'attente semblaient des mâchoires caduques, bâillant dans le vide. Mais Gervaise regardait surtout la porte, une immense porte ronde, s'élevant jusqu'au deuxième étage, creusant un porche profond, à l'autre bout duquel on voyait le coup de jour blafard d'une grande cour. Au milieu de ce porche, pavé comme la rue, un ruisseau coulait, roulant une eau rose très tendre.

« Entrez donc, dit Coupeau, on ne vous mangera pas. »

Gervaise voulut l'attendre dans la rue. Cependant, elle ne put s'empêcher de s'enfoncer sous le porche, jusqu'à la loge du concierge, qui était à droite. Et là, au seuil, elle leva de nouveau les yeux. A l'intérieur, les façades avaient six étages, quatre façades régulières enfermant le vaste carré de la cour. C'étaient des murailles grises, mangées d'une lèpre jaune, rayées de bavures par l'égout-tement des toits, qui montaient toutes plates du pavé aux ardoises, sans une moulure; seuls les tuyaux de descente se coudaient aux étages, où les caisses béantes des plombs mettaient la tache de leur fonte rouillée. Les fenêtres sans persiennes montraient des vitres nues, d'un vert glauque d'eau trouble. Certaines, ouvertes, laissaient pendre des matelas à carreaux bleus, qui prenaient l'air; devant

d'autres, sur des cordes tendues, des linges séchaient, toute
la lessive d'un ménage, les chemises de l'homme, les
camisoles de la femme, les culottes des gamins; il y en
avait une, au troisième, où s'étalait une couche d'enfant,
emplâtrée d'ordure. Du haut en bas, les logements trop
petits crevaient au-dehors, lâchaient des bouts de leur
misère par toutes les fentes. En bas, desservant chaque
façade, une porte haute et étroite, sans boiserie, taillée
dans le nu du plâtre, creusait un vestibule lézardé, au
fond duquel tournaient les marches boueuses d'un
escalier à rampe de fer; et l'on comptait ainsi quatre
escaliers, indiqués par les quatre premières lettres de
l'alphabet, peintes sur le mur. Les rez-de-chaussée
étaient aménagés en immenses ateliers, fermés par des
vitrages noirs de poussière : la forge d'un serrurier y
flambait; on entendait plus loin des coups de rabot d'un
menuisier; tandis que, près de la loge, un laboratoire de
teinturier lâchait à gros bouillons ce ruisseau d'un rose
tendre coulant sous le porche. Salie de flaques d'eau
teintée, de copeaux, d'escarbilles de charbon, plantée
d'herbe sur ses bords, entre ses pavés disjoints, la cour
s'éclairait d'une clarté crue, comme coupée en deux par
la ligne où le soleil s'arrêtait. Du côté de l'ombre, autour
de la fontaine dont le robinet entretenait là une continuelle humidité, trois petites poules piquaient le sol,
cherchaient des vers de terre, les pattes crottées. Et Gervaise lentement promenait son regard, l'abaissait du
sixième étage au pavé, remontait, surprise de cette énormité, se sentant au milieu d'un organe vivant, au cœur
même d'une ville, intéressée par la maison, comme si elle
avait eu devant elle une personne géante.

« Est-ce que madame demande quelqu'un? » cria la
concierge, intriguée, en paraissant à la porte de la loge.

Mais la jeune femme expliqua qu'elle attendait une
personne. Elle retourna vers la rue; puis, comme Coupeau
tardait, elle revint, attirée, regardant encore. La maison
ne lui semblait pas laide. Parmi les loques pendues aux
fenêtres, des coins de gaieté riaient, une giroflée fleurie

dans un pot, une cage de serins d'où tombait un gazouil-
lement, des miroirs à barbe mettant au fond de l'ombre
des éclats d'étoiles rondes. En bas, un menuisier chantait,
accompagné par les sifflements réguliers de sa varlope;
pendant que, dans l'atelier de serrurerie, un tintamarre de
marteaux battant en cadence faisait une grosse sonnerie
argentine. Puis, à presque toutes les croisées ouvertes,
sur le fond de la misère entrevue, des enfants montraient
leurs têtes barbouillées et rieuses, des femmes cousaient,
avec des profils calmes penchés sur l'ouvrage. C'était la
reprise de la tâche après le déjeuner, les chambres vides
des hommes travaillant au-dehors, la maison rentrant
dans cette grande paix, coupée uniquement du bruit des
métiers, du bercement d'un refrain, toujours le même,
répété pendant des heures. La cour seulement était un
peu humide. Si Gervaise avait demeuré là, elle aurait
voulu un logement au fond, du côté du soleil. Elle avait
fait cinq ou six pas, elle respirait cette odeur fade des
logis pauvres, une odeur de poussière ancienne, de saleté
rance; mais, comme l'âcreté des eaux de teinture dominait, elle trouvait que ça sentait beaucoup moins mauvais
qu'à l'hôtel Boncœur. Et elle choisissait déjà sa fenêtre,
une fenêtre dans l'encoignure de gauche, où il y avait une
petite caisse, plantée de haricots d'Espagne, dont les tiges
minces commençaient à s'enrouler autour d'un berceau
de ficelles.

« Je vous ai fait attendre, hein? dit Coupeau, qu'elle
entendit tout d'un coup près d'elle. C'est une histoire,
quand je ne dîne pas chez eux, d'autant plus qu'aujour-
d'hui ma sœur a acheté du veau. »

Et comme elle avait eu un léger tressaillement de surprise, il continua, en promenant à son tour ses regards :

« Vous regardiez la maison. C'est toujours loué du
haut en bas. Il y a trois cents locataires, je crois... Moi,
si j'avais eu des meubles, j'aurai guetté un cabinet... On
serait bien ici, n'est-ce pas?

— Oui, on serait bien, murmura Gervaise. A Plassans,
ce n'était pas si peuplé, dans notre rue... Tenez, c'est

gentil, cette fenêtre, au cinquième, avec des haricots. »

Alors, avec son entêtement, il lui demanda encore si elle voulait. Dès qu'ils auraient un lit, ils loueraient là. Mais elle se sauvait, elle se hâtait sous le porche, en le priant de ne pas recommencer ses bêtises. La maison pouvait crouler, elle n'y coucherait bien sûr pas sous la même couverture que lui. Pourtant, Coupeau, en la quittant devant l'atelier de Mme Fauconnier, put garder un instant dans la sienne sa main qu'elle lui abandonnait en toute amitié.

Pendant un mois, les bons rapports de la jeune femme et de l'ouvrier zingueur continuèrent. Il la trouvait joliment courageuse, quand il la voyait se tuer au travail, soigner les enfants, trouver encore le moyen de coudre le soir à toutes sortes de chiffons. Il y avait des femmes pas propres, noceuses, sur leur bouche; mais, sacré mâtin! elle ne leur ressemblait guère, elle prenait trop la vie au sérieux! Alors, elle riait, elle se défendait modestement. Pour son malheur, elle n'avait pas été toujours aussi sage. Et elle faisait allusion à ses premières couches, dès quatorze ans; elle revenait sur les litres d'anisette vidés avec sa mère, autrefois. L'expérience la corrigeait un peu, voilà tout. On avait tort de lui croire une grosse volonté; elle était très faible, au contraire; elle se laissait aller où on la poussait, par crainte de causer de la peine à quelqu'un. Son rêve était de vivre dans une société honnête, parce que la mauvaise société, disait-elle, c'était comme un coup d'assommoir, ça vous cassait le crâne, ça vous aplatissait une femme en moins de rien. Elle se sentait prise d'une sueur devant l'avenir et se comparait à un sou lancé en l'air retombant pile ou face, selon les hasards du pavé. Tout ce qu'elle avait déjà vu, les mauvais exemples étalés sous ses yeux d'enfant, lui donnaient une fière leçon. Mais Coupeau la plaisantait de ses idées noires, la ramenait à tout son courage, en essayant de lui pincer les hanches; elle le repoussait, lui allongeait des claques sur les mains, pendant qu'il criait en riant que, pour une femme faible, elle n'était pas d'un assaut commode. Lui,

rigoleur, ne s'embarrassait pas de l'avenir. Les jours
amenaient les jours, pardi. On aurait toujours bien la
niche et la pâtée. Le quartier lui semblait propre, à part
une bonne moitié des soûlards dont on aurait pu débarrasser les ruisseaux. Il n'était pas méchant diable, tenait
parfois des discours très sensés, avait même un brin de
coquetterie, une raie soignée sur le côté de la tête, de
jolies cravates, une paire de souliers vernis pour le
dimanche. Avec cela, une adresse et une effronterie de
singe, une drôlerie gouailleuse d'ouvrier parisien, pleine
de bagou, charmante encore sur son museau jeune.

Tous deux avaient fini par se rendre une foule de services, à l'hôtel Boncœur. Coupeau allait lui chercher son
lait, se chargeait de ses commissions, portait ses paquets
de linge; souvent, le soir, comme il revenait du travail
le premier, il promenait les enfants, sur le boulevard
extérieur. Gervaise, pour lui rendre ses politesses, montait
dans l'étroit cabinet où il couchait sous les toits; et elle
visitait ses vêtements, mettant des boutons aux cottes,
reprisant les vestes de toile. Une grande familiarité s'établissait entre eux. Elle ne s'ennuyait pas, quand il était là,
amusée des chansons qu'il apportait, de cette continuelle
blague des faubourgs de Paris, toute nouvelle encore
pour elle. Lui, à se frotter toujours contre ses jupes,
s'allumait de plus en plus. Il était pincé, et ferme! Ça
finissait par le gêner. Il riait toujours, mais l'estomac si
mal à l'aise, si serré, qu'il ne trouvait plus ça drôle. Les
bêtises continuaient, il ne pouvait la rencontrer sans lui
crier : « Quand est-ce? » Elle savait ce qu'il voulait dire,
et elle lui promettait la chose pour la semaine des quatre
jeudis. Alors, il la taquinait, se rendait chez elle avec ses
pantoufles à la main, comme pour emménager. Elle en
plaisantait, passait très bien sa journée sans une rougeur
dans les continuelles allusions polissonnes, au milieu desquelles il la faisait vivre. Pourvu qu'il ne fût pas brutal,
elle lui tolérait tout. Elle se fâcha seulement un jour où,
voulant lui prendre un baiser de force, il lui avait arraché
des cheveux.

Vers les derniers jours de juin, Coupeau perdit sa
gaieté. Il devenait tout chose. Gervaise, inquiète de certains regards, se barricadait la nuit. Puis, après une bou-
derie qui avait duré du dimanche au mardi, tout d'un
coup, un mardi soir, il vint frapper chez elle, vers
onze heures. Elle ne voulait pas lui ouvrir; mais il avait
la voix si douce et si tremblante, qu'elle finit par retirer
la commode poussée contre la porte.

Quand il fut entré, elle le crut malade, tant il lui
parut pâle, les yeux rougis, le visage marbré. Et il
restait debout, bégayant, hochant la tête. Non, non, il
n'était pas malade. Il pleurait depuis deux heures, en
haut, dans sa chambre; il pleurait comme un enfant, en
mordant son oreiller, pour ne pas être entendu des voisins. Voilà trois nuits qu'il ne dormait plus. Ça ne pouvait pas continuer comme ça.

« Écoutez, madame Gervaise, dit-il la gorge serrée,
sur le point d'être repris par ses larmes, il faut en finir,
n'est-ce pas?... Nous allons nous marier ensemble. Moi
je veux bien, je suis décidé. »

Gervaise montrait une grande surprise. Elle était très
grave.

« Oh! monsieur Coupeau, murmura-t-elle, qu'est-ce
que vous allez chercher là! Je ne vous ai jamais demandé
cette chose, vous le savez bien... Ça ne me convenait pas,
voilà tout... Oh! non, non, c'est sérieux, maintenant;
réfléchissez, je vous en prie. »

Mais il continuait à hocher la tête, d'un air de résolution inébranlable. C'était tout réfléchi. Il était descendu,
parce qu'il avait besoin de passer une bonne nuit. Elle
n'allait pas le laisser remonter pleurer, peut-être! Dès
qu'elle aurait dit oui, il ne la tourmenterait plus, elle
pourrait se coucher tranquillement. Il voulait simplement
lui entendre dire oui. On causerait le lendemain.

« Bien sûr, je ne dirai pas oui comme ça, reprit Gervaise. Je ne tiens pas à ce que, plus tard, vous m'accusiez
de vous avoir poussé à faire une bêtise... Voyez-vous,
monsieur Coupeau, vous avez tort de vous entêter. Vous

ignorez vous-même ce que vous éprouvez pour moi. Si
vous ne me rencontriez pas de huit jours, ça vous passerait, je parie. Les hommes, souvent, se marient pour une
nuit, la première, et puis les nuits se suivent, les jours
s'allongent, toute la vie, et ils sont joliment embêtés...
Asseyez-vous là, je veux bien causer tout de suite. »

Alors, jusqu'à une heure du matin, dans la chambre
noire, à la clarté fumeuse d'une chandelle qu'ils oubliaient
de moucher, ils discutèrent leur mariage, baissant la voix,
afin de ne pas réveiller les deux enfants, Claude et Étienne, qui dormaient avec leur petit souffle, la tête sur le même
oreiller. Et Gervaise revenait toujours à eux, les montrait
à Coupeau; c'était là une drôle de dot qu'elle lui apportait, elle ne pouvait vraiment pas l'encombrer de deux
mioches. Puis, elle était prise de honte pour lui. Qu'est-ce
qu'on dirait dans le quartier? On l'avait connue avec son
amant, on savait son histoire; ce ne serait guère propre,
quand on les verrait s'épouser, au bout de deux mois à
peine. A toutes ces bonnes raisons, Coupeau répondait par
des haussements d'épaules. Il se moquait bien du quartier! Il ne mettait pas son nez dans les affaires des autres;
il aurait eu trop peur de le salir, d'abord! Eh bien, oui,
elle avait eu Lantier avant lui. Où était le mal? Elle ne
faisait pas la vie, elle n'amènerait pas des hommes dans
son ménage, comme tant de femmes, et des plus riches.
Quant aux enfants, ils grandiraient, on les élèverait,
parbleu! Jamais il ne trouverait une femme aussi courageuse, aussi bonne, remplie de plus de qualités. D'ailleurs, ce n'était pas tout ça, elle aurait pu rouler sur les
trottoirs, être laide, fainéante, dégoûtante, avoir une
séquelle d'enfants crottés, ça n'aurait pas compté à ses
yeux : il la voulait.

« Oui, je vous veux, répétait-il, en tapant son poing
sur son genou d'un martèlement continu. Vous entendez
bien, je vous veux... Il n'y a rien à dire à ça, je pense? »

Gervaise, peu à peu, s'attendrissait. Une lâcheté du
cœur et des sens la prenait, au milieu de ce désir brutal
dont elle se sentait enveloppée. Elle ne hasardait plus

que des objections timides, les mains tombées sur ses
jupes, la face noyée de douceur. Du dehors, par la fenêtre
entrouverte, la belle nuit de juin envoyait des souffles
chauds, qui effaraient la chandelle, dont la haute mèche
rougeâtre charbonnait; dans le grand silence du quartier
endormi, on entendait seulement les sanglots d'enfant
d'un ivrogne, couché sur le dos, au milieu du boulevard;
tandis que, très loin, au fond de quelque restaurant, un
violon jouait un quadrille canaille à quelque noce attar-
dée, une petite musique cristalline, nette et déliée comme
une phrase d'harmonica. Coupeau, voyant la jeune
femme à bout d'arguments, silencieuse et vaguement
souriante, avait saisi ses mains, l'attirait vers lui. Elle était
dans une de ces heures d'abandon dont elle se méfiait tant,
gagnée, trop émue pour rien refuser et faire de la peine à
quelqu'un. Mais le zingueur ne comprit pas qu'elle se
donnait; il se contenta de lui serrer les poignets à les
broyer, pour prendre possession d'elle; et ils eurent tous
les deux un soupir, à cette légère douleur, dans laquelle
se satisfaisait un peu de leur tendresse.

« Vous dites oui, n'est-ce pas? demanda-t-il.

— Comme vous me tourmentez! murmura-t-elle.
Vous le voulez? eh bien, oui... Mon Dieu, nous faisons là
une grande folie, peut-être. »

Il s'était levé, l'avait empoignée par la taille, lui appliquait un rude baiser sur la figure, au hasard. Puis, comme
cette caresse faisait un gros bruit, il s'inquiéta le premier,
regardant Claude et Étienne, marchant à pas de loup,
baissant la voix.

« Chut! soyons sages, dit-il, il ne faut pas réveiller
les gosses... A demain. »

Et il remonta à sa chambre. Gervaise, toute tremblante,
resta près d'une heure assise au bord de son lit, sans songer
à se déshabiller. Elle était touchée, elle trouvait Coupeau
très honnête; car elle avait bien cru un moment que
c'était fini, qu'il allait coucher là. L'ivrogne, en bas, sous
la fenêtre, avait une plainte plus rauque de bête perdue.
Au loin, le violon à la ronde canaille se taisait.

Les jours suivants, Coupeau voulut décider Gervaise
à monter un soir chez sa sœur, rue de la Goutte-d'Or.
Mais la jeune femme, très timide, montrait un grand
effroi de cette visite aux Lorilleux. Elle remarquait parfaitement que le zingueur avait une peur sourde du
ménage. Sans doute il ne dépendait pas de sa sœur, qui
n'était même pas l'aînée. Maman Coupeau donnerait son
consentement des deux mains, car jamais elle ne contrariait son fils. Seulement, dans la famille, les Lorilleux passaient pour gagner jusqu'à dix francs par jour; et ils
tiraient de là une véritable autorité. Coupeau n'aurait pas
osé se marier, sans qu'ils eussent avant tout accepté sa
femme.

« Je leur ai parlé de vous, ils connaissent nos projets,
expliquait-il à Gervaise. Mon Dieu! que vous êtes
enfant! Venez ce soir... Je vous ai avertie, n'est-ce pas?
Vous trouverez ma sœur un peu raide. Lorilleux non plus
n'est pas toujours aimable. Au fond, ils sont très vexés,
parce que, si je me marie, je ne mangerai plus chez eux,
et ce sera une économie de moins. Mais ça ne fait rien,
ils ne vous mettront pas à la porte... Faites ça pour moi,
c'est absolument nécessaire. »

Ces paroles effrayaient Gervaise davantage. Un samedi
soir, pourtant, elle céda. Coupeau vint la chercher à huit
heures et demie. Elle s'était habillée : une robe noire,
avec un châle à palmes jaunes en mousseline de laine
imprimée, et un bonnet blanc garni d'une petite dentelle.
Depuis six semaines qu'elle travaillait, elle avait éco-
nomisé les sept francs du châle et les deux francs cinquante
du bonnet; la robe était une vieille robe nettoyée et
refaite.

« Ils vous attendent, lui dit Coupeau, pendant qu'ils
faisaient le tour par la rue des Poissonniers. Oh! ils
commencent à s'habituer à l'idée de me voir marié. Ce
soir, ils ont l'air très gentil... Et puis, si vous n'avez
jamais vu faire des chaînes d'or, ça vous amusera à
regarder. Ils ont justement une commande pressée pour
lundi.

— Ils ont de l'or chez eux? demanda Gervaise.

— Je crois bien, il y en a sur les murs, il y en a par terre, il y en a partout. »

Cependant, ils s'étaient engagés sous la porte ronde et avaient traversé la cour. Les Lorilleux demeuraient au sixième, escalier B. Coupeau lui cria en riant d'empoigner ferme la rampe et de ne plus la lâcher. Elle leva les yeux, cligna des paupières — apercevant la haute tour creuse de la cage de l'escalier, éclairée par trois becs de gaz, de deux étages en deux étages; le dernier, tout en haut, avait l'air d'une étoile tremblotante dans un ciel noir, tandis que les deux autres jetaient de longues clartés, étrangement découpées, le long de la spirale interminable des marches.

« Hein? dit le zingueur en arrivant au palier du premier étage, ça sent joliment la soupe à l'oignon. On a mangé de la soupe à l'oignon pour sûr. »

En effet, l'escalier B, gris, sale, la rampe et les marches graisseuses, les murs éraflés montrant le plâtre, était encore plein d'une violente odeur de cuisine. Sur chaque palier, des couloirs s'enfonçaient, sonores de vacarme, des portes s'ouvraient, peintes en jaune, noircies à la serrure par la crasse des mains; et, au ras de la fenêtre, le plomb soufflait une humidité fétide, dont la puanteur se mêlait à l'âcreté de l'oignon cuit. On entendait, du rez-de-chaussée au sixième, des bruits de vaisselle, des poêlons qu'on barbotait, des casseroles qu'on grattait avec des cuillers pour les récurer. Au premier étage, Gervaise aperçut, dans l'entrebâillement d'une porte, sur laquelle le mot : *Dessinateur* était écrit en grosses lettres, deux hommes attablés devant une toile cirée desservie, causant furieusement, au milieu de la fumée de leurs pipes. Le second étage et le troisième, plus tranquilles, laissaient passer seulement par les fentes des boiseries la cadence d'un berceau, les pleurs étouffés d'un enfant, la grosse voix d'une femme coulant avec un sourd murmure d'eau courante, sans paroles distinctes; et elle put lire des pancartes clouées, portant des noms : *Madame Gaudron, cardeuse*, et plus loin : *Monsieur Madinier, atelier de cartonnage*. On se battait au quatrième : un piétinement dont le plancher tremblait, des meubles culbutés, un effroyable tapage de jurons et de coups; ce qui n'empêchait pas les voisins d'en face de jouer aux cartes, la porte ouverte, pour avoir de l'air. Mais, quand elle fut au cinquième, Gervaise dut souffler; elle n'avait pas l'habitude de monter; ce mur qui tournait toujours, ces logement entrevus qui défilaient, lui cassaient la tête. Une famille, d'ailleurs, barrait le palier; le père lavait des assiettes sur un petit fourneau de terre, près du plomb, tandis que la mère, adossée à la rampe, nettoyait le bambin, avant d'aller le coucher. Cependant, Coupeau encourageait la jeune femme. Ils arrivaient. Et, lorsqu'il fut enfin au sixième, il se retourna pour l'aider d'un sourire. Elle, la tête levée, cherchait d'où venait un filet de voix, qu'elle écoutait depuis la première marche, clair et perçant, dominant les autres bruits. C'était, sous les toits, une petite vieille qui chantait en habillant des poupées à treize sous. Gervaise vit encore, au moment où une grande fille rentrait avec un seau dans une chambre voisine, un lit défait, où un homme en manches de chemise attendait, vautré, les yeux en l'air; sur la porte refermée, une carte de visite écrite à la main indiquait : *Mademoiselle Clémence, repasseuse*. Alors, tout en haut, les jambes cassées, l'haleine courte, elle eut la curiosité de se pencher au-dessus de la rampe; maintenant, c'était le bec de gaz d'en bas qui semblait une étoile, au fond du puits étroit des six étages; et les odeurs, la vie énorme et grondante de la maison, lui arrivaient dans une seule haleine, battaient d'un coup de chaleur son visage inquiet, se hasardant là comme au bord d'un gouffre.

« Nous ne sommes pas arrivés, dit Coupeau. Oh! c'est un voyage! »

Il avait pris à gauche, un long corridor. Il tourna deux fois, la première encore à gauche, la seconde à droite. Le corridor s'allongeait toujours, se bifurquait, resserré, lézardé, décrépi, de loin en loin éclairé par une mince

flamme de gaz; et les portes uniformes, à la file comme
des portes de prison ou de couvent, continuaient à montrer, presque toutes grandes ouvertes, des intérieurs de
misère et de travail, que la chaude soirée de juin emplissait d'une buée rousse. Enfin, ils arrivèrent à un bout de
couloir complètement sombre.

« Nous y sommes, reprit le zingueur. Attention! tenez-
vous au mur; il y a trois marches. »

Et Gervaise fit encore une dizaine de pas, dans l'obscurité, prudemment. Elle buta, compta les trois marches.
Mais, au fond du couloir, Coupeau venait de pousser
une porte, sans frapper. Une vive clarté s'étala sur le
carreau. Ils entrèrent.

C'était une pièce étranglée, une sorte de boyau, qui
semblait le prolongement même du corridor. Un rideau
de laine déteinte, en ce moment relevé par une ficelle,
coupait le boyau en deux. Le premier compartiment
contenait un lit, poussé sous un angle du plafond man-
sardé, un poêle de fonte encore tiède du dîner, deux
chaises, une table et une armoire dont il avait fallu scier la
corniche pour qu'elle pût tenir entre le lit et la porte.
Dans le second compartiment se trouvait installé l'atelier : au fond, une étroite forge avec son soufflet; à droite,
un étau scellé au mur, sous une étagère où traînaient des
ferrailles; à gauche, auprès de la fenêtre, un établi tout
petit, encombré de pinces, de cisailles, de scies micros-
copiques, grasses et très sales.

« C'est nous! » cria Coupeau, en s'avançant jusqu'au
rideau de laine.

Mais on ne répondit pas tout de suite. Gervaise, fort
émotionnée, remuée surtout par cette idée qu'elle allait
entrer dans un lieu plein d'or, se tenait derrière l'ouvrier,
balbutiant, hasardant des hochements de tête, pour
saluer. La grande clarté, une lampe brûlant sur l'établi,
un brasier de charbon flambant dans la forge, accrois-
sait encore son trouble. Elle finit pourtant par voir
Mme Lorilleux, petite, rousse, assez forte, tirant de toute
la vigueur de ses bras courts, à l'aide d'une grosse tenaille,

un fil de métal noir, qu'elle passait dans les trous d'une filière fixée à l'étau. Devant l'établi, Lorilleux, aussi petit de taille, mais d'épaules plus grêles, travaillait, du bout de ses pinces, avec une vivacité de singe, à un travail si menu, qu'il se perdait entre ses doigts noueux. Ce fut le mari qui leva le premier la tête, une tête aux cheveux rares, d'une pâleur jaune de vieille cire, longue et souffrante.

« Ah! c'est vous, bien, bien! murmura-t-il. Nous sommes pressés, vous savez... N'entrez pas dans l'atelier, ça nous gênerait. Restez dans la chambre. »

Et il reprit son travail menu, la face de nouveau dans le reflet verdâtre d'une boule d'eau, à travers laquelle la lampe envoyait sur son ouvrage un rond de vive lumière.

« Prends les chaises! cria à son tour Mme Lorilleux. C'est cette dame, n'est-ce pas? Très bien, très bien! »

Elle avait roulé le fil; elle le porta à la forge, et là, activant le brasier avec un large éventail de bois, elle le mit à recuire, avant de le passer dans les derniers trous de la filière.

Coupeau avança les chaises, fit asseoir Gervaise au bord du rideau. La pièce était si étroite, qu'il ne put se caser à côté d'elle. Il s'assit en arrière, et il se penchait pour lui donner, dans le cou, des explications sur le travail. La jeune femme, interdite par l'étrange accueil des Lorilleux, mal à l'aise sous leurs regards obliques, avait un bourdonnement aux oreilles qui l'empêchait d'entendre. Elle trouvait la femme très vieille pour ses trente ans, l'air revêche, malpropre avec ses cheveux queue de vache, roulés sur sa camisole défaite. Le mari, d'une année plus âgé seulement, lui semblait un vieillard, aux minces lèvres méchantes, en manches de chemise, les pieds nus dans des pantoufles éculées. Et ce qui la consternait surtout, c'était la petitesse de l'atelier, les murs barbouillés, la ferraille ternie des outils, toute la saleté noire traînant là dans un bric-à-brac de marchand de vieux clous. Il faisait terriblement chaud. Des gouttes de sueur perlaient sur la face verdie de Lorilleux; tandis

que Mme Lorilleux se décidait à retirer sa camisole,
les bras nus, la chemise plaquant sur les seins tombés.

« Et l'or? » demanda Gervaise à demi-voix.

Ses regards inquiets fouillaient les coins, cherchaient,
parmi toute cette crasse, le resplendissement qu'elle avait
rêvé.

Mais Coupeau s'était mis à rire.

« L'or? dit-il; tenez, en voilà, en voilà encore, et en
voilà à vos pieds! »

Il avait indiqué successivement le fil aminci que travaillait sa sœur, et un autre paquet de fil, pareil à une
liasse de fil de fer, accroché au mur, près de l'étau; puis,
se mettant à quatre pattes, il venait de ramasser par terre,
sous la claie de bois qui recouvrait le carreau de l'atelier,
un déchet, un brin semblable à la pointe d'une aiguille
rouillée. Gervaise se récriait. Ce n'était pas de l'or, peut-
être, ce métal noirâtre, vilain comme du fer! Il dut
mordre le déchet, lui montrer l'entaille luisante de ses
dents. Et il reprenait ses explications : les patrons fournissaient l'or en fil, tout allié; les ouvriers le passaient
d'abord par la filière pour l'obtenir à la grosseur voulue,
en ayant soin de le faire recuire cinq ou six fois pendant
l'opération, afin qu'il ne cassât pas. Oh! il fallait une
bonne poigne et de l'habitude! Sa sœur empêchait son
mari de toucher aux filières, parce qu'il toussait. Elle
avait de fameux bras, il lui avait vu tirer l'or aussi
mince qu'un cheveu.

Cependant, Lorilleux, pris d'un accès de toux, se
pliait sur son tabouret. Au milieu de la quinte, il parla, il
dit d'une voix suffoquée, toujours sans regarder Gervaise, comme s'il eût constaté la chose uniquement pour
lui :

« Moi, je fais la colonne. »

Coupeau força Gervaise à se lever. Elle pouvait bien
s'approcher, elle verrait. Le chaîniste consentit d'un
grognement. Il enroulait le fil préparé par sa femme
autour d'un mandrin, une baguette d'acier très mince.
Puis, il donna un léger coup de scie, qui tout le long du

mandrin coupa le fil, dont chaque tour forma un mail-
lon. Ensuite il souda. Les maillons étaient posés sur un
gros morceau de charbon de bois. Il les mouillait d'une
goutte de borax, prise dans le cul d'un verre cassé, à
côté de lui; et, rapidement, il les rougissait à la lampe,
sous la flamme horizontale du chalumeau. Alors, quand
il eut une centaine de maillons il se remit une fois encore
à son travail menu, appuyé au bord de la cheville, un
bout de planchette que le frottement de ses mains avait
poli. Il ployait la maille à la pince, la serrait d'un côté,
l'introduisait dans la maille supérieure déjà en place, la
rouvrait à l'aide d'une pointe; cela avec une régularité
continue, les mailles succédant aux mailles, si vivement,
que la chaîne s'allongeait peu à peu sous les yeux de
Gervaise, sans lui permettre de suivre et de bien comprendre.

« C'est la colonne, dit Coupeau. Il y a le jaseron, le
forçat, la gourmette, la corde. Mais ça, c'est la colonne.
Lorilleux ne fait que la colonne. »

Celui-ci eut un ricanement de satisfaction. Il cria,
tout en continuant à pincer les mailles, invisibles entre
ses ongles noirs :

« Écoute donc, Cadet-Cassis!... J'établissais un calcul,
ce matin. J'ai commencé à douze ans, n'est-ce pas? Eh
bien, sais-tu quel bout de colonne j'ai dû faire au jour
d'aujourd'hui? »

Il leva sa face pâle, cligna ses paupières rougies.

« Huit mille mètres, entends-tu! Deux lieues!... Hein!
un bout de colonne de deux lieues! Il y a de quoi entor-
tiller le cou à toutes les femelles du quartier... Et, tu sais,
le bout s'allonge toujours. J'espère bien aller de Paris à
Versailles. »

Gervaise était retournée s'asseoir, désillusionnée, trouvant tout très laid. Elle sourit pour faire plaisir aux Lorilleux. Ce qui la gênait surtout, c'était le silence gardé sur
son mariage, sur cette affaire si grosse pour elle, sans
laquelle elle ne serait certainement pas venue. Les Lorilleux continuaient à la traiter en curieuse importune

amenée par Coupeau. Et une conversation s'étant enfin
engagée, elle roula uniquement sur les locataires de la
maison. Mme Lorilleux demanda à son frère s'il n'avait
pas entendu en montant les gens du quatrième se battre.
Ces Bénard s'assommaient tous les jours; le mari rentrait
soûl comme un cochon; la femme aussi avait bien des
torts, elle criait des choses dégoûtantes. Puis, on parla du
dessinateur du premier, ce grand escogriffe de Baudequin,
un poseur criblé de dettes, toujours fumant, toujours
gueulant avec des camarades. L'atelier de cartonnage de
M. Madinier n'allait plus que d'une patte; le patron
avait encore congédié deux ouvrières la veille; ce serait
pain bénit, s'il faisait la culbute, car il mangeait tout, il
laissait ses enfants le derrière nu. Mme Gaudron cardait
drôlement ses matelas : elle se trouvait encore enceinte, ce
qui finissait par n'être guère propre, à son âge. Le propriétaire venait de donner congé aux Coquet, au cinquième,
ils devaient trois termes; puis, ils s'entêtaient à allumer
leur fourneau sur le carré; même que, le samedi d'auparavant, Mlle Remanjou, la vieille du sixième, en repor-
tant ses poupées, était descendue à temps pour empêcher
le petit Linguerlot d'avoir le corps tout brûlé. Quant à
Mlle Clémence, la repasseuse, elle se conduisait comme
elle l'entendait, mais on ne pouvait pas dire, elle adorait
les animaux, elle possédait un cœur d'or. Hein! quel
dommage, une belle fille pareille aller avec tous les
hommes! On la rencontrerait une nuit sur un trottoir,
pour sûr.

« Tiens, en voilà une, dit Lorilleux à sa femme, en
lui donnant le bout de chaîne auquel il travaillait depuis
le déjeuner. Tu peux la dresser. »

Et il ajouta, avec l'insistance d'un homme qui ne
lâche pas aisément une plaisanterie :

« Encore quatre pieds et demi... Ça me rapproche
de Versailles. »

Cependant, Mme Lorilleux, après l'avoir fait recuire,
dressait la colonne, en la passant à la filière de réglage.
Elle la mit ensuite dans une petite casserole de cuivre

à long manche, pleine d'eau seconde, et la dérocha au
feu de la forge. Gervaise, de nouveau poussée par Coupeau, dut suivre cette dernière opération. Quand la
chaîne fut dérochée, elle devint d'un rouge sombre. Elle
était finie, prête à livrer.

« On livre en blanc, expliqua encore le zingueur.
Ce sont les polisseuses qui frottent ça avec du
drap. »

Mais Gervaise se sentait à bout de courage. La chaleur,
de plus en plus forte, la suffoquait. On laissait la porte
fermée, parce que le moindre courant d'air enrhumait
Lorilleux. Alors, comme on ne parlait toujours pas de
leur mariage, elle voulut s'en aller, elle tira légèrement
la veste de Coupeau. Celui-ci comprit. Il commençait,
d'ailleurs, à être également embarrassé et vexé de cette
affectation de silence.

« Eh bien, nous partons, dit-il. Nous vous laissons
travailler. »

Il piétina un instant, il attendit, espérant un mot, une
allusion quelconque. Enfin, il se décida à entamer les
choses lui-même.

« Dites donc, Lorilleux, nous comptons sur vous,
vous serez le témoin de ma femme. »

Le chaîniste leva la tête, joua la surprise, avec un ricanement; tandis que sa femme, lâchant les filières, se plan-
tait au milieu de l'atelier.

« C'est donc sérieux? murmura-t-il. Ce sacré Cadet-
Cassis, on ne sait jamais s'il veut rire.

— Ah! oui, madame est la personne, dit à son tour
la femme en dévisageant Gervaise. Mon Dieu! nous
n'avons pas de conseil à vous donner, nous autres... C'est
une drôle d'idée de se marier tout de même. Enfin, si ça
vous va à l'un et à l'autre. Quand ça ne réussit pas, on
s'en prend à soi, voilà tout. Et ça ne réussit pas souvent,
pas souvent, pas souvent... »

La voix ralentie sur ces derniers mots, elle hochait la
tête, passant de la figure de la jeune femme à ses mains,
à ses pieds, comme si elle avait voulu la déshabiller, pour

lui voir les grains de la peau. Elle dut la trouver mieux qu'elle ne comptait.

« Mon frère est bien libre, continua-t-elle d'un ton plus pincé. Sans doute, la famille aurait peut-être désiré... On fait toujours des projets. Mais les choses tournent si drôlement... Moi, d'abord, je ne veux pas me disputer. Il nous aurait amené la dernière des dernières, je lui aurais dit : « Épouse-la et fiche-moi la paix... » Il n'était pourtant pas mal ici, avec nous. Il est assez gras, on voit bien qu'il ne jeûnait guère. Et toujours sa soupe chaude, juste à la minute... Dis donc, Lorilleux, tu ne trouves pas que madame ressemble à Thérèse, tu sais bien, cette femme d'en face qui est morte de la poitrine?

— Oui, il y a un faux air, répondit le chaîniste.

— Et vous avez deux enfants, madame. Ah! çà, par exemple, je l'ai dit à mon frère : « Je ne comprends pas « comment tu épouses une femme qui a deux enfants... » Il ne faut pas vous fâcher, si je prends ses intérêts; c'est bien naturel... Vous n'avez pas l'air fort, avec ça... N'est-ce pas, Lorilleux, madame n'a pas l'air fort?

— Non non, elle n'est pas forte. »

Ils ne parlèrent pas de sa jambe. Mais Gervaise comprenait, à leurs regards obliques et au pincement de leurs lèvres, qu'ils y faisaient allusion. Elle restait devant eux, serrée dans son mince châle à palmes jaunes répondant par des monosyllabes, comme devant des juges. Coupeau, la voyant souffrir, finit par crier :

« Ce n'est pas tout çà... Ce que vous dites et rien, c'est la même chose. La noce aura lieu le samedi 29 juillet. J'ai calculé sur l'almanach. Est-ce convenu? ça vous va-t-il?

— Oh! ça nous va toujours, dit sa sœur. Tu n'avais pas besoin de nous consulter... Je n'empêcherai pas Lorilleux d'être témoin. Je veux avoir la paix. »

Gervaise, la tête basse, ne sachant plus à quoi s'occuper, avait fourré le bout de son pied dans un losange de la claie de bois, dont le carreau de l'atelier était couvert; puis, de peur d'avoir dérangé quelque chose en le retirant,

elle s'était baissée, tâtant avec la main. Lorilleux, vivement, approcha la lampe. Et il lui examinait les doigts
avec méfiance.

« Il faut prendre garde, dit-il, les petits morceaux
d'or, ça se colle sous les souliers, et ça s'emporte, sans
qu'on le sache. »

Ce fut toute une affaire. Les patrons n'accordaient pas
un milligramme de déchet. Et il montra la patte de lièvre
avec laquelle il brossait les parcelles d'or restées sur la
cheville, et la peau étalée sur ses genoux, mise là pour les
recevoir. Deux fois par semaine, on balayait soigneusement l'atelier; on gardait les ordures, on les brûlait, on
passait les cendres, dans lesquelles on trouvait par mois
jusqu'à vingt-cinq et trente francs d'or.

Mme Lorilleux ne quittait pas du regard les souliers
de Gervaise.

« Mais il n'y a pas à se fâcher, murmura-t-elle
avec un sourire aimable. Madame peut regarder ses
semelles. »

Et Gervaise, très rouge, se rassit, leva ses pieds, fit voir
qu'il n'y avait rien. Coupeau avait ouvert la porte en
criant : Bonsoir! d'une voix brusque. Il l'appela, du corridor. Alors, elle sortit à son tour, après avoir balbutié
une phrase de politesse : elle espérait bien qu'on se rever-
rait et qu'on s'entendrait tous ensemble. Mais les Lorilleux
s'étaient déjà remis à l'ouvrage au fond du trou noir de
l'atelier, où la petite forge luisait, comme un dernier
charbon blanchissant dans la grosse chaleur d'un four.
La femme, un coin de la chemise glissé sur l'épaule, la
peau rougie par le reflet du brasier, tirait un nouveau fil,
gonflait à chaque effort son cou, dont les muscles se roulaient, pareils à des ficelles. Le mari, courbé sous la lueur
verte de la boule d'eau, recommençant un bout de chaîne,
ployait la maille à la pince, la serrait d'un côté, l'introduisait dans la maille supérieure, la rouvrait à l'aide d'une
pointe, continuellement, mécaniquement, sans perdre un
geste pour essuyer la sueur de sa face.

Quand Gervaise déboucha des corridors sur le palier

du sixième, elle ne put retenir cette parole, des larmes
aux yeux :

« Ça ne promet pas beaucoup de bonheur. »

Coupeau branla furieusement la tête. Lorilleux lui
revaudrait cette soirée-là. Avait-on jamais vu un pareil
grigou! croire qu'on allait lui emporter trois grains de sa
poussière d'or! Toutes ces histoires, c'était de l'avarice
pure. Sa sœur avait peut-être cru qu'il ne se marierait
jamais, pour lui économiser quatre sous sur son pot-au-
feu? Enfin, ça se ferait quand même le 29 juillet. Il se
moquait pas mal d'eux!

Mais Gervaise, en descendant l'escalier, se sentait toujours le cœur gros, tourmentée d'une bête de peur, qui
lui faisait fouiller avec inquiétude les ombres grandies
de la rampe. A cette heure, l'escalier dormait, désert,
éclairé seulement par le bec de gaz du second étage, dont
la flamme rapetissée mettait, au fond de ce puits de
ténèbres, la goutte de clarté d'une veilleuse. Derrière les
portes fermées, on entendait le gros silence, le sommeil
écrasé des ouvriers couchés au sortir de table. Pourtant,
un rire adouci sortait de la chambre de la repasseuse,
tandis qu'un filet de lumière glissait par la serrure de
Mlle Remanjou, taillant encore, avec un petit bruit de
ciseaux, les robes de gaze des poupées à treize sous. En
bas, chez Mme Gaudron, un enfant continuait à pleurer.
Et les plombs soufflaient une puanteur plus forte, au
milieu de la grande paix, noire et muette.

Puis, dans la cour, pendant que Coupeau demandait le
cordon d'une voix chantante, Gervaise se retourna,
regarda une dernière fois la maison. Elle paraissait
grandie sous le ciel sans lune. Les façades grises, comme
nettoyées de leur lèpre et badigeonnées d'ombre, s'éten-
daient, montaient; et elles étaient plus nues encore, toutes
plates, déshabillées des loques séchant le jour au soleil.
Les fenêtres closes dormaient. Quelques-unes, éparses,
vivement allumées, ouvraient des yeux, semblaient faire
loucher certains coins. Au-dessus de chaque vestibule,
de bas en haut, à la file, les vitres des six paliers, blanches

d'une lueur pâle, dressaient une tour étroite de lumière. Un rayon de lampe, tombé de l'atelier de cartonnage, au second, mettait une traînée jaune sur le pavé de la cour, trouant les ténèbres qui noyaient les ateliers du rez-de-chaussée. Et, du fond de ces ténèbres, dans le loin humide, des gouttes d'eau, sonores au milieu du silence, tombaient une à une du robinet mal tourné de la fontaine. Alors, il sembla à Gervaise que la maison était sur elle, écrasante, glaciale à ses épaules. C'était toujours sa bête de peur, un enfantillage dont elle souriait ensuite.

« Prenez garde! » cria Coupeau.

Et elle dut, pour sortir, sauter par-dessus une grande mare, qui avait coulé de la teinturerie. Ce jour-là, la mare était bleue, d'un azur profond de ciel d'été, où la petite lampe de nuit du concierge allumait des étoiles.

III

Gervaise ne voulait pas de noce. A quoi bon dépenser de l'argent? Puis, elle restait un peu honteuse; il lui semblait inutile d'étaler le mariage devant tout le quartier. Mais Coupeau se récriait : on ne pouvait pas se marier comme ça, sans manger un morceau ensemble. Lui, se battait joliment l'œil du quartier! Oh! quelque chose de tout simple, un petit tour de balade l'après-midi, en attendant d'aller tordre le cou à un lapin, au premier gargot venu. Et pas de musique au dessert, bien sûr, pas de clarinette pour secouer le panier aux crottes des dames. Histoire de trinquer seulement, avant de revenir faire dodo chacun chez soi.

Le zingueur, plaisantant, rigolant, décida la jeune femme, lorsqu'il lui eut juré qu'on ne s'amuserait pas. Il aurait l'œil sur les verres, pour empêcher les coups de soleil. Alors, il organisa un pique-nique à cent sous par tête, chez Auguste, au *Moulin-d'Argent*, boulevard de la Chapelle. C'était un petit marchand de vin dans les prix doux, qui avait un bastringue au fond de son arrière-boutique, sous les trois acacias de sa cour. Au premier, on serait parfaitement bien. Pendant dix jours, il racola des convives, dans la maison de sa sœur, rue de la Goutte-d'Or : M. Madinier, Mlle Remanjou, Mme Gaudron et son mari. Il finit même par faire accepter à Gervaise deux camarades, Bibi-la-Grillade et Mes-Bottes : sans doute Mes-Bottes levait le coude, mais il avait un appétit si farce, qu'on l'invitait toujours dans les pique-niques, à cause de la tête du marchand de soupe en voyant ce sacré trou-là avaler ses douze livres de pain.

La jeune femme, de son côté, promit d'amener sa patronne, Mme Fauconnier, et les Boche, de très braves gens. Tout compte fait, on se trouverait quinze à table, c'était assez. Quand on est trop de monde, ça se termine toujours par des disputes.

Cependant, Coupeau n'avait pas le sou. Sans chercher à crâner, il entendait agir en homme propre. Il emprunta cinquante francs à son patron.' Là-dessus, il acheta d'abord l'alliance, une alliance d'or de douze francs, que Lorilleux lui procura en fabrique pour neuf francs. Il se commanda ensuite une redingote, un pantalon et un gilet, chez un tailleur de la rue Myrrha, auquel il donna seulement un acompte de vingt-cinq francs; ses souliers vernis et son bolivar pouvaient encore marcher. Quand il eut mis de côté les dix francs du pique-nique, son écot et celui de Gervaise, les enfants devant passer par-dessus le marché, il lui resta tout juste six francs, le prix d'une messe à l'autel des pauvres. Certes, il n'aimait pas les corbeaux, ça lui crevait le cœur de porter ses six francs à ces galfatres-là, qui n'en avaient pas besoin pour se tenir le gosier frais. Mais un mariage sans messe, on avait beau dire, ce n'était pas un mariage. Il alla lui-même à l'église marchander; et, pendant une heure, il s'attrapa avec un vieux petit prêtre, en soutane sale, voleur comme une fruitière. Il avait envie de lui ficher des calottes. Puis, par blague, il lui demanda s'il ne trouverait pas, dans sa boutique, une messe d'occasion, point trop détériorée, et dont un couple bon enfant ferait encore son beurre. Le vieux petit prêtre, tout en grognant que Dieu n'aurait aucun plaisir à bénir son union, finit par lui laisser sa messe à cinq francs. C'était toujours vingt sous d'économie. Il lui restait vingt sous.

Gervaise, elle aussi, tenait à être propre. Dès que le mariage fut décidé, elle s'arrangea, fit des heures en plus, le soir, arriva à mettre trente francs de côté. Elle

avait une grosse envie d'un petit mantelet de soie,
affiché treize francs, rue du Faubourg-Poissonnière. Elle
se le paya, puis racheta pour dix francs au mari d'une
blanchisseuse, morte dans la maison de Mme Fauconnier, une robe de laine gros bleu, qu'elle refit complètement à sa taille. Avec les sept francs qui restaient,
elle eut une paire de gants de coton, une rose pour son
bonnet et des souliers pour son aîné Claude. Heureusement les petits avaient des blouses possibles. Elle passa
quatre nuits, nettoyant tout, visitant jusqu'aux plus
petits trous de ses bas et de sa chemise.

Enfin, le vendredi soir, la veille du grand jour, Gervaise et Coupeau, en rentrant du travail, eurent encore
à trimer jusqu'à onze heures. Puis, avant de se coucher
chacun chez soi, ils passèrent une heure ensemble, dans la
chambre de la jeune femme, bien contents d'être au bout
de cet embarras. Malgré leur résolution de ne pas se
casser les côtes pour le quartier, ils avaient fini par prendre les choses à cœur et par s'éreinter. Quand ils se dirent
bonsoir, ils dormaient debout. Mais, tout de même, ils
poussaient un gros soupir de soulagement. Maintenant,
c'était réglé. Coupeau avait pour témoins M. Madinier et
Bibi-la-Grillade; Gervaise comptait sur Lorilleux et sur
Boche. On devait aller tranquillement à la mairie et à
l'église, tous les six, sans traîner derrière soi une queue de
monde. Les deux sœurs du marié avaient même déclaré
qu'elles resteraient chez elles, leur présence n'étant pas
nécessaire. Seule maman Coupeau s'était mise à pleurer,
en disant qu'elle partirait plutôt en avant, pour se
cacher dans un coin; et on avait promis de l'emmener.
Quant au rendez-vous de toute la société, il était fixé à une
heure, au *Moulin-d'Argent*. De là on irait gagner la faim
dans la plaine Saint-Denis; on prendrait le chemin de fer
et on retournerait à pattes, le long de la grande route. La
partie s'annonçait très bien, pas une bosse à tout avaler,
mais un brin de rigolade, quelque chose de gentil et
d'honnête.

Le samedi matin, en s'habillant, Coupeau fut pris

d'inquiétude, devant sa pièce de vingt sous. Il venait de
songer que, par politesse, il lui faudrait offrir un verre de
vin et une tranche de jambon aux témoins, en attendant
le dîner. Puis, il y aurait peut-être des frais imprévus.
Décidément, vingt sous, ça ne suffisait pas. Alors, après
s'être chargé de conduire Claude et Étienne chez
Mme Boche, qui devait les amener le soir au dîner, il
courut rue de la Goutte-d'Or et monta carrément
emprunter dix francs à Lorilleux. Par exemple, ça lui
écorchait le gosier, car il s'attendait à la grimace de son
beau-frère. Celui-ci grogna, ricana d'un air de mauvaise
bête, et finalement prêta les deux pièces de cent sous.
Mais Coupeau entendit sa sœur qui disait entre ses dents
que « ça commençait bien ».

Le mariage à la mairie était pour dix heures et demie.
Il faisait très beau, un soleil du tonnerre, rôtissant les
rues. Pour ne pas être regardés, les mariés, la maman et
les quatre témoins se séparèrent en deux bandes. En avant,
Gervaise marchait au bras de Lorilleux, tandis que
M. Madinier conduisait maman Coupeau; puis, à vingt
pas, sur l'autre trottoir, venaient Coupeau, Boche et Bibi-
la-Grillade. Ces trois-là étaient en redingote noire, le dos
rond, les bras ballants; Boche avait un pantalon jaune;
Bibi-la-Grillade, boutonné jusqu'au cou, sans gilet, laissait passer seulement un coin de cravate roulé en corde.
Seul, M. Madinier portait un habit, un grand habit à
queue carrée; et les passants s'arrêtaient pour voir ce
monsieur promenant la grosse mère Coupeau, en châle
vert, en bonnet noir, avec des rubans rouges. Gervaise,
très douce, gaie, dans sa robe d'un bleu dur, les épaules
serrées sous un étroit mantelet, écoutait complaisamment
les ricanements de Lorilleux, perdu au fond d'un
immense paletot sac, malgré la chaleur; puis, de temps
à autre, au coude des rues, elle tournait un peu la tête,
jetait un fin sourire à Coupeau, que ses vêtements neufs,
luisants au soleil, gênaient.

Tout en marchant très lentement, ils arrivèrent à la
mairie une grande demi-heure trop tôt. Et, comme le

maire fut en retard, leur tour vint seulement vers onze
heures. Ils attendirent sur des chaises, dans un coin de
la salle, regardant le haut plafond et la sévérité des murs,
parlant bas, reculant leurs sièges par excès de politesse,
chaque fois qu'un garçon de bureau passait. Pourtant, à
demi-voix, ils traitaient le maire de fainéant; il devait
être pour sûr chez sa blonde, à frictionner sa goutte; peut-
être bien aussi qu'il avait avalé son écharpe. Mais, quand
le magistrat parut, ils se levèrent respectueusement. On
les fit rasseoir. Alors, ils assistèrent à trois mariages, perdus
dans trois noces bourgeoises, avec des mariées en blanc,
des fillettes frisées, des demoiselles à ceintures roses, de
cortèges interminables de messieurs et de dames sur leur
trente et un, l'air très comme il faut. Puis, quand on les
appela, ils faillirent ne pas être mariés, Bibi-la-Grillade
ayant disparu. Boche le retrouva en bas, sur la place,
fumant une pipe. Aussi, ils étaient encore de jolis cocos
dans cette boîte, de se ficher du monde, parce qu'on
n'avait pas de gants beurre frais à leur mettre sous le nez!
Et les formalités, la lecture du Code, les questions
posées, la signature des pièces, furent expédiées si ronde-
ment, qu'ils se regardèrent, se croyant volés d'une bonne
moitié de la cérémonie. Gervaise, étourdie, le cœur
gonflé, appuyait son mouchoir sur ses lèvres. Maman
Coupeau pleurait à chaudes larmes. Tous s'étaient
appliqués sur le registre, dessinant leurs noms en grosses
lettres boiteuses, sauf le marié qui avait tracé une croix,
ne sachant pas écrire. Ils donnèrent chacun quatre sous
pour les pauvres. Lorsque le garçon remit à Coupeau
le certificat de mariage, celui-ci, le coude poussé par
Gervaise, se décida à sortir encore cinq sous.

La trotte était bonne de la mairie à l'église. En chemin, les hommes prirent de la bière, maman Coupeau et
Gervaise, du cassis avec de l'eau. Et ils eurent à suivre
une longue rue, où le soleil tombait d'aplomb, sans un
filet d'ombre. Le bedeau les attendait au milieu de
l'église vide; il les poussa vers une petite chapelle, en leur
demandant furieusement si c'était pour se moquer de la

religion qu'ils arrivaient en retard. Un prêtre vint à grandes enjambées, l'air maussade, la face pâle de faim, précédé par un clerc en surplis sale qui trottinait. Il dépêcha sa messe, mangeant les phrases latines, se tournant, se baissant, élargissant les bras, en hâte, avec des regards obliques sur les mariés et sur les témoins. Les mariés, devant l'autel, très embarrassés, ne sachant pas quand il fallait s'agenouiller, se lever, s'asseoir, attendaient un geste du clerc. Les témoins, pour être convenables, se tenaient debout tout le temps; tandis que maman Coupeau, reprise par les larmes, pleurait dans le livre de messe qu'elle avait emprunté à une voisine. Cependant, midi avait sonné, la dernière messe était dite, l'église s'emplissait du piétinement des sacristains, du vacarme des chaises remises en place. On devait préparer le maître-autel pour quelque fête, car on entendait le marteau des tapissiers clouant des tentures. Et, au fond de la chapelle perdue, dans la poussière d'un coup de balai donné par le bedeau, le prêtre à l'air maussade promenait vivement ses mains sèches sur les têtes inclinées de Gervaise et de Coupeau, et semblait les unir au milieu d'un déménagement, pendant une absence du Bon Dieu, entre deux messes sérieuses. Quand la noce eut de nouveau signé sur un registre, à la sacristie, et qu'elle se retrouva en plein soleil, sous le porche, elle resta un instant là, ahurie, essoufflée d'avoir été menée au galop.

« Voilà! » dit Coupeau, avec un rire gêné.

Il se dandinait, il ne trouvait rien là de rigolo. Pourtant, il ajouta :

« Ah bien! ça ne traîne pas. Ils vous envoient ça en quatre mouvements... C'est comme chez les dentistes : on n'a pas le temps de crier ouf! ils marient sans douleur.

— Oui, oui, de la belle ouvrage, murmura Lorilleux en ricanant. Ça se bâcle en cinq minutes et ça tient toute la vie... Ah! ce pauvre Cadet-Cassis, va! »

Et les quatre témoins donnèrent des tapes sur les épaules du zingueur qui faisait le gros dos. Pendant ce temps, Gervaise embrassait maman Coupeau, souriante, les yeux

humides pourtant. Elle répondait aux paroles entrecoupées de la vieille femme :

« N'ayez pas peur, je ferai mon possible. Si ça tournait
mal, ça ne serait pas de ma faute. Non, bien sûr, j'ai trop
envie d'être heureuse... Enfin, c'est fait, n'est-ce pas?
C'est à lui et à moi de nous entendre et d'y mettre du
nôtre. »

Alors, on alla droit au *Moulin-d'Argent*. Coupeau avait
pris le bras de sa femme. Ils marchaient vite, riant,
comme emportés, à deux cents pas devant les autres,
sans voir les maisons, ni les passants, ni les voitures. Les
bruits assourdissants du faubourg sonnaient des cloches à
leurs oreilles. Quand ils arrivèrent chez le marchand de
vin, Coupeau commanda tout de suite deux litres, du
pain et des tranches de jambon, dans le petit cabinet
vitré du rez-de-chaussée, sans assiettes ni nappe, simplement pour casser une croûte. Puis, voyant Boche et Bibi-
la-Grillade montrer un appétit sérieux, il fit venir un
troisième litre et un morceau de brie. Maman Coupeau
n'avait pas faim, était trop suffoquée pour manger. Gervaise, qui mourait de soif, buvait de grands verres d'eau
à peine rougie.

« Ça me regarde », dit Coupeau, en passant immédiatement au comptoir, où il paya quatre francs cinq
sous.

Cependant, il était une heure, les invités arrivaient.
Mme Fauconnier, une femme grasse, belle encore, parut
la première; elle avait une robe écrue, à fleurs imprimées,
avec une cravate rose et un bonnet très chargé de fleurs.
Ensuite vinrent ensemble Mlle Remanjou, toute fluette
dans l'éternelle robe noire qu'elle semblait garder même
pour se coucher, et le ménage Gaudron, le mari d'une
lourdeur de brute, faisant craquer sa veste brune au
moindre geste, la femme, énorme, étalant son ventre de
femme enceinte, dont sa jupe, d'un violet cru, élargissait
encore la rondeur. Coupeau expliqua qu'il ne faudrait
pas attendre Mes-Bottes; le camarade devait retrouver
la noce sur la route de Saint-Denis.

« Ah bien! s'écria Mme Lerat en entrant, nous allons avoir une jolie saucée! Ça va être drôle! »

Et elle appela la société sur la porte du marchand de vin, pour voir les nuages, un orage d'un noir d'encre qui montait rapidement au sud de Paris. Mme Lerat, l'aînée des Coupeau, était une grande femme, sèche, masculine, parlant du nez, fagotée dans une robe puce trop large dont les longs effilés la faisaient ressembler à un caniche maigre sortant de l'eau. Elle jouait avec une ombrelle comme avec un bâton. Quand elle eut embrassé Gervaise, elle reprit :

« Vous n'avez pas idée, on reçoit un soufflet dans la rue... On dirait qu'on vous jette du feu à la figure. »

Tout le monde déclara alors sentir l'orage depuis longtemps. Quand on était sorti de l'église, M. Madinier avait bien vu ce dont il retournait. Lorilleux racontait que ses cors l'avaient empêché de dormir, à partir de trois heures du matin. D'ailleurs, ça ne pouvait pas finir autrement; voilà trois jours qu'il faisait vraiment trop chaud.

« Oh! ça va peut-être couler, répétait Coupeau, debout à la porte, interrogeant le ciel d'un regard inquiet. On n'attend plus que ma sœur, on pourrait tout de même partir, si elle arrivait. »

Mme Lorilleux, en effet, était en retard. Mme Lerat venait de passer chez elle, pour la prendre; mais, comme elle l'avait trouvée en train de mettre son corset, elles s'étaient disputées toutes les deux. La grande veuve ajouta à l'oreille de son frère :

« Je l'ai plantée là. Elle est d'une humeur!... Tu verras quelle tête! »

Et la noce dut patienter un quart d'heure encore, piétinant dans la boutique du marchand de vin, coudoyée, bousculée, au milieu des hommes qui entraient boire un canon sur le comptoir. Par moments, Boche, ou Mme Fauconnier ou Bibi-la-Grillade, se détachaient, s'avançaient au bord du trottoir, les yeux en l'air. Ça ne coulait pas du tout; le jour baissait, des souffles de vent, rasant le sol, enlevaient de petits tourbillons de poussière blanche. Au premier coup de tonnerre, Mlle Remanjou se signa. Tous les regards se portaient avec anxiété sur l'œil-de-bœuf, au-dessus de la glace : il était déjà deux heures moins vingt.

« Allez-y! cria Coupeau. Voilà les anges qui pleurent. »

Une rafale de pluie balayait la chaussée, où des femmes fuyaient, en tenant leurs jupes à deux mains. Et ce fut sous cette première ondée que Mme Lorilleux arriva enfin, essoufflée, furibonde, se battant sur le seuil avec son parapluie, qui ne voulait pas se fermer.

« A-t-on jamais vu! bégayait-elle. Ça m'a pris juste à la porte. J'avais envie de remonter et de me déshabiller. J'aurais rudement bien fait... Ah! elle est jolie, la noce! Je le disais, je voulais tout renvoyer à samedi prochain. Et il pleut parce qu'on ne m'a pas écoutée! Tant mieux! tant mieux que le ciel crève! »

Coupeau essaya de la calmer. Mais elle l'envoya coucher. Ce ne serait pas lui qui paierait sa robe, si elle était perdue. Elle avait une robe de soie noire, dans laquelle elle étouffait; le corsage, trop étroit, tirait sur les boutonnières, la coupait aux épaules; et la jupe, taillée en fourreau, lui serrait si fort les cuisses, qu'elle devait marcher à tout petits pas. Pourtant, les dames de la société la regardaient, les lèvres pincées, l'air ému de sa toilette. Elle ne parut même pas voir Gervaise, assise à côté de maman Coupeau. Elle appela Lorilleux, lui demanda son mouchoir; puis dans un coin de la boutique, soigneusement, elle essuya une à une les gouttes de pluie roulées sur la soie.

Cependant, l'ondée avait brusquement cessé. Le jour baissait encore, il faisait presque nuit, une nuit livide traversée par de larges éclairs. Bibi-la-Grillade répétait en riant qu'il allait tomber des curés, 'bien sûr. Alors, l'orage éclata avec une extrême violence. Pendant une demi-heure, l'eau tomba à seaux, la foudre gronda sans relâche. Les hommes, debout devant la porte, contemplaient le voile gris de l'averse, les ruisseaux grossis, la

poussière d'eau volante montant du clapotement des
flaques. Les femmes s'étaient assises, effrayées, les mains
aux yeux. On ne causait plus, la gorge un peu serrée. Une
plaisanterie risquée sur le tonnerre par Boche, disant que
saint Pierre éternuait là-haut, ne fit sourire personne.
Mais, quand la foudre espaça ses coups, se perdit au loin,
la société recommença à s'impatienter, se fâcha contre
l'orage, jurant et montrant le poing aux nuées. Maintenant, du ciel couleur de cendre, une pluie fine tombait,
interminable.

« Il est deux heures passées, cria Mme Lorilleux. Nous
ne pouvons pourtant pas coucher ici! »

Mlle Remanjou ayant parlé d'aller à la campagne tout
de même, quand on devrait s'arrêter dans le fossé des
fortifications, la noce se récria : les chemins devaient être
jolis, on ne pourrait seulement pas s'asseoir sur l'herbe;
puis, ça ne paraissait pas fini, il reviendrait peut-être une
saucée. Coupeau, qui suivait des yeux un ouvrier trempé
marchant tranquillement sous la pluie, murmura :

« Si cet animal de Mes-Bottes nous attend sur la route
de Saint-Denis, il n'attrapera pas un coup de soleil. »

Cela fit rire. Mais la mauvaise humeur grandissait. Ça
devenait crevant à la fin. Il fallait décider quelque chose.
On ne comptait pas sans doute se regarder comme ça
le blanc des yeux jusqu'au dîner. Alors, pendant un quart
d'heure, en face de l'averse entêtée, on se creusa le
cerveau. Bibi-la-Grillade proposait de jouer aux cartes;
Boche, de tempérament polisson et sournois, savait un
petit jeu bien drôle, le jeu du confesseur; Mme Gaudron
parlait d'aller manger de la tarte aux oignons, chaussée
Clignancourt; Mme Lerat aurait souhaité qu'on racontât
des histoires; Gaudron ne s'embêtait pas, se trouvait bien
là, offrait seulement de se mettre à table tout de suite.
Et, à chaque proposition, on discutait, on se fâchait :
c'était bête, ça endormirait tout le monde, on les prendrait pour des moutards. Puis, comme Lorilleux, voulant
dire son mot, trouvait quelque chose de bien simple, une
promenade sur les boulevards extérieurs jusqu'au Père-

Lachaise, où l'on pourrait voir le tombeau d'Héloïse et d'Abélard, si l'on avait le temps, Mme Lorilleux, ne se contenant plus, éclata. Elle fichait le camp, elle! Voilà ce qu'elle faisait! Est-ce qu'on se moquait du monde? Elle s'habillait, elle recevait la pluie, et c'était pour s'enfermer chez un marchand de vin! Non, non, elle en avait assez d'une noce comme ça, elle préférait son chez elle. Coupeau et Lorilleux durent barrer la porte. Elle répétait :

« Otez-vous de là! Je vous dis que je m'en vais! »

Son mari ayant réussi à la calmer, Coupeau s'approcha de Gervaise, toujours tranquille dans son coin, causant avec sa belle-mère et Mme Fauconnier.

« Mais vous ne proposez rien, vous! dit-il, sans oser encore la tutoyer.

— Oh! tout ce qu'on voudra, répondit-elle en riant. Je ne suis pas difficile. Sortons, ne sortons pas, ça m'est égal. Je me sens très bien, je n'en demande pas plus. »

Et elle avait, en effet, la figure tout éclairée d'une joie paisible. Depuis que les invités se trouvaient là, elle parlait à chacun d'une voix un peu basse et émue, l'air raisonnable, sans se mêler aux disputes. Pendant l'orage, elle était restée les yeux fixes, regardant les éclairs, comme voyant des choses graves, très loin, dans l'avenir, à ces lueurs brusques.

M. Madinier, pourtant, n'avait encore rien proposé. Il était appuyé contre le comptoir, les pans de son habit écartés, gardant son importance de patron. Il cracha longuement, roula ses gros yeux.

« Mon Dieu! dit-il, on pourrait aller au musée... »

Et il se caressa le menton, en consultant la société d'un clignement de paupières.

« Il y a des antiquités, des images, des tableaux, un tas de choses. C'est très instructif... Peut-être bien que vous ne connaissez pas ça. Oh! c'est à voir, au moins une fois. »

La noce se regardait, se tâtait. Non, Gervaise ne connaissait pas ça; Mme Fauconnier non plus, ni Boche, ni

les autres, Coupeau croyait bien être monté un dimanche,
mais il ne se souvenait plus bien. On hésitait cependant,
lorsque Mme Lorilleux, sur laquelle l'importance de
M. Madinier produisait une grande impression, trouva
l'offre très comme il faut, très honnête. Puisqu'on sacrifiait la journée, et qu'on était habillé, autant valait-il
visiter quelque chose pour son instruction. Tout le monde
approuva. Alors, comme la pluie tombait encore un peu,
on emprunta au marchand de vin des parapluies, de
vieux parapluies, bleus, verts, marron, oubliés par les
clients; et l'on partit pour le musée.

La noce tourna à droite, descendit dans Paris par le
faubourg Saint-Denis. Coupeau et Gervaise marchaient
de nouveau en tête, courant, devançant les autres, M. Madinier donnait maintenant le bras à Mme Lorilleux,
maman Coupeau étant restée chez le marchand de vin,
à cause de ses jambes. Puis venaient Lorilleux et Mme Lerat, Boche et Mme Fauconnier, Bibi-la-Grillade et
Mlle Remanjou, enfin le ménage Gaudron. On était
douze. Ça faisait encore une jolie queue sur le trottoir.

« Oh! nous n'y sommes pour rien, je vous jure, expliquait Mme Lorilleux à M. Madinier. Nous ne savons
pas où il l'a prise, ou plutôt nous ne le savons que trop;
mais ce n'est pas à nous de parler, n'est-ce pas?... Mon
mari a dû acheter l'alliance. Ce matin, au saut du lit, il a
fallu leur prêter dix francs, sans quoi rien ne se faisait
plus... Une mariée qui n'amène seulement pas un parent
à sa noce! Elle dit avoir à Paris une sœur charcutière.
Pourquoi ne l'a-t-elle pas invitée, alors? »

Elle s'interrompit, pour montrer Gervaise, que la pente
du trottoir faisait fortement boiter.

« Regardez-la! S'il est permis!... Oh! la banban! »

Et ce mot : la Banban, courut dans la société. Lorilleux
ricanait, disait qu'il fallait l'appeler comme ça. Mais
Mme Fauconnier prenait la défense de Gervaise : on
avait tort de se moquer d'elle, elle était propre comme un
sou et abattait fièrement l'ouvrage, quand il le fallait.
Mme Lerat, toujours pleine d'allusions polissonnes, appe-

lait la jambe de la petite « une quille d'amour »; et elle
ajoutait que beaucoup d'hommes aimaient ça, sans vouloir s'expliquer davantage.

La noce, débouchant de la rue Saint-Denis, traversa
le boulevard. Elle attendit un moment, devant le flot
des voitures; puis, elle se risqua sur la chaussée, changée
par l'orage en une mare de boue coulante. L'ondée reprenait, la noce venait d'ouvrir les parapluies; et, sous les
riflards lamentables, balancés à la main des hommes, les
femmes se retroussaient, le défilé s'espaçait dans la crotte,
tenant d'un trottoir à l'autre. Alors, deux voyous crièrent
à la chienlit; des promeneurs accoururent; des boutiquiers, l'air amusé, se haussèrent derrière leurs vitrines.
Au milieu du grouillement de la foule, sur les fonds gris
et mouillés du boulevard, les couples en procession
mettaient des taches violentes, la robe gros bleu de Gervaise, la robe écrue à fleurs imprimées de Mme Fauconnier, le pantalon jaune canari de Boche; une raideur
de gens endimanchés donnait des drôleries de carnaval
à la redingote luisante de Coupeau et à l'habit carré de
M. Madinier; tandis que la belle toilette de Mme Lorilleux, les effilés de Mme Lerat, les jupes fripées de
Mlle Remanjou, mêlaient les modes, traînaient à la file
les décrochez-moi-ça du luxe des pauvres. Mais c'étaient
surtout les chapeaux des messieurs qui égayaient, de
vieux chapeaux conservés, ternis par l'obscurité de
l'armoire, avec des formes pleines de comique, hautes,
évasées, en pointe, des ailes extraordinaires, retroussées,
plates, trop larges ou trop étroites. Et les sourires aug-
mentaient encore, quand, tout au bout, pour clore le
spectacle, Mme Gaudron, la cardeuse, s'avançait dans sa
robe d'un violet cru, avec son ventre de femme enceinte,
qu'elle portait énorme, très en avant. La noce, cependant,
ne hâtait point sa marche, bonne enfant, heureuse d'être
regardée, s'amusant des plaisanteries.

« Tiens! la mariée! cria l'un des voyous, en montrant
Mme Gaudron. Ah! malheur! elle a avalé un rude pépin! »

Toute la société éclata de rire. Bibi-la-Grillade, se tournant, dit que le gosse avait bien envoyé ça. La cardeuse riait le plus fort, s'étalait; ça n'était pas déshonorant, au contraire; il y avait plus d'une dame qui louchait en passant et qui aurait voulu être comme elle.

On s'était engagé dans la rue de Cléry. Ensuite, on prit la rue du Mail. Sur la place des Victoires, il y eut un arrêt. La mariée avait le cordon de son soulier gauche dénoué; et, comme elle le rattachait, au pied de la statue de Louis XIV, les couples se serrèrent derrière elle, attendant, plaisantant sur le bout de mollet qu'elle montrait. Enfin, après avoir descendu la rue Croix-des-Petits-Champs, on arriva au Louvre.

M. Madinier, poliment, demanda à prendre la tête du cortège.

C'était très grand, on pouvait se perdre; et lui, d'ailleurs, connaissait les beaux endroits, parce qu'il était souvent venu avec un artiste, un garçon bien intelligent, auquel une grande maison de cartonnage achetait des dessins, pour les mettre sur des boîtes. En bas, quand la noce se fut engagée dans le musée assyrien, elle eut un petit frisson. Fichtre! il ne faisait pas chaud; la salle aurait fait une fameuse cave. Et, lentement, les couples avançaient, le menton levé, les paupières battantes, entre les colosses de pierre, les dieux de marbre noir muets dans leur raideur hiératique, les bêtes monstrueuses, moitié chattes et moitié femmes, avec des figures de mortes, le nez aminci, les lèvres gonflées. Ils trouvaient tout ça très vilain. On travaillait joliment mieux la pierre au jour d'aujourd'hui. Une inscription en caractères phéniciens les stupéfia. Ce n'était pas possible, personne n'avait jamais lu ce grimoire. Mais M. Madinier, déjà sur le premier palier avec Mme Lorilleux, les appelait, criait sous les voûtes :

« Venez donc. Ce n'est rien, ces machines... C'est au premier qu'il faut voir. »

La nudité sévère de l'escalier les rendit graves. Un huissier superbe, en gilet rouge, la livrée galonnée d'or, qui semblait les attendre sur le palier, redoubla leur émo-

tion. Ce fut avec respect, marchant le plus doucement
possible, qu'ils entrèrent dans la galerie française.

Alors, sans s'arrêter, les yeux emplis de l'or des cadres,
ils suivirent l'enfilade des petits salons, regardant passer
les images, trop nombreuses pour être bien vues. Il aurait
fallu une heure devant chacune, si l'on avait voulu comprendre. Que de tableaux, sacredié! ça ne finissait pas.
Il devait y en avoir pour de l'argent. Puis, au bout,
M. Madinier les arrêta brusquement devant le *Radeau de
la Méduse;* et il leur expliqua le sujet. Tous, saisis, immobiles, se taisaient. Quand on se remit à marcher, Boche
résuma le sentiment général : c'était tapé.

Dans la galerie d'Apollon, le parquet surtout émerveilla
la société, un parquet luisant, clair comme un miroir, où
les pieds des banquettes se reflétaient. Mlle Remanjou
fermait les yeux, parce qu'elle croyait marcher sur de
l'eau. On criait à Mme Gaudron de poser ses souliers
à plat, à cause de sa position. M. Madinier voulait leur
montrer les dorures et les peintures du plafond; mais ça
leur cassait le cou, et ils ne distinguaient rien. Alors, avant
d'entrer dans le salon carré, il indiqua une fenêtre du
geste, en disant :

« Voilà le balcon d'où Charles IX a tiré sur le peuple. »

Cependant, il surveillait la queue du cortège. D'un
geste, il commanda une halte, au milieu du salon carré.
Il n'y avait là que des chefs-d'œuvre, murmurait-il à
demi-voix, comme dans une église. On fit le tour du
salon. Gervaise demanda le sujet des *Noces de Cana;* c'était
bête de ne pas écrire les sujets sur les cadres. Coupeau
s'arrêta devant la Joconde, à laquelle il trouva une
ressemblance avec une de ses tantes. Boche et Bibi-la-
Grillade ricanaient, en se montrant du coin de l'œil les
femmes nues; les cuisses de l'Antiope surtout leur causèrent un saisissement. Et, tout au bout, le ménage Gaudron, l'homme la bouche ouverte, la femme les mains
sur son ventre, restaient béants, attendris et stupides,
en face de la Vierge de Murillo.

Le tour du salon terminé, M. Madinier voulut qu'on

recommençât; ça en valait la peine. Il s'occupait beaucoup de Mme Lorilleux, à cause de sa robe de soie; et,
chaque fois qu'elle l'interrompait, il répondait gravement,
avec un grand aplomb. Comme elle s'intéressait à la
maîtresse de Titien, dont elle trouvait la chevelure jaune
pareille à la sienne, il la lui donna pour la belle Ferron-
nière, une maîtresse d'Henri IV, sur laquelle on avait joué
un drame, à l'Ambigu.

Puis, la noce se lança dans la longue galerie où sont les
écoles italiennes et flamandes. Encore des tableaux, toujours des tableaux, des saints, des hommes et des femmes
avec des figures qu'on ne comprenait pas, des paysages
tout noirs, des bêtes devenues jaunes, une débandade de
gens et de choses dont le violent tapage de couleurs commençait à leur causer un gros mal de tête.[1] M. Madinier
ne parlait plus, menait lentement le cortège, qui le suivait
en ordre, tous les cous tordus et les yeux en l'air. Des
siècles d'art passaient devant leur ignorance ahurie, la
sécheresse fine des primitifs, les splendeurs des Vénitiens,
la vie grasse et belle de lumière des Hollandais. Mais ce
qui les intéressait le plus, c'étaient encore les copistes,
avec leurs chevalets installés parmi le monde, peignant
sans gêne; une vieille dame, montée sur une grande
échelle, promenant un pinceau à badigeon dans le ciel
tendre d'une immense toile, les frappa d'une façon particulière. Peu à peu, pourtant, le bruit avait dû se répandre
qu'une noce visitait le Louvre; des peintres accouraient,
la bouche fendue d'un rire; des curieux s'asseyaient à
l'avance sur des banquettes, pour assister commodément
au défilé; tandis que les gardiens, les lèvres pincées, retenaient des mots d'esprit. Et la noce, déjà lasse, perdant
de son respect, traînait ses souliers à clous, tapait ses
talons sur les parquets sonores, avec le piétinement d'un
troupeau débandé, lâché au milieu de la propreté nue
et recueillie des salles.

M. Madinier se taisait pour ménager un effet. Il alla
droit à la *Kermesse* de Rubens. Là, il ne dit toujours rien,
il se contenta d'indiquer la toile, d'un coup d'œil égril-

lard. Les dames, quand elles eurent le nez sur la peinture, poussèrent de petits cris; puis, elles se détournèrent, très rouges. Les hommes les retinrent, rigolant, cherchant les détails orduriers.

« Voyez donc! répétait Boche, ça vaut l'argent. En voilà un qui dégobille. Et celui-là, il arrose les pissenlits. Et celui-là, oh! celui-là... Ah bien! ils sont propres, ici.

— Allons-nous-en, dit M. Madinier, ravi de son succès. Il n'y a plus rien à voir de ce côté. »

La noce retourna sur ses pas, traversa de nouveau le salon carré et la galerie d'Apollon. Mme Lerat et Mlle Remanjou se plaignaient, déclarant que les jambes leur rentraient dans le corps. Mais le cartonnier voulait montrer à Lorilleux les bijoux anciens. Ça se trouvait à côté, au fond d'une petite pièce, où il serait allé les yeux fermés. Pourtant, il se trompa, égara la noce le long de sept ou huit salles, désertes, froides, garnies seulement de vitrines sévères où s'alignaient une quantité innombrable de pots cassés et de bonshommes très laids. La noce frissonnait, s'ennuyait ferme. Puis, comme elle cherchait une porte, elle tomba dans les dessins. Ce fut une nouvelle course immense; les dessins n'en finissaient pas, les salons succédaient aux salons, sans rien de drôle, avec des feuilles de papier gribouillées, sous des vitres, contre les murs. M. Madinier, perdant la tête, ne voulant point avouer qu'il était perdu, enfila un escalier, fit monter un étage à la noce. Cette fois, elle voyageait au milieu du musée de la marine, parmi des modèles d'instruments et de canons, des plans en relief, des vaisseaux grands comme des joujoux. Un autre escalier se rencontra, très loin, au bout d'un quart d'heure de marche. Et, l'ayant descendu, elle se retrouva en plein dans les dessins. Alors, le désespoir la prit, elle roula au hasard des salles, les couples toujours à la file, suivant M. Madinier, qui s'épongeait le front, hors de lui, furieux contre l'administration, qu'il accusait d'avoir changé les portes de place. Les gardiens et les visiteurs la regardaient passer, pleins d'étonnement. En moins de vingt minutes, on la revit au salon carré,

dans la galerie française, le long des vitrines où dorment
les petits dieux de l'Orient. Jamais plus elle ne sortirait.
Les jambes cassées, s'abandonnant, la noce faisait un
vacarme énorme, laissant dans sa course le ventre de
Mme Gaudron en arrière.

« On ferme! on ferme! » crièrent les voix puissantes
des gardiens.

Et elle faillit se laisser enfermer. Il fallut qu'un gardien
se mît à la tête, la reconduisît jusqu'à une porte. Puis,
dans la cour du Louvre, lorsqu'elle eut repris ses parapluies au vestiaire, elle respira. M. Madinier retrouvait
son aplomb; il avait eu tort de ne pas tourner à gauche;
maintenant, il se souvenait que les bijoux étaient à
gauche. Toute la société, d'ailleurs, affectait d'être
contente d'avoir vu ça.

Quatre heures sonnaient. On avait encore deux heures
à employer avant le dîner. On résolut de faire un tour,
pour tuer le temps. Les dames, très lasses, auraient bien
voulu s'asseoir; mais, comme personne n'offrait des consommations, on se remit en marche, on suivit le quai.
Là, une nouvelle averse arriva, si drue, que, malgré les
parapluies, les toilettes des dames s'abîmaient. Mme Lorilleux, le cœur noyé à chaque goutte qui mouillait sa
robe, proposa de se réfugier sous le Pont-Royal; d'ailleurs,
si on ne la suivait pas, elle menaçait d'y descendre toute
seule. Et le cortège alla sous le Pont-Royal. On y était
joliment bien. Par exemple, on pouvait appeler ça une
idée chouette! Les dames étalèrent leurs mouchoirs sur
les pavés, se reposèrent là, les genoux écartés, arrachant
des deux mains les brins d'herbe poussés entre les pierres,
regardant couler l'eau noire, comme si elles se trouvaient
à la campagne. Les hommes s'amusèrent à crier très fort,
pour éveiller l'écho de l'arche, en face d'eux; Boche et
Bibi-la-Grillade, l'un après l'autre, injuriaient le vide, lui
lançaient à toute volée : « Cochon! » et riaient beaucoup,
quand l'écho leur renvoyait le mot; puis, la gorge enrouée,
ils prirent des cailloux plats et jouèrent à faire des rico-
chets. L'averse avait cessé, mais la société se trouvait si

bien, qu'elle ne songeait plus à s'en aller. La Seine char-
riait des nappes grasses, de vieux bouchons et des éplu-
chures de légumes, un tas d'ordures qu'un tourbillon
retenait un instant, dans l'eau inquiétante, tout assombrie
par l'ombre de la voûte ; tandis que, sur le pont, passait le
roulement des omnibus et des fiacres, la cohue de Paris,
dont on apercevait seulement les toits, à droite et à
gauche, comme du fond d'un trou. Mlle Remanjou
soupirait ; s'il y avait eu des feuilles, ça lui aurait rappelé,
disait-elle, un coin de la Marne, où elle allait, vers 1817,
avec un jeune homme qu'elle pleurait encore.

Cependant, M. Madinier donna le signal du départ.
On traversa le jardin des Tuileries, au milieu d'un petit
peuple d'enfants dont les cerceaux et les ballons dérangèrent le bel ordre des couples. Puis, comme la noce,
arrivée sur la place Vendôme, regardait la colonne,
M. Madinier songea à faire une galanterie aux dames ;
il leur offrit de monter dans la colonne pour voir Paris.
Son offre parut très farce. Oui, oui, il fallait monter, on
en rirait longtemps. D'ailleurs, ça ne manquait pas d'intérêt pour les personnes qui n'avaient jamais quitté le
plancher aux vaches.

« Si vous croyez que la Banban va se risquer là-dedans,
avec sa quille ! murmurait Mme Lorilleux.

— Moi, je monterais volontiers, disait Mme Lerat,
mais je ne veux pas qu'il y ait d'homme derrière moi. »

Et la noce monta. Dans l'étroite spirale de l'escalier,
les douze grimpaient à la file, butant contre les marches
usées, se tenant aux murs. Puis, quand l'obscurité devint
complète, ce fut une bosse de rires. Les dames poussaient
de petits cris. Les messieurs les chatouillaient, leur pinçaient les jambes. Mais elles étaient bien bêtes de causer !
on a l'air de croire que ce sont des souris. D'ailleurs, ça
restait sans conséquence ; ils savaient s'arrêter où il fallait,
pour l'honnêteté. Puis, Boche trouva une plaisanterie que
toute la société répéta. On appelait Mme Gaudron,
comme si elle était restée en chemin, et on lui demandait
si son ventre passait. Songez donc ! si elle s'était trouvée

prise là, sans pouvoir monter ni descendre, elle aurait
bouché le trou, on n'aurait jamais su comment s'en aller.
Et l'on riait de ce ventre de femme enceinte, avec une
gaieté formidable qui secouait la colonne. Ensuite, Boche,
tout à fait lancé, déclara qu'on se faisait vieux, dans ce
tuyau de cheminée; ça ne finissait donc pas, on allait
donc au ciel? Et il cherchait à effrayer les dames, en
criant que ça remuait. Cependant, Coupeau ne disait
rien; il venait derrière Gervaise, la tenait à la taille, la
sentait s'abandonner. Lorsque, brusquement, on rentra
dans le jour, il était juste en train de lui embrasser le cou.

« Eh bien, vous êtes propres, ne vous gênez pas
tous les deux! » dit Mme Lorilleux d'un air scandalisé.

Bibi-la-Grillade paraissait furieux. Il répétait entre ses
dents :

« Vous en avez fait un bruit! Je n'ai pas seulement
pu compter les marches. »

Mais M. Madinier, sur la plate-forme, montrait déjà
les monuments. Jamais Mme Fauconnier ni Mlle Remanjou ne voulurent sortir de l'escalier; la pensée seule du
pavé, en bas, leur tournait les sangs; et elles se conten-
taient de risquer des coups d'œil par la petite porte.
Mme Lerat, plus crâne, faisait le tour de l'étroite terrasse,
en se collant contre le bronze du dôme. Mais c'était tout
de même rudement émotionnant, quand on songeait
qu'il aurait suffi de passer une jambe. Quelle culbute,
sacré Dieu! Les hommes, un peu pâles, regardaient la
place. On se serait cru en l'air, séparé de tout. Non, décidément, ça vous faisait froid aux boyaux. M. Madinier,
pourtant, recommandait de lever les yeux, de les diriger
devant soi, très loin; ça empêchait le vertige. Et il continuait à indiquer du doigt les Invalides, le Panthéon,
Notre-Dame, la tour Saint-Jacques, les buttes Montmartre. Puis, Mme Lorilleux eut l'idée de demander si
l'on apercevait, sur le boulevard de la Chapelle, le marchand de vin où l'on allait manger, au *Moulin-d'Argent*.
Alors, pendant dix minutes, on chercha, on se disputa
même; chacun plaçait le marchand de vin à un endroit.

Paris, autour d'eux, étendait son immensité grise, aux lointains bleuâtres, ses vallées profondes, où roulait une houle de toitures; toute la rive droite était dans l'ombre, sous un grand haillon de nuage cuivré; et, du bord de ce nuage, frangé d'or, un large rayon coulait, qui allumait les milliers de vitres de la rive gauche d'un pétillement d'étincelles, détachant en lumière ce coin de la ville sur un ciel très pur, lavé par l'orage.

« Ce n'était pas la peine de monter pour nous manger le nez », dit Boche, furieux, en reprenant l'escalier.

La noce descendit, muette, boudeuse, avec la seule dégringolade des souliers sur les marches. En bas, M. Madinier voulait payer. Mais Coupeau se récria, se hâta de mettre dans la main du gardien vingt-quatre sous, deux sous par personne. Il était près de cinq heures et demie; on avait tout juste le temps de rentrer. Alors, on revint par les boulevards et par le faubourg Poissonnière. Coupeau, pourtant, trouvait que la promenade ne pouvait pas se terminer comme ça; il poussa tout le monde au fond d'un marchand de vin, où l'on prit du vermouth.

Le repas était commandé pour six heures. On attendait la noce depuis vingt minutes, au *Moulin-d'Argent*. Mme Boche, qui avait confié sa loge à une dame de la maison, causait avec maman Coupeau, dans le salon du premier, en face de la table servie; et les deux gamins, Claude et Étienne, amenés par elle, jouaient à courir sous la table, au milieu d'une débandade de chaises. Lorsque Gervaise, en entrant, aperçut les petits, qu'elle n'avait pas vus de la journée, elle les prit sur ses genoux, les caressa, avec de gros baisers.

« Ont-ils été sages? demanda-t-elle à Mme Boche. Ils ne vous ont pas trop fait endêver, au moins? »

Et comme celle-ci lui racontait les mots à mourir de rire de ces vermines-là, pendant l'après-midi, elle les enleva de nouveau, les serra contre elle, prise d'une rage de tendresse.

« C'est drôle pour Coupeau tout de même », disait Mme Lorilleux aux autres dames, dans le fond du salon.

Gervaise avait gardé sa tranquillité souriante de la matinée. Depuis la promenade pourtant, elle devenait par moments toute triste, elle regardait son mari et les Lorilleux de son air pensif et raisonnable. Elle trouvait Coupeau lâche devant sa sœur. La veille encore, il criait fort, il jurait de les remettre à leur place, ces langues de vipères, s'ils lui manquaient. Mais, en face d'eux, elle le voyait bien, il faisait le chien couchant, guettait sortir leurs paroles, était aux cent coups quand il les croyait fâchés. Et cela, simplement, inquiétait la jeune femme pour l'avenir.

Cependant, on n'attendait plus que Mes-Bottes, qui n'avait pas encore paru.

« Ah! zut! cria Coupeau, mettons-nous à table. Vous allez le voir abouler; il a le nez creux, il sent la boustifaille de loin... Dites donc, il doit rire, s'il est toujours à faire le poireau sur la route de Saint-Denis! »

Alors, la noce, très égayée, s'attabla avec un grand bruit de chaises. Gervaise était entre Lorilleux et M. Madinier, et Coupeau, entre Mme Fauconnier et Mme Lorilleux. Les autres convives se placèrent à leur goût, parce que ça finissait toujours par des jalousies et des disputes, lorsqu'on indiquait les couverts. Boche se glissa près de Mme Lerat. Bibi-la-Grillade eut pour voisines Mlle Remanjou et Mme Gaudron. Quant à Mme Boche et à maman Coupeau, tout au bout, elles gardèrent les enfants, elles se chargèrent de couper leur viande, de leur verser à boire, surtout pas beaucoup de vin.

« Personne ne dit le bénédicité? » demanda Boche, pendant que les dames arrangeaient leurs jupes sous la nappe, par peur des taches.

Mais Mme Lorilleux n'aimait pas ces plaisanteries-là. Et le potage au vermicelle, presque froid, fut mangé très vite, avec des sifflements de lèvres dans les cuillers. Deux garçons servaient, en petites vestes graisseuses, en tabliers d'un blanc douteux. Par les quatre fenêtres ouvertes sur les acacias de la cour, le plein jour entrait,

une fin de journée d'orage, lavée et chaude encore. Le
reflet des arbres dans ce coin humide, verdissait la salle
enfumée, faisait danser des ombres de feuilles au-dessus
de la nappe, mouillée d'une odeur vague de moisi. Il y
avait deux glaces, pleines de chiures de mouches, une à
chaque bout, qui allongeaient la table à l'infini, couverte
de sa vaisselle épaisse, tournant au jaune, où le gras des
eaux de l'évier restait en noir dans les égratignures des
couteaux. Au fond, chaque fois qu'un garçon remontait
de la cuisine, la porte battait, soufflait une odeur forte de
graillon.

« Ne parlons pas tous à la fois », dit Boche, comme
chacun se taisait, le nez sur son assiette.

Et l'on buvait le premier verre de vin, en suivant des
yeux deux tourtes aux godiveaux, servies par les garçons,
lorsque Mes-Bottes entra.

« Eh bien, vous êtes de la jolie fripouille, vous autres !
cria-t-il. J'ai usé mes plantes pendant trois heures sur la
route, même qu'un gendarme m'a demandé mes papiers...
Est-ce qu'on fait de ces cochonneries-là à un ami ! Fallait
au moins m'envoyer un sapin par un commissionnaire.
Ah ! non, vous savez, blague dans le coin, je la trouve
raide. Avec ça, il pleuvait si fort, que j'avais de l'eau dans
mes poches... Vrai, on y pêcherait encore une friture. »

La société riait, se tordait. Cet animal de Mes-Bottes
était allumé ; il avait bien déjà ses deux litres ; histoire
seulement de ne pas se laisser embêter par tout ce sirop de
grenouille que l'orage avait craché sur ses abattis.

« Eh ! le comte de Gigot-Fin ! dit Coupeau, va t'asseoir là-bas, à côté de Mme Gaudron. Tu vois, on t'attendait. »

Oh ! ça ne l'embarrassait pas, il rattraperait les autres ;
et il redemanda trois fois du potage, des assiettes de vermicelle, dans lesquelles il coupait d'énormes tranches
de pain. Alors, quand on eut attaqué les tourtes, il
devint la profonde admiration de toute la table. Comme il
baffrait ! Les garçons effarés faisaient la chaîne pour lui
passer du pain, des morceaux finement coupés qu'il

avalait d'une bouchée. Il finit par se fâcher; il voulait un
pain à côté de lui. Le marchand de vin, très inquiet, se
montra un instant sur le seuil de la salle. La société, qui
l'attendait, se tordit de nouveau. Ça la lui coupait au
gargotier! Quel sacré zig tout de même, ce Mes-Bottes!
Est-ce qu'un jour il n'avait pas mangé douze œufs durs et
bu douze verres de vin, pendant que les douze coups de
midi sonnaient! On n'en rencontre pas beaucoup de cette
force-là. Et Mlle Remanjou, attendrie, regardait Mes-
Bottes mâcher, tandis que M. Madinier, cherchant un
mot pour exprimer son étonnement presque respectueux,
déclara une telle capacité extraordinaire.

Il y eut un silence. Un garçon venait de poser sur la
table une gibelotte de lapin, dans un vaste plat, creux
comme un saladier.

Coupeau, très blagueur, en lança une bonne.

« Dites donc, garçon, c'est du lapin de gouttières, ça...
Il miaule encore. »

En effet, un léger miaulement, parfaitement imité,
semblait sortir du plat. C'était Coupeau qui faisait ça avec
la gorge, sans remuer les lèvres; un talent de société d'un
succès certain, si bien qu'il ne mangeait jamais dehors
sans commander une gibelotte. Ensuite, il ronronna. Les
dames se tamponnaient la figure avec leurs serviettes,
parce qu'elles riaient trop.

Mme Fauconnier demanda la tête; elle n'aimait que
la tête. Mlle Remanjou adorait les lardons. Et, comme
Boche disait préférer les petits oignons, quand ils étaient
bien revenus, Mme Lerat pinça les lèvres, en murmurant :

« Je comprends ça. »

Elle était sèche comme un échalas, menait une vie
d'ouvrière cloîtrée dans son train-train, n'avait pas vu le
nez d'un homme chez elle depuis son veuvage, tout en
montrant une préoccupation continuelle de l'ordure, une
manie de mots à double entente et d'allusions polissonnes, d'une telle profondeur, qu'elle seule se comprenait.
Boche, se penchant et réclamant une explication, tout bas,
à l'oreille, elle reprit :

« Sans doute, les petits oignons... Ça suffit, je pense. »

Mais la conversation devenait sérieuse. Chacun parlait de son métier. M. Madinier exaltait le cartonnage : il y avait de vrais artistes dans la partie ; ainsi, il citait des boîtes d'étrennes, dont il connaissait les modèles, des merveilles de luxe. Lorilleux, pourtant, ricanait ; il était très vaniteux de travailler l'or, il en voyait comme un reflet sur ses doigts et sur toute sa personne. Enfin, disait-il souvent, les bijoutiers, au temps jadis, portaient l'épée ; et il citait Bernard Palissy, sans savoir. Coupeau, lui, racontait une girouette, un chef-d'œuvre d'un de ses camarades ; ça se composait d'une colonne, puis d'une gerbe, puis d'une corbeille de fruits, puis d'un drapeau ; le tout, très bien reproduit, fait rien qu'avec des morceaux de zinc découpés et soudés. Mme Lerat montrait à Bibi-la-Grillade comment on tournait une queue de rose, en roulant le manche de son couteau entre ses doigts osseux. Cependant, les voix montaient, se croisaient ; on entendait, dans le bruit, des mots lancés très haut par Mme Fauconnier, en train de se plaindre de ses ouvrières, d'un petit chausson d'apprentie qui lui avait encore brûlé, la veille, une paire de draps.

« Vous avez beau dire, cria Lorilleux en donnant un coup de poing sur la table, l'or, c'est de l'or. »

Et, au milieu du silence causé par cette vérité, il n'y eut plus que la voix fluette de Mlle Remanjou, continuant :

« Alors, je leur relève la jupe, je couds en dedans... Je leur plante une épingle dans la tête pour tenir le bonnet... Et c'est fait, on les vend treize sous. »

Elle expliquait ses poupées à Mes-Bottes, dont les mâchoires, lentement, roulaient comme des meules. Il n'écoutait pas, il hochait la tête, guettant les garçons, pour ne pas leur laisser emporter les plats sans les avoir torchés. On avait mangé un fricandeau au jus et des haricots verts. On apportait le rôti, deux poulets maigres, couchés sur un lit de cresson, fané et cuit par le four. Au-dehors, le soleil se mourait sur les branches hautes des

acacias. Dans la salle, le reflet verdâtre s'épaississait des
buées montant de la table, tachée de vin et de sauce,
encombrée de la débâcle du couvert ; et, le long du mur,
des assiettes sales, des litres vides, posés là par les garçons,
semblaient les ordures balayées et culbutées de la nappe.
Il faisait très chaud. Les hommes retirèrent leurs redin-
gotes et continuèrent à manger en manches de chemise.

« Madame Boche, je vous en prie, ne les bourrez
pas tant », dit Gervaise, qui parlait peu, surveillant de
loin Claude et Étienne.

Elle se leva, alla causer un instant, debout derrière les
chaises des petits. Les enfants, ça n'avait pas de raison,
ça mangeait toute une journée sans refuser les morceaux ;
et elle leur servit elle-même du poulet, un peu de blanc.
Mais maman Coupeau dit qu'ils pouvaient bien, pour
une fois, se donner une indigestion. Mme Boche, à voix
basse, accusa Boche de pincer les genoux de Mme Lerat.
Oh ! c'était un sournois, il godaillait. Elle avait bien vu
sa main disparaître. S'il recommençait, jour de Dieu ! elle
était femme à lui flanquer une carafe à la tête.

Dans le silence, M. Madinier causait politique.

« Leur loi du 31 mai¹ est une abomination. Maintenant, il faut deux ans de domicile. Trois millions de
citoyens sont rayés des listes... On m'a dit que Bonaparte, au fond, est très vexé, car il aime le peuple, il en a
donné des preuves. »

Lui, était républicain ; mais il admirait le prince, à
cause de son oncle, un homme comme il n'en reviendrait
jamais plus. Bibi-la-Grillade se fâcha : il avait travaillé à
l'Élysée, il avait vu le Bonaparte comme il voyait Mes-
Bottes, là, en face de lui ; eh bien, ce mufe de président
ressemblait à un roussin, voilà ! On disait qu'il allait faire
un tour du côté de Lyon ; ce serait un fameux débarras,
s'il se cassait le cou dans un fossé. Et, comme la discussion tournait au vilain, Coupeau dut intervenir.

« Ah bien ! vous êtes encore innocents de vous attraper pour la politique !... En voilà une blague, la politique !
Est-ce que ça existe pour nous ?... On peut bien mettre

ce qu'on voudra, un roi, un empereur, rien du tout, ça ne m'empêchera pas de gagner mes cinq francs, de manger et de dormir, pas vrai?... Non, c'est trop bête! »

Lorilleux hochait la tête. Il était né le même jour que le comte de Chambord, le 29 septembre 1820. Cette coïncidence le frappait beaucoup, l'occupait d'un rêve vague, dans lequel il établissait une relation entre le retour en France du roi et sa fortune personnelle. Il ne disait pas nettement ce qu'il espérait, mais il donnait à entendre qu'il lui arriverait alors quelque chose d'extra-ordinairement agréable. Aussi, à chacun de ses désirs trop gros pour être contenté, il renvoyait ça à plus tard, « quand le roi reviendrait ».

« D'ailleurs, raconta-t-il, j'ai vu un soir le comte de Chambord... »

Tous les visages se tournèrent vers lui.

« Parfaitement. Un gros homme, en paletot, l'air bon garçon... J'étais chez Péquignot, un de mes amis, qui vend des meubles, Grande-Rue de la Chapelle... Le comte de Chambord avait la veille laissé là un parapluie. Alors, il est entré, il a dit comme ça, tout simplement : « Voulez-vous bien me rendre mon parapluie? » Mon Dieu! oui, c'était lui, Péquignot m'a donné sa parole d'honneur. »

Aucun des convives n'émit le moindre doute. On était au dessert. Les garçons débarrassaient la table avec un grand bruit de vaisselle. Et Mme Lorilleux, jusque-là très convenable, très dame, laissa échapper un : Sacré salaud! parce que l'un des garçons, en enlevant un plat, lui avait fait couler quelque chose de mouillé dans le cou. Pour sûr, sa robe de soie était tachée. M. Madinier dut lui regarder le dos, mais il n'y avait rien, il le jurait. Maintenant, au milieu de la nappe, s'étalaient des œufs à la neige, dans un saladier, flanqués de deux assiettes de fromage et de deux assiettes de fruits. Les œufs à la neige, les blancs trop cuits nageant sur la crème jaune, causèrent un recueillement; on ne les attendait pas, on trouva ça distingué. Mes-Bottes mangeait toujours. Il avait rede-

mandé un pain. Il acheva les deux fromages; et comme il
restait de la crème, il se fit passer le saladier, au fond duquel il tailla de larges tranches, comme pour une soupe.

« Monsieur est vraiment bien remarquable », dit
M. Madinier retombé dans son admiration.

Alors, les hommes se levèrent pour prendre leurs
pipes. Ils restèrent un instant derrière Mes-Bottes, à
lui donner des tapes sur les épaules, en lui demandant si ça
allait mieux. Bibi-la-Grillade le souleva avec la chaise;
mais, tonnerre de Dieu! l'animal avait doublé de poids.
Coupeau, par blague, racontait que le camarade commençait seulement à se mettre en train, qu'il allait à
présent manger comme ça du pain toute la nuit. Les
garçons, épouvantés, disparurent.

Boche, descendu depuis un instant, remonta en racontant la bonne tête du marchand de vin, en bas; il était
tout pâle dans son comptoir, la bourgeoise consternée
venait d'envoyer voir si les boulangers restaient ouverts,
jusqu'au chat de la maison qui avait l'air ruiné. Vrai,
c'était trop cocasse, ça valait l'argent du dîner, il ne
pouvait pas y avoir de pique-nique sans cet avale-tout
de Mes-Bottes. Et les hommes, leurs pipes allumées, le
couvaient d'un regard jaloux; car enfin, pour tant
manger, il fallait être solidement bâti!

« Je ne voudrais pas être chargée de vous nourrir,
dit Mme Gaudron. Ah! non, par exemple!

— Dites-donc, la petite mère, faut pas blaguer, répondit Mes-Bottes, avec un regard oblique sur le ventre de sa
voisine. Vous en avez avalé plus long que moi. »

On applaudit, on cria bravo : c'était envoyé. Il faisait nuit noire, trois becs de gaz flambaient dans la salle,
remuant de grandes clartés troubles, au milieu de la
fumée des pipes. Les garçons, après avoir servi le café et
le cognac, venaient d'emporter les dernières piles d'assiettes sales. En bas, sous les trois acacias, le bastringue
commençait, un cornet à pistons et deux violons jouant
très fort, avec des rires de femme, un peu rauques dans la
nuit chaude.

« Faut faire un brûlot! cria Mes-Bottes; deux litres de casse-poitrine, beaucoup de citron et pas beaucoup de sucre! »

Mais Coupeau, voyant en face de lui le visage inquiet de Gervaise, se leva en déclarant qu'on ne boirait pas davantage. On avait vidé vingt-cinq litres, chacun son litre et demi, en comptant les enfants comme des grandes personnes; c'était déjà trop raisonnable. On venait de manger un morceau ensemble, en bonne amitié, sans fla-fla, parce qu'on avait de l'estime les uns pour les autres et qu'on désirait célébrer entre soi une fête de famille. Tout se passait très gentiment, on était gai, il ne fallait pas maintenant se cocarder cochonnément, si l'on voulait respecter les dames. En un mot, et comme fin finale, on s'était réuni pour porter une santé au conjungo, et non pour se mettre dans les brindezingues. Ce petit discours, débité d'une voix convaincue par le zingueur, qui posait la main sur sa poitrine à la chute de chaque phrase, eut la vive approbation de Lorilleux et de M. Madinier. Mais les autres, Boche, Gaudron, Bibi-la-Grillade, surtout Mes-Bottes très allumés tous les quatre, ricanèrent, la langue épaissie, ayant une sacrée coquine de soif, qu'il fallait pourtant arroser.

« Ceux qui ont soif, ont soif, et ceux qui n'ont pas soif, n'ont pas soif, fit remarquer Mes-Bottes. Pour lors, on va commander le brûlot... On n'esbrouffe personne. Les aristos feront monter de l'eau sucrée. »

Et comme le zingueur recommençait à prêcher, l'autre, qui s'était mis debout, se donna une claque sur la fesse, en criant :

« Ah! tu sais, baise cadet!... Garçon, deux litres de vieille! »

Alors, Coupeau dit que c'était très bien, qu'on allait seulement régler le repas tout de suite. Ça éviterait des disputes. Les gens bien élevés n'avaient pas besoin de payer pour les soûlards. Et, justement, Mes-Bottes, après s'être fouillé longtemps, ne trouva que trois francs sept sous. Aussi pourquoi l'avait-on laissé droguer sur la route

de Saint-Denis? Il ne pouvait pas se laisser noyer, il avait
cassé la pièce de cent sous. Les autres étaient fautifs, voilà !
Enfin, il donna trois francs, gardant les sept sous pour son
tabac du lendemain. Coupeau, furieux, aurait cogné, si
Gervaise ne l'avait tiré par sa redingote, très effrayée,
suppliante. Il se décida à emprunter deux francs à
Lorilleux, qui, après les avoir refusés, se cacha pour
les prêter, car sa femme, bien sûr, n'aurait jamais
voulu.

Cependant, M. Madinier avait pris une assiette. Les
demoiselles et les dames seules, Mme Lerat, Mme Fauconnier, Mlle Remanjou, déposèrent leur pièce de cent
sous les premières, discrètement. Ensuite, les messieurs
s'isolèrent à l'autre bout de la salle, firent les comptes. On
était quinze; ça montait donc à soixante-quinze francs.
Lorsque les soixante-quinze francs furent dans l'assiette,
chaque homme ajouta cinq sous pour les garçons. Il
fallut un quart d'heure de calculs laborieux, avant de
tout régler à la satisfaction de chacun.

Mais quand M. Madinier, qui voulait avoir affaire au
patron, eut demandé le marchand de vin, la société resta
saisie, en entendant celui-ci dire avec un sourire que ça
ne faisait pas du tout son compte. Il y avait des suppléments. Et, comme ce mot de « supplément » était accueilli
par des exclamations furibondes, il donna le détail :
vingt-cinq litres, au lieu de vingt, nombre convenu à
l'avance; les œufs à la neige, qu'il avait ajoutés, en
voyant le dessert un peu maigre; enfin un carafon de
rhum, servi avec le café, dans le cas où des personnes
aimeraient le rhum. Alors, une querelle formidable
s'engagea. Coupeau, pris à partie, se débattait : jamais il
n'avait parlé de vingt litres; quant aux œufs à la neige,
ils rentraient dans le dessert, tant pis si le gargotier les
avait ajoutés de son plein gré; restait le carafon de rhum,
une frime, une façon de grossir la note, en glissant sur
la table des liqueurs dont on ne se méfiait pas.

« Il était sur le plateau au café, criait-il; eh bien,
il doit être compté avec le café... Fichez-nous la paix.

Emportez votre argent, et du tonnerre si nous remettons jamais les pieds dans votre baraque!

— C'est six francs de plus, répétait le marchand de vin. Donnez-moi mes six francs... Et je ne compte pas les trois pains de monsieur, encore! »

Toute la société, serrée autour de lui, l'entourait d'une rage de gestes, d'un glapissement de voix que la colère étranglait. Les femmes, surtout, sortaient de leur réserve, refusaient d'ajouter un centime. Ah bien! merci, elle était jolie, la noce! C'était Mlle Remanjou, qui ne se fourrerait plus dans un de ces dîners-là! Mme Fauconnier avait très mal mangé; chez elle, pour ses quarante sous, elle aurait eu un petit plat à se lécher les doigts. Mme Gaudron se plaignait amèrement d'avoir été poussée au mauvais bout de la table, à côté de Mes-Bottes, qui n'avait pas montré le moindre égard. Enfin, ces parties tournaient toujours mal. Quand on voulait avoir du monde à son mariage, on invitait les personnes, parbleu! Et Gervaise, réfugiée auprès de maman Coupeau, devant une des fenêtres, ne disait rien, honteuse, sentant que toutes ces récriminations retombaient sur elle.

M. Madinier finit par descendre avec le marchand de vin. On les entendit discuter en bas. Puis, au bout d'une demi-heure, le cartonnier remonta; il avait réglé, en donnant trois francs. Mais la société restait vexée, exaspérée, revenant sans cesse sur la question des suppléments. Et le vacarme s'accrut d'un acte de vigueur de Mme Boche. Elle guettait toujours Boche, elle le vit, dans un coin, pincer la taille de Mme Lerat. Alors, à toute volée, elle lança une carafe qui s'écrasa contre le mur.

« On voit bien que votre mari est tailleur, madame, dit la grande veuve, avec un pincement de lèvres plein de sous-entendus. C'est un juponnier numéro un... Je lui ai pourtant allongé de fameux coups de pied, sous la table. »

La soirée était gâtée. On devint de plus en plus aigre. M. Madinier proposa de chanter; mais Bibi-la-Grillade, qui avait une belle voix, venait de disparaître; et Mlle Remanjou, accoudée à une fenêtre, l'aperçut, sous les acacias, faisant sauter une grosse fille en cheveux. Le cornet à pistons et les deux violons jouaient *Le Marchand de moutarde*, un quadrille où l'on tapait dans ses mains, à la pastourelle. Alors, il y eut une débandade : Mes-Bottes et le ménage Gaudron descendirent; Boche lui-même fila. Des fenêtres, on voyait les couples tourner, entre les feuilles, auxquelles les lanternes pendues aux branches donnaient un vert peint et cru de décor. La nuit dormait, sans une haleine, pâmée par la grosse chaleur. Dans la salle, une conversation sérieuse s'était engagée entre Lorilleux et M. Madinier, pendant que les dames, ne sachant plus comment soulager leur besoin de colère, regardaient leurs robes, cherchant si elles n'avaient pas attrapé des taches.

Les effilés de Mme Lerat devaient avoir trempé dans le café. La robe écrue de Mme Fauconnier était pleine de sauce. Le châle vert de maman Coupeau, tombé d'une chaise, venait d'être retrouvé dans un coin, roulé et piétiné. Mais c'était surtout Mme Lorilleux qui ne décolérait pas. Elle avait une tache dans le dos, on avait beau lui jurer que non, elle la sentait. Et elle finit, en se tordant devant une glace, par l'apercevoir.

« Qu'est-ce que je disais? cria-t-elle. C'est du jus de poulet. Le garçon paiera la robe. Je lui ferai plutôt un procès... Ah! la journée est complète. J'aurais mieux fait de rester couchée... Je m'en vais, d'abord. J'en ai assez, de leur fichue noce! »

Elle partit rageusement, en faisant trembler l'escalier sous les coups de ses talons. Lorilleux courut derrière elle. Mais tout ce qu'il put obtenir, ce fut qu'elle attendrait cinq minutes sur le trottoir, si l'on voulait partir ensemble. Elle aurait dû s'en aller après l'orage, comme elle en avait eu l'envie. Coupeau lui revaudrait cette journée-là. Quand ce dernier la sut si furieuse, il parut consterné; et Gervaise, pour lui éviter des ennuis, consentit à rentrer tout de suite. Alors, on s'embrassa rapidement, M. Madinier se chargea de reconduire maman Coupeau. Mme Boche devait, pour la première nuit,

emmener Claude et Étienne coucher chez elle; leur mère
pouvait être sans crainte, les petits dormaient sur des
chaises, alourdis par une grosse indigestion d'œufs à la
neige. Enfin, les mariés se sauvaient avec Lorilleux,
laissant le reste de la noce chez le marchand de vin,
lorsqu'une bataille s'engagea en bas, dans le bastringue,
entre leur société et une autre société; Boche et Mes-
Bottes, qui avaient embrassé une dame, ne voulaient
pas la rendre à deux militaires auxquels elle appartenait,
et menaçaient de nettoyer tout le tremblement, dans le
tapage enragé du cornet à pistons et des deux violons,
jouant la polka des *Perles*.

Il était à peine onze heures. Sur le boulevard de la
Chapelle, et dans tout le quartier de la Goutte-d'Or, la
paie de grande quinzaine, qui tombait ce samedi-là,
mettait un vacarme énorme de soûlerie. Mme Lorilleux
attendait à vingt pas du *Moulin-d'Argent*, debout sous
un bec de gaz. Elle prit le bras de Lorilleux, marcha
devant, sans se retourner, d'un tel pas que Gervaise et
Coupeau s'essoufflaient à les suivre. Par moments, ils
descendaient du trottoir, pour laisser la place à un
ivrogne, tombé là, les quatre fers en l'air. Lorilleux se
retourna, cherchant à raccommoder les choses.

« Nous allons vous conduire à votre porte », dit-il.
Mais Mme Lorilleux, élevant la voix, trouvait ça drôle
de passer sa nuit de noce dans ce trou infect de l'hôtel
Boncœur. Est-ce qu'ils n'auraient pas dû remettre le
mariage, économiser quatre sous et acheter des meubles,
pour rentrer chez eux, le premier soir? Ah! ils allaient
être bien, sous les toits, empilés tous les deux dans un
cabinet de dix francs, où il n'y avait seulement pas d'air.

« J'ai donné congé, nous ne restons pas en haut,
objecta Coupeau timidement. Nous gardons la chambre
de Gervaise, qui est plus grande. »

Mme Lorilleux s'oublia, se tourna d'un mouvement
brusque.

« Ça, c'est plus fort! cria-t-elle. Tu vas coucher dans
la chambre à la Banban! »

Gervaise devint toute pâle. Ce surnom, qu'elle recevait à la face pour la première fois, la frappait comme
un soufflet. Puis, elle entendait bien l'exclamation de sa
belle-sœur : la chambre à la Banban, c'était la chambre
où elle avait vécu un mois avec Lantier, où les loques
de sa vie passée traînaient encore. Coupeau ne comprit
pas, fut seulement blessé du surnom.

« Tu as tort de baptiser les autres, répondit-il avec
humeur. Tu ne sais pas, toi, qu'on t'appelle Queue-de-
Vache, dans le quartier, à cause de tes cheveux. Là, ça
ne te fait pas plaisir, n'est-ce pas?... Pourquoi ne garde-
rions-nous pas la chambre du premier? Ce soir, les enfants
n'y couchent pas, nous y serons très bien. »

Mme Lorilleux n'ajouta rien, se renfermant dans sa
dignité, horriblement vexée de s'appeler Queue-de-
Vache. Coupeau, pour consoler Gervaise, lui serrait
doucement le bras; et il réussit même à l'égayer, en lui
racontant à l'oreille qu'ils entraient en ménage avec la
somme de sept sous toute ronde, trois gros sous et un petit
sou, qu'il faisait sonner de la main dans la poche de son pantalon. Quand on fut arrivé à l'hôtel Boncœur, on se dit bonsoir d'un air fâché. Et au moment où Coupeau poussait
les deux femmes au cou l'une de l'autre, en les traitant de
bêtes, un pochard, qui semblait vouloir passer à droite, eut
un brusque crochet à gauche, et vint se jeter entre elles.

« Tiens! c'est le père Bazouge! dit Lorilleux. Il a
son compte, aujourd'hui. »

Gervaise, effrayée, se collait contre la porte de l'hôtel.
Le père Bazouge, un croque-mort d'une cinquantaine
d'années, avait son pantalon noir taché de boue, son manteau noir agrafé sur l'épaule, son chapeau de cuir noir
cabossé, aplati dans quelque chute.

« N'ayez pas peur, il n'est pas méchant, continuait
Lorilleux. C'est un voisin; la troisième chambre dans le
corridor, avant d'arriver chez nous... Il serait propre,
si son administration le voyait comme ça! »

Cependant, le père Bazouge s'offusquait de la terreur
de la jeune femme.

« Eh bien, quoi! bégaya-t-il, on ne mange personne
dans notre partie... J'en vaux un autre, allez, ma petite...
Sans doute que j'ai bu un coup! Quand l'ouvrage donne,
faut bien se graisser les roues. Ce n'est pas vous, ni la
compagnie, qui auriez descendu le particulier de six cents
livres que nous avons amené à deux du quatrième sur le
trottoir, et sans le casser encore... Moi, j'aime les gens
rigolos. »

Mais Gervaise se rentrait davantage dans l'angle de
la porte, prise d'une grosse envie de pleurer, qui lui gâtait
toute sa journée de joie raisonnable. Elle ne songeait
plus à embrasser sa belle-sœur, elle suppliait Coupeau
d'éloigner l'ivrogne. Alors, Bazouge, en chancelant, eut
un geste plein de dédain philosophique.

« Ça ne vous empêchera pas d'y passer, ma petite...
Vous serez peut-être bien contente d'y passer, un jour...
Oui, j'en connais des femmes, qui diraient merci, si on
les emportait. »

Et, comme les Lorilleux se décidaient à l'emmener,
il se retourna, il balbutia une dernière phrase, entre deux
hoquets :

« Quand on est mort... écoutez ça... quand on est
mort, c'est pour longtemps. »

IV

Ce furent quatre années de dur travail. Dans le quartier, Gervaise et Coupeau étaient un bon ménage, vivant à l'écart, sans batteries, avec un tour de promenade régulier le dimanche, du côté de Saint-Ouen. La femme faisait des journées de douze heures chez Mme Fauconnier, et trouvait le moyen de tenir son chez-elle propre comme un sou, de donner la pâtée à tout son monde, matin et soir. L'homme ne se soûlait pas, rapportait ses quinzaines, fumait une pipe à sa fenêtre avant de se coucher, pour prendre l'air. On les citait, à cause de leur gentillesse. Et, comme ils gagnaient à eux deux près de neuf francs par jour, on calculait qu'ils devaient mettre de côté pas mal d'argent.

Mais, dans les premiers temps surtout, il leur fallut joliment trimer, pour joindre les deux bouts. Leur mariage leur avait mis sur le dos une dette de deux cents francs. Puis, ils s'abominaient, à l'hôtel Boncœur; ils trouvaient ça dégoûtant, plein de sales fréquentations; et ils rêvaient d'être chez eux, avec des meubles à eux, qu'ils soigneraient. Vingt fois, ils calculèrent la somme nécessaire; ça montait, en chiffre rond, à trois cent cinquante francs, s'ils voulaient tout de suite n'être pas embarrassés pour serrer leurs affaires et avoir sous la main une casserole ou un poêlon, quand ils en auraient besoin. Ils désespéraient d'économiser une si grosse somme en moins de deux années, lorsqu'il leur arriva

une bonne chance : un vieux monsieur de Plassans leur
demanda Claude, l'aîné des petits, pour le placer là-bas
au collège ; une toquade généreuse d'un original, ama-
teur de tableaux, que des bonshommes barbouillés
autrefois par le mioche avaient vivement frappé. Claude
leur coûtait déjà les yeux de la tête. Quand ils n'eurent
plus à leur charge que le cadet, Étienne, ils amassèrent
les trois cent cinquante francs en sept mois et demi.
Le jour où ils achetèrent leurs meubles, chez un reven-
deur de la rue Belhomme, ils firent, avant de rentrer,
une promenade sur les boulevards extérieurs, le cœur
gonflé d'une grosse joie. Il y avait un lit, une table de
nuit, une commode à dessus de marbre, une armoire,
une table ronde avec sa toile cirée, six chaises, le tout
en vieil acajou ; sans compter la literie, du linge, des
ustensiles de cuisine presque neufs. C'était pour eux
comme une entrée sérieuse et définitive dans la vie,
quelque chose qui, en les faisant propriétaires, leur donnait de l'importance au milieu des gens bien posés du
quartier.

Le choix d'un logement, depuis deux mois, les occupait.
Ils voulurent, avant tout, en louer un dans la grande
maison, rue de la Goutte-d'Or. Mais pas une chambre
n'y était libre, ils durent renoncer à leur ancien rêve.
Pour dire la vérité, Gervaise ne fut pas fâchée, au fond :
le voisinage des Lorilleux, porte à porte, l'effrayait beaucoup. Alors, ils cherchèrent ailleurs. Coupeau, très justement, tenait à ne pas s'éloigner de l'atelier de Mme Fauconnier, pour que Gervaise pût, d'un saut, être chez elle
à toutes les heures du jour. Et ils eurent enfin une trou-
vaille, une grande chambre, avec un cabinet et une
cuisine, rue Neuve de la Goutte-d'Or, presque en face
de la blanchisseuse. C'était une petite maison à un seul
étage, un escalier très raide, en haut duquel il y avait
seulement deux logements, l'un à droite, l'autre à gauche ;
le bas se trouvait habité par un loueur de voitures, dont le
matériel occupait des hangars dans une vaste cour, le long
de la rue. La jeune femme, charmée, croyait retourner en

province; pas de voisines, pas de cancans à craindre, un coin de tranquillité qui lui rappelait une ruelle de Plassans, derrière les remparts; et, pour comble de chance, elle pouvait voir sa fenêtre, de son établi, sans quitter ses fers, en allongeant la tête.

L'emménagement eut lieu au terme d'avril! Gervaise était alors enceinte de huit mois. Mais elle montrait une belle vaillance, disant avec un rire que l'enfant l'aidait, lorsqu'elle travaillait; elle sentait, en elle, ses petites menottes pousser et lui donner des forces. Ah bien! elle recevait joliment Coupeau, les jours où il voulait la faire coucher pour se dorloter un peu! Elle se coucherait aux grosses douleurs. Ce serait toujours assez tôt; car, maintenant, avec une bouche de plus, il allait falloir donner un rude coup de collier. Et ce fut elle qui nettoya le logement, avant d'aider son mari à mettre les meubles en place. Elle eut une religion pour ces meubles, les essuyant avec des soins maternels, le cœur crevé à la vue de la moindre égratignure. Elle s'arrêtait, saisie, comme si elle se fût tapée elle-même, quand elle les cognait en balayant. La commode surtout lui était chère; elle la trouvait belle, solide, l'air sérieux. Un rêve, dont elle n'osait parler, était d'avoir une pendule pour la mettre au beau milieu du marbre, où elle aurait produit un effet magnifique. Sans le bébé qui venait, elle se serait peut-être risquée à acheter sa pendule. Enfin elle renvoyait ça à plus tard, avec un soupir.

Le ménage vécut dans l'enchantement de sa nouvelle demeure. Le lit d'Étienne occupait le cabinet, où l'on pouvait encore installer une autre couchette d'enfant. La cuisine était grande comme la main et toute noire; mais, en laissant la porte ouverte, on y voyait assez clair; puis, Gervaise n'avait pas à faire des repas de trente personnes, il suffisait qu'elle y trouvât la place de son pot-au-feu. Quant à la grande chambre, elle était leur orgueil. Dès le matin, ils fermaient les rideaux de l'alcôve, des rideaux de calicot blanc; et la chambre se trouvait transformée en salle à manger, avec la table au milieu, l'ar-

moire et la commode en face l'une de l'autre. Comme la
cheminée brûlait jusqu'à quinze sous de charbon de terre
par jour, ils l'avaient bouchée; un petit poêle de fonte,
posé sur la plaque de marbre, les chauffait pour sept sous
pendant les grands froids. Ensuite, Coupeau avait orné
les murs de son mieux, en se promettant des embellissements : une haute gravure représentant un maréchal de
France, caracolant avec son bâton à la main, entre un
canon et un tas de boulets, tenait lieu de glace; au-dessus
de la commode, les photographies de la famille étaient
rangées sur deux lignes, à droite et à gauche d'un ancien
bénitier de porcelaine dorée, dans lequel on mettait les
allumettes; sur la corniche de l'armoire, un buste de
Pascal faisait pendant à un buste de Béranger, l'un grave,
l'autre souriant, près du coucou, dont ils semblaient
écouter le tic-tac. C'était vraiment une belle chambre.

« Devinez combien nous payons ici? » demandait Gervaise à chaque visiteur.

Et quand on estimait son loyer trop haut, elle triomphait, elle criait, ravie d'être si bien pour si peu d'argent :

« Cent cinquante francs, pas un liard de plus!... Hein!
c'est donné! »

La rue Neuve de la Goutte-d'Or elle-même entrait
pour une bonne part dans leur contentement. Gervaise
y vivait, allant sans cesse de chez elle chez Mme Fauconnier. Coupeau, le soir, descendait maintenant, fumait sa
pipe sur le pas de la porte. La rue, sans trottoir, le pavé
défoncé, montait. En haut, du côté de la rue de la Goutte-
d'Or, il y avait des boutiques sombres aux carreaux sales,
des cordonniers, des tonneliers, une épicerie borgne, un
marchand de vin en faillite, dont les volets fermés depuis
des semaines se couvraient d'affiches. A l'autre bout, vers
Paris, des maisons de quatre étages barraient le ciel, occupées à leur rez-de-chaussée par des blanchisseuses, les
unes près des autres, en tas; seule, une devanture de
perruquier de petite ville, peinte en vert, toute pleine de
flacons aux couleurs tendres, égayait ce coin d'ombre du
vif éclair de ses plats de cuivre, tenus très propres. Mais

la gaieté de la rue se trouvait au milieu, à l'endroit où les constructions, en devenant plus rares et plus basses, laissaient descendre l'air et le soleil. Les hangars du loueur de voitures, l'établissement voisin où l'on fabriquait de l'eau de Seltz, le lavoir, en face, élargissaient un vaste espace libre, silencieux, dans lequel les voix étouffées des laveuses et l'haleine régulière de la machine à vapeur semblaient grandir encore le recueillement. Des terrains profonds, des allées s'enfonçant entre des murs noirs, mettaient là un village. Et Coupeau, amusé par les rares passants qui enjambaient le ruissellement continu des eaux savonneuses, disait se souvenir d'un pays où l'avait conduit un de ses oncles, à l'âge de cinq ans. La joie de Gervaise était, à gauche de sa fenêtre, un arbre planté dans une cour, un acacia allongeant une seule de ses branches, et dont la maigre verdure suffisait au charme de toute la rue.

Ce fut le dernier jour d'avril que la jeune femme accoucha. Les douleurs la prirent l'après-midi, vers quatre heures, comme elle repassait une paire de rideaux chez Mme Fauconnier. Elle ne voulut pas s'en aller tout de suite, restant là à se tortiller sur une chaise, donnant un coup de fer quand ça se calmait un peu; les rideaux pressaient, elle s'entêtait à les finir; puis, ça n'était peut-être qu'une colique, il ne fallait pas s'écouter pour un mal de ventre. Mais, comme elle parlait de se mettre à des chemises d'homme, elle devint blanche. Elle dut quitter l'atelier, traverser la rue, courbée en deux, se tenant aux murs. Une ouvrière offrait de l'accompagner; elle refusa, elle la pria seulement de passer chez la sage-femme, à côté, rue de la Charbonnière. Le feu n'était pas à la maison, bien sûr. Elle en avait sans doute pour toute la nuit. Ça n'allait pas l'empêcher en rentrant de préparer le dîner de Coupeau; ensuite, elle verrait à se jeter un instant sur le lit, sans même se déshabiller. Dans l'escalier, elle fut prise d'une telle crise, qu'elle dut s'asseoir au beau milieu des marches; et elle serrait ses deux poings sur sa bouche, pour ne pas crier, parce

qu'elle éprouvait une honte à être trouvée là par des
hommes, s'il en montait. La douleur passa, elle put
ouvrir la porte, soulagée, pensant décidément s'être
trompée. Elle faisait, ce soir-là, un ragoût de mouton
avec des hauts de côtelettes. Tout marcha encore bien,
pendant qu'elle pelurait ses pommes de terre. Les hauts
de côtelettes revenaient dans un poêlon, quand les sueurs
et les tranchées reparurent. Elle tourna son roux, en
piétinant devant le fourneau, aveuglée par de grosses
larmes. Si elle accouchait, n'est-ce pas? ce n'était point
une raison pour laisser Coupeau sans manger. Enfin, le
ragoût mijota sur un feu couvert de cendre. Elle revint
dans la chambre, crut avoir le temps de mettre un couvert
à un bout de la table. Et il lui fallut reposer bien vite le
litre de vin; elle n'eut plus la force d'arriver au lit, elle
tomba et accoucha par terre, sur un paillasson. Lorsque
la sage-femme arriva, un quart d'heure plus tard, ce fut
là qu'elle la délivra.

Le zingueur travaillait toujours à l'hôpital. Gervaise
défendit d'aller le déranger. Quand il rentra, à sept
heures, il la trouva couchée, bien enveloppée, très pâle
sur l'oreiller. L'enfant pleurait, emmailloté dans un
châle, aux pieds de la mère.

« Ah! ma pauvre femme! dit Coupeau en embrassant
Gervaise. Et moi qui rigolais, il n'y a pas une heure,
pendant que tu criais aux petits pâtés!... Dis donc, tu n'es
pas embarrassée, tu vous lâches ça, le temps d'éternuer. »

Elle eut un faible sourire; puis, elle murmura :

« C'est une fille.

— Juste! reprit le zingueur, blaguant pour la remettre,
j'avais commandé une fille! Hein! me voilà servi! Tu fais
donc tout ce que je veux? »

Et, prenant l'enfant, il continua :

« Qu'on vous voie un peu, mademoiselle Souillon!...
Vous avez une petite frimousse bien noire. Ça blanchira,
n'ayez pas peur. Il faudra être sage, ne pas faire la gourgandine, grandir raisonnable, comme papa et maman. »

Gervaise, très sérieuse, regardait sa fille, les yeux grands

ouverts, lentement assombris d'une tristesse. Elle hocha
la tête ; elle aurait voulu un garçon, parce que les garçons
se débrouillent toujours et ne courent pas tant de risques,
dans ce Paris. La sage-femme dut enlever le poupon des
mains de Coupeau. Elle défendit aussi à Gervaise de
parler ; c'était déjà mauvais qu'on fît tant de bruit autour
d'elle. Alors, le zingueur dit qu'il fallait prévenir maman
Coupeau et les Lorilleux ; mais il crevait de faim, il
voulait dîner auparavant. Ce fut un gros ennui pour
l'accouchée de le voir se servir lui-même, courir à la
cuisine chercher le ragoût, manger dans une assiette
creuse, ne pas trouver le pain. Malgré la défense, elle
se lamentait, se tournait entre les draps. Aussi c'était
bien bête de n'avoir pas pu mettre la table ; la colique
l'avait assise par terre comme un coup de bâton. Son
pauvre homme lui en voudrait, d'être là à se dorloter,
quand il mangeait si mal. Les pommes de terre étaient-
elles assez cuites au moins ? Elle ne se rappelait plus si elle
les avait salées.

« Taisez-vous donc ! cria la sage-femme.

— Ah ! quand vous l'empêcherez de se miner, par
exemple ! dit Coupeau, la bouche pleine. Si vous n'étiez
pas là, je parie qu'elle se lèverait pour me couper mon
pain... Tiens-toi donc sur le dos, grosse dinde ! Faut pas
te démolir, autrement tu en as pour quinze jours à te
remettre sur tes pattes... Il est très bon ton ragoût.
Madame va en manger avec moi. N'est-ce pas,
madame ? »

La sage-femme refusa ; mais elle voulut bien boire un
verre de vin, parce que ça l'avait émotionnée, disait-elle,
de trouver la malheureuse femme avec le bébé sur le paillasson. Coupeau partit enfin, pour annoncer la nouvelle
à la famille. Une demi-heure plus tard, il revint avec tout
le monde, maman Coupeau, les Lorilleux, Mme Lerat,
qu'il avait justement rencontrée chez ces derniers. Les
Lorilleux, devant la prospérité du ménage, étaient devenus très aimables, faisaient un éloge outré de Gervaise, en
laissant échapper de petits gestes restrictifs, des hoche-

ments de menton, des battements de paupières, comme
pour ajourner leur vrai jugement. Enfin, ils savaient ce
qu'ils savaient ; seulement, ils ne voulaient pas aller contre
l'opinion de tout le quartier.

« Je t'amène la séquelle ! cria Coupeau. Tant pis ! Ils
ont voulu te voir... N'ouvre pas le bec, ça t'est défendu.
Ils resteront là à te regarder tranquillement sans se
formaliser, n'est-ce pas ?... Moi, je vais leur faire du café,
et du chouette ! »

Il disparut dans la cuisine. Maman Coupeau, après
avoir embrassé Gervaise, s'émerveillait de la grosseur de
l'enfant. Les deux autres femmes avaient également
appliqué de gros baisers sur les joues de l'accouchée. Et
toutes trois, debout devant le lit, commentaient, en
s'exclamant, les détails des couches, de drôles de couches,
une dent à arracher, pas davantage. Mme Lerat examinait la petite partout, la déclarait bien conformée,
ajoutait même, avec intention, que ça ferait une fameuse
femme, et, comme elle lui trouvait la tête pointue, elle la
pétrissait légèrement, malgré ses cris, afin de l'arrondir.
Mme Lorilleux lui arracha le bébé en se fâchant : ça
suffisait pour donner tous les vices à une créature, de la
tripoter ainsi, quand elle avait le crâne si tendre. Puis,
elle chercha la ressemblance. On manqua se disputer.
Lorilleux, qui allongeait le cou derrière les femmes,
répétait que la petite n'avait rien de Coupeau ; un peu le
nez peut-être, et encore ! C'était toute sa mère, avec des
yeux d'ailleurs ; pour sûr, ces yeux-là ne venaient pas de
la famille.

Cependant, Coupeau ne reparaissait plus. On l'entendait, dans la cuisine, se battre avec le fourneau et la cafetière. Gervaise se tournait les sangs : ce n'était pas l'occu-
pation d'un homme, de faire du café ; et elle lui criait
comment il devait s'y prendre, sans écouter les chut !
énergiques de la sage-femme.

« Enlevez le balluchon ! dit Coupeau, qui rentra, la
cafetière à la main. Hein ! est-elle assez canulante ! Il faut
qu'elle se cauchemarde... Nous allons boire ça dans des

verres, n'est-ce pas? parce que, voyez-vous, les tasses
sont restées chez le marchand. »

On s'assit autour de la table, et le zingueur voulut
verser le café lui-même. Il sentait joliment fort, ce n'était
pas de la roupie de sansonnet. Quand la sage-femme
eut siroté son verre, elle s'en alla : tout marchait bien,
on n'avait plus besoin d'elle; si la nuit n'était pas bonne,
on l'enverrait chercher le lendemain. Elle descendait
encore l'escalier, que Mme Lorilleux la traita de licheuse
et de propre à rien. Ça se mettait quatre morceaux de
sucre dans son café, ça se faisait donner des quinze francs,
pour vous laisser accoucher toute seule. Mais Coupeau la
défendait; il allongerait les quinze francs de bon cœur;
après tout, ces femmes-là passaient leur jeunesse à étudier,
elles avaient raison de demander cher. Ensuite, Lorilleux
se disputa avec Mme Lerat; lui, prétendait que, pour
avoir un garçon, il fallait tourner la tête de son lit vers le
nord, tandis qu'elle haussait les épaules traitant ça
d'enfantillage, donnant une autre recette, qui consistait
à cacher sous le matelas, sans le dire à sa femme, une
poignée d'orties fraîches, cueillies au soleil. On avait
poussé la table près du lit. Jusqu'à dix heures, Gervaise,
prise peu à peu d'une fatigue immense, resta souriante
et stupide, la tête tournée sur l'oreiller; elle voyait, elle
entendait, mais elle ne trouvait plus la force de hasarder
un geste ni une parole; il lui semblait être morte, d'une
mort très douce, du fond de laquelle elle était heureuse de
regarder les autres vivre. Par moments, un vagissement
de la petite montait, au milieu des grosses voix, des
réflexions interminables sur un assassinat, commis la
veille rue du Bon-Puits, à l'autre bout de La Chapelle.

Puis, comme la société songeait au départ, on parla
du baptême. Les Lorilleux avaient accepté d'être parrain
et marraine; en arrière, ils rechignaient; pourtant, si le
ménage ne s'était pas adressé à eux, ils auraient fait une
drôle de figure. Coupeau ne voyait guère la nécessité de
baptiser la petite; ça ne lui donnerait pas dix mille livres
de rente, bien sûr; et encore ça risquait de l'enrhumer.

Moins on avait affaire aux curés, mieux ça valait. Mais
maman Coupeau le traitait de païen. Les Lorilleux, sans
aller manger le Bon Dieu dans les églises, se piquaient
d'avoir de la religion.

« Ce sera pour dimanche, si vous voulez », dit le chaîniste.

Et Gervaise ayant consenti d'un signe de tête, tout
le monde l'embrassa en lui recommandant de se bien
porter. On dit adieu aussi au bébé. Chacun vint se pencher sur ce pauvre petit corps frissonnant, avec des
risettes, des mots de tendresse, comme s'il avait pu
comprendre. On l'appelait Nana, la caresse du nom
d'Anna, que portait sa marraine.

« Bonsoir, Nana... Allons, Nana, soyez belle fille... »

Quand ils furent enfin partis, Coupeau mit sa chaise
tout contre le lit, et acheva sa pipe, en tenant dans la
sienne la main de Gervaise. Il fumait lentement, lâchant
des phrases entre deux bouffées, très ému.

« Hein? ma vieille, ils t'ont cassé la tête? Tu comprends, je n'ai pas pu les empêcher de venir. Après tout,
ça prouve leur amitié... Mais, n'est-ce pas? on est mieux
seul. Moi, j'avais besoin d'être un peu seul, comme ça,
avec toi. La soirée m'a paru d'un long!... Cette pauvre
poule! elle a eu bien du bobo! Ces crapoussins-là, quand
ça vient au monde, ça ne se doute guère du mal que ça
fait. Vrai, ça doit être comme si on vous ouvrait les
reins... Où est-il le bobo, que je l'embrasse? »

Il lui avait glissé délicatement sous le dos une de ses
grosses mains, et il l'attirait, il lui baisait le ventre à travers le drap, pris d'un attendrissement d'homme rude
pour cette fécondité endolorie encore. Il demandait s'il ne
lui faisait pas du mal, il aurait voulu la guérir en soufflant
dessus. Et Gervaise était bien heureuse. Elle lui jurait
qu'elle ne souffrait plus du tout. Elle songeait seulement
à se relever le plus tôt possible, parce qu'il ne fallait pas
se croiser les bras, maintenant. Mais lui, la rassurait.
Est-ce qu'il ne se chargeait pas de gagner la pâtée de la
petite? Il serait un grand lâche, si jamais il lui laissait

cette gamine sur le dos. Ça ne lui semblait pas malin de savoir faire un enfant : le mérite, pas vrai? c'était de le nourrir.

Coupeau, cette nuit-là, ne dormit guère. Il avait couvert le feu du poêle. Toutes les heures, il dut se relever pour donner au bébé des cuillerées d'eau sucrée tiède. Ça ne l'empêcha pas de partir le matin au travail comme à son habitude. Il profita même de l'heure de son déjeuner, alla à la mairie faire sa déclaration. Pendant ce temps, Mme Boche, prévenue, était accourue passer la journée auprès de Gervaise. Mais celle-ci, après dix heures de profond sommeil, se lamentait, disait déjà se sentir toute courbatue de garder le lit. Elle tomberait malade, si on ne la laissait pas se lever. Le soir, quand Coupeau revint, elle lui conta ses tourments : sans doute elle avait confiance en Mme Boche; seulement ça la mettait hors d'elle de voir une étrangère s'installer dans sa chambre, ouvrir les tiroirs, toucher ses affaires. Le lendemain, la concierge, en revenant d'une commission, la trouva debout, habillée, balayant et s'occupant du dîner de son mari. Et jamais elle ne voulut se recoucher. On se moquait d'elle, peut-être! C'était bon pour les dames d'avoir l'air d'être cassées. Lorsqu'on n'était pas riche, on n'avait pas le temps.

Trois jours après ses couches, elle repassait des jupons chez Mme Fauconnier, tapant ses fers, mise en sueur par la grosse chaleur du fourneau.

Dès le samedi soir, Mme Lorilleux apporta ses cadeaux de marraine : un bonnet de trente-cinq sous et une robe de baptême, plissée et garnie d'une petite dentelle, qu'elle avait eue pour six francs, parce qu'elle était défraîchie. Le lendemain, Lorilleux, comme parrain, donna à l'accouchée six livres de sucre. Ils faisaient les choses proprement. Même le soir, au repas qui eut lieu chez les Coupeau, ils ne se présentèrent point les mains vides. Le mari arriva avec un litre de vin cacheté sous chaque bras, tandis que la femme tenait un large flan acheté chez un pâtissier de la chaussée Clignancourt, très en renom. Seu-

lement, les Lorilleux allèrent raconter leurs largesses dans
tout le quartier ; ils avaient dépensé près de vingt francs.
Gervaise, en apprenant leurs commérages, resta suffoquée
et ne leur tint plus aucun compte de leurs bonnes manières.

Ce fut à ce dîner de baptême que les Coupeau achevè-
rent de se lier étroitement avec les voisins du palier.
L'autre logement de la petite maison était occupé par
deux personnes, la mère et le fils, les Goujet, comme on les
appelait. Jusque-là, on s'était salué dans l'escalier et dans
la rue, rien de plus ; les voisins semblaient un peu ours.
Puis, la mère lui ayant monté un seau d'eau, le lendemain
de ses couches, Gervaise avait jugé convenable de les
inviter au repas, d'autant plus qu'elle les trouvait très
bien. Et là, naturellement, on avait fait connaissance.

Les Goujet étaient du département du Nord. La mère
raccommodait les dentelles ; le fils, forgeron de son état,
travaillait dans une fabrique de boulons. Ils occupaient
l'autre logement du palier depuis cinq ans. Derrière la
paix muette de leur vie, se cachait tout un chagrin
ancien : le père Goujet, un jour d'ivresse furieuse, à Lille,
avait assommé un camarade à coups de barre de fer, puis
s'était étranglé dans sa prison, avec son mouchoir. La
veuve et l'enfant, venus à Paris après leur malheur, sentaient toujours ce drame sur leurs têtes, le rachetaient par
une honnêteté stricte, une douceur et un courage inal-
térables. Même il se mêlait un peu de fierté dans leur cas,
car ils finissaient par se voir meilleurs que les autres.
Mme Goujet, toujours vêtue de noir, le front encadré
d'une coiffe monacale, avait une face blanche et reposée
de matrone, comme si la pâleur des dentelles, le travail
minutieux de ses doigts, lui eussent donné un reflet de
sérénité. Goujet était un colosse de vingt-trois ans,
superbe, le visage rose, les yeux bleus, d'une force hercu-
léenne. A l'atelier, les camarades l'appelaient la Gueule-
d'Or, à cause de sa belle barbe jaune.

Gervaise se sentit tout de suite prise d'une grande
amitié pour ces gens. Quand elle pénétra la première fois

chez eux, elle resta émerveillée de la propreté du logis.
Il n'y avait pas à dire, on pouvait souffler partout, pas un
grain de poussière ne s'envolait. Et le carreau luisait,
d'une clarté de glace. Mme Goujet la fit entrer dans la
chambre de son fils, pour voir. C'était gentil et blanc
comme dans la chambre d'une fille : un petit lit de fer
garni de rideaux de mousseline, une table, une toilette,
une étroite bibliothèque pendue au mur; puis, des images
du haut en bas, des bonshommes découpés, des gravures
coloriées fixées à l'aide de quatre clous, des portraits de
toutes sortes de personnages, détachés des journaux illus-
trés. Mme Goujet disait, avec un sourire, que son fils
était un grand enfant; le soir, la lecture le fatiguait; alors
il s'amusait à regarder ses images. Gervaise s'oublia une
heure près de sa voisine, qui s'était remise à son tambour,
devant une fenêtre. Elle s'intéressait aux centaines
d'épingles attachant la dentelle, heureuse d'être là, respirant la bonne odeur de propreté du logement, où cette
besogne délicate mettait un silence recueilli.

Les Goujet gagnaient encore à être fréquentés. Ils
faisaient de grosses journées et plaçaient plus du quart de
leur quinzaine à la Caisse d'épargne. Dans le quartier, on
les saluait, on parlait de leurs économies. Goujet n'avait
jamais un trou, sortait avec des bourgerons propres, sans
une tache. Il était très poli, même un peu timide, malgré
ses larges épaules. Les blanchisseuses du bout de la rue
s'égayaient à le voir baisser le nez, quand il passait. Il
n'aimait pas leurs gros mots, trouvait ça dégoûtant que
des femmes eussent sans cesse des saletés à la bouche.
Un jour pourtant, il était rentré gris. Alors, Mme Goujet,
pour tout reproche, l'avait mis en face d'un portrait de
son père, une mauvaise peinture cachée pieusement au
fond de la commode. Et, depuis cette leçon, Goujet ne
buvait plus qu'à sa suffisance, sans haine pourtant contre
le vin, car le vin est nécessaire à l'ouvrier.[1] Le dimanche,
il sortait avec sa mère, à laquelle il donnait le bras; le plus
souvent, il la menait du côté de Vincennes; d'autres fois,
il la conduisait au théâtre. Sa mère restait sa passion.

Il lui parlait encore comme s'il était tout petit. La tête carrée, la chair alourdie par le rude travail du marteau, il tenait des grosses bêtes : dur d'intelligence, bon tout de même.

Les premiers jours, Gervaise le gêna beaucoup. Puis, en quelques semaines, il s'habitua à elle. Il la guettait pour lui monter ses paquets, la traitait en sœur, avec une brusque familiarité, découpant des images à son intention. Cependant, un matin, ayant tourné la clef sans frapper, il la surprit à moitié nue, se lavant le cou; et, de huit jours, il ne la regarda pas en face, si bien qu'il finissait par la faire rougir elle-même.

Cadet-Cassis, avec son bagou parisien, trouvait la Gueule-d'Or bêta. C'était bien de ne pas licher, de ne pas souffler dans le nez des filles, sur les trottoirs; mais il fallait pourtant qu'un homme fût un homme, sans quoi autant valait-il tout de suite porter des jupons. Il le blaguait devant Gervaise, en l'accusant de faire de l'œil à toutes les femmes du quartier; et ce tambour-major de Goujet se défendait violemment. Ça n'empêchait pas les deux ouvriers d'être camarades. Ils s'appelaient le matin, partaient ensemble, buvaient parfois un verre de bière avant de rentrer. Depuis le dîner du baptême, ils se tutoyaient, parce que dire toujours « vous », ça allonge les phrases. Leur amitié en restait là, quand la Gueule-d'Or rendit à Cadet-Cassis un fier service, un de ces services signalés dont on se souvient la vie entière. C'était au 2 décembre. Le zingueur, par rigolade, avait eu la belle idée de descendre voir l'émeute; il se fichait pas mal de la République, du Bonaparte et de tout le tremblement; seulement il adorait la poudre, les coups de fusil lui semblaient drôles. Et il allait très bien être pincé derrière une barricade, si le forgeron ne s'était rencontré là, juste à point pour le protéger de son grand corps et l'aider à filer. Goujet, en remontant la rue du Faubourg-Poisson-nière, marchait vite, la figure grave. Lui, s'occupait de politique, était républicain, sagement, au nom de la justice et du bonheur de tous. Cependant, il n'avait pas fait le coup de fusil. Et il donnait ses raisons : le peuple se lassait de payer aux bourgeois les marrons qu'il tirait des cendres, en se brûlant les pattes ; février et juin étaient de fameuses leçons ; aussi, désormais, les faubourgs laisseraient-ils la ville s'arranger comme elle l'entendrait. Puis, arrivé sur la hauteur, rue des Poissonniers, il avait tourné la tête, regardant Paris ; on bâclait tout de même là-bas de la fichue besogne, le peuple un jour pourrait se repentir de s'être croisé les bras. Mais Coupeau ricanait, appelait trop bêtes les ânes qui risquaient leur peau à la seule fin de conserver leurs vingt-cinq francs aux sacrés fainéants de la Chambre. Le soir, les Coupeau invitèrent les Goujet à dîner. Au dessert, Cadet-Cassis et la Gueule-d'Or se posèrent chacun deux gros baisers sur les joues. Maintenant, c'était à la vie à la mort.

Pendant trois années, la vie des deux familles coula, aux deux côtés du palier, sans un événement. Gervaise avait élevé la petite, en trouvant le moyen de perdre, au plus, deux jours de travail par semaine. Elle devenait une bonne ouvrière de fin, gagnait jusqu'à trois francs. Aussi s'était-elle décidée à mettre Étienne, qui allait sur ses huit ans, dans une petite pension de la rue de Chartres, où elle payait cent sous. Le ménage, malgré la charge des deux enfants, plaçait des vingt francs et des trente francs chaque mois à la Caisse d'épargne. Quand leurs économies atteignirent la somme de six cents francs, la jeune femme ne dormit plus, obsédée d'un rêve d'ambition : elle voulait s'établir, louer une petite boutique, prendre à son tour des ouvrières. Elle avait tout calculé. Au bout de vingt ans, si le travail marchait, ils pouvaient avoir une rente, qu'ils iraient manger quelque part, à la campagne. Pourtant, elle n'osait se risquer. Elle disait chercher une boutique, pour se donner le temps de la réflexion. L'argent ne craignait rien à la Caisse d'épargne ; au contraire, il faisait des petits. En trois années, elle avait contenté une seule de ses envies, elle s'était acheté une pendule ; encore cette pendule, une pendule de palissandre, à colonnes torses, à balancier de cuivre doré, devait-elle être payée en

un an, par acomptes de vingt sous tous les lundis. Elle se
fâchait, lorsque Coupeau parlait de la monter ; elle seule
enlevait le globe, essuyait les colonnes avec religion,
comme si le marbre de sa commode se fût transformé en
chapelle. Sous le globe, derrière la pendule, elle cachait le
livret de la Caisse d'épargne. Et souvent, quand elle
rêvait à sa boutique, elle s'oubliait là, devant le cadran, à
regarder fixement tourner les aiguilles, ayant l'air
d'attendre quelque minute particulière et solennelle
pour se décider.

Les Coupeau sortaient presque tous les dimanches avec
les Goujet. C'étaient des parties gentilles, une friture à
Saint-Ouen ou un lapin à Vincennes, mangés sans épate,
sous le bosquet d'un traiteur. Les hommes buvaient à
leur soif, revenaient sains comme l'œil, en donnant le
bras aux dames. Le soir, avant de se coucher, les deux
ménages comptaient, partageaient la dépense par moitié ;
et jamais un sou en plus ou en moins ne soulevait une discussion. Les Lorilleux étaient jaloux des Goujet. Ça leur
paraissait drôle, tout de même, de voir Cadet-Cassis et la
Banban aller sans cesse avec des étrangers, quand ils
avaient une famille. Ah bien ! oui, ils s'en souciaient
comme d'une guigne, de leur famille ! Depuis qu'ils
avaient quatre sous de côté, ils faisaient joliment leur
tête. Mme Lorilleux, très vexée de voir son frère lui échapper, recommençait à vomir des injures contre Gervaise.
Mme Lerat, au contraire, prenait parti pour la jeune
femme, la défendait en racontant des contes extraordinaires, des tentatives de séduction, le soir, sur le boulevard, dont elle la montrait sortant en héroïne de drame,
flanquant une paire de claques à ses agresseurs. Quant à
maman Coupeau, elle tâchait de raccommoder tout le
monde, de se faire bien venir de tous ses enfants : sa vue
baissait de plus en plus, elle n'avait plus qu'un ménage,
elle était contente de trouver cent sous chez les uns et
chez les autres.

Le jour même où Nana prenait ses trois ans, Coupeau,
en rentrant le soir, trouva Gervaise bouleversée. Elle

refusait de parler, elle n'avait rien du tout, disait-elle. Mais, comme elle mettait la table à l'envers, s'arrêtant avec les assiettes pour tomber dans de grosses réflexions, son mari voulut absolument savoir.

« Eh bien, voilà, finit-elle par avouer, la boutique du petit mercier, rue de la Goutte-d'Or, est à louer... J'ai vu ça, il y a une heure, en allant acheter du fil. Ça m'a donné un coup. »

C'était une boutique très propre, juste dans la grande maison où ils rêvaient d'habiter autrefois. Il y avait la boutique, une arrière-boutique, avec deux autres chambres, à droite et à gauche; enfin, ce qu'il leur fallait, les pièces un peu petites, mais bien distribuées. Seulement, elle trouvait ça trop cher : le propriétaire parlait de cinq cents francs.

« Tu as donc visité et demandé le prix? dit Coupeau.

— Oh! tu sais, par curiosité! répondit-elle, en affectant un air d'indifférence. On cherche, on entre à tous les écriteaux, ça n'engage à rien... Mais celle-là est trop chère, décidément. Puis ce serait peut-être une bêtise de m'établir. »

Cependant, après le dîner, elle revint à la boutique du mercier. Elle dessina les lieux, sur la marge d'un journal. Et, peu à peu, elle en causait, mesurait les coins, arrangeait les pièces, comme si elle avait dû, dès le lendemain, y caser ses meubles. Alors, Coupeau la poussa à louer, en voyant sa grande envie; pour sûr, elle ne trouverait rien de propre, à moins de cinq cents francs; d'ailleurs, on obtiendrait peut-être une diminution. La seule chose ennuyeuse, c'était d'aller habiter la maison des Lorilleux, qu'elle ne pouvait pas souffrir. Mais elle se fâcha, elle ne détestait personne; dans le feu de son désir, elle défendit même les Lorilleux; ils n'étaient pas méchants au fond, on s'entendrait très bien. Et, quand ils furent couchés, Coupeau dormait déjà qu'elle continuait ses aménagements intérieurs, sans avoir pourtant, d'une façon nette, consenti à louer.

Le lendemain, restée seule, elle ne put résister au besoin

d'enlever le globe de la pendule et de regarder le livret
de la Caisse d'épargne. Dire que sa boutique était là-dedans dans ces feuillets salis de vilaines écritures! Avant
d'aller au travail, elle consulta Mme Goujet, qui approuva beaucoup son projet de s'établir; avec un homme
comme le sien, bon sujet, ne buvant pas, elle était certaine de faire ses affaires et de ne pas être mangée. Au
déjeuner, elle monta même chez les Lorilleux pour avoir
leur avis; elle désirait ne pas paraître se cacher de la
famille. Mme Lorilleux resta saisie. Comment! la Banban
allait avoir une boutique, à cette heure! Et, le cœur crevé,
elle balbutia, elle dut se montrer très contente : sans
doute, la boutique était commode, Gervaise avait raison
de la prendre. Pourtant, lorsqu'elle se fut un peu remise,
elle et son mari parlèrent de l'humidité de la cour, du
jour triste des pièces du rez-de-chaussée. Oh! c'était un
bon coin pour les rhumatismes. Enfin, si elle était décidée
à louer, n'est-ce pas? leurs observations, bien certainement, ne l'empêcheraient pas de louer.

Le soir, Gervaise avouait franchement en riant qu'elle
en serait tombée malade, si on l'avait empêchée d'avoir
la boutique. Toutefois, avant de dire : C'est fait! elle voulait emmener Coupeau voir les lieux et tâcher d'obtenir
une diminution sur le loyer.

« Alors, demain, si ça te plaît, dit son mari, tu viendras
me prendre vers six heures à la maison où je travaille,
rue de la Nation, et nous passerons rue de la Goutte-
d'Or, en rentrant. »

Coupeau terminait alors la toiture d'une maison neuve,
à trois étages. Ce jour-là, il devait justement poser les
dernières feuilles de zinc. Comme le toit était presque
plat, il y avait installé son établi, un large volet sur deux
tréteaux. Un beau soleil de mai se couchait, dorant les
cheminées. Et, tout là-haut, dans le ciel clair, l'ouvrier
taillait tranquillement son zinc à coups de cisaille, penché
sur l'établi, pareil à un tailleur coupant chez lui une paire
de culottes. Contre le mur de la maison voisine, son aide,
un gamin de dix-sept ans, fluet et blond, entretenait le feu

du réchaud en manœuvrant un énorme soufflet, dont chaque haleine faisait envoler un pétillement d'étincelles.

« Hé! Zidore, mets les fers! » cria Coupeau.

L'aide enfonça les fers à souder au milieu de la braise, d'un rose pâle dans le plein jour. Puis, il se remit à souffler. Coupeau tenait la dernière feuille de zinc. Elle restait à poser au bord du toit, près de la gouttière; là, il y avait une brusque pente, et le trou béant de la rue se creusait. Le zingueur, comme chez lui, en chaussons de lisières, s'avança, traînant les pieds, sifflotant l'air d'*Ohé! les p'tits agneaux!* Arrivé devant le trou, il se laissa couler, s'arc-bouta d'un genou contre la maçonnerie d'une cheminée, resta à moitié chemin du pavé. Une de ses jambes pendait. Quand il se renversait pour appeler cette couleuvre de Zidore, il se rattrapait à un coin de la maçonnerie à cause du trottoir, là-bas, sous lui.

« Sacré lambin, va!... Donne donc les fers! Quand tu regarderas en l'air, bougre d'efflanqué! les alouettes ne te tomberont pas toutes rôties! »

Mais Zidore ne se pressait pas. Il s'intéressait aux toits voisins, à une grosse fumée qui montait au fond de Paris, du côté de Grenelle; ça pouvait bien être un incendie. Pourtant, il vint se mettre à plat ventre, la tête au-dessus du trou; et il passa les fers à Coupeau. Alors, celui-ci commença à souder la feuille. Il s'accroupissait, s'allongeait, trouvant toujours son équilibre, assis d'une fesse, perché sur la pointe d'un pied, retenu par un doigt. Il avait un sacré aplomb, un toupet du tonnerre, familier, bravant le danger. Ça le connaissait. C'était la rue qui avait peur de lui. Comme il ne lâchait pas sa pipe, il se tournait de temps à autre, il crachait paisiblement dans la rue.

« Tiens! Mme Boche! cria-t-il tout d'un coup. Ohé! madame Boche! »

Il venait d'apercevoir la concierge traversant la chaussée. Elle leva la tête, le reconnut. Et une conversation s'engagea du toit au trottoir. Elle cachait ses mains

sous son tablier, le nez en l'air. Lui, debout maintenant,
son bras gauche passé autour d'un tuyau, se penchait.

« Vous n'avez pas vu ma femme? demanda-t-il.

— Non, bien sûr, répondit la concierge. Elle est par
ici?

— Elle doit venir me prendre... et l'on se porte bien
chez vous?

— Mais oui, merci, c'est moi la plus malade, vous
voyez... Je vais chaussée Clignancourt chercher un petit
gigot. Le boucher, près du Moulin-Rouge, ne le vend
que seize sous. »

Ils haussaient la voix, parce qu'une voiture passait dans
la rue de la Nation, large, déserte; leurs paroles, lancées
à toute volée, avaient seulement fait mettre à sa fenêtre
une petite vieille; et cette vieille restait là, accoudée, se
donnant la distraction d'une grosse émotion, à regarder
cet homme, sur la toiture d'en face, comme si elle espérait
le voir tomber d'une minute à l'autre.

« Eh bien, bonsoir, cria encore Mme Boche. Je ne
veux pas vous déranger. »

Coupeau se tourna, reprit le fer que Zidore lui tendait.
Mais au moment où la concierge s'éloignait, elle aperçut
sur l'autre trottoir Gervaise, tenant Nana par la main.
Elle relevait déjà la tête pour avertir le zingueur, lorsque
la jeune femme lui ferma la bouche d'un geste énergique.
Et, à demi-voix, afin de n'être pas entendue là-haut, elle
dit sa crainte : elle redoutait, en se montrant tout d'un
coup, de donner à son mari une secousse, qui le précipi-
terait. En quatre ans, elle était allée le chercher une seule
fois à son travail. Ce jour-là, c'était la seconde fois. Elle
ne pouvait pas assister à ça, son sang ne faisait qu'un tour,
quand elle voyait son homme entre ciel et terre, à des
endroits où les moineaux eux-mêmes ne se risquaient pas.

« Sans doute, ce n'est pas agréable, murmurait
Mme Boche. Moi, le mien est tailleur, je n'ai pas des
tremblements.

— Si vous saviez, dans les premiers temps, dit encore
Gervaise, j'avais des frayeurs du matin au soir. Je le

voyais toujours, la tête cassée, sur une civière... Maintenant, je n'y pense plus autant. On s'habitue à tout. Il faut
bien que le pain se gagne... N'importe, c'est un pain joliment cher, car on y risque ses os plus souvent qu'à son
tour. »

Elle se tut, cachant Nana dans sa jupe, craignant un cri
de la petite. Malgré elle, toute pâle, elle regardait. Justement, Coupeau soudait le bord extrême de la feuille, près
de la gouttière ; il se coulait le plus possible, ne pouvait
atteindre le bout. Alors, il se risqua, avec ces mouvements
ralentis des ouvriers, pleins d'aisance et de lourdeur. Un
moment, il fut au-dessus du pavé, ne se tenant plus, tranquille, à son affaire ; et d'en bas, sous le fer promené d'une
main soigneuse, on voyait grésiller la petite flamme
blanche de la soudure. Gervaise, muette, la gorge
étranglée par l'angoisse, avait serré les mains, les élevait
d'un geste machinal de supplication. Mais elle respira
bruyamment, Coupeau venait de remonter sur le toit,
sans se presser, prenant le temps de cracher une dernière
fois dans la rue.

« On moucharde donc ! cria-t-il gaiement en l'apercevant. Elle a fait la bête, n'est-ce pas ? Mme Boche ; elle
n'a pas voulu appeler... Attends-moi, j'en ai encore pour
dix minutes. »

Il lui restait à poser un chapiteau de cheminée, une
bricole de rien du tout. La blanchisseuse et la concierge
demeurèrent sur le trottoir, causant du quartier, surveillant Nana, pour l'empêcher de barboter dans le ruisseau,
où elle cherchait des petits poissons ; et les deux femmes
revenaient toujours à la toiture, avec des sourires, des
hochements de tête, comme pour dire qu'elles ne s'impatientaient pas. En face, la vieille n'avait pas quitté sa
fenêtre, regardant l'homme, attendant.

« Qu'est-ce qu'elle a donc à espionner, cette bique !
dit Mme Boche ! Une fichue mine ! »

Là-haut, on entendait la voix forte du zingueur chantant : *Ah ! qu'il fait bon cueillir la fraise !* Maintenant,
penché sur son établi, il coupait son zinc en artiste. D'un

tour de compas, il avait tracé une ligne, et il détachait un large éventail, à l'aide d'une paire de cisailles cintrées ; puis, légèrement, au marteau, il ployait cet éventail en forme de champignon pointu. Zidore s'était remis à souffler la braise du réchaud. Le soleil se couchait derrière la maison, dans une grande clarté rose, lentement pâlie, tournant au lilas tendre. Et en plein ciel, à cette heure recueillie du jour, les silhouettes des deux ouvriers, grandies démesurément, se découpaient sur le fond limpide de l'air, avec la barre sombre de l'établi et l'étrange profil du soufflet.

Quand le chapiteau fut taillé, Coupeau jeta son appel : « Zidore ! les fers ! »

Mais Zidore venait de disparaître. Le zingueur, en jurant, le chercha du regard, l'appela par la lucarne du grenier restée ouverte. Enfin, il le découvrit sur un toit voisin, à deux maisons de distance. Le galopin se promenait, explorait les environs, ses maigres cheveux blonds s'envolant au grand air, clignant les yeux en face de l'immensité de Paris.

« Dis donc, la flâne ! est-ce que tu te crois à la campagne ! dit Coupeau furieux. Tu es comme M. Béranger, tu composes des vers, peut-être !... Veux-tu bien me donner les fers ! A-t-on jamais vu se balader sur les toits ! Amène-z-y ta connaissance tout de suite, pour lui chanter des mamours... Veux-tu me donner les fers, sacrée andouille ! »

Il souda, il cria à Gervaise :

« Voilà, c'est fini... Je descends. »

Le tuyau auquel il devait adapter le chapiteau se trouvait au milieu du toit. Gervaise, tranquillisée, continuait à sourire en suivant ses mouvements. Nana, rassurée tout d'un coup par la vue de son père, tapait dans ses petites mains. Elle s'était assise sur le trottoir, pour mieux voir là-haut.

« Papa ! papa ! criait-elle de toute sa force ; papa ! regarde donc ! »

Le zingueur voulut se pencher, mais son pied glissa.

Alors, brusquement, bêtement, comme un chat dont les pattes s'embrouillent, il roula, il descendit la pente légère de la toiture, sans pouvoir se rattraper.

« Nom de Dieu! » dit-il d'une voix étouffée.

Et il tomba. Son corps décrivit une courbe molle, tourna deux fois sur lui-même, vint s'écraser au milieu de la rue avec le coup sourd d'un paquet de linge jeté de haut.

Gervaise, stupide, la gorge déchirée d'un grand cri, resta les bras en l'air. Des passants accoururent, un attroupement se forma. Mme Boche, bouleversée, fléchissant sur les jambes, prit Nana entre les bras, pour lui cacher la tête et l'empêcher de voir. Cependant, en face, la petite vieille, comme satisfaite, fermait tranquillement sa fenêtre.

Quatre hommes finirent par transporter Coupeau chez un pharmacien, au coin de la rue des Poissonniers; et il demeura là près d'une heure, au milieu de la boutique, sur une couverture, pendant qu'on était allé chercher un brancard à l'hôpital Lariboisière. Il respirait encore, mais le pharmacien avait de petits hochements de tête. Maintenant, Gervaise, à genoux par terre, sanglotait d'une façon continue, barbouillée de ses larmes, aveuglée, hébétée. D'un mouvement machinal, elle avançait les mains, tâtait les membres de son mari, très doucement. Puis, elle les retirait, en regardant le pharmacien qui lui avait défendu de toucher; et elle recommençait quelques secondes plus tard, ne pouvant s'empêcher de s'assurer s'il restait chaud, croyant lui faire du bien. Quand le brancard arriva enfin, et qu'on parla de partir pour l'hôpital, elle se releva, en disant violemment :

« Non, non, pas à l'hôpital!... Nous demeurons rue Neuve de la Goutte-d'Or. »

On eut beau lui expliquer que la maladie lui coûterait très cher, si elle prenait son mari chez elle. Elle répétait avec entêtement :

« Rue Neuve de la Goutte-d'Or, je montrerai la porte... Qu'est-ce que ça vous fait? J'ai de l'argent...

C'est mon mari, n'est-ce pas? Il est à moi, je le veux. »

Et l'on dut rapporter Coupeau chez lui. Lorsque le brancard traversa la foule qui s'écrasait devant la boutique du pharmacien, les femmes du quartier parlaient de Gervaise avec animation : elle boitait, la mâtine, mais elle avait tout de même du chien; bien sûr, elle sauverait son homme, tandis qu'à l'hôpital les médecins faisaient passer l'arme à gauche aux malades trop détériorés, histoire de ne pas se donner l'embêtement de les guérir. Mme Boche, après avoir emmené Nana chez elle, était revenue et racontait l'accident avec des détails interminables, toute secouée encore d'émotion.

« J'allais chercher un gigot, j'étais là, je l'ai vu tomber, répétait-elle. C'est à cause de sa petite, il a voulu la regarder, et patatras! Ah! Dieu de Dieu! je ne demande pas à en voir tomber un second... Il faut pourtant que j'aille chercher mon gigot. »

Pendant huit jours, Coupeau fut très bas. La famille, les voisins, tout le monde, s'attendaient à le voir tourner de l'œil d'un instant à l'autre. Le médecin, un médecin très cher qui se faisait payer cent sous la visite, craignait des lésions intérieures; et ce mot effrayait beaucoup, on disait dans le quartier que le zingueur avait eu le cœur décroché par la secousse. Seule, Gervaise, pâlie par les veilles, sérieuse, résolue, haussait les épaules. Son homme avait la jambe droite cassée; ça, tout le monde le savait; on la lui remettrait, voilà tout. Quant au reste, au cœur décroché, ce n'était rien. Elle le lui raccrocherait, son cœur. Elle savait comment les cœurs se raccrochent, avec des soins, de la propreté, une amitié solide. Et elle montrait une conviction superbe, certaine de le guérir, rien qu'à rester autour de lui et à le toucher de ses mains, dans les heures de fièvre. Elle ne douta pas une minute. Toute une semaine, on la vit sur ses pieds, parlant peu, recueillie dans son entêtement de le sauver, oubliant les enfants, la rue, la ville entière. Le neuvième jour, le soir où le médecin répondit enfin du malade, elle tomba sur une chaise, les jambes molles, l'échine brisée, tout en larmes. Cette nuit-là, elle consentit à dormir deux heures, la tête posée sur le pied du lit.

L'accident de Coupeau avait mis la famille en l'air. Maman Coupeau passait les nuits avec Gervaise; mais, dès neuf heures, elle s'endormait sur sa chaise. Chaque soir, en rentrant du travail, Mme Lerat faisait un grand détour pour prendre des nouvelles. Les Lorilleux étaient d'abord venus deux et trois fois par jour, offrant de veiller, apportant même un fauteuil pour Gervaise. Puis, des querelles n'avaient pas tardé à s'élever sur la façon de soigner les malades. Mme Lorilleux prétendait avoir sauvé assez de gens dans sa vie pour savoir comment il fallait s'y prendre. Elle accusait aussi la jeune femme de la bousculer, de l'écarter du lit de son frère. Bien sûr, la Banban avait raison de vouloir quand même guérir Coupeau; car, enfin, si elle n'était pas allée le déranger rue de la Nation, il ne serait pas tombé. Seulement, de la manière dont elle l'accommodait, elle était certaine de l'achever.

Lorsqu'elle vit Coupeau hors de danger, Gervaise cessa de garder son lit avec autant de rudesse jalouse. Maintenant, on ne pouvait plus le lui tuer, et elle laissait approcher les gens sans méfiance. La famille s'étalait dans la chambre. La convalescence devait être très longue; le médecin avait parlé de quatre mois. Alors, pendant les longs sommeils du zingueur, les Lorilleux traitèrent Gervaise de bête. Ça l'avançait beaucoup d'avoir son mari chez elle. A l'hôpital, il se serait remis sur pied deux fois plus vite. Lorilleux aurait voulu être malade, attraper un bobo quelconque, pour lui montrer s'il hésiterait une seconde à entrer à Lariboisière. Mme Lorilleux connaissait une dame qui en sortait; eh bien! elle avait mangé du poulet matin et soir. Et tous deux, pour la vingtième fois, refaisaient le calcul de ce que coûteraient au ménage les quatre mois de convalescence : d'abord les journées de travail perdues, puis le médecin, les remèdes, et plus tard le bon vin, la viande saignante. Si les Coupeau croquaient seulement leurs quatre sous d'économie, ils devraient s'estimer fièrement heureux.

Mais ils s'endetteraient, c'était à croire. Oh! ça les
regardait. Surtout, ils n'avaient pas à compter sur la
famille, qui n'était pas assez riche pour entretenir un
malade chez lui. Tant pis pour la Banban, n'est-ce pas?
elle pouvait bien faire comme les autres, laisser porter
son homme à l'hôpital. Ça la complétait, d'être une
orgueilleuse.

Un soir, Mme Lorilleux eut la méchanceté de lui
demander brusquement :

« Eh bien, et votre boutique, quand la louez-vous?

— Oui, ricana Lorilleux, la concierge vous attend
encore. »

Gervaise resta suffoquée. Elle avait complètement
oublié la boutique. Mais elle voyait la joie mauvaise de
ces gens, à la pensée que désormais la boutique était
flambée. Dès ce soir-là, en effet, ils guettèrent les occa-
sions pour la plaisanter sur son rêve tombé à l'eau. Quand
on parlait d'un espoir irréalisable, ils renvoyaient la
chose au jour où elle serait patronne, dans un beau
magasin donnant sur la rue. Et, derrière elle, c'étaient
des gorges chaudes. Elle ne voulait pas faire d'aussi
vilaines suppositions; mais en vérité, les Lorilleux avaient
l'air maintenant d'être très contents de l'accident de
Coupeau, qui l'empêchait de s'établir blanchisseuse
rue de la Goutte-d'Or.

Alors, elle-même voulut rire et leur montrer combien
elle sacrifiait volontiers l'argent pour la guérison de son
mari. Chaque fois qu'elle prenait en leur présence le
livret de la Caisse d'épargne, sous le globe de la pendule,
elle disait gaiement :

« Je sors, je vais louer ma boutique. »

Elle n'avait pas voulu retirer l'argent tout d'une fois.
Elle le redemandait par cent francs, pour ne pas garder
un si gros tas de pièces dans sa commode; puis, elle espérait vaguement quelque miracle, un rétablissement
brusque, qui leur permettrait de ne pas déplacer la
somme entière. A chaque course à la Caisse d'épargne,
quand elle rentrait, elle additionnait sur un bout de

papier l'argent qu'ils avaient encore là-bas. C'était uniquement pour le bon ordre. Le trou avait beau se creuser dans la monnaie, elle tenait, de son air raisonnable, avec son tranquille sourire, les comptes de cette débâcle de leurs économies. N'était-ce pas déjà une consolation d'employer si bien cet argent, de l'avoir eu sous la main, au moment de leur malheur? Et, sans un regret, d'une main soigneuse, elle replaçait le livret derrière la pendule, sous le globe.

Les Goujet se montrèrent très gentils pour Gervaise pendant la maladie de Coupeau. Mme Goujet était à son entière disposition; elle ne descendait pas une fois sans lui demander si elle avait besoin de sucre, de beurre, de sel; elle lui offrait toujours le premier bouillon, les soirs où elle mettait un pot-au-feu; même, si elle la voyait trop occupée, elle soignait sa cuisine, lui donnait un coup de main pour la vaisselle. Goujet, chaque matin, prenait les seaux de la jeune femme, allait les emplir à la fontaine de la rue des Poissonniers; c'était une économie de deux sous. Puis, après le dîner, quand la famille n'envahissait pas la chambre, les Goujet venaient tenir compagnie aux Coupeau. Pendant deux heures, jusqu'à dix heures, le forgeron fumait sa pipe, en regardant Gervaise tourner autour du malade. Il ne disait pas dix paroles de la soirée. Sa grande face blonde enfoncée entre ses épaules de colosse, il s'attendrissait à la voir verser de la tisane dans une tasse, remuer le sucre sans faire de bruit avec la cuiller. Lorsqu'elle bordait le lit et qu'elle encourageait Coupeau d'une voix douce, il restait tout secoué. Jamais il n'avait rencontré une aussi brave femme. Ça ne lui allait même pas mal de boiter, car elle en avait plus de mérite encore à se décarcasser tout le long de la journée auprès de son mari. On ne pouvait pas dire, elle ne s'asseyait pas un quart d'heure, le temps de manger. Elle courait sans cesse chez le pharmacien, mettait son nez dans des choses pas propres, se donnait un mal du tonnerre pour tenir en ordre cette chambre où l'on faisait tout; avec ça, pas une plainte, toujours aimable,

même les soirs où elle dormait debout, les yeux ouverts,
tant elle était lasse. Et le forgeron, dans cet air de dévouement, au milieu des drogues traînant sur les meubles, se
prenait d'une grande affection pour Gervaise, à la
regarder ainsi aimer et soigner Coupeau de tout son cœur.

« Hein! mon vieux, te voilà recollé, dit-il un jour
au convalescent. Je n'étais pas en peine, ta femme est le
Bon Dieu! »

Lui, devait se marier. Du moins, sa mère avait trouvé
une jeune fille très convenable, une dentellière comme
elle, qu'elle désirait vivement lui voir épouser. Pour ne
pas la chagriner, il disait oui, et la noce était même fixée
aux premiers jours de septembre. L'argent de l'entrée en
ménage dormait depuis longtemps à la Caisse d'épargne.
Mais il hochait la tête quand Gervaise lui parlait de ce
mariage, il murmurait de sa voix lente :

« Toutes les femmes ne sont pas comme vous, madame
Coupeau. Si toutes les femmes étaient comme vous, on
en épouserait dix. »

Cependant, Coupeau, au bout de deux mois, put commencer à se lever. Il ne se promenait pas loin, du lit à la
fenêtre et encore soutenu par Gervaise. Là, il s'asseyait
dans le fauteuil des Lorilleux, la jambe droite allongée
sur un tabouret. Ce blagueur, qui allait rigoler des pattes
cassées, les jours de verglas, était très vexé de son accident.
Il manquait de philosophie. Il avait passé ces deux mois
dans le lit, à jurer, à faire enrager le monde. Ce n'était pas
une existence, vraiment, de vivre sur le dos, avec une
quille ficelée et raide comme un saucisson. Ah! il connaî-
trait le plafond, par exemple; il y avait une fente, au coin
de l'alcôve, qu'il aurait dessinée les yeux fermés. Puis,
quand il s'installa dans le fauteuil, ce fut une autre
histoire. Est-ce qu'il resterait longtemps cloué là, pareil
à une momie? La rue n'était pas si drôle, il n'y passait
personne, ça puait l'eau de Javel toute la journée.
Non, vrai, il se faisait trop vieux, il aurait donné dix ans
de sa vie pour savoir seulement comment se portaient
les fortifications. Et il revenait toujours à des accusations

violentes contre le sort. Ça n'était pas juste, son accident ;
ça n'aurait pas dû lui arriver, à lui un bon ouvrier, pas
fainéant, pas soûlard. A d'autres peut-être, il aurait
compris.

« Le papa Coupeau, disait-il, s'est cassé le cou, un
jour de ribote. Je ne puis pas dire que c'était mérité, mais
enfin la chose s'expliquait... Moi, à jeun, tranquille comme
Baptiste, sans une goutte de liquide dans le corps, et voilà
que je dégringole en voulant me tourner pour faire une
risette à Nana !... Vous ne trouvez pas ça trop fort ? S'il
il y a un Bon Dieu, il arrange drôlement les choses. Jamais
je n'avalerai ça. »

Et, quand les jambes lui revinrent, il garda une sourde
rancune contre le travail. C'était un métier de malheur,
de passer ses journées comme les chats, le long des gouttières. Eux pas bêtes, les bourgeois ! ils vous envoyaient
à la mort, bien trop poltrons pour se risquer sur une
échelle, s'installant solidement au coin de leur feu et se
fichant du pauvre monde. Et il en arrivait à dire que
chacun aurait dû poser son zinc sur sa maison. Dame !
en bonne justice, on devait en venir là : si tu ne veux pas
être mouillé, mets-toi à couvert. Puis, il regrettait de ne
pas avoir appris un autre métier, plus joli et moins dan-
gereux, celui d'ébéniste, par exemple. Ça, c'était encore la
faute du père Coupeau ; les pères avaient cette bête d'habitude de fourrer quand même les enfants dans leur partie.

Pendant deux mois encore, Coupeau marcha avec des
béquilles. Il avait d'abord pu descendre dans la rue,
fumer une pipe devant la porte. Ensuite, il était allé
jusqu'au boulevard extérieur, se traînant au soleil,
restant des heures assis sur un banc. La gaieté lui revenait,
son bagou d'enfer s'aiguisait dans ses longues flâneries.
Et il prenait là, avec le plaisir de vivre, une joie à ne rien
faire, les membres abandonnés, les muscles glissant à
un sommeil très doux ; c'était comme une lente conquête
de la paresse, qui profitait de sa convalescence pour
entrer dans sa peau et l'engourdir, en le chatouillant.
Il revenait bien portant, goguenard, trouvant la vie

belle, ne voyant pas pourquoi ça ne durerait pas toujours.
Lorsqu'il put se passer de béquilles, il poussa ses promenades plus loin, courut les chantiers pour revoir les
camarades. Il restait les bras croisés en face des maisons
en construction, avec des ricanements, des hochements
de tête ; et il blaguait les ouvriers qui trimaient, il allongeait sa jambe, pour leur montrer où ça menait de
s'esquinter le tempérament. Ces stations gouailleuses
devant la besogne des autres satisfaisaient sa rancune
contre le travail. Sans doute, il s'y remettrait, il le fallait
bien ; mais ce serait le plus tard possible. Oh ! il était
payé pour manquer d'enthousiasme. Puis, ça lui semblait
si bon de faire un peu la vache !

Les après-midi où Coupeau s'ennuyait, il montait chez
les Lorilleux. Ceux-ci le plaignaient beaucoup, l'attiraient
par toutes sortes de prévenances aimables. Dans les premières années de son mariage, il leur avait échappé, grâce
à l'influence de Gervaise. Maintenant, ils le reprenaient,
en le plaisantant sur la peur que lui causait sa femme.
Il n'était donc pas un homme ! Pourtant, les Lorilleux
montraient une grande discrétion, célébraient d'une façon
outrée les mérites de la blanchisseuse. Coupeau, sans se
disputer encore, jurait à celle-ci que sa sœur l'adorait, et
lui demandait d'être moins mauvaise pour elle. La première querelle du ménage, un soir, était venue au sujet
d'Étienne. Le zingueur avait passé l'après-midi chez les
Lorilleux. En rentrant, comme le dîner se faisait attendre
et que les enfants criaient après la soupe, il s'en était
pris brusquement à Étienne, lui envoyant une paire de
calottes soignées. Et, pendant une heure, il avait ron-
chonné : ce mioche n'était pas à lui, il ne savait pas pourquoi il le tolérait dans la maison ; il finirait par le flanquer
à la porte. Jusque-là, il avait accepté le gamin sans tant
d'histoires. Le lendemain, il parlait de sa dignité. Trois
jours après, il lançait des coups de pied au derrière du
petit, matin et soir, si bien que l'enfant, quand il l'entendait monter, se sauvait chez les Goujet, où la vieille dentellière lui gardait un coin de la table pour faire ses devoirs.

Gervaise, depuis longtemps, s'était remise au travail. Elle n'avait plus la peine d'enlever et de replacer le globe de la pendule; toutes les économies se trouvaient mangées; et il fallait piocher dur, piocher pour quatre, car ils étaient quatre bouches à table. Elle seule nourrissait tout ce monde. Quand elle entendait les gens la plaindre, elle excusait vite Coupeau. Pensez donc! il avait tant souffert, ce n'était pas étonnant, si son caractère prenait de l'aigreur! Mais ça passerait avec la santé. Et si on lui laissait entendre que Coupeau semblait solide à présent, qu'il pouvait bien retourner au chantier, elle se récriait. Non, non, pas encore! Elle ne voulait pas l'avoir de nouveau au lit. Elle savait bien ce que le médecin lui disait, peut-être! C'était elle qui l'empêchait de travailler, en lui répétant chaque matin de prendre son temps, de ne pas se forcer. Elle lui glissait même des pièces de vingt sous dans la poche de son gilet. Coupeau acceptait ça comme une chose naturelle; il se plaignait de toutes sortes de douleurs pour se faire dorloter; au bout de six mois, sa convalescence durait toujours. Maintenant, les jours où il allait regarder travailler les autres, il entrait volontiers boire un canon avec les camarades. Tout de même, on n'était pas mal chez le marchand de vin; on rigolait, on restait là cinq minutes. Ça ne déshonorait personne. Les poseurs seuls affectaient de crever de soif à la porte. Autrefois, on avait bien raison de le blaguer, attendu qu'un verre de vin n'a jamais tué un homme. Mais il se tapait la poitrine en se faisant un honneur de ne boire que du vin; toujours du vin, jamais de l'eau-de-vie; le vin prolongeait l'existence, n'indisposait pas, ne soûlait pas. Pourtant, à plusieurs reprises, après des journées de désœuvrement, passées de chantier en chantier, de cabaret en cabaret, il était rentré éméché. Gervaise, ces jours-là, avait fermé sa porte, en prétextant elle-même un gros mal de tête, pour empêcher les Goujet d'entendre les bêtises de Coupeau.

Peu à peu, cependant, la jeune femme s'attrista. Matin et soir, elle allait, rue de la Goutte-d'Or, voir la boutique,

qui était toujours à louer; et elle se cachait, comme si
elle eût commis un enfantillage indigne d'une grande
personne. Cette boutique recommençait à lui tourner la
tête; la nuit, quand la lumière était éteinte, elle trouvait
à y songer, les yeux ouverts, le charme d'un plaisir
défendu. Elle faisait de nouveau ses calculs : deux cent
cinquante francs pour le loyer, cent cinquante francs
d'outils et d'installation, cent francs d'avance afin de
vivre quinze jours; en tout cinq cents francs, au chiffre le
plus bas. Si elle n'en parlait pas tout haut, continuellement, c'était de crainte de paraître regretter les économies mangées par la maladie de Coupeau. Elle devenait
toute pâle souvent, ayant failli laisser échapper son envie,
rattrapant sa phrase avec la confusion d'une vilaine
pensée. Maintenant, il faudrait travailler quatre ou cinq
années, avant d'avoir mis de côté une si grosse somme. Sa
désolation était justement de ne pouvoir s'établir tout de
suite; elle aurait fourni aux besoins du ménage, sans
compter sur Coupeau, en lui laissant des mois pour
reprendre goût au travail; elle se serait tranquillisée,
certaine de l'avenir, débarrassée des peurs secrètes dont
elle se sentait prise parfois, lorsqu'il revenait très gai,
chantant, racontant quelque bonne farce de cet animal de
Mes-Bottes, auquel il avait payé un litre.

Un soir, Gervaise se trouvant seule chez elle, Goujet
entra et ne se sauva pas, comme à son habitude. Il s'était
assis, il fumait en la regardant. Il devait avoir une phrase
grave à prononcer; il la retournait, la mûrissait, sans
pouvoir lui donner une forme convenable. Enfin, après
un gros silence, il se décida, il retira sa pipe de la bouche,
pour tout dire d'un trait :

« Madame Gervaise, voudriez-vous me permettre de
vous prêter de l'argent? »

Elle était penchée sur un tiroir de sa commode, cherchant des torchons. Elle se releva, très rouge. Il l'avait
donc vue, le matin, rester en extase devant la boutique,
pendant près de dix minutes? Lui, souriait d'un air gêné,
comme s'il avait fait là une proposition blessante. Mais

elle refusa vivement; jamais elle n'accepterait de l'argent, sans savoir quand elle pourrait le rendre. Puis, il s'agissait vraiment d'une trop forte somme. Et comme il insistait, consterné, elle finit par crier :

« Mais votre mariage? Je ne puis pas prendre l'argent de votre mariage, bien sûr!

— Oh! ne vous gênez pas, répondit-il en rougissant à son tour. Je ne me marie plus. Vous savez, une idée... Vrai, j'aime mieux vous prêter l'argent. »

Alors, tous deux baissèrent la tête. Il y avait entre eux quelque chose de très doux qu'ils ne disaient pas. Et Gervaise accepta. Goujet avait prévenu sa mère. Ils traversèrent le palier, allèrent la voir tout de suite. La dentellière était grave, un peu triste, son calme visage penché sur son tambour. Elle ne voulait pas contrarier son fils, mais elle n'approuvait plus le projet de Gervaise; et elle dit nettement pourquoi : Coupeau tournait mal, Coupeau lui mangerait sa boutique. Elle ne pardonnait surtout point au zingueur d'avoir refusé d'apprendre à lire, pendant sa convalescence; le forgeron s'était offert pour lui montrer, mais l'autre l'avait envoyé dinguer, en accusant la science de maigrir le monde. Cela avait presque fâché les deux ouvriers; ils allaient chacun de son côté. D'ailleurs, Mme Goujet, en voyant les regards suppliants de son grand enfant, se montra très bonne pour Gervaise. Il fut convenu qu'on prêterait cinq cents francs aux voisins; ils les rembourseraient en donnant chaque mois un acompte de vingt francs; ça durerait ce que ça durerait.

« Dis donc! le forgeron te fait de l'œil, s'écria Coupeau en riant, quand il apprit l'histoire. Oh! je suis bien tranquille, il est trop godiche... On le lui rendra, son argent. Mais, vrai, s'il avait affaire à de la fripouille il serait joliment jobardé. »

Dès le lendemain, les Coupeau louèrent la boutique. Gervaise courut toute la journée, de la rue Neuve à la rue de la Goutte-d'Or. Dans le quartier, à la voir passer ainsi, légère, ravie au point de ne plus boiter, on racontait qu'elle avait dû se laisser faire une opération.

V

Justement, les Boche, depuis le terme d'avril, avaient quitté la rue des Poissonniers et tenaient la loge de la grande maison, rue de la Goutte-d'Or. Comme ça se rencontrait, tout de même! Un des ennuis de Gervaise, qui avait vécu si tranquille sans concierge dans son trou de la rue Neuve, était de retomber sous la sujétion de quelque mauvaise bête, avec laquelle il faudrait se disputer pour un peu d'eau répandue, ou pour la porte refermée trop fort, le soir. Les concierges sont une si sale espèce! Mais, avec les Boche, ce serait un plaisir. On se connaissait, on s'entendrait toujours. Enfin, ça se passerait en famille.

Le jour de la location, quand les Coupeau vinrent signer le bail, Gervaise se sentit le cœur tout gros, en passant sous la haute porte. Elle allait donc habiter cette maison vaste comme une petite ville, allongeant et entre-croisant les rues interminables de ses escaliers et de ses corridors. Les façades grises avec les loques des fenêtres séchant au soleil, la cour blafarde aux pavés défoncés de place publique, le ronflement de travail qui sortait des murs, lui causaient un grand trouble, une joie d'être enfin près de contenter son ambition, une peur de ne pas réussir et de se trouver écrasée dans cette lutte énorme contre la faim, dont elle entendait le souffle. Il lui semblait faire quelque chose de très hardi, se jeter au beau milieu d'une machine en branle, pendant que les

marteaux du serrurier et les rabots de l'ébéniste tapaient
et sifflaient au fond des ateliers du rez-de-chaussée.
Ce jour-là, les eaux de la teinturerie coulant sous le
porche étaient d'un vert pomme très tendre. Elle les
enjamba, en souriant; elle voyait dans cette couleur
un heureux présage.

Le rendez-vous avec le propriétaire était dans la loge
même des Boche. M. Marescot, un grand coutelier de
la rue de la Paix, avait jadis tourné la meule, le long des
trottoirs. On le disait riche aujourd'hui à plusieurs millions. C'était un homme de cinquante-cinq ans, fort,
osseux, décoré, étalant ses mains immenses d'ancien
ouvrier; et un de ses bonheurs était d'emporter les couteaux et les ciseaux de ses locataires, qu'il aiguisait lui-
même, par plaisir. Il passait pour n'être pas fier, parce
qu'il restait des heures chez ses concierges, caché dans
l'ombre de la loge, à demander des comptes. Il traitait
là toutes ses affaires. Les Coupeau le trouvèrent devant
la table graisseuse de Mme Boche, écoutant comment la
couturière du second, dans l'escalier A, avait refusé de
payer, d'un mot dégoûtant. Puis, quand on eut signé le
bail, il donna une poignée de main au zingueur. Lui,
aimait les ouvriers. Autrefois, il avait eu joliment du
tirage. Mais le travail menait à tout. Et, après avoir
compté les deux cent cinquante francs du premier
semestre, qu'il engloutit dans sa vaste poche, il dit sa
vie, il montra sa décoration.

Gervaise, cependant, demeurait un peu gênée en
voyant l'attitude des Boche. Ils affectaient de ne pas la
connaître. Ils s'empressaient autour du propriétaire,
courbés en deux, guettant ses paroles, les approuvant
de la tête. Mme Boche sortit vivement, alla chasser une
bande d'enfants qui pataugeaient devant la fontaine, dont
le robinet grand ouvert inondait le pavé; et quand elle
revint, droite et sévère dans ses jupes, traversant la cour
avec de lents regards à toutes les fenêtres, comme pour
s'assurer du bon ordre de la maison, elle eut un pincement de lèvres disant de quelle autorité elle était investie,

maintenant qu'elle avait sous elle trois cents locataires. Boche, de nouveau, parlait de la couturière du second; il était d'avis de l'expulser; il calculait les termes en retard, avec une importance d'intendant dont la gestion pouvait être compromise. M. Marescot approuva l'idée de l'expulsion; mais il voulait attendre jusqu'au demi-terme. C'était dur de jeter les gens à la rue, d'autant plus que ça ne mettait pas un sou dans la poche du propriétaire. Et Gervaise, avec un léger frisson, se demandait si on la jetterait à la rue, elle aussi, le jour où un malheur l'empêcherait de payer. La loge, enfumée, emplie de meubles noirs, avait une humidité et un jour livide de cave; devant la fenêtre, toute la lumière tombait sur l'établi du tailleur, où traînait une vieille redingote à retourner; tandis que Pauline, la petite des Boche, une enfant rousse de quatre ans, assise par terre, regardait sagement cuire un morceau de veau, baignée et ravie dans l'odeur forte de cuisine montant du poêlon.

M. Marescot tendait de nouveau la main au zingueur, lorsque celui-ci parla des réparations, en lui rappelant sa promesse verbale de causer de cela plus tard. Mais le propriétaire se fâcha; il ne s'était engagé à rien; jamais, d'ailleurs, on ne faisait de réparations dans une boutique. Pourtant, il consentit à aller voir les lieux, suivi des Coupeau et de Boche. Le petit mercier était parti en emportant son agencement de casiers et de comptoirs; la boutique, toute nue, montrait son plafond noir, ses murs crevés, où des lambeaux d'un ancien papier jaune pendaient. Là, dans le vide sonore des pièces, une discussion furieuse s'engagea. M. Marescot criait que c'était aux commerçants à embellir leurs magasins, car enfin un commerçant pouvait vouloir de l'or partout, et lui, propriétaire, ne pouvait pas mettre de l'or; puis, il raconta sa propre installation, rue de la Paix, où il avait dépensé plus de vingt mille francs. Gervaise, avec son entêtement de femme, répétait un raisonnement qui lui semblait irréfutable : dans un logement, n'est-ce pas, il ferait coller du papier? alors, pourquoi ne considérait-il pas la boutique comme un logement? Elle ne lui demandait pas autre chose, blanchir le plafond et remettre du papier.

Boche, cependant, restait impénétrable et digne; il tournait, regardait en l'air, sans se prononcer. Coupeau avait beau lui adresser des clignements d'yeux, il affectait de ne pas vouloir abuser de sa grande influence sur le propriétaire. Il finit pourtant par laisser échapper un jeu de physionomie, un petit sourire mince accompagné d'un hochement de tête. Justement, M. Marescot, exaspéré, l'air malheureux, écartant ses dix doigts dans une crampe d'avare auquel on arrache son or, cédait à Gervaise, promettait le plafond et le papier, à la condition qu'elle paierait la moitié du papier. Et il se sauva vite, ne voulant plus entendre parler de rien.

Alors, quand Boche fut seul avec les Coupeau, il leur donna des claques sur les épaules, très expansif. Hein? c'était enlevé! Sans lui, jamais ils n'auraient eu leur papier ni leur plafond. Avaient-ils remarqué comme le propriétaire l'avait consulté du coin de l'œil et s'était brusquement décidé en le voyant sourire? Puis, en confidence, il avoua être le vrai maître de la maison : il décidait des congés, louait si les gens lui plaisaient, touchait les termes qu'il gardait des quinze jours dans sa commode.

Le soir, les Coupeau, pour remercier les Boche, crurent poli de leur envoyer deux litres de vin. Ça méritait un cadeau.

Dès le lundi suivant, les ouvriers se mirent à la boutique. L'achat du papier fut surtout une grosse affaire. Gervaise voulait un papier gris à fleurs bleues, pour éclairer et égayer les murs. Boche lui offrit de l'emmener; elle choisirait. Mais il avait des ordres formels du propriétaire, il ne devait pas dépasser le prix de quinze sous le rouleau. Ils restèrent une heure chez le marchand; la blanchisseuse revenait toujours à une perse très gentille de dix-huit sous, désespérée, trouvant les autres papiers affreux. Enfin, le concierge céda; il arrangerait la chose, il compterait un rouleau de plus, s'il le fallait. Et Gervaise, en rentrant, acheta des gâteaux pour Pauline.

Elle n'aimait pas rester en arrière, il y avait tout bénéfice avec elle à se montrer complaisant.

En quatre jours, la boutique devait être prête. Les travaux durèrent trois semaines. D'abord, on avait parlé de
lessiver simplement les peintures. Mais ces peintures,
anciennement lie de vin, étaient si sales et si tristes, que
Gervaise se laissa entraîner à faire remettre toute la
devanture en bleu clair, avec des filets jaunes. Alors, les
réparations s'éternisèrent. Coupeau, qui ne travaillait
toujours pas, arrivait dès le matin, pour voir si ça marchait. Boche lâchait la redingote ou le pantalon dont il
refaisait les boutonnières, venait de son côté surveiller ses
hommes. Et tous deux, debout en face des ouvriers, les
mains derrière le dos, fumant, crachant, passaient la
journée à juger chaque coup de pinceau. C'étaient des
réflexions interminables, des rêveries profondes pour un
clou à arracher. Les peintres, deux grands diables bons
enfants, quittaient à chaque instant leurs échelles, se
plantaient, eux aussi, au milieu de la boutique, se mêlant
à la discussion, hochant la tête pendant des heures, en
regardant leur besogne commencée. Le plafond se trouva
badigeonné assez rapidement. Ce furent les peintures
dont on faillit ne jamais sortir. Ça ne voulait pas sécher.
Vers neuf heures, les peintres se montraient avec leurs
pots à couleur, les posaient dans un coin, donnaient un
coup d'œil, puis disparaissaient; et on ne les revoyait
plus. Ils étaient allés déjeuner, ou bien ils avaient dû finir
une bricole, à côté, rue Myrrha. D'autres fois, Coupeau
emmenait toute la coterie boire un canon, Boche, les peintres, avec les camarades qui passaient; c'était encore un
après-midi flambé. Gervaise se mangeait les sangs.
Brusquement, en deux jours, tout fut terminé, les peintures vernies, le papier collé, les saletés jetées au tom-
bereau. Les ouvriers avaient bâclé ça comme en se jouant,
sifflant sur leurs échelles, chantant à étourdir le quartier.

L'emménagement eut lieu tout de suite. Gervaise, les
premiers jours, éprouvait des joies d'enfant, quand elle
traversait la rue, en rentrant d'une commission. Elle

s'attardait, souriait à son chez-elle. De loin, au milieu de la file noire des autres devantures, sa boutique lui apparaissait toute claire, d'une gaieté neuve, avec son enseigne bleu tendre, où les mots : *Blanchisseuse de fin*, étaient peints en grandes lettres jaunes. Dans la vitrine, fermée au fond par de petits rideaux de mousseline, tapissée de papier bleu pour faire valoir la blancheur du linge, des chemises d'homme restaient en montre, des bonnets de femme pendaient, les brides nouées à des fils de laiton. Et elle trouvait sa boutique jolie, couleur du ciel. Dedans, on entrait encore dans du bleu; le papier, qui imitait une perse Pompadour, représentait une treille où couraient des liserons; l'établi, une immense table tenant les deux tiers de la pièce, garni d'une épaisse couverture, se drapait d'un bout de cretonne à grands ramages bleuâtres, pour cacher les tréteaux. Gervaise s'asseyait sur un tabouret, soufflait un peu de contentement, heureuse de cette belle propriété, couvant des yeux ses outils neufs. Mais son premier regard allait toujours à sa mécanique, un poêle de fonte, où dix fers pouvaient chauffer à la fois, rangés autour du foyer, sur des plaques obliques. Elle venait se mettre à genoux, regardait avec la continuelle peur que sa petite bête d'apprentie ne fît éclater la fonte, en fourrant trop de coke.

Derrière la boutique, le logement était très convenable. Les Coupeau couchaient dans la première chambre, où l'on faisait la cuisine et où l'on mangeait; une porte, au fond, ouvrait sur la cour de la maison. Le lit de Nana se trouvait dans la chambre de droite, un grand cabinet, qui recevait le jour par une lucarne ronde, près du plafond. Quant à Étienne, il partageait la chambre de gauche avec le linge sale, dont d'énormes tas traînaient toujours sur le plancher. Pourtant, il y avait un inconvénient, les Coupeau ne voulaient pas en convenir d'abord; mais les murs pissaient l'humidité, et on ne voyait plus clair dès trois heures de l'après-midi.

Dans le quartier, la nouvelle boutique produisit une grosse émotion. On accusa les Coupeau d'aller trop vite et de faire des embarras. Ils avaient, en effet, dépensé les cinq cents francs des Goujet en installation, sans garder même de quoi vivre une quinzaine comme ils se l'étaient promis. Le matin où Gervaise enleva ses volets pour la première fois, elle avait juste six francs dans son porte-monnaie. Mais elle n'était pas en peine, les pratiques arrivaient, ses affaires s'annonçaient très bien. Huit jours plus tard, le samedi, avant de se coucher, elle resta deux heures à calculer, sur un bout de papier ; et elle réveilla Coupeau, la mine luisante, pour lui dire qu'il y avait des mille et des cents à gagner, si l'on était raisonnable.

« Ah bien ! criait Mme Lorilleux dans toute la rue de la Goutte-d'Or, mon imbécile de frère en voit de drôles !... il ne manquait plus à la Banban que de faire la vie. Ça lui va bien, n'est-ce pas ? »

Les Lorilleux s'étaient brouillés à mort avec Gervaise. D'abord, pendant les réparations de la boutique, ils avaient failli crever de rage ; rien qu'à voir les peintres de loin, ils passaient sur l'autre trottoir, ils remontaient chez eux les dents serrées. Une boutique bleue à cette rien du tout, si ce n'était pas fait pour casser les bras des honnêtes gens ! Aussi, dès le second jour, comme l'apprentie vidait à la volée un bol d'amidon, juste au moment où Mme Lorilleux sortait, celle-ci avait-elle ameuté la rue en accusant sa belle-sœur de la faire insulter par ses ouvrières. Et tous rapports étaient rompus, on n'échangeait plus que des regards terribles, quand on se rencontrait.

« Oui, une jolie vie ! répétait Mme Lorilleux. On sait d'où il lui vient, l'argent de sa baraque ! Elle a gagné ça avec le forgeron... Encore du propre monde, de ce côté-là ! Le père ne s'est-il pas coupé la tête avec un couteau, pour éviter la peine à la guillotine ? Enfin, quelque sale histoire dans ce genre ! »

Elle accusait très carrément Gervaise de coucher avec Goujet. Elle mentait, elle prétendait les avoir surpris un soir ensemble, sur un banc du boulevard extérieur. La pensée de cette liaison, des plaisirs que devait goûter sa belle-sœur, l'exaspérait davantage, dans son honnêteté de femme laide. Chaque jour, le cri de son cœur lui revenait aux lèvres :

« Mais qu'a-t-elle donc sur elle, cette infirme, pour se faire aimer ! Est-ce qu'on m'aime, moi ! »

Puis, c'étaient des potins interminables avec les voisines. Elle racontait toute l'histoire. Allez, le jour du mariage, elle avait fait une drôle de tête ! Oh ! elle avait le nez creux, elle sentait déjà comment ça devait tourner. Plus tard, mon Dieu ! la Banban s'était montrée si douce, si hypocrite, qu'elle et son mari, par égard pour Coupeau, avaient consenti à être parrain et marraine de Nana ; même que ça coûtait bon, un baptême comme celui-là. Mais maintenant, voyez-vous ! la Banban pouvait être à l'article de la mort et avoir besoin d'un verre d'eau, ce ne serait pas elle, bien sûr, qui le lui donnerait. Elle n'aimait pas les insolentes, ni les coquines, ni les dévergondées. Quant à Nana, elle serait toujours bien reçue, si elle montait voir son parrain et sa marraine ; la petite, n'est-ce pas ? n'était point coupable des crimes de la mère. Coupeau, lui, n'avait pas besoin de conseil ; à sa place, tout homme aurait trempé le derrière de sa femme dans un baquet, en lui allongeant une paire de claques ; enfin, ça le regardait, on lui demandait seulement d'exiger du respect pour sa famille. Jour de Dieu ! si Lorilleux l'avait trouvée, elle, Mme Lorilleux, en flagrant délit ! ça ne se serait pas passé tranquillement, il lui aurait planté ses cisailles dans le ventre.

Les Boche, pourtant, juges sévères des querelles de la maison, donnaient tort aux Lorilleux. Sans doute les Lorilleux étaient des personnes comme il faut, tranquilles, travaillant toute la sainte journée, payant leur terme recta. Mais là, franchement, la jalousie les enrageait. Avec ça, ils auraient tondu un œuf. Des pingres, quoi ! des gens qui cachaient leur litre, quand on montait, pour ne pas offrir un verre de vin ; enfin, du monde pas propre. Un jour, Gervaise venait de payer aux Boche du cassis avec de l'eau de Seltz, qu'on buvait dans la loge, quand Mme Lorilleux était passée, très raide, en affectant de

cracher devant la porte des concierges. Et, depuis lors,
chaque samedi, Mme Boche, lorsqu'elle balayait les
escaliers et les couloirs, laissait des ordures devant la
porte des Lorilleux.

« Parbleu! criait Mme Lorilleux, la Banban les gorge,
ces goinfres! Ah! ils sont bien tous les mêmes!... Mais
qu'ils ne m'embêtent pas! J'irais me plaindre au propriétaire... Hier encore, j'ai vu ce sournois de Boche se frotter
aux jupes de Mme Gaudron. S'attaquer à une femme de
cet âge, qui a une demi-douzaine d'enfants, hein? c'est
de la cochonnerie pure!... Encore une saleté de leur part,
et je préviens la mère Boche, pour qu'elle flanque une
tripotée à son homme... Dame! on rirait un peu. »

Maman Coupeau voyait toujours les deux ménages,
disant comme tout le monde, arrivant même à se faire
retenir plus souvent à dîner, en écoutant complaisamment
sa fille et sa belle-fille, un soir chacune. Mme Lerat, pour
le moment, n'allait plus chez les Coupeau, parce qu'elle
s'était disputée avec la Banban, au sujet d'un zouave qui
venait de couper le nez de sa maîtresse d'un coup de
rasoir; elle soutenait le zouave, elle trouvait le coup de
rasoir très amoureux, sans donner ses raisons. Et elle
avait encore exaspéré les colères de Mme Lorilleux, en
lui affirmant que la Banban, dans la conversation, devant
des quinze et des vingt personnes, l'appelait Queue-de-
vache sans se gêner. Mon Dieu! oui, les Boche, les voisins
maintenant l'appelaient Queue-de-vache.

Au milieu de ces cancans, Gervaise, tranquille, souriante, sur le seuil de sa boutique, saluait les amis d'un
petit signe de tête affectueux. Elle se plaisait à venir là,
une minute, entre deux coups de fer, pour rire à la rue,
avec le gonflement de vanité d'une commerçante, qui a
un bout de trottoir à elle. La rue de la Goutte-d'Or lui
appartenait, et les rues voisines, et le quartier tout entier.
Quand elle allongeait la tête, en camisole blanche, les
bras nus, ses cheveux blonds envolés dans le feu du travail,
elle jetait un regard à gauche, un regard à droite, aux
deux bouts, pour prendre d'un trait les passants, les

maisons, le pavé et le ciel : à gauche, la rue de la Goutte-
d'Or s'enfonçait, paisible, déserte, dans un coin de province, où des femmes causaient bas sur les portes ; à
droite, à quelques pas, la rue des Poissonniers mettait
un vacarme de voitures, un continuel piétinement de
foule, qui refluait et faisait de ce bout un carrefour de
cohue populaire. Gervaise aimait la rue, les cahots des
camions dans les trous du gros pavé bossué, les bousculades des gens le long des minces trottoirs, interrompus
par des cailloutis en pente raide ; ses trois mètres de
ruisseau, devant sa boutique, prenaient une importance
énorme, un fleuve large, qu'elle voulait très propre, un
fleuve étrange et vivant, dont la teinturerie de la maison
colorait les eaux des caprices les plus tendres au milieu
de la boue noire. Puis, elle s'intéressait à des magasins,
une vaste épicerie, avec un étalage de fruits secs garanti
par des filets à petites mailles, une lingerie et bonneterie
d'ouvriers, balançant au moindre souffle des cottes et
des blouses bleues, pendues les jambes et les bras écartés.
Chez la fruitière, chez la tripière, elle apercevait des
angles de comptoir, où des chats superbes et tranquilles
ronronnaient. Sa voisine, Mme Vigouroux, la charbonnière, lui rendait son salut, une petite femme grasse, la
face noire, les yeux luisants, fainéantant à rire avec des
hommes, adossée contre sa devanture, que des bûches
peintes sur un fond lie de vin décoraient d'un dessin
compliqué de chalet rustique. Mmes Cudorge, la mère
et la fille, ses autres voisines qui tenaient la boutique de
parapluies, ne se montraient jamais, leur vitrine assombrie, leur porte close, ornée de deux petites ombrelles de
zinc enduites d'une épaisse couche de vermillon vif. Mais
Gervaise, avant de rentrer, donnait toujours un coup
d'œil en face d'elle, à un grand mur blanc, sans une
fenêtre, percé d'une immense porte cochère, par laquelle
on voyait le flamboiement d'une forge, dans une cour
encombrée de charrettes et de carrioles, les brancards
en l'air. Sur le mur, le mot : *Maréchalerie*, était écrit en
grandes lettres, encadré d'un éventail de fers à cheval.

Toute la journée, les marteaux sonnaient sur l'enclume, des incendies d'étincelles éclairaient l'ombre blafarde de la cour. Et, au bas de ce mur, au fond d'un trou, grand comme une armoire, entre une marchande de ferraille et une marchande de pommes de terre frites, il y avait un horloger, un monsieur en redingote, l'air propre, qui fouillait continuellement des montres avec des outils mignons, devant un établi où des choses délicates dormaient sous des verres; tandis que, derrière lui, les balanciers de deux ou trois douzaines de coucous tout petits battaient à la fois, dans la misère noire de la rue et le vacarme cadencé de la maréchalerie.

Le quartier trouvait Gervaise bien gentille. Sans doute, on clabaudait sur son compte, mais il n'y avait qu'une voix pour lui reconnaître de grands yeux, une bouche pas plus longue que ça, avec des dents très blanches. Enfin, c'était une jolie blonde, et elle aurait pu se mettre parmi les plus belles, sans le malheur de sa jambe. Elle était dans ses vingt-huit ans, elle avait engraissé. Ses traits fins s'empâtaient, ses gestes prenaient une lenteur heureuse. Maintenant, elle s'oubliait parfois sur le bord d'une chaise, le temps d'attendre son fer, avec un sourire vague, la face noyée d'une joie gourmande. Elle devenait gourmande; ça, tout le monde le disait; mais ce n'était pas un vilain défaut, au contraire. Quand on gagne de quoi se payer de fins morceaux, n'est-ce pas? on serait bien bête de manger des pelures de pommes de terre. D'autant plus qu'elle travaillait toujours dur, se mettant en quatre pour ses pratiques, passant elle-même les nuits, les volets fermés, lorsque la besogne était pressée. Comme on disait dans le quartier, elle avait la veine; tout lui prospérait. Elle blanchissait la maison, M. Madinier, Mlle Remanjou, les Boche; elle enlevait même à son ancienne patronne, Mme Fauconnier, des dames de Paris logées rue du Faubourg-Poissonnière. Dès la seconde quinzaine, elle avait dû prendre deux ouvrières, Mme Putois et la grande Clémence, cette fille qui habitait autrefois au sixième; ça lui faisait trois personnes

chez elle, avec son apprentie, ce petit louchon d'Augustine, laide comme un derrière de pauvre homme. D'autres
auraient pour sûr perdu la tête dans ce coup de fortune.
Elle était bien pardonnable de fricoter un peu le lundi,
après avoir trimé la semaine entière. D'ailleurs, il lui
fallait ça; elle serait restée gnangnan, à regarder les
chemises se repasser toutes seules, si elle ne s'était pas
collé un velours sur la poitrine, quelque chose de bon
dont l'envie lui chatouillait le jabot.

Jamais Gervaise n'avait encore montré tant de complaisance. Elle était douce comme un mouton, bonne comme
du pain. A part Mme Lorilleux, qu'elle appelait Queue-
de-vache pour se venger, elle ne détestait personne, elle
excusait tout le monde. Dans le léger abandon de sa gueulardise, quand elle avait bien déjeuné et pris son café,
elle cédait au besoin d'une indulgence générale. Son mot
était : « On doit se pardonner entre soi, n'est-ce pas, si
l'on ne veut pas vivre comme des sauvages. » Quand on
lui parlait de sa bonté, elle riait. Il n'aurait plus manqué
qu'elle fût méchante! Elle se défendait, elle disait n'avoir
aucun mérite à être bonne. Est-ce que tous ses rêves
n'étaient pas réalisés? est-ce qu'il lui restait à ambitionner
quelque chose dans l'existence? Elle rappelait son idéal
d'autrefois, lorsqu'elle se trouvait sur le pavé : travailler,
manger du pain, avoir un trou à soi, élever ses enfants,
ne pas être battue, mourir dans son lit. Et maintenant
son idéal était dépassé; elle avait tout, et en plus beau.
Quant à mourir dans son lit, ajoutait-elle en plaisantant,
elle y comptait mais le plus tard possible, bien entendu.

C'était surtout pour Coupeau que Gervaise se montrait
gentille. Jamais une mauvaise parole, jamais une plainte
derrière le dos de son mari. Le zingueur avait fini par se
remettre au travail; et, comme son chantier était alors
à l'autre bout de Paris, elle lui donnait tous les matins
quarante sous pour son déjeuner, sa goutte et son tabac.
Seulement, deux jours sur six, Coupeau s'arrêtait en route,
buvait les quarante sous avec un ami, et revenait déjeuner
en racontant une histoire. Une fois même, il n'était pas

allé loin, il s'était payé avec Mes-Bottes et trois autres
un gueuleton soigné, des escargots, du rôti et du vin
cacheté, au *Capucin*, barrière de la Chapelle; puis, comme
ses quarante sous ne suffisaient pas, il avait envoyé la note
à sa femme par un garçon, en lui faisant dire qu'il était
au clou. Celle-ci riait, haussait les épaules. Où était le mal,
si son homme s'amusait un peu? Il fallait laisser aux
hommes la corde longue, quand on voulait vivre en paix
dans son ménage. D'un mot à un autre, on en arrivait vite
aux coups. Mon Dieu! on devait tout comprendre.
Coupeau souffrait encore de sa jambe, puis il se trouvait
entraîné, il était bien forcé de faire comme les autres,
sous peine de passer pour un mufe. D'ailleurs, ça ne
tirait pas à conséquence; s'il rentrait éméché, il se couchait, et deux heures après il n'y paraissait plus.

Cependant, les fortes chaleurs étaient venues. Un
après-midi de juin, un samedi que l'ouvrage pressait,
Gervaise avait elle-même bourré de coke la mécanique,
autour de laquelle dix fers chauffaient, dans le ronflement
du tuyau. A cette heure, le soleil tombait d'aplomb sur
la devanture, le trottoir renvoyait une réverbération
ardente, dont les grandes moires dansaient au plafond
de la boutique; et ce coup de lumière, bleui par le reflet
du papier des étagères et de la vitrine, mettait au-dessus
de l'établi un jour aveuglant, comme une poussière de
soleil tamisée dans les linges fins. Il faisait là une température à crever. On avait laissé ouverte la porte de la rue,
mais pas un souffle de vent ne venait; les pièces qui
séchaient en l'air, pendues aux fils de laiton, fumaient,
étaient raides comme des copeaux en moins de trois
quarts d'heure. Depuis un instant, sous cette lourdeur de
fournaise, un gros silence régnait, au milieu duquel les
fers seuls tapaient sourdement, étouffés par l'épaisse
couverture garnie de calicot.

« Ah bien! dit Gervaise, si nous ne fondons pas,
aujourd'hui! On retirerait sa chemise! »

Elle était accroupie par terre, devant une terrine, occupée à passer du linge à l'amidon. En jupon blanc, la cami-

sole retroussée aux manches et glissée des épaules, elle
avait les bras nus, le cou nu, toute rose, si suante, que
les petites mèches blondes de ses cheveux ébouriffés se
collaient à sa peau. Soigneusement elle trempait dans
l'eau laiteuse des bonnets, des devants de chemises
d'homme, des jupons entiers, des garnitures de pantalons
de femme. Puis, elle roulait les pièces et les posait au fond
d'un panier carré, après avoir plongé dans un seau et
secoué sa main sur les corps des chemises et des pantalons
qui n'étaient pas amidonnés.

« C'est pour vous, ce panier, madame Putois, reprit-
elle, Dépêchez-vous, n'est-ce pas? Ça sèche tout de suite,
il faudrait recommencer dans une heure. »

Mme Putois, une femme de quarante-cinq ans, maigre,
petite, repassait sans une goutte de sueur, boutonnée dans
un vieux caraco marron. Elle n'avait pas même retiré son
bonnet, un bonnet noir garni de rubans verts tournés
au jaune. Elle restait raide devant l'établi, trop haut pour
elle, les coudes en l'air, poussant son fer avec des gestes
cassés de marionnette. Tout d'un coup, elle s'écria :

« Ah! non, mademoiselle Clémence, remettez votre
camisole. Vous savez, je n'aime pas les indécences. Pendant que vous y êtes, montrez toute votre boutique. Il
y a déjà trois hommes arrêtés en face. »

La grande Clémence la traita de vieille bête, entre ses
dents. Elle suffoquait, elle pouvait bien se mettre à l'aise;
tout le monde n'avait pas une peau d'amadou. D'ailleurs,
est-ce qu'on voyait quelque chose? Et elle levait les bras,
sa gorge puissante de belle fille crevait sa chemise, ses
épaules faisaient craquer les courtes manches. Clémence
s'en donnait à se faire vider les moelles avant trente ans;
le lendemain des noces sérieuses, elle ne sentait plus le
carreau sous ses pieds, elle dormait sur la besogne, la
tête et le ventre comme bourrés de chiffons. Mais on la
gardait quand même, car pas une ouvrière ne pouvait
se flatter de repasser une chemise d'homme avec son chic.
Elle avait la spécialité des chemises d'homme.

« C'est à moi, allez, finit-elle par déclarer, en se don-

nant des claques sur la gorge. Et ça ne mord pas, ça ne
fait bobo à personne.

— Clémence, remettez votre camisole, dit Gervaise.
Mme Putois a raison, ce n'est pas convenable... On prendrait ma maison pour ce qu'elle n'est pas. »

Alors, la grande Clémence se rhabilla en bougonnant.
En voilà des giries! Avec ça que les passants n'avaient
jamais vu des nénais! Et elle soulagea sa colère sur l'apprentie, ce louchon d'Augustine, qui repassait à côté d'elle
du linge plat, des bas et des mouchoirs; elle la bouscula,
la poussa avec son coude. Mais Augustine, hargneuse,
d'une méchanceté sournoise de monstre et de souffre-
douleur, cracha par-derrière sur sa robe, sans qu'on la vît,
pour se venger.

Gervaise pourtant venait de commencer un bonnet
appartenant à Mme Boche, qu'elle voulait soigner. Elle
avait préparé de l'amidon cuit pour le remettre à neuf.
Elle promenait doucement, dans le fond de la coiffe, le
polonais, un petit fer arrondi des deux bouts, lorsqu'une
femme entra, osseuse, la face tachée de plaques rouges,
les jupes trempées. C'était une maîtresse laveuse qui
employait trois ouvrières au lavoir de la Goutte-d'Or.

« Vous arrivez trop tôt, madame Bijard! cria Gervaise. Je vous avais dit ce soir... Vous me dérangez joliment, à cette heure-ci! »

Mais comme la laveuse se lamentait, craignant de ne
pouvoir mettre couler le jour même, elle voulut bien
lui donner le linge sale tout de suite. Elles allèrent chercher les paquets dans la pièce de gauche où couchait
Étienne, et revinrent avec des brassées énormes, qu'elles
empilèrent sur le carreau, au fond de la boutique. Le
triage dura une grosse demi-heure. Gervaise faisait des
tas autour d'elle, jetait ensemble les chemises d'homme,
les chemises de femme, les mouchoirs, les chaussettes, les
torchons. Quand une pièce d'un nouveau client lui passait entre les mains, elle la marquait d'une croix au fil
rouge pour la reconnaître. Dans l'air chaud, une puanteur fade montait de tout ce linge sale remué.

« Oh! là là, ça gazouille! dit Clémence, en se bouchant le nez.

— Pardi! si c'était propre, on ne nous le donnerait pas, expliqua tranquillement Gervaise. Ça sent son fruit, quoi!... Nous disions quatorze chemises de femme, n'est-ce pas, madame Bijard?... quinze, seize, dix-sept... »

Elle continua à compter tout haut. Elle n'avait aucun dégoût, habituée à l'ordure; elle enfonçait ses bras nus et roses au milieu des chemises jaunes de crasse, des torchons raidis par la graisse des eaux de vaisselle, des chaussettes mangées et pourries de sueur. Pourtant, dans l'odeur forte qui battait son visage penché au-dessus des tas, une nonchalance la prenait. Elle s'était assise au bord d'un tabouret, se courbant en deux, allongeant les mains à droite, à gauche, avec des gestes ralentis, comme si elle se grisait de cette puanteur humaine, vaguement souriante, les yeux noyés. Et il semblait que ses premières paresses vinssent de là, de l'asphyxie des vieux linges empoisonnant l'air autour d'elle.

Juste au moment où elle secouait une couche d'enfant qu'elle ne reconnaissait pas tant elle était pisseuse, Coupeau entra.

« Cré coquin! bégaya-t-il, quel coup de soleil!... Ça vous tape dans la tête! »

Le zingueur se retint à l'établi pour ne pas tomber. C'était la première fois qu'il prenait une pareille cuite. Jusque-là, il était rentré pompette, rien de plus. Mais, cette fois, il avait un gnon sur l'œil, une claque amicale égarée dans une bousculade. Ses cheveux frisés, où des fils blancs se montraient déjà, devaient avoir épousseté une encoignure de quelque salle louche de marchand de vin, car une toile d'araignée pendait à une mèche, sur la nuque. Il restait rigolo d'ailleurs, les traits un peu tirés et vieillis, la mâchoire inférieure saillant davantage, mais toujours bon enfant, disait-il, et la peau encore assez tendre pour faire envie à une duchesse.

« Je vais t'expliquer, reprit-il en s'adressant à Gervaise. C'est Pied-de-Céleri, tu le connais bien, celui qui a une

quille de bois... Alors, il part pour son pays, il a voulu
nous régaler... Oh! nous étions d'aplomb, sans ce gueux
de soleil... Dans la rue, le monde est malade. Vrai! le
monde festonne... »

Et comme la grande Clémence s'égayait de ce qu'il
avait vu la rue soûle, il fut pris lui-même d'une joie
énorme dont il faillit étrangler. Il criait :

« Hein! les sacrés pochards! Ils sont d'un farce!...
Mais ce n'est pas leur faute, c'est le soleil... »

Toute la boutique riait, même Mme Putois, qui n'aimait pas les ivrognes. Ce louchon d'Augustine avait un
chant de poule, la bouche ouverte, suffoquant. Cependant,
Gervaise soupçonnait Coupeau de n'être pas rentré tout
droit, d'avoir passé une heure chez les Lorilleux, où il
recevait de mauvais conseils. Quand il lui eut juré que non,
elle rit à son tour, pleine d'indulgence, ne lui reprochant
même pas d'avoir encore perdu une journée de travail.

« Dit-il des bêtises, mon Dieu! murmura-t-elle. Peut-
on dire des bêtises pareilles! »

Puis, d'une voix maternelle :

« Va te coucher, n'est-ce pas? Tu vois, nous sommes
occupées; tu nous gênes... Ça fait trente-deux mouchoirs,
madame Bijard; et deux autres, trente-quatre... »

Mais Coupeau n'avait pas sommeil. Il resta là, à se dan-
diner, avec un mouvement de balancier d'horloge, ricanant d'un air entêté et taquin. Gervaise, qui voulait se
débarrasser de Mme Bijard, appela Clémence, lui fit
compter le linge pendant qu'elle l'inscrivait. Alors, à
chaque pièce, cette grande vaurienne lâcha un mot cru,
une saleté; elle étalait les misères des clients, les aventures
des alcôves, elle avait des plaisanteries d'atelier sur tous
les trous et toutes les taches qui lui passaient par les mains.
Augustine faisait celle qui ne comprend pas, ouvrait de
grandes oreilles de petite fille vicieuse. Mme Putois
pinçait les lèvres, trouvait ça bête, de dire ces choses
devant Coupeau; un homme n'a pas besoin de voir le
linge; c'est un de ces déballages qu'on évite chez les gens
comme il faut. Quant à Gervaise, sérieuse, à son affaire,

elle semblait ne pas entendre. Tout en écrivant, elle
suivait les pièces d'un regard attentif, pour les reconnaître
au passage; et elle ne se trompait jamais, elle mettait un
nom sur chacune, au flair, à la couleur. Ces serviettes-là
appartenaient aux Goujet; ça sautait aux yeux, elles
n'avaient pas servi à essuyer le cul des poêlons. Voilà
une taie d'oreiller qui venait certainement des Boche,
à cause de la pommade dont Mme Boche emplâtrait tout
son linge. Il n'y avait pas besoin non plus de mettre son
nez sur les gilets de flanelle de M. Madinier, pour savoir
qu'ils étaient à lui; il teignait la laine, cet homme, tant
il avait la peau grasse. Et elle savait d'autres particula-
rités, les secrets de la propreté de chacun, les dessous des
voisines qui traversaient la rue en jupes de soie, le nombre
de bas, de mouchoirs, de chemises qu'on salissait par
semaine, la façon dont les gens déchiraient certaines
pièces, toujours au même endroit. Aussi était-elle pleine
d'anecdotes. Les chemises de Mlle Remanjou, par
exemple, fournissaient des commentaires interminables;
elles s'usaient par le haut, la vieille fille devait avoir les os
des épaules pointus; et jamais elles n'étaient sales, les
eût-elle portées quinze jours, ce qui prouvait qu'à cet
âge-là on est quasiment comme un morceau de bois,
dont on serait bien en peine de tirer une larme de quelque
chose. Dans la boutique, à chaque triage, on déshabillait
ainsi tout le quartier de la Goutte-d'Or.

« Ça c'est du nanan! » cria Clémence, en ouvrant un
nouveau paquet.

Gervaise, prise brusquement d'une grande répugnance,
s'était reculée.

« Le paquet de Mme Gaudron, dit-elle. Je ne veux
plus la blanchir, je cherche un prétexte... Non, je ne suis
pas plus difficile qu'une autre, j'ai touché à du linge bien
dégoûtant dans ma vie; mais, vrai, celui-là, je ne peux
pas. Ça me ferait jeter du cœur sur du carreau... Qu'est-ce
qu'elle fait donc, cette femme, pour mettre son linge
dans un état pareil! »

Et elle pria Clémence de se dépêcher. Mais l'ouvrière

continuait ses remarques, fourrait ses doigts dans les
trous, avec des allusions sur les pièces, qu'elle agitait
comme les drapeaux de l'ordure triomphante. Cependant,
les tas avaient monté autour de Gervaise. Maintenant,
toujours assise au bord du tabouret, elle disparaissait
entre les chemises et les jupons; elle avait devant elle
les draps, les pantalons, les nappes, une débâcle de malpropreté; et, là-dedans, au milieu de cette mare grandissante, elle gardait ses bras nus, son cou nu, avec ses
mèches de petits cheveux blonds collés à ses tempes, plus
rose et plus alanguie. Elle retrouvait son air posé, son
sourire de patronne attentive et soigneuse, oubliant le
linge de Mme Gaudron, ne le sentant plus, fouillant d'une
main dans les tas pour voir s'il n'y avait pas d'erreur. Ce
louchon d'Augustine, qui adorait jeter des pelletées de
coke dans la mécanique, venait de la bourrer à un tel
point, que les plaques de fonte rougissaient. Le soleil
oblique battait la devanture, la boutique flambait. Alors,
Coupeau, que la grosse chaleur grisait davantage, fut
pris d'une soudaine tendresse. Il s'avança vers Gervaise les
bras ouverts, très ému.

« T'es une bonne femme, bégayait-il. Faut que je
t'embrasse. »

Mais il s'emberlificota dans les jupons, qui lui barraient
le chemin, et faillit tomber.

« Es-tu bassin! dit Gervaise sans se fâcher. Reste
tranquille, nous avons fini. »

Non, il voulait l'embrasser, il avait besoin de ça, parce
qu'il l'aimait bien. Tout en balbutiant, il tournait le tas
de jupons, il butait dans le tas de chemises; puis, comme
il s'entêtait, ses pieds s'accrochèrent, il s'étala, le nez au
beau milieu des torchons. Gervaise, prise d'un commencement d'impatience, le bouscula, en criant qu'il allait
tout mélanger. Mais Clémence, Mme Putois elle-même,
lui donnèrent tort. Il était gentil après tout. Il voulait
l'embrasser. Elle pouvait bien se laisser embrasser.

« Vous êtes heureuse, allez! madame Coupeau, dit
Mme Bijard, que son soûlard de mari, un serrurier, tuait

de coups chaque soir en rentrant. Si le mien était comme
ça, quand il s'est piqué le nez, ça serait un plaisir! »

Gervaise, calmée, regrettait déjà sa vivacité. Elle aida
Coupeau à se remettre debout. Puis, elle tendit la joue en
souriant. Mais le zingueur, sans se gêner devant le monde,
lui prit les seins.

« Ce n'est pas pour dire, murmura-t-il, il chelingue
rudement, ton linge! Mais je t'aime tout de même, vois-
tu!

— Laisse-moi, tu me chatouilles, cria-t-elle en riant
plus fort. Quelle grosse bête! On n'est pas bête comme
ça! »

Il l'avait empoignée, il ne la lâchait pas. Elle s'abandonnait, étourdie par le léger vertige qui lui venait du
tas de linge, sans dégoût pour l'haleine vineuse de Coupeau. Et le gros baiser qu'ils échangèrent à pleine bouche,
au milieu des saletés du métier, était comme une première
chute, dans le lent avachissement de leur vie.

Cependant, Mme Bijard nouait le linge en paquets.
Elle parlait de sa petite, âgée de deux ans, une enfant
nommée Eulalie, qui avait déjà de la raison comme une
femme. On pouvait la laisser seule; elle ne pleurait
jamais, elle ne jouait pas avec les allumettes. Enfin, elle
emporta les paquets de linge un à un, sa grande taille
cassée sous le poids, sa face se marbrant de taches violettes.

« Ce n'est plus tenable, nous grillons », dit Gervaise
en s'essuyant la figure, avant de se remettre au bonnet
de Mme Boche.

Et l'on parla de ficher des claques à Augustine, quand
on s'aperçut que la mécanique était rouge. Les fers, eux
aussi, rougissaient. Elle avait donc le diable dans le corps!
On ne pouvait pas tourner le dos sans qu'elle fît quelque
mauvais coup. Maintenant, il fallait attendre un quart
d'heure pour se servir des fers, Gervaise couvrit le feu
de deux pelletées de cendre. Elle imagina en outre de
tendre une paire de draps sur les fils de laiton du plafond,
en manière de stores, afin d'amortir le soleil. Alors, on
fut très bien dans la boutique. La température y était

encore joliment douce; mais on se serait cru dans une
alcôve, avec un jour blanc, enfermé comme chez soi,
loin du monde, bien qu'on entendît, derrière les draps,
les gens marchant vite sur le trottoir; et l'on avait la
liberté de se mettre à son aise. Clémence retira sa camisole. Coupeau refusant toujours d'aller se coucher, on lui
permit de rester, mais il dut promettre de se tenir tranquille dans un coin, car il s'agissait à cette heure de ne pas
s'endormir sur le rôti.

« Qu'est-ce que cette vermine a encore fait du polonais? » murmurait Gervaise, en parlant d'Augustine.

On cherchait toujours le petit fer, que l'on retrouvait
dans des endroits singuliers, où l'apprentie, disait-on, le
cachait par malice. Gervaise acheva enfin la coiffe du
bonnet de Mme Boche. Elle en avait ébauché les dentelles,
les détirant à la main, les redressant d'un léger coup de
fer. C'était un bonnet dont la passe, très ornée, se composait d'étroits bouillonnés alternant avec des entre-deux
brodés. Aussi s'appliquait-elle, muette, soigneuse, repassant les bouillonnés et les entre-deux au coq, un œuf de
fer fiché par une tige dans un pied de bois.

Alors, un silence régna. On n'entendit plus, pendant
un instant, que les coups sourds, étouffés sur la couverture. Aux deux côtés de la vaste table carrée, la patronne,
les deux ouvrières et l'apprentie, debout, se penchaient,
toutes à leur besogne, les épaules arrondies, les bras promenés dans un va-et-vient continu. Chacune, à sa droite,
avait son carreau, une brique plate, brûlée par les fers
trop chauds. Au milieu de la table, au bord d'une assiette
creuse pleine d'eau claire, trempaient un chiffon et une
petite brosse. Un bouquet de grands lis, dans un ancien
bocal de cerises à l'eau-de-vie, s'épanouissait, mettait là
un coin de jardin royal, avec la touffe de ses larges fleurs
de neige. Mme Putois avait attaqué le panier de linge préparé par Gervaise, des serviettes, des pantalons, des camisoles, des paires de manches. Augustine faisait traîner ses
bas et ses torchons, le nez en l'air, intéressée par une
grosse mouche qui volait. Quant à la grande Clémence,

elle en était, depuis le matin, à sa trente-cinquième chemise d'homme.

« Toujours du vin, jamais de casse-poitrine! dit tout
d'un coup le zingueur, qui éprouva le besoin de faire cette
déclaration. Le casse-poitrine me fait du mal, n'en faut
pas! »

Clémence prenait un fer à la mécanique, avec sa poignée de cuir garnie de tôle, et l'approchait de sa joue,
pour s'assurer s'il était assez chaud. Elle le frotta sur son
carreau, l'essuya sur un linge pendu à sa ceinture, et
attaqua sa trente-cinquième chemise, en repassant
d'abord l'empiècement et les deux manches.

« Bah! monsieur Coupeau, dit-elle, au bout d'une
minute, un petit verre de cric, ce n'est pas mauvais. Moi,
ça me donne du chien... Puis, vous savez, plus vite on est
tortillé, plus c'est drôle. Oh! je ne me monte pas le bourri-
chon, je sais que je ne ferai pas de vieux os.

— Êtes-vous tannante avec vos idées d'enterrement! »
interrompit Mme Putois, qui n'aimait pas les conversations tristes.

Coupeau s'était levé, et se fâchait, en croyant qu'on
l'accusait d'avoir bu de l'eau-de-vie. Il le jurait sur sa
tête, sur celles de sa femme et de son enfant, il n'avait
pas une goutte d'eau-de-vie dans le corps. Et il s'approchait de Clémence, lui soufflant dans la figure pour qu'elle
le sentît. Puis, quand il eut le nez sur ses épaules nues,
il se mit à ricaner. Il voulait voir. Clémence, après avoir
plié le dos de la chemise et donné un coup de fer des
deux côtés, en était aux poignets et au col. Mais, comme
il se poussait toujours contre elle, il lui fit faire un faux
pli; et elle dut prendre la brosse, au bord de l'assiette
creuse, pour lisser l'amidon.

« Madame! dit-elle, empêchez-le donc d'être comme
ça après moi!

— Laisse-la, tu n'es pas raisonnable, déclara tranquillement Gervaise. Nous sommes pressées, entends-tu? »

Elles étaient pressées, eh bien, quoi? ce n'était pas sa
faute. Il ne faisait rien de mal. Il ne touchait pas, il regar-

dait seulement. Est-ce qu'il n'était plus permis de regarder les belles choses que le Bon Dieu a faites? Elle avait tout de même de sacrés ailerons, cette dessalée de Clémence! Elle pouvait se montrer pour deux sous et laisser tâter, personne ne regretterait son argent. L'ouvrière, cependant, ne se défendait plus, riait de ces compliments tout crus d'homme en ribote. Et elle en venait à plaisanter avec lui. Il la blaguait sur les chemises d'homme. Alors, elle était toujours dans les chemises d'homme? Mais oui, elle vivait là-dedans. Ah! Dieu de Dieu! elle les connaissait joliment, elle savait comment c'était fait. Il lui en avait passé par les mains, et des centaines, et des centaines! Tous les blonds et tous les bruns du quartier portaient de son ouvrage sur le corps. Pourtant, elle continuait, les épaules secouées de son rire; elle avait marqué cinq grands plis à plat dans les dos, en introduisant le fer par l'ouverture du plastron; elle rabattait le pan de devant et le plissait également à larges coups.

« Ça, c'est la bannière! » dit-elle en riant plus fort.

Ce louchon d'Augustine éclata, tant le mot lui parut drôle. On la gronda. En voilà une morveuse qui riait des mots qu'elle ne devait pas comprendre! Clémence lui passa son fer; l'apprentie finissait les fers sur ses torchons et sur ses bas, quand ils n'étaient plus assez chauds pour les pièces amidonnées. Mais elle empoigna celui-là si maladroitement, qu'elle se fit une manchette, une longue brûlure au poignet. Et elle sanglota, elle accusa Clémence de l'avoir brûlée exprès. L'ouvrière, qui était allée chercher un fer très chaud pour le devant de la chemise, la consola tout de suite en la menaçant de lui repasser les deux oreilles, si elle continuait. Cependant, elle avait fourré une laine sous le plastron, elle poussait lentement le fer, laissant à l'amidon le temps de ressortir et de sécher. Le devant de chemise prenait une raideur et un luisant de papier fort.

« Sacré mâtin! » jura Coupeau, qui piétinait derrière elle, avec une obstination d'ivrogne.

Il se haussait, riant d'un rire de poulie mal graissée.

Clémence, appuyée fortement sur l'établi, les poignets
retournés, les coudes en l'air et écartés, pliait le cou, dans
un effort; et toute sa chair nue avait un gonflement, ses
épaules remontaient avec le jeu lent des muscles mettant
des battements sous la peau fine, la gorge s'enflait, moite
de sueur, dans l'ombre rose de la chemise béante. Alors,
il envoya les mains, il voulut toucher.

« Madame! madame! cria Clémence, faites-le tenir
tranquille, à la fin!... Je m'en vais, si ça continue. Je ne
veux pas être insultée. »

Gervaise venait de poser le bonnet de Mme Boche sur
un champignon garni d'un linge, et en tuyautait les dentelles, minutieusement, au petit fer. Elle leva les yeux
juste au moment où le zingueur envoyait encore les mains,
fouillant dans la chemise.

« Décidément, Coupeau, tu n'es pas raisonnable, dit-
elle d'un air d'ennui, comme si elle avait grondé un
enfant s'entêtant à manger des confitures sans pain. Tu
vas venir te coucher.

— Oui, allez vous coucher, monsieur Coupeau, ça
vaudra mieux, déclara Mme Putois.

— Ah bien! bégaya-t-il sans cesser de ricaner, vous
êtes encore joliment toc!... On ne peut plus rigoler, alors?
Les femmes, ça me connaît, je ne leur ai jamais rien cassé.
On pince une dame, n'est-ce pas? mais on ne va pas plus
loin; on honore simplement le sexe... Et puis, quand on
étale sa marchandise, c'est pour qu'on fasse son choix,
pas vrai? Pourquoi la grande blonde montre-t-elle tout
ce qu'elle a? Non, ce n'est pas propre... »

Et, se tournant vers Clémence :

« Tu sais, ma biche, tu as tort de faire ta poire... Si
c'est parce qu'il y a du monde... »

Mais il ne put continuer. Gervaise, sans violence,
l'empoignait d'une main et lui posait l'autre main sur la
bouche. Il se débattit, par manière de blague, pendant
qu'elle le poussait au fond de la boutique, vers la chambre. Il dégagea sa bouche, il dit qu'il voulait bien se
coucher, mais que la grande blonde allait venir lui chauf-

fer les petons. Puis, on entendit Gervaise lui ôter ses souliers. Elle le déshabillait, en le bourrant un peu, mater-
nellement. Lorsqu'elle tira sur sa culotte, il creva de
rire, s'abandonnant, renversé, vautré au beau milieu du
lit ; et il gigotait, il racontait qu'elle lui faisait des chatouilles. Enfin, elle l'emmaillota avec soin, comme un
enfant. Était-il bien, au moins ? Mais il ne répondit pas,
il cria à Clémence :

« Dis donc, ma biche, j'y suis, je t'attends. »

Quand Gervaise retourna dans la boutique, ce louchon d'Augustine recevait décidément une claque de
Clémence. C'était venu à propos d'un fer sale, trouvé
sur la mécanique par Mme Putois ; celle-ci, ne se méfiant
pas, avait noirci toute une camisole ; et comme Clémence,
pour se défendre de ne pas avoir nettoyé son fer, accusait
Augustine, jurait ses grands dieux que le fer n'était pas à
elle, malgré la plaque d'amidon brûlé restée dessous,
l'apprentie lui avait craché sur la robe, sans se cacher,
par-devant, outrée d'une pareille injustice. De là, une
calotte soignée. Le louchon rentra ses larmes, nettoya le
fer, avec un bout de bougie ; mais, chaque fois qu'elle
devait passer derrière Clémence, elle gardait de la salive,
elle crachait, riant en dedans, quand ça dégoulinait le
long de la jupe.

Gervaise se remit à tuyauter les dentelles du bonnet.
Et, dans le calme brusque qui se fit, on distingua, au fond
de l'arrière-boutique, la voix épaisse de Coupeau. Il
restait bon enfant, il riait tout seul, en lâchant des bouts
de phrases.

« Est-elle bête, ma femme !... Est-elle bête de me
coucher !... Hein ! c'est trop bête, en plein midi, quand
on n'a pas dodo ! »

Mais, tout d'un coup, il ronfla. Alors, Gervaise eut un
soupir de soulagement, heureuse de le savoir enfin en
repos, cuvant sa soulographie sur deux bons matelas.
Et elle parla dans le silence, d'une voix lente et continue,
sans quitter des yeux le petit fer à tuyauter, qu'elle
maniait vivement.

« Que voulez-vous? il n'a pas sa raison, on ne peut pas se fâcher. Quand je le bousculerais, ça n'avancerait à rien. J'aime mieux dire comme lui et le coucher; au moins, c'est fini tout de suite et je suis tranquille... Puis, il n'est pas méchant, il m'aime bien. Vous avez vu tout à l'heure, il se serait fait hacher pour m'embrasser. C'est encore très gentil, ça; car il y en a joliment, lorsqu'ils ont bu, qui vont voir les femmes... Lui, rentre tout droit ici. Il plaisante bien avec les ouvrières, mais ça ne va pas plus loin. Entendez-vous, Clémence, il ne faut pas vous blesser. Vous savez ce que c'est, un homme soûl; ça tuerait père et mère, et ça ne s'en souviendrait seulement pas... Oh! je lui pardonne de bon cœur. Il est comme tous les autres, pardi! »

Elle disait ces choses mollement, sans passion, habituée déjà aux bordées de Coupeau, raisonnant encore ses complaisances pour lui, mais ne voyant déjà plus de mal à ce qu'il pinçât, chez elle, les hanches des filles. Quand elle se tut, le silence retomba, ne fut pas troublé. Mme Putois, à chaque pièce qu'elle prenait, tirait la corbeille, enfoncée sous la tenture de cretonne qui garnissait l'établi; puis, la pièce repassée, elle haussait ses petits bras et la posait sur une étagère. Clémence achevait de plisser au fer sa trente-cinquième chemise d'homme. L'ouvrage débordait; on avait calculé qu'il faudrait veiller jusqu'à onze heures, en se dépêchant. Tout l'atelier, maintenant, n'ayant plus de distraction, bûchait ferme, tapait dur. Les bras nus allaient, venaient, éclairaient de leurs taches roses la blancheur des linges. On avait encore empli de coke la mécanique, et comme le soleil, glissant entre les draps, frappait en plein sur le fourneau, on voyait la grosse chaleur monter dans le rayon, une flamme invisible dont le frisson secouait l'air. L'étouffement devenait tel, sous les jupes et les nappes, séchant au plafond, que ce louchon d'Augustine, à bout de salive, laissait passer un coin de langue au bord des lèvres. Ça sentait la fonte surchauffée, l'eau d'amidon aigrie, le roussi des fers, une fadeur tiède de baignoire où les quatre ouvrières, se démanchant les épaules, mettaient l'odeur plus rude de leurs chignons et de leurs nuques trempées; tandis que le bouquet de grands lis, dans l'eau verdie de son bocal, se fanait, en exhalant un parfum très pur, très fort. Et, par moments, au milieu du bruit des fers et du tisonnier grattant la mécanique, un ronflement de Coupeau roulait, avec la régularité d'un tic-tac énorme d'horloge, réglant la grosse besogne de l'atelier.

Les lendemains de culotte, le zingueur avait mal aux cheveux, un mal aux cheveux terrible qui le tenait tout le jour les crins défrisés, le bec empesté, la margoulette enflée et de travers. Il se levait tard, secouait ses puces sur les huit heures seulement; et il crachait, traînaillait dans la boutique, ne se décidait pas à partir pour le chantier. La journée était encore perdue. Le matin, il se plaignait d'avoir des guibolles de coton, il s'appelait trop bête de gueuletonner comme ça, puisque ça vous démantibulait le tempérament. Aussi, on rencontrait un tas de gouapes, qui ne voulaient pas vous lâcher le coude; on gobelottait malgré soi, on se trouvait dans toutes sortes de fourbis, on finissait par se laisser pincer, et raide! Ah! fichtre non! ça ne lui arriverait plus; il n'entendait pas laisser ses bottes chez le mastroquet, à la fleur de l'âge. Mais, après le déjeuner, il se requinquait, poussant des hum! hum! pour se prouver qu'il avait encore un bon creux. Il commençait à nier la noce de la veille, un peu d'allumage peut-être. On n'en faisait plus de comme lui, solide au poste, une poigne du diable, buvant tout ce qu'il voulait sans cligner un œil. Alors, l'après-midi entier, il flânochait dans le quartier. Quand il avait bien embêté les ouvrières, sa femme lui donnait vingt sous pour qu'il débarrassât le plancher. Il filait, il allait acheter son tabac à *La Petite Civette*, rue des Poissonniers, où il prenait généralement une prune, lorsqu'il rencontrait un ami. Puis, il achevait de casser la pièce de vingt sous chez François, au coin de la rue de la Goutte-d'Or, où il y avait un joli vin, tout jeune, chatouillant le gosier. C'était un mannezingue de l'ancien jeu, une boutique noire, sous un pla-

fond bas, avec une salle enfumée, à côté, dans laquelle
on vendait de la soupe. Et il restait là jusqu'au soir, à
jouer des canons·au tourniquet ; il avait l'œil chez François, qui promettait formellement de ne jamais présenter
la note à la bourgeoise. N'est-ce pas ? il fallait bien se
rincer un peu la dalle, pour la débarrasser des crasses de la
veille. Un verre de vin en pousse un autre. Lui, d'ailleurs,
toujours bon zigue, ne donnant pas une chiquenaude au
sexe, aimant la rigolade, bien sûr, et se piquant le nez à
son tour, mais gentiment, plein de mépris pour ces saloperies d'hommes tombés dans l'alcool, qu'on ne voit pas
dessouler ! Il rentrait gai et galant comme un pinson.

« Est-ce que ton amoureux est venu ? demandait-il
parfois à Gervaise pour la taquiner. On ne l'aperçoit
plus, il faudra que j'aille le chercher. »

L'amoureux, c'était Goujet. Il évitait, en effet, de venir
trop souvent, par peur de gêner et de faire causer. Pourtant, il saisissait les prétextes, apportait le linge, passait
vingt fois sur le trottoir. Il y avait un coin dans la boutique, au fond, où il aimait à rester des heures, assis sans
bouger, fumant sa courte pipe. Le soir, après son dîner,
une fois tous les dix jours, il se risquait, s'installait ; et il
n'était guère causeur, la bouche cousue, les yeux sur Gervaise, ôtant seulement sa pipe de la bouche pour rire de
tout ce qu'elle disait. Quand l'atelier veillait le samedi, il
s'oubliait, paraissait s'amuser là plus que s'il était allé
au spectacle. Des fois, les ouvrières repassaient jusqu'à
trois heures du matin. Une lampe pendait du plafond, à
un fil de fer ; l'abat-jour jetait un grand rond de clarté
vive, dans lequel les linges prenaient des blancheurs
molles de neige. L'apprentie mettait les volets de la boutique ; mais, comme les nuits de juillet étaient brûlantes,
on laissait la porte ouverte sur la rue. Et, à mesure que
l'heure avançait, les ouvrières se dégrafaient, pour être à
l'aise. Elles avaient une peau fine, toute dorée dans le
coup de lumière de la lampe, Gervaise surtout, devenue
grasse, les épaules blondes, luisantes comme une soie,
avec un pli de bébé au cou, dont il aurait dessiné de sou-

venir la petite fossette, tant il le connaissait. Alors, il était
pris par la grosse chaleur de la mécanique, par l'odeur des
linges fumant sous les fers ; et il glissait à un léger étourdis-
sement, la pensée ralentie, les yeux occupés de ces femmes qui se hâtaient, balançant leurs bras nus, passant la
nuit à endimancher le quartier. Autour de la boutique,
les maisons voisines s'endormaient, le grand silence du
sommeil tombait lentement. Minuit sonnait, puis une
heure, puis deux heures. Les voitures, les passants, s'en
étaient allés. Maintenant, dans la rue déserte et noire, la
porte envoyait seule une raie de jour, pareille à un bout
d'étoffe jaune déroulé à terre. Par moments, un pas sonnait au loin, un homme approchait ; et, lorsqu'il traversait
la raie de jour, il allongeait la tête, surpris des coups de
fer qu'il entendait, emportant la vision rapide des
ouvrières dépoitraillées, dans une buée rousse.

Goujet, voyant Gervaise embarrassée d'Étienne et voulant le sauver des coups de pied au derrière de Coupeau,
l'avait embauché pour tirer le soufflet, à sa fabrique de
boulons. L'état de cloutier, s'il n'avait rien de flatteur
en lui-même, à cause de la saleté de la forge et de l'embêtement de toujours taper sur les mêmes morceaux de fer,
était un riche état, où l'on gagnait des dix et des douze
francs par jour. Le petit, alors âgé de douze ans, pourrait
s'y mettre bientôt, si le métier lui allait. Et Étienne était
ainsi devenu un lien de plus entre la blanchisseuse et le
forgeron. Celui-ci ramenait l'enfant, donnait des nouvelles de sa bonne conduite. Tout le monde disait en
riant à Gervaise que Goujet avait un béguin pour elle.
Elle le savait bien, elle rougissait comme une jeune fille,
avec une fleur de pudeur qui lui mettait aux joues des tons
vifs de pomme d'api. Ah ! le pauvre cher garçon, il
n'était pas gênant ! Jamais il ne lui avait parlé de ça ;
jamais un geste sale, jamais un mot polisson. On n'en
rencontrait pas beaucoup de cette honnête pâte. Et, sans
vouloir l'avouer, elle goûtait une grande joie à être aimée
ainsi, pareillement à une sainte vierge. Quand il lui arrivait quelque ennui sérieux, elle songeait au forgeron ; ça

la consolait. Ensemble, s'ils restaient seuls, ils n'étaient
pas gênés du tout; ils se regardaient avec des sourires,
bien en face, sans se raconter ce qu'ils éprouvaient.
C'était une tendresse raisonnable, ne songeant pas aux
vilaines choses, parce qu'il vaut encore mieux garder la
tranquillité, quand on peut s'arranger pour être heureux,
tout en restant tranquille.

Cependant, Nana, vers la fin de l'été, bouleversa la
maison. Elle avait six ans, elle s'annonçait comme une
vaurienne finie. Sa mère la menait chaque matin, pour
ne pas la rencontrer toujours sous ses pieds, dans une
petite pension de la rue Polonceau, chez Mlle Josse. Elle
y attachait par-derrière les robes de ses camarades, elle
emplissait de cendre la tabatière de la maîtresse, trouvait
des inventions moins propres encore, qu'on ne pouvait
pas raconter. Deux fois, Mlle Josse la mit à la porte, puis
la reprit, pour ne pas perdre les six francs, chaque mois.
Dès la sortie de la classe, Nana se vengeait d'avoir été
enfermée, en faisant une vie d'enfer sous le porche et
dans la cour, où les repasseuses, les oreilles cassées, lui
disaient d'aller jouer. Elle retrouvait là Pauline, la fille
des Boche, et le fils de l'ancienne patronne de Gervaise,
Victor, un grand dadais de dix ans, qui adorait galopiner
en compagnie des toutes petites filles. Mme Fauconnier,
qui ne s'était pas fâchée avec les Coupeau, envoyait elle-
même son fils. D'ailleurs, dans la maison, il y avait un
pullulement extraordinaire de mioches, des volées d'enfants qui dégringolaient les quatre escaliers à toutes
les heures du jour, et s'abattaient sur le pavé, comme des
bandes de moineaux criards et pillards. Mme Gaudron, à
elle seule, en lâchait neuf, des blonds, des bruns, mal
peignés, mal mouchés, avec des culottes jusqu'aux yeux,
des bas tombés sur les souliers, des vestes fendues, montrant leur peau blanche sous la crasse. Une autre femme,
une porteuse de pain, au cinquième, en lâchait sept.
Il en sortait des tapées de toutes les chambres. Et, dans ce
grouillement de vermines aux museaux roses, débarbouillés chaque fois qu'il pleuvait, on en voyait de grands, l'air

ficelle, de gros, ventrus déjà comme des hommes, de petits, petits, échappés du berceau, mal d'aplomb encore, tout bêtes, marchant à quatre pattes quand ils voulaient courir. Nana régnait sur ce tas de crapauds ; elle faisait sa mademoiselle J'ordonne avec des filles deux fois plus grandes qu'elle, et daignait seulement abandonner un peu de son pouvoir à Pauline et à Victor, des confidents intimes qui appuyaient ses volontés. Cette fichue gamine parlait sans cesse de jouer à la maman, déshabillait les plus petits pour les rhabiller, voulait visiter les autres partout, les tripotait, exerçait un despotisme fantasque de grande personne ayant du vice. C'était, sous sa conduite, des jeux à se faire gifler. La bande pataugeait dans les eaux de couleur de la teinturerie, sortait de là les jambes teintes en bleu ou en rouge, jusqu'aux genoux ; puis elle s'envolait chez le serrurier, où elle chipait des clous et de la limaille, et repartait pour aller s'abattre au milieu des copeaux du menuisier, des tas de copeaux énormes, amusants tout plein, dans lesquels on se roulait en montrant son derrière. La cour lui appartenait, retentissait du tapage des petits souliers se culbutant à la débandade, du cri perçant des voix qui s'enflaient chaque fois que la bande reprenait son vol. Certains jours même, la cour ne suffisait pas. Alors, la bande se jetait dans les caves, remontait, grimpait le long d'un escalier, enfilait un corridor, redescendait, reprenait un escalier, suivait un autre corridor, et cela sans se lasser, pendant des heures, gueulant toujours, ébranlant la maison géante d'un galop de bêtes nuisibles lâchées au fond de tous les coins.

« Sont-ils indignes, ces crapules-là ! criait Mme Boche. Vraiment, il faut que les gens aient bien peu de chose à faire, pour faire tant d'enfants... Et ça se plaint encore de n'avoir pas de pain ! »

Boche disait que les enfants poussaient sur la misère comme des champignons sur le fumier. La portière criait toute la journée, les menaçait de son balai. Elle finit par fermer la porte des caves, parce qu'elle apprit par Pauline, à laquelle elle allongea une paire de calottes, que

Nana avait imaginé de jouer au médecin, là-bas, dans l'obscurité; cette vicieuse donnait des remèdes aux autres, avec des bâtons.

Or, un après-midi, il y eut une scène affreuse. Ça devait arriver, d'ailleurs. Nana s'avisa d'un petit jeu bien drôle. Elle avait volé, devant la loge, un sabot à Mme Boche. Elle l'attacha avec une ficelle, se mit à le traîner, comme une voiture. De son côté, Victor eut l'idée d'emplir le sabot de pelures de pomme. Alors, un cortège s'organisa. Nana marchait la première, tirant le sabot, Pauline et Victor s'avançaient à sa droite et à sa gauche. Puis, toute la flopée des mioches suivait en ordre, les grands d'abord, les petits ensuite, se bousculant; un bébé en jupe, haut comme une botte, portant sur l'oreille un bourrelet défoncé, venait le dernier. Et le cortège chantait quelque chose de triste, des oh! et des ah! Nana avait dit qu'on allait jouer à l'enterrement; les pelures de pomme, c'était le mort. Quand on eut fait le tour de la cour, on recommença. On trouvait ça joliment amusant.

« Qu'est-ce qu'ils font donc? » murmura Mme Boche, qui sortit de la loge pour voir, toujours méfiante et aux aguets.

Et lorsqu'elle eut compris :

« Mais c'est mon sabot! cria-t-elle furieuse. Ah! les gredins! »

Elle distribua des taloches, souffleta Nana sur les deux joues, flanqua un coup de pied à Pauline, cette grande dinde qui laissait prendre le sabot de sa mère. Justement, Gervaise emplissait un seau, à la fontaine. Quand elle aperçut Nana le nez en sang, étranglée de sanglots, elle faillit sauter au chignon de la concierge. Est-ce qu'on tapait sur un enfant comme sur un bœuf? Il fallait manquer de cœur, être la dernière des dernières. Naturellement, Mme Boche répliqua. Lorsqu'on avait une saloperie de fille pareille, on la tenait sous clef. Enfin, Boche lui-même parut sur le seuil de la loge, pour crier à sa femme de rentrer et de ne pas avoir tant d'explications avec de la saleté. Ce fut une brouille complète.

A la vérité, ça n'allait plus du tout bien entre les Boche et les Coupeau depuis un mois. Gervaise, très donnante de sa nature, lâchait à chaque instant des litres de vin, des tasses de bouillon, des oranges, des parts de gâteau. Un soir, elle avait porté à la loge un fond de saladier, de la barbe de capucin avec de la betterave, sachant que la concierge aurait fait des bassesses pour la salade. Mais, le lendemain, elle devint toute blanche en entendant Mlle Remanjou raconter comment Mme Boche avait jeté la barbe de capucin devant du monde, d'un air dégoûté, sous prétexte que, Dieu merci! elle n'en était pas encore réduite à se nourrir de choses où les autres avaient pataugé. Et, dès lors, Gervaise coupa net à tous les cadeaux; plus de litres de vin, plus de tasses de bouillon, plus d'oranges, plus de parts de gâteau, plus rien. Il fallait voir le nez des Boche! Ça leur semblait comme un vol que les Coupeau leur faisaient. Gervaise comprenait sa faute; car enfin, si elle n'avait point eu la bêtise de tant leur fourrer, ils n'auraient pas pris de mauvaises habitudes et seraient restés gentils. Maintenant, la concierge disait d'elle pis que pendre. Au terme d'octobre, elle fit des ragots à n'en plus finir au propriétaire, M. Marescot, parce que la blanchisseuse, qui mangeait son saint-frusquin en gueulardises, se trouvait en retard d'un jour sur son loyer : et même M. Marescot, pas très poli non plus celui-là, entra dans la boutique, le chapeau sur la tête, demandant son argent, qu'on lui allongea tout de suite d'ailleurs. Naturellement, les Boche avaient tendu la main aux Lorilleux. C'était à présent avec les Lorilleux qu'on godaillait dans la loge, au milieu des attendrissements de la réconciliation. Jamais on ne se serait fâché sans cette Banban, qui aurait fait battre des montagnes. Ah! les Boche la connaissaient à cette heure, ils comprenaient combien les Lorilleux devaient souffrir. Et, quand elle passait, tous affectaient de ricaner, sous la porte.

Gervaise pourtant monta un jour chez les Lorilleux. Il s'agissait de maman Coupeau qui avait alors soixante-

sept ans. Les yeux de maman Coupeau étaient complètement perdus. Ses jambes non plus n'allaient pas du tout.
Elle venait de renoncer à son dernier ménage par force,
et menaçait de crever de faim, si on ne la secourait pas.
Gervaise trouvait honteux qu'une femme de cet âge,
ayant trois enfants, fût ainsi abandonnée du ciel et de la
terre. Et comme Coupeau refusait de parler aux Lorilleux,
en disant à Gervaise qu'elle pouvait bien monter, elle,
celle-ci monta sous le coup d'une indignation, dont tout
son cœur était gonflé.

En haut, elle entra sans frapper, comme une tempête.
Rien n'était changé depuis le soir où les Lorilleux, pour
la première fois, lui avaient fait un accueil si peu enga-
geant. Le même lambeau de laine déteinte séparait la
chambre de l'atelier, un logement en coup de fusil qui
semblait bâti pour une anguille. Au fond, Lorilleux,
penché sur son établi, pinçait un à un les maillons d'un
bout de colonne, tandis que Mme Lorilleux tirait un fil
d'or à la filière, debout devant l'étau. La petite forge,
sous le plein jour, avait un reflet rose.

« Oui, c'est moi! dit Gervaise. Ça vous étonne parce
que nous sommes à couteaux tirés? Mais je ne viens pas
pour moi ni pour vous, vous pensez bien... C'est pour
maman Coupeau que je viens. Oui, je viens voir si nous
la laisserons attendre un morceau de pain de la charité
des autres.

— Ah bien! en voilà une entrée! murmura Mme Lorilleux. Il faut avoir un fier toupet. »

Et elle tourna le dos, elle se remit à tirer son fil d'or,
en affectant d'ignorer la présence de sa belle-sœur. Mais
Lorilleux avait levé sa face blême, criant :

« Qu'est-ce que vous dites? »

Puis, comme il avait parfaitement entendu, il continua :

« Encore des potins, n'est-ce pas? Elle est gentille,
maman Coupeau, de pleurer misère partout!... Avant-
hier, pourtant, elle a mangé ici. Nous faisons ce que nous
pouvons, nous autres. Nous n'avons pas le Pérou... Seu-

lement, si elle va bavarder chez les autres, elle peut y
rester, parce que nous n'aimons pas les espions. »

Il reprit le bout de chaîne, tourna le dos à son tour,
en ajoutant comme à regret :

« Quand tout le monde donnera cent sous par mois,
nous donnerons cent sous. »

Gervaise s'était calmée, toute refroidie par les figures
en coin de rue des Lorilleux. Elle n'avait jamais mis les
pieds chez eux sans éprouver un malaise. Les yeux à terre,
sur les losanges de la claie de bois, où tombaient les
déchets d'or, elle s'expliquait maintenant d'un air
raisonnable. Maman Coupeau avait trois enfants; si
chacun donnait cent sous, ça ne ferait que quinze francs,
et vraiment ce n'était pas assez, on ne pouvait pas vivre
avec ça; il fallait au moins tripler la somme. Mais Lorilleux se récriait. Où voulait-on qu'il volât quinze francs
par mois? Les gens étaient drôles, on le croyait riche
parce qu'il avait de l'or chez lui. Puis, il tapait sur
maman Coupeau : elle ne voulait pas se passer de café
le matin, elle buvait la goutte, elle montrait les exigences
d'une personne qui aurait eu de la fortune. Parbleu! tout
le monde aimait ses aises; mais, n'est-ce pas? quand on
n'avait pas su mettre un sou de côté, on faisait comme
les camarades, on se serrait le ventre. D'ailleurs, maman
Coupeau n'était pas d'un âge à ne plus travailler; elle
y voyait encore joliment clair quand il s'agissait de
piquer un bon morceau au fond du plat; enfin, c'était
une vieille rouée, elle rêvait de se dorloter. Même s'il
en avait eu les moyens, il aurait cru mal agir en entre-
tenant quelqu'un dans la paresse.

Cependant Gervaise restait conciliante, discutait paisiblement ces mauvaises raisons. Elle tâchait d'attendrir
les Lorilleux. Mais le mari finit par ne plus lui répondre.
La femme maintenant était devant la forge, en train de
dérocher un bout de chaîne, dans la petite casserole de
cuivre à long manche, pleine d'eau seconde. Elle affectait
toujours de tourner le dos, comme à cent lieues. Et Gervaise parlait encore, les regardant s'entêter au travail,

au milieu de la poussière noire de l'atelier, le corps déjeté,
les vêtements rapiécés et graisseux, devenus d'une dureté
abêtie de vieux outils, dans leur besogne étroite de
machine. Alors, brusquement, la colère remonta à sa
gorge, elle cria :

« C'est ça, j'aime mieux ça, gardez votre argent!...
Je prends maman Coupeau, entendez-vous! J'ai ramassé
un chat l'autre soir, je peux bien ramasser votre mère.
Et elle ne manquera de rien, et elle aura son café et sa
goutte!... Mon Dieu! quelle sale famille! »

Mme Lorilleux, du coup, s'était retournée. Elle brandissait la casserole, comme si elle allait jeter l'eau seconde
à la figure de sa belle-sœur. Elle bredouillait :

« Fichez le camp, ou je fais un malheur!... Et ne
comptez pas sur les cent sous, parce que je ne donnerai
pas un radis! non, pas un radis!... Ah bien! oui, cent sous!
Maman vous servirait de domestique, et vous vous gober-
geriez avec mes cent sous! Si elle va chez vous, dites-lui
ça, elle peut crever, je ne lui enverrai pas un verre d'eau...
Allons, houp! débarrassez le plancher!

— Quel monstre de femme! » dit Gervaise en refer-
mant la porte avec violence.

Dès le lendemain, elle prit maman Coupeau chez elle.
Elle mit son lit dans le grand cabinet où couchait Nana,
et qui recevait le jour par une lucarne ronde, près du plafond. Le déménagement ne fut pas long, car maman Coupeau, pour tout mobilier, avait ce lit, une vieille armoire
de noyer qu'on plaça dans la chambre au linge sale, une
table et deux chaises; on vendit la table, on fit rempailler
les deux chaises. Et la vieille femme, le soir même de son
installation, donnait un coup de balai, lavait la vaisselle,
enfin se rendait utile, bien contente de se tirer d'affaire.
Les Lorilleux rageaient à crever, d'autant plus que
Mme Lerat venait de se remettre avec les Coupeau. Un
beau jour, les deux sœurs, la fleuriste et la chaîniste,
avaient échangé des torgnoles, au sujet de Gervaise; la
première s'était risquée à approuver la conduite de celle-
ci, vis-à-vis de leur mère; puis, par un besoin de taqui-

nerie, voyant l'autre exaspérée, elle en était arrivée à trouver les yeux de la blanchisseuse magnifiques, des yeux auxquels on aurait allumé des bouts de papier; et là-dessus toutes deux, après s'être giflées, avaient juré de ne plus se revoir. Maintenant, Mme Lerat passait ses soirées dans la boutique, où elle s'amusait en dedans des cochonneries de la grande Clémence.

Trois années se passèrent. On se fâcha et on se raccommoda encore plusieurs fois. Gervaise se moquait pas mal des Lorilleux, des Boche et de tous ceux qui ne disaient point comme elle. S'ils n'étaient pas contents, n'est-ce pas? ils pouvaient aller s'asseoir. Elle gagnait ce qu'elle voulait, c'était le principal. Dans le quartier, on avait fini par avoir pour elle beaucoup de considération, parce que, en somme, on ne trouvait pas des masses de pratiques aussi bonnes, payant recta, pas chipoteuse, pas râleuse. Elle prenait son pain chez Mme Coudeloup, rue des Poissonniers, sa viande chez le gros Charles, un boucher de la rue Polonceau, son épicerie chez Lehongre, rue de la Goutte-d'Or, presque en face de sa boutique. François, le marchand de vin du coin de la rue, lui apportait son vin par paniers de cinquante litres. Le voisin Vigouroux, dont la femme devait avoir les hanches bleues, tant les hommes la pinçaient, lui vendait son coke au prix de la Compagnie du gaz. Et, l'on pouvait le dire, ses fournisseurs la servaient en conscience, sachant bien qu'il y avait tout à gagner avec elle, en se montrant gentil. Aussi, quand elle sortait dans le quartier, en savates et en cheveux, recevait-elle des bonjours de tous les côtés; elle restait là chez elle, les rues voisines étaient comme les dépendances naturelles de son logement, ouvert de plain-pied sur le trottoir. Il lui arrivait maintenant de faire traîner une commission, heureuse d'être dehors, au milieu de ses connaissances. Les jours où elle n'avait pas le temps de mettre quelque chose au feu, elle allait chercher des portions, elle bavardait chez le traiteur, qui occupait la boutique de l'autre côté de la maison, une vaste salle avec de grands vitrages poussié-

reux, à travers la saleté desquels on apercevait le jour
terni de la cour, au fond. Ou bien, elle s'arrêtait et
causait, les mains chargées d'assiettes et de bols, devant
quelque fenêtre du rez-de-chaussée, un intérieur de
savetier entrevu, le lit défait, le plancher encombré de
loques, de deux berceaux éclopés et de la terrine à la
poix pleine d'eau noire. Mais le voisin qu'elle respectait
le plus était encore, en face, l'horloger, le monsieur en
redingote, l'air propre, fouillant continuellement les
montres avec des outils mignons; et souvent elle traversait la rue pour le saluer, riant d'aise à regarder, dans la
boutique étroite comme une armoire, la gaieté des petits
coucous dont les balanciers se dépêchaient, battant
l'heure à contre-temps, tous à la fois.

VI

Un après-midi d'automne, Gervaise, qui venait de reporter du linge chez une pratique, rue des Portes-Blanches,
se trouva dans le bas de la rue des Poissonniers comme
le jour tombait. Il avait plu le matin, le temps était très
doux, une odeur s'exhalait du pavé gras; et la blanchisseuse, embarrassée de son grand panier, étouffait un peu,
la marche ralentie, le corps abandonné, remontant la rue
avec la vague préoccupation d'un désir sensuel, grandi
dans sa lassitude. Elle aurait volontiers mangé quelque
chose de bon. Alors, en levant les yeux, elle aperçut la
plaque de la rue Marcadet, elle eut tout d'un coup
l'idée d'aller voir Goujet à sa forge. Vingt fois, il lui avait
dit de pousser une pointe, un jour qu'elle serait curieuse
de regarder travailler le fer. D'ailleurs, devant les autres
ouvriers, elle demanderait Étienne, elle semblerait s'être
décidée à entrer uniquement pour le petit.

La fabrique de boulons et de rivets devait se trouver
par là, dans ce bout de la rue Marcadet, elle ne savait pas
bien où; d'autant plus que les numéros manquaient souvent, le long des masures espacées par des terrains vagues.
C'était une rue où elle n'aurait pas demeuré pour tout
l'or du monde, une rue large, sale, noire de la poussière

de charbon des manufactures voisines, avec des pavés
défoncés et des ornières, dans lesquelles des flaques d'eau
croupissaient. Aux deux bords, il y avait un défilé de
hangars, de grands ateliers vitrés, de constructions grises,
comme inachevées, montrant leurs briques et leurs charpentes, une débandade de maçonneries branlantes, coupées par des trouées sur la campagne, flanquées de garnis
borgnes et de gargotes louches. Elle se rappelait seulement
que la fabrique était près d'un magasin de chiffons et de
ferraille, une sorte de cloaque ouvert à ras de terre, où
dormaient pour des centaines de mille francs de marchandises, à ce que racontait Goujet. Et elle cherchait à
s'orienter, au milieu du tapage des usines : de minces
tuyaux, sur les toits, soufflaient violemment des jets de
vapeur ; une scierie mécanique avait des grincements
réguliers, pareils à de brusques déchirures dans une pièce
de calicot ; des manufactures de boutons secouaient le sol
du roulement et du tic-tac de leurs machines. Comme elle
regardait vers Montmartre, indécise, ne sachant pas si
elle devait pousser plus loin, un coup de vent rabattit la
suie d'une haute cheminée, empesta la rue ; et elle fermait
les yeux, suffoquée, lorsqu'elle entendit un bruit cadencé
de marteaux : elle était, sans le savoir, juste en face de la
fabrique, ce qu'elle reconnut au trou plein de chiffons, à
côté.

Cependant, elle hésita encore, ne sachant par où entrer.
Une palissade crevée ouvrait un passage qui semblait
s'enfoncer au milieu des plâtras d'un chantier de démolitions. Comme une mare d'eau bourbeuse barrait le
chemin, on avait jeté deux planches en travers. Elle finit
par se risquer sur les planches, tourna à gauche, se trouva
perdue dans une étrange forêt de vieilles charrettes renversées les brancards en l'air, de masures en ruine dont
les carcasses de poutres restaient debout. Au fond, trouant
la nuit salie d'un reste de jour, un feu rouge luisait. Le
bruit des marteaux avait cessé. Elle s'avançait prudemment, marchant vers la lueur, lorsqu'un ouvrier passa
près d'elle, la figure noire de charbon, embroussaillée

d'une barbe de bouc, avec un regard oblique de ses
yeux pâles.

« Monsieur, demanda-t-elle, c'est ici, n'est-ce pas, que
travaille un enfant du nom d'Étienne... C'est mon garçon.

— Étienne, Étienne, répétait l'ouvrier qui se dandinait, la voix enrouée ; Étienne, non, connais pas. »

La bouche ouverte, il exhalait cette odeur d'alcool des
vieux tonneaux d'eau-de-vie, dont on a enlevé la bonde.
Et, comme cette rencontre d'une femme dans ce coin
d'ombre commençait à le rendre goguenard, Gervaise
recula, en murmurant :

« C'est bien ici pourtant que M. Goujet travaille ?
— Ah ! Goujet, oui ! dit l'ouvrier, connu Goujet !... Si
c'est pour Goujet que vous venez... Allez au fond. »

Et, se tournant, il cria de sa voix qui sonnait le cuivre
fêlé :

« Dis donc, la Gueule-d'Or, voilà une dame pour toi ! »

Mais un tapage de ferraille étouffa ce cri. Gervaise alla
au fond. Elle arriva à une porte, allongea le cou. C'était
une vaste salle, où elle ne distingua d'abord rien. La forge,
comme morte, avait dans un coin une lueur pâlie d'étoile,
qui reculait encore l'enfoncement des ténèbres. De larges
ombres flottaient. Et il y avait par moments des masses
noires passant devant le feu, bouchant cette dernière
tache de clarté, des hommes démesurément grandis
dont on devinait les gros membres. Gervaise, n'osant
s'aventurer, appelait de la porte, à demi-voix :

« Monsieur Goujet, monsieur Goujet... »

Brusquement, tout s'éclaira. Sous le ronflement du
soufflet, un jet de flamme blanche avait jailli. Le hangar
apparut, fermé par des cloisons de planches, avec des
trous maçonnés grossièrement, des coins consolidés à
l'aide de murs de briques. Les poussières envolées du
charbon badigeonnaient cette halle d'une suie grise. Des
toiles d'araignées pendaient aux poutres, comme des
haillons qui séchaient là-haut, alourdies par des années de
saleté amassée. Autour des murailles, sur des étagères,
accrochés à des clous ou jetés dans les angles sombres, un

pêle-mêle de vieux fers, d'ustensiles cabossés, d'outils
énormes, traînaient, mettaient des profils cassés, ternes et
durs. Et la flamme blanche montait toujours, éclatante,
éclairant d'un coup de soleil le sol battu, où l'acier poli
de quatre enclumes, enfoncées dans leurs billots, prenait
un reflet d'argent pailleté d'or.

Alors, Gervaise reconnut Goujet devant la forge, à
sa belle barbe jaune. Étienne tirait le soufflet. Deux
autres ouvriers étaient là. Elle ne vit que Goujet, elle
s'avança, se posa devant lui.

« Tiens! madame Gervaise! s'écria-t-il, la face épanouie; quelle bonne surprise! »

Mais, comme les camarades avaient de drôles de
figures, il reprit en poussant Étienne vers sa mère :

« Vous venez voir le petit... Il est sage, il commence
à avoir de la poigne.

— Ah bien! dit-elle, ce n'est pas commode d'arriver
ici... Je me croyais au bout du monde... »

Et elle raconta son voyage. Ensuite, elle demanda pourquoi on ne connaissait pas le nom d'Étienne dans l'atelier. Goujet riait; il lui expliqua que tout le monde appelait le petit Zouzou, parce qu'il avait des cheveux
coupés ras, pareils à ceux d'un zouave. Pendant qu'ils
causaient ensemble, Étienne ne tirait plus le soufflet,
la flamme de la forge baissait, une clarté rose se mourait,
au milieu du hangar redevenu noir. Le forgeron attendri
regardait la jeune femme souriante, toute fraîche dans
cette lueur. Puis, comme tous deux ne se disaient plus
rien, noyés de ténèbres, il parut se souvenir, il rompit
le silence :

« Vous permettez, madame Gervaise, j'ai quelque
chose à terminer. Restez-là, n'est-ce pas? vous ne gênez
personne. »

Elle resta. Étienne s'était pendu de nouveau au soufflet. La forge flambait, avec des fusées d'étincelles;
d'autant plus que le petit, pour montrer sa poigne à sa
mère, déchaînait une haleine énorme d'ouragan. Goujet,
debout, surveillant une barre de fer qui chauffait,

attendait, les pinces à la main. La grande clarté l'éclairait violemment, sans une ombre. Sa chemise roulée aux manches, ouverte au col, découvrait ses bras nus, sa poitrine nue, une peau rose de fille où frisaient des poils blonds; et, la tête un peu basse entre ses grosses épaules bossuées de muscles, la face attentive, avec ses yeux pâles fixés sur la flamme, sans un clignement, il semblait un colosse au repos, tranquille dans sa force. Quand la barre fut blanche, il la saisit avec les pinces et la coupa au marteau sur une enclume, par bouts réguliers, comme s'il avait abattu des bouts de verre, à légers coups. Puis, il remit les morceaux au feu, où il les reprit un à un, pour les façonner. Il forgeait des rivets à six pans. Il posait les bouts dans une clouière, écrasait le fer qui formait la tête, aplatissait les six pans, jetait les rivets terminés, rouges encore, dont la tache vive s'éteignait sur le sol noir; et cela d'un martèlement continu, balançant dans sa main droite un marteau de cinq livres, achevant un détail à chaque coup, tournant et travaillant son fer avec une telle adresse, qu'il pouvait causer et regarder le monde. L'enclume avait une sonnerie argentine. Lui, sans une goutte de sueur, très à l'aise, tapait d'un air bonhomme, sans paraître faire plus d'effort que les soirs où il découpait des images, chez lui.

« Oh! ça, c'est du petit rivet, du vingt millimètres, disait-il pour répondre aux questions de Gervaise. On peut aller à ses trois cents par jour... Mais il faut de l'habitude, parce que le bras se rouille vite... »

Et comme elle lui demandait si le poignet ne s'engourdissait pas à la fin de la journée, il eut un bon rire. Est-ce qu'elle le croyait une demoiselle? Son poignet en avait vu de grises depuis quinze ans; il était devenu en fer, tant il s'était frotté aux outils. D'ailleurs, elle avait raison : un monsieur qui n'aurait jamais forgé un rivet ni un boulon, et qui aurait voulu faire joujou avec son marteau de cinq livres, se serait collé une fameuse courbature au bout de deux heures. Ça n'avait l'air de rien, mais ça vous nettoyait souvent des gaillards solides en quelques années. Cependant, les autres ouvriers tapaient aussi, tous à la fois. Leurs grandes ombres dansaient dans la clarté, les éclairs rouges du fer sortant du brasier traversaient les fonds noirs, des éclaboussements d'étincelles partaient sous les marteaux, rayonnaient comme des soleils, au ras des enclumes. Et Gervaise se sentait prise dans le branle de la forge, contente, ne s'en allant pas. Elle faisait un large détour, pour se rapprocher d'Étienne sans risquer d'avoir les mains brûlées, lorsqu'elle vit entrer l'ouvrier sale et barbu, auquel elle s'était adressée, dans la cour.

« Alors, vous avez trouvé, madame? dit-il de son air d'ivrogne goguenard. La Gueule-d'Or, tu sais, c'est moi qui t'ai indiqué à madame... »

Lui, se nommait Bec-Salé, dit Boit-sans-Soif, le lapin des lapins, un boulonnier du grand chic, qui arrosait son fer d'un litre de tord-boyaux par jour. Il était allé boire une goutte, parce qu'il ne se sentait plus assez graissé pour attendre six heures. Quand il apprit que Zouzou s'appelait Étienne, il trouva ça trop farce; et il riait en montrant ses dents noires. Puis, il reconnut Gervaise. Pas plus tard que la veille, il avait encore bu un canon avec Coupeau. On pouvait parler à Coupeau de Bec-Salé, dit Boit-sans-Soif, il dirait tout de suite : « C'est un zig! » Ah! cet animal de Coupeau! il était bien gentil, il rendait les tournées plus souvent qu'à son tour.

« Ça me fait plaisir de vous savoir sa femme, répétait-il. Il mérite d'avoir une belle femme... N'est-ce pas? la Gueule-d'Or, madame est une belle femme? »

Il se montrait galant, se poussait contre la blanchisseuse, qui reprit son panier et le garda devant elle, afin de le tenir à distance. Goujet, contrarié, comprenant que le camarade blaguait, à cause de sa bonne amitié pour Gervaise, lui cria :

« Dis donc, feignant! pour quand les quarante millimètres? Es-tu d'attaque, maintenant que tu as le sac plein, sacré soiffard? »

Le forgeron voulait parler d'une commande de gros

boulons qui nécessitaient deux frappeurs à l'enclume.

« Pour tout de suite, si tu veux, grand bébé! répondit Bec-Salé, dit Boit-sans-Soif. Ça tète son pouce et ça fait l'homme! T'as beau être gros, j'en ai mangé d'autres!

— Oui, c'est ça, tout de suite. Arrive, et à nous deux!

— On y est, malin! »

Ils se défiaient, allumés par la présence de Gervaise. Goujet mit au feu les bouts de fer coupés à l'avance; puis, il fixa sur une enclume une clouière de fort calibre. Le camarade avait pris contre le mur deux masses de vingt livres, les deux grandes sœurs de l'atelier, que les ouvriers nommaient Fifine et Dédèle. Et il continuait à crâner, il parlait d'une demi-grosse de rivets qu'il avait forgés pour le phare de Dunkerque, des bijoux, des choses à placer dans un musée, tant c'était fignolé. Sacristi, non! il ne craignait pas la concurrence; avant de rencontrer un cadet comme lui, on pouvait fouiller toutes les boîtes de la capitale. On allait rire, on allait voir ce qu'on allait voir.

« Madame jugera, dit-il en se tournant vers la jeune femme.

— Assez causé! cria Goujet. Zouzou, du nerf! Ça ne chauffe pas, mon garçon. »

Mais Bec-Salé, dit Boit-sans-Soif, demanda encore :

« Alors, nous frappons ensemble?

— Pas du tout! chacun son boulon, mon brave! »

La proposition jeta un froid, et du coup le camarade, malgré son bagou, resta sans salive. Des boulons de quarante millimètres établis par un seul homme, ça ne s'était jamais vu; d'autant plus que les boulons devaient être à tête ronde, un ouvrage d'une fichue difficulté, un vrai chef-d'œuvre à faire. Les trois autres ouvriers de l'atelier avaient quitté leur travail pour voir; un grand sec pariait un litre que Goujet serait battu. Cependant, les deux forgerons prirent chacun une masse, les yeux fermés, parce que Fifine pesait une demi-livre de plus que Dédèle. Bec-Salé, dit Boit-sans-Soif, eut la chance

de mettre la main sur Dédèle; la Gueule-d'Or tomba
sur Fifine. Et, en attendant que le fer blanchît, le premier,
redevenu crâne, posa devant l'enclume en roulant des
yeux tendres du côté de la blanchisseuse; il se campait,
tapait des appels du pied comme un monsieur qui va se
battre, dessinait déjà le geste de balancer Dédèle à toute
volée. Ah! tonnerre de Dieu! il était bon là; il aurait fait
une galette de la colonne Vendôme!

« Allons, commence! » dit Goujet, en plaçant lui-
même dans la clouière un des morceaux de fer, de la
grosseur d'un poignet de fille.

Bec-Salé, dit Boit-sans-Soif, se renversa, donna le
branle à Dédèle, des deux mains. Petit, desséché, avec sa
barbe de bouc et ses yeux de loup, luisant sous sa tignasse
mal peignée, il se cassait à chaque volée du marteau,
sautait du sol comme emporté par son élan. C'était un
rageur, qui se battait avec son fer, par embêtement de le
trouver si dur; et même il poussait un grognement, quand
il croyait lui avoir appliqué une claque soignée. Peut-être
bien que l'eau-de-vie amollissait les bras des autres, mais
lui avait besoin d'eau-de-vie dans les veines, au lieu de
sang; la goutte de tout à l'heure lui chauffait la carcasse
comme une chaudière, il se sentait une sacrée force de
machine à vapeur. Aussi, le fer avait-il peur de lui, ce
soir-là; il l'aplatissait plus mou qu'une chique. Et
Dédèle valsait, il fallait voir! Elle exécutait le grand
entrechat, les petons en l'air, comme une baladeuse de
l'Élysée-Montmartre, qui montre son linge; car il
s'agissait de ne pas flâner, le fer est si canaille, qu'il se
refroidit tout de suite, à la seule fin de se ficher du
marteau. En trente coups, Bec-Salé, dit Boit-sans-Soif,
avait façonné la tête de son boulon. Mais il soufflait, les
yeux hors de leurs trous, et il était pris d'une colère
furieuse en entendant ses bras craquer. Alors, emballé,
dansant et gueulant, il allongea encore deux coups,
uniquement pour se venger de sa peine. Lorsqu'il le
retira de la clouière, le boulon, déformé, avait la tête mal
plantée d'un bossu.

« Hein! est-ce torché? dit-il tout de même avec son aplomb, en présentant son travail à Gervaise.

— Moi, je ne m'y connais pas, monsieur », répondit la blanchisseuse d'un air de réserve.

Mais elle voyait bien, sur le boulon, les deux derniers coups de talon de Dédèle, et elle était joliment contente, elle se pinçait les lèvres pour ne pas rire, parce que Goujet à présent avait toutes les chances.

C'était le tour de la Gueule-d'Or. Avant de commencer, il jeta à la blanchisseuse un regard plein d'une tendresse confiante. Puis, il ne se pressa pas, il prit sa distance, lança le marteau de haut, à grandes volées régulières. Il avait le jeu classique, correct, balancé et souple. Fifine, dans ses deux mains, ne dansait pas un chahut de bastringue, les guibolles emportées par-dessus les jupes; elle s'enlevait, retombait en cadence, comme une dame noble, l'air sérieux, conduisant quelque menuet ancien. Les talons de Fifine tapaient la mesure, gravement; et ils s'enfonçaient dans le fer rouge, sur la tête du boulon, avec une science réfléchie, d'abord écrasant le métal au milieu, puis le modelant par une série de coups d'une précision rythmée.¹ Bien sûr, ce n'était pas de l'eau-de-vie que la Gueule-d'Or avait dans les veines, c'était du sang, du sang pur, qui battait puissamment jusque dans son marteau, et qui réglait la besogne. Un homme magnifique au travail, ce gaillard-là! Il recevait en plein la grande flamme de la forge. Ses cheveux courts, frisant sur son front bas, sa belle barbe jaune, aux anneaux tombants, s'allumaient, lui éclairaient toute la figure de leurs fils d'or, une vraie figure d'or, sans mentir. Avec ça, un cou pareil à une colonne, blanc comme un cou d'enfant; une poitrine vaste, large à y coucher une femme en travers; des épaules et des bras sculptés qui paraissaient copiés sur ceux d'un géant, dans un musée. Quand il prenait son élan, on voyait ses muscles se gonfler, des montagnes de chair roulant et durcissant sous la peau; ses épaules, sa poitrine, son cou enflaient; il faisait de la clarté autour de lui, il

devenait beau, tout-puissant, comme un Bon Dieu.
Vingt fois déjà, il avait abattu Fifine, les yeux sur le fer,
respirant à chaque coup, ayant seulement à ses tempes
deux grosses gouttes de sueur qui coulaient. Il comptait :
vingt et un, vingt-deux, vingt-trois. Fifine continuait
tranquillement ses révérences de grande dame.

« Quel poseur! » murmura en ricanant Bec-Salé, dit
Boit-sans-Soif.

Et Gervaise, en face de la Gueule-d'Or, regardait avec
un sourire attendri. Mon Dieu! que les hommes étaient
donc bêtes! Est-ce que ces deux-là ne tapaient pas sur
leurs boulons pour lui faire la cour! Oh! elle comprenait
bien, ils se la disputaient à coups de marteau; ils étaient
comme deux grands coqs rouges qui font les gaillards
devant une petite poule blanche. Faut-il avoir des inventions, n'est-ce pas? Le cœur a tout de même, parfois, des
façons drôles de se déclarer. Oui, c'était pour elle, ce
tonnerre de Dédèle et de Fifine sur l'enclume; c'était
pour elle, tout ce fer écrasé; c'était pour elle, cette forge
en branle, flambante d'un incendie, emplie d'un pétillement d'étincelles vives. Ils lui forgeaient là un amour,
ils se la disputaient, à qui forgerait le mieux. Et, vrai,
cela lui faisait plaisir au fond; car enfin les femmes aiment
les compliments. Les coups de marteau de la Gueule-
d'Or surtout lui répondaient dans le cœur; ils y sonnaient,
comme sur l'enclume, une musique claire, qui accompagnait les gros battements de son sang. Ça semble une
bêtise, mais elle sentait que ça lui enfonçait quelque
chose là, quelque chose de solide, un peu de fer du boulon.
Au crépuscule, avant d'entrer, elle avait eu, le long des
trottoirs humides, un désir vague, un besoin de manger
un bon morceau; maintenant, elle se trouvait satisfaite,
comme si les coups de marteau de la Gueule-d'Or
l'avaient nourrie. Oh! elle ne doutait pas de sa victoire.
C'était à lui qu'elle appartiendrait. Bec-Salé, dit Boit-
sans-Soif, était trop laid, dans sa cotte et son bourgeron
sales, sautant d'un air de singe échappé. Et elle attendait,
très rouge, heureuse de la grosse chaleur pourtant, pre-

nant une jouissance à être secouée des pieds à la tête
par les dernières volées de Fifine.

Goujet comptait toujours.

« Et ving·huit! cria-t-il enfin, en posant le marteau
à terre. C'est fait, vous pouvez voir. »

La tête du boulon était polie, nette, sans une bavure,
un vrai travail de bijouterie, une rondeur de bille faite
au moule. Les ouvriers la regardèrent en hochant le
menton; il n'y avait pas à dire, c'était à se mettre à
genoux devant. Bec-Salé, dit Boit-sans-Soif, essaya bien
de blaguer; mais il barbota, il finit par retourner à son
enclume, le nez pincé. Cependant, Gervaise s'était serrée
contre Goujet, comme pour mieux voir. Étienne avait
lâché le soufflet, la forge de nouveau s'emplissait d'ombre,
d'un coucher d'astre rouge, qui tombait tout d'un coup
à une grande nuit. Et le forgeron et la blanchisseuse
éprouvaient une douceur en sentant cette nuit les enve-
lopper, dans ce hangar noir de suie et de limaille, où des
odeurs de vieux fers montaient; ils ne se seraient pas crus
plus seuls dans le bois de Vincennes, s'ils s'étaient donné
un rendez-vous au fond d'un trou d'herbe. Il lui prit
la main comme s'il l'avait conquise.

Puis, dehors, ils n'échangèrent pas un mot. Il ne trouva
rien; il dit seulement qu'elle aurait pu emmener Étienne,
s'il n'y avait pas eu encore une demi-heure de travail.
Elle s'en allait enfin, quand il la rappela, cherchant à la
garder quelques minutes de plus.

« Venez donc, vous n'avez pas tout vu... Non, vrai,
c'est très curieux. »

Il la conduisit à droite, dans un autre hangar, où son
patron installait toute une fabrication mécanique. Sur le
seuil, elle hésita, prise d'une peur instinctive. La vaste
salle, secouée par les machines, tremblait; et de grandes
ombres flottaient, tachées de feux rouges. Mais lui la
rassura en souriant, jura qu'il n'y avait rien à craindre;
elle devait seulement avoir bien soin de ne pas laisser
traîner ses jupes trop près des engrenages. Il marcha le
premier, elle le suivit, dans ce vacarme assourdissant où

toutes sortes de bruits sifflaient et ronflaient, au milieu
de ces fumées peuplées d'êtres vagues, des hommes noirs
affairés, des machines agitant leurs bras, qu'elle ne distinguait pas les uns des autres. Les passages étaient très
étroits, il fallait enjamber des obstacles, éviter des trous,
se ranger pour se garer d'un chariot. On ne s'entendait
pas parler. Elle ne voyait rien encore, tout dansait. Puis,
comme elle éprouvait au-dessus de sa tête la sensation
d'un grand frôlement d'ailes, elle leva les yeux, elle
s'arrêta à regarder les courroies, les longs rubans qui
tendaient au plafond une gigantesque toile d'araignée,
dont chaque fil se dévidait sans fin ; le moteur à vapeur se
cachait dans un coin, derrière un petit mur de briques ;
les courroies semblaient filer toutes seules, apporter le
branle du fond de l'ombre, avec leur glissement continu,
régulier, doux comme le vol d'un oiseau de nuit. Mais elle
faillit tomber, en se heurtant à un des tuyaux du venti-
lateur, qui se ramifiait sur le sol battu, distribuant son
souffle de vent aigre aux petites forges, près des machines.
Et il commença par lui faire voir ça, il lâcha le vent sur un
fourneau ; de larges flammes s'étalèrent des quatre côtés
en éventail, une collerette de feu dentelée, éblouissante,
à peine teintée d'une pointe de laque ; la lumière était si
vive, que les petites lampes des ouvriers paraissaient des
gouttes d'ombre dans du soleil. Ensuite, il haussa la voix
pour donner des explications, il passa aux machines : les
cisailles mécaniques qui mangeaient des barres de fer,
croquant un bout à chaque coup de dents, crachant les
bouts par-derrière, un à un ; les machines à boulons et à
rivets, hautes, compliquées, forgeant les têtes d'une seule
pesée de leur vis puissante ; les ébarbeuses, au volant de
fonte, une boule de fonte qui battait l'air furieusement à
chaque pièce dont elles enlevaient les bavures ; les tarau-
deuses, manœuvrées par des femmes, taraudant les boulons et leurs écrous, avec le tic-tac de leurs rouages
d'acier luisant sous la graisse des huiles. Elle pouvait
suivre ainsi tout le travail, depuis le fer en barre, dressé
contre les murs, jusqu'aux boulons et aux rivets fabriqués,

dont des caisses pleines encombraient les coins. Alors, elle comprit, elle eut un sourire en hochant le menton ; mais elle restait tout de même un peu serrée à la gorge, inquiète d'être si petite et si tendre parmi ces rudes travailleurs de métal, se retournant parfois, les sangs glacés, au coup sourd d'une ébarbeuse. Elle s'accoutumait à l'ombre, voyait des enfoncements où des hommes immobiles réglaient la danse haletante des volants, quand un four-neau lâchait brusquement le coup de lumière de sa collerette de flamme. Et, malgré elle, c'était toujours au plafond qu'elle revenait, à la vie, au sang même des machines, au vol souple des courroies, dont elle regardait, les yeux levés, la force énorme et muette passer dans la nuit vague des charpentes.

Cependant, Goujet s'était arrêté devant une des machines à rivets. Il restait là, songeur, la tête basse, les regards fixes. La machine forgeait des rivets de quarante millimètres, avec une aisance tranquille de géante. Et rien n'était plus simple en vérité. Le chauffeur prenait le bout de fer dans le fourneau ; le frappeur le plaçait dans la clouière, qu'un filet d'eau continu arrosait pour éviter d'en détremper l'acier ; et c'était fait, la vis s'abaissait, le boulon sautait à terre, avec sa tête ronde comme coulée au moule. En douze heures, cette sacrée mécanique en fabriquait des centaines de kilogrammes. Goujet n'avait pas de méchanceté ; mais, à certains moments, il aurait volontiers pris Fifine pour taper dans toute cette ferraille, par colère de lui voir des bras plus solides que les siens. Ça lui causait un gros chagrin, même quand il se raisonnait, en se disant que la chair ne pouvait pas lutter contre le fer. Un jour, bien sûr, la machine tuerait l'ouvrier ; déjà leurs journées étaient tombées de douze francs à neuf francs, et on parlait de les diminuer encore ; enfin, elles n'avaient rien de gai, ces grosses bêtes, qui faisaient des rivets et des boulons comme elles auraient fait de la saucisse. Il regarda celle-là trois bonnes minutes sans rien dire ; ses sourcils se fronçaient, sa belle barbe jaune avait un hérissement de menace. Puis, un air de

douceur et de résignation amollit peu à peu ses traits. Il
se tourna vers Gervaise qui se serrait contre lui, il dit avec
un sourire triste :

« Hein ! ça nous dégotte joliment ! Mais peut-être que
plus tard ça servira au bonheur de tous. »

Gervaise se moquait du bonheur de tous. Elle trouva
les boulons à la mécanique mal faits.

« Vous me comprenez, s'écria-t-elle avec feu, ils sont
trop bien faits... J'aime mieux les vôtres. On sent la main
d'un artiste, au moins. »

Elle lui causa un bien grand contentement en parlant
ainsi, parce qu'un moment il avait eu peur qu'elle ne le
méprisât, après avoir vu les machines. Dame ! s'il était
plus fort que Bec-Salé, dit Boit-sans-Soif, les machines
étaient plus fortes que lui. Lorsqu'il la quitta enfin dans
la cour, il lui serra les poignets à les briser, à cause de sa
grosse joie.

La blanchisseuse allait tous les samedis chez les Goujet
pour reporter leur linge. Ils habitaient toujours la petite
maison de la rue Neuve de la Goutte-d'Or. La première
année, elle leur avait rendu régulièrement vingt francs
par mois, sur les cinq cents francs ; afin de ne pas em-
brouiller les comptes, on additionnait le livre à la fin du
mois seulement, et elle ajoutait l'appoint nécessaire pour
compléter les vingt francs, car le blanchissage des Goujet,
chaque mois, ne dépassait guère sept ou huit francs. Elle
venait donc de s'acquitter de la moitié de la somme
environ, lorsque, un jour de terme, ne sachant plus par où
passer, des pratiques lui ayant manqué de parole, elle
avait dû courir chez les Goujet et leur emprunter son
loyer. Deux autres fois, pour payer ses ouvrières, elle
s'était adressée également à eux, si bien que la dette
se trouvait remontée à quatre cent vingt-cinq francs.
Maintenant, elle ne donnait plus un sou, elle se libérait
par le blanchissage, uniquement.[1] Ce n'était pas qu'elle
travaillât moins ni que ses affaires devinssent mauvaises.
Au contraire. Mais il se faisait des trous chez elle, l'argent
avait l'air de fondre, et elle était contente, quand elle

pouvait joindre les deux bouts. Mon Dieu! pourvu qu'on
vive, n'est-ce pas? on n'a point trop à se plaindre. Elle
engraissait, elle cédait à tous les petits abandons de son
embonpoint naissant, n'ayant plus la force de s'effrayer
en songeant à l'avenir. Tant pis! l'argent viendrait toujours, ça le rouillait de le mettre de côté. Mme Goujet
cependant restait maternelle pour Gervaise. Elle la
chapitrait parfois avec douceur, non pas à cause de son
argent, mais parce qu'elle l'aimait et qu'elle craignait de
lui voir faire le saut. Elle n'en parlait seulement pas, de
son argent. Enfin, elle y mettait beaucoup de délicatesse.

Le lendemain de la visite de Gervaise à la forge était
justement le dernier samedi du mois. Lorsqu'elle arriva
chez les Goujet, où elle tenait à aller elle-même, son
panier lui avait tellement cassé les bras, qu'elle étouffa
pendant deux bonnes minutes. On ne sait pas comme le
linge pèse, surtout quand il y a des draps.

« Vous apportez bien tout? » demanda Mme Goujet.
Elle était très sévère là-dessus. Elle voulait qu'on lui
rapportât son linge, sans qu'une pièce manquât, pour le
bon ordre, disait-elle. Une autre de ses exigences était
que la blanchisseuse vînt exactement le jour fixé et chaque
fois à la même heure; comme ça, personne ne perdait son
temps.

« Oh! il y a bien tout, répondit Gervaise en souriant.
Vous savez que je ne laisse rien en arrière.

— C'est vrai, confessa Mme Goujet, vous prenez des
défauts, mais vous n'avez pas encore celui-là. »

Et, pendant que la blanchisseuse vidait son panier,
posant le linge sur le lit, la vieille femme fit son éloge :
elle ne brûlait pas les pièces, ne les déchirait pas comme
tant d'autres, n'arrachait pas les boutons avec le fer;
seulement elle mettait trop de bleu et amidonnait trop
les devants de chemise.

« Tenez, c'est du carton, reprit-elle en faisant craquer
un devant de chemise. Mon fils ne se plaint pas, mais ça
lui coupe le cou... Demain, il aura le cou en sang, quand
nous reviendrons de Vincennes.

— Non, ne dites pas ça! s'écria Gervaise désolée. Les chemises pour s'habiller doivent être un peu raides si l'on ne veut pas avoir un chiffon sur le corps. Voyez les messieurs... C'est moi qui fais tout votre linge. Jamais une ouvrière n'y touche, et je le soigne, je vous assure, je le recommencerais plutôt dix fois, parce que c'est pour vous, vous comprenez. »

Elle avait rougi légèrement, en balbutiant la fin de la phrase. Elle craignait de laisser voir le plaisir qu'elle prenait à repasser elle-même les chemises de Goujet. Bien sûr, elle n'avait pas de pensées sales; mais elle n'en était pas moins un peu honteuse.

« Oh! je n'attaque pas votre travail, vous travaillez dans la perfection, je le sais, dit Mme Goujet. Ainsi, voilà un bonnet qui est perlé. Il n'y a que vous pour faire ressortir les broderies comme ça. Et les tuyautés sont d'un suivi! Allez, je reconnais votre main tout de suite. Quand vous donnez seulement un torchon à une ouvrière, ça se voit... N'est-ce pas? vous mettrez un peu moins d'amidon, voilà tout! Goujet ne tient pas à avoir l'air d'un monsieur. »

Cependant, elle avait pris le livre et effaçait les pièces d'un trait de plume. Tout y était bien. Quand elles réglèrent, elle vit que Gervaise lui comptait un bonnet six sous; elle se récria, mais elle dut convenir qu'elle n'était vraiment pas chère pour le courant; non, les chemises d'homme cinq sous, les pantalons de femme quatre sous, les taies d'oreiller un sou et demi, les tabliers un sou, ce n'était pas cher, attendu que bien des blanchisseuses prenaient deux liards ou même un sou de plus pour toutes ces pièces. Puis, lorsque Gervaise eut appelé le linge sale, que la vieille femme inscrivait elle le fourra dans son panier, elle ne s'en alla pas, embarrassée, ayant aux lèvres une demande qui la gênait beaucoup.

« Madame Goujet, dit-elle enfin, si ça ne vous faisait rien, je prendrais l'argent du blanchissage ce mois-ci. »

Justement, le mois était très fort, le compte qu'elles venaient d'arrêter ensemble se montait à dix francs sept

sous. Mme Goujet la regarda un moment d'un air
sérieux. Puis, elle répondit :

« Mon enfant, ce sera comme il vous plaira. Je ne
veux pas vous refuser cet argent, du moment où vous
en avez besoin... Seulement, ce n'est guère le chemin de
vous acquitter ; je dis cela pour vous, vous entendez.
Vrai, vous devriez prendre garde. »

Gervaise, la tête basse, reçut la leçon en bégayant.
Les dix francs devaient compléter l'argent d'un billet
qu'elle avait souscrit à son marchand de coke. Mais
Mme Goujet devint plus sévère au mot de billet. Elle
s'offrit en exemple : elle réduisait sa dépense, depuis qu'on
avait baissé les journées de Goujet de douze francs à
neuf francs. Quand on manquait de sagesse en étant
jeune, on crevait la faim dans sa vieillesse. Pourtant, elle
se retint, elle ne dit pas à Gervaise qu'elle lui donnait
son linge uniquement pour lui permettre de payer sa
dette ; autrefois, elle lavait tout, et elle recommencerait
à tout laver, si le blanchissage devait encore lui faire sortir
de pareilles sommes de la poche. Quand Gervaise eut les
dix francs sept sous, elle remercia, elle se sauva vite. Et,
sur le palier, elle se sentit à l'aise, elle eut envie de danser,
car elle s'accoutumait déjà aux ennuis et aux saletés de
l'argent, ne gardant de ces embêtements-là que le bonheur d'en être sortie, jusqu'à la prochaine fois.

Ce fut précisément ce samedi que Gervaise fit une
drôle de rencontre, comme elle descendait l'escalier des
Goujet. Elle dut se ranger contre la rampe, avec son
panier, pour laisser passer une grande femme en cheveux
qui montait, en portant sur la main, dans un bout de
papier, un maquereau très frais, les ouïes saignantes.
Et voilà qu'elle reconnut Virginie, la fille dont elle avait
retroussé les jupes, au lavoir. Toutes deux se regardèrent
bien en face. Gervaise ferma les yeux, car elle crut un
instant qu'elle allait recevoir le maquereau par la figure.
Mais non, Virginie eut un mince sourire. Alors, la blanchisseuse, dont le panier bouchait l'escalier, voulut se
montrer polie.

« Je vous demande pardon, dit-elle.

— Vous êtes toute pardonnée », répondit la grande brune.

Et elles restèrent au milieu des marches, elles causèrent, raccommodées du coup, sans avoir risqué une seule allusion au passé. Virginie, alors âgée de vingt-neuf ans, était devenue une femme superbe, découplée, la face un peu longue entre ses deux bandeaux d'un noir de jais. Elle raconta tout de suite son histoire pour se poser : elle était mariée maintenant, elle avait épousé au printemps un ancien ouvrier ébéniste qui sortait du service et qui sollicitait une place de sergent de ville, parce qu'une place, c'est plus sûr et plus comme il faut. Justement, elle venait d'acheter un maquereau pour lui.

« Il adore le maquereau, dit-elle. Il faut bien les gâter, ces vilains hommes, n'est-ce pas?... Mais, montez donc. Vous verrez notre chez-nous... Nous sommes ici dans un courant d'air. »

Quand Gervaise, après lui avoir à son tour conté son mariage, lui apprit qu'elle avait habité le logement, où elle était même accouchée d'une fille, Virginie la pressa de monter plus vivement encore. Ça fait toujours plaisir de revoir les endroits où l'on a été heureux. Elle, pendant cinq ans, avait demeuré de l'autre côté de l'eau, au Gros-Caillou. C'était là qu'elle avait connu son mari, quand il était au service. Mais elle s'ennuyait, elle rêvait de revenir dans le quartier de la Goutte-d'Or, où elle connaissait tout le monde. Et, depuis quinze jours, elle occupait la chambre en face des Goujet. Oh! toutes ses affaires étaient encore bien en désordre; ça s'arrangerait petit à petit.

Puis, sur le palier, elles se dirent enfin leurs noms.

« Madame Coupeau.

— Madame Poisson. »

Et, dès lors, elles s'appelèrent gros comme le bras Mme Poisson et Mme Coupeau, uniquement pour le plaisir d'être des dames, elles qui s'étaient connues autrefois dans des situations peu catholiques. Cependant, Ger-

vaise conservait un fond de méfiance. Peut-être bien que
la grande brune se raccommodait pour se mieux venger
de la fessée du lavoir, en roulant quelque plan de mauvaise bête hypocrite. Gervaise se promettait de rester
sur ses gardes. Pour le quart d'heure, Virginie se montrait
trop gentille, il fallait bien être gentille aussi.

En haut, dans la chambre, Poisson, le mari, un homme
de trente-cinq ans, à la face terreuse, avec des moustaches
et une impériale rouges, travaillait, assis devant une
table, près de la fenêtre. Il faisait des petites boîtes. Il
avait pour seuls outils un canif, une scie grande comme
une lime à ongles, un pot à colle. Le bois qu'il employait
provenait de vieilles boîtes à cigares, de minces plan-
chettes d'acajou brut sur lesquelles il se livrait à des
découpages et à des enjolivements d'une délicatesse
extraordinaire. Tout le long de la journée, d'un bout
de l'année à l'autre, il refaisait la même boîte, huit
centimètres sur six. Seulement, il la marquetait, inventait des formes de couvercle, introduisait des comparti-
ments. C'était pour s'amuser, une façon de tuer le temps,
en attendant sa nomination de sergent de ville. De son
ancien métier d'ébéniste, il n'avait gardé que la passion
des petites boîtes. Il ne vendait pas son travail, il le donnait en cadeau aux personnes de sa connaissance.

Poisson se leva, salua poliment Gervaise, que sa femme
lui présenta comme une ancienne amie. Mais il n'était
pas causeur, il reprit tout de suite sa petite scie. De temps
à autre, il lançait seulement un regard sur le maquereau,
posé au bord de la commode. Gervaise fut très contente
de revoir son ancien logement; elle dit où les meubles
étaient placés, et elle montra l'endroit où elle avait
accouché par terre. Comme ça se rencontrait, pourtant!
Quand elles s'étaient perdues de vue toutes deux, autrefois, elles n'auraient jamais cru se retrouver ainsi, en habitant l'une après l'autre la même chambre. Virginie
ajouta de nouveaux détails sur elle et son mari : il avait
fait un petit héritage, d'une tante; il l'établirait sans
doute plus tard; pour le moment, elle continuait à

s'occuper de couture, elle bâclait une robe par-ci, par-là.
Enfin, au bout d'une grosse demi-heure, la blanchisseuse
voulut partir. Poisson tourna à peine le dos. Virginie,
qui l'accompagna, promit de lui rendre sa visite; d'ailleurs, elle lui donnait sa pratique, c'était une chose
entendue. Et, comme elle la gardait sur le palier, Gervaise s'imagina qu'elle désirait lui parler de Lantier
et de sa sœur Adèle, la brunisseuse. Elle en était toute
révolutionnée à l'intérieur. Mais pas un mot ne fut
échangé sur ces choses ennuyeuses, elles se quittèrent
en se disant au revoir, d'un air très aimable.

« Au revoir, madame Coupeau.

— Au revoir, madame Poisson. »

Ce fut là le point de départ d'une grande amitié. Huit
jours plus tard, Virginie ne passait plus devant la boutique de Gervaise sans entrer; et elle y taillait des bavettes
de deux et trois heures, si bien que Poisson, inquiet, la
croyant écrasée, venait la chercher, avec sa figure muette
de déterré. Gervaise, à voir journellement la couturière,
éprouva bientôt une singulière préoccupation : elle ne
pouvait lui entendre commencer une phrase, sans croire
qu'elle allait causer de Lantier; elle songeait invinci-
blement à Lantier, tout le temps qu'elle restait là.
C'était bête comme tout, car enfin elle se moquait de
Lantier, et d'Adèle, et de ce qu'ils étaient devenus l'un
et l'autre; jamais elle ne posait une question; même elle
ne se sentait pas curieuse d'avoir de leurs nouvelles.
Non, ça la prenait en dehors de sa volonté. Elle avait
leur idée dans la tête comme on a dans la bouche un
refrain embêtant, qui ne veut pas vous lâcher. D'ailleurs
elle n'en gardait nulle rancune à Virginie, dont ce n'était
point la faute, bien sûr. Elle se plaisait beaucoup avec
elle, et la retenait dix fois avant de la laisser partir.

Cependant, l'hiver était venu, le quatrième hiver que
les Coupeau passaient rue de la Goutte-d'Or. Cette
année-là, décembre et janvier furent particulièrement
durs. Il gelait à pierre fendre. Après le Jour de l'an, la
neige resta trois semaines dans la rue sans se fondre. Ça

n'empêchait pas le travail, au contraire, car l'hiver est
la belle saison des repasseuses. Il faisait joliment bon
dans la boutique! On n'y voyait jamais de glaçons aux
vitres, comme chez l'épicier et le bonnetier d'en face.
La mécanique, bourrée de coke, entretenait là une
chaleur de baignoire; les linges fumaient, on se serait
cru en plein été; et l'on était bien, les portes fermées,
ayant chaud partout, tellement chaud, qu'on aurait
fini par dormir, les yeux ouverts. Gervaise disait en riant
qu'elle s'imaginait être à la campagne. En effet, les
voitures ne faisaient plus de bruit en roulant sur la
neige; c'était à peine si l'on entendait le piétinement
des passants; dans le grand silence du froid, des voix
d'enfants seules montaient, le tapage d'une bande de
gamins, qui avaient établi une grande glissade, le long
du ruisseau de la maréchalerie. Elle allait parfois à une
des carreaux de la porte, enlevait de la main la buée,
regardait ce que devenait le quartier par cette sacrée
température; mais pas un nez ne s'allongeait hors des
boutiques voisines, le quartier, emmitouflé de neige,
semblait faire le gros dos, et elle échangeait seulement
un petit signe de tête avec la charbonnière d'à côté, qui
se promenait tête nue, la bouche fendue d'une oreille
à l'autre, depuis qu'il gelait si fort.

Ce qui était bon surtout, par ces temps de chien, c'était
de prendre, à midi, son café bien chaud. Les ouvrières
n'avaient pas à se plaindre; la patronne le faisait très fort
et n'y mettait pas quatre grains de chicorée; il ne ressemblait guère au café de Mme Fauconnier, qui était une
vraie lavasse. Seulement, quand maman Coupeau se
chargeait de passer l'eau sur le marc, ça n'en finissait
plus, parce qu'elle s'endormait devant la bouillotte.
Alors, les ouvrières, après le déjeuner, attendaient le café
en donnant un coup de fer.

Justement, le lendemain des Rois, midi et demi sonnait,
que le café n'était pas prêt. Ce jour-là, il s'entêtait à ne
pas vouloir passer. Maman Coupeau tapait sur le filtre
avec une petite cuiller; et l'on entendait les gouttes

tomber une à une, lentement, sans se presser davantage.

« Laissez-le donc, dit la grande Clémence. Ça le rend
trouble... Aujourd'hui, bien sûr, il y aura de quoi boire
et manger. »

La grande Clémence mettait à neuf une chemise
d'homme, dont elle détachait les plis du bout de l'ongle.
Elle avait un rhume à crever, les yeux enflés, la gorge
arrachée par des quintes de toux qui la pliaient en deux,
au bord de l'établi. Avec ça, elle ne portait pas même un
foulard au cou, vêtue d'un petit lainage à dix-huit sous,
dans lequel elle grelottait. Près d'elle, Mme Putois, enveloppée de flanelle, matelassée jusqu'aux oreilles, repassait
un jupon, qu'elle tournait autour de la planche à robe,
dont le petit bout était posé sur le dossier d'une chaise ;
et, par terre, un drap jeté empêchait le jupon de se salir
en frôlant le carreau. Gervaise occupait à elle seule la
moitié de l'établi, avec des rideaux de mousseline brodée,
sur lesquels elle poussait son fer tout droit, les bras allon-
gés, pour éviter les faux plis. Tout d'un coup, le café,
qui se mit à couler bruyamment, lui fit lever la tête.
C'était ce louchon d'Augustine qui venait de pratiquer
un trou au milieu du marc, en enfonçant une cuiller
dans le filtre.

« Veux-tu te tenir tranquille ! cria Gervaise. Qu'est-ce
que tu as donc dans le corps ? Nous allons boire de la
boue, maintenant. »

Maman Coupeau avait aligné cinq verres sur un coin
libre de l'établi. Alors, les ouvrières lâchèrent leur travail.
La patronne versait toujours le café elle-même, après
avoir mis deux morceaux de sucre dans chaque verre.
C'était l'heure attendue de la journée. Ce jour-là, comme
chacune prenait son verre et s'accroupissait sur un petit
banc, devant la mécanique, la porte de la rue s'ouvrit,
Virginie entra, toute frissonnante.

« Ah ! mes enfants, dit-elle, ça vous coupe en deux !
Je ne sens plus mes oreilles. Quel gredin de froid !

— Tiens ! c'est madame Poisson ! s'écria Gervaise. Ah

bien! vous arrivez à propos... Vous allez prendre du café
avec nous.

— Ma foi! ce n'est pas de refus... Rien que pour traverser la rue, on a l'hiver dans les os. »

Il restait du café, heureusement. Maman Coupeau alla
chercher un sixième verre, et Gervaise laissa Virginie se
sucrer, par politesse. Les ouvrières s'écartèrent, firent à
celle-ci une petite place près de la mécanique. Elle gre-
lotta un instant, le nez rouge, serrant ses mains raidies
autour de son verre, pour se réchauffer. Elle venait de
chez l'épicier, où l'on gelait, rien qu'à attendre un quart
de gruyère. Et elle s'exclamait sur la grosse chaleur de la
boutique : vrai, on aurait cru entrer dans un four, ça
aurait suffi pour réveiller un mort, tant ça vous chatouillait agréablement la peau. Puis, dégourdie, elle allongea
ses grandes jambes. Alors, toutes les six, elles sirotèrent
lentement leur café, au milieu de la besogne interrompue,
dans l'étouffement moite des linges qui fumaient.
Maman Coupeau et Virginie seules étaient assises sur
des chaises; les autres, sur leurs petits bancs, semblaient
par terre; même ce louchon d'Augustine avait tiré un
coin du drap, sous le jupon, pour s'étendre. On ne parla
pas tout de suite, les nez dans les verres, goûtant le café.

« Il est tout de même bon », déclara Clémence.

Mais elle faillit étrangler, prise d'une quinte. Elle
appuyait sa tête contre le mur pour tousser plus
fort.

« Vous êtes joliment pincée, dit Virginie. Où avez-
vous donc empoigné ça? »

— Est-ce qu'on sait! reprit Clémence, en s'essuyant
la figure avec sa manche. Ça doit être l'autre soir. Il y en
avait deux qui se dépiautaient, à la sortie du *Grand-Balcon*. J'ai voulu voir, je suis restée là, sous la neige. Ah!
quelle roulée! c'était à mourir de rire. L'une avait le nez
arraché; le sang giclait par terre. Lorsque l'autre a vu le
sang, un grand échalas comme moi, elle a pris ses cliques
et ses claques... Alors, la nuit, j'ai commencé à tousser.
Il faut dire aussi que ces hommes sont d'un bête, quand ils

couchent avec une femme; ils vous découvrent toute la nuit...

— Une jolie conduite, murmura Mme Putois. Vous vous crevez, ma petite.

— Et si ça m'amuse de me crever, moi!... Avec ça que la vie est drôle. S'escrimer toute la sainte journée pour gagner cinquante-cinq sous, se brûler le sang du matin au soir devant la mécanique, non, vous savez, j'en ai par-dessus la tête!... Allez, ce rhume-là ne me rendra pas le service de m'emporter; il s'en ira comme il est venu. »

Il y eut un silence. Cette vaurienne de Clémence, qui, dans les bastringues, menait le chahut avec des cris de merluche, attristait toujours le monde par ses idées de crevaison, quand elle était à l'atelier. Gervaise la connaissait bien et se contenta de dire :

« Vous n'êtes pas gaie, les lendemains de noce, vous! »

Le vrai était que Gervaise aurait mieux aimé qu'on ne parlât pas de batteries de femmes. Ça l'ennuyait, à cause de la fessée du lavoir, quand on causait devant elle et Virginie de coups de sabot dans les quilles et de giroflées à cinq feuilles. Justement, Virginie la regardait en souriant.

« Oh! murmura-t-elle, j'ai vu un crêpage de chignons, hier. Elles s'écharpillaient...

— Qui donc? demanda Mme Putois.

— L'accoucheuse du bout de la rue et sa bonne, vous savez, une petite blonde... Une gale, cette fille! Elle criait à l'autre : « Oui, oui, t'as décroché un enfant à la frui- « tière, même que je vais aller chez le commissaire, si tu ne « me paies pas. » Et elle en débagoulait, fallait voir! L'accoucheuse, là-dessus, lui a lâché une baffre, v'lan! en plein museau. Voilà alors que ma sacrée gouine saute aux yeux de sa bourgeoise, et qu'elle la graffigne, et qu'elle la déplume, oh! mais aux petits oignons! Il a fallu que le charcutier la lui retirât des pattes. »

Les ouvrières eurent un rire de complaisance. Puis, toutes burent une petite gorgée de café, d'un air gueulard.

« Vous croyez ça, vous, qu'elle a décroché un enfant? reprit Clémence.

— Dame! le bruit a couru dans le quartier, répondit Virginie. Vous comprenez, je n'y étais pas... C'est dans le métier, d'ailleurs. Toutes en décrochent.

— Ah bien! dit Mme Putois, on est trop bête de se confier à elles. Merci, pour se faire estropier!... Voyez-vous, il y a un moyen souverain. Tous les soirs on avale un verre d'eau bénite en se traçant sur le ventre trois signes de croix avec le pouce. Ça s'en va comme un vent. »

Maman Coupeau, qu'on croyait endormie, hocha la tête pour protester. Elle connaissait un autre moyen, infaillible celui-là. Il fallait manger un œuf dur toutes les deux heures et s'appliquer des feuilles d'épinard sur les reins. Les quatre autres femmes restèrent graves. Mais ce louchon d'Augustine, dont les gaietés partaient toutes seules, sans qu'on sût jamais pourquoi, lâcha le glousse-ment de poule qui était son rire à elle. On l'avait oubliée. Gervaise releva le jupon, l'aperçut sur le drap qui se rou-lait comme un goret, les jambes en l'air. Et elle la tira de là-dessous, la mit debout d'une claque. Qu'est-ce qu'elle avait à rire, cette dinde? Est-ce qu'elle devait écouter, quand les grandes personnes causaient! D'abord, elle allait reporter le linge d'une amie de Mme Lerat, aux Batignolles. Tout en parlant, la patronne lui enfi-lait le panier au bras et la poussait vers la porte. Le lou-chon, rechignant, sanglotant, s'éloigna en traînant les pieds dans la neige.

Cependant, maman Coupeau, Mme Putois et Clé-mence discutaient l'efficacité des œufs durs et des feuilles d'épinard. Alors, Virginie, qui restait rêveuse, son verre de café à la main, dit tout bas :

« Mon Dieu! on se cogne, on s'embrasse, ça va tou-jours, quand on a bon cœur... »

Et, se penchant vers Gervaise, avec un sourire :

« Non, bien sûr, je ne vous en veux pas... L'affaire du lavoir, vous vous souvenez? »

La blanchisseuse demeura toute gênée. Voilà ce qu'elle

craignait. Maintenant, elle devinait qu'il allait être question de Lantier et d'Adèle. La mécanique ronflait, un redoublement de chaleur rayonnait du tuyau rouge. Dans cet assoupissement, les ouvrières, qui faisaient durer leur café pour se remettre à l'ouvrage le plus tard possible, regardaient la neige de la rue, avec des mines gourmandes et alanguies. Elles en étaient aux confidences; elles disaient ce qu'elles auraient fait, si elles avaient eu dix mille francs de rente; elles n'auraient rien fait du tout, elles seraient restées comme ça des après-midi à se chauffer, en crachant de loin sur la besogne. Virginie s'était rapprochée de Gervaise, de façon à ne pas être entendue des autres. Et Gervaise se sentait toute lâche, à cause sans doute de la trop grande chaleur, si molle et si lâche, qu'elle ne trouvait pas la force de détourner la conversation; même elle attendait les paroles de la grande brune, le cœur gros d'une émotion dont elle jouissait sans se l'avouer.

« Je ne vous fais pas de la peine au moins? reprit la couturière. Vingt fois déjà, ça m'est venu sur la langue. Enfin, puisque nous sommes là-dessus... C'est pour causer, n'est-ce pas?... Ah! bien sûr, non, je ne vous en veux pas de ce qui s'est passé. Parole d'honneur! je n'ai pas gardé ça de rancune contre vous. »

Elle tourna le fond de son café dans le verre, pour avoir tout le sucre, puis elle but trois gouttes, avec un petit sifflement des lèvres. Gervaise, la gorge serrée, attendait toujours, elle se demandait si réellement Virginie lui avait pardonné sa fessée tant que ça; car elle voyait, dans ses yeux noirs, des étincelles jaunes s'allumer. Cette grande diablesse devait avoir mis sa rancune dans sa poche avec son mouchoir par-dessus.

« Vous aviez une excuse, continua-t-elle. On venait de vous faire une saleté, une abomination... Oh! je suis juste, allez! Moi, j'aurais pris un couteau. »

Elle but encore trois gouttes, sifflant au bord du verre. Et elle quitta sa voix traînante, elle ajouta rapidement, sans s'arrêter :

« Aussi ça ne leur a pas porté bonheur, ah! Dieu de Dieu! non, pas bonheur du tout!... Ils étaient allés demeurer au diable, du côté de la Glacière, dans une sale rue où il y a toujours de la boue jusqu'aux genoux. Moi, deux jours après, je suis partie un matin pour déjeuner avec eux; une fière course d'omnibus, je vous assure! Eh bien, ma chère, je les ai trouvés en train de se houspiller déjà. Vrai, comme j'entrais, ils s'allongeaient des calottes. Hein! en voilà des amoureux!... Vous savez qu'Adèle ne vaut pas la corde pour la pendre. C'est ma sœur, mais ça ne m'empêche pas de dire qu'elle est dans la peau d'une fière salope. Elle m'a fait un tas de cochonneries; ça serait trop long à conter, puis ce sont des affaires à régler entre nous... Quant à Lantier, dame! vous le connaissez, il n'est pas bon non plus. Un petit monsieur, n'est-ce pas? qui vous enlève le derrière pour un oui, pour un non! Et il ferme le poing, lorsqu'il tape... Alors donc ils se sont échignés en conscience. Quand on montait l'escalier, on les entendait se bûcher. Un jour même, la police est venue. Lantier avait voulu une soupe à l'huile, une horreur qu'ils mangent dans le midi; et, comme Adèle trouvait ça infect, ils se sont jeté la bouteille d'huile à la figure, la casserole, la soupière, tout le tremblement; enfin, une scène à révolutionner un quartier. »

Elle raconta d'autres tueries, elle ne tarissait pas sur le ménage, savait des choses à faire dresser les cheveux sur la tête. Gervaise écoutait toute cette histoire, sans un mot, la face pâle, avec un pli nerveux aux coins des lèvres qui ressemblait à un petit sourire. Depuis bientôt sept ans, elle n'avait plus entendu parler de Lantier. Jamais elle n'aurait cru que le nom de Lantier, ainsi murmuré à son oreille, lui causerait une pareille chaleur au creux de l'estomac. Non, elle ne se savait pas une telle curiosité de ce que devenait ce malheureux, qui s'était si mal conduit avec elle. Elle ne pouvait plus être jalouse d'Adèle, maintenant; mais elle riait tout de même en dedans des raclées du ménage, elle voyait le corps de cette fille plein de bleus, et ça la vengeait, ça l'amusait. Aussi serait-elle restée là jusqu'au lendemain matin, à écouter les rapports de Virginie.

Elle ne posait pas de questions, parce qu'elle ne voulait pas paraître intéressée tant que ça. C'était comme si, brusquement, on comblait un trou pour elle ; son passé, à cette heure, allait droit à son présent.

Cependant, Virginie finit par remettre son nez dans son verre ; elle suçait le sucre, les yeux à demi fermés. Alors, Gervaise, comprenant qu'elle devait dire quelque chose, prit un air indifférent, demanda :

« Et ils demeurent toujours à la Glacière ?

— Mais non ! répondit l'autre ; je ne vous ai donc pas raconté ?... Voici huit jours qu'ils ne sont plus ensemble. Adèle, un beau matin, a emporté ses frusques, et Lantier n'a pas couru après, je vous assure. »

La blanchisseuse laissa échapper un léger cri, répétant tout haut :

« Ils ne sont plus ensemble !

— Qui donc ? demanda Clémence, en interrompant sa conversation avec maman Coupeau et Mme Putois.

— Personne, dit Virginie ; des gens que vous ne connaissez pas. »

Mais elle examinait Gervaise, elle la trouvait joliment émue. Elle se rapprocha, sembla prendre un mauvais plaisir à recommencer ses histoires. Puis, tout d'un coup, elle lui demanda ce qu'elle ferait, si Lantier venait rôder autour d'elle ; car, enfin, les hommes sont si drôles, Lantier était bien capable de retourner à ses premières amours. Gervaise se redressa, se montra très nette, très digne. Elle était mariée, elle mettrait Lantier dehors, voilà tout. Il ne pouvait plus y avoir rien entre eux, même pas une poignée de main. Vraiment, elle manquerait tout à fait de cœur, si elle regardait un jour cet homme en face.

« Je sais bien, dit-elle, Étienne est de lui, il y a un lien que je ne peux pas rompre. Si Lantier a le désir d'embrasser Étienne, je le lui enverrai, parce qu'il est impossible d'empêcher un père d'aimer son enfant... Mais quant à

moi, voyez-vous, madame Poisson, je me laisserais plutôt
hacher en petits morceaux que de lui permettre de me
toucher du bout du doigt. C'est fini. »

En prononçant ces derniers mots, elle traça en l'air
une croix, comme pour sceller à jamais son serment.
Et, désireuse de rompre la conversation, elle parut
s'éveiller en sursaut, elle cria aux ouvrières :

« Dites donc, vous autres! est-ce que vous croyez
que le linge se repasse tout seul?... En voilà des flemmes!...
Houp! à l'ouvrage! »

Les ouvrières ne se pressèrent pas, engourdies d'une
torpeur de paresse, les bras abandonnés sur leurs jupes,
tenant toujours d'une main leurs verres vides, où un peu
de marc de café restait. Elles continuèrent de causer.

« C'était la petite Célestine, disait Clémence. Je l'ai
connue. Elle avait la folie des poils de chat... Vous savez,
elle voyait des poils de chat partout, elle tournait toujours
la langue comme ça, parce qu'elle croyait avoir des poils
de chat plein la bouche.

— Moi, reprenait Mme Putois, j'ai eu pour amie une
femme qui avait un ver... Oh! ces animaux-là ont des
caprices!... Il lui tortillait le ventre, quand elle ne lui
donnait pas du poulet. Vous pensez, le mari gagnait
sept francs, ça passait en gourmandises pour le ver...

— Je l'aurais guérie tout de suite, moi, interrompait
maman Coupeau. Mon Dieu! oui, on avale une souris
grillée. Ça empoisonne le ver du coup. »

Gervaise elle-même avait glissé de nouveau à une fainéantise heureuse. Mais elle se secoua, elle se mit debout.
Ah bien! en voilà un après-midi passé à faire les rosses!
C'était ça qui n'emplissait pas la bourse! Elle retourna
la première à ses rideaux; mais elle les trouva salis d'une
tache de café, et elle dut, avant de reprendre le fer,
frotter la tache avec un linge mouillé. Les ouvrières
s'étiraient devant la mécanique, cherchaient leurs poignées en rechignant.

Dès que Clémence se remua, elle eut un accès de
toux, à cracher sa langue; puis, elle acheva sa chemise

d'homme, dont elle épingla les manchettes et le col.
Mme Putois s'était remise à son jupon.

« Eh bien, au revoir, dit Virginie. J'étais descendue
chercher un quart de gruyère. Poisson doit croire que le
froid m'a gelée en route. »

Mais, comme elle avait déjà fait trois pas sur le trottoir,
elle rouvrit la porte pour crier qu'elle voyait Augustine
au bout de la rue, en train de glisser sur la glace avec des
gamins. Cette gredine-là était partie depuis deux grandes
heures. Elle accourut rouge, essoufflée, son panier au bras,
le chignon emplâtré par une boule de neige; et elle se
laissa gronder d'un air sournois, en racontant qu'on ne
pouvait pas marcher, à cause du verglas. Quelque voyou
avait dû, par blague, lui fourrer des morceaux de glace
dans les poches; car, au bout d'un quart d'heure, ses
poches se mirent à arroser la boutique comme des enton-
noirs.

Maintenant, les après-midi se passaient toutes ainsi. La
boutique, dans le quartier, était le refuge des gens frileux.
Toute la rue de la Goutte-d'Or savait qu'il y faisait chaud.
Il y avait sans cesse là des femmes bavardes qui prenaient
un air de feu devant la mécanique, leurs jupes troussées
jusqu'aux genoux, faisant la petite chapelle. Gervaise
avait l'orgueil de cette bonne chaleur, et elle attirait le
monde, elle tenait salon, comme disaient méchamment
les Lorilleux et les Boche. Le vrai était qu'elle restait
obligeante et secourable, au point de faire entrer les
pauvres, quand elle les voyait grelotter dehors. Elle se
prit surtout d'amitié pour un ancien ouvrier peintre, un
vieillard de soixante-dix ans, qui habitait dans la maison
une soupente où il crevait de faim et de froid; il avait
perdu ses trois fils en Crimée, il vivait au petit bonheur,
depuis deux ans qu'il ne pouvait plus tenir un pinceau.
Dès que Gervaise apercevait le père Bru, piétinant dans
la neige pour se réchauffer, elle l'appelait, elle lui ménageait une place près du poêle; souvent même elle le
forçait à manger un morceau de pain avec du fromage.
Le père Bru, le corps voûté, la barbe blanche, la face

ridée comme une vieille pomme, demeurait des heures
sans rien dire, à écouter le grésillement du coke. Peut-
être évoquait-il ses cinquante années de travail sur des
échelles, le demi-siècle passé à peindre des portes et à
blanchir des plafonds aux quatre coins de Paris.

« Eh bien, père Bru, lui demandait parfois la blanchisseuse, à quoi pensez-vous?

— A rien, à toutes sortes de choses », répondait-il d'un
air hébété.

Les ouvrières plaisantaient, racontaient qu'il avait des
peines de cœur. Mais lui, sans les entendre, retombait
dans son silence, dans son attitude morne et réfléchie.

A partir de cette époque, Virginie reparla souvent de
Lantier à Gervaise. Elle semblait se plaire à l'occuper de
son ancien amant, pour le plaisir de l'embarrasser, en
faisant des suppositions. Un jour, elle dit l'avoir rencontré; et, comme la blanchisseuse restait muette, elle
n'ajouta rien, puis le lendemain seulement laissa entendre
qu'il lui avait longuement parlé d'elle avec beaucoup
de tendresse. Gervaise était très troublée par ces conversations chuchotées à voix basse, dans un angle de la
boutique. Le nom de Lantier lui causait toujours une
brûlure au creux de l'estomac, comme si cet homme
eût laissé là, sous la peau, quelque chose de lui. Certes,
elle se croyait bien solide, elle voulait vivre en honnête
femme, parce que l'honnêteté est la moitié du bonheur.
Aussi ne songeait-elle pas à Coupeau, dans cette affaire,
n'ayant rien à se reprocher contre son mari, pas même
en pensée. Elle songeait au forgeron, le cœur tout hésitant et malade. Il lui semblait que le retour du souvenir
de Lantier en elle, cette lente possession dont elle était
reprise, la rendait infidèle à Goujet, à leur amour inavoué,
d'une douceur d'amitié. Elle vivait des journées tristes,
lorsqu'elle se croyait coupable envers son bon ami.
Elle aurait voulu n'avoir de l'affection que pour lui, en
dehors de son ménage. Cela se passait très haut en elle,
au-dessus de toutes les saletés, dont Virginie guettait le
feu sur son visage.

Quand le printemps fut venu, Gervaise alla se réfugier auprès de Goujet. Elle ne pouvait plus ne réfléchir à rien, sur une chaise, sans penser aussitôt à son premier amant; elle le voyait quitter Adèle, remettre son linge au fond de leur ancienne malle, revenir chez elle, avec la malle sur la voiture. Les jours où elle sortait, elle était prise tout d'un coup de peurs bêtes, dans la rue; elle croyait entendre le pas de Lantier derrière elle, elle n'osait pas se retourner, tremblante, s'imaginant sentir ses mains la saisir à la taille. Bien sûr, il devait l'espionner; il tomberait sur elle un après-midi; et cette idée lui donnait des sueurs froides, parce qu'il l'embrasserait certainement dans l'oreille, comme il le faisait par taquinerie, autrefois. C'était ce baiser qui l'épouvantait : à l'avance, il la rendait sourde, il l'emplissait d'un bourdonnement, dans lequel elle ne distinguait plus le bruit de son cœur battant à grands coups. Alors, dès que ces peurs la prenaient, la forge était son seul asile; elle y redevenait tranquille et souriante, sous la protection de Goujet, dont le marteau sonore mettait en fuite ses mauvais rêves.

Quelle heureuse saison! La blanchisseuse soignait d'une façon particulière sa pratique de la rue des Portes-Blanches; elle lui reportait toujours son linge elle-même, parce que cette course, chaque vendredi, était un pré-texte tout trouvé pour passer rue Marcadet et entrer à la forge. Dès qu'elle tournait le coin de la rue, elle se sentait légère, gaie, comme si elle faisait une partie de campagne, au milieu de ces terrains vagues, bordés d'usines grises; la chaussée noire de charbon, les panaches de vapeur sur les toits, l'amusaient autant qu'un sentier de mousse dans un bois de la banlieue, s'enfonçant entre de grands bouquets de verdure; et elle aimait l'horizon blafard, rayé par les hautes cheminées des fabriques, la butte Montmartre qui bouchait le ciel, avec ses maisons crayeuses, percées des trous réguliers de leurs fenêtres. Puis, elle ralentissait le pas en arrivant, sautant les flaques d'eau, prenant plaisir à traverser les coins déserts

et embrouillés du chantier de démolitions. Au fond, la
forge luisait, même en plein midi. Son cœur sautait à la
danse des marteaux. Quand elle entrait, elle était toute
rouge, les petits cheveux blonds de sa nuque envolés comme
ceux d'une femme qui arrive à un rendez-vous. Goujet
l'attendait, les bras nus, la poitrine nue, tapant plus fort
sur l'enclume, ces jours-là, pour se faire entendre de
plus loin. Il la devinait, l'accueillait d'un bon rire silencieux, dans sa barbe jaune. Mais elle ne voulait pas qu'il
se dérangeât de son travail, elle le suppliait de reprendre
le marteau, parce qu'elle l'aimait davantage, lorsqu'il
le brandissait de ses gros bras, bossués de muscles. Elle
allait donner une légère claque sur la joue d'Étienne
pendu au soufflet, et elle restait là une heure, à regarder
les boulons. Ils n'échangeaient pas dix paroles. Ils n'auraient pas mieux satisfait leur tendresse dans une chambre,
enfermés à double tour. Les ricanements de Bec-Salé,
dit Boit-sans-Soif, ne les gênaient guère, car ils ne les
entendaient même plus. Au bout d'un quart d'heure,
elle commençait à étouffer un peu ; la chaleur, l'odeur
forte, les fumées qui montaient, l'étourdissaient, tandis
que les coups sourds la secouaient des talons à la gorge.
Elle ne désirait plus rien alors, c'était son plaisir. Goujet
l'aurait serrée dans ses bras que ça ne lui aurait pas donné
une émotion si grosse. Elle se rapprochait de lui, pour
sentir le vent de son marteau sur sa joue, pour être dans
le coup qu'il tapait. Quand des étincelles piquaient ses
mains tendres, elle ne les retirait pas, elle jouissait au
contraire de cette pluie de feu qui lui cinglait la peau.
Lui, bien sûr, devinait le bonheur qu'elle goûtait là ;
il réservait pour le vendredi les ouvrages difficiles, afin
de lui faire la cour avec toute sa force et toute son adresse ;
il ne se ménageait plus, au risque de fendre les enclumes
en deux, haletant, les reins vibrant de la joie qu'il lui
donnait. Pendant un printemps, leurs amours emplirent
ainsi la forge d'un grondement d'orage. Ce fut une idylle
dans une besogne de géant, au milieu du flamboiement
de la houille, de l'ébranlement du hangar, dont la

carcasse noire de suie craquait. Tout ce fer écrasé, pétri comme de la cire rouge, gardait les marques rudes de leurs tendresses. Le vendredi, quand la blanchisseuse quittait la Gueule-d'Or, elle remontait lentement la rue des Poissonniers, contentée, lassée, l'esprit et la chair tranquilles.

Peu à peu, sa peur de Lantier diminua, elle redevint raisonnable. A cette époque, elle aurait encore vécu très heureuse, sans Coupeau, qui tournait mal, décidément. Un jour, elle revenait justement de la forge, lorsqu'elle crut reconnaître Coupeau dans l'Assommoir du père Colombe, en train de se payer des tournées de vitriol, avec Mes-Bottes, Bibi-la-Grillade et Bec-Salé, dit Boit-sans-Soif. Elle passa vite, pour ne pas avoir l'air de les moucharder. Mais elle se retourna : c'était bien Coupeau qui se jetait son petit verre de schnick dans le gosier, d'un geste familier déjà. Il mentait donc, il en était donc à l'eau-de-vie, maintenant! Elle rentra désespérée; toute son épouvante de l'eau-de-vie la reprenait. Le vin, elle le pardonnait, parce que le vin nourrit l'ouvrier; les alcools, au contraire, étaient des saletés, des poisons qui ôtaient à l'ouvrier le goût du pain. Ah! le gouvernement aurait bien dû empêcher la fabrication de ces cochonneries!

En arrivant rue de la Goutte-d'Or, elle trouva toute la maison bouleversée. Ses ouvrières avaient quitté l'établi, et étaient dans la cour, à regarder en l'air. Elle interrogea Clémence.

« C'est le père Bijard qui flanque une roulée à sa femme, répondit la repasseuse. Il était sous la porte, gris comme un Polonais, à la guetter revenir du lavoir... Il lui a fait grimper l'escalier à coups de poing, et maintenant il l'assomme là-haut, dans leur chambre... Tenez, entendez-vous les cris? »

Gervaise monta rapidement. Elle avait de l'amitié pour Mme Bijard, sa laveuse, qui était une femme d'un grand courage. Elle espérait mettre le holà. En haut, au sixième, la porte de la chambre était restée ouverte, quelques loca-

taires s'exclamaient sur le carré, tandis que Mme Boche,
devant la porte, criait :

« Voulez-vous bien finir!... On va aller chercher les
sergents de ville, entendez-vous! »

Personne n'osait se risquer dans la chambre, parce
qu'on connaissait Bijard, une bête brute quand il était
soûl. Il ne dessoûlait jamais, d'ailleurs. Les rares jours
où il travaillait, il posait un litre d'eau-de-vie près de son
étau de serrurier, buvant au goulot toutes les demi-heures.
Il ne se soutenait plus autrement, il aurait pris feu comme
une torche, si l'on avait approché une allumette de sa
bouche.

« Mais on ne peut pas la laisser massacrer! » dit
Gervaise toute tremblante.

Et elle entra. La chambre, mansardée, très propre,
était nue et froide, vidée par l'ivrognerie de l'homme,
qui enlevait les draps du lit pour les boire. Dans la lutte,
la table avait roulé jusqu'à la fenêtre, les deux chaises
culbutées étaient tombées, les pieds en l'air. Sur le carreau, au milieu, Mme Bijard, les jupes encore trempées
par l'eau du lavoir et collées à ses cuisses, les cheveux arrachés, saignante, râlait d'un souffle fort, avec des oh! oh!
prolongés, à chaque coup de talon de Bijard. Il l'avait
d'abord abattue de ses deux poings; maintenant, il la
piétinait.

« Ah! garce!... ah! garce!... ah! garce!... », grognait-il
d'une voix étouffée, accompagnant de ce mot chaque
coup, s'affolant à le répéter, frappant plus fort à mesure
qu'il s'étranglait davantage.

Puis, la voix lui manqua, il continua de taper sourdement, follement, raidi dans sa cotte et son bourgeron dégue-
nillés, la face bleuie sous sa barbe sale, avec son front
chauve taché de grandes plaques rouges. Sur le carré,
les voisins disaient qu'il la battait parce qu'elle lui avait
refusé vingt sous, le matin. On entendit la voix de Boche,
au bas de l'escalier. Il appelait Mme Boche, il lui criait :

« Descends, laisse-les se tuer, ça fera de la canaille
de moins! »

Cependant, le père Bru avait suivi Gervaise dans la chambre. A eux deux, ils tâchaient de raisonner le serrurier, de le pousser vers la porte. Mais il se retournait, muet, une écume aux lèvres; et, dans ses yeux pâles, l'alcool flambait, allumait une flamme de meurtre. La blanchisseuse eut le poignet meurtri; le vieil ouvrier alla tomber sur la table. Par terre, Mme Bijard soufflait plus fort, la bouche grande ouverte, les paupières closes. A présent, Bijard la manquait; il revenait, s'acharnait, frappait à côté, enragé, aveuglé, s'attrapant lui-même avec les claques qu'il envoyait dans le vide. Et, pendant toute cette tuerie, Gervaise voyait, dans un coin de la chambre, la petite Lalie, alors âgée de quatre ans, qui regardait son père assommer sa mère. L'enfant tenait entre ses bras, comme pour la protéger, sa sœur Henriette, sevrée de la veille. Elle était debout, la tête serrée dans une coiffe d'indienne, très pâle, l'air sérieux. Elle avait un large regard noir, d'une fixité pleine de pensées, sans une larme.

Quand Bijard eut rencontré une chaise et se fut étalé sur le carreau, où on le laissa ronfler, le père Bru aida Gervaise à relever Mme Bijard. Maintenant, celle-ci pleurait à gros sanglots; et Lalie, qui s'était approchée, la regardait pleurer, habituée à ces choses, résignée déjà. La blanchisseuse, en redescendant, au milieu de la maison calmée, voyait toujours devant elle ce regard d'enfant de quatre ans, grave et courageux comme un regard de femme.

« M. Coupeau est sur le trottoir d'en face, lui cria Clémence, dès qu'elle l'aperçut. Il a l'air joliment poivre! »

Coupeau traversait justement la rue. Il faillit enfoncer un carreau d'un coup d'épaule, en manquant la porte. Il avait une ivresse blanche, les dents serrées, le nez pincé. Et Gervaise reconnut tout de suite le vitriol de l'Assommoir, dans le sang empoisonné qui lui blémissait la peau. Elle voulut rire, le coucher comme elle faisait les jours où il avait le vin bon enfant. Mais il la bouscula, sans desserrer les lèvres, et, en passant, en gagnant de lui-même son lit, il leva le poing sur elle. Il ressemblait à l'autre, au soûlard qui ronflait là-haut, las d'avoir tapé. Alors, elle resta toute froide ; elle pensait aux hommes, à son mari, à Goujet, à Lantier, le cœur coupé, désespérant d'être jamais heureuse.

VII

La fête de Gervaise tombait le 19 juin.[1] Les jours de fête, chez les Coupeau, on mettait les petits plats dans les grands; c'étaient des noces dont on sortait ronds comme des balles, le ventre plein pour la semaine. Il y avait un nettoyage général de la monnaie. Dès qu'on avait quatre sous, dans le ménage, on les bouffait. On inventait des saints sur l'almanach, histoire de se donner des prétextes de gueuletons. Virginie approuvait joliment Gervaise de se fourrer de bons morceaux sous le nez. Lorsqu'on a un homme qui boit tout, n'est-ce pas? c'est pain bénit de ne pas laisser la maison s'en aller en liquides et de se garnir d'abord l'estomac. Puisque l'argent filait quand même, autant valait-il faire gagner au boucher qu'au marchand de vin. Et Gervaise, agourmandie, s'abandonnait à cette excuse. Tant pis! ça venait de Coupeau, s'ils n'économisaient plus un rouge liard. Elle avait encore engraissé, elle boitait davantage, parce que sa jambe, qui s'enflait de graisse, semblait se raccourcir à mesure.

Cette année-là, un mois à l'avance, on causa de la fête. On cherchait des plats, on s'en léchait les lèvres. Toute la boutique avait une sacrée envie de nocer. Il fallait une rigolade à mort, quelque chose de pas ordinaire et de réussi, mon Dieu! on ne prenait pas tous les jours du bon temps. La grosse préoccupation de la blanchisseuse était de savoir qui elle inviterait; elle désirait douze personnes à table, pas plus, pas moins? Elle, son mari, maman

Coupeau, Mme Lerat, ça faisait déjà quatre personnes de la famille. Elle aurait aussi les Goujet et les Poisson. D'abord, elle s'était bien promis de ne pas inviter ses ouvrières, Mme Putois et Clémence, pour ne pas les rendre trop familières ; mais, comme on parlait toujours de la fête devant elles et que leurs nez s'allongeaient, elle finit par leur dire de venir. Quatre et quatre, huit, et deux, dix. Alors, voulant absolument compléter les douze, elle se réconcilia avec les Lorilleux, qui tournaient autour d'elle depuis quelque temps ; du moins, il fut convenu que les Lorilleux descendraient dîner et qu'on ferait la paix, le verre à la main. Bien sûr, on ne peut pas toujours rester brouillé dans les familles. Puis, l'idée de la fête attendrissait tous les cœurs. C'était une occasion impossible à refuser. Seulement, quand les Boche connurent le raccommodement projeté, ils se rapprochèrent aussitôt de Gervaise, avec des politesses, des sourires obligeants ; et il fallut les prier aussi d'être du repas. Voilà ! on serait quatorze, sans compter les enfants. Jamais elle n'avait donné un dîner pareil, elle en était tout effarée et glorieuse.

La fête tombait justement un lundi. C'était une chance : Gervaise comptait sur l'après-midi du dimanche pour commencer la cuisine. Le samedi, comme les repasseuses bâclaient leur besogne, il y eut une longue discussion dans la boutique, afin de savoir ce qu'on mangerait, décidément. Une seule pièce était adoptée depuis trois semaines : une oie grasse rôtie. On en causait avec des yeux gourmands. Même, l'oie était achetée. Maman Coupeau alla la chercher pour la faire soupeser à Clémence et à Mme Putois. Et il y eut des exclamations, tant la bête parut énorme, avec sa peau rude, ballonnée de graisse jaune.

« Avant ça, le pot-au-feu, n'est-ce pas ? dit Gervaise. Le potage et un petit morceau de bouilli, c'est toujours bon... Puis, il faudrait un plat à la sauce. »

La grande Clémence proposa du lapin ; mais on ne mangeait que de ça ; tout le monde en avait par-dessus la

tête. Gervaise rêvait quelque chose de plus distingué.
Mme Putois ayant parlé d'une blanquette de veau, elles
se regardèrent toutes avec un sourire qui grandissait.
C'était une idée; rien ne ferait l'effet d'une blanquette
de veau.

« Après, reprit Gervaise, il faudrait encore un plat
à la sauce. »

Maman Coupeau songea à du poisson. Mais les autres
eurent une grimace, en tapant leurs fers plus fort. Personne n'aimait le poisson; ça ne tenait pas à l'estomac,
et c'était plein d'arêtes. Ce louchon d'Augustine ayant
osé dire qu'elle aimait la raie, Clémence lui ferma le bec
d'une bourrade. Enfin, la patronne venait de trouver une
épinée de cochon aux pommes de terre, qui avait de nouveau épanoui les visages, lorsque Virginie entra comme
un coup de vent, la figure allumée.

« Vous arrivez bien! cria Gervaise. Maman Coupeau,
montrez-lui donc la bête. »

Et maman Coupeau alla chercher une seconde fois
l'oie grasse, que Virginie dut prendre sur ses mains. Elle
s'exclama. Sacredié! qu'elle était lourde! Mais elle la posa
tout de suite au bord de l'établi, entre un jupon et un
paquet de chemises. Elle avait la cervelle ailleurs; elle
emmena Gervaise dans la chambre du fond.

« Dites donc, ma petite, murmura-t-elle, rapidement,
je veux vous avertir... Vous ne devineriez jamais qui
j'ai rencontré au bout de la rue? Lantier, ma chère! Il est
là à rôder, à guetter... Alors, je suis accourue. Ça m'a
effrayée pour vous, vous comprenez. »

La blanchisseuse était devenue toute pâle. Que lui
voulait-il donc, ce malheureux? Et justement il tombait
en plein dans les préparatifs de la fête. Jamais elle n'avait
eu de chance; on ne pouvait pas lui laisser prendre un
plaisir tranquillement. Mais Virginie lui répondait qu'elle
était bien bonne de se tourner la bile. Pardi! si Lantier
s'avisait de la suivre, elle appellerait un agent et le ferait
coffrer. Depuis un mois que son mari avait obtenu sa
place de sergent de ville, la grande brune prenait des

allures cavalières et parlait d'arrêter tout le monde.
Comme elle élevait la voix, en souhaitant d'être pincée
dans la rue, à la seule fin d'emmener elle-même l'insolent au poste et de le livrer à Poisson, Gervaise, d'un
geste, la supplia de se taire, parce que les ouvrières
écoutaient. Elle rentra la première dans la boutique ; elle
reprit, en affectant beaucoup de calme :

« Maintenant, il faudrait un légume?

— Hein? des petits pois au lard, dit Virginie. Moi,
je ne mangerais que de ça.

— Oui, oui, des petits pois au lard ! » approuvèrent
toutes les autres, pendant qu'Augustine, enthousiasmée,
enfonçait de grands coups de tisonnier dans la mécanique.

Le lendemain dimanche, dès trois heures, maman Coupeau alluma les deux fourneaux de la maison et un troisième fourneau en terre emprunté aux Boche. A trois
heures et demie, le pot-au-feu bouillait dans une grosse
marmite, prêtée par le restaurant d'à côté, la marmite
du ménage ayant semblé trop petite. On avait décidé
d'accommoder la veille la blanquette de veau et l'épinée
de cochon, parce que ces plats-là sont meilleurs réchauffés ;
seulement, on ne lierait la sauce de la blanquette qu'au
moment de se mettre à table. Il resterait encore bien assez
de besogne pour le lundi, le potage, les pois au lard, l'oie
rôtie. La chambre du fond était tout éclairée par les trois
brasiers ; des roux graillonnaient dans les poêlons, avec
une fumée forte de farine brûlée ; tandis que la grosse
marmite soufflait des jets de vapeur comme une chaudière, les flancs secoués par des glouglous graves et profonds. Maman Coupeau et Gervaise, un tablier blanc
noué devant elles, emplissaient la pièce de leur hâte à
éplucher du persil, à courir après le poivre et le sel, à tourner la viande avec la mouvette de bois. Elles avaient mis
Coupeau dehors pour débarrasser le plancher. Mais elles
eurent quand même du monde sur le dos tout l'après-
midi. Ça sentait si bon la cuisine, dans la maison, que les
voisines descendirent les unes après les autres, entrèrent

sous des prétextes, uniquement pour savoir ce qui cuisait ;
et elles se plantaient là, en attendant que la blanchisseuse
fût forcée de lever les couvercles. Puis, vers cinq heures,
Virginie parut ; elle avait encore vu Lantier ; décidément,
on ne mettait plus les pieds dans la rue sans le rencontrer.
Mme Boche, elle aussi, venait de l'apercevoir au coin
du trottoir, avançant la tête d'un air sournois. Alors,
Gervaise, qui justement allait acheter un sou d'oignons
brûlés pour le pot-au-feu, fut prise d'un tremblement
et n'osa plus sortir ; d'autant plus que la concierge et la
couturière l'effrayaient beaucoup en racontant des histoires terribles, des hommes attendant des femmes avec
des couteaux et des pistolets cachés sous leur redingote.
Dame, oui ! on lisait ça tous les jours dans les journaux ;
quand un de ces gredins-là enrage de retrouver une
ancienne heureuse, il devient capable de tout. Virginie
offrit obligeamment de courir chercher les oignons
brûlés. Il fallait s'aider entre femmes, on ne pouvait pas
laisser massacrer cette pauvre petite. Lorsqu'elle revint,
elle dit que Lantier n'était plus là ; il avait dû filer, en se
sachant découvert. La conversation, autour des poêlons,
n'en roula pas moins sur lui jusqu'au soir. Mme Boche
ayant conseillé d'instruire Coupeau, Gervaise montra
une grande frayeur et la supplia de ne jamais lâcher un
mot de ces choses. Ah bien ! ce serait du propre ! Son mari
devait déjà se douter de l'affaire, car depuis quelques
jours, en se couchant, il jurait et donnait des coups de
poing dans le mur. Elle en restait les mains tremblantes,
à l'idée que deux hommes se mangeraient pour elle ; elle
connaissait Coupeau, il était jaloux à tomber sur Lantier
avec ses cisailles. Et pendant que, toutes quatre, elles
s'enfonçaient dans ce drame, les sauces, sur les fourneaux
garnis de cendre, mijotaient doucement ; la blanquette
et l'épinée, quand maman Coupeau les découvrait,
avaient un petit bruit, un frémissement discret ; le pot-au-
feu gardait son ronflement de chantre endormi le ventre
au soleil. Elles finirent par se tremper chacune une soupe
dans une tasse, pour goûter le bouillon.

Enfin, le lundi arriva. Maintenant que Gervaise allait
avoir quatorze personnes à dîner, elle craignait de ne pas
pouvoir caser tout ce monde. Elle se décida à mettre le
couvert dans la boutique; et encore, dès le matin, mesu-
ra-t-elle avec un mètre, pour savoir dans quel sens elle
placerait la table. Ensuite, il fallut déménager le linge,
démonter l'établi; c'était l'établi, posé sur d'autres tréteaux, qui devait servir de table. Mais, juste au milieu de
tout ce remue-ménage, une cliente se présenta et fit une
scène, parce qu'elle attendait son linge depuis vendredi;
on se fichait d'elle, elle voulait son linge immédiatement.
Alors, Gervaise s'excusa, mentit avec aplomb; il n'y avait
pas de sa faute, elle nettoyait sa boutique, les ouvrières
reviendraient seulement le lendemain; et elle renvoya la
cliente calmée, en lui promettant de s'occuper d'elle à la
première heure. Puis, lorsque l'autre fut partie, elle éclata
en mauvaises paroles. C'est vrai, si l'on écoutait les pratiques, on ne prendrait pas même le temps de manger, on se
tuerait la vie entière pour leurs beaux yeux! On n'était
pas des chiens à l'attache, pourtant! Ah bien! quand le
Grand Turc en personne serait venu lui apporter un faux
col, quand il se serait agi de gagner cent mille francs, elle
n'aurait pas donné un coup de fer ce lundi-là, parce qu'à
la fin c'était son tour de jouir un peu.

La matinée entière fut employée à terminer les achats.
Trois fois, Gervaise sortit et rentra chargée comme un
mulet. Mais, au moment où elle repartait pour commander le vin, elle s'aperçut qu'elle n'avait plus assez d'argent. Elle aurait bien pris le vin à crédit; seulement, la
maison ne pouvait pas rester sans le sou, à cause des
mille petites dépenses auxquelles on ne pense pas. Et,
dans la chambre du fond, maman Coupeau et elle se
désolèrent, calculèrent qu'il leur fallait au moins vingt
francs. Où les trouver, ces quatre pièces de cent sous?
Maman Coupeau, qui autrefois avait fait le ménage d'une
petite actrice du théâtre des Batignolles, parla la première du mont-de-piété. Gervaise eut un rire de soulagement. Était-elle bête! elle n'y songeait plus. Elle plia vive-

ment sa robe de soie noire dans une serviette, qu'elle
épingla. Puis, elle cacha elle-même le paquet sous le
tablier de maman Coupeau, en lui recommandant de le
tenir bien aplati sur son ventre, à cause des voisins, qui
n'avaient pas besoin de savoir ; et elle vint guetter sur la
porte, pour voir si on ne suivait pas la vieille femme. Mais
celle-ci n'était pas devant le charbonnier qu'elle la
rappela.

« Maman ! maman ! »

Elle la fit rentrer dans la boutique, ôta de son doigt
son alliance, en disant :

« Tenez, mettez ça avec. Nous aurons davantage. »

Et quand maman Coupeau lui eut rapporté vingt-cinq
francs, elle dansa de joie. Elle allait commander en plus
six bouteilles de vin cacheté pour boire avec le rôti. Les
Lorilleux seraient écrasés.

Depuis quinze jours, c'était le rêve des Coupeau :
écraser les Lorilleux. Est-ce que ces sournois, l'homme
et la femme, une jolie paire vraiment, ne s'enfermaient
pas quand ils mangeaient un bon morceau, comme s'ils
l'avaient volé ? Oui, ils bouchaient la fenêtre avec une
couverture pour cacher la lumière et faire croire qu'ils
dormaient. Naturellement, ça empêchait les gens de monter ; et ils bâfraient seuls, ils se dépêchaient de s'empiffrer,
sans lâcher un mot tout haut. Même le lendemain, ils se
gardaient de jeter leurs os sur les ordures, parce qu'on
aurait su alors ce qu'ils avaient mangé ; Mme Lorilleux
allait, au bout de la rue, les lancer dans une bouche
d'égout ; un matin, Gervaise l'avait surprise vidant là son
panier plein d'écailles d'huîtres. Ah ! non, pour sûr, ces
rapiats n'étaient pas larges des épaules, et toutes ces mani-
gances venaient de leur rage à vouloir paraître pauvres.
Eh bien, on leur donnerait une leçon, on leur prouverait
qu'on n'était pas chien. Gervaise aurait mis sa table en
travers de la rue, si elle avait pu, histoire d'inviter chaque
passant. L'argent, n'est-ce pas ? n'a pas été inventé pour
moisir. Il est joli, quand il luit tout neuf au soleil. Elle leur
ressemblait si peu maintenant, que, les jours où elle avait

vingt sous, elle s'arrangeait de façon à laisser croire
qu'elle en avait quarante.¹

Maman Coupeau et Gervaise parlèrent des Lorilleux,
en mettant la table, dès trois heures. Elles avaient accroché de grands rideaux dans la vitrine; mais, comme il
faisait chaud, la porte restait ouverte, la rue entière passait devant la table. Les deux femmes ne posaient pas une
carafe, une bouteille, une salière, sans chercher à y glisser
une intention vexatoire pour les Lorilleux. Elles les
avaient placés de manière à ce qu'ils pussent voir le développement superbe du couvert, et elles leur réservaient la
belle vaisselle, sachant bien que les assiettes de porcelaine leur porteraient un coup.

« Non, non, maman, cria Gervaise, ne leur donnez
pas ces serviettes-là! J'en ai deux qui sont damassées.

— Ah bien! murmura la vieille femme, ils en crève-
ront, c'est sûr. »

Et elles se sourirent, debout aux deux côtés de cette
grande table blanche, où les quatorze couverts alignés
leur causaient un gonflement d'orgueil. Ça faisait comme
une chapelle au milieu de la boutique.

« Aussi, reprit Gervaise, pourquoi sont-ils si rats!...
vous savez, ils ont menti, le mois dernier, quand la femme
a raconté partout qu'elle avait perdu un bout de chaîne
d'or, en allant reporter l'ouvrage. Vrai! si celle-là perd
jamais quelque chose!... C'était simplement une façon de
pleurer misère et de ne pas vous donner vos cent sous.

— Je ne les ai encore vus que deux fois, mes cent sous,
dit maman Coupeau.

— Voulez-vous parier! le mois prochain, ils invente-
ront une autre histoire... Ça explique pourquoi ils bou-
chent leur fenêtre, quand ils mangent un lapin. N'est-ce
pas? on serait en droit de leur dire : « Puisque vous man-
« gez un lapin, vous pouvez bien donner cent sous à votre
« mère. » Oh! ils ont du vice!... Qu'est-ce que vous seriez
devenue, si je ne vous avais pas prise avec nous? »

Maman Coupeau hocha la tête. Ce jour-là, elle était
tout à fait contre les Lorilleux, à cause du grand repas

que les Coupeau donnaient. Elle aimait la cuisine, les bavardages autour des casseroles, les maisons mises en l'air par les noces des jours de fête. D'ailleurs, elle s'entendait d'ordinaire assez bien avec Gervaise. Les autres jours, quand elles s'asticotaient ensemble, comme ça arrive dans tous les ménages, la vieille femme bougonnait, se disait horriblement malheureuse d'être ainsi à la merci de sa belle-fille. Au fond, elle devait garder une tendresse pour Mme Lorilleux; c'était sa fille, après tout.

« Hein? répéta Gervaise, vous ne seriez pas si grasse, chez eux? Et pas de café, pas de tabac, aucune douceur!... Dites, est-ce qu'ils vous auraient mis deux matelas à votre lit?

— Non, bien sûr, répondit maman Coupeau. Lorsqu'ils vont entrer, je me placerai en face de la porte pour voir leur nez. »

Le nez des Lorilleux les égayait à l'avance. Mais il s'agissait de ne pas rester planté là, à regarder la table. Les Coupeau avaient déjeuné très tard, vers une heure, avec un peu de charcuterie, parce que les trois fourneaux étaient déjà occupés, et qu'ils ne voulaient pas salir la vaisselle lavée pour le soir. A quatre heures les deux femmes furent dans leur coup de feu. L'oie rôtissait devant une coquille placée par terre, contre le mur, à côté de la fenêtre ouverte; et la bête était si grosse, qu'il avait fallu l'enfoncer de force dans la rôtissoire. Ce louchon d'Augustine, assise sur un petit banc, recevant en plein le reflet d'incendie de la coquille, arrosait l'oie gravement avec une cuiller à long manche. Gervaise s'occupait des pois au lard. Maman Coupeau, la tête perdue au milieu de tous ces plats, tournait, attendait le moment de mettre réchauffer l'épinée et la blanquette. Vers cinq heures, les invités commencèrent à arriver. Ce furent d'abord les deux ouvrières, Clémence et Mme Putois, toutes deux endimanchées, la première en bleu, la seconde en noir; Clémence tenait un géranium, Mme Putois, un héliotrope; et Gervaise, qui justement avait les mains blanches de farine, dut leur appliquer à chacune deux gros baisers, les mains rejetées en arrière. Puis, sur leurs talons, Virginie entra, mise comme une dame, en robe de mousseline imprimée, avec une écharpe et un chapeau, bien qu'elle eût seulement la rue à traverser. Celle-là apportait un pot d'œillets rouges. Elle prit elle-même la blanchisseuse dans ses grands bras et la serra fortement. Enfin, parurent Boche avec un pot de pensées, Mme Boche avec un pot de réséda, Mme Lerat avec une citronnelle, un pot dont la terre avait sali sa robe de mérinos violet. Tout ce monde s'embrassait, s'entassait dans la chambre, au milieu des trois fourneaux et de la coquille, d'où montait une chaleur d'asphyxie. Les bruits de friture des poêlons couvraient les voix. Une robe qui accrocha la rôtissoire, causa une émotion. Ça sentait l'oie si fort, que les nez s'agrandissaient. Et Gervaise était très aimable, remerciait chacun de son bouquet, sans cesser pour cela de préparer la liaison de la blanquette, au fond d'une assiette creuse. Elle avait posé les pots dans la boutique, au bout de la table, sans leur enlever leur haute collerette de papier blanc. Un parfum doux de fleurs se mêlait à l'odeur de la cuisine.

« Voulez-vous qu'on vous aide? dit Virginie. Quand je pense que vous travaillez depuis trois jours à toute cette nourriture, et qu'on va rafler ça en un rien de temps!

— Dame! répondit Gervaise, ça ne se ferait pas tout seul... Non, ne vous salissez pas les mains. Vous voyez, tout est prêt. Il n'y a plus que le potage... »

Alors on se mit à l'aise. Les dames posèrent sur le lit leurs châles et leurs bonnets, puis relevèrent leurs jupes avec des épingles, pour ne pas les salir. Boche, qui avait renvoyé sa femme garder la loge jusqu'à l'heure du dîner, poussait déjà Clémence dans le coin de la mécanique, en lui demandant si elle était chatouilleuse; et Clémence haletait, se tordait, pelotonnée et les seins crevant son corsage, car l'idée seule des chatouilles lui faisait courir un frisson partout. Les autres dames, afin de ne pas

gêner les cuisinières, venaient également de passer dans la
boutique, où elles se tenaient contre les murs, en face
de la table ; mais comme la conversation continuait par
la porte ouverte, et qu'on ne s'entendait pas, à tous
moments elles retournaient au fond, envahissant la pièce
avec de brusques éclats de voix, entourant Gervaise qui
s'oubliait à leur répondre, sa cuiller fumante au poing.
On riait, on en lâchait de fortes. Virginie ayant dit
qu'elle ne mangeait plus depuis deux jours, pour se faire
un trou, cette grande sale de Clémence en raconta une
plus raide : elle s'était creusée, en prenant le matin un
bouillon pointu, comme les Anglais. Alors, Boche donna
un moyen de digérer tout de suite, qui consistait à se
serrer dans une porte, après chaque plat ; ça se prati-
quait aussi chez les Anglais, ça permettait de manger
douze heures à la file, sans se fatiguer l'estomac. N'est-ce
pas ? la politesse veut qu'on mange, lorsqu'on est invité
à dîner. On ne met pas du veau, et du cochon, et de
l'oie, pour les chats. Oh ! la patronne pouvait être tranquille : on allait lui nettoyer ça si proprement, qu'elle
n'aurait même pas besoin de laver la vaisselle le lendemain. Et la société semblait s'ouvrir l'appétit en venant
renifler au-dessus des poêlons et de la rôtissoire. Les
dames finirent par faire les jeunes filles ; elles jouaient
à se pousser, elles couraient d'une pièce à l'autre, ébranlant le plancher, remuant et développant les odeurs de
cuisine avec leurs jupons, dans un vacarme assourdissant,
où les rires se mêlaient au bruit du couperet de maman
Coupeau, hachant du lard.

Justement, Goujet se présenta au moment où tout le
monde sautait en criant, pour la rigolade. Il n'osait pas
entrer, intimidé, avec un grand rosier blanc entre ses bras,
une plante magnifique dont la tige montait jusqu'à sa
figure et mêlait des fleurs dans sa barbe jaune. Gervaise
courut à lui, les joues enflammées par le feu des fourneaux.
Mais il ne savait pas se débarrasser de son pot ; et, quand
elle le lui eut pris des mains, il bégaya, n'osant l'embrasser. Ce fut elle qui dut se hausser, poser la joue contre

ses lèvres; même il était si troublé, qu'il l'embrassa sur
l'œil, rudement, à l'éborgner. Tous deux restèrent
tremblants.

« Oh! M. Goujet, c'est trop beau! dit-elle en plaçant
le rosier à côté des autres fleurs, qu'il dépassait de tout
son panache de feuillage.

— Mais non, mais non », répétait-il sans trouver autre
chose.

Et, quand il eut poussé un gros soupir, un peu remis,
il annonça qu'il ne fallait pas compter sur sa mère; elle
avait sa sciatique. Gervaise fut désolée; elle parla de
mettre un morceau d'oie de côté, car elle tenait absolument à ce que Mme Goujet mangeât de la bête. Cependant, on n'attendait plus personne. Coupeau devait
flâner par là, dans le quartier, avec Poisson, qu'il était
allé prendre chez lui, après le déjeuner; ils ne tarderaient
pas à rentrer, ils avaient promis d'être exacts pour six
heures. Alors, comme le potage était presque cuit,
Gervaise appela Mme Lerat, en disant que le moment lui
semblait venu de monter chercher les Lorilleux. Mme Lerat, aussitôt, devint très grave : c'était elle qui avait mené
toute la négociation et réglé entre les deux ménages
comment les choses se passeraient. Elle remit son châle
et son bonnet; elle monta, raide dans ses jupes, l'air
important. En bas, la blanchisseuse continua à tourner
son potage, des pâtes d'Italie, sans dire un mot. La
société, brusquement sérieuse, attendait avec solennité.

Ce fut Mme Lerat qui reparut la première. Elle avait
fait le tour par la rue, pour donner plus de pompe à la
réconciliation. Elle tint de la main la porte de la boutique
grande ouverte, tandis que Mme Lorilleux, en robe de
soie, s'arrêtait sur le seuil. Tous les invités s'étaient levés,
Gervaise s'avança, embrassa sa belle-sœur, comme il
était convenu, en disant :

« Allons, entrez. C'est fini, n'est-ce pas?... Nous serons
gentilles toutes les deux. »

Et Mme Lorilleux répondit :

« Je ne demande pas mieux que ça dure toujours. »

Quand elle fut entrée, Lorilleux s'arrêta également sur
le seuil, et il attendit aussi d'être embrassé, avant de péné-
trer dans la boutique. Ni l'un ni l'autre n'avait apporté
de bouquet; ils s'y étaient refusés, ils trouvaient qu'ils
auraient trop l'air de se soumettre à la Banban, s'ils arrivaient chez elle avec des fleurs, la première fois. Cependant, Gervaise criait à Augustine de donner deux litres.
Puis, sur un bout de la table, elle versa des verres de vin,
appela tout le monde. Et chacun prit un verre, on trinqua
à la bonne amitié de la famille. Il y eut un silence, la
société buvait, les dames levaient le coude, d'un trait,
jusqu'à la dernière goutte.

« Rien n'est meilleur avant la soupe, déclara Boche,
avec un claquement de langue. Ça vaut mieux qu'un coup
de pied au derrière. »

Maman Coupeau s'était placée en face de la porte,
pour voir le nez des Lorilleux. Elle tirait Gervaise par
la jupe, elle l'emmena dans la pièce du fond. Et, toutes
deux penchées au-dessus du potage, elles causèrent vivement, à voix basse.

« Hein? quel pif! dit la vieille femme. Vous n'avez
pas pu les voir, vous. Mais moi, je les guettais... Quand
elle a aperçu la table, tenez! sa figure s'est tortillée
comme ça, les coins de sa bouche sont montés toucher
ses yeux; et lui, ça l'a étranglé, il s'est mis à tousser...
Maintenant, regardez-les, là-bas; ils n'ont plus de salive,
ils se mangent les lèvres.

— Ça fait de la peine, des gens jaloux à ce point »,
murmura Gervaise.

Vrai, les Lorilleux avaient une drôle de tête. Personne,
bien sûr, n'aime à être écrasé; dans les familles surtout,
quand les uns réussissent, les autres ragent, c'est naturel.
Seulement, on se contient, n'est-ce pas? on ne se donne
pas en spectacle. Eh bien, les Lorilleux ne pouvaient pas
se contenir. C'était plus fort qu'eux, ils louchaient, ils
avaient le bec de travers. Enfin, ça se voyait si clairement,
que les autres invités les regardaient et leur demandaient
s'ils n'étaient pas indisposés. Jamais ils n'avaleraient la

table avec ses quatorze couverts, son linge blanc, ses
morceaux de pain coupés à l'avance. On se serait cru dans
un restaurant des boulevards. Mme Lorilleux fit le tour,
baissa le nez pour ne pas voir les fleurs ; et, sournoisement,
elle tâta la grande nappe, tourmentée par l'idée qu'elle
devait être neuve.

« Nous y sommes ! » cria Gervaise, en reparaissant,
souriante, les bras nus, ses petits cheveux blonds envolés
sur les tempes.

Les invités piétinaient autour de la table. Tous avaient
faim, bâillaient légèrement, l'air embêté.

« Si le patron arrivait, reprit la blanchisseuse, nous
pourrions commencer.

— Ah bien ! dit Mme Lorilleux, la soupe a le temps de
refroidir !... Coupeau oublie toujours. Il ne fallait pas le
laisser filer. »

Il était déjà six heures et demie. Tout brûlait, maintenant ; l'oie serait trop cuite. Alors, Gervaise, désolée,
parla d'envoyer quelqu'un dans le quartier voir, chez les
marchands de vin, si l'on n'apercevait pas Coupeau.
Puis, comme Goujet s'offrait, elle voulut aller avec lui ;
Virginie, inquiète de son mari, les accompagna. Tous les
trois, en cheveux, barraient le trottoir. Le forgeron, qui
avait sa redingote, tenait Gervaise à son bras gauche et
Virginie à son bras droit : il faisait le panier à deux anses,
disait-il ; et le mot leur parut si drôle, qu'ils s'arrêtèrent,
les jambes cassées par le rire. Ils se regardèrent dans la
glace du charcutier, ils rirent plus fort. A Goujet tout
noir, les deux femmes semblaient deux cocottes mouche-
tées, la couturière avec sa toilette de mousseline semée de
bouquets roses, la blanchisseuse en robe de percale
blanche à pois bleus, les poignets nus, une petite cravate
de soie grise nouée au cou. Le monde se retournait pour
les voir passer, si gais, si frais, endimanchés un jour de
semaine, bousculant la foule qui encombrait la rue des
Poissonniers, dans la tiède soirée de juin. Mais il ne
s'agissait pas de rigoler. Ils allaient droit à la porte de
chaque marchand de vin, allongeaient la tête, cherchaient

devant le comptoir. Est-ce que cet animal de Coupeau
était parti boire la goutte à l'Arc-de-Triomphe? Déjà
ils avaient battu tout le haut de la rue, regardant aux
bons endroits : à la *Petite-Civette*, renommée pour les
prunes; chez la mère Baquet, qui vendait du vin d'Orléans à huit sous; au *Papillon*, le rendez-vous de messieurs
les cochers, des gens difficiles. Pas de Coupeau. Alors
comme ils descendaient vers le boulevard, Gervaise en
passant devant François, le mastroquet du coin, poussa
un léger cri.

« Quoi donc? » demanda Goujet.

La blanchisseuse ne riait plus. Elle était très blanche,
et si émotionnée, qu'elle avait failli tomber. Virginie
comprit tout d'un coup, en voyant chez François, assis
à une table, Lantier qui dînait tranquillement. Les deux
femmes entraînèrent le forgeron.

« Le pied m'a tourné », dit Gervaise, quand elle put
parler.

Enfin, au bas de la rue, ils découvrirent Coupeau et
Poisson dans l'Assommoir du père Colombe. Ils se tenaient
debout, au milieu d'un tas d'hommes; Coupeau, en
blouse grise, criait, avec des gestes furieux et des coups de
poing sur le comptoir; Poisson, qui n'était pas de service
ce jour-là, serré dans un vieux paletot marron, l'écoutait,
la mine terne et silencieuse, hérissant son impériale et ses
moustaches rouges. Goujet laissa les femmes au bord du
trottoir, vint poser la main sur l'épaule du zingueur.
Mais quand ce dernier aperçut Gervaise et Virginie
dehors, il se fâcha. Qui est-ce qui lui avait fichu des
femelles de cette espèce? Voilà que les jupons le relan-
çaient maintenant! Eh bien, il ne bougerait pas, elles
pouvaient manger leur saloperie de dîner toutes seules.
Pour l'apaiser, il fallut que Goujet acceptât une tournée
de quelque chose; encore mit-il de la méchanceté à
traîner cinq grandes minutes devant le comptoir. Lorsqu'il sortit enfin, il dit à sa femme :

« Ça ne me va pas... Je reste où j'ai affaire, entends-
tu! »

Elle ne répondit rien. Elle était toute tremblante. Elle avait dû causer de Lantier avec Virginie, car celle-ci poussa son mari et Goujet en leur criant de marcher les premiers. Les deux femmes se mirent ensuite aux côtés du zingueur, pour l'occuper et l'empêcher de voir. Il était à peine allumé, plutôt étourdi d'avoir gueulé que d'avoir bu. Par taquinerie, comme elles semblaient vouloir suivre le trottoir de gauche, il les bouscula, il passa sur le trottoir de droite. Elles coururent, effrayées, et tâchèrent de masquer la porte de François. Mais Coupeau devait savoir que Lantier était là. Gervaise demeura stupide, en l'entendant grogner :

« Oui, n'est-ce pas! ma biche, il y a là un cadet de notre connaissance. Faut pas me prendre pour un jobard... Que je te pince à te balader encore, avec tes yeux en coulisse! »

Et il lâcha des mots crus. Ce n'était pas lui qu'elle cherchait, les coudes à l'air, la margoulette enfarinée; c'était son ancien marlou. Puis, brusquement, il fut pris d'une rage folle contre Lantier. Ah! le brigand, ah! la crapule! Il fallait que l'un des deux restât sur le trottoir, vidé comme un lapin. Cependant, Lantier paraissait ne pas comprendre, mangeait lentement du veau à l'oseille. On commençait à s'attrouper. Virginie emmena enfin Coupeau, qui se calma subitement, dès qu'il eut tourné le coin de la rue. N'importe, on revint à la boutique moins gaiement qu'on n'en était sorti.

Autour de la table, les invités attendaient avec des mines longues. Le zingueur donna des poignées de main, en se dandinant devant les dames. Gervaise, un peu oppressée, parlait à demi-voix, faisait placer le monde. Mais, brusquement, elle s'aperçut que, Mme Goujet n'étant pas venue, une place allait rester vide, la place à côté de Mme Lorilleux.

« Nous sommes treize! » dit-elle, très émue, voyant là une nouvelle preuve du malheur dont elle se sentait menacée depuis quelque temps.

Les dames, déjà assises, se levèrent d'un air inquiet et

fâché. Mme Putois offrit de se retirer, parce que, selon
elle, il ne fallait pas jouer avec ça; d'ailleurs, elle ne tou-
cherait à rien, les morceaux ne lui profiteraient pas.
Quant à Boche, il ricanait : il aimait mieux être treize
que quatorze; les parts seraient plus grosses, voilà tout.

« Attendez! reprit Gervaise. Ça va s'arranger. »

Et, sortant sur le trottoir, elle appela le père Bru qui
traversait justement la chaussée. Le vieil ouvrier entra,
courbé, roidi, la face muette.

« Asseyez-vous là, mon brave homme, dit la blanchisseuse. Vous voulez bien manger avec nous, n'est-ce
pas? »

Il hocha simplement la tête. Il voulait bien, ça lui était
égal.

« Hein! autant lui qu'un autre, continua-t-elle, baissant la voix. Il ne mange pas souvent à sa faim. Au moins,
il se régalera encore une fois... Nous n'aurons pas de
remords à nous emplir, maintenant. »

Goujet avait les yeux humides, tant il était touché.
Les autres s'apitoyèrent, trouvèrent ça très bien, en ajoutant que ça leur porterait bonheur à tous. Cependant,
Mme Lorilleux ne semblait pas contente d'être près du
vieux; elle s'écartait, elle jetait des coups d'œil dégoûtés
sur ses mains durcies, sur sa blouse rapiécée et déteinte.
Le père Bru restait la tête basse, gêné surtout par la serviette qui cachait l'assiette, devant lui. Il finit par l'enlever et la posa doucement au bord de la table, sans songer
à la mettre sur ses genoux.

Enfin, Gervaise servait le potage aux pâtes d'Italie,
les invités prenaient leurs cuillers, lorsque Virginie fit
remarquer que Coupeau avait encore disparu. Il était
peut-être bien retourné chez le père Colombe. Mais la
société se fâcha. Cette fois, tant pis! on ne courrait pas
après lui, il pouvait rester dans la rue, s'il n'avait pas
faim. Et, comme les cuillers tapaient au fond des assiettes,
Coupeau reparut, avec deux pots, un sous chaque bras,
une giroflée et une balsamine. Toute la table battit des
mains. Lui, galant, alla poser ses pots, l'un à droite,

l'autre à gauche du verre de Gervaise; puis, il se pencha, et, l'embrassant :

« Je t'avais oubliée, ma biche... Ça n'empêche pas, on s'aime tout de même, dans un jour comme le jour d'aujourd'hui.

— Il est très bien, M. Coupeau, ce soir, murmura Clémence à l'oreille de Boche. Il a tout ce qu'il lui faut, juste assez pour être aimable. »

La bonne manière du patron rétablit la gaieté, un moment compromise. Gervaise, tranquillisée, était redevenue toute souriante. Les convives achevaient le potage. Puis les litres circulèrent, et l'on but le premier verre de vin, quatre doigts de vin pur, pour faire couler les pâtes. Dans la pièce voisine, on entendait les enfants se disputer. Il y avait là Étienne, Nana, Pauline et le petit Victor Fauconnier. On s'était décidé à leur installer une table pour eux quatre, en leur recommandant d'être bien sages. Ce louchon d'Augustine, qui surveillait les fourneaux, devait manger sur ses genoux.

« Maman! maman! s'écria brusquement Nana, c'est Augustine qui laisse tomber son pain dans la rôtissoire! »

La blanchisseuse accourut et surprit le louchon en train de se brûler le gosier, pour avaler plus vite une tartine toute trempée de graisse d'oie bouillante. Elle la calotta, parce que cette satanée gamine criait que ce n'était pas vrai.

Après le bœuf, quand la blanquette apparut, servie dans un saladier, le ménage n'ayant pas de plat assez grand, un rire courut parmi les convives.

« Ça va devenir sérieux », déclara Poisson, qui parlait rarement.

Il était sept heures et demie. Ils avaient fermé la porte de la boutique, afin de ne pas être mouchardés par le quartier; en face surtout, le petit horloger ouvrait des yeux comme des tasses, et leur ôtait les morceaux de la bouche, d'un regard si glouton, que ça les empêchait de manger. Les rideaux pendus devant les vitres laissaient tomber une grande lumière blanche, égale, sans une om-

bre, dans laquelle baignait la table, avec ses couverts encore
symétriques, ses pots de fleurs habillés de hautes colle-
rettes de papier; et cette clarté pâle, ce lent crépuscule
donnait à la société un air distingué. Virginie trouva le
mot : elle regarda la pièce, close et tendue de mousseline,
et déclara que c'était gentil. Quand une charrette passait
dans la rue, les verres sautaient sur la nappe, les dames
étaient obligées de crier aussi fort que les hommes. Mais
on causait peu, on se tenait bien, on se faisait des politesses. Coupeau seul était en blouse, parce que, disait-il,
on n'a pas besoin de se gêner avec des amis, et que la
blouse est du reste le vêtement d'honneur de l'ouvrier.

Les dames, sanglées dans leur corsage, avaient des
bandeaux empâtés de pommade, où le jour se reflétait;
tandis que les messieurs, assis loin de la table, bombaient
la poitrine et écartaient les coudes, par crainte de tacher
leur redingote.

Ah! tonnerre! quel trou dans la blanquette! Si l'on ne
parlait guère, on mastiquait ferme. Le saladier se creusait,
une cuiller plantée dans la sauce épaisse, une bonne sauce
jaune qui tremblait comme une gelée. Là-dedans, on
pêchait les morceaux de veau; et il y en avait toujours, le
saladier voyageait de main en main, les visages se penchaient et cherchaient des champignons. Les grands
pains, posés contre le mur, derrière les convives, avaient
l'air de fondre. Entre les bouchées, on entendait les culs
des verres retomber sur la table. La sauce était un peu
trop salée, il fallut quatre litres pour noyer cette bou-
gresse de blanquette, qui s'avalait comme une crème
et qui vous mettait un incendie dans le ventre. Et l'on
n'eut pas le temps de souffler, l'épinée de cochon, montée
sur un plat creux, flanquée de grosses pommes de terre
rondes, arrivait au milieu d'un nuage. Il y eut un cri.
Sacré nom! c'était trouvé! Tout le monde aimait ça.
Pour le coup, on allait se mettre en appétit; et chacun
suivait le plat d'un œil oblique, en essuyant son couteau
sur son pain, afin d'être prêt. Puis, lorsqu'on se fut servi,
on se poussa du coude, on parla, la bouche pleine. Hein?

quel beurre, cette épinée! quelque chose de doux et de solide qu'on sentait couler le long de son boyau, jusque dans ses bottes. Les pommes de terre étaient un sucre. Ça n'était pas salé; mais, juste à cause des pommes de terre, ça demandait un coup d'arrosoir toutes les minutes. On cassa le goulot à quatre nouveaux litres. Les assiettes furent si proprement torchées, qu'on n'en changea pas pour manger les pois au lard. Oh! les légumes ne tiraient pas à conséquence. On gobait ça à pleine cuiller, en s'amusant. De la vraie gourmandise enfin, comme qui dirait le plaisir des dames. Le meilleur, dans les pois, c'étaient les lardons grillés à point, puant le sabot de cheval. Deux litres suffirent.

« Maman! maman! cria tout à coup Nana, c'est Augustine qui met ses mains dans mon assiette!

— Tu m'embêtes! fiche-lui une claque! » répondit Gervaise, en train de se bourrer de petits pois.

Dans la pièce voisine, à la table des enfants, Nana faisait la maîtresse de maison. Elle s'était assise à côté de Victor et avait placé son frère Étienne près de la petite Pauline; comme ça, ils jouaient au ménage, ils étaient des mariés en partie de plaisir. D'abord, Nana avait servi ses invités très gentiment, avec des mines souriantes de grande personne; mais elle venait de céder à son amour des lardons, elle les avait tous gardés pour elle. Ce louchon d'Augustine, qui rôdait sournoisement autour des enfants, profitait de ça pour prendre les lardons à pleine main, sous prétexte de refaire le partage. Nana, furieuse, la mordit au poignet.

« Ah! tu sais, murmura Nana Augustine, je vais rapporter à ta mère qu'après la blanquette tu as dit à Victor de t'embrasser. »

Mais tout rentra dans l'ordre, Gervaise et maman Coupeau arrivaient pour débrocher l'oie. A la grande table, on respirait, renversé sur les dossiers des chaises. Les hommes déboutonnaient leur gilet, les dames s'essuyaient la figure avec leur serviette. Le repas fut comme interrompu; seuls, quelques convives, les mâchoires en branle,

continuaient à avaler de grosses bouchées de pain, sans
même s'en apercevoir. On laissait la nourriture se tasser,
on attendait. La nuit, lentement, était tombée; un jour
sale, d'un gris de cendre, s'épaississait derrière les
rideaux. Quand Augustine posa deux lampes allumées,
une à chaque bout de la table, la débandade du couvert
apparut sous la vive clarté, les assiettes et les fourchettes
grasses, la nappe tachée de vin, couverte de miettes. On
étouffait dans l'odeur forte qui montait. Cependant, les
nez se tournaient vers la cuisine, à certaines bouffées
chaudes.

« Peut-on vous donner un coup de main? » cria Virginie.

Elle quitta sa chaise, passa dans la pièce voisine.
Toutes les femmes, une à une, la suivirent. Elles entou-
rèrent la rôtissoire, elles regardèrent avec un intérêt
profond Gervaise et maman Coupeau qui tiraient sur la
bête. Puis, une clameur s'éleva, où l'on distinguait les
voix aiguës et les sauts de joie des enfants. Et il y eut une
rentrée triomphale : Gervaise portait l'oie, les bras raidis,
la face suante, épanouie dans un large rire silencieux;
les femmes marchaient derrière elle, riaient comme elle;
tandis que Nana, tout au bout, les yeux démesurément
ouverts, se haussait pour voir. Quand l'oie fut sur la
table, énorme, dorée, ruisselante de jus, on ne l'attaqua
pas tout de suite. C'était un étonnement, une surprise
respectueuse, qui avait coupé la voix à la société. On se
la montrait avec des clignements d'yeux et des hochements de menton. Sacré mâtin! quelle dame! quelles
cuisses et quel ventre!

« Elle ne s'est pas engraissée à lécher les murs, celle-
là! » dit Boche.

Alors, on entra dans des détails sur la bête. Gervaise
précisa des faits : la bête était la plus belle pièce qu'elle
eût trouvée chez le marchand de volailles du faubourg
Poissonnière; elle pesait douze livres et demie à la balance
du charbonnier; on avait brûlé un boisseau de charbon
pour la faire cuire; et elle venait de rendre trois bols de

graisse. Virginie l'interrompit pour se vanter d'avoir vu
la bête crue : on l'aurait mangée comme ça, disait-elle,
tant la peau était fine et blanche, une peau de blonde,
quoi ! Tous les hommes riaient avec une gueulardise polis-
sonne, qui leur gonflait les lèvres. Cependant, Lorilleux
et Mme Lorilleux pinçaient le nez, suffoqués de voir une
oie pareille sur la table de la Banban.

« Eh bien, voyons, on ne va pas la manger entière,
finit par dire la blanchisseuse. Qui est-ce qui coupe?...
Non, non, pas moi ! C'est trop gros, ça me fait peur. »

Coupeau s'offrait. Mon Dieu ! c'était bien simple : on
empoignait les membres, on tirait dessus; les morceaux
restaient bons tout de même. Mais on se récria, on reprit
de force le couteau de cuisine au zingueur; quand il découpait, il faisait un vrai cimetière dans le plat. Pendant un
moment, on chercha un homme de bonne volonté. Enfin,
Mme Lerat dit d'une voix aimable :

« Écoutez, c'est à M. Poisson... certainement, à
M. Poisson... »

Et, comme la société semblait ne pas comprendre, elle
ajouta avec une intention plus flatteuse encore :

« Bien sûr, c'est à M. Poisson, qui a l'usage des
armes. »

Et elle passa au sergent de ville le couteau de cuisine
qu'elle tenait à la main. Toute la table eut un rire d'aise
et d'approbation.

Poisson inclina la tête avec une raideur militaire et
prit l'oie devant lui. Ses voisines, Gervaise et Mme Boche,
s'écartèrent, firent de la place à ses coudes. Il découpait
lentement, les gestes élargis, les yeux fixés sur la bête,
comme pour la clouer au fond du plat. Quand il enfonça
le couteau dans la carcasse, qui craqua, Lorilleux eut un
élan de patriotisme. Il cria :

« Hein ! si c'était un Cosaque !

— Est-ce que vous vous êtes battus avec des Cosaques,
monsieur Poisson? demanda Mme Boche.

— Non, avec des Bédouins, répondit le sergent de
ville, qui détachait une aile. Il n'y a plus de Cosaques. »

Mais un gros silence se fit. Les têtes s'allongeaient, les regards suivaient le couteau. Poisson ménageait une surprise. Brusquement, il donna un dernier coup, l'arrière-train de la bête se sépara et se tint debout, le croupion en l'air : c'était le bonnet d'évêque. Alors l'admiration éclata. Il n'y avait que les anciens militaires pour être aimables en société. Cependant, l'oie venait de laisser échapper un flot de jus par le trou béant de son derrière; et Boche rigolait.

« Moi, je m'abonne, murmura-t-il, pour qu'on me fasse comme ça pipi dans la bouche.

— Oh! le sale! crièrent les dames. Faut-il être sale!

— Non, je ne connais pas d'homme aussi dégoûtant! dit Mme Boche, plus furieuse que les autres. Tais-toi, entends-tu! Tu dégoûterais une armée... Vous savez que c'est pour tout manger! »

A ce moment, Clémence répétait, au milieu du bruit, avec insistance :

« Monsieur Poisson, écoutez, monsieur Poisson... Vous me garderez le croupion, n'est-ce pas!

— Ma chère, le croupion vous revient de droit », dit Mme Lerat, de son air discrètement égrillard.

Pourtant, l'oie était découpée. Le sergent de ville, après avoir laissé la société admirer le bonnet d'évêque pendant quelques minutes, venait d'abattre les morceaux et de les ranger autour du plat. On pouvait se servir. Mais les dames, qui dégrafaient leur robe, se plaignaient de la chaleur. Coupeau cria qu'on était chez soi, qu'il emmiel-lait les voisins et il ouvrit toute grande la porte de la rue, la noce continua au milieu du roulement des fiacres et de la bousculade des passants sur les trottoirs. Alors, les mâchoires reposées, un nouveau trou dans l'estomac, on recommença à dîner, on tomba sur l'oie furieusement. Rien qu'à attendre et à regarder découper la bête, disait ce farceur de Boche, ça lui avait fait descendre la blan-quette et l'épinée dans les mollets.

Par exemple, il y eut là un fameux coup de fourchette; c'est-à-dire que personne de la société ne se souvenait de s'être jamais collé une pareille indigestion sur la conscience. Gervaise, énorme, tassée sur les coudes, mangeait de gros morceaux de blanc, ne parlant pas, de peur de perdre une bouchée; et elle était seulement un peu honteuse devant Goujet, ennuyée de se montrer ainsi, gloutonne comme une chatte. Goujet, d'ailleurs, s'emplissait trop lui-même, à la voir toute rose de nourriture. Puis, dans sa gourmandise, elle restait si gentille et si bonne! Elle ne parlait pas, mais elle se dérangeait à chaque instant, pour soigner le père Bru et lui passer quelque chose de délicat sur son assiette. C'était même touchant de regarder cette gourmande s'enlever un bout d'aile de la bouche, pour le donner au vieux, qui ne semblait pas connaisseur et qui avalait tout, la tête basse, abêti de tant bâfrer, lui dont le gésier avait perdu le goût du pain. Les Lorilleux passaient leur rage sur le rôti; ils en prenaient pour trois jours, ils auraient englouti le plat, la table et la boutique, afin de ruiner la Banban du coup. Toutes les dames avaient voulu de la carcasse; la carcasse, c'est le morceau des dames. Mme Lerat, Mme Boche, Mme Putois grattaient des os, tandis que maman Coupeau, qui adorait le cou, en arrachait la viande avec ses deux dernières dents. Virginie, elle, aimait la peau, quand elle était rissolée, et chaque convive lui passait sa peau, par galanterie; si bien que Poisson jetait à sa femme des regards sévères, en lui ordonnant de s'arrêter, parce qu'elle en avait assez comme ça : une fois déjà, pour avoir trop mangé d'oie rôtie, elle était restée quinze jours au lit, le ventre enflé. Mais Coupeau se fâcha et servit un haut de cuisse à Virginie, criant que, tonnerre de Dieu! si elle ne le décrottait pas, elle n'était pas une femme. Est-ce que l'oie avait jamais fait du mal à quelqu'un? Au contraire, l'oie guérissait les maladies de rate. On croquait ça sans pain, comme un dessert. Lui, en aurait bouffé toute la nuit, sans être incommodé; et, pour crâner, il s'enfonçait un pilon entier dans la bouche. Cependant, Clémence achevait son croupion, le suçait avec un gloussement des lèvres, en se tordant de rire sur sa chaise, à cause de Boche qui lui disait tout bas des indécences. Ah! nom de Dieu! oui, on s'en flanqua une bosse! Quand on y est, on y est, n'est-ce pas? et si l'on ne se paie qu'un gueuleton par-ci, par-là, on serait joliment godiche de ne pas s'en fourrer jusqu'aux oreilles. Vrai, on voyait les bedons se gonfler à mesure. Les dames étaient grosses. Ils pétaient dans leur peau, les sacrés goinfres! La bouche ouverte, le menton barbouillé de graisse, ils avaient des faces pareilles à des derrières, et si rouges, qu'on aurait dit des derrières de gens riches, crevant de prospérité.

Et le vin donc, mes enfants, ça coulait autour de la table comme l'eau coule à la Seine. Un vrai ruisseau, lorsqu'il a plu et que la terre a soif. Coupeau versait de haut, pour voir le jet rouge écumer; et quand un litre était vide, il faisait la blague de retourner le goulot et de le presser du geste familier aux femmes qui traient les vaches. Encore une négresse qui avait la gueule cassée! Dans un coin de la boutique, le tas des négresses mortes grandissait, un cimetière de bouteilles sur lequel on poussait les ordures de la nappe. Mme Putois ayant demandé de l'eau, le zingueur indigné venait d'enlever lui-même les carafes. Est-ce que les honnêtes gens buvaient de l'eau? Elle voulait donc avoir des grenouilles dans l'estomac? Et les verres se vidaient d'une lampée, on entendait le liquide jeté d'un trait tomber dans la gorge, avec le bruit des eaux de pluie le long des tuyaux de descente, les jours d'orage. Il pleuvait du piqueton, quoi? un piqueton qui avait d'abord un goût de vieux tonneau, mais auquel on s'habituait joliment, à ce point qu'il finissait par sentir la noisette. Ah! Dieu de Dieu! les jésuites avaient beau dire, le jus de la treille était tout de même une fameuse invention! La société riait, approuvait; car, enfin, l'ouvrier n'aurait pas pu vivre sans le vin, le papa Noé devait avoir planté la vigne pour les zingueurs, les tailleurs et les forgerons. Le vin décrassait et reposait du travail, mettait le feu au ventre des fainéants; puis, lorsque le farceur vous jouait des tours, eh bien! le roi

n'était pas votre oncle, Paris vous appartenait. Avec ça
que l'ouvrier, échiné, sans le sou, méprisé par les bourgeois, avait tant de sujets de gaieté, et qu'on était bien
venu de lui reprocher une cocarde de temps à autre, prise
à la seule fin de voir la vie en rose ! Hein ! à cette heure,
justement, est-ce qu'on ne se fichait pas de l'empereur ?
Peut-être bien que l'empereur lui aussi était rond, mais
ça n'empêchait pas, on se fichait de lui, on le défiait
bien d'être plus rond et de rigoler davantage. Zut pour
les aristos ! Coupeau envoyait le monde à la balançoire.
Il trouvait les femmes chouettes, il tapait sur sa poche où
trois sous se battaient, en riant comme s'il avait remué des
pièces de cent sous à la pelle. Goujet lui-même, si sobre
d'habitude, se piquait le nez. Les yeux de Boche se rape-
tissaient, ceux de Lorilleux devenaient pâles, tandis que
Poisson roulait des regards de plus en plus sévères dans sa
face bronzée d'ancien soldat. Ils étaient déjà soûls
comme des tiques. Et les dames avaient leur pointe, oh !
une culotte encore légère, le vin pur aux joues, avec un
besoin de se déshabiller qui leur faisait enlever leur fichu ;
seule, Clémence commençait à n'être plus convenable.
Mais, brusquement, Gervaise se souvint des six bouteilles
de vin cacheté ; elle avait oublié de les servir avec l'oie ;
elle les apporta, on emplit les verres. Alors, Poisson se
souleva et dit, son verre à la main :

« Je bois à la santé de la patronne. »

Toute la société, avec un fracas de chaises remuées,
se mit debout ; les bras se tendirent, les verres se cho-
quèrent, au milieu d'une clameur.

« Dans cinquante ans d'ici ! cria Virginie.

— Non, non, répondit Gervaise émue et souriante,
je serais trop vieille. Allez, il vient un jour où l'on est
content de partir. »

Cependant, par la porte grande ouverte, le quartier
regardait et était de la noce. Des passants s'arrêtaient
dans le coup de lumière élargi sur les pavés, et riaient
d'aise, à voir ces gens avaler de si bon cœur. Les cochers,
penchés sur leurs sièges, fouettant leurs rosses, jetaient un

regard, lâchaient une rigolade : « Dis donc, tu ne paies
rien?... Ohé la grosse mère, je vas chercher l'accoucheuse!... » Et l'odeur de l'oie réjouissait et épanouissait
la rue; les garçons de l'épicier croyaient manger de la
bête, sur le trottoir d'en face; la fruitière et la tripière, à
chaque instant, venaient se planter devant leur boutique,
pour renifler l'air, en se léchant les lèvres. Positivement,
la rue crevait d'indigestion. Mmes Cudorge, la mère et la
fille, les marchandes de parapluies d'à côté, qu'on n'apercevait jamais, traversèrent la chaussée l'une derrière
l'autre, les yeux en coulisse, rouges comme si elles avaient
fait des crêpes. Le petit bijoutier, assis à son établi, ne
pouvait plus travailler, soûl d'avoir compté les litres,
très excité au milieu de ses coucous joyeux. Oui, les voisins en fumaient! criait Coupeau. Pourquoi donc se
serait-on caché? La société, lancée, n'avait plus honte de
se montrer à table; au contraire, ça la flattait et l'échauf-
fait, ce monde attroupé, béant de gourmandise; elle
aurait voulu enfoncer la devanture, pousser le couvert
jusqu'à la chaussée, se payer là le dessert, sous le nez du
public, dans le branle du pavé. On n'était pas dégoûtant
à voir, n'est-ce pas? Alors, on n'avait pas besoin de
s'enfermer comme des égoïstes. Coupeau, voyant le petit
horloger cracher là-bas des pièces de dix sous, lui montra
de loin une bouteille; et, l'autre ayant accepté de la
tête, il lui porta la bouteille et un verre. Une fraternité
s'établissait avec la rue. On trinquait à ceux qui passaient. On appelait les camarades qui avaient l'air
bon zig. Le gueuleton s'étalait, gagnait de proche en
proche, tellement que le quartier de la Goutte-d'Or
entier sentait la boustifaille et se tenait le ventre, dans
un bacchanal de tous les diables.

Depuis un instant, Mme Vigouroux, la charbonnière,
passait et repassait devant la porte.

« Eh! madame Vigouroux! madame Vigouroux! »
hurla la société.

Elle entra, avec un rire de bête, débarbouillée, grasse
à crever son corsage. Les hommes aimaient à la pincer,

parce qu'ils pouvaient la pincer partout sans jamais rencontrer un os. Boche la fit asseoir près de lui; et, tout de
suite, sournoisement, il prit son genou sous la table. Mais
elle, habituée à ça, vidait tranquillement un verre de
vin, en racontant que les voisins étaient aux fenêtres,
et que des gens, dans la maison, commençaient à se
fâcher.

« Oh! ça, c'est notre affaire, dit Mme Boche. Nous
sommes les concierges, n'est-ce pas? Eh bien, nous répon-
dons de la tranquillité... Qu'ils viennent se plaindre, nous
les recevrons joliment. »

Dans la pièce du fond, il venait d'y avoir une bataille
furieuse entre Nana et Augustine, à propos de la rôtissoire,
que toutes les deux voulaient torcher. Pendant un quart
d'heure, la rôtissoire avait rebondi sur le carreau, avec
un bruit de vieille casserole. Maintenant, Nana soignait
le petit Victor, qui avait un os d'oie dans le gosier; elle
lui fourrait les doigts sous le menton, en le forçant à
avaler de gros morceaux de sucre, comme médicament.
Ça ne l'empêchait pas de surveiller la grande table. Elle
venait à chaque instant demander du vin, du pain, de la
viande, pour Étienne et Pauline.

« Tiens! crève! lui disait sa mère. Tu me ficheras
la paix, peut-être! »

Les enfants ne pouvaient plus avaler, mais ils mangeaient tout de même, en tapant leur fourchette sur un
air de cantique, afin de s'exciter.

Au milieu du bruit, cependant, une conversation s'était
engagée entre le père Bru et maman Coupeau. Le vieux,
que la nourriture et le vin laissaient blême, parlait de ses
fils morts en Crimée. Ah! si les petits avaient vécu, il
aurait eu du pain tous les jours. Mais maman Coupeau,
la langue un peu épaisse, se penchant, lui disait :

« On a bien du tourment avec les enfants, allez!
Ainsi, moi, j'ai l'air d'être heureuse ici, n'est-ce pas? eh
bien, je pleure plus d'une fois... Non, ne souhaitez pas
d'avoir des enfants. »

Le père Bru hochait la tête.

« On ne veut plus de moi nulle part pour travailler, murmura-t-il. Je suis trop vieux. Quand j'entre dans un atelier, les jeunes rigolent et me demandent si c'est moi qui ai verni les bottes d'Henri IV... L'année dernière, j'ai encore gagné trente sous par jour à peindre un pont; il fallait rester sur le dos, avec la rivière qui coulait en bas. Je tousse depuis ce temps... Aujourd'hui, c'est fini, on m'a mis à la porte de partout. »

Il regarda ses pauvres mains raidies et ajouta :

« Ça se comprend, puisque je ne suis bon à rien. Ils ont raison, je ferais comme eux... Voyez-vous, le malheur, c'est que je ne sois pas mort. Oui, c'est ma faute. On doit se coucher et crever, quand on ne peut plus travailler.

— Vraiment, dit Lorilleux qui écoutait, je ne comprends pas comment le gouvernement ne vient pas au secours des invalides du travail... Je lisais ça l'autre jour dans un journal... »

Mais Poisson crut devoir défendre le gouvernement.

« Les ouvriers ne sont pas des soldats, déclara-t-il. Les Invalides sont pour les soldats... Il ne faut pas demander des choses impossibles. »

Le dessert était servi. Au milieu, il y avait un gâteau de Savoie, en forme de temple, avec un dôme à côtes de melon; et, sur le dôme, se trouvait plantée une rose artificielle, près de laquelle se balançait un papillon en papier d'argent, au bout d'un fil de fer. Deux gouttes de gomme, au cœur de la fleur, imitaient deux gouttes de rosée. Puis, à gauche, un morceau de fromage blanc nageait dans un plat creux tandis que, dans un autre plat, à droite, s'entassaient de grosses fraises meurtries dont le jus coulait. Pourtant, il restait de la salade, de larges feuilles de romaine trempées d'huile.

« Voyons, madame Boche, dit obligeamment Gervaise, encore un peu de salade. C'est votre passion, je le sais.

— Non, non, merci! j'en ai jusque-là », répondit la concierge.

La blanchisseuse s'étant tournée du côté de Virginie,

celle-ci fourra son doigt dans sa bouche, comme pour
toucher la nourriture.

« Vrai, je suis pleine, murmura-t-elle. Il n'y a plus
de place. Une bouchée n'entrerait pas.

— Oh! en vous forçant un peu, reprit Gervaise qui
souriait. On a toujours un petit trou. La salade, ça se
mange sans faim... Vous n'allez pas laisser perdre de la
romaine?

— Vous la mangerez confite demain, dit Mme Lerat.
C'est meilleur confit. »

Ces dames soufflaient, en regardant d'un air de regret
le saladier. Clémence raconta qu'elle avait un jour avalé
trois bottes de cresson à son déjeuner. Mme Putois était
plus forte encore, elle prenait des têtes de romaine sans
les éplucher; elle les broutait comme ça, à la croque-au-
sel. Toutes auraient vécu de salade, s'en seraient payé
des baquets. Et, cette conversation aidant, ces dames
finirent le saladier.

« Moi, je me mettrais à quatre pattes dans un pré »,
répétait la concierge, la bouche pleine.

Alors, on ricana devant le dessert. Ça ne comptait
pas, le dessert. Il arrivait un peu tard, mais ça ne faisait
rien, on allait tout de même le caresser. Quand on aurait
dû éclater comme des bombes, on ne pouvait pas se laisser
embêter par des fraises et du gâteau. D'ailleurs, rien ne
pressait, on avait le temps, la nuit entière si l'on voulait.
En attendant, on emplit les assiettes de fraises et de fromage blanc. Les hommes allumaient des pipes; et,
comme les bouteilles cachetées étaient vides, ils revenaient aux litres, ils buvaient du vin en fumant. Mais on
voulut que Gervaise coupât tout de suite le gâteau de
Savoie. Poisson, très galant, se leva pour prendre la rose,
qu'il offrit à la patronne, aux applaudissements de la
société. Elle dut l'attacher avec une épingle, sur le sein
gauche, du côté du cœur. A chacun de ses mouvements,
le papillon voltigeait.

« Dites donc! s'écria Lorilleux, qui venait de faire
une découverte, mais c'est sur votre établi que nous man-

geons!... Ah bien! on n'a peut-être jamais autant travaillé dessus! »

Cette plaisanterie méchante eut un grand succès. Les allusions spirituelles se mirent à pleuvoir : Clémence n'avalait plus une cuillerée de fraises, sans dire qu'elle donnait un coup de fer; Mme Lerat prétendait que le fromage blanc sentait l'amidon; tandis que Mme Lorilleux, entre ses dents, répétait que c'était trouvé, bouffer si vite l'argent, sur les planches où l'on avait eu tant de peine à le gagner. Une tempête de rires et de cris montait.

Mais brusquement, une voix forte imposa silence à tout le monde. C'était Boche, debout, prenant un air débauché et canaille, qui chantait le *Volcan d'amour, ou le Troupier séduisant*.

> C'est moi, Blavin, que je séduis les belles...

Un tonnerre de bravos accueillit le premier couplet. Oui, oui, on allait chanter! Chacun dirait la sienne. C'était plus amusant que tout. Et la société s'accouda sur la table, se renversa contre les dossiers des chaises, hochant le menton aux bons endroits, buvant un coup aux refrains. Cet animal de Boche avait la spécialité des chansons comiques. Il aurait fait rire les carafes, quand il imitait le tourlourou, les doigts écartés, le chapeau en arrière. Tout de suite après le *Volcan d'amour*, il entama la *Baronne de Follebiche*, un de ses succès. Lorsqu'il arriva au troisième couplet, il se retourna vers Clémence, il murmura d'une voix ralentie et voluptueuse :

> La baronne avait du monde,
> Mais c'étaient ses quatre sœurs,
> Dont trois brunes, l'autre blonde,
> Qu'avaient huit-z-yeux ravisseurs.

Alors, la société, enlevée, alla au refrain. Les hommes marquaient la mesure à coups de talons. Les dames

avaient pris leur couteau et tapaient en cadence sur leur
verre. Tous gueulaient :

> Sapristi! qu'est-ce qui paiera
> La goutte à la pa..., à la pa... pa...,
> Sapristi! qu'est-ce qui paiera
> La goutte à la pa..., à la patrou...ou...ouille!

Les vitres de la boutique sonnaient, le grand souffle
des chanteurs faisait envoler les rideaux de mousseline.
Cependant, Virginie avait déjà disparu deux fois, et
s'était, en rentrant, penchée à l'oreille de Gervaise, pour
lui donner tout bas un renseignement. La troisième
fois, lorsqu'elle revint, au milieu du tapage, elle lui dit :
« Ma chère, il est toujours chez François, il fait sem-
blant de lire le journal... Bien sûr, il y a quelque coup de
mistoufle. »

Elle parlait de Lantier. C'était lui qu'elle allait ainsi
guetter. A chaque nouveau rapport, Gervaise devenait
grave.

« Est-ce qu'il est soûl? demanda-t-elle à Virginie.

— Non, répondit la grande brune. Il a l'air rassis.
C'est ça surtout qui est inquiétant. Hein! pourquoi
reste-t-il chez le marchand de vin, s'il est rassis?... Mon
Dieu! mon Dieu! pourvu qu'il n'arrive rien! »

La blanchisseuse, très inquiète, la supplia de se taire.
Un profond silence, tout d'un coup, s'était fait. Mme Putois venait de se lever et chantait : A l'abordage! Les
convives, muets et recueillis, la regardaient; même
Poisson avait posé sa pipe au bord de la table, pour mieux
l'entendre. Elle se tenait raide, petite et rageuse, la face
blême sous son bonnet noir; elle lançait son poing gauche
en avant avec une fierté convaincue, en grondant d'une
voix plus grosse qu'elle :

> Qu'un forban téméraire
> Nous chasse vent arrière!
> Malheur au flibustier!
> Pour lui point de quartier!

Enfants, aux caronades !
Rhum à pleines rasades !
Pirates et forbans
Sont gibiers de haubans !

Ça, c'était du sérieux. Mais, sacré mâtin ! ça donnait une vraie idée de la chose. Poisson, qui avait voyagé sur mer, dodelinait de la tête pour approuver les détails. On sentait bien, d'ailleurs, que cette chanson-là était dans le sentiment de Mme Putois.

Coupeau se pencha pour raconter comment Mme Putois avait un soir, rue Poulet, souffleté quatre hommes qui voulaient la déshonorer.

Cependant, Gervaise, aidée de maman Coupeau, servit le café, bien qu'on mangeât encore du gâteau de Savoie. On ne la laissa pas se rasseoir ; on lui criait que c'était son tour. Elle se défendit, la figure blanche, l'air mal à son aise ; même on lui demanda si l'oie ne l'incommodait pas, par hasard. Alors, elle dit : « *Ah ! laissez-moi dormir !* » d'une voix faible et douce ; quand elle arrivait au refrain, à ce souhait d'un sommeil peuplé de beaux rêves, ses paupières se fermaient un peu, son regard noyé se perdait dans le noir, du côté de la rue. Tout de suite après, Poisson salua les dames d'un brusque signe de tête et entonna une chanson à boire, les *Vins de France ;* mais il chantait comme une seringue ; le dernier couplet seul, le couplet patriotique, eut du succès, parce qu'en parlant du drapeau tricolore, il leva son verre très haut, le balança et finit par le vider au fond de sa bouche grande ouverte. Puis, des romances se succédèrent ; il fut question de Venise et des gondoliers dans la barcarolle de Mme Boche, de Séville et des Andalouses, dans le boléro de Mme Lorilleux, tandis que Lorilleux alla jusqu'à parler des parfums de l'Arabie, à propos des amours de Fatma la danseuse. Autour de la table grasse, dans l'air épaissi d'un souffle d'indigestion, s'ouvraient des horizons d'or, passaient des cous d'ivoire, des chevelures d'ébène, des baisers sous la lune aux sons des guitares,

des bayadères semant sous leurs pas une pluie de perles
et de pierreries; et les hommes fumaient béatement leurs
pipes, les dames gardaient un sourire inconscient de
jouissance, tous croyaient être là-bas, en train de respirer de bonnes odeurs. Lorsque Clémence se mit à roucou-
ler : *Faites un nid*, avec un tremblement de la gorge, ça
causa aussi beaucoup de plaisir; car ça rappelait la
campagne, les oiseaux légers, les danses sous la feuillée,
les fleurs au calice de miel, enfin ce qu'on voyait au bois
de Vincennes, les jours où l'on allait tordre le cou à un
lapin. Mais Virginie ramena la rigolade avec *Mon
petit riquiqui;* elle imitait la vivandière, une main repliée
sur la hanche, le coude arrondi; elle versait la goutte
de l'autre main, dans le vide, en tournant le poignet.
Si bien que la société supplia alors maman Coupeau de
chanter *La Souris*. La vieille femme refusait, jurant qu'elle
ne savait pas cette polissonnerie-là. Pourtant, elle commença de son filet de voix cassée; et son visage ridé,
aux petits yeux vifs, soulignait les allusions, les terreurs
de Mlle Lise serrant ses jupes à la vue de la souris. Toute
la table riait; les femmes ne pouvaient pas tenir leur
sérieux, jetant à leurs voisins des regards luisants; ce
n'était pas sale, après tout, il n'y avait pas de mots crus.
Boche, pour dire le vrai, faisait la souris le long des
mollets de la charbonnière. Ça aurait pu devenir du
vilain, si Goujet, sur un coup d'œil de Gervaise, n'avait
ramené le silence et le respect avec les *Adieux d'Abd-el-
Kader*, qu'il grondait de sa voix de basse. Celui-là possédait un creux solide, par exemple! Ça sortait de sa belle
barbe jaune étalée, comme d'une trompette en cuivre.
Quand il lança le cri : « O ma noble compagne! » en parlant de la noire jument du guerrier, les cœurs battirent, on
l'applaudit sans attendre la fin, tant il avait crié fort.

« A vous, père Bru, à vous! dit maman Coupeau.
Chantez la vôtre. Les anciennes sont les plus jolies,
allez! »

Et la société se tourna vers le vieux, insistant, l'encou-
rageant. Lui, engourdi, avec son masque immobile de

peau tannée, regardait le monde, sans paraître comprendre. On lui demanda s'il connaissait les *Cinq Voyelles*. Il baissa le menton; il ne se rappelait plus; toutes les chansons du bon temps se mêlaient dans sa caboche. Comme on se décidait à le laisser tranquille, il parut se souvenir, et bégaya d'une voix caverneuse :

> Trou la la, trou la la,
> Trou la, trou la, trou la la!

Sa face s'animait, ce refrain devait éveiller en lui de lointaines gaietés, qu'il goûtait seul, écoutant sa voix de plus en plus sourde, avec un ravissement d'enfant.

> Trou la la, trou la la,
> Trou la, trou la, trou la la!

« Dites donc, ma chère, vint murmurer Virginie à l'oreille de Gervaise, vous savez que j'en arrive encore. Ça me taquinait... Eh bien, Lantier a filé de chez François.

— Vous ne l'avez pas rencontré dehors? demanda la blanchisseuse.

— Non, j'ai marché vite, je n'ai pas eu l'idée de voir. »

Mais Virginie, qui levait les yeux, s'interrompit et poussa un soupir étouffé.

« Ah! mon Dieu!... Il est là! sur le trottoir d'en face; il regarde ici. »

Gervaise, toute saisie, hasarda un coup d'œil. Du monde s'était amassé dans la rue, pour entendre la société chanter. Les garçons épiciers, la tripière, le petit horloger faisaient un groupe, semblaient être au spectacle. Il y avait des militaires, des bourgeois en redingote, trois petites filles de cinq ou six ans se tenant par la main, très graves, émerveillées. Et Lantier, en effet, se trouvait planté là au premier rang, écoutant et regardant d'un air tranquille. Pour le coup, c'était du toupet. Gervaise sentit un froid lui monter des jambes au cœur,

et elle n'osait plus bouger, pendant que le père Bru
continuait :

> Trou la la, trou la la,
> Trou la, trou la, trou la la!

« Ah bien! non, mon vieux, il y en a assez! dit Coupeau. Est-ce que vous la savez tout entière?... Vous nous
la chanterez un autre jour, hein! quand nous serons trop
gais. »

Il y eut des rires. Le vieux resta court, fit de ses yeux
pâles le tour de la table, et reprit son air de brute songeuse. Le café était bu, le zingueur avait redemandé du
vin. Clémence venait de se remettre à manger des fraises.
Pendant un instant, les chansons cessèrent, on parlait
d'une femme qu'on avait trouvée pendue le matin, dans la
maison d'à côté. C'était le tour de Mme Lerat, mais il lui
fallait des préparatifs. Elle trempa le coin de sa serviette
dans un verre d'eau et se l'appliqua sur les tempes, parce
qu'elle avait trop chaud. Ensuite, elle demanda une
larme d'eau-de-vie, la but, s'essuya longuement les
lèvres.

« L'*Enfant du Bon Dieu*, n'est-ce pas? murmura-t-elle,
l'*Enfant du Bon Dieu*... »

Et, grande, masculine, avec son nez osseux et ses
épaules carrées de gendarme, elle commença :

> L'enfant perdu que sa mère abandonne,
> Trouve toujours un asile au saint lieu.
> Dieu qui le voit le défend de son trône.
> L'enfant perdu, c'est l'enfant du Bon Dieu.

Sa voix tremblait sur certains mots, traînait en notes
mouillées; elle levait en coin ses yeux vers le ciel, pendant
que sa main droite se balançait devant sa poitrine et
s'appuyait sur son cœur, d'un geste pénétré. Alors, Gervaise, torturée par la présence de Lantier, ne put retenir
ses pleurs; il lui semblait que la chanson disait son tour-

ment, qu'elle était cette enfant perdue, abandonnée, dont
le Bon Dieu allait prendre la défense. Clémence, très
soûle, éclata brusquement en sanglots ; et, la tête tombée
au bord de la table, elle étouffait ses hoquets dans la
nappe. Un silence frissonnant régnait. Les dames avaient
tiré leur mouchoir, s'essuyaient les yeux, la face droite, en
s'honorant de leur émotion. Les hommes, le front penché,
regardaient fixement devant eux, les paupières battantes. Poisson, étranglant et serrant les dents, cassa à deux
reprises des bouts de pipe, et les cracha par terre, sans
cesser de fumer. Boche, qui avait laissé sa main sur le
genou de la charbonnière, ne la pinçait plus, pris d'un
remords et d'un respect vagues ; tandis que deux grosses
larmes descendaient le long de ses joues. Ces noceurs-là
étaient raides comme la justice et tendres comme des
agneaux. Le vin leur sortait par les yeux, quoi ! Quand le
refrain recommença, plus ralenti et plus larmoyant, tous
se lâchèrent, tous viaupèrent dans leurs assiettes, se
déboutonnant le ventre, crevant d'attendrissement.

Mais Gervaise et Virginie, malgré elles, ne quittaient
plus du regard le trottoir d'en face. Mme Boche, à son
tour, aperçut Lantier, et laissa échapper un léger cri, sans
cesser de se barbouiller de ses larmes. Alors, toutes trois
eurent des figures anxieuses, en échangeant d'involontaires signes de tête. Mon Dieu ! si Coupeau se retournait, si Coupeau voyait l'autre ! Quelle tuerie ! quel
carnage ! Et elles firent si bien, que le zingueur leur
demanda :

« Qu'est-ce que vous regardez donc ? »

Il se pencha, il reconnut Lantier.

« Nom de Dieu ! c'est trop fort, murmura-t-il. Ah !
le sale mufe, ah ! le sale mufe... Non, c'est trop fort, ça
va finir... »

Et, comme il se levait en bégayant des menaces atroces,
Gervaise le supplia à voix basse.

« Écoute, je t'en supplie... Laisse le couteau... Reste
à ta place, ne fais pas un malheur. »

Virginie dut lui enlever le couteau qu'il avait pris sur

la table. Mais elle ne put l'empêcher de sortir et de
s'approcher de Lantier.

La société, dans son émotion croissante, ne voyait
rien, pleurait plus fort, pendant que Mme Lerat chantait, avec une expression déchirante :

> Orpheline, on l'avait perdue,
> Et sa voix n'était entendue
> Que des grands arbres et du vent.

Le dernier vers passa comme un souffle lamentable
de tempête. Mme Putois, en train de boire, fut si touchée
qu'elle renversa son vin sur la nappe. Cependant, Gervaise demeurait glacée, un poing serré contre la bouche
pour ne pas crier, clignant les paupières d'épouvante,
s'attendant à voir, d'une seconde à l'autre, l'un des deux
hommes, là-bas, tomber assommé au milieu de la rue.
Virginie et Mme Boche suivaient aussi la scène, profondément intéressées. Coupeau, surpris par le grand air,
avait failli s'asseoir dans le ruisseau, en voulant se jeter
sur Lantier. Celui-ci, les mains dans les poches, s'était
simplement écarté. Et les deux hommes maintenant
s'engueulaient, le zingueur surtout habillait l'autre proprement, le traitait de cochon malade, parlait de lui
manger les tripes. On entendait le bruit enragé des voix,
on distinguait des gestes furieux, comme s'ils allaient se
dévisser les bras, à force de claques, Gervaise défaillait,
fermait les yeux, parce que ça durait trop longtemps et
qu'elle les croyait toujours sur le point de s'avaler le
nez, tant ils se rapprochaient la figure dans la figure.
Puis, comme elle n'entendait plus rien, elle rouvrit les
yeux, elle resta toute bête, en les voyant causer tranquillement.

La voix de Mme Lerat s'élevait, roucoulante et pleu-
rarde, commençant un couplet :

> Le lendemain, à demi morte,
> On recueillit la pauvre enfant...

« Y a-t-il des femmes qui sont garces, tout de même! »
dit Mme Lorilleux, au milieu de l'approbation générale.

Gervaise avait échangé un regard avec Mme Boche
et Virginie. Ça s'arrangeait donc? Coupeau et Lantier
continuaient de causer au bord du trottoir. Ils s'adres-
saient encore des injures, mais amicalement. Ils s'appelaient « sacré animal », d'un ton où perçait une pointe
de tendresse. Comme on les regardait, ils finirent par se
promener doucement côte à côte, le long des maisons,
tournant sur eux-mêmes tous les dix pas. Une conversation très vive s'était engagée. Brusquement, Coupeau
parut se fâcher de nouveau, tandis que l'autre refusait,
se faisait prier. Et ce fut le zingueur qui poussa Lantier
et le força à traverser la rue, pour entrer dans la boutique.

« Je vous dis que c'est de bon cœur! cria-t-il. Vous
boirez un verre de vin... Les hommes sont des hommes,
n'est-ce pas? On est fait pour se comprendre... »

Mme Lerat achevait le dernier refrain. Les dames répétaient toutes ensemble, en roulant leurs mouchoirs :

L'enfant perdu, c'est l'enfant du Bon Dieu.

On complimenta beaucoup la chanteuse, qui s'assit en
affectant d'être brisée. Elle demanda à boire quelque
chose, parce qu'elle mettait trop de sentiment dans cette
chanson-là, et qu'elle avait toujours peur de se décrocher
un nerf. Toute la table, cependant, fixait les yeux sur
Lantier, assis paisiblement à côté de Coupeau, mangeant
déjà la dernière part du gâteau de Savoie, qu'il trempait
dans un verre de vin. En dehors de Virginie et de Mme
Boche, personne ne le connaissait. Les Lorilleux flairaient
bien quelque micmac; mais ils ne savaient pas, ils avaient
pris un air pincé. Goujet, qui s'était aperçu de l'émotion
de Gervaise, regardait le nouveau venu de travers.
Comme un silence gêné se faisait, Coupeau dit simplement :

« C'est un ami. »

Et s'adressant à sa femme :

« Voyons remue-toi donc !... Peut-être qu'il y a encore du café chaud. »

Gervaise les contemplait l'un après l'autre, douce et stupide. D'abord, quand son mari avait poussé son ancien amant dans la boutique, elle s'était pris la tête entre les deux poings, du même geste instinctif que les jours de gros orage, à chaque coup de tonnerre. Ça ne lui semblait pas possible ; les murs allaient tomber et écraser tout le monde. Puis, en voyant les deux hommes assis, sans que même les rideaux de mousseline eussent bougé, elle avait subitement trouvé ces choses naturelles. L'oie la gênait un peu ; elle en avait trop mangé, décidément, et ça l'empêchait de penser. Une paresse heureuse l'engourdissait, la tenait tassée au bord de la table, avec le seul besoin de n'être pas embêtée. Mon Dieu ! à quoi bon se faire de la bile, lorsque les autres ne s'en font pas, et que les histoires paraissent s'arranger d'elles-mêmes, à la satisfaction générale ? Elle se leva pour aller voir s'il restait du café.

Dans la pièce du fond, les enfants dormaient. Ce louchon d'Augustine les avait terrorisés pendant tout le dessert, leur chipant leurs fraises, les intimidant par des menaces abominables. Maintenant, elle était très malade, accroupie sur un petit banc, la figure blanche, sans rien dire. La grosse Pauline avait laissé tomber sa tête contre l'épaule d'Étienne, endormi lui-même au bord de la table. Nana se trouvait assise sur la descente de lit, auprès de Victor, qu'elle tenait contre elle, un bras passé autour de son cou ; et, ensommeillée, les yeux fermés, elle répétait d'une voix faible et continue :

« Oh ! maman, j'ai bobo... oh ! maman, j'ai bobo...

— Pardi ! murmura Augustine, dont la tête roulait sur les épaules, ils sont paf ; ils ont chanté comme les grandes personnes. »

Gervaise reçut un nouveau coup, à la vue d'Étienne. Elle se sentit étouffer, en songeant que le père de ce gamin était là, à côté, en train de manger du gâteau, sans qu'il eût seulement témoigné le désir d'embrasser le petit. Elle fut sur le point de réveiller Étienne, de l'apporter dans ses bras. Puis, une fois encore, elle trouva très bien la façon tranquille dont s'arrangeaient les choses. Il n'aurait pas été convenable, sûrement, de troubler la fin du dîner. Elle revint avec la cafetière et servit un verre de café à Lantier, qui d'ailleurs ne semblait pas s'occuper d'elle.

« Alors, c'est mon tour, bégaya Coupeau d'une voix pâteuse. Hein! on me garde pour la bonne bouche... Eh bien, je vais vous dire *Qué cochon d'enfant*.

— Oui, oui, *Qué cochon d'enfant!* » criait toute la table.

Le vacarme reprenait, Lantier était oublié. Les dames apprêtèrent leurs verres et leurs couteaux, pour accompagner le refrain. On riait à l'avance, en regardant le zingueur, qui se calait sur les jambes d'un air canaille. Il prit une voix enrouée de vieille femme.

> Tous les matins, quand je m'lève,
> J'ai l'cœur sens sus d'sous;
> J'l'envoi' chercher contr' la Grève
> Un poisson d' quatr' sous.
> Il rest' trois quarts d'heure en route,
> Et puis, en r'montant,
> I' m' lich' la moitié d' ma goutte :
> Qué cochon d'enfant!

Et les dames, tapant sur leur verre, reprirent en chœur au milieu d'une gaieté formidable :

> Qué cochon d'enfant!
> Qué cochon d'enfant!

La rue de la Goutte-d'Or elle-même, maintenant, s'en mêlait. Le quartier chantait *Qué cochon d'enfant*. En face, le petit horloger, les garçons épiciers, la tripière, la fruitière, qui savaient la chanson, allaient au refrain, en s'allongeant des claques pour rire. Vrai, la rue finissait par être soûle; rien que l'odeur de noce qui sortait de chez les Coupeau faisait festonner les gens sur les trottoirs.

Il faut dire qu'à cette heure ils étaient joliment soûls, là-
dedans. Ça grandissait petit à petit, depuis le premier
coup de vin pur, après le potage. A présent, c'était le
bouquet, tous braillant, tous éclatant de nourriture, dans
la buée rousse des deux lampes qui charbonnaient. La
clameur de cette rigolade énorme couvrait le roulement
des dernières voitures. Deux sergents de ville, croyant
à une émeute, accoururent ; mais, en apercevant Poisson,
ils eurent un petit salut d'intelligence. Ils s'éloignèrent
lentement, côte à côte, le long des maisons noires.

Coupeau en était à ce couplet :

> L'dimanche, à la P'tit'-Villette,
> Après la chaleur,
> J'allons chez mon oncl' Tinette,
> Qu'est maitr' vidangeur.
> Pour avoir des noyaux de c'rise,
> En nous en r'tournant.
> I' s'roul' dans la marchandise :
> Qué cochon d'enfant !
> Qué cochon d'enfant !

Alors, la maison craqua, un tel gueulement monta
dans l'air tiède et calme de la nuit, que ces gueulards-là
s'applaudirent eux-mêmes, car il ne fallait pas espérer
de pouvoir gueuler plus fort.

Personne de la société ne parvint jamais à se rappeler
au juste comment la noce se termina. Il devait être très
tard, voilà tout, parce qu'il ne passait plus un chat dans
la rue. Peut-être bien, tout de même, qu'on avait dansé
autour de la table, en se tenant par les mains. Ça se
noyait dans un brouillard jaune, avec des figures rouges
qui sautaient, la bouche fendue d'une oreille à l'autre.
Pour sûr, on s'était payé du vin à la française vers la fin ;
seulement, on ne savait plus si quelqu'un n'avait pas fait
la farce de mettre du sel dans les verres. Les enfants
devaient s'être déshabillés et couchés seuls. Le lendemain,
Mme Boche se vantait d'avoir allongé deux calottes à
Boche, dans un coin, où il causait de trop près avec la

charbonnière; mais Boche, qui ne se souvenait de rien,
traitait ça de blague. Ce que chacun déclarait peu
propre, c'était la conduite de Clémence, une fille à ne
pas inviter, décidément; elle avait fini par montrer tout
ce qu'elle possédait, et s'était trouvée prise de mal au
cœur, au point d'abîmer entièrement un des rideaux de
mousseline. Les hommes, au moins, sortaient dans la
rue; Lorilleux et Poisson, l'estomac dérangé, avaient
filé raide jusqu'à la boutique du charcutier. Quand on
a été bien élevé, ça se voit toujours. Ainsi, ces dames,
Mme Putois, Mme Lerat et Virginie, incommodées par
la chaleur, étaient simplement allées dans la pièce du
fond ôter leur corset; même Virginie avait voulu s'étendre
sur le lit, l'affaire d'un instant, pour empêcher les
mauvaises suites. Puis, la société semblait avoir fondu,
les uns s'effaçant derrière les autres, tous s'accompagnant, se noyant au fond du quartier noir, dans un
dernier vacarme, une dispute enragée des Lorilleux, un
« trou la la, trou la la » entêté et lugubre du père Bru.
Gervaise croyait bien que Goujet s'était mis à sangloter
en partant; Coupeau chantait toujours; quant à Lantier,
il avait dû rester jusqu'à la fin, elle sentait même encore
un souffle dans ses cheveux, à un moment, mais elle ne
pouvait pas dire si ce souffle venait de Lantier ou de la
nuit chaude.

Cependant, comme Mme Lerat refusait de retourner
aux Batignolles à cette heure, on enleva du lit un matelas
qu'on étendit pour elle dans un coin de la boutique,
après avoir poussé la table. Elle dormit là, au milieu des
miettes du dîner. Et, toute la nuit, dans le sommeil
écrasé des Coupeau, cuvant la fête, le chat d'une voisine,
qui avait profité d'une fenêtre ouverte, croqua les os de
l'oie, acheva d'enterrer la bête, avec le petit bruit de ses
dents fines.

VIII

Le samedi suivant, Coupeau, qui n'était pas rentré dîner, amena Lantier vers dix heures. Ils avaient mangé ensemble des pieds de mouton, chez Thomas, à Montmartre.

« Faut pas gronder, la bourgeoise, dit le zingueur. Nous sommes sages, tu vois... Oh! il n'y a pas de danger avec lui; il vous met droit dans le bon chemin. »

Et il raconta comment ils s'étaient rencontrés rue Rochechouart. Après le dîner, Lantier avait refusé une consommation au café de la *Boule noire*, en disant que, lorsqu'on était marié avec une femme gentille et honnête, on ne devait pas gouaper dans tous les bastringues. Gervaise écoutait avec un petit sourire. Bien sûr, non, elle ne songeait pas à gronder; elle se sentait trop gênée. Depuis la fête, elle s'attendait bien à revoir son ancien amant un jour ou l'autre; mais, à pareille heure, au moment de se mettre au lit, l'arrivée brusque des deux hommes l'avait surprise; et, les mains tremblantes, elle rattachait son chignon roulé dans son cou.

« Tu ne sais pas, reprit Coupeau, puisqu'il a eu la délicatesse de refuser dehors une consommation, tu vas nous payer la goutte... Ah! tu nous dois bien ça! »

Les ouvrières étaient parties depuis longtemps. Maman Coupeau et Nana venaient de se coucher. Alors, Gervaise, qui tenait déjà un volet quand ils avaient paru, laissa la boutique ouverte, apporta sur un coin de l'établi des verres et le fond d'une bouteille de cognac. Lantier

restait debout, évitant de lui adresser directement la
parole. Pourtant, quand elle le servit, il s'écria :

« Une larme seulement, madame, je vous prie. »

Coupeau les regarda, s'expliqua très carrément. Ils
n'allaient pas faire les dindes, peut-être! Le passé était le
passé, n'est-ce pas? Si on conservait de la rancune après
des neuf ans et des dix ans, on finirait par ne plus voir
personne. Non, non, il avait le cœur sur la main, lui!
D'abord, il savait à qui il avait affaire, à une brave
femme et à un brave homme, à deux amis, quoi! Il était
tranquille, il connaissait leur honnêteté.

« Oh! bien sûr... bien sûr... répétait Gervaise, les
paupières baissées, sans comprendre ce qu'elle disait.

— C'est une sœur, maintenant, rien qu'une sœur! murmura à son tour Lantier.

— Donnez-vous la main, nom de Dieu! cria Coupeau,
et foutons-nous des bourgeois! Quand on a de ça dans le
coco, voyez-vous, on est plus chouette que les million-
naires. Moi, je mets l'amitié avant tout, parce que
l'amitié, c'est l'amitié, et qu'il n'y a rien au-dessus. »

Il s'enfonçait de grands coups de poing dans l'estomac,
l'air si ému, qu'ils durent le calmer. Tous trois, en
silence, trinquèrent et burent leur goutte. Gervaise put
alors regarder Lantier à son aise; car, le soir de la fête,
elle l'avait vu dans un brouillard. Il s'était épaissi, gras et
rond, les jambes et les bras lourds, à cause de sa petite
taille. Mais sa figure gardait de jolis traits sous la bouffis-
sure de sa vie de fainéantise; et comme il soignait toujours
beaucoup ses minces moustaches, on lui aurait donné
juste son âge, trente-cinq ans. Ce jour-là, il portait un pantalon gris et un paletot gros bleu comme un monsieur,
avec un chapeau rond; même il avait une montre et une
chaîne d'argent, à laquelle pendait une bague, un
souvenir.

« Je m'en vais, dit-il. Je reste au diable. »

Il était déjà sur le trottoir, lorsque le zingueur le rappela pour lui faire promettre de ne plus passer devant la
porte sans leur dire un petit bonjour. Cependant, Ger-

vaise, qui venait de disparaître doucement, rentra en poussant devant elle Étienne, en manches de chemise, la face déjà endormie. L'enfant souriait, se frottait les yeux. Mais quand il aperçut Lantier, il resta tremblant et gêné, coulant des regards inquiets du côté de sa mère et de Coupeau.

« Tu ne reconnais pas ce monsieur? » demanda celui-ci.

L'enfant baissa la tête sans répondre. Puis, il eut un léger signe pour dire qu'il reconnaissait le monsieur.

« Eh bien, ne fais pas la bête, va l'embrasser. »

Lantier, grave et tranquille, attendait. Lorsque Étienne se décida à s'approcher, il se courba, tendit les deux joues, puis posa lui-même un gros baiser sur le front du gamin. Alors, celui-ci osa regarder son père. Mais, tout d'un coup, il éclata en sanglots, il se sauva comme un fou, débraillé, grondé par Coupeau qui le traitait de sauvage.

« C'est l'émotion, dit Gervaise, pâle et secouée elle-même.

— Oh! il est très doux, très gentil d'habitude, expliquait Coupeau. Je l'ai crânement élevé, vous verrez... Il s'habituera à vous. Il faut qu'il connaisse les gens... Enfin, quand il n'y aurait eu que ce petit, on ne pouvait pas rester toujours brouillé, n'est-ce pas? Nous aurions dû faire ça pour lui il y a beaux jours, car je donnerais plutôt ma tête à couper que d'empêcher un père de voir son enfant. »

Là-dessus, il parla d'achever la bouteille de cognac. Tous trois trinquèrent de nouveau. Lantier ne s'étonnait pas, avait un beau calme. Avant de s'en aller, pour rendre ses politesses au zingueur, il voulut absolument fermer la boutique avec lui. Puis, tapant dans ses mains par propreté, il souhaita une bonne nuit au ménage.

« Dormez bien. Je vais tâcher de pincer l'omnibus... Je vous promets de revenir bientôt. »

A partir de cette soirée, Lantier se montra souvent rue de la Goutte-d'Or. Il se présentait quand le zingueur

était là, demandant de ses nouvelles dès la porte, affectant
d'entrer uniquement pour lui. Puis, assis contre la
vitrine, toujours en paletot, rasé et peigné, il causait
poliment, avec les manières d'un homme qui aurait
reçu de l'instruction. C'est ainsi que les Coupeau apprirent peu à peu des détails sur sa vie. Pendant les huit
dernières années, il avait un moment dirigé une fabrique
de chapeaux, et quand on lui demandait pourquoi il
s'était retiré, il se contentait de parler de la coquinerie
d'un associé, un compatriote, une canaille qui avait
mangé la maison avec les femmes. Mais son ancien titre
de patron restait sur toute sa personne comme une
noblesse à laquelle il ne pouvait plus déroger. Il se disait
sans cesse près de conclure une affaire superbe, des maisons de chapellerie devaient l'établir, lui confier des intérêts énormes. En attendant, il ne faisait absolument rien,
se promenait au soleil, les mains dans les poches, ainsi
qu'un bourgeois. Les jours où il se plaignait, si l'on se
risquait à lui indiquer une manufacture demandant des
ouvriers, il semblait pris d'une pitié souriante, il n'avait
pas envie de crever la faim, en s'échinant pour les autres.
Ce gaillard-là, toutefois, comme disait Coupeau, ne
vivait pas de l'air du temps. Oh! c'était un malin, il
savait s'arranger, il bibelotait quelque commerce, car
enfin il montrait une figure de prospérité, il lui fallait
bien de l'argent pour se payer du linge blanc et des
cravates de fils de famille. Un matin, le zingueur l'avait
vu se faire cirer, boulevard Montmartre. La vraie vérité
était que Lantier, très bavard sur les autres, se taisait
ou mentait quand il s'agissait de lui. Il ne voulait même
pas dire où il demeurait. Non, il logeait chez un ami,
là-bas, au diable, le temps de trouver une belle situation;
et il défendait aux gens de venir le voir, parce qu'il n'y
était jamais.

« On rencontre dix positions pour une, expliquait-il
souvent. Seulement, ce n'est pas la peine d'entrer dans
des boîtes où l'on ne restera pas vingt-quatre heures...
Ainsi, j'arrive un lundi chez Champion, à Montrouge.

Le soir, Champion m'embête sur la politique; il n'avait pas les mêmes idées que moi. Eh bien, le mardi matin, je filais, attendu que nous ne sommes plus au temps des esclaves et que je ne veux pas me vendre pour sept francs par jour. »

On était alors dans les premiers jours de novembre. Lantier apporta galamment des bouquets de violettes, qu'il distribuait à Gervaise et aux deux ouvrières. Peu à peu, il multiplia ses visites, il vint presque tous les jours. Il paraissait vouloir faire la conquête de la maison, du quartier entier; et il commença par séduire Clémence et Mme Putois, auxquelles il témoignait, sans distinction d'âge, les attentions les plus empressées. Au bout d'un mois, les deux ouvrières l'adoraient. Les Boche, qu'il flattait beaucoup en allant les saluer dans leur loge, s'extasiaient sur sa politesse. Quant aux Lorilleux, lorsqu'ils surent quel était ce monsieur, arrivé au dessert, le jour de la fête, ils vomirent d'abord mille horreurs contre Gervaise, qui osait introduire ainsi son ancien individu dans son ménage. Mais, un jour, Lantier monta chez eux, se présenta si bien en leur commandant une chaîne pour une dame de sa connaissance, qu'ils lui dirent de s'asseoir et le gardèrent une heure, charmés de sa conversation; même, ils se demandaient comment un homme si distingué avait pu vivre avec la Banban. Enfin, les visites du chapelier chez les Coupeau n'indignaient plus personne et semblaient naturelles, tant il avait réussi à se mettre dans les bonnes grâces de toute la rue de la Goutte-d'Or. Goujet seul restait sombre. S'il se trouvait là, quand l'autre arrivait, il prenait la porte, pour ne pas être obligé de lier connaissance avec ce particulier.

Cependant, au milieu de cette coqueluche de tendresse pour Lantier, Gervaise, les premières semaines, vécut dans un grand trouble. Elle éprouvait au creux de l'estomac cette chaleur dont elle s'était sentie brûlée, le jour des confidences de Virginie. Sa grande peur venait de ce qu'elle redoutait d'être sans force, s'il la surprenait un soir toute seule et s'il s'avisait de l'embrasser. Elle

pensait trop à lui, elle restait trop pleine de lui. Mais,
lentement, elle se calma, en le voyant si convenable,
ne la regardant pas en face, ne la touchant pas du bout
des doigts, quand les autres avaient le dos tourné. Puis,
Virginie, qui semblait lire en elle, lui faisait honte de ses
vilaines pensées. Pourquoi tremblait-elle? On ne pouvait
pas rencontrer un homme plus gentil. Bien sûr, elle
n'avait plus rien à craindre. Et la grande brune manœuvra
un jour de façon à les pousser tous deux dans un coin
et à mettre la conversation sur le sentiment. Lantier
déclara d'une voix grave, en choisissant les termes, que
son cœur était mort, qu'il voulait désormais se consacrer
uniquement au bonheur de son fils. Il ne parlait jamais de
Claude, qui était toujours dans le Midi. Il embrassait
Étienne sur le front tous les soirs, ne savait que lui dire si
l'enfant restait là, l'oubliait pour entrer en compliments
avec Clémence. Alors, Gervaise, tranquillisée, sentit
mourir en elle le passé. La présence de Lantier usait ses
souvenirs de Plassans et de l'hôtel Boncœur. A le voir
sans cesse, elle ne le rêvait plus. Même elle se trouvait
prise d'une répugnance à la pensée de leurs anciens
rapports. Oh! c'était fini, bien fini. S'il osait un jour
lui demander ça, elle lui répondrait par une paire de
claques, elle instruirait plutôt son mari. Et, de nouveau,
elle songeait sans remords, avec une douceur extraordinaire, à la bonne amitié de Goujet.

En arrivant un matin à l'atelier, Clémence raconta
qu'elle avait rencontré, la veille, vers onze heures,
M. Lantier donnant le bras à une femme. Elle disait cela
en mots très sales, avec de la méchanceté par-dessous,
pour voir la tête de la patronne. Oui, M. Lantier grimpait la rue Notre-Dame-de-Lorette; la femme était
blonde, un de ces chameaux du boulevard à moitié
crevés, le derrière nu sous leur robe de soie. Et elle les
avait suivis, par blague. Le chameau était entré chez un
charcutier acheter des crevettes et du jambon. Puis, rue
de La Rochefoucauld, M. Lantier avait posé sur le
trottoir, devant la maison, le nez en l'air, en attendant

que la petite, montée toute seule, lui eût fait par la
fenêtre le signe de la rejoindre. Mais Clémence eut beau
ajouter des commentaires dégoûtants, Gervaise continuait à repasser tranquillement une robe blanche. Par
moments, l'histoire lui mettait aux lèvres un petit
sourire. Ces Provençaux, disait-elle, étaient tous enragés
après les femmes; il leur en fallait quand même; ils en
auraient ramassé sur une pelle dans un tas d'ordures.
Et, le soir, quand le chapelier arriva, elle s'amusa des
taquineries de Clémence, qui l'intriguait avec sa blonde.
D'ailleurs, il semblait flatté d'avoir été aperçu. Mon
Dieu! c'était une ancienne amie qu'il voyait encore de
temps à autre, lorsque ça ne devait déranger personne;
une fille très chic, meublée en palissandre, et il citait
d'anciens amants à elle, un vicomte, un grand marchand
de faïence, le fils d'un notaire. Lui, aimait les femmes qui
embaument. Il poussait sous le nez de Clémence son
mouchoir, que la petite lui avait parfumé, lorsque
Étienne rentra. Alors, il prit son air grave, il baisa
l'enfant, en ajoutant que la rigolade ne tirait pas à
conséquence et que son cœur était mort. Gervaise,
penchée sur son ouvrage, hocha la tête d'un air d'approbation. Et ce fut encore Clémence qui porta la peine
de sa méchanceté, car elle avait bien senti Lantier la
pincer déjà deux ou trois fois, sans en avoir l'air, et elle
crevait de jalousie de ne pas puer le musc comme le
chameau du boulevard.

Quand le printemps revint, Lantier, tout à fait de la
maison, parla d'habiter le quartier, afin d'être plus près
de ses amis. Il voulait une chambre meublée, dans une
maison propre. Mme Boche, Gervaise elle-même, se
mirent en quatre pour lui trouver ça. On fouilla les
rues voisines. Mais il était trop difficile, il désirait une
grande cour, il demandait un rez-de-chaussée, enfin
toutes les commodités imaginables. Et maintenant,
chaque soir, chez les Coupeau, il semblait mesurer la
hauteur des plafonds, étudier la distribution des pièces,
convoiter un logement pareil. Oh! il n'aurait pas demandé

autre chose, il se serait volontiers creusé un trou dans
un coin tranquille et chaud. Puis, il terminait chaque
fois son examen par cette phrase :

« Sapristi, vous êtes joliment bien, tout de même ! »

Un soir, comme il avait dîné là et qu'il lâchait sa
phrase au dessert, Coupeau, qui s'était mis à le tutoyer,
lui cria brusquement :

« Faut rester ici, ma vieille, si le cœur t'en dit... On
s'arrangera... »

Et il expliqua que la chambre au linge sale, nettoyée,
ferait une jolie pièce. Étienne coucherait dans la boutique,
sur un matelas jeté par terre, voilà tout.

« Non, non, dit Lantier, je ne puis pas accepter. Ça
vous gênerait trop. Je sais que c'est de bon cœur, mais on
aurait trop chaud les uns sur les autres... Puis, vous savez,
chacun sa liberté. Il me faudrait traverser votre chambre,
et ça ne serait pas toujours drôle.

— Ah ! l'animal ! reprit le zingueur étranglant de rire,
tapant sur la table pour s'éclaircir la voix, il songe toujours aux bêtises !... Mais, bougre de serin, on est
inventif ? Pas vrai ? il y a deux fenêtres, dans la pièce.
Eh bien, on en colle une par terre, on en fait une porte.
Alors, comprends-tu, tu entres par la cour, nous bouchons même cette porte de communication, si ça nous
plaît. Ni vu ni connu, tu es chez toi, nous sommes chez
nous. »

Il y eut un silence. Le chapelier murmurait :

« Ah ! oui, de cette façon, je ne dis pas... Et encore non,
je serais trop sur votre dos. »

Il évitait de regarder Gervaise. Mais il attendait
évidemment un mot de sa part pour accepter. Celle-ci
était très contrariée de l'idée de son mari ; non pas que la
pensée de voir Lantier demeurer chez eux la blessât ni
l'inquiétât beaucoup ; mais elle se demandait où elle
mettrait son linge sale. Cependant, le zingueur faisait
valoir les avantages de l'arrangement. Le loyer de cinq
cents francs avait toujours été un peu fort. Eh bien, le
camarade leur paierait la chambre toute meublée vingt

francs par mois; ce ne serait pas cher pour lui, et ça les
aiderait au moment du terme. Il ajouta qu'il se chargeait
de manigancer, sous leur lit, une grande caisse où tout
le linge sale du quartier pourrait tenir. Alors, Gervaise
hésita, parut consulter du regard maman Coupeau,
que Lantier avait conquise depuis des mois, en lui apportant des boules de gomme pour son catarrhe.

« Vous ne nous gêneriez pas, bien sûr, finit-elle par
dire. Il y aurait moyen de s'organiser....

— Non, non, merci, répéta le chapelier. Vous êtes
trop gentils, ce serait abuser. »

Coupeau, cette fois, éclata. Est-ce qu'il allait faire son
andouille encore longtemps? Quand on lui disait que
c'était de bon cœur! Il leur rendrait service, là, compre-
nait-il! Puis, d'une voix furibonde, il gueula :

« Étienne, Étienne! »

Le gamin s'était endormi sur la table. Il leva la tête en
sursaut.

« Écoute, dis-lui que tu le veux... Oui, à ce monsieur-
là... Dis-lui bien fort : Je le veux!

— Je le veux! » bégaya Étienne, la bouche empâtée de
sommeil.

Tout le monde se mit à rire. Mais Lantier reprit bientôt
son air grave et pénétré. Il serra la main de Coupeau,
par-dessus la table, en disant :

« J'accepte... C'est de bonne amitié de part et d'autre,
n'est-ce pas? Oui, j'accepte pour l'enfant. »

Dès le lendemain, le propriétaire, M. Marescot, étant
venu passer une heure dans la loge des Boche, Gervaise
lui parla de l'affaire. Il se montra d'abord inquiet, refusant, se fâchant, comme si elle lui avait demandé d'abattre
toute une aile de sa maison. Puis, après une inspection
minutieuse des lieux, lorsqu'il eut regardé en l'air pour
voir si les étages supérieurs n'allaient pas être ébranlés,
il finit par donner l'autorisation, mais à la condition de
ne supporter aucuns frais; et les Coupeau durent lui
signer un papier, dans lequel ils s'engageaient à rétablir
les choses en l'état, à l'expiration de leur bail. Le soir

même, le zingueur amena des camarades, un maçon, un menuisier, un peintre, de bons zigs qui feraient cette bricole-là après leur journée, histoire de rendre service. La pose de la nouvelle porte, le nettoyage de la pièce, n'en coûtèrent pas moins une centaine de francs, sans compter les litres dont on arrosa la besogne. Le zingueur dit aux camarades qu'il leur paierait ça plus tard, avec le premier argent de son locataire. Ensuite, il fut question de meubler la pièce. Gervaise y laissa l'armoire de maman Coupeau; elle ajouta une table et deux chaises, prises dans sa propre chambre; il lui fallut enfin acheter une table-toilette et un lit, avec la literie complète, en tout cent trente francs, qu'elle devait payer à raison de dix francs par mois. Si, pendant une dizaine de mois, les vingt francs de Lantier se trouvaient mangés à l'avance par les dettes contractées, plus tard il y aurait un joli bénéfice.

Ce fut dans les premiers jours de juin que l'installation du chapelier eut lieu. La veille, Coupeau avait offert d'aller chez lui chercher sa malle, pour lui éviter les trente sous d'un fiacre. Mais l'autre était resté gêné, disant que sa malle pesait trop lourd, comme s'il avait voulu cacher jusqu'au dernier moment l'endroit où il logeait. Il arriva dans l'après-midi, vers trois heures. Coupeau ne se trouvait pas là. Et Gervaise, à la porte de la boutique, devint toute pâle, en reconnaissant la malle sur le fiacre. C'était leur ancienne malle, celle avec laquelle elle avait fait le voyage de Plassans, aujourd'hui écorchée, cassée, tenue par des cordes. Elle la voyait revenir comme souvent elle l'avait rêvé, et elle pouvait s'imaginer que le même fiacre, le fiacre où cette garce de brunisseuse s'était fichue d'elle, la lui rapportait. Cependant, Boche donnait un coup de main à Lantier. La blanchisseuse les suivit, muette, un peu étourdie. Quand ils eurent déposé leur fardeau au milieu de la chambre, elle dit pour parler :

« Hein? voilà une bonne affaire de faite? »

Puis, se remettant, voyant que Lantier, occupé à

dénouer les cordes, ne la regardait seulement pas, elle ajouta :

« Monsieur Boche, vous allez boire un coup. »

Et elle alla chercher un litre et des verres. Justement, Poisson, en tenue, passait sur le trottoir. Elle lui adressa un petit signe, clignant les yeux, avec un sourire. Le sergent de ville comprit parfaitement. Quand il était de service et qu'on battait de l'œil, ça voulait dire qu'on lui offrait un verre de vin. Même, il se promenait des heures devant la blanchisseuse, à attendre qu'elle battît de l'œil. Alors, pour ne pas être vu, il passait par la cour, il sifflait son verre en se cachant.

« Ah! ah! dit Lantier, quand il le vit entrer, c'est vous, Badingue! »

Il l'appelait Badingue[1] par blague, pour se ficher de l'empereur. Poisson acceptait ça de son air raide, sans qu'on pût savoir si ça l'embêtait au fond. D'ailleurs, les deux hommes, quoique séparés par leurs convictions politiques, étaient devenus très bons amis.

« Vous savez que l'empereur a été sergent de ville à Londres, dit à son tour Boche. Oui, ma parole! il ramassait les femmes soûles. »

Gervaise pourtant avait rempli trois verres sur la table. Elle, ne voulait pas boire, se sentait le cœur tout barbouillé. Mais elle restait, regardant Lantier enlever les dernières cordes, prise du besoin de savoir ce que contenait la malle. Elle se souvenait, dans un coin, d'un tas de chaussettes, de deux chemises sales, d'un vieux chapeau. Est-ce que ces choses étaient encore là? Est-ce qu'elle allait retrouver les loques du passé? Lantier, avant de soulever le couvercle, prit son verre et trinqua.

« A votre santé.

— A la vôtre », répondirent Boche et Poisson.

La blanchisseuse remplit de nouveau les verres. Les trois hommes s'essuyaient les lèvres de la main. Enfin, le chapelier ouvrit la malle. Elle était pleine d'un pêle-mêle de journaux, de livres, de vieux vêtements, de linge en paquets. Il en tira successivement une casse-

role, une paire de bottes, un buste de Ledru-Rollin avec
le nez cassé, une chemise brodée, un pantalon de travail.
Et Gervaise, penchée, sentait monter une odeur de
tabac, une odeur d'homme malpropre, qui soigne seulement le dessus, ce qu'on voit de sa personne.[1]

Non, le vieux chapeau n'était plus dans le coin de
gauche. Il y avait là une pelote qu'elle ne connaissait pas,
quelque cadeau de femme. Alors, elle se calma, elle
éprouva une vague tristesse, continuant à suivre les
objets, en se demandant s'ils étaient de son temps ou du
temps des autres.

« Dites donc, Badingue, vous ne connaissez pas ça? »
reprit Lantier.

Il lui mettait sous le nez un petit livre[2] imprimé à
Bruxelles : *Les Amours de Napoléon III*, orné de gravures.
On y racontait, entre autres anecdotes, comment l'empereur avait séduit la fille d'un cuisinier, âgée de treize ans;
et l'image représentait Napoléon III, les jambes nues,
ayant gardé seulement le grand cordon de la Légion
d'honneur, poursuivant une gamine qui se dérobait
à sa luxure.

« Ah! c'est bien ça! s'écria Boche, dont les instincts
sournoisement voluptueux étaient flattés. Ça arrive
toujours comme ça! »

Poisson restait saisi, consterné; et il ne trouvait pas un
mot pour défendre l'empereur. C'était dans un livre, il
ne pouvait pas dire non. Alors, Lantier lui poussant
toujours l'image sous le nez d'un air goguenard, il laissa
échapper ce cri, en arrondissant les bras :

« Eh bien, après? Est-ce que ce n'est pas dans la
nature? »

Lantier eut le bec cloué par cette réponse. Il rangea ses
livres et ses journaux sur une planche de l'armoire; et
comme il paraissait désolé de ne pas avoir une petite
bibliothèque, pendue au-dessus de la table, Gervaise
promit de lui en procurer une. Il possédait l'*Histoire de
dix ans*, de Louis Blanc, moins le premier volume, qu'il
n'avait jamais eu d'ailleurs, les *Girondins*, de Lamartine,

en livraisons à deux sous, *Les Mystères de Paris* et *Le Juif errant*, d'Eugène Sue, sans compter un tas de bouquins philosophiques et humanitaires, ramassés chez les marchands de vieux clous. Mais il couvait surtout ses journaux d'un regard attendri et respectueux. C'était une collection faite par lui, depuis des années. Chaque fois qu'au café il lisait dans un journal un article réussi et selon ses idées, il achetait le journal, il le gardait. Il en avait ainsi un paquet énorme, de toutes les dates et de tous les titres, empilés sans ordre aucun. Quand il eut sorti ce paquet du fond de la malle, il donna dessus des tapes amicales en disant aux deux autres :

« Vous voyez ça? eh bien, c'est à papa, personne ne peut se flatter d'avoir quelque chose d'aussi chouette... Ce qu'il y a là-dedans, vous ne vous l'imaginez pas. C'est-à-dire que, si on appliquait la moitié de ces idées, ça nettoierait du coup la société. Oui, votre empereur et tous ses roussins boiraient un bouillon... »

Mais il fut interrompu par le sergent de ville, dont les moustaches et l'impériale rouges remuaient dans sa face blême.

« Et l'armée, dites donc, qu'est-ce que vous en faites? »

Alors, Lantier s'emporta. Il criait en donnant des coups de poing sur ses journaux :

« Je veux la suppression du militarisme, la fraternité des peuples... Je veux l'abolition des privilèges, des titres et des monopoles... Je veux l'égalité des salaires, la répartition des bénéfices, la glorification du prolétariat... Toutes les libertés, entendez-vous! toutes!... Et le divorce!

— Oui, oui, le divorce, pour la morale! » appuya Boche.

Poisson avait pris un air majestueux. Il répondit :

« Pourtant, si je n'en veux pas de vos libertés, je suis bien libre.

— Si vous n'en voulez pas, si vous n'en voulez pas... bégaya Lantier, que la passion étranglait. Non, vous n'êtes pas libre!... Si vous n'en voulez pas, je vous foutrai à

Cayenne, moi! oui, à Cayenne, avec votre empereur et tous les cochons de sa bande! »

Ils s'empoignaient ainsi, à chacune de leurs rencontres. Gervaise, qui n'aimait pas les discussions, intervenait d'ordinaire. Elle sortit de la torpeur où la plongeait la vue de la malle, toute pleine du parfum gâté de son ancien amour; et elle montra les verres aux trois hommes.

« C'est vrai, dit Lantier, subitement calmé, prenant son verre. A la vôtre.

— A la vôtre », répondirent Boche et Poisson, qui trinquèrent avec lui.

Cependant, Boche se dandinait, travaillé par une inquiétude, regardant le sergent de ville du coin de l'œil.

« Tout ça entre nous, n'est-ce pas, monsieur Poisson? murmura-t-il enfin. On vous montre et on vous dit des choses. »

Mais Poisson ne le laissa pas achever. Il mit la main sur son cœur, comme pour expliquer que tout restait là. Il n'allait pas moucharder des amis, bien sûr. Coupeau étant arrivé, on vida un second litre. Le sergent de ville fila ensuite par la cour, reprit sur le trottoir sa marche raide et sévère, à pas comptés.

Dans les premiers temps, tout fut en l'air chez la blanchisseuse. Lantier avait bien sa chambre séparée, son entrée, sa clef; mais, comme au dernier moment on s'était décidé à ne pas condamner la porte de communication, il arrivait que, le plus souvent, il passait par la boutique. Le linge sale aussi embarrassait beaucoup Gervaise, car son mari ne s'occupait pas de la grande caisse dont il avait parlé; et elle se trouvait réduite à fourrer le linge un peu partout, dans les coins, principalement sous son lit, ce qui manquait d'agrément pendant les nuits d'été. Enfin, elle était très ennuyée d'avoir chaque soir à faire le lit d'Étienne au beau milieu de la boutique; lorsque les ouvrières veillaient, l'enfant dormait sur une chaise, en attendant. Aussi Goujet lui ayant parlé d'envoyer Étienne à Lille, où son ancien

patron, un mécanicien, demandait des apprentis, elle fut
séduite par ce projet, d'autant plus que le gamin, peu
heureux à la maison, désireux d'être son maître, la
suppliait de consentir. Seulement, elle craignait un refus
net de la part de Lantier. Il était venu habiter chez eux,
uniquement pour se rapprocher de son fils ; il n'allait pas
vouloir le perdre juste quinze jours après son installation.
Pourtant, quand elle lui parla en tremblant de l'affaire,
il approuva beaucoup l'idée, disant que les jeunes ouvriers
ont besoin de voir du pays. Le matin où Étienne partit,
il lui fit un discours sur ses droits, puis il l'embrassa, il
déclama :

« Souviens-toi que le producteur¹ n'est pas un esclave,
mais que quiconque n'est pas producteur est un frelon. »

Alors, le train-train de la maison reprit, tout se calma
et s'assoupit dans de nouvelles habitudes. Gervaise s'était
accoutumée à la débandade du linge sale, aux allées et
venues de Lantier. Celui-ci parlait toujours de ses grandes
affaires ; il sortait parfois, bien peigné, avec du linge
blanc, disparaissait, découchait même, puis rentrait en
affectant d'être éreinté, d'avoir la tête cassée, comme
s'il venait de discuter, vingt-quatre heures durant, les
plus graves intérêts. La vérité était qu'il la coulait douce.
Oh ! il n'y avait pas de danger qu'il empoignât des
durillons aux mains ! Il se levait d'ordinaire vers dix
heures, faisait une promenade l'après-midi, si la couleur
du soleil lui plaisait, ou bien, les jours de pluie, restait
dans la boutique où il parcourait son journal. C'était
son milieu, il crevait d'aise parmi les jupes, se fourrait
au plus épais des femmes, adorant leurs gros mots, les
poussant à en dire, tout en gardant lui-même un langage
choisi ; et ça expliquait pourquoi il aimait tant à se
frotter aux blanchisseuses, des filles pas bégueules.
Lorsque Clémence lui dévidait son chapelet, il demeurait
tendre et souriant, en tordant ses minces moustaches.
L'odeur de l'atelier, ces ouvrières en sueur qui tapaient
les fers de leurs bras nus, tout ce coin pareil à une alcôve
où traînait le déballage des dames du quartier, semblait

être pour lui le trou rêvé, un refuge longtemps cherché de paresse et de jouissance.

Dans les premiers temps, Lantier mangeait chez François, au coin de la rue des Poissonniers. Mais sur les sept jours de la semaine, il dînait avec les Coupeau trois et quatre fois; si bien qu'il finit par leur offrir de prendre pension chez eux : il leur donnerait quinze francs chaque samedi. Alors, il ne quitta plus la maison, il s'installa tout à fait. On le voyait du matin au soir aller de la boutique à la chambre du fond, en bras de chemise, haussant la voix, ordonnant; il répondait même aux pratiques, il menait la baraque. Le vin de François lui ayant déplu, il persuada à Gervaise d'acheter désormais son vin chez Vigouroux, le charbonnier d'à côté, dont il allait pincer la femme avec Boche, en faisant les commandes. Puis, ce fut le pain de Coudeloup qu'il trouva mal cuit; et il envoya Augustine chercher le pain à la boulangerie viennoise du faubourg Poissonnière, chez Meyer. Il changea aussi Lehongre, l'épicier, et ne garda que le boucher de la rue Polonceau, le gros Charles, à cause de ses opinions politiques. Au bout d'un mois, il voulut mettre toute la cuisine à l'huile. Comme disait Clémence, en le blaguant, la tache d'huile reparaissait quand même chez ce sacré Provençal. Il faisait lui-même les omelettes, des omelettes retournées des deux côtés, plus rissolées que des crêpes, si fermes qu'on aurait dit des galettes. Il surveillait maman Coupeau, exigeant les biftecks très cuits, pareils à des semelles de soulier, ajoutant de l'ail partout, se fâchant si l'on coupait de la fourniture dans la salade, des mauvaises herbes, criait-il, parmi lesquelles pouvait bien se glisser du poison. Mais son grand régal était un certain potage, du vermicelle cuit à l'eau, très épais, où il versait la moitié d'une bouteille d'huile. Lui seul en mangeait avec Gervaise, parce que les autres, les Parisiens, pour s'être un jour risqués à y goûter, avaient failli rendre tripes et boyaux.

Peu à peu, Lantier en était venu également à s'occuper des affaires de la famille. Comme les Lorilleux rechi-

gnaient toujours pour sortir de leur poche les cent sous
de la maman Coupeau, il avait expliqué qu'on pouvait
leur intenter un procès. Est-ce qu'ils se fichaient du
monde! c'étaient dix francs qu'ils devaient donner par
mois! Et il montait lui-même chercher les dix francs,
d'un air si hardi et si aimable, que la chaîniste n'osait
pas les refuser. Maintenant, Mme Lerat, elle aussi,
donnait deux pièces de cent sous. Maman Coupeau
aurait baisé les mains de Lantier, qui jouait en outre
le rôle de grand arbitre, dans les querelles de la vieille
femme et de Gervaise. Quand la blanchisseuse, prise
d'impatience, rudoyait sa belle-mère, et que celle-ci
allait pleurer dans son lit, il les bousculait toutes les deux,
les forçait à s'embrasser, en leur demandant si elles
croyaient amuser le monde avec leurs bons caractères.
C'était comme Nana : on l'élevait joliment mal, à son
avis. En cela, il n'avait pas tort, car lorsque le père
tapait dessus, la mère soutenait la gamine, et lorsque la
mère à son tour cognait, le père faisait une scène. Nana,
ravie de voir ses parents se manger, se sentant excusée
à l'avance, commettait les cent dix-neuf coups. A présent,
elle avait inventé d'aller jouer dans la maréchalerie,
en face; elle se balançait la journée entière aux branches
des charrettes; elle se cachait avec des bandes de voyous,
au fond de la cour blafarde, éclairée du feu rouge de la
forge; et, brusquement, elle reparaissait, courant, criant,
dépeignée et barbouillée, suivie de la queue des voyous,
comme si une volée de marteaux venait de mettre ces
saloperies d'enfants en fuite. Lantier seul pouvait la
gronder; et encore elle savait joliment le prendre. Cette
merdeuse de dix ans marchait comme une dame devant
lui, se balançait, le regardait de côté, les yeux déjà pleins
de vice. Il avait fini par se charger de son éducation;
il lui apprenait à danser et à parler patois.

Une année s'écoula de la sorte. Dans le quartier, on
croyait que Lantier avait des rentes, car c'était la seule
façon de s'expliquer le grand train des Coupeau. Sans
doute, Gervaise continuait à gagner de l'argent; mais

maintenant qu'elle nourrissait deux hommes à ne rien
faire, la boutique pour sûr ne pouvait suffire; d'autant
plus que la boutique devenait moins bonne, des pratiques s'en allaient, les ouvrières godaillaient du matin
au soir. La vérité était que Lantier ne payait rien, ni
loyer ni nourriture. Les premiers mois, il avait donné des
acomptes; puis, il s'était contenté de parler d'une grosse
somme qu'il devait toucher, grâce à laquelle il s'acquit-
terait plus tard, en un coup. Gervaise n'osait plus lui
demander un centime. Elle prenait le pain, le vin, la
viande à crédit. Les notes montaient partout, ça marchait par des trois francs et des quatre francs chaque
jour. Elle n'avait pas allongé un sou au marchand de
meubles ni aux trois camarades, le maçon, le menuisier
et le peintre. Tout ce monde commençait à grogner, on
devenait moins poli pour elle dans les magasins. Mais
elle était comme grisée par la fureur de la dette; elle
s'étourdissait, choisissait les choses les plus chères, se
lâchait dans sa gourmandise depuis qu'elle ne payait
plus; et elle restait très honnête au fond, rêvant de
gagner du matin au soir des centaines de francs, elle
ne savait pas trop de quelle façon, pour distribuer des
poignées de pièces de cent sous à ses fournisseurs. Enfin,
elle s'enfonçait, et à mesure qu'elle dégringolait, elle
parlait d'élargir ses affaires. Pourtant, vers le milieu de
l'été, la grande Clémence était partie, parce qu'il n'y
avait pas assez de travail pour deux ouvrières et qu'elle
attendait son argent pendant des semaines. Au milieu
de cette débâcle, Coupeau et Lantier se faisaient des
joues. Les gaillards, attablés jusqu'au menton, bouffaient
la boutique, s'engraissaient de la ruine de l'établissement;
et ils s'excitaient l'un l'autre à mettre les morceaux
doubles, et ils se tapaient sur le ventre en rigolant, au
dessert, histoire de digérer plus vite.

Dans le quartier, le grand sujet de conversation était de
savoir si réellement Lantier s'était remis avec Gervaise.
Là-dessus, les avis se partageaient. A entendre les Lorilleux,
la Banban faisait tout pour repincer le chapelier, mais lui

ne voulait plus d'elle, la trouvait trop décatie, avait en
ville des petites filles d'une frimousse autrement tor-
chée. Selon les Boche, au contraire, la blanchisseuse, dès
la première nuit, s'en était allée retrouver son ancien
époux, aussitôt que ce jeanjean de Coupeau avait ronflé.
Tout ça, d'une façon comme d'une autre, ne semblait
guère propre; mais il y a tant de saletés dans la vie, et
de plus grosses, que les gens finissaient par trouver ce
ménage à trois naturel, gentil même, car on ne s'y
battait jamais et les convenances étaient gardées. Certainement, si l'on avait mis le nez dans d'autres intérieurs
du quartier, on se serait empoisonné davantage. Au
moins, chez les Coupeau, ça sentait les bons enfants.
Tous les trois se livraient à leur petite cuisine, se culot-
taient et couchotaient ensemble à la papa, sans empêcher
les voisins de dormir. Puis, le quartier restait conquis
par les bonnes manières de Lantier. Cet enjôleur fermait
le bec à toutes les bavardes. Même, dans le doute où l'on
se trouvait de ses rapports avec Gervaise, quand la
fruitière niait les rapports devant la tripière, celle-ci
semblait dire que c'était vraiment dommage, parce
qu'enfin ça rendait les Coupeau moins intéressants.

Cependant, Gervaise vivait tranquille de ce côté, ne
pensait guère à ces ordures. Les choses en vinrent au point
qu'on l'accusa de manquer de cœur. Dans la famille on ne
comprenait pas sa rancune contre le chapelier. Mme Lerat, qui adorait se fourrer entre les amoureux, venait tous
les soirs; et elle traitait Lantier d'homme irrésistible,
dans les bras duquel les dames les plus huppées devaient
tomber. Mme Boche n'aurait pas répondu de sa vertu,
si elle avait eu dix ans de moins. Une conspiration
sourde, continue, grandissait, poussait lentement Gervaise, comme si toutes les femmes, autour d'elle, avaient
dû se satisfaire, en lui donnant un amant. Mais Gervaise
s'étonnait, ne découvrait pas chez Lantier tant de
séductions. Sans doute, il était changé à son avantage :
il portait toujours un paletot, il avait pris de l'éducation
dans les cafés et dans les réunions politiques. Seulement,

elle, qui le connaissait bien, lui voyait jusqu'à l'âme par les deux trous de ses yeux, et retrouvait là un tas de choses, dont elle gardait un léger frisson. Enfin, si ça plaisait tant aux autres, pourquoi les autres ne se risquaient-elles pas à tâter du monsieur ? Ce fut ce qu'elle laissa entendre un jour à Virginie, qui se montrait la plus chaude. Alors, Mme Lerat et Virginie, pour lui monter la tête, lui racontèrent les amours de Lantier et de la grande Clémence. Oui, elle ne s'était aperçue de rien ; mais, dès qu'elle sortait pour une course, le chapelier emmenait l'ouvrière dans sa chambre. Maintenant, on les rencontrait ensemble, il devait l'aller voir chez elle.

« Eh bien ? dit la blanchisseuse, la voix un peu tremblante, qu'est-ce que ça peut me faire ? »

Et elle regardait les yeux jaunes de Virginie, où des étincelles d'or luisaient, comme dans ceux des chats. Cette femme lui en voulait donc, qu'elle tâchait de la rendre jalouse ? Mais la couturière prit son air bête en répondant :

« Ça ne peut rien vous faire, bien sûr... Seulement, vous devriez lui conseiller de lâcher cette fille avec laquelle il aura du désagrément. »

Le pis était que Lantier se sentait soutenu et changeait de manières à l'égard de Gervaise. Maintenant, quand il lui donnait une poignée de main, il lui gardait un instant les doigts entre les siens. Il la fatiguait de son regard, fixait sur elle des yeux hardis, où elle lisait nettement ce qu'il lui demandait. S'il passait derrière elle, il enfonçait les genoux dans ses jupes, soufflait sur son cou, comme pour l'endormir. Pourtant, il attendit encore, avant d'être brutal et de se déclarer. Mais, un soir, se trouvant seul avec elle, il la poussa devant lui sans dire une parole, l'accula tremblante contre le mur, au fond de la boutique, et là voulut l'embrasser. Le hasard fit que Goujet entra juste à ce moment. Alors, elle se débattit, s'échappa. Et tous trois échangèrent quelques mots, comme si de rien n'était. Goujet, la face toute blanche, avait baissé le nez, en s'imaginant qu'il les dérangeait, qu'elle venait de se débattre pour ne pas être embrassée devant le monde.

Le lendemain, Gervaise piétina dans la boutique, très malheureuse, incapable de repasser un mouchoir ; elle avait besoin de voir Goujet, de lui expliquer comment Lantier la tenait contre le mur. Mais depuis qu'Étienne était à Lille, elle n'osait plus entrer à la forge, où Bec-Salé, dit Boit-sans-Soif, l'accueillait avec des rires sournois. Pourtant, l'après-midi, cédant à son envie, elle prit un panier vide, elle partit sous le prétexte d'aller prendre des jupons chez sa pratique de la rue des Portes-Blanches. Puis, quand elle fut rue Marcadet, devant la fabrique de boulons, elle se promena à petits pas, comptant sur une bonne rencontre. Sans doute, de son côté, Goujet devait l'attendre, car elle n'était pas là depuis cinq minutes, qu'il sortit comme par hasard.

« Tiens ! vous êtes en course, dit-il en souriant faiblement ; vous rentrez chez vous... »

Il disait ça pour parler. Gervaise tournait justement le dos à la rue des Poissonniers. Et ils montèrent vers Montmartre, côte à côte, sans se prendre le bras. Ils devaient avoir la seule idée de s'éloigner de la fabrique, pour ne pas paraître se donner des rendez-vous devant la porte. La tête basse, ils suivaient la chaussée défoncée, au milieu du ronflement des usines. Puis, à deux cents pas, naturellement, comme s'ils avaient connu l'endroit, ils filèrent à gauche, toujours silencieux, et s'engagèrent dans un terrain vague. C'était, entre une scierie mécanique et une manufacture de boutons, une bande de prairie restée verte, avec des plaques jaunes d'herbe grillée ; une chèvre, attachée à un piquet, tournait en bêlant ; au fond, un arbre mort s'émiettait au grand soleil.

« Vrai ! murmura Gervaise, on se croirait à la campagne. »

Ils allèrent s'asseoir sous l'arbre mort. La blanchisseuse mit son panier à ses pieds. En face d'eux, la butte Montmartre étageait ses rangées de hautes maisons jaunes et grises, dans des touffes de maigre verdure ; et, quand ils renversaient la tête davantage, ils apercevaient le large ciel d'une pureté ardente sur la ville, traversé au nord par un vol de petits nuages blancs. Mais la vive lumière les éblouissait, ils regardaient au ras de l'horizon plat les lointains crayeux des faubourgs, ils suivaient surtout la respiration du mince tuyau de la scierie mécanique, qui soufflait des jets de vapeur. Ces gros soupirs semblaient soulager leur poitrine oppressée.

« Oui, reprit Gervaise embarrassée par leur silence, je me trouvais en course, j'étais sortie... »

Après avoir tant souhaité une explication, tout d'un coup elle n'osait plus parler. Elle était prise d'une grande honte. Et elle sentait bien, cependant, qu'ils étaient venus là d'eux-mêmes, pour causer de ça ; même ils en causaient, sans avoir besoin de prononcer une parole. L'affaire de la veille restait entre eux comme un poids qui les gênait.

Alors, prise d'une tristesse atroce, les larmes aux yeux, elle raconta l'agonie de Mme Bijard, sa laveuse, morte le matin, après d'épouvantables douleurs.

« Ça venait d'un coup de pied que lui avait allongé Bijard, disait-elle d'une voix douce et monotone. Le ventre a enflé. Sans doute, il lui avait cassé quelque chose à l'intérieur. Mon Dieu ! en trois jours, elle a été tortillée... Ah ! il y a, aux galères, des gredins qui n'en ont pas tant fait. Mais la justice aurait trop de besogne, si elle s'occupait des femmes crevées par leurs maris. Un coup de pied de plus ou de moins, n'est-ce pas ? ça ne compte pas, quand on en reçoit tous les jours. D'autant plus que la pauvre femme voulait sauver son homme de l'échafaud et expliquait qu'elle s'était abîmé le ventre en tombant sur un baquet... Elle a hurlé toute la nuit avant de passer. »

Le forgeron se taisait, arrachait des herbes dans ses poings crispés.

« Il n'y a pas quinze jours, continua Gervaise, elle avait sevré son dernier, le petit Jules ; et c'est encore une chance, car l'enfant ne pâtira pas... N'importe, voilà cette gamine de Lalie chargée de deux mioches. Elle n'a

pas huit ans, mais elle est sérieuse et raisonnable comme
une vraie mère. Avec ça, son père la roue de coups...
Ah bien! on rencontre des êtres qui sont nés pour souffrir. »

Goujet la regarda et dit brusquement, les lèvres
tremblantes :

« Vous m'avez fait de la peine, hier, oh! oui, beaucoup
de peine... »

Gervaise, pâlissant, avait joint les mains. Mais lui,
continuait :

« Je sais, ça devait arriver... Seulement, vous auriez
dû vous confier à moi, m'avouer ce qu'il en était, pour ne
pas me laisser dans des idées... »

Il ne put achever. Elle s'était levée, en comprenant
que Goujet la croyait remise avec Lantier, comme le
quartier l'affirmait. Et, les bras tendus, elle cria :

« Non, non, je vous jure... Il me poussait, il allait
m'embrasser, c'est vrai; mais sa figure n'a pas même
touché la mienne, et c'était la première fois qu'il essayait... Oh! tenez, sur ma vie, sur celle de mes enfants,
sur tout ce que j'ai de plus sacré! »

Cependant, le forgeron hochait la tête. Il se méfiait,
parce que les femmes disent toujours non. Gervaise alors
devint très grave, reprit lentement :

« Vous me connaissez, monsieur Goujet, je ne suis
guère menteuse... Eh bien, non, ça n'est pas, ma parole
d'honneur!... Jamais ça ne sera, entendez-vous? jamais!
Le jour où ça arriverait, je deviendrais la dernière des
dernières, je ne mériterais plus l'amitié d'un honnête
homme comme vous. »

Et elle avait, en parlant, une si belle figure, toute
pleine de franchise, qu'il lui prit la main et la fit rasseoir.
Maintenant, il respirait à l'aise, il riait en dedans. C'était
la première fois qu'il lui tenait ainsi la main et qu'il la
serrait dans la sienne. Tous deux restèrent muets. Au
ciel, le vol des nuages blancs nageait avec une lenteur de
cygne. Dans le coin du champ, la chèvre, tournée vers
eux, les regardait en poussant à de longs intervalles régu-

liers un bêlement très doux. Et, sans se lâcher les doigts,
les yeux noyés d'attendrissement, ils se perdaient au
loin, sur la pente de Montmartre blafard, au milieu de la
haute futaie des cheminées d'usines rayant l'horizon,
dans cette banlieue plâtreuse et désolée, où les bosquets
verts des cabarets borgnes les touchaient jusqu'aux larmes.

« Votre mère m'en veut, je le sais, reprit Gervaise à
voix basse. Ne dites pas non... Nous vous devons tant
d'argent! »

Mais lui, se montra brutal, pour la faire taire. Il lui
secoua la main, à la briser. Il ne voulait pas qu'elle
parlât de l'argent. Puis, il hésita, il bégaya enfin :

« Écoutez, il y a longtemps que je songe à vous proposer une chose... Vous n'êtes pas heureuse. Ma mère
assure que la vie tourne mal pour vous... »

Il s'arrêta, un peu étouffé.

« Eh bien, il faut nous en aller ensemble. »

Elle le regarda, ne comprenant pas nettement d'abord,
surprise par cette rude déclaration d'un amour dont il
n'avait jamais ouvert les lèvres.

« Comment ça? demanda-t-elle.

— Oui, continua-t-il la tête basse, nous nous en irions,
nous vivrions quelque part, en Belgique si vous voulez...
C'est presque mon pays... En travaillant tous les deux,
nous serions vite à notre aise. »

Alors, elle devint très rouge. Il l'aurait prise contre lui
pour l'embrasser, qu'elle aurait eu moins de honte. C'était
un drôle de garçon tout de même, de lui proposer un
enlèvement, comme cela se passe dans les romans et dans
la haute société. Ah bien! autour d'elle, elle voyait des
ouvriers faire la cour à des femmes mariées; mais ils ne
les menaient pas même à Saint-Denis, ça se passait sur
place, et carrément.

« Ah! monsieur Goujet, monsieur Goujet... murmu-
rait-elle, sans trouver autre chose.

— Enfin, voilà, nous ne serions que tous les deux,
reprit-il. Les autres me gênent, vous comprenez?...

Quand j'ai de l'amitié pour une personne, je ne peux pas voir cette personne avec d'autres. »

Mais elle se remettait, elle refusait maintenant, d'un air raisonnable.

« Ce n'est pas possible, monsieur Goujet. Ce serait très mal... Je suis mariée, n'est-ce pas? J'ai des enfants... Je sais bien que vous avez de l'amitié pour moi et que je vous fais de la peine. Seulement, nous aurions des remords, nous ne goûterions pas de plaisir... Moi aussi, j'éprouve de l'amitié pour vous, j'en éprouve trop pour vous laisser commettre des bêtises. Et ce seraient des bêtises, bien sûr... Non, voyez-vous, il vaut mieux demeurer comme nous sommes. Nous nous estimons, nous nous trouvons d'accord de sentiment. C'est beaucoup, ça m'a soutenue plus d'une fois. Quand on reste honnête, dans notre position, on en est joliment récompensé. »

Il hochait la tête, en l'écoutant. Il l'approuvait, il ne pouvait pas dire le contraire. Brusquement, dans le grand jour, il la prit entre ses bras, la serra à l'écraser, lui posa un baiser furieux sur le cou, comme s'il avait voulu lui manger la peau. Puis, il la lâcha, sans demander autre chose; et il ne parla plus de leur amour. Elle se secouait, elle ne se fâchait pas, comprenant que tous deux avaient bien gagné ce petit plaisir.

Le forgeron, cependant, secoué de la tête aux pieds par un grand frisson, s'écartait d'elle, pour ne pas céder à l'envie de la reprendre; et il se traînait sur les genoux, ne sachant à quoi occuper ses mains, cueillant des fleurs de pissenlits, qu'il jetait de loin dans son panier. Il y avait là, au milieu de la nappe d'herbe brûlée, des pissenlits jaunes superbes. Peu à peu, ce jeu le calma, l'amusa. De ses doigts raidis par le travail du marteau, il cassait délicatement les fleurs, les lançait une à une, et ses yeux de bon chien riaient, lorsqu'il ne manquait pas la corbeille. La blanchisseuse s'était adossée à l'arbre mort, gaie et reposée, haussant la voix pour se faire entendre, dans l'haleine forte de la scierie mécanique. Quand ils quittèrent le terrain vague, côte à côte, en causant d'Étienne, qui se plai-

sait beaucoup à Lille, elle emporta son panier plein de
fleurs de pissenlits.

Au fond, Gervaise ne se sentait pas devant Lantier si
courageuse qu'elle le disait. Certes, elle était bien résolue
à ne pas lui permettre de la toucher seulement du bout des
doigts ; mais elle avait peur, s'il la touchait jamais, de sa
lâcheté ancienne, de cette mollesse et de cette complaisance auxquelles elle se laissait aller, pour faire plaisir au
monde. Lantier, pourtant, ne recommença pas sa tentative. Il se trouva plusieurs fois seul avec elle et se tint
tranquille. Il semblait maintenant occupé de la tripière,
une femme de quarante-cinq ans, très bien conservée.
Gervaise, devant Goujet, parlait de la tripière, afin de le
rassurer. Elle répondait à Virginie et à Mme Lerat,
quand celles-ci faisaient l'éloge du chapelier, qu'il pouvait bien se passer de son admiration, puisque toutes les
voisines avaient des béguins pour lui.

Coupeau, dans le quartier, gueulait que Lantier était
un ami, un vrai. On pouvait baver sur leur compte, lui
savait ce qu'il savait, se fichait du bavardage, du moment
où il avait l'honnêteté de son côté. Quand ils sortaient
tous les trois, le dimanche, il obligeait sa femme et le chapelier à marcher devant lui, bras dessus, bras dessous,
histoire de crâner dans la rue ; et il regardait les gens,
tout prêt à leur administrer un va-te-laver, s'ils s'étaient
permis la moindre rigolade. Sans doute, il trouvait
Lantier un peu fiérot, l'accusait de faire sa Sophie devant
le vitriol, le blaguait parce qu'il savait lire et qu'il parlait
comme un avocat. Mais, à part ça, il le déclarait un
bougre à poils. On n'en aurait pas trouvé deux aussi
solides dans la Chapelle. Enfin, ils se comprenaient, ils
étaient bâtis l'un pour l'autre. L'amitié avec un homme,
c'est plus solide que l'amour avec une femme.

Il faut dire une chose, Coupeau et Lantier se payaient
ensemble des noces à tout casser. Lantier, maintenant,
empruntait de l'argent à Gervaise, des dix francs, des
vingt francs, quand il sentait de la monnaie dans la maison. C'était toujours pour ses grandes affaires. Puis, ces

jours-là, il débauchait Coupeau, parlait d'une longue
course, l'emmenait; et, attablés nez à nez au fond d'un
restaurant voisin, ils se flanquaient par le coco des plats
qu'on ne peut manger chez soi, arrosés de vin cacheté. Le
zingueur aurait préféré des ribotes dans le chic bon
enfant; mais il était impressionné par les goûts d'aristo du
chapelier, qui trouvait sur la carte des noms de sauces
extraordinaires. On n'avait pas l'idée d'un homme si
douillet, si difficile. Ils sont tous comme ça, paraît-il,
dans le Midi. Ainsi, il ne voulait rien d'échauffant,
il discutait chaque fricot, au point de vue de la santé,
faisant remporter la viande lorsqu'elle lui semblait trop
salée ou trop poivrée. C'était encore pis pour les courants
d'air, il en avait une peur bleue, il engueulait tout l'établissement, si une porte restait entrouverte. Avec ça, très
chien, donnant deux sous au garçon pour des repas de sept
et huit francs. N'importe, on tremblait devant lui, on les
connaissait bien sur les boulevards extérieurs, des Batignolles à Belleville. Ils allaient, grande rue des Batignolles, manger des tripes à la mode de Caen, qu'on leur servait sur de petits réchauds. En bas de Montmartre, ils
trouvaient les meilleures huîtres du quartier, à la *Ville de
Bar-le-Duc.* Quand ils se risquaient en haut de la butte,
jusqu'au *Moulin de la Galette,* on leur faisait sauter un
lapin. Rue des Martyrs, les *Lilas* avaient la spécialité de la
tête de veau; tandis que, chaussée Clignancourt, les restaurants du *Lion d'Or* et des *Deux Marronniers* leur donnaient des rognons sautés à se lécher les doigts. Mais ils
tournaient plus souvent à gauche, du côté de Belleville,
avaient leur table gardée aux *Vendanges de Bourgogne,* au
Cadran Bleu, au *Capucin,* des maisons de confiance, où l'on
pouvait demander de tout, les yeux fermés.¹ C'étaient des
parties sournoises, dont ils parlaient le lendemain matin,
à mots couverts, en chipotant les pommes de terre de
Gervaise. Même un jour, dans un bosquet du *Moulin
de la Galette,* Lantier amena une femme, avec laquelle
Coupeau le laissa au dessert.

Naturellement, on ne peut pas nocer et travailler.

Aussi, depuis l'entrée du chapelier dans le ménage, le zingueur, qui fainéantait déjà pas mal, en était arrivé à ne plus toucher un outil. Quand il se laissait encore embaucher, las de traîner ses savates, le camarade le relançait au chantier, le blaguait à mort en le trouvant pendu au bout de sa corde à nœuds comme un jambon fumé, et il lui criait de descendre prendre un canon. C'était réglé, le zingueur lâchait l'ouvrage, commençait une bordée qui durait des journées et des semaines. Oh! par exemple, des bordées fameuses, une revue générale de tous les mastroquets du quartier, la soûlerie du matin cuvée à midi et repincée le soir, les tournées de casse-poitrine se succédant, se perdant dans la nuit, pareilles aux lampions d'une fête, jusqu'à ce que la dernière chandelle s'éteignît avec le dernier verre! Cet animal de chapelier n'allait jamais jusqu'au bout. Il laissait l'autre s'allumer, le lâchait, rentrait en souriant de son air aimable. Lui, se piquait le nez proprement, sans qu'on s'en aperçût. Quand on le connaissait bien, ça se voyait seulement à ses yeux plus minces et à ses manières plus entreprenantes auprès des femmes. Le zingueur, au contraire, devenait dégoûtant, ne pouvait plus boire sans se mettre dans un état ignoble.

Ainsi, vers les premiers jours de novembre, Coupeau tira une bordée qui finit d'une façon tout à fait sale pour lui et pour les autres. La veille, il avait trouvé de l'ouvrage. Lantier, cette fois-là, était plein de beaux sentiments; il prêchait le travail, attendu que le travail ennoblit l'homme. Même, le matin, il se leva à la lampe, il voulut accompagner son ami au chantier, gravement, honorant en lui l'ouvrier vraiment digne de ce nom. Mais, arrivés devant la *Petite-Civette* qui ouvrait, ils entrèrent prendre une prune, rien qu'une, dans le seul but d'arroser ensemble la ferme résolution d'une bonne conduite. En face du comptoir, sur un banc, Bibi-la-Grillade, le dos contre le mur, fumait sa pipe d'un air maussade.

« Tiens! Bibi qui fait sa panthère, dit Coupeau. On a donc la flemme, ma vieille?

— Non, non, répondit le camarade en s'étirant les
bras. Ce sont les patrons qui vous dégoûtent... J'ai
lâché le mien hier... Tous de la crapule, de la canaille... »
Et Bibi-la-Grillade accepta une prune. Il devait être
là, sur le banc, à attendre une tournée. Cependant, Lantier défendait les patrons; ils avaient parfois joliment du
mal, il en savait quelque chose, lui qui sortait des affaires.
De la jolie fripouille, les ouvriers! toujours en noce, se
fichant de l'ouvrage, vous lâchant au beau milieu d'une
commande, reparaissant quand leur monnaie est nettoyée. Ainsi, il avait eu un petit Picard, dont la toquade
était de se trimbaler en voiture; oui, dès qu'il touchait
sa semaine, il prenait des fiacres pendant des journées.
Est-ce que c'était là un goût de travailleur? Puis, brusquement, Lantier se mit à attaquer aussi les patrons.
Oh! il voyait clair, il disait ses vérités à chacun. Une sale
race après tout, des exploiteurs sans vergogne, des man-
geurs de monde. Lui, Dieu merci! pouvait dormir en
conscience tranquille, car il s'était toujours conduit en
ami avec ses hommes, et avait préféré ne pas gagner des
millions comme les autres.

« Filons, mon petit, dit-il en s'adressant à Coupeau.
Il faut être sage, nous serions en retard. »

Bibi-la-Grillade, les bras ballants, sortit avec eux.
Dehors, le jour se levait à peine, un petit jour sali par le
reflet boueux du pavé; il avait plu la veille, il faisait très
doux. On venait d'éteindre les becs de gaz; la rue des
Poissonniers, où des lambeaux de nuit étranglés par les
maisons flottaient encore, s'emplissait du sourd piétinement des ouvriers descendant vers Paris.

Coupeau, son sac de zingueur passé à l'épaule, marchait de l'air esbrouffeur d'un citoyen qui est d'attaque,
une fois par hasard. Il se tourna, il demanda :

« Bibi, veux-tu qu'on t'embauche? le patron m'a dit
d'amener un camarade, si je pouvais.

— Merci, répondit Bibi-la-Grillade, je me purge...
Faut proposer ça à Mes-Bottes, qui cherchait hier une
baraque... Attends, Mes-Bottes est bien sûr là-dedans. »

Et, comme ils arrivaient au bas de la rue, ils aperçurent en effet Mes-Bottes chez le père Colombe. Malgré l'heure matinale, l'Assommoir flambait, les volets enlevés, le gaz allumé. Lantier resta sur la porte, en recommandant à Coupeau de se dépêcher, parce qu'ils avaient tout juste dix minutes.

« Comment! tu vas chez ce roussin de Bourguignon! cria Mes-Bottes, quand le zingueur lui eut parlé. Plus souvent qu'on me pince dans cette boîte! Non, j'aimerais mieux tirer la langue jusqu'à l'année prochaine... Mais, mon vieux, tu ne resteras pas là trois jours, c'est moi qui te le dis!

— Vrai, une sale boîte? demanda Coupeau inquiet.

— Oh! tout ce qu'il y a de plus sale... On ne peut pas bouger. Le singe est sans cesse sur votre dos. Et avec ça des manières, une bourgeoise qui vous traite de soûlard, une boutique où il est défendu de cracher... Je les ai envoyés dinguer le premier soir, tu comprends.

— Bon! me voilà prévenu. Je ne mangerai pas chez eux un boisseau de sel... J'en vais tâter ce matin; mais si le patron m'embête, je te le ramasse et je te l'assois sur sa bourgeoise, tu sais, collés comme une paire de soles! »

Le zingueur secouait la main du camarade, pour le remercier de son bon renseignement, et il s'en allait quand Mes-Bottes se fâcha. Tonnerre de Dieu! est-ce que le Bourguignon allait les empêcher de boire la goutte? Les hommes n'étaient plus des hommes, alors? Le singe pouvait bien attendre cinq minutes. Et Lantier entra pour accepter la tournée, les quatre ouvriers se tinrent debout devant le comptoir. Cependant, Mes Bottes, avec ses souliers éculés, sa blouse noire d'ordures, sa casquette aplatie sur le sommet du crâne, gueulait fort et roulait des yeux de maître dans l'Assommoir. Il venait d'être proclamé empereur des pochards et roi des cochons, pour avoir mangé une salade de hannetons vivants et mordu dans un chat crevé.

« Dites donc, espèce de Borgia! cria-t-il au père

Colombe, donnez-moi de la jaune, de votre pissat d'âne premier numéro. »

Et quand le père Colombe, blême et tranquille dans son tricot bleu, eut empli les quatre verres, ces messieurs les vidèrent d'une lampée, histoire de ne pas laisser le liquide s'éventer.

« Ça fait tout de même du bien où ça passe », murmura Bibi-la-Grillade.

Mais cet animal de Mes-Bottes en racontait une comique. Le vendredi, il était si soûl, que les camarades lui avaient scellé sa pipe dans le bec avec une poignée de plâtre. Un autre en serait crevé, lui gonflait le dos et se pavanait.

« Ces messieurs ne renouvellent pas? demanda le père Colombe de sa voix grasse.

— Si, redoublez-nous ça, dit Lantier. C'est mon tour. »

Maintenant, on causait des femmes. Bibi-la-Grillade, le dernier dimanche, avait mené sa scie à Montrouge, chez une tante. Coupeau demanda des nouvelles de la *Malle des Indes*, une blanchisseuse de Chaillot, connue dans l'établissement. On allait boire, quand Mes-Bottes, violemment, appela Goujet et Lorilleux qui passaient. Ceux-ci vinrent jusqu'à la porte et refusèrent d'entrer. Le forgeron ne sentait pas le besoin de prendre quelque chose. Le chaîniste, blafard, grelottant, serrait dans sa poche les chaînes d'or qu'il reportait; et il toussait, il s'excusait, en disant qu'une goutte d'eau-de-vie le mettait sur le flanc.

« En voilà des cafards! grogna Mes-Bottes. Ça doit licher dans les coins. »

Et quand il eut mis le nez dans son verre, il attrapa le père Colombe.

« Vieille drogue, tu as changé de litre!... Tu sais, ce n'est pas avec moi qu'il faut maquiller ton vitriol! »

Le jour avait grandi, une clarté louche éclairait l'Assommoir, dont le patron éteignait le gaz. Coupeau, pourtant, excusait son beau-frère, qui ne pouvait pas

boire, ce dont, après tout, on n'avait pas à lui faire un
crime. Il approuvait même Goujet, attendu que c'était
un bonheur de ne jamais avoir soif. Et il parlait d'aller
travailler, lorsque Lantier, avec son grand air d'homme
comme il faut, lui infligea une leçon : on payait sa tournée, au moins, avant de se cavaler; on ne lâchait pas des
amis comme un pleutre, même pour se rendre à son
devoir.

« Est-ce qu'il va nous bassiner longtemps avec son
travail! cria Mes-Bottes.

— Alors, c'est la tournée de monsieur? » demanda le
père Colombe à Coupeau.

Celui-ci paya sa tournée. Mais, quand vint le tour de
Bibi-la-Grillade, il se pencha à l'oreille du patron, qui
refusa d'un lent signe de tête. Mes-Bottes comprit et se
remit à invectiver cet entortillé de père Colombe. Comment! une bride de son espèce se permettait de mauvaises
manières à l'égard d'un camarade! Tous les marchands de
coco faisaient l'œil! Il fallait venir dans les mines à
poivre pour être insulté! Le patron restait calme, se
balançait sur ses gros poings, au bord du comptoir, en
répétant poliment :

« Prêtez de l'argent à monsieur, ce sera plus simple.

— Nom de Dieu! oui, je lui en prêterai, hurla Mes-
Bottes. Tiens! Bibi, jette-lui sa monnaie à travers la
gueule, à ce vendu! »

Puis, lancé, agacé par le sac que Coupeau avait gardé
à son épaule, il continua, en s'adressant au zingueur :

« T'as l'air d'une nourrice. Lâche ton poupon. Ça
rend bossu. »

Coupeau hésita un instant; et, paisiblement, comme s'il
s'était décidé après de mûres réflexions, il posa son sac
par terre, en disant :

« Il est trop tard, à cette heure. J'irai chez Bourguignon après le déjeuner. Je dirai que ma bourgeoise a eu
des coliques... Écoutez, père Colombe, je laisse mes
outils sous cette banquette, je les reprendrai à midi. »

Lantier, d'un hochement de tête, approuva cet arran-

gement. On doit travailler, ça ne fait pas un doute ; seulement, quand on se trouve avec des amis, la politesse
passe avant tout. Un désir de godaille les avait peu à
peu chatouillés et engourdis tous les quatre, les mains
lourdes, se tâtant du regard. Et, dès qu'ils eurent cinq
heures de flâne devant eux, ils furent pris brusquement
d'une joie bruyante, ils s'allongèrent des claques, se
gueulèrent des mots de tendresse dans la figure. Coupeau
surtout, soulagé, rajeuni, qui appelait les autres « ma
vieille branche ! » On se mouilla encore d'une tournée
générale ; puis on alla à la *Puce qui renifle,* un petit bousin-
got où il y avait un billard. Le chapelier fit un instant
son nez parce que c'était une maison pas très propre ;
le schnick y valait un franc le litre, dix sous une chopine
en deux verres, et la société de l'endroit avait commis
tant de saletés sur le billard, que les billes y restaient
collées. Mais, la partie une fois engagée, Lantier, qui avait
un coup de queue extraordinaire, retrouva sa grâce et sa
belle humeur, développant son torse, accompagnant d'un
effet de hanches chaque carambolage.

Lorsque vint l'heure du déjeuner, Coupeau eut une
idée, il tapa des pieds, en criant :

« Faut aller prendre Bec-Salé. Je sais où il travaille...
Nous l'emmènerons manger des pieds à la poulette chez
la mère Louis. »

L'idée fut acclamée. Oui, Bec-Salé, dit Boit-sans-Soif,
devait avoir besoin de manger des pieds à la poulette. Ils
partirent. Les rues étaient jaunes, une petite pluie tombait ; mais ils avaient déjà trop chaud à l'intérieur pour
sentir ce léger arrosage sur leurs abattis. Coupeau les
mena rue Marcadet, à la fabrique de boulons. Comme
ils arrivaient une grosse demi-heure avant la sortie, le
zingueur donna deux sous à un gamin pour entrer dire
à Bec-Salé que sa bourgeoise se trouvait mal et le
demandait tout de suite. Le forgeron parut aussitôt, en
se dandinant, l'air bien calme, le nez flairant un gueuleton.

« Ah ! les cheulards ! dit-il, dès qu'il les aperçut cachés

sous une porte. J'ai senti ça... Hein? qu'est-ce qu'on mange? »

Chez la mère Louis, tout en suçant les petits os des pieds, on tapa de nouveau sur les patrons. Bec-Salé, dit Boit-sans-Soif, racontait qu'il y avait une commande pressée dans sa boîte. Oh! le singe était coulant pour le quart d'heure; on pouvait manquer à l'appel, il restait gentil, il devait s'estimer encore bien heureux quand on revenait. D'abord, il n'y avait pas de danger qu'un patron osât jamais flanquer dehors Bec-Salé, dit Boit-sans-Soif, parce qu'on n'en trouvait plus, des cadets de sa capacité. Après les pieds, on mangea une omelette. Chacun but son litre. La mère Louis faisait venir son vin de l'Auvergne, un vin couleur de sang qu'on aurait coupé au couteau. Ça commençait à être drôle, la bordée s'allumait.

« Qu'est-ce qu'il a, à m'emmoutarder, cet encloué de singe? cria Bec-Salé au dessert. Est-ce qu'il ne vient pas d'avoir l'idée d'accrocher une cloche dans sa baraque? Une cloche, c'est bon pour des esclaves... Ah bien! elle peut sonner, aujourd'hui! Du tonnerre si l'on me repince à l'enclume! Voilà cinq jours que je me la foule, je puis bien le balancer... S'il me fiche un abattage, je l'envoie à Chaillot.

— Moi, dit Coupeau d'un air important, je suis obligé de vous lâcher, je vais travailler. Oui, j'ai juré à ma femme... Amusez-vous, je reste de cœur avec les camaros, vous savez. »

Les autres blaguaient. Mais lui, semblait si décidé que tous l'accompagnèrent, quand il parla d'aller chercher ses outils chez le père Colombe. Il prit son sac sous la banquette, le posa devant lui, pendant qu'on buvait une dernière goutte. A une heure, la société s'offrait encore des tournées. Alors, Coupeau, d'un geste d'ennui, reporta les outils sous la banquette; ils le gênaient, il ne pouvait pas s'approcher du comptoir sans buter dedans. C'était trop bête, il irait le lendemain chez Bourguignon. Les quatre autres, qui se disputaient à propos de la question des salaires, ne s'étonnèrent pas, lorsque le zingueur, sans explication, leur proposa un petit tour sur le boulevard, pour se dérouiller les jambes. La pluie avait cessé. Le petit tour se borna à faire deux cents pas sur une même file, les bras ballants; et ils ne trouvaient plus un mot, surpris par l'air, ennuyés d'être dehors. Lentement, sans avoir seulement à se consulter du coude, ils remontèrent d'instinct la rue des Poissonniers, où ils entrèrent chez François prendre un canon de la bouteille. Vrai, ils avaient besoin de ça pour se remettre. On tournait trop à la tristesse dans la rue, il y avait une boue à ne pas flanquer un sergent de ville à la porte. Lantier poussa les camarades dans le cabinet, un coin étroit occupé par une seule table, et qu'une cloison aux vitres dépolies séparait de la salle commune. Lui, d'ordinaire, se piquait le nez dans les cabinets, parce que c'était plus convenable. Est-ce que les camarades n'étaient pas bien là? On se serait cru chez soi, on y aurait fait dodo sans se gêner. Il demanda le journal, l'étala tout grand, le parcourut, les sourcils froncés. Coupeau et Mes-Bottes avaient commencé un piquet. Deux litres et cinq verres traînaient sur la table.

« Eh bien? qu'est-ce qu'ils chantent, dans ce papier-là? » demanda Bibi-la-Grillade au chapelier.

Il ne répondit pas tout de suite. Puis, sans lever les yeux :

« Je tiens la Chambre. En voilà des républicains de quatre sous, ces sacrés fainéants de la gauche. Est-ce que le peuple les nomme pour baver leur eau sucrée!... Il croit en Dieu, celui-là, et il fait des mamours à ces canailles de ministres! Moi, si j'étais nommé, je monterais à la tribune et je dirais : Merde! Oui, pas davantage, c'est mon opinion!

— Vous savez que Badinguet s'est fichu des claques avec sa bourgeoise, l'autre soir, devant toute sa cour, raconta Bec-Salé, dit Boit-sans-Soif. Ma parole d'honneur! Et à propos de rien, en s'asticotant. Badinguet était éméché.

— Lâchez-nous donc le coude, avec votre politique !
cria le zingueur. Lisez les assassinats, c'est plus rigolo. »

Et revenant à son jeu, annonçant une tierce au neuf
et trois dames :

« J'ai une tierce à l'égout et trois colombes... Les
crinolines ne me quittent pas. »

On vida les verres. Lantier se mit à lire tout haut :

« Un crime épouvantable vient de jeter l'effroi dans
la commune de Gaillon (Seine-etMarne). Un fils a tué
son père à coups de bêche, pour lui voler trente sous... »

Tous poussèrent un cri d'horreur. En voilà un, par
exemple, qu'ils seraient allés voir raccourcir avec plaisir !
Non, la guillotine, ce n'était pas assez ; il aurait fallu le
couper en petits morceaux. Une histoire d'infanticide les
révolta également ; mais le chapelier, très moral, excusa
la femme en mettant tous les torts du côté de son séduc-
teur ; car, enfin, si une crapule d'homme n'avait pas fait
un gosse à cette malheureuse, elle n'aurait pas pu en jeter
un dans les lieux d'aisances. Mais ce qui les enthousiasma,
ce furent les exploits du marquis de T..... sortant d'un
bal à deux heures du matin et se défendant contre trois
mauvaises gouapes, boulevard des Invalides ; sans même
retirer ses gants, il s'était débarrassé des deux premiers
scélérats avec des coups de tête dans le ventre, et avait
conduit le troisième au poste, par une oreille. Hein ?
quelle poigne ! C'était embêtant qu'il fût noble.

« Écoutez ça maintenant, continua Lantier. Je passe
aux nouvelles de la haute. « La comtesse de Brétigny
« marie sa fille aînée au jeune baron de Valançay, aide
« de camp de Sa Majesté. Il y a, dans la corbeille, pour
« plus de trois cent mille francs de dentelle... »

— Qu'est-ce que ça nous fiche ! interrompit Bibi-la-
Grillade. On ne leur demande pas la couleur de leur
chemise... La petite a beau avoir de la dentelle, elle n'en
verra pas moins la lune par le même trou que les autres. »

Comme Lantier faisait mine d'achever sa lecture, Bec-
Salé, dit Boit-sans-Soif, lui enleva le journal et s'assit
dessus, en disant :

« Ah! non, assez!... Le voilà au chaud... Le papier, ce n'est bon qu'à ça. »

Cependant, Mes-Bottes, qui regardait son jeu, donnait un coup de poing triomphant sur la table. Il faisait quatre-vingt-treize.

« J'ai la Révolution, cria-t-il. Quinte mangeuse, portant son point dans l'herbe à la vache... Vingt, n'est-ce pas?... Ensuite, tierce major dans les vitriers, vingt-trois; trois bœufs, vingt-six; trois larbins, vingt-neuf; trois borgnes, quatre-vingt-douze... Et je joue An un de la République, quatre-vingt-treize.

— T'est rincé, mon vieux », crièrent les autres à Coupeau.

On commanda deux nouveaux litres. Les verres ne désemplissaient plus, la soûlerie montait. Vers cinq heures, ça commençait à devenir dégoûtant, si bien que Lantier se taisait et songeait à filer; du moment où l'on gueulait et où l'on fichait le vin par terre, ce n'était plus son genre. Justement, Coupeau se leva pour faire le signe de croix des pochards. Sur la tête il prononça Montpernasse, à l'épaule droite Menilmonte, à l'épaule gauche la Courtille, au milieu du ventre Bagnolet, et dans le creux de l'estomac trois fois Lapin sauté. Alors, le chapelier, profitant de la clameur soulevée par cet exercice, prit tranquillement la porte. Les camarades ne s'aperçurent même pas de son départ. Lui, avait déjà un joli coup de sirop. Mais, dehors, il se secoua, il retrouva son aplomb; et il regagna tranquillement la boutique, où il raconta à Gervaise que Coupeau était avec des amis.

Deux jours se passèrent. Le zingueur n'avait pas reparu. Il roulait dans le quartier, on ne savait pas bien où. Des gens, pourtant, disaient l'avoir vu chez la mère Baquet, au *Papillon*, au *Petit Bonhomme qui tousse*. Seulement, les uns assuraient qu'il était seul, tandis que les autres l'avaient rencontré en compagnie de sept ou huit soûlards de son espèce. Gervaise haussait les épaules d'un air résigné. Mon Dieu! c'était une habitude à prendre.

Elle ne courait pas après son homme; même, si elle l'apercevait chez un marchand de vin, elle faisait un détour, pour ne pas le mettre en colère; et elle attendait qu'il rentrât, écoutant la nuit s'il ne ronflait pas à la porte. Il couchait sur un tas d'ordures, sur un banc, dans un terrain vague, en travers d'un ruisseau. Le lendemain, avec son ivresse mal cuvée de la veille, il repartait, tapait aux volets des consolations, se lâchait de nouveau dans une course furieuse, au milieu des petits verres, des canons et des litres, perdant et retrouvant ses amis, poussant des voyages dont il revenait plein de stupeur, voyant danser les rues, tomber la nuit et naître le jour, sans autre idée que de boire et de cuver sur place. Lorsqu'il cuvait, c'était fini. Gervaise alla pourtant, le second jour, à l'Assommoir du père Colombe, pour savoir; on l'y avait revu cinq fois, on ne pouvait pas lui en dire davantage. Elle dut se contenter d'emporter les outils, restés sous la banquette.

Lantier, le soir, voyant la blanchisseuse ennuyée, lui proposa de la conduire au café-concert, histoire de passer un moment agréable. Elle refusa d'abord, elle n'était pas en train de rire. Sans cela, elle n'aurait pas dit non, car le chapelier lui faisait son offre d'un air trop honnête pour qu'elle se méfiât de quelque traîtrise. Il semblait s'intéresser à son malheur et se montrait vraiment paternel. Jamais Coupeau n'avait découché deux nuits. Aussi, malgré elle, toutes les dix minutes, venait-elle se planter sur la porte, sans lâcher son fer, regardant aux deux bouts de la rue si son homme n'arrivait pas. Ça la tenait dans les jambes, à ce qu'elle disait, des picotements qui l'empêchaient de rester en place. Bien sûr, Coupeau pouvait se démolir un membre, tomber sous une voiture et y rester : elle serait joliment débarrassée, elle se défendait de garder dans le cœur la moindre amitié pour un sale personnage de cette espèce. Mais, à la fin, c'était agaçant de toujours se demander s'il rentrerait ou s'il ne rentrerait pas. Et, lorsqu'on alluma le gaz, comme Lantier lui parlait de nouveau du café-concert, elle

accepta. Après tout, elle se trouvait trop bête de refuser
un plaisir, lorsque son mari, depuis trois jours, menait
une vie de polichinelle. Puisqu'il ne rentrait pas, elle
aussi allait sortir. La cambuse brûlerait, si elle voulait.
Elle aurait fichu en personne le feu au bazar, tant
l'embêtement de la vie commençait à lui monter au nez.

On dîna vite. En partant au bras du chapelier, à huit
heures, Gervaise pria maman Coupeau et Nana de se
mettre au lit tout de suite. La boutique était fermée. Elle
s'en alla par la porte de la cour et donna la clef à Mme
Boche, en lui disant que si son cochon rentrait, elle eût
l'obligeance de le coucher.

Le chapelier l'attendait sous la porte, bien mis,
sifflant un air. Elle avait sa robe de soie. Ils suivirent
doucement le trottoir, serrés l'un contre l'autre, éclairés
par les coups de lumière des boutiques, qui les montraient se parlant à demi-voix, avec un sourire.

Le café-concert était boulevard de Rochechouart, un
ancien petit café qu'on avait agrandi sur une cour, par
une baraque en planches. A la porte, un cordon de
boules de verre dessinait un portique lumineux. De
longues affiches, collées sur des panneaux de bois, se
trouvaient posées par terre, au ras du ruisseau.

« Nous y sommes, dit Lantier. Ce soir, débuts de
Mlle Amanda, chanteuse de genre. »

Mais il aperçut Bibi-la-Grillade, qui lisait également
l'affiche. Bibi avait un œil au beurre noir, quelque coup
de poing attrapé la veille.

« Eh bien, et Coupeau? demanda le chapelier, en
cherchant autour de lui, vous avez donc perdu Coupeau?

— Oh! il y a beau temps, depuis hier, répondit l'autre.
On s'est allongé un coup de tampon, en sortant de chez
la mère Baquet. Moi, je n'aime pas les jeux de mains...
Vous savez, c'est avec le garçon de la mère Baquet qu'on
a eu des raisons, par rapport à un litre qu'il voulait nous
faire payer deux fois... Alors, j'ai filé, je suis allé schloffer
un brin. »

Il bâillait encore, il avait dormi dix-huit heures. D'ail-

leurs, il était complètement dégrisé, l'air abêti, sa vieille
veste pleine de duvet; car il devait s'être couché dans son
lit tout habillé.

« Et vous ne savez pas où est mon mari, monsieur?
interrogea la blanchisseuse.

— Mais non, pas du tout... Il était cinq heures, quand
nous avons quitté la mère Baquet. Voilà!... Il a peut-être
bien descendu la rue. Oui, même je crois l'avoir vu
entrer au *Papillon* avec un cocher... Oh! que c'est bête!
Vrai, on est bon à tuer! »

Lantier et Gervaise passèrent une très agréable soirée
au café-concert. A onze heures, lorsqu'on ferma les portes,
ils revinrent en se baladant, sans se presser. Le froid
piquait un peu, le monde se retirait par bandes; et il y
avait des filles qui crevaient de rire, sous les arbres, dans
l'ombre, parce que les hommes rigolaient de trop près.
Lantier chantait entre ses dents une des chansons de Mlle
Amanda : *C'est dans l'nez qu'ça me chatouille.* Gervaise,
étourdie, comme grise, reprenait le refrain. Elle avait eu
très chaud. Puis, les deux consommations qu'elle avait
bues lui tournaient sur le cœur, avec la fumée des pipes et
l'odeur de toute cette société entassée. Mais elle emportait surtout une vive impression de Mlle Amanda.
Jamais elle n'aurait osé se mettre nue comme ça devant
le public. Il fallait être juste, cette dame avait une peau
à faire envie. Et elle écoutait, avec une curiosité sensuelle,
Lantier donner des détails sur la personne en question,
de l'air d'un monsieur qui lui aurait compté les côtes
en particulier.

« Tout le monde dort », dit Gervaise, après avoir
sonné trois fois, sans que les Boche eussent tiré le cordon.

La porte s'ouvrit, mais le porche était noir, et quand
elle frappa à la vitre de la loge pour demander sa clef,
la concierge ensommeillée lui cria une histoire à laquelle
elle n'entendit rien d'abord. Enfin, elle comprit que le
sergent de ville Poisson avait ramené Coupeau dans un
drôle d'état, et que la clef devait être sur la serrure.

« Fichtre! murmura Lantier, quand ils furent entrés,

qu'est-ce qu'il a donc fait ici? C'est une vraie infection. »

En effet, ça puait ferme. Gervaise, qui cherchait des allumettes, marchait dans du mouillé. Lorsqu'elle fut parvenue à allumer une bougie, ils eurent devant eux un joli spectacle. Coupeau avait rendu tripes et boyaux; il y en avait plein la chambre; le lit en était emplâtré, le tapis également, et jusqu'à la commode qui se trouvait éclaboussée. Avec ça, Coupeau, tombé du lit où Poisson devait l'avoir jeté, ronflait là-dedans, au milieu de son ordure. Il s'y étalait, vautré comme un porc, une joue barbouillée, soufflant son haleine empestée par sa bouche ouverte, balayant de ses cheveux déjà gris la mare élargie autour de sa tête.

« Oh! le cochon! le cochon! répétait Gervaise indignée, exaspérée. Il a tout sali... Non, un chien n'aurait pas fait ça, un chien crevé est plus propre. »

Tous deux n'osaient bouger, ne savaient où poser le pied. Jamais le zingueur n'était revenu avec une telle culotte et n'avait mis la chambre dans une ignominie pareille. Aussi, cette vue-là portait un rude coup au sentiment que sa femme pouvait encore éprouver pour lui. Autrefois, quand il rentrait éméché ou poivré, elle se montrait complaisante et pas dégoûtée. Mais, à cette heure, c'était trop, son cœur se soulevait. Elle ne l'aurait pas pris avec des pincettes. L'idée seule que la peau de ce goujat chercherait sa peau, lui causait une répugnance, comme si on lui avait demandé de s'allonger à côté d'un mort, abîmé par une vilaine maladie.

« Il faut pourtant que je me couche, murmura-t-elle. Je ne puis pas retourner coucher dans la rue... Oh! je lui passerai plutôt sur le corps. »

Elle tâcha d'enjamber l'ivrogne et dut se retenir à un coin de la commode, pour ne pas glisser dans la saleté. Coupeau barrait complètement le lit. Alors, Lantier, qui avait un petit rire en voyant bien qu'elle ne ferait pas dodo sur son oreiller cette nuit-là, lui prit une main, en disant d'une voix basse et ardente :

« Gervaise... écoute, Gervaise... »

Mais elle avait compris, elle se dégagea, éperdue, le tutoyant à son tour comme jadis.

« Non, laisse-moi... Je t'en supplie, Auguste, rentre dans ta chambre... Je vais m'arranger, je monterai dans le lit par les pieds...

— Gervaise, voyons, ne fais pas la bête, répétait-il. Ça sent trop mauvais, tu ne peux pas rester... Viens. Qu'est-ce que tu crains? Il ne nous entend pas, va! »

Elle luttait, elle disait non de la tête, énergiquement. Dans son trouble, comme pour montrer qu'elle resterait là, elle se déshabillait, jetait sa robe de soie sur une chaise, se mettait violemment en chemise et en jupon, toute blanche, le cou et les bras nus. Son lit était à elle, n'est-ce pas? elle voulait coucher dans son lit. A deux reprises, elle tenta encore de trouver un coin propre et de passer. Mais Lantier ne se lassait pas, la prenait à la taille, en disant des choses pour lui mettre le feu dans le sang. Ah! elle était bien plantée avec un loupiat de mari par-devant, qui l'empêchait de se fourrer honnê-tement sous sa couverture, avec un sacré salaud d'homme par-derrière, qui songeait uniquement à profiter de son malheur pour la ravoir! Comme le chapelier haussait la voix, elle le supplia de se taire. Et elle écouta, l'oreille tendue vers le cabinet où couchaient Nana et maman Coupeau. La petite et la vieille devaient dormir, on entendait une respiration forte.

« Auguste, laisse-moi, tu vas les réveiller, reprit-elle, les mains jointes. Sois raisonnable. Un autre jour, ailleurs... Pas ici, pas devant ma fille... »

Il ne parlait plus, il restait souriant; et, lentement, il la baisa sur l'oreille, ainsi qu'il la baisait autrefois pour la taquiner, et l'étourdir. Alors, elle fut sans force, elle sentit un grand bourdonnement, un grand frisson des-cendre dans sa chair. Pourtant, elle fit de nouveau un pas. Et elle dut reculer. Ce n'était pas possible, la dégoû-tation était si grande, l'odeur devenait telle, qu'elle se serait elle-même mal conduite dans ses draps. Coupeau, comme sur de la plume, assommé par l'ivresse, cuvait

sa bordée, les membres morts, la gueule de travers.
Toute la rue aurait bien pu entrer embrasser sa femme,
sans qu'un poil de son corps en remuât.

« Tant pis, bégayait-elle, c'est sa faute, je ne puis pas...
Ah! mon Dieu! ah! mon Dieu! il me renvoie de mon lit,
je n'ai plus de lit... Non, je ne puis pas, c'est sa faute. »

Elle tremblait, elle perdait la tête. Et, pendant que
Lantier la poussait dans la chambre, le visage de Nana
apparut à la porte vitrée du cabinet, derrière un carreau.
La petite venait de se réveiller et de se lever doucement,
en chemise, pâle de sommeil. Elle regarda son père
roulé dans son vomissement; puis, la figure collée contre
la vitre, elle resta là, à attendre que le jupon de sa mère
eût disparu chez l'autre homme, en face. Elle était toute
grave. Elle avait de grands yeux d'enfant vicieuse,
allumés d'une curiosité sensuelle.

IX

CET hiver-là,¹ maman Coupeau faillit passer, dans une crise d'étouffement. Chaque année, au mois de décembre, elle était sûre que son asthme la collait sur le dos pour des deux et trois semaines. Elle n'avait plus quinze ans, elle devait en avoir soixante-treize à la Saint-Antoine. Avec ça, très patraque, râlant pour un rien, quoique grosse et grasse. Le médecin annonçait qu'elle s'en irait en toussant, le temps de crier : Bonsoir, Jeanneton, la chandelle est éteinte !

Quand elle était dans son lit, maman Coupeau devenait mauvaise comme la gale. Il faut dire que le cabinet où elle couchait avec Nana n'avait rien de gai. Entre le lit de la petite et le sien, se trouvait juste la place de deux chaises. Le papier des murs, un vieux papier gris déteint, pendait en lambeaux. La lucarne ronde, près du plafond, laissait tomber un jour louche et pâle de cave. On se faisait joliment vieux là-dedans, surtout une personne qui ne pouvait pas respirer. La nuit encore, lorsque l'insomnie la prenait, elle écoutait dormir la petite, et c'était une distraction. Mais, dans le jour, comme on ne lui tenait pas compagnie du matin au soir, elle grognait, elle pleurait, elle répétait toute seule pendant des heures, en roulant sa tête sur l'oreiller :

« Mon Dieu ! que je suis malheureuse !... Mon Dieu ! que je suis malheureuse !... En prison, oui, c'est en prison qu'ils me feront mourir ! »

Et, dès qu'une visite lui arrivait, Virginie ou Mme
Boche, pour lui demander comment allait la santé, elle
ne répondait pas, elle entamait tout de suite le chapitre
de ses plaintes.[1]

« Ah! il est cher, le pain que je mange ici! Non, je ne
souffrirais pas autant chez des étrangers!... Tenez, j'ai
voulu avoir une tasse de tisane, eh bien, on m'en a
apporté plein un pot à eau, une manière de me reprocher
d'en trop boire... C'est comme Nana, cette enfant que j'ai
élevée, elle se sauve nu-pieds, le matin, et je ne la revois
plus. On croirait que je sens mauvais. Pourtant, la nuit,
elle dort joliment, elle ne se réveillerait pas une seule fois
pour me demander si je souffre... Enfin, je les embarrasse,
ils attendent que je crève. Oh! ce sera bientôt fait. Je
n'ai plus de fils, cette coquine de blanchisseuse me l'a
pris. Elle me battrait, elle m'achèverait, si elle n'avait
pas peur de la justice. »

Gervaise, en effet, se montrait un peu rude par moments. La baraque tournait mal, tout le monde s'y
aigrissait et s'envoyait promener au premier mot. Coupeau, un matin qu'il avait les cheveux malades, s'était
écrié : « La vieille dit toujours qu'elle va mourir, et elle ne
meurt jamais! » parole qui avait frappé maman Coupeau
au cœur. On lui reprochait ce qu'elle coûtait, on disait
tranquillement que, si elle n'était plus là, il y aurait une
grosse économie. A la vérité, elle ne se conduisait pas non
plus comme elle aurait dû. Ainsi, quand elle voyait sa
fille aînée, Mme Lerat, elle pleurait misère, accusait son
fils et sa belle-fille de la laisser mourir de faim, tout ça
pour lui tirer une pièce de vingt sous, qu'elle dépensait en
gourmandises. Elle faisait aussi des cancans abominables
avec les Lorilleux, en leur racontant à quoi passaient
leurs dix francs, aux fantaisies de la blanchisseuse, des
bonnets neufs, des gâteaux mangés dans les coins, des
choses plus sales même qu'on n'osait pas dire. A deux ou
trois reprises, elle faillit faire battre toute la famille.
Tantôt elle était avec les uns, tantôt elle était avec
les autres; enfin, ça devenait un vrai gâchis.

Au plus fort de sa crise, cet hiver-là, un après-midi que Mme Lorilleux et Mme Lerat s'étaient rencontrées devant son lit, maman Coupeau cligna les yeux, pour leur dire de se pencher. Elle pouvait à peine parler. Elle souffla, à voix basse :

« C'est du propre!... Je les ai entendus cette nuit. Oui, oui, la Banban et le chapelier... Et ils menaient un train! Coupeau est joli. C'est du propre! »

Elle raconta, par phrases courtes, toussant et étouffant, que son fils avait dû rentrer ivre mort, la veille. Alors comme elle ne dormait pas, elle s'était très bien rendu compte de tous les bruits, les pieds nus de la Banban trottant sur le carreau, la voix sifflante du chapelier qui l'appelait, la porte de communication poussée doucement, et le reste. Ça devait avoir duré jusqu'au jour, elle ne savait pas l'heure au juste, parce que, malgré ses efforts, elle avait fini par s'assoupir.

« Ce qu'il y a de plus dégoûtant, c'est que Nana aurait pu entendre, continua-t-elle. Justement, elle a été agitée toute la nuit, elle qui d'habitude dort à poings fermés; elle sautait, elle se retournait, comme s'il y avait eu de la braise dans son lit. »

Les deux femmes ne parurent pas surprises.

« Pardi! murmura Mme Lorilleux, ça doit avoir commencé le premier jour... Du moment où ça plaît à Coupeau, nous n'avons pas à nous en mêler. N'importe! ce n'est guère honorable pour la famille.

— Moi, si j'étais là, expliqua Mme Lerat en pinçant les lèvres, je lui ferais une peur, je lui crierais quelque chose, n'importe quoi : « Je te vois! » ou bien : « V'là les « gendarmes!... » La domestique d'un médecin m'a dit que son maître lui avait dit que ça pouvait tuer raide une femme, dans un certain moment. Et si elle restait sur la place, n'est-ce pas? ce serait bien fait, elle se trouverait punie par où elle aurait péché. »

Tout le quartier sut bientôt que, chaque nuit, Gervaise allait retrouver Lantier. Mme Lorilleux, devant les voisines, avait une indignation bruyante; elle plaignait son

frère, ce jeanjean que sa femme peignait en jaune de la
tête aux pieds ; et, à l'entendre, si elle entrait encore dans
un pareil bazar, c'était uniquement pour sa pauvre mère,
qui se trouvait forcée de vivre au milieu de ces abominations. Alors, le quartier tomba sur Gervaise. Ça devait
être elle qui avait débauché le chapelier. On voyait ça
dans ses yeux. Oui, malgré les vilains bruits, ce sacré sournois de Lantier restait gobé, parce qu'il continuait ses airs
d'homme comme il faut avec tout le monde, marchant
sur les trottoirs en lisant le journal, prévenant et galant
auprès des dames, ayant toujours à donner des pastilles et
des fleurs. Mon Dieu ! lui, faisait son métier de coq ; un
homme est un homme, on ne peut pas lui demander de
résister aux femmes qui se jettent à son cou. Mais elle,
n'avait pas d'excuse ; elle déshonorait la rue de la Goutte-
d'Or. Et les Lorilleux, comme parrain et marraine, attiraient Nana chez eux pour avoir des détails. Quand ils la
questionnaient d'une façon détournée, la petite prenait
son air bêta, répondait en éteignant la flamme de ses
yeux sous ses longues paupières molles.

Au milieu de cette indignation publique, Gervaise
vivait tranquille, lasse et un peu endormie. Dans les
commencements, elle s'était trouvée bien coupable, bien
sale, et elle avait eu un dégoût d'elle-même. Quand elle
sortait de la chambre de Lantier, elle se lavait les mains,
elle mouillait un torchon et se frottait les épaules à les
écorcher, comme pour enlever son ordure. Si Coupeau
cherchait alors à plaisanter, elle se fâchait, courait en
grelottant s'habiller au fond de la boutique ; et elle ne
tolérait pas davantage que le chapelier la touchât, lorsque
son mari venait de l'embrasser. Elle aurait voulu changer
de peau en changeant d'homme. Mais, lentement, elle
s'accoutumait. C'était trop fatigant de se débarbouiller
chaque fois. Ses paresses l'amollissaient, son besoin d'être
heureuse lui faisait tirer tout le bonheur possible de ses
embêtements. Elle était complaisante pour elle et pour
les autres, tâchait uniquement d'arranger les choses de
façon à ce que personne n'eût trop d'ennui. N'est-ce pas ?

pourvu que son mari et son amant fussent contents, que la
maison marchât son petit train-train régulier, qu'on
rigolât du matin au soir, tous gras, tous satisfaits de la vie
et se la coulant douce, il n'y avait vraiment pas de quoi
se plaindre. Puis, après tout, elle ne devait pas tant faire
de mal, puisque ça s'arrangeait si bien, à la satisfaction
d'un chacun ; on est puni d'ordinaire, quand on fait le
mal. Alors, son dévergondage avait tourné à l'habitude.
Maintenant, c'était réglé comme le boire et le manger ;
chaque fois que Coupeau rentrait soûl, elle passait
chez Lantier, ce qui arrivait au moins le lundi, le mardi et
le mercredi de la semaine. Elle partageait ses nuits. Même
elle avait fini, lorsque le zingueur simplement ronflait
trop fort, par le lâcher au beau milieu du sommeil, et
allait continuer son dodo tranquille sur l'oreiller du
voisin. Ce n'était pas qu'elle éprouvât plus d'amitié pour
le chapelier. Non, elle le trouvait seulement plus propre,
elle se reposait mieux dans sa chambre, où elle croyait
prendre un bain. Enfin, elle ressemblait aux chattes qui
aiment à se coucher en rond sur le linge blanc.

Maman Coupeau n'osa jamais parler de ça nettement.
Mais, après une dispute, quand la blanchisseuse l'avait
secouée, la vieille ne ménageait pas les allusions. Elle
disait connaître des hommes joliment bêtes et des femmes joliment coquines ; et elle mâchait d'autres mots plus
vifs, avec la verdeur de parole d'une ancienne giletière.
Les premières fois, Gervaise l'avait regardée fixement,
sans répondre. Puis, tout en évitant elle aussi de préciser,
elle se défendit, par des raisons dites en général. Quand
une femme avait pour homme un soûlard, un saligaud
qui vivait dans la pourriture, cette femme était bien
excusable de chercher de la propreté ailleurs. Elle allait
plus loin, elle laissait entendre que Lantier était son mari
autant que Coupeau, peut-être même davantage. Est-ce
qu'elle ne l'avait pas connu à quatorze ans ? est-ce qu'elle
n'avait pas deux enfants de lui ? Eh bien, dans ces conditions, tout se pardonnait, personne ne pouvait lui jeter la
pierre. Elle se disait dans la loi de la nature. Puis, il ne

fallait pas qu'on l'ennuyât. Elle aurait vite fait d'envoyer
à chacun son paquet. La rue de la Goutte-d'Or n'était
pas si propre! La petite Mme Vigouroux faisait la cabriole
du matin au soir dans son charbon. Mme Lehongre, la
femme de l'épicier, couchait avec son beau-frère, un
grand baveux qu'on n'aurait pas ramassé sur une pelle.
L'horloger d'en face, ce monsieur pincé, avait failli
passer aux assises, pour une abomination : il allait avec
sa propre fille, une effrontée qui roulait les boulevards.
Et, le geste élargi, elle indiquait le quartier entier, elle en
avait pour une heure rien qu'à étaler le linge sale de tout
ce peuple, les gens couchés comme des bêtes, en tas, pères,
mères, enfants, se roulant dans leur ordure. Ah! elle en
savait, la cochonnerie pissait de partout, ça empoisonnait les maisons d'alentour! Oui, oui, quelque chose de
propre que l'homme et la femme, dans ce coin de Paris,
où l'on est les uns sur les autres, à cause de la misère! On
aurait mis les deux sexes dans un mortier, qu'on en aurait
tiré pour toute marchandise de quoi fumer les cerisiers de
la plaine Saint-Denis.

« Ils feraient mieux de ne pas cracher en l'air, ça leur
retombe sur le nez, criait-elle, quand on la poussait à
bout. Chacun dans son trou, n'est-ce pas? Qu'ils lais-
sent vivre les braves gens à leur façon, s'il veulent vivre
à la leur... Moi, je trouve que tout est bien, mais à la
condition de ne pas être traînée dans le ruisseau par des
gens qui s'y promènent, la tête la première. »

Et, maman Coupeau s'étant un jour montrée plus
claire, elle lui avait dit, les dents serrées :

« Vous êtes dans votre lit, vous profitez de ça...
Écoutez, vous avez tort, vous voyez bien que je suis gentille, car jamais je ne vous ai jeté à la figure votre vie, à
vous! Oh! je sais, une jolie vie, des deux ou trois hommes,
du vivant du père Coupeau... Non, ne toussez pas, j'ai
fini de causer. C'est seulement pour vous demander de me
ficher la paix, voilà tout! »

La vieille femme avait manqué étouffer. Le lendemain, Goujet étant venu réclamer le linge de sa mère pen-

dant une absence de Gervaise, maman Coupeau l'appela
et le garda longtemps assis devant son lit. Elle connaissait
bien l'amitié du forgeron, elle le voyait sombre et malheureux depuis quelque temps, avec le soupçon des vilaines
choses qui se passaient. Et, pour bavarder, pour se venger
de la dispute de la veille, elle lui apprit la vérité crûment,
en pleurant, en se plaignant, comme si la mauvaise
conduite de Gervaise lui faisait surtout du tort. Lorsque
Goujet sortit du cabinet, il s'appuyait aux murs, suffoquant de chagrin. Puis, au retour de la blanchisseuse,
maman Coupeau lui cria qu'on la demandait tout de
suite chez Mme Goujet, avec le linge repassé ou non;
et elle était si animée, que Gervaise flaira les cancans,
devina la triste scène et le crève-cœur dont elle se trouvait menacée.

Très pâle, les membres cassés à l'avance, elle mit le
linge dans un panier, elle partit. Depuis des années, elle
n'avait pas rendu un sou aux Goujet. La dette montait
toujours à quatre cent vingt-cinq francs. Chaque fois, elle
prenait l'argent du blanchissage, en parlant de sa gêne.
C'était une grande honte pour elle, parce qu'elle avait
l'air de profiter de l'amitié du forgeron pour le jobarder.
Coupeau, moins scrupuleux maintenant, ricanait, disait
qu'il avait bien dû lui pincer la taille dans les coins, et
qu'alors il était payé. Mais elle, malgré le commerce où
elle était tombée avec Lantier, se révoltait, demandait
à son mari s'il voulait déjà manger de ce pain-là. Il
ne fallait pas mal parler de Goujet devant elle; sa tendresse pour le forgeron lui restait comme un coin de
son honneur. Aussi, toutes les fois qu'elle reportait
le linge chez ces braves gens, se trouvait-elle prise
d'un serrement au cœur, dès la première marche de
l'escalier.

« Ah! c'est vous enfin, lui dit sèchement Mme Goujet,
en lui ouvrant la porte. Quand j'aurai besoin de la mort,
je vous l'enverrai chercher. »

Gervaise entra, embarrassée, sans oser même balbutier
une excuse. Elle n'était plus exacte, ne venait jamais à

l'heure, se faisait attendre des huit jours. Peu à peu, elle s'abandonnait à un grand désordre.

« Voilà une semaine que je compte sur vous, continua la dentellière. Et vous mentez avec ça, vous m'envoyez votre apprentie me raconter des histoires : on est après mon linge, on va me le livrer le soir même, ou bien, c'est un accident, le paquet qui est tombé dans un seau. Moi, pendant ce temps-là, je perds ma journée, je ne vois rien arriver et je me tourmente l'esprit. Non, vous n'êtes pas raisonnable... Voyons, qu'est-ce que vous avez, dans ce panier ! Est-ce tout, au moins ! M'apportez-vous la paire de draps que vous me gardez depuis un mois, et la chemise qui est restée en arrière, au dernier blanchissage?

— Oui, oui, murmura Gervaise, la chemise y est, la voici. »

Mais Mme Goujet se récria. Cette chemise n'était pas à elle, elle n'en voulait pas. On lui changeait son linge, c'était le comble ! Déjà, l'autre semaine, elle avait eu deux mouchoirs qui ne portaient pas sa marque. Ça ne la ragoûtait guère, du linge venu elle ne savait d'où. Puis, enfin, elle tenait à ses affaires.

« Et les draps? reprit-elle. Ils sont perdus, n'est-ce pas?... Eh bien, ma petite, il faudra vous arranger, mais je les veux quand même demain matin, entendez-vous. »

Il y eut un silence. Ce qui achevait de troubler Gervaise, c'était de sentir, derrière elle, la porte de la chambre de Goujet entrouverte. Le forgeron devait être là, elle le devinait; et quel ennui, s'il écoutait tous ces reproches mérités, auxquels elle ne pouvait rien répondre! Elle se faisait très souple, très douce, courbant la tête, posant le linge sur le lit le plus vivement possible. Mais ça se gâta encore, quand Mme Goujet se mit à examiner les pièces une à une. Elle les prenait, les rejetait, en disant :

« Ah! vous perdez joliment la main. On ne peut plus vous faire des compliments tous les jours... Oui, vous salopez, vous cochonnez l'ouvrage, à cette heure... Tenez, regardez-moi ce devant de chemise, il est brûlé, le fer a marqué sur les plis. Et les boutons, ils sont tous arra-

chés. Je ne sais pas comment vous vous arrangez, il ne
reste jamais un bouton... Oh! par exemple, voilà une
camisole que je ne vous paierai pas. Voyez donc ça? La
crasse y est, vous l'avez étalée simplement. Merci! si le
linge n'est même plus propre... »

Elle s'arrêta, comptant les pièces. Puis, elle s'écria :
« Comment! c'est ce que vous apportez?... Il manque
deux paires de bas, six serviettes, une nappe, des torchons... Vous vous moquez de moi, alors! Je vous ai fait
dire de tout me rendre, repassé ou non. Si dans une
heure votre apprentie n'est pas ici avec le reste, nous nous
fâcherons, madame Coupeau, je vous en préviens. »

A ce moment, Goujet toussa dans sa chambre. Gervaise eut un léger tressaillement. Comme on la traitait
devant lui, mon Dieu! Et elle resta au milieu de la
chambre, gênée, confuse, atendant le linge sale. Mais,
après avoir arrêté le compte, Mme Goujet avait tranquillement repris sa place près de la fenêtre, travaillant
au raccommodage d'un châle de dentelle.

« Et le linge? demanda timidement la blanchisseuse.

— Non, merci, répondit la vieille femme, il n'y a rien
cette semaine. »

Gervaise pâlit. On lui retirait la pratique. Alors, elle
perdit complètement la tête, elle dut s'asseoir sur une
chaise, parce que ses jambes s'en allaient sous elle. Et elle
ne chercha pas à se défendre, elle trouva seulement cette
phrase :

« M. Goujet est donc malade? »

Oui, il était souffrant, il avait dû rentrer au lieu de se
rendre à la forge, et il venait de s'étendre sur son lit pour
se reposer. Mme Goujet causait gravement, en robe
noire comme toujours, sa face blanche encadrée dans sa
coiffe monacale. On avait encore baissé la journée des
boulonniers; de neuf francs, elle était tombée à sept
francs, à cause des machines qui, maintenant, faisaient
toute la besogne. Et elle expliquait qu'ils économisaient
sur tout; elle voulait de nouveau laver son linge elle-
même. Naturellement, ce serait bien tombé, si les Cou-

peau lui avaient rendu l'argent prêté par son fils. Mais
ce n'était pas elle qui leur enverrait les huissiers, puisqu'ils ne pouvaient pas payer. Depuis qu'elle parlait de la
dette, Gervaise, la tête basse, semblait suivre le jeu agile
de son aiguille reformant les mailles une à une.

« Pourtant, continuait la dentellière, en vous gênant
un peu, vous arriveriez à vous acquitter. Car, enfin, vous
mangez très bien, vous dépensez beaucoup, j'en suis
sûre... Quand vous nous donneriez seulement dix francs
chaque mois... »

Elle fut interrompue par la voix de Goujet qui l'appelait.

« Maman ! maman ! »

Et, lorsqu'elle revint s'asseoir, presque tout de suite,
elle changea la conversation. Le forgeron l'avait sans
doute suppliée de ne pas demander de l'argent à Gervaise. Mais, malgré elle, au bout de cinq minutes, elle
parlait de nouveau de la dette. Oh! elle avait prévu ce
qui arrivait, le zingueur buvait la boutique, et il mènerait
sa femme loin. Aussi jamais son fils n'aurait prêté les
cinq cents francs, s'il l'avait écoutée. Aujourd'hui, il
serait marié, il ne crèverait pas de tristesse, avec la perspective d'être malheureux toute sa vie. Elle s'animait, elle
devenait très dure, accusant clairement Gervaise de
s'être entendue avec Coupeau pour abuser de son bêta
d'enfant. Oui, il y avait des femmes qui jouaient l'hypo-
crisie pendant des années et dont la mauvaise conduite
finissait par éclater au grand jour.

« Maman ! maman ! » appela une seconde fois la voix
de Goujet, plus violemment.

Elle se leva, et, quand elle reparut, elle dit, en se
remettant à sa dentelle :

« Entrez, il veut vous voir. »

Gervaise, tremblante, laissa la porte ouverte. Cette
scène l'émotionnait, parce que c'était comme un aveu de
leur tendresse devant Mme Goujet. Elle retrouva la petite
chambre tranquille, tapissée d'images, avec son lit de fer
étroit, pareille à la chambre d'un garçon de quinze ans.

Ce grand corps de Goujet, les membres cassés par la confidence de maman Coupeau, était allongé sur le lit, les yeux rouges, sa belle barbe jaune encore mouillée. Il devait avoir défoncé son oreiller de ses poings terribles, dans le premier moment de rage, car la toile fendue laissait couler la plume.

« Écoutez, maman a tort, dit-il à la blanchisseuse d'une voix presque basse. Vous ne me devez rien, je ne veux pas qu'on parle de ça. »

Il s'était soulevé, il la regardait. De grosses larmes aussitôt remontèrent à ses yeux.

« Vous souffrez, monsieur Goujet? murmura-t-elle. Qu'est-ce que vous avez, je vous en prie?

— Rien, merci. Je me suis trop fatigué hier. Je vais dormir un peu. »

Puis, son cœur se brisa, il ne put retenir ce cri :

« Ah! mon Dieu! mon Dieu! jamais ça ne devait être, jamais! Vous aviez juré. Et ça est, maintenant, ça est!... Ah! mon Dieu! ça me fait trop de mal, allez-vous-en! »

Et, de la main, il la renvoyait, avec une douceur suppliante. Elle n'approcha pas du lit, elle s'en alla, comme il le demandait, stupide, n'ayant rien à lui dire pour le soulager. Dans la pièce d'à côté, elle reprit son panier; et elle ne sortait toujours pas, elle aurait voulu trouver un mot. Mme Goujet continuait son raccommodage, sans lever la tête. Ce fut elle qui dit enfin :

« Eh bien, bonsoir, renvoyez-moi mon linge, nous compterons plus tard.

— Oui, c'est ça, bonsoir », balbutia Gervaise.

Elle referma la porte lentement, avec un dernier coup d'œil dans ce ménage propre, rangé, où il lui semblait laisser quelque chose de son honnêteté. Elle revint à la boutique de l'air bête des vaches qui rentrent chez elles, sans s'inquiéter du chemin. Maman Coupeau, sur une chaise, près de la mécanique, quittait son lit pour la première fois. Mais la blanchisseuse ne lui fit pas même un reproche; elle était trop fatiguée, les os malades comme

si on l'avait battue; elle pensait que la vie était trop dure
à la fin, et qu'à moins de crever tout de suite, on ne pouvait pourtant pas s'arracher le cœur soi-même.

Maintenant, Gervaise se moquait de tout. Elle avait
un geste vague de la main pour envoyer coucher le monde.
A chaque nouvel ennui, elle s'enfonçait dans le seul plaisir
de faire ses trois repas par jour. La boutique aurait pu
crouler; pourvu qu'elle ne fût pas dessous, elle s'en serait
allée volontiers, sans une chemise. Et la boutique crou-
lait, pas tout d'un coup, mais un peu matin et soir. Une à
une, les pratiques se fâchaient et portaient leur linge ailleurs. M. Madinier, Mlle Remanjou, les Boche eux-mêmes,
étaient retournés chez Mme Fauconnier, où ils trouvaient
plus d'exactitude. On finit par se lasser de réclamer une
paire de bas pendant trois semaines et de remettre des
chemises avec les taches de graisse de l'autre dimanche.
Gervaise, sans perdre un coup de dents, leur criait bon
voyage, les arrangeait d'une propre manière, en se disant
joliment contente de ne plus avoir à fouiller dans leur
infection. Ah bien! tout le quartier pouvait la lâcher,
ça la débarrasserait d'un beau tas d'ordures; puis, ce
serait toujours de l'ouvrage de moins. En attendant, elle
gardait seulement les mauvaises paies, les rouleuses, les
femmes comme Mme Gaudron, dont pas une blanchisseuse de la rue Neuve ne voulait laver le linge, tant il
puait. La boutique était perdue, elle avait dû renvoyer sa
dernière ouvrière, Mme Putois; elle restait seule avec son
apprentie, ce louchon d'Augustine, qui bêtissait en gran-
dissant; et encore, à elles deux, elles n'avaient pas toujours de l'ouvrage, elles traînaient leur derrière sur les
tabourets durant des après-midi entiers. Enfin, un plongeon complet. Ça sentait la ruine.

Naturellement, à mesure que la paresse et la misère
entraient, la malpropreté entrait aussi. On n'aurait pas
reconnu cette belle boutique bleue, couleur du ciel, qui
était jadis l'orgueil de Gervaise. Les boiseries et les carreaux de la vitrine, qu'on oubliait de laver, restaient du
haut en bas éclaboussés par la crotte des voitures. Sur les

planches, à la tringle de laiton, s'étalaient trois guenilles
grises, laissées par des clientes mortes à l'hôpital. Et
c'était plus minable encore à l'intérieur : l'humidité des
linges séchant au plafond avait décollé le papier ; la perse
pompadour étalait des lambeaux qui pendaient pareils à
des toiles d'araignées lourdes de poussière ; la mécanique,
cassée, trouée à coups de tisonnier, mettait dans son coin
les débris de vieille fonte d'un marchand de bric-à-brac ;
l'établi semblait avoir servi de table à toute une garnison,
taché de café et de vin, emplâtré de confiture, gras des
lichades du lundi. Avec ça, une odeur d'amidon aigre,
une puanteur faite de moisi, de graillon et de crasse. Mais
Gervaise se trouvait très bien là-dedans. Elle n'avait pas
vu la boutique se salir ; elle s'y abandonnait et s'habituait
au papier déchiré, aux boiseries graisseuses, comme elle
en arrivait à porter des jupes fendues et à ne plus se laver
les oreilles. Même la saleté était un nid chaud où elle
jouissait de s'accroupir. Laisser les choses à la débandade,
attendre que la poussière bouchât les trous et mît un
velours partout, sentir la maison s'alourdir autour de soi
dans un engourdissement de fainéantise, cela était une
vraie volupté dont elle se grisait. Sa tranquillité d'abord ;
le reste, elle s'en battait l'œil. Ses dettes, toujours crois-
santes pourtant, ne la tourmentaient plus. Elle perdait de
sa probité ; on paierait ou on ne paierait pas, la chose restait vague, et elle préférait ne pas savoir. Quand on lui
fermait un crédit dans une maison, elle en ouvrait un
autre dans la maison d'à côté. Elle brûlait le quartier, elle
avait des poufs tous les dix pas. Rien que dans la rue de la
Goutte-d'Or, elle n'osait plus passer devant le charbonnier, ni devant l'épicier, ni devant la fruitière ; ce qui lui
faisait faire le tour par la rue des Poissonniers, quand elle
allait au lavoir, une trotte de dix bonnes minutes. Les
fournisseurs venaient la traiter de coquine. Un soir,
l'homme qui avait vendu les meubles de Lantier ameuta
les voisins ; il gueulait qu'il la trousserait et se paierait sur
la bête, si elle ne lui allongeait pas sa monnaie. Bien sûr,
de pareilles scènes la laissaient tremblante ; seulement,

elle se secouait comme un chien battu, et c'était fini, elle
n'en dînait pas plus mal, le soir. En voilà des insolents qui
l'embêtaient! elle n'avait point d'argent, elle ne pouvait
pas en fabriquer, peut-être! Puis, les marchands volaient
assez, ils étaient faits pour attendre. Et elle se rendormait dans son trou, en évitant de songer à ce qui arriverait forcément un jour. Elle ferait le saut, parbleu! mais,
jusque-là, elle entendait ne pas être taquinée.

Pourtant, maman Coupeau était remise. Pendant une
année encore, la maison boulotta. L'été, naturellement,
il y avait toujours un peu plus de travail, les jupons blancs
et les robes de percale des baladeuses du boulevard extérieur. Ça tournait à la dégringolade lente, le nez davantage dans la crotte chaque semaine, avec des hauts et
des bas cependant, des soirs où l'on se frottait le ventre
devant le buffet vide, et d'autres où l'on mangeait du
veau à crever. On ne voyait plus que maman Coupeau
sur les trottoirs cachant des paquets sous son tablier,
allant d'un pas de promenade au mont-de-piété de la
rue Polonceau. Elle arrondissait le dos, avait la mine
confite et gourmande d'une dévote qui va à la messe;
car elle ne détestait pas ça, les tripotages d'argent l'amusaient, ce bibelotage de marchande à la toilette chatouillait ses passions de vieille commère. Les employés de la
rue Polonceau la connaissaient bien; ils l'appelaient
la mère « Quatre francs », parce qu'elle demandait
toujours quatre francs, quand ils en offraient trois, sur
ses paquets gros comme deux sous de beurre. Gervaise
aurait bazardé la maison; elle était prise de la rage du
clou, elle se serait tondu la tête, si on avait voulu lui
prêter sur ses cheveux. C'était trop commode, on ne
pouvait pas s'empêcher d'aller chercher là de la monnaie,
lorsqu'on attendait après un pain de quatre livres. Tout
le saint-frusquin y passait, le linge, les habits, jusqu'aux
outils et aux meubles. Dans les commencements, elle
profitait des bonnes semaines, pour dégager, quitte
à rengager la semaine suivante. Puis, elle se moqua de
ses affaires, les laissa perdre, vendit les reconnaissances.

Une seule chose lui fendit le cœur, ce fut de mettre sa pendule en plan, pour payer un billet de vingt francs à un huissier qui venait la saisir. Jusque-là, elle avait juré de mourir plutôt de faim que de toucher à sa pendule. Quand maman Coupeau l'emporta, dans une petite caisse à chapeau, elle tomba sur une chaise, les bras mous, les yeux mouillés, comme si on lui enlevait sa fortune. Mais, lorsque maman Coupeau reparut avec vingt-cinq francs, ce prêt inespéré, ces cinq francs de bénéfice la consolèrent; elle renvoya tout de suite la vieille femme chercher quatre sous de goutte dans un verre, à la seule fin de fêter la pièce de cent sous. Souvent maintenant, lorsqu'elles s'entendaient bien ensemble, elles lichaient ainsi la goutte, sur un coin de l'établi, un mêlé, moitié eau-de-vie et moitié cassis, Maman Coupeau avait un chic pour rapporter le verre plein dans la poche de son tablier, sans renverser une larme. Les voisins n'avaient pas besoin de savoir, n'est-ce pas? La vérité était que les voisins savaient parfaitement. La fruitière, la tripière, les garçons épiciers disaient : « Tiens! la vieille va chez ma tante », ou bien : « Tiens! la vieille rapporte son riquiqui dans sa poche. » Et, comme de juste, ça montait encore le quartier contre Gervaise. Elle bouffait tout, elle aurait bientôt fait d'achever sa baraque. Oui, oui, plus que trois ou quatre bouchées, la place serait nette comme torchette.

Au milieu de ce démolissement général, Coupeau prospérait. Ce sacré soiffard se portait comme un charme. Le pichenet et le vitriol l'engraissaient, positivement. Il mangeait beaucoup, se fichait de cet efflanqué de Lorilleux qui accusait la boisson de tuer les gens, lui répondait en se tapant sur le ventre, la peau tendue par la graisse, pareille à la peau d'un tambour. Il lui exécutait là-dessus une musique, les vêpres de la gueule, des roulements et des battements de grosse caisse à faire la fortune d'un arracheur de dents. Mais Lorilleux, vexé de ne pas avoir de ventre, disait que c'était de la graisse jaune, de la mauvaise graisse. N'importe, Coupeau se

soûlait davantage, pour sa santé. Ses cheveux poivre et
sel, en coup de vent, flambaient comme un brûlot. Sa
face d'ivrogne, avec sa mâchoire de singe, se culottait,
prenait des tons de vin bleu. Et il restait un enfant de la
gaieté; il bousculait sa femme, quand elle s'avisait de lui
conter ses embarras. Est-ce que les hommes sont faits
pour descendre dans ces embêtements? La cambuse
pouvait manquer de pain, ça ne le regardait pas. Il lui
fallait sa pâtée matin et soir, et il ne s'inquiétait jamais
d'où elle lui tombait. Lorsqu'il passait des semaines sans
travailler, il devenait plus exigeant encore. D'ailleurs,
il allongeait toujours des claques amicales sur les épaules
de Lantier. Bien sûr, il ignorait l'inconduite de sa femme;
du moins des personnes, les Boche, les Poisson, juraient
leurs grands dieux qu'il ne se doutait de rien, et que ce
serait un grand malheur, s'il apprenait jamais la chose.
Mais Mme Lerat, sa propre sœur, hochait la tête, racontait qu'elle connaissait des maris auxquels ça ne déplai-
sait pas. Une nuit, Gervaise elle-même, qui revenait de
la chambre du chapelier, était restée toute froide en recevant, dans l'obscurité, une tape sur le derrière; puis, elle
avait fini par se rassurer, elle croyait s'être cognée contre
le bateau du lit. Vrai, la situation était trop terrible;
son mari ne pouvait pas s'amuser à lui faire des blagues.

Lantier, lui non plus, ne dépérissait pas. Il se soignait
beaucoup, mesurait son ventre à la ceinture de son pantalon, avec la continuelle crainte d'avoir à resserrer ou à
desserrer la boucle; il se trouvait très bien, il ne voulait
ni grossir ni mincir, par coquetterie. Cela le rendait difficile sur la nourriture, car il calculait tous les plats de
façon à ne pas changer sa taille. Même quand il n'y
avait pas un sou à la maison, il lui fallait des œufs, des
côtelettes, des choses nourrissantes et légères. Depuis qu'il
partageait la patronne avec le mari, il se considérait
comme tout à fait de moitié dans le ménage; il ramassait
les pièces de vingt sous qui traînaient, menait Gervaise
au doigt et à l'œil, grognait, gueulait, avait l'air plus
chez lui que le zingueur. Enfin, c'était une baraque qui

avait deux bourgeois. Et le bourgeois d'occasion, plus
malin, tirait à lui la couverture, prenait le dessus du
panier de tout, de la femme, de la table et du reste. Il
écrémait les Coupeau, quoi! Il ne se gênait plus pour
battre son beurre en public. Nana restait sa préférée,
parce qu'il aimait les petites filles gentilles. Il s'occupait
de moins en moins d'Étienne, les garçons, selon lui,
devant savoir se débrouiller. Lorsqu'on venait demander
Coupeau, on le trouvait toujours là, en pantoufles, en
manches de chemise, sortant de l'arrière-boutique avec
la tête ennuyée d'un mari qu'on dérange; et il répondait
pour Coupeau, il disait que c'était la même chose.

Entre ces deux messieurs, Gervaise ne riait pas tous les
jours. Elle n'avait pas à se plaindre de sa santé, Dieu
merci! Elle aussi devenait trop grasse. Mais deux hommes
sur le dos, à soigner et à contenter, ça dépassait ses
forces, souvent. Ah! Dieu de Dieu! un seul mari vous
esquinte déjà assez le tempérament! Le pis était qu'ils
s'entendaient très bien, ces mâtins-là. Jamais ils ne se
disputaient; ils se ricanaient dans la figure, le soir,
après le dîner, les coudes posés au bord de la table;
ils se frottaient l'un contre l'autre toute la journée,
comme les chats qui cherchent et cultivent leur plaisir.
Les jours où ils rentraient furieux, c'était sur elle qu'ils
tombaient. Allez-y! tapez sur la bête! Elle avait bon
dos; ça les rendait meilleurs camarades de gueuler
ensemble. Et il ne fallait pas qu'elle s'avisât de se
rebéquer. Dans les commencements, quand l'un criait,
elle suppliait l'autre du coin de l'œil, pour en tirer une
parole de bonne amitié. Seulement, ça ne réussissait
guère. Elle filait doux maintenant, elle pliait ses grosses
épaules, ayant compris qu'ils s'amusaient à la bousculer,
tant elle était ronde, une vraie boule. Coupeau, très
mal embouché, la traitait avec des mots abominables.
Lantier, au contraire, choisissait ses sottises, allait
chercher les mots que personne ne dit et qui la bles-
saient plus encore. Heureusement, on s'accoutume à
tout; les mauvaises paroles, les injustices des deux

hommes finissaient par glisser sur sa peau fine comme
sur une toile cirée. Elle en était même arrivée à les préférer en colère, parce que, les fois où ils faisaient les
gentils, ils l'assommaient davantage, toujours après elle,
ne lui laissant plus repasser un bonnet tranquillement.
Alors, ils lui demandaient des petits plats, elle devait
saler et ne pas saler, dire blanc et dire noir, les dorloter,
les coucher l'un après l'autre dans du coton. Au bout
de la semaine, elle avait la tête et les membres cassés, elle
restait hébétée, avec des yeux de folle. Ça use une femme,
un métier pareil.

Oui, Coupeau et Lantier l'usaient, c'était le mot; ils la
brûlaient par les deux bouts, comme on dit de la chandelle. Bien sûr, le zingueur manquait d'instruction; mais
le chapelier en avait trop, ou du moins il avait une
instruction comme les gens pas propres ont une chemise
blanche avec de la crasse par-dessous. Une nuit, elle
rêva qu'elle était au bord d'un puits; Coupeau la poussait d'un coup de poing, tandis que Lantier lui chatouillait les reins pour la faire sauter plus vite. Eh bien, ça
ressemblait à sa vie. Ah! elle était à bonne école, ça
n'avait rien d'étonnant, si elle s'avachissait. Les gens
du quartier ne se montraient guère justes, quand ils lui
reprochaient les vilaines façons qu'elle prenait, car son
malheur ne venait pas d'elle. Parfois, lorsqu'elle réfléchissait, un frisson lui courait sur la peau. Puis, elle
pensait que les choses auraient pu tourner plus mal
encore. Il valait mieux avoir deux hommes, par exemple,
que de perdre les deux bras. Et elle trouvait sa position
naturelle, une position comme il y en a tant; elle tâchait
de s'arranger là-dedans un petit bonheur. Ce qui prouvait combien ça devenait popote et bonhomme, c'était
qu'elle ne détestait pas plus Coupeau que Lantier. Dans
une pièce, à la Gaîté, elle avait vu une garce qui abomi-
nait son mari et l'empoisonnait, à cause de son amant;
et elle s'était fâchée, parce qu'elle ne sentait rien de
pareil dans son cœur. Est-ce qu'il n'était pas plus raisonnable de vivre en bon accord tous les trois? Non, non,

pas de ces bêtises-là; ça dérangeait la vie, qui n'avait
déjà rien de bien drôle. Enfin, malgré les dettes, malgré
la misère qui les menaçait, elle se serait déclarée très
tranquille, très contente, si le zingueur et le chapelier
l'avaient moins échinée et moins engueulée.

Vers l'automne, malheureusement, le ménage se gâta
encore. Lantier prétendait maigrir, faisait un nez qui
s'allongeait chaque jour. Il renaudait à propos de tout,
renâclait sur les potées de pommes de terre, une ratatouille dont il ne pouvait pas manger, disait-il, sans avoir
des coliques. Les moindres bisbilles, maintenant, finissaient par des attrapages, où l'on se jetait la débine de la
maison à la tête, et c'était le diable pour se rabibocher,
avant d'aller pioncer chacun dans son dodo. Quand il
n'y a plus de son, les ânes se battent, n'est-ce pas? Lantier
flairait la panne, ça l'exaspérait de sentir la maison déjà
mangée, si bien nettoyée, qu'il voyait le jour où il lui
faudrait prendre son chapeau et chercher ailleurs la
niche et la pâtée. Il était bien accoutumé à son trou,
ayant pris là ses petites habitudes, dorloté par tout le
monde; un vrai pays de cocagne, dont il ne remplacerait
jamais les douceurs. Dame! on ne peut pas s'être empli
jusqu'aux oreilles et avoir encore les morceaux sur son
assiette. Il se mettait en colère contre son ventre, après
tout, puisque la maison à cette heure était dans son
ventre. Mais il ne raisonnait point ainsi : il gardait aux
autres une fière rancune de s'être laissé rafaler en deux
ans. Vrai, les Coupeau n'étaient guère râblés. Alors, il
cria que Gervaise manquait d'économie. Tonnerre de
Dieu! qu'est-ce qu'on allait devenir? Juste les amis le
lâchaient, lorsqu'il était sur le point de conclure une
affaire superbe, six mille francs d'appointements dans une
fabrique, de quoi mettre toute la petite famille dans le
luxe.

En décembre, un soir, on dîna par cœur. Il n'y avait
plus un radis. Lantier, très sombre, sortait de bonne
heure, battait le pavé pour trouver une autre cambuse,
où l'odeur de la cuisine déridât les visages. Il restait des

heures à réfléchir, près de la mécanique. Puis, tout d'un
coup, il montra une grande amitié pour les Poisson.
Il ne blaguait plus le sergent de ville en l'appelant
Badingue, allait jusqu'à lui concéder que l'empereur
était un bon garçon, peut-être. Il paraissait surtout
estimer Virginie, une femme de tête, disait-il, et qui
saurait joliment mener sa barque. C'était visible, il les
pelotait. Même on pouvait croire qu'il voulait prendre
pension chez eux. Mais il avait une caboche à double
fond, beaucoup plus compliquée que ça. Virginie lui
ayant dit son désir de s'établir marchande de quelque
chose, il se roulait devant elle, il déclarait ce projet-là
très fort. Oui, elle devait être bâtie pour le commerce,
grande, avenante, active. Oh! elle gagnerait ce qu'elle
voudrait. Puisque l'argent était prêt depuis longtemps,
l'héritage d'une tante, elle avait joliment raison de
lâcher les quatre robes qu'elle bâclait par saison, pour
se lancer dans les affaires; et il citait des gens en train de
réaliser des fortunes, la fruitière du coin de la rue, une
petite marchande de faïence du boulevard extérieur; car
le moment était superbe, on aurait vendu les balayures
des comptoirs. Cependant, Virginie hésitait; elle cherchait une boutique à louer, elle désirait ne pas quitter
le quartier. Alors, Lantier l'emmena dans les coins,
causa tout bas avec elle pendant des dix minutes. Il
semblait lui pousser quelque chose de force, et elle ne
disait plus non, elle avait l'air de l'autoriser à agir.
C'était comme un secret entre eux, avec des clignements
d'yeux, des mots rapides, une sourde machination qui se
trahissait jusque dans leurs poignées de main. Dès ce
moment, le chapelier, en mangeant son pain sec, guetta
les Coupeau de son regard en dessous, redevenu très
parleur, les étourdissant de ses jérémiades continues.
Toute la journée, Gervaise marchait dans cette misère
qu'il étalait complaisamment. Il ne parlait pas pour lui,
grand Dieu! Il crèverait la faim avec les amis tant qu'on
voudrait. Seulement, la prudence exigeait qu'on se rendît
compte au juste de la situation. On devait pour le moins

cinq cents francs dans le quartier, au boulanger, au charbonnier, à l'épicier et aux autres. De plus, on se trouvait
en retard de deux termes, soit encore deux cent cinquante
francs; le propriétaire, M. Marescot, parlait même
de les expulser, s'ils ne le payaient pas avant le 1er janvier.
Enfin, le mont-de-piété avait tout pris, on n'aurait pas
pu y porter pour trois francs de bibelots, tellement le
lavage du logement était sérieux; les clous restaient aux
murs, pas davantage, et il y en avait bien deux livres
de trois sous.

Gervaise, empêtrée là-dedans, les bras cassés par cette
addition, se fâchait, donnait des coups de poing sur la
table, ou bien finissait par pleurer comme une bête. Un
soir, elle cria :

« Je file demain, moi!... J'aime mieux mettre la clef
sous la porte et coucher sur le trottoir, que de continuer
à vivre dans des transes pareilles.

— Il serait plus sage, dit sournoisement Lantier, de
céder le bail, si l'on trouvait quelqu'un... Lorsque vous
serez décidés tous les deux à lâcher la boutique... »

Elle l'interrompit avec plus de violence :

« Mais tout de suite, tout de suite!... Ah! je serais joliment débarrassée! »

Alors, le chapelier se montra très pratique. En cédant
le bail, on obtiendrait sans doute du nouveau locataire
les deux termes en retard. Et il se risqua à parler des
Poisson, il rappela que Virginie cherchait un magasin;
la boutique lui conviendrait peut-être. Il se souvenait à
présent de lui en avoir entendu souhaiter une toute
semblable. Mais la blanchisseuse, au nom de Virginie,
avait subitement repris son calme. On verrait; on parlait
toujours de planter là son chez-soi dans la colère, seulement la chose ne semblait pas si facile, quand on réfléchissait.

Les jours suivants, Lantier eut beau recommencer ses
litanies, Gervaise répondait qu'elle s'était vue plus bas et
s'en était tirée. La belle avance, lorsqu'elle n'aurait plus
sa boutique! Ça ne lui donnerait pas du pain. Elle allait,

au contraire, reprendre des ouvrières et se faire une
nouvelle clientèle. Elle disait cela pour se débattre contre
les bonnes raisons du chapelier, qui la montrait par
terre, écrasée sous les frais, sans le moindre espoir de
remonter sur sa bête. Mais il eut la maladresse de prononcer encore le nom de Virginie, et elle s'entêta alors
furieusement. Non, non, jamais! Elle avait toujours
douté du cœur de Virginie, si Virginie ambitionnait la
boutique, c'était pour l'humilier. Elle l'aurait cédée
peut-être à la première femme dans la rue, mais pas à
cette grande hypocrite qui attendait certainement depuis
des années de lui voir faire le saut. Oh! ça expliquait tout.
Elle comprenait à présent pourquoi des étincelles jaunes
s'allumaient dans les yeux de chat de cette margot.
Oui, Virginie gardait sur la conscience la fessée du
lavoir, elle mijotait sa rancune dans la cendre. Eh bien,
elle agirait prudemment en mettant sa fessée sous verre,
si elle ne voulait pas en recevoir une seconde. Et ça ne
serait pas long, elle pouvait apprêter son pétard. Lantier,
devant ce débordement de mauvaises paroles, remoucha
d'abord Gervaise; il l'appela tête de pioche, boîte à
ragots, madame Pètesec, et s'emballa au point de traiter
Coupeau lui-même de pedzouille, en l'accusant de ne pas
savoir faire respecter un ami par sa femme. Puis, comprenant que la colère allait tout compromettre, il jura qu'il
ne s'occuperait jamais plus des histoires des autres, car
on en est trop mal récompensé; et il parut, en effet, ne
pas pousser davantage à la cession du bail, guettant une
occasion pour reparler de l'affaire et décider la blanchisseuse.

Janvier était arrivé, un sale temps, humide et froid.
Maman Coupeau, qui avait toussé et étouffé tout décembre, dut se coller dans le lit, après les Rois. C'était
sa rente; chaque hiver, elle attendait ça. Mais, cet hiver,
autour d'elle, on disait qu'elle ne sortirait plus de sa
chambre que les pieds en avant; et elle avait, à la vérité,
un fichu râle qui sonnait joliment le sapin, grosse et
grasse pourtant, avec un œil déjà mort et la moitié de la

figure tordue. Bien sûr, ses enfants ne l'auraient pas
achevée; seulement, elle traînait depuis si longtemps,
elle était si encombrante qu'on souhaitait sa mort, au
fond, comme une délivrance pour tout le monde. Elle-
même serait beaucoup plus heureuse, car elle avait fait
son temps, n'est-ce pas? et quand on a fait son temps, on
n'a rien à regretter. Le médecin, appelé une fois, n'était
même pas revenu. On lui donnait de la tisane, histoire
de ne pas l'abandonner complètement. Toutes les
heures, on entrait voir si elle vivait encore. Elle ne parlait
plus, tant elle suffoquait; mais, de son œil resté bon,
vivant et clair, elle regardait fixement les personnes;
et il y avait bien des choses dans cet œil-là, des regrets
du bel âge, des tristesses à voir les siens si pressés de se
débarrasser d'elle, des colères contre cette vicieuse de
Nana qui ne se gênait plus, la nuit, pour aller guetter
en chemise par la porte vitrée.

Un lundi soir, Coupeau rentra paf. Depuis que sa mère
était en danger, il vivait dans un attendrissement continu. Quand il fut couché, ronflant à poings fermés,
Gervaise tourna encore un instant. Elle veillait maman
Coupeau une partie de la nuit. D'ailleurs, Nana se
montrait très brave, couchait toujours auprès de la
vieille, en disant que si elle l'entendait mourir, elle
avertirait bien tout le monde. Cette nuit-là, comme la petite
dormait et que la malade semblait sommeiller paisiblement, la blanchisseuse finit par céder à Lantier, qui
l'appelait de sa chambre, où il lui conseillait de venir
se reposer un peu. Ils gardèrent seulement une bougie
allumée, posée à terre, derrière l'armoire. Mais, vers
trois heures, Gervaise sauta brusquement du lit, grelottante, prise d'une angoisse. Elle avait cru sentir un
souffle froid lui passer sur le corps. Le bout de bougie
était brûlé, elle renouait ses jupons dans l'obscurité,
étourdie, les mains fiévreuses. Ce fut seulement dans le
cabinet, après s'être cognée aux meubles, qu'elle put
allumer une petite lampe. Au milieu du silence écrasé
des ténèbres, les ronflements du zingueur mettaient seuls

deux notes graves. Nana, étalée sur le dos, avait un petit
souffle, entre ses lèvres gonflées. Et Gervaise, ayant baissé
la lampe qui faisait danser de grandes ombres, éclaira
le visage de maman Coupeau, la vit toute blanche, la
tête roulée sur l'épaule, avec les yeux ouverts. Maman
Coupeau était morte.

Doucement, sans pousser un cri, glacée et prudente, la
blanchisseuse revint dans la chambre de Lantier. Il
s'était rendormi. Elle se pencha, en murmurant :

« Dis donc, c'est fini, elle est morte. »

Tout appesanti de sommeil, mal éveillé, il grogna
d'abord :

« Fiche-moi la paix, couche-toi... Nous ne pouvons rien
rien lui faire, si elle est morte. »

Puis, il se leva sur un coude, demandant :

« Quelle heure est-il?

— Trois heures.

— Trois heures seulement! Couche-toi donc. Tu vas
prendre du mal... Lorsqu'il fera jour, on verra. »

Mais elle ne l'écoutait pas, elle s'habillait complètement. Lui, alors, se recolla sous la couverture, le nez
contre la muraille, en parlant de la sacrée tête des
femmes. Est-ce que c'était pressé d'annoncer au monde
qu'il y avait un mort dans le logement? Ça manquait de
gaieté au milieu de la nuit; et il était exaspéré de voir son
sommeil gâté par des idées noires. Cependant, quand elle
eut reporté dans sa chambre ses affaires, jusqu'à ses
épingles à cheveux, elle s'assit chez elle, sanglotant
à son aise, ne craignant plus d'être surprise avec le
chapelier. Au fond, elle aimait bien maman Coupeau,
elle éprouvait un gros chagrin, après n'avoir ressenti,
dans le premier moment, que de la peur et de l'ennui,
en lui voyant choisir si mal son heure pour s'en aller.
Et elle pleurait toute seule, très fort dans le silence, sans
que le zingueur cessât de ronfler; il n'entendait rien, elle
l'avait appelé et secoué, puis elle s'était décidée à le
laisser tranquille, en réfléchissant que ce serait un nouvel
embarras, s'il se réveillait. Comme elle retournait auprès

du corps, elle trouva Nana sur son séant, qui se frottait les yeux. La petite comprit, allongea le menton pour mieux voir sa grand-mère, avec sa curiosité de gamine vicieuse ; elle ne disait rien, elle était un peu tremblante, étonnée et satisfaite en face de cette mort qu'elle se promettait depuis deux jours, comme une vilaine chose, cachée et défendue aux enfants ; et, devant ce masque blanc, aminci au dernier hoquet par la passion de la vie, ses prunelles de jeune chatte s'agrandissaient, elle avait cet engourdissement de l'échine dont elle était clouée derrière les vitres de la porte, quand elle allait moucharder là ce qui ne regarde pas les morveuses.

« Allons, lève-toi, lui dit sa mère à voix basse. Je ne veux pas que tu restes. »

Elle se laissa couler du lit à regret, tournant la tête, ne quittant pas la 'morte du regard. Gervaise était fort embarrassée d'elle, ne sachant où la mettre, en attendant le jour. Elle se décidait à la faire habiller, lorsque Lantier, en pantalon et en pantoufles, vint la rejoindre ; il ne pouvait plus dormir, il avait un peu honte de sa conduite. Alors, tout s'arrangea.

« Qu'elle se couche dans mon lit, murmura-t-il. Elle aura de la place. »

Nana leva sur sa mère et sur Lantier ses grands yeux clairs, en prenant son air bête, son air du jour de l'an, quand on lui donnait des pastilles de chocolat. Et on n'eut pas besoin de la pousser, bien sûr ; elle trotta en chemise, ses petons nus effleurant à peine le carreau ; elle se glissa comme une couleuvre dans le lit, qui était encore tout chaud, et s'y tint allongée, enfoncée, son corps fluet bossuant à peine la couverture. Chaque fois que sa mère entra, elle la vit les yeux luisants dans sa face muette, ne dormant pas, ne bougeant pas, très rouge et paraissant réfléchir à des affaires.

Cependant, Lantier avait aidé Gervaise à habiller maman Coupeau ; et ce n'était pas une petite besogne, car la morte pesait son poids. Jamais on n'aurait cru que cette vieille-là était si grasse et si blanche. Ils lui avaient mis des bas, un jupon blanc, une camisole, un bonnet; enfin son linge le meilleur. Coupeau ronflait toujours, deux notes, l'une grave, qui descendait, l'autre sèche, qui remontait; on aurait dit de la musique d'église, accompagnant les cérémonies du Vendredi saint. Aussi, quand la morte fut habillée et proprement étendue sur son lit, Lantier se versa-t-il un verre de vin, pour se remettre, car il avait le cœur à l'envers. Gervaise fouillait dans la commode, cherchant un petit crucifix en cuivre, apporté par elle de Plassans; mais elle se rappela que maman Coupeau elle-même devait l'avoir vendu. Ils avaient allumé le poêle. Ils passèrent le reste de la nuit, à moitié endormis sur des chaises, achevant le litre entamé, embêtés et se boudant, comme si c'était de leur faute.

Vers sept heures, avant le jour, Coupeau se réveilla enfin. Quand il apprit le malheur, il resta l'œil sec d'abord, bégayant, croyant vaguement qu'on lui faisait une farce. Puis, il se jeta par terre, il alla tomber devant la morte; et il l'embrassait, il pleurait comme un veau, avec de si grosses larmes, qu'il mouillait le drap en s'essuyant les joues. Gervaise s'était remise à sangloter, très touchée de la douleur de son mari, raccommodée avec lui; oui, il avait le fond meilleur qu'elle ne le croyait. Le désespoir de Coupeau se mêlait à un violent mal aux cheveux. Il se passait les doigts dans les crins, il avait la bouche pâteuse des lendemains de culotte, encore un peu allumé malgré ses dix heures de sommeil. Et il se plaignait, les poings serrés. Nom de Dieu! sa pauvre mère qu'il aimait tant, la voilà qui était partie! Ah! qu'il avait mal au crâne, ça l'achèverait! Une vraie perruque de braise sur sa tête, et son cœur avec ça qu'on lui arrachait maintenant! Non, le sort n'était pas juste de s'acharner ainsi après un homme!

« Allons, du courage, mon vieux, dit Lantier en le relevant. Il faut se remettre. »

Il lui versait un verre de vin, mais Coupeau refusa de boire.

« Qu'est-ce que j'ai donc? j'ai du cuivre dans le coco...

C'est maman, c'est quand je l'ai vue, j'ai eu le goût du cuivre... Maman, mon Dieu! maman, maman... »

Et il recommença à pleurer comme un enfant. Il but tout de même le verre de vin, pour éteindre le feu qui lui brûlait la poitrine. Lantier fila bientôt, sous le prétexte d'aller prévenir la famille et de passer à la mairie faire la déclaration. Il avait besoin de prendre l'air. Aussi ne se pressa-t-il pas, fumant des cigarettes, goûtant le froid vif de la matinée. En sortant de chez Mme Lerat, il entra même dans une crémerie des Batignolles prendre une tasse de café bien chaud. Et il resta là une bonne heure, à réfléchir.

Cependant, dès neuf heures, la famille se trouva réunie dans la boutique, dont on laissait les volets fermés. Lorilleux ne pleura pas; d'ailleurs, il avait de l'ouvrage pressé, il remonta presque tout de suite à son atelier, après s'être dandiné un instant avec une figure de circonstance. Mme Lorilleux et Mme Lerat avaient embrassé les Coupeau et se tamponnaient les yeux, où de petites larmes roulaient. Mais la première, quand elle eut jeté un coup d'œil rapide autour de la morte, haussa brusquement la voix pour dire que ça n'avait pas de bon sens, que jamais on ne laissait auprès d'un corps une lampe allumée; il fallait de la chandelle, et l'on envoya Nana acheter un paquet de chandelles, des grandes. Ah bien! on pouvait mourir chez la Banban, elle vous arrangerait d'une drôle de façon! Quelle cruche, ne pas savoir seulement se conduire avec un mort! Elle n'avait donc enterré personne dans sa vie? Mme Lerat dut monter chez les voisines pour emprunter un crucifix; elle en rapporta un trop grand, une croix de bois noir où était cloué un Christ de carton peint, qui barra toute la poitrine de maman Coupeau, et dont le poids semblait l'écraser. Ensuite, on chercha de l'eau bénite; mais personne n'en avait, ce fut Nana qui courut de nouveau jusqu'à l'église en prendre une bouteille. En un tour de main, le cabinet eut une autre tournure; sur une petite table, une chandelle brûlait, à côté d'un verre plein d'eau

bénite, dans lequel trempait une branche de buis. Maintenant, si du monde venait, ce serait propre, au moins.
Et l'on disposa les chaises en rond, dans la boutique,
pour recevoir.

Lantier rentra seulement à onze heures. Il avait
demandé des renseignements au bureau des pompes
funèbres.

« La bière est de douze francs, dit-il. Si vous voulez
avoir une messe, ce sera dix francs de plus. Enfin, il y a
le corbillard, qui se paie suivant les ornements...

— Oh! c'est bien inutile, murmura Mme Lorilleux,
en levant la tête d'un air surpris et inquiet. On ne ferait
pas revenir maman, n'est-ce pas?... Il faut aller selon sa
bourse.

— Sans doute, c'est ce que je pense, reprit le chapelier.
J'ai seulement pris les chiffres pour votre gouverne...
Dites-moi ce que vous désirez; après le déjeuner, j'irai
commander. »

On parlait à demi-voix, dans le petit jour qui éclairait
la pièce par les fentes des volets. La porte du cabinet
restait grande ouverte; et, de cette ouverture béante, sortait le gros silence de la mort. Des rires d'enfants montaient dans la cour, une ronde de gamines tournait, au
pâle soleil d'hiver. Tout à coup, on entendit Nana, qui
s'était échappée de chez les Boche, où on l'avait envoyée.
Elle commandait de sa voix aiguë, et les talons battaient
les pavés, tandis que ces paroles chantées s'envolaient
avec un tapage d'oiseaux braillards :

> Notre âne, notre âne,
> Il a mal à la patte,
> Madame lui a fait faire
> Un joli patatoire,
> Et des souliers lilas, la, la,
> Et des souliers lilas!

Gervaise attendit pour dire à son tour :
« Nous ne sommes pas riches, bien sûr; mais nous
voulons encore nous conduire proprement... Si maman

Coupeau ne nous a rien laissé, ce n'est pas une raison pour la jeter dans la terre comme un chien... Non, il faut une messe, avec un corbillard assez gentil...

— Et qui est-ce qui paiera? demanda violemment Mme Lorilleux. Pas nous, qui avons perdu de l'argent la semaine dernière; pas vous non plus, puisque vous êtes ratissés... Ah! vous devriez voir pourtant où ça vous a conduits, de chercher à épater le monde! »

Coupeau, consulté, bégaya, avec un geste de profonde indifférence; il se rendormait sur sa chaise. Mme Lerat dit qu'elle paierait sa part. Elle était de l'avis de Gervaise, on devait se montrer propre. Alors, toutes deux, sur un bout de papier, elles calculèrent : en tout, ça monterait à quatre-vingt-dix francs environ, parce qu'elles se décidèrent, après une longue explication, pour un corbillard orné d'un étroit lambrequin.

« Nous sommes trois, conclut la blanchisseuse. Nous donnerons chacune trente francs. Ce n'est pas la ruine. »

Mais Mme Lorilleux éclata, furieuse.

« Eh bien, moi, je refuse, oui, je refuse!... Ce n'est pas pour les trente francs. J'en donnerais cent mille, si je les avais, et s'ils devaient ressusciter maman... Seulement, je n'aime pas les orgueilleux. Vous avez une boutique, vous rêvez de crâner devant le quartier. Mais nous n'entrons pas là-dedans, nous autres, Nous ne posons pas... Oh! vous vous arrangerez. Mettez des plumes sur le corbillard, si ça vous amuse.

— On ne vous demande rien, finit par répondre Gervaise. Lorsque je devrais me vendre moi-même, je ne veux avoir aucun reproche à me faire. J'ai nourri maman Coupeau sans vous, je l'enterrerai bien sans vous... Déjà une fois, je ne vous l'ai pas mâché : je ramasse les chats perdus, ce n'est pas pour laisser votre mère dans la crotte. »

Alors, Mme Lorilleux pleura, et Lantier dut l'empêcher de partir. La querelle devenait si bruyante, que Mme Lerat poussant des chut! énergiques, crut devoir aller doucement dans le cabinet, et jeta sur la morte un regard

fâché et inquiet, comme si elle craignait de la trouver
éveillée, écoutant ce qu'on discutait à côté d'elle. A ce
moment, la ronde des petites filles reprenait dans la cour,
le filet de voix perçant de Nana dominait les autres.

> Notre âne, notre âne,
> Il a bien mal au ventre,
> Madame lui a fait faire
> Un joli ventrouilloire,
> Et des souliers lilas, la, la,
> Et des souliers lilas!

   « Mon Dieu! que ces enfants sont énervants, avec
leur chanson! dit à Lantier Gervaise toute secouée et près
de sangloter d'impatience et de tristesse. Faites-les donc
taire, et reconduisez Nana chez la concierge à coups de
pied quelque part! »
   Mme Lerat et Mme Lorilleux s'en allèrent déjeuner
en promettant de revenir. Les Coupeau se mirent à table,
mangèrent de la charcuterie, mais sans faim, et n'osant
seulement pas taper leur fourchette. Ils étaient très
ennuyés, hébétés, avec cette pauvre maman Coupeau qui
leur pesait sur les épaules et leur paraissait emplir toutes
les pièces. Leur vie se trouvait dérangée. Dans le premier
moment, ils piétinaient sans trouver les objets, ils avaient
une courbature, comme au lendemain d'une noce. Lantier reprit tout de suite la porte pour retourner aux pompes funèbres, emportant les trente francs de Mme Lerat et
soixante francs que Gervaise était allée emprunter à
Goujet, en cheveux, pareille à une folle. L'après-midi,
quelques visites arrivèrent, des voisines mordues de curiosité, qui se présentaient soupirant, roulant des yeux éplo-
rés; elles entraient dans le cabinet, dévisageaient la
morte, en faisant un signe de croix et en secouant le brin
de buis trempé d'eau bénite; puis, elles s'asseyaient dans
la boutique, où elles parlaient de la chère femme, inter-
minablement, sans se lasser de répéter la même phrase
pendant des heures. Mlle Remanjou avait remarqué que
son œil droit était resté ouvert, Mme Gaudron s'entêtait à

lui trouver une belle carnation pour son âge, et Mme Fauconnier restait stupéfaite de lui avoir vu manger son café,
trois jours auparavant. Vrai, on claquait vite, chacun
pouvait graisser ses bottes. Vers le soir, les Coupeau
commençaient à en avoir assez. C'était une trop grande
affliction pour une famille, de garder un corps si longtemps. Le gouvernement aurait bien dû faire une autre
loi là-dessus. Encore toute une soirée, toute une nuit
et toute une matinée, non! ça ne finirait jamais. Quand on
ne pleure plus, n'est-ce pas? le chagrin tourne à l'aga-
cement, on finirait par mal se conduire. Maman Coupeau, muette et raide au fond de l'étroit cabinet, se
répandait de plus en plus dans le logement, devenait
d'un poids qui crevait le monde. Et la famille, malgré elle,
reprenait son train-train, perdait de son respect.

« Vous mangerez un morceau avec nous, dit Gervaise à Mme Lerat et à Mme Lorilleux, lorsqu'elles
reparurent. Nous sommes trop tristes, nous ne nous
quitterons pas. »

On mit le couvert sur l'établi. Chacun, en voyant les
assiettes, songeait aux gueuletons qu'on avait faits là.
Lantier était de retour. Lorilleux descendit. Un pâtissier
venait d'apporter une tourte, car la blanchisseuse n'avait
pas la tête à s'occuper de cuisine. Comme on s'asseyait,
Boche entra dire que M. Marescot demandait à se présenter, et le propriétaire se présenta, très grave, avec sa
large décoration sur sa redingote. Il salua en silence,
alla droit au cabinet, où il s'agenouilla.

Il était d'une grande piété; il pria d'un air recueilli de
curé, puis traça une croix en l'air, en aspergeant le corps
avec la branche de buis. Toute la famille, qui avait quitté
la table, se tenait debout, fortement impressionnée.
M. Marescot, ayant achevé ses dévotions, passa dans la
boutique et dit aux Coupeau :

« Je suis venu pour les deux loyers arriérés. Êtes-vous
en mesure?

— Non, monsieur, pas tout à fait, balbutia Gervaise,
très contrariée d'entendre parler de ça devant les

Lorilleux. Vous comprenez, avec le malheur qui nous arrive...

— Sans doute, mais chacun a ses peines, reprit le propriétaire en élargissant ses doigts immenses d'ancien ouvrier. Je suis bien fâché, je ne puis attendre davantage... Si je ne suis pas payé après-demain, je serai forcé d'avoir recours à une expulsion. »

Gervaise joignit les mains, les larmes aux yeux, muette et l'implorant. D'un hochement énergique de sa grosse tête osseuse, il lui fit comprendre que les supplications étaient inutiles. D'ailleurs, le respect dû aux morts interdisait toute discussion. Il se retira discrètement, à reculons.

« Mille pardons de vous avoir dérangés, murmura-t-il. Après-demain matin, n'oubliez pas. »

Et, comme il s'en allant il passait de nouveau devant le cabinet, il salua une dernière fois le corps d'une génuflexion dévote, à travers la porte grande ouverte.

On mangea d'abord vite, pour ne pas paraître y prendre du plaisir. Mais, arrivé au dessert, on s'attarda, envahi d'un besoin de bien-être. Par moments, la bouche pleine, Gervaise ou l'une des deux sœurs se levait, allait jeter un coup d'œil dans le cabinet, sans même lâcher sa serviette; et quand elle se rasseyait, achevant sa bouchée, les autres la regardaient une seconde, pour voir si tout marchait bien, à côté. Puis, les dames se dérangèrent moins souvent, maman Coupeau fut oubliée. On avait fait un baquet de café, et du très fort, afin de se tenir éveillé toute la nuit. Les Poisson vinrent sur les huit heures. On les invita à en boire un verre. Alors, Lantier, qui guettait le visage de Gervaise, parut saisir une occasion attendue par lui depuis le matin. A propos de la saleté des propriétaires qui entraient demander de l'argent dans les maisons où il y avait un mort, il dit brusquement :

« C'est un jésuite, ce salaud, avec son air de servir la messe!... Mais, moi, à votre place, je lui planterais là sa boutique. »

Gervaise, éreintée de fatigue, molle et énervée, répondit en s'abandonnant :

« Oui, bien sûr, je n'attendrai pas les hommes de loi... Ah! j'en ai plein le dos, plein le dos. »

Les Lorilleux jouissant à l'idée que la Banban n'aurait plus de magasin, l'approuvèrent beaucoup. On ne se doutait pas de ce que coûtait une boutique. Si elle ne gagnait que trois francs chez les autres, au moins elle n'avait pas de frais, elle ne risquait pas de perdre de grosses sommes. Ils firent répéter cet argument-là à Coupeau, en le poussant; il buvait beaucoup, il se maintenait dans ·un attendrissement continu, pleurant tout seul dans son assiette. Comme la blanchisseuse semblait se laisser convaincre, Lantier cligna les yeux, en regardant les Poisson. Et la grande Virginie intervint, se montra très aimable.

« Vous savez, on pourrait s'entendre. Je prendrais la suite du bail, j'arrangerais votre affaire avec le propriétaire... Enfin, vous seriez toujours plus tranquille.

— Non, merci, déclara Gervaise, qui se secoua, comme prise d'un frisson. Je sais où trouver les termes, si je veux. Je travaillerai; j'ai mes deux bras, Dieu merci! pour me tirer d'embarras.

— On causera de ça plus tard, se hâta de dire le chapelier. Ce n'est pas convenable, ce soir... Plus tard, demain, par exemple. »

A ce moment, Mme Lerat, qui était allée dans le cabinet, poussa un léger cri. Elle avait eu peur, parce qu'elle avait trouvé la chandelle éteinte, brûlée jusqu'au bout. Tout le monde s'occupa à en rallumer une autre; et l'on hochait la tête, en répétant que ce n'était pas bon signe, quand la lumière s'éteignait auprès d'un mort.

La veillée commença. Coupeau s'était allongé, pas pour dormir, disait-il, pour réfléchir; et il ronflait cinq minutes après. Lorsqu'on envoya Nana coucher chez les Boche, elle pleura; elle se régalait depuis le matin, à l'espoir d'avoir bien chaud dans le grand lit de son bon ami Lantier. Les Poisson restèrent jusqu'à minuit. On

avait fini par faire du vin à la française, dans un saladier,
parce que le café donnait trop sur les nerfs de ces dames.
La conversation tournait aux effusions tendres. Virginie
parlait de la campagne : elle aurait voulu être enterrée
au coin d'un bois, avec des fleurs des champs sur sa
tombe. Mme Lerat gardait déjà, dans son armoire, le
drap pour l'ensevelir, et elle le parfumait toujours d'un
bouquet de lavande; elle tenait à avoir une bonne odeur
sous le nez, quand elle mangerait les pissenlits par la
racine. Puis, sans transition, le sergent de ville raconta
qu'il avait arrêté une grande belle fille le matin, qui
venait de voler dans la boutique d'un charcutier; en la
déshabillant chez le commissaire, on lui avait trouvé dix
saucissons pendus autour du corps, devant et derrière. Et,
Mme Lorilleux ayant dit d'un air de dégoût qu'elle n'en
mangerait pas, de ces saucissons-là, la société s'était mise
à rire doucement. La veillée s'égaya, en gardant les
convenances. Mais comme on achevait le vin à la française, un bruit singulier, un ruissellement sourd, sortit du
cabinet. Tous levèrent la tête, se regardèrent.

« Ce n'est rien, dit tranquillement Lantier, en baissant
la voix. Elle se vide. »

L'explication fit hocher la tête, d'un air rassuré, et la
compagnie reposa les verres sur la table.

Enfin, les Poisson se retirèrent. Lantier partit avec eux :
il allait chez son ami, disait-il, pour laisser son lit aux
dames, qui pourraient s'y reposer une heure, chacune à
son tour. Lorilleux monta se coucher tout seul, en répétant que ça ne lui était pas arrivé depuis son mariage.
Alors, Gervaise et les deux sœurs, restées avec Coupeau
endormi, s'organisèrent auprès du poêle, sur lequel elles
tinrent du café chaud. Elles étaient là, pelotonnées, pliées
en deux, les mains sous leur tablier, le nez au-dessus du
feu, à causer très bas, dans le grand silence du quartier.
Mme Lorilleux geignait : elle n'avait pas de robe noire,
elle aurait pourtant voulu éviter d'en acheter une, car ils
étaient bien gênés, bien gênés; et elle questionna Gervaise,
demandant si maman Coupeau ne laissait pas une jupe

noire, cette jupe qu'on lui avait donnée pour sa fête. Gervaise dut aller chercher la jupe. Avec un pli à la taille, elle
pourrait servir. Mais Mme Lorilleux voulait aussi du
vieux linge, parlait du lit, de l'armoire, des deux chaises,
cherchait des yeux les bibelots qu'il fallait partager. On
manqua se fâcher. Mme Lerat mit la paix; elle était
plus juste : les Coupeau avaient eu la charge de la mère,
ils avaient bien gagné ses quatre guenilles. Et, toutes trois,
elles s'assoupirent de nouveau au-dessus du poêle, dans
des ragots monotones. La nuit leur semblait terriblement
longue. Par moments, elles se secouaient, buvaient du
café, allongeaient la tête dans le cabinet, où la chandelle,
qu'on ne devait pas moucher, brûlait avec une flamme
rouge et triste, grossie par les champignons charbonneux
de la mèche. Vers le matin, elles grelottaient, malgré la
forte chaleur du poêle. Une angoisse, une lassitude d'avoir
trop causé, les suffoquaient, la langue sèche, les yeux
malades. Mme Lerat se jeta sur le lit de Lantier et ronfla
comme un homme; tandis que les deux autres, la tête
tombée et touchant les genoux, dormaient devant le feu.
Au petit jour, un frisson les réveilla. La chandelle de
maman Coupeau venait encore de s'éteindre. Et, comme,
dans l'obscurité, le ruissellement sourd recommençait,
Mme Lorilleux donna l'explication à voix haute, pour
se tranquilliser elle-même.

« Elle se vide », répéta-t-elle, en allumant une autre
chandelle.

L'enterrement était pour dix heures et demie. Une
jolie matinée, à mettre avec la nuit et avec la journée de la
veille! C'est-à-dire que Gervaise, tout en n'ayant pas un
sou, aurait donné cent francs à celui qui serait venu
prendre maman Coupeau trois heures plus tôt. Non, on a
beau aimer les gens, ils sont trop lourds, quand ils sont
morts; et même plus on les aime, plus on voudrait se vite
débarrasser d'eux.

Une matinée d'enterrement est par bonheur pleine de
distractions. On a toutes sortes de préparatifs à faire. On
déjeuna d'abord. Puis, ce fut justement le père Bazouge,

le croque-mort du sixième, qui apporta la bière et le sac de son. Il ne dessoulait pas, ce brave homme. Ce jour-là, à huit heures, il était encore tout rigolo d'une cuite prise la veille.

« Voilà, c'est pour ici, n'est-ce pas? » dit-il.

Et il posa la bière, qui eut un craquement de boîte neuve.

Mais, comme il jetait à côté le sac de son, il resta les yeux écarquillés, la bouche ouverte, en apercevant Gervaise devant lui.

« Pardon, excuse, je me trompe, balbutia-t-il. On m'avait dit que c'était pour chez vous. »

Il avait déjà repris le sac, la blanchisseuse dut lui crier :

« Laissez donc ça, c'est pour ici.

— Ah! tonnerre de Dieu! faut s'expliquer! reprit-il en se tapant sur la cuisse. Je comprends, c'est la vieille. »

Gervaise était devenue toute blanche. Le père Bazouge avait apporté la bière pour elle. Il continuait, se montrant galant, cherchant à s'excuser :

« N'est-ce pas? on racontait hier qu'il y en avait une de partie, au rez-de-chaussée. Alors, moi, j'avais cru... Vous savez, dans notre métier, ces choses-là, ça entre par une oreille et ça sort par l'autre... Je vous fais tout de même mon compliment. Hein? le plus tard, c'est encore le meilleur, quoique la vie ne soit pas toujours drôle, ah! non, par exemple! »

Elle l'écoutait, se reculait, avec la peur qu'il ne la saisît de ses grandes mains sales, pour l'emporter dans sa boîte. Déjà une fois, le soir de ses noces, il lui avait dit en connaître de ces femmes, qui le remercieraient, s'il montait les prendre. Eh bien! elle n'en était pas là, ça lui faisait froid dans l'échine. Son existence s'était gâtée, mais elle ne voulait pas s'en aller si tôt; oui, elle aimait mieux crever la faim pendant des années, que de crever la mort, l'histoire d'une seconde.

« Il est poivre, murmura-t-elle d'un air de dégoût mêlé d'épouvante. L'administration devrait au moins ne pas envoyer des pochards. On paie assez cher. »

Alors, le croque-mort se montra goguenard et insolent.

« Dites donc, ma petite mère, ce sera pour une autre fois. Tout à votre service, entendez-vous ! Vous n'avez qu'à me faire signe. C'est moi qui suis le consolateur des dames... Et ne crache pas sur le père Bazouge, parce qu'il en a tenu dans ses bras de plus chic que toi, qui se sont laissé arranger sans se plaindre, bien contentes de continuer leur dodo à l'ombre.

— Taisez-vous, père Bazouge ! dit sévèrement Lorilleux, accouru au bruit des voix. Ce ne sont pas des plaisanteries convenables. Si l'on se plaignait, vous seriez renvoyé... Allons, fichez le camp, puisque vous ne respectez pas les principes. »

Le croque-mort s'éloigna, mais on l'entendit longtemps sur le trottoir, qui bégayait :

« De quoi, les principes !... Il n'y a pas de principes... il n'y a pas de principes... il n'y a que l'honnêteté ! »

Enfin, dix heures sonnèrent. Le corbillard était en retard. Il y avait déjà du monde dans la boutique, des amis et des voisins, M. Madinier, Mes-Bottes, Mme Gaudron, Mlle Remanjou ; et, toutes les minutes, entre les volets fermés, par l'ouverture béante de la porte, une tête d'homme ou de femme s'allongeait, pour voir si ce lambin de corbillard n'arrivait pas. La famille, réunie dans la pièce du fond, donnait des poignées de main. De courts silences se faisaient, coupés de chuchotements rapides, une attente agacée et fiévreuse, avec des courses brusques de robe, Mme Lorilleux qui avait oublié son mouchoir, ou bien Mme Lerat qui cherchait un paroissien à emprunter. Chacun, en arrivant, apercevait au milieu du cabinet, devant le lit, la bière ouverte ; et, malgré soi, chacun restait à l'étudier du coin de l'œil, calculant que jamais la grosse maman Coupeau ne tiendrait là-dedans. Tout le monde se regardait, avec cette pensée dans les yeux, sans se la communiquer. Mais, il y eut une poussée à la porte de la rue. M. Madinier vint annoncer d'une voix grave et contenue, en arrondissant les bras :

« Les voici ! »

Ce n'était pas encore le corbillard. Quatre croque-
morts entrèrent à la file, d'un pas pressé, avec leurs faces
rouges et leurs mains gourdes de déménageurs, dans le
noir pisseux de leurs vêtements, usés et blanchis au
frottement des bières. Le père Bazouge marchait le
premier, très soûl et très convenable ; dès qu'il était
à la besogne, il retrouvait son aplomb. Ils ne pronon-
cèrent pas un mot, la tête un peu basse, pesant déjà
maman Coupeau du regard. Et ça ne traîna pas, la
pauvre vieille fut emballée, le temps d'éternuer. Le plus
petit, un jeune qui louchait, avait vidé le son dans le cercueil, et l'étalait en le pétrissant, comme s'il voulait faire
du pain. Un autre, un grand maigre celui-là, l'air farceur,
venait d'étendre le drap par-dessus. Puis, une, deux,
allez-y ! tous les quatre saisirent le corps, l'enlevèrent,
deux aux pieds, deux à la tête. On ne retourne pas plus
vite une crêpe. Les gens qui allongeaient le cou purent
croire que maman Coupeau était sautée d'elle-même
dans la boîte. Elle avait glissé là comme chez elle, oh !
tout juste, si juste, qu'on avait entendu son frôlement
contre le bois neuf. Elle touchait de tous les côtés, un
vrai tableau dans un cadre. Mais enfin elle y tenait,
ce qui étonna les assistants ; bien sûr, elle avait dû diminuer depuis la veille. Cependant les croque-morts s'étaient
relevés et attendaient ; le petit louche prit le couvercle,
pour inviter la famille à faire les derniers adieux ; tandis
que Bazouge mettait des clous dans sa bouche et apprêtait le marteau. Alors, Coupeau, ses deux sœurs, Gervaise,
d'autres encore, se jetèrent à genoux, embrassèrent la
maman qui s'en allait, avec de grosses larmes, dont les
gouttes chaudes tombaient et roulaient sur ce visage raidi,
froid comme une glace. Il y avait un bruit prolongé
de sanglots. Le couvercle s'abattit, le père Bazouge
enfonça ses clous avec le chic d'un emballeur, deux
coups pour chaque pointe ; et personne ne s'écouta pleurer
davantage dans ce vacarme de meuble qu'on répare.
C'était fini. On partait.

« S'il est possible de faire tant d'esbroufe dans un
moment pareil ! » dit Mme Lorilleux à son mari, en apercevant le corbillard devant la porte.

Le corbillard révolutionnait le quartier. La tripière
appelait les garçons de l'épicier, le petit horloger était
sorti sur le trottoir, les voisins se penchaient aux fenêtres.
Et tout ce monde causait du lambrequin à franges de
coton blanches. Ah ! les Coupeau auraient mieux fait de
payer leurs dettes ! Mais, comme le déclaraient les
Lorilleux, lorsqu'on a de l'orgueil, ça sort partout et
quand même.

« C'est honteux ! répétait au même instant Gervaise,
en parlant du chaîniste et de sa femme. Dire que ces
rapiats n'ont pas même apporté un bouquet de violettes
pour leur mère ! »

Les Lorilleux, en effet, étaient venus les mains vides.
Mme Lerat avait donné une couronne de fleurs artificielles. Et l'on mit encore sur la bière une couronne d'im-
mortelles et un bouquet achetés par les Coupeau. Les
croque-morts avaient dû donner un fameux coup
d'épaule pour hisser et charger le corps. Le cortège fut
lent à s'organiser. Coupeau et Lorilleux, en redingote,
le chapeau à la main, conduisaient le deuil ; le premier,
dans son attendrissement que deux verres de vin blanc,
le matin, avaient entretenu, se tenait au bras de son
beau-frère, les jambes molles et les cheveux malades.
Puis marchaient les hommes, M. Madinier, très grave,
tout en noir, Mes-Bottes, un paletot sur sa blouse, Boche,
dont le pantalon jaune fichait un pétard, Lantier,
Gaudron, Bibi-la-Grillade, Poisson, d'autres encore. Les
dames arrivaient ensuite, au premier rang Mme Lorilleux
qui traînait la jupe retapée de la morte, Mme Lerat
cachant sous un châle son deuil improvisé, un caraco
garni de lilas, et à la file Virginie, Mme Gaudron,
Mme Fauconnier, Mlle Remanjou, tout le reste de la
queue. Quand le corbillard s'ébranla et descendit lentement la rue de la Goutte-d'Or, au milieu des signes de
croix et des coups de chapeau, les quatre croque-morts

prirent la tête, deux en avant, les deux autres à droite et
à gauche. Gervaise était restée pour fermer la boutique.
Elle confia Nana à Mme Boche, et elle rejoignit le convoi
en courant, pendant que la petite, tenue par la concierge,
sous le porche, regardait d'un œil profondément inté-
ressé sa grand-mère disparaître au fond de la rue, dans
cette belle voiture.

Juste au moment où la blanchisseuse essoufflée rattrapait la queue, Goujet arrivait de son côté. Il se mit avec
les hommes; mais il se retourna, et la salua d'un signe de
tête, si doucement, qu'elle se sentit tout d'un coup très
malheureuse et qu'elle fut reprise par les larmes. Elle ne
pleurait plus seulement maman Coupeau, elle pleurait
quelque chose d'abominable, qu'elle n'aurait pas pu dire,
et qui l'étouffait. Durant tout le trajet, elle tint son mouchoir appuyé contre ses yeux. Mme Lorilleux, les joues
sèches et enflammées, la regardait de côté, en ayant l'air
de l'accuser de faire du genre.

A l'église, la cérémonie fut vite bâclée. La messe traîna
pourtant un peu, parce que le prêtre était très vieux.
Mes-Bottes et Bibi-la-Grillade avaient préféré rester
dehors, à cause de la quête. M. Madinier, tout le temps,
étudia les curés, et il communiquait à Lantier ses observations : ces farceurs-là, en crachant leur latin, ne
savaient seulement pas ce qu'ils dégoisaient; ils vous
enterraient une personne comme ils vous l'auraient
baptisée ou mariée, sans avoir dans le cœur le moindre
sentiment. Puis, M. Madinier blâma ce tas de cérémonies, ces lumières, ces voix tristes, cet étalage devant les
familles. Vrai, on perdait les siens deux fois, chez soi
et à l'église. Et tous les hommes lui donnaient raison,
car ce fut encore un moment pénible lorsque, la messe
finie, il y eut un barbotement de prières, et que les assistants durent défiler devant le corps, en jetant de l'eau
bénite. Heureusement, le cimetière n'était pas loin, le
petit cimetière de la Chapelle, un bout de jardin qui
s'ouvrait sur la rue Marcadet. Le cortège y arriva
débandé, tapant les pieds, chacun causant de ses affaires.

La terre dure sonnait, on aurait volontiers battu la
semelle. Le trou béant, près duquel on avait posé la
bière, était déjà tout gelé, blafard et pierreux comme une
carrière à plâtre ; et les assistants, rangés autour des mon-
ticules de gravats, ne trouvaient pas drôle d'attendre par
un froid pareil, embêtés aussi de regarder le trou. Enfin,
un prêtre en surplis sortit d'une maisonnette, il grelottait,
on voyait son haleine fumer, à chaque « de profundis »
qu'il lâchait. Au dernier signe de croix, il se sauva, sans
avoir envie de recommencer. Le fossoyeur prit sa pelle ;
mais, à cause de la gelée, il ne détachait que de grosses
mottes, qui battaient une jolie musique là-bas au fond,
un vrai bombardement sur le cercueil, une enfilade de
coups de canon à croire que le bois se fendait. On a beau
être égoïste, cette musique-là vous casse l'estomac. Les
larmes recommencèrent. On s'en allait, on était dehors,
qu'on entendait encore les détonations. Mes-Bottes, soufflant dans ses doigts, fit tout haut une remarque : Ah !
tonnerre de Dieu ! non ! la pauvre maman Coupeau
n'allait pas avoir chaud !

« Mesdames et la compagnie, dit le zingueur aux
quelques amis restés dans la rue avec la famille, si vous
voulez bien nous permettre de vous offrir quelque
chose... »

Et il entra le premier chez un marchand de vin de la
rue Marcadet, *A la descente du cimetière*. Gervaise, demeurée
sur le trottoir, appela Goujet qui s'éloignait, après l'avoir
saluée d'un nouveau signe de tête. Pourquoi n'acceptait-il
pas un verre de vin ? Mais il était pressé, il retournait à
l'atelier. Alors, ils se regardèrent un moment sans rien dire.

« Je vous demande pardon pour les soixante francs,
murmura enfin la blanchisseuse. J'étais comme une folle,
j'ai songé à vous...

— Oh ! il n'y a pas de quoi, vous êtes pardonnée,
interrompit le forgeron. Et, vous savez, tout à votre
service, s'il vous arrivait un malheur... Mais n'en dites
rien à maman, parce qu'elle a ses idées, et que je ne veux
pas la contrarier. »

Elle le regardait toujours; et, en le voyant si bon, si triste, avec sa belle barbe jaune, elle fut sur le point d'accepter son ancienne proposition, de s'en aller avec lui, pour être heureux ensemble quelque part. Puis, il lui vint une autre mauvaise pensée, celle de lui emprunter ses deux termes, à n'importe quel prix. Elle tremblait, elle reprit d'une voix caressante :

« Nous ne sommes pas fâchés, n'est-ce pas? »

Lui, hocha la tête, en répondant :

« Non, bien sûr, jamais nous ne serons fâchés... Seulement, vous comprenez, tout est fini. »

Et il s'en alla à grandes enjambées, laissant Gervaise étourdie, écoutant sa dernière parole battre dans ses oreilles avec un bourdonnement de cloche. En entrant chez le marchand de vin, elle entendait sourdement au fond d'elle : « Tout est fini, eh bien, tout est fini; je n'ai plus rien à faire, moi, si tout est « fini »! Elle s'assit, elle avala une bouchée de pain et de fromage, vida un verre plein qu'elle trouva devant elle.

C'était, au rez-de-chaussée, une longue salle à plafond bas, occupée par deux grandes tables. Des litres, des quarts de pain, de larges triangles de brie sur trois assiettes, s'étalaient à la file.

La société mangeait sur le pouce, sans nappe et sans couverts. Plus loin, près du poêle qui ronflait, les quatre croque-morts achevaient de déjeuner.

« Mon Dieu! expliquait M. Madinier, chacun son tour. Les vieux font de la place aux jeunes... Ça va vous sembler bien vide, votre logement, quand vous rentrerez.

— Oh! mon frère donne congé, dit vivement Mme Lorilleux. C'est une ruine, cette boutique. »

On avait travaillé Coupeau. Tout le monde le poussait à céder le bail. Mme Lerat elle-même, très bien avec Lantier et Virginie depuis quelque temps, chatouillée par l'idée qu'ils devaient avoir un béguin l'un pour l'autre, parlait de faillite et de prison, en prenant des airs effrayés. Et, brusquement, le zingueur se fâcha, son attendrissement tournait à la fureur, déjà trop arrosé de liquide.

« Écoute, cria-t-il dans le nez de sa femme, je veux
que tu m'écoutes! Ta sacrée tête fait toujours des siennes.
Mais, cette fois, je suivrai ma volonté, je t'avertis!

— Ah bien! dit Lantier, si jamais on la réduit par de
bonnes paroles! Il faudrait un maillet pour lui entrer ça
dans le crâne. »

Et tous deux tapèrent un instant sur elle. Ça n'empêchait pas les mâchoires de fonctionner. Le brie disparaissait, les litres coulaient comme des fontaines. Cependant,
Gervaise mollissait sous les coups. Elle ne répondait rien,
la bouche toujours pleine, se dépêchant, comme si elle
avait eu très faim. Quand ils se lassèrent, elle leva doucement la tête, elle dit :

« En voilà assez, hein? Je m'en fiche pas mal de la
boutique! Je n'en veux plus... Comprenez-vous, je m'en
fiche! Tout est fini! »

Alors, on redemanda du fromage et du pain, on causa
sérieusement. Les Poisson prenaient le bail et offraient
de répondre des deux termes arriérés. D'ailleurs, Boche
acceptait l'arrangement, d'un air d'importance, au nom
du propriétaire. Il loua même, séance tenante, un logement aux Coupeau, le logement vacant du sixième,
dans le corridor des Lorilleux. Quant à Lantier, mon
Dieu! il voulait bien garder sa chambre, si cela ne gênait
pas les Poisson. Le sergent de ville s'inclina, ça ne le
gênait pas du tout; on s'entend toujours entre amis,
malgré les idées politiques. Et Lantier, sans se mêler
davantage de la cession, en homme qui a conclu enfin
sa petite affaire, se confectionna une énorme tartine de
fromage de Brie; il se renversait, il la mangeait dévote-
ment, le sang sous la peau, brûlant d'une joie sournoise,
clignant les yeux pour guigner tour à tour Gervaise et
Virginie.

« Eh! père Bazouge! appela Coupeau, venez donc
boire un coup. Nous ne sommes pas fiers, nous sommes
tous des travailleurs. »

Les quatre croque-morts, qui s'en allaient, rentrèrent
pour trinquer avec la société. Ce n'était pas un reproche,

mais la dame de tout à l'heure pesait son poids et valait
bien un verre de vin. Le père Bazouge regardait fixement
la blanchisseuse, sans lâcher un mot déplacé. Elle se leva
mal à l'aise, elle quitta les hommes qui achevaient de se
cocarder. Coupeau, soûl comme une grive, recommençait à viauper et disait que c'était le chagrin.

Le soir, quand Gervaise se retrouva chez elle, elle
resta abêtie sur une chaise. Il lui semblait que les pièces
étaient désertes et immenses. Vrai, ça faisait un fameux
débarras. Mais elle n'avait bien sûr pas laissé que maman
Coupeau au fond du trou, dans le petit jardin de la rue
Marcadet. Il lui manquait trop de choses, ça devait être
un morceau de sa vie à elle, et sa boutique, et son orgueil
de patronne, et d'autres sentiments encore, qu'elle avait
enterrés ce jour-là. Oui, les murs étaient nus, son cœur
aussi, c'était un déménagement complet, une dégringolade dans le fossé. Et elle se sentait trop lasse, elle se
ramasserait plus tard, si elle pouvait.

A dix heures, en se déshabillant, Nana pleura, trépigna.
Elle voulait coucher dans le lit de maman Coupeau. Sa
mère essaya de lui faire peur ; mais la petite était très pré-
coce, les morts lui causaient seulement une grosse curiosité ;
si bien que, pour avoir la paix, on finit par lui permettre de s'allonger à la place de maman Coupeau. Elle
aimait les grands lits, cette gamine ; elle s'étalait, elle se
roulait. Cette nuit-là, elle dormit joliment bien, dans la
bonne chaleur et les chatouilles du matelas de plume.

X

LE nouveau logement des Coupeau se trouvait au
sixième, escalier B. Quand on avait passé devant Mlle Remanjou, on prenait le corridor, à gauche. Puis, il fallait
encore tourner. La première porte était celle des Bijard.
Presque en face, dans un trou sans air, sous un petit
escalier qui montait à la toiture, couchait le père Bru.
Deux logements plus loin, on arrivait chez Bazouge.
Enfin, contre Bazouge, c'étaient les Coupeau, une
chambre et un cabinet donnant sur la cour. Et il n'y
avait plus, au fond du couloir, que deux ménages, avant
d'être chez les Lorilleux, tout au bout.

Une chambre et un cabinet, pas plus. Les Coupeau
perchaient là, maintenant. Et encore la chambre était-
elle large comme la main. Il fallait y faire tout, dormir,
manger et le reste. Dans le cabinet, le lit de Nana tenait
juste; elle devait se déshabiller chez son père et sa mère,
et on laissait la porte ouverte, la nuit, pour qu'elle
n'étouffât pas. C'était si petit, que Gervaise avait cédé
des affaires aux Poisson en quittant la boutique, ne pouvant tout caser. Le lit, la table, quatre chaises, le logement était plein. Même le cœur crevé, n'ayant pas le
courage de se séparer de sa commode, elle avait encombré
le carreau de ce grand coquin de meuble, qui bouchait
la moitié de la fenêtre. Un des battants se trouvait
condamné, ça enlevait de la lumière et de la gaieté.
Quand elle voulait regarder dans la cour, comme elle

devenait très grosse, elle n'avait pas la place de ses coudes, elle se penchait de biais, le cou tordu, pour voir.

Les premiers jours, la blanchisseuse s'asseyait et pleurait. Ça lui semblait trop dur, de ne plus pouvoir se remuer chez elle, après avoir toujours été au large. Elle suffoquait, elle restait à la fenêtre pendant des heures, écrasée entre le mur et la commode, à prendre des torticolis. Là seulement elle respirait. La cour, pourtant, ne lui inspirait guère que des idées tristes. En face d'elle, du côté du soleil, elle apercevait son rêve d'autrefois, cette fenêtre du cinquième où des haricots d'Espagne, à chaque printemps, enroulaient leurs tiges minces sur un berceau de ficelles. Sa chambre, à elle, était du côté de l'ombre, les pots de réséda y mouraient en huit jours. Ah! non, la vie ne tournait pas gentiment, ce n'était guère l'existence qu'elle avait espérée. Au lieu d'avoir des fleurs sur sa vieillesse, elle roulait dans les choses qui ne sont pas propres. Un jour, se penchant, elle eut une drôle de sensation, elle crut se voir en personne là-bas, sous le porche, près de la loge du concierge, le nez en l'air, examinant la maison pour la première fois; et ce saut de treize ans en arrière[1] lui donna un élancement au cœur. La cour n'avait pas changé, les façades nues à peine plus noires et plus lépreuses; une puanteur montait des plombs rongés de rouille; aux cordes des croisées, séchaient des linges, des couches d'enfant emplâtrées d'ordure; en bas, le pavé défoncé restait sali des escarbilles de charbon du serrurier et des copeaux du menuisier; même, dans le coin humide de la fontaine, une mare coulée de la teinturerie avait une belle teinte bleue, d'un bleu aussi tendre que le bleu de jadis. Mais elle, à cette heure, se sentait joliment changée et décatie. Elle n'était plus en bas, d'abord, la figure vers le ciel, contente et courageuse, ambitionnant un bel appartement. Elle était sous les toits, dans le coin des pouilleux, dans le trou le plus sale, à l'endroit où l'on ne recevait jamais la visite d'un rayon. Et ça expliquait ses larmes, elle ne pouvait pas être enchantée de son sort.

Cependant, lorsque Gervaise se fut un peu accoutumée, les commencements du ménage, dans le nouveau logement, ne se présentèrent pas mal. L'hiver était presque fini, les quatre sous des meubles cédés à Virginie avaient facilité l'installation. Puis, dès les beaux jours, il arriva une chance, Coupeau se trouva embauché pour aller travailler en province, à Étampes; et là, il fut près de trois mois, sans se soûler, guéri un moment par l'air de la campagne. On ne se doute pas combien ça désaltère les pochards de quitter l'air de Paris, où il y a dans les rues une vraie fumée d'eau-de-vie et de vin. A son retour, il était frais comme une rose, et il rapportait quatre cents francs, avec lesquels ils payèrent les deux termes arriérés de la boutique, dont les Poisson avaient répondu, ainsi que d'autres petites dettes du quartier, les plus criardes. Gervaise déboucha deux ou trois rues où elle ne passait plus. Naturellement, elle s'était mise repasseuse à la journée. Mme Fauconnier, très bonne femme pourvu qu'on la flattât, avait bien voulu la reprendre. Elle lui donnait même trois francs, comme à une première ouvrière, par égard pour son ancienne position de patronne. Aussi le ménage semblait-il devoir boulotter. Même, avec du travail et de l'économie, Gervaise voyait le jour où ils pourraient tout payer et s'arranger un petit train-train supportable. Seulement, elle se promettait ça, dans la fièvre de la grosse somme gagnée par son mari. A froid, elle acceptait le temps comme il venait, elle disait que les belles choses ne duraient pas.

Ce dont les Coupeau eurent le plus à souffrir alors, ce fut de voir les Poisson s'installer dans leur boutique. Ils n'étaient point trop jaloux de leur naturel mais on les agaçait, on s'émerveillait exprès devant eux sur les embellissements de leurs successeurs. Les Boche, surtout les Lorilleux, ne tarissaient pas. A les entendre, jamais on n'aurait vu une boutique plus belle. Et ils parlaient de l'état de saleté où les Poisson avaient trouvé les lieux, ils racontaient que le lessivage seul était monté à trente

francs. Virginie, après des hésitations, s'était décidée
pour un petit commerce d'épicerie fine, des bonbons, du
chocolat, du café, du thé. Lantier lui avait vivement
conseillé ce commerce, car il y avait, disait-il, des
sommes énormes à gagner dans la friandise. La boutique
fut peinte en noir, et relevée de filets jaunes, deux couleurs distinguées. Trois menuisiers travaillèrent huit
jours à l'agencement des casiers, des vitrines, un comptoir avec des tablettes pour les bocaux, comme chez les
confiseurs. Le petit héritage, que Poisson tenait en
réserve, dut être rudement écorné. Mais Virginie triomphait, et les Lorilleux, aidés des portiers, n'épargnaient
pas à Gervaise un casier, une vitrine, un bocal, amusés
quand ils voyaient sa figure changer. On a beau n'être
pas envieux, on rage toujours quand les autres chaussent
vos souliers et vous écrasent.

Il y avait aussi une question d'homme là-dessous. On
affirmait que Lantier avait quitté Gervaise. Le quartier
déclarait ça très bien. Enfin, ça mettait un peu de morale
dans la rue. Et tout l'honneur de la séparation revenait
à ce finaud de chapelier, que les dames gobaient toujours.
On donnait des détails, il avait dû calotter la blanchisseuse pour la faire tenir tranquille, tant elle était acharnée
après lui. Naturellement, personne ne disait la vérité
vraie; ceux qui auraient pu la savoir, la jugeaient trop
simple et pas assez intéressante. Si l'on voulait, Lantier
avait en effet quitté Gervaise, en ce sens qu'il ne la tenait
plus à sa disposition, le jour et la nuit; mais il montait
pour sûr la voir au sixième, quand l'envie l'en prenait,
car Mlle Remanjou le rencontrait sortant de chez les
Coupeau à des heures peu naturelles. Enfin, les rapports
continuaient de bric et de broc, va comme je te pousse,
sans que l'un ni l'autre y eût beaucoup de plaisir; un reste
d'habitude, des complaisances réciproques, pas davantage.
Seulement, ce qui compliquait la situation, c'était que
le quartier, maintenant, fourrait Lantier et Virginie dans
la même paire de draps. Là encore le quartier se pressait
trop. Sans doute, le chapelier chauffait la grande brune;

et ça se trouvait indiqué, puisqu'elle remplaçait Gervaise
en tout et pour tout, dans le logement. Il courait justement une blague; on prétendait qu'une nuit il était allé
chercher Gervaise sur l'oreiller du voisin, et qu'il avait
ramené et gardé Virginie sans la reconnaître avant le petit
jour, à cause de l'obscurité. L'histoire faisait rigoler, mais
il n'était réellement pas si avancé, il se permettait à peine
de lui pincer les hanches. Les Lorilleux n'en parlaient pas
moins devant la blanchisseuse des amours de Lantier et de
Mme Poisson avec attendrissement, espérant la rendre
jalouse. Les Boche, eux aussi, laissaient entendre que
jamais ils n'avaient vu un plus beau couple. Le drôle,
dans tout ça, c'était que la rue de la Goutte-d'Or ne
semblait pas se formaliser du nouveau ménage à trois;
non, la morale, dure pour Gervaise, se montrait douce
pour Virginie. Peut-être l'indulgence souriante de la
rue venait-elle de ce que le mari était sergent de ville.

Heureusement, la jalousie ne tourmentait guère Gervaise. Les infidélités de Lantier la laissaient bien calme,
parce que son cœur, depuis longtemps, n'était plus pour
rien dans leurs rapports. Elle avait appris, sans chercher
à les savoir, des histoires malpropres, des liaisons du chapelier avec toutes sortes de filles, les premiers chiens
coiffés qui passaient dans la rue; et ça lui faisait si peu
d'effet, qu'elle avait continué d'être complaisante, sans
même trouver en elle assez de colère pour rompre. Cependant, elle n'accepta pas si aisément le nouveau béguin de
son amant. Avec Virginie, c'était autre chose. Ils avaient
inventé ça dans le seul but de la taquiner tous les deux; et
si elle se moquait de la bagatelle, elle tenait aux égards.
Aussi, lorsque Mme Lorilleux ou quelque autre méchante
bête affectait en sa présence de dire que Poisson ne pouvait plus passer sous la porte Saint-Denis, devenait-elle
toute blanche, la poitrine arrachée, une brûlure dans
l'estomac. Elle pinçait les lèvres, elle évitait de se fâcher,
ne voulant pas donner ce plaisir à ses ennemis. Mais elle
dut quereller Lantier, car Mlle Remanjou crut distinguer
le bruit d'un soufflet, un après-midi; d'ailleurs, il y eut

certainement une brouille, Lantier cessa de lui parler
pendant quinze jours, puis il revint le premier, et le
train-train parut recommencer, comme si de rien n'était.
La blanchisseuse préférait en prendre son parti, reculant
devant un crêpage de chignons, désireuse de ne pas gâter
sa vie davantage. Ah! elle n'avait plus vingt ans, elle
n'aimait plus les hommes, au point de distribuer des
fessées pour leurs beaux yeux et de risquer le poste. Seulement, elle additionnait ça avec le reste.

Coupeau blaguait. Ce mari commode, qui n'avait pas
voulu voir le cocuage chez lui, rigolait à mort de la paire
de cornes de Poisson. Dans son ménage, ça ne comptait
pas; mais, dans le ménage des autres, ça lui semblait farce,
et il se donnait un mal du diable pour guetter ces acci-
dents-là, quand les dames des voisins allaient regarder
la feuille à l'envers. Quel jean-jean, ce Poisson! et ça portait une épée, ça se permettait de bousculer le monde sur
les trottoirs! Puis, Coupeau poussait le toupet à plaisanter Gervaise. Ah bien! son amoureux la lâchait joliment!
Elle n'avait pas de chance : une première fois, les forgerons ne lui avaient pas réussi, et, pour la seconde, c'étaient
les chapeliers qui lui claquaient dans la main. Aussi, elle
s'adressait aux corps d'états pas sérieux. Pourquoi ne
prenait-elle pas un maçon, un homme d'attache, habitué
à gâcher solidement son plâtre? Bien sûr, il disait ces
choses en matière de rigolade, mais Gervaise n'en devenait pas moins toute verte, parce qu'il la fouillait de ses
petits yeux gris, comme s'il avait voulu lui entrer les
paroles avec une vrille. Lorsqu'il abordait le chapitre des
saletés, elle ne savait jamais s'il parlait pour rire ou pour
de bon. Un homme qui se soûle d'un bout de l'année à
l'autre n'a plus la tête à lui, et il y a des maris, très
jaloux à vingt ans, que la boisson rend très coulants
à trente sur le chapitre de la fidélité conjugale.

Il fallait voir Coupeau crâner dans la rue de la Goutte-
d'Or! Il appelait Poisson le cocu. Ça leur clouait le bec,
aux bavardes! Ce n'était plus lui, le cocu. Oh! il savait
ce qu'il savait. S'il avait eu l'air de ne pas entendre, dans

le temps, c'était apparemment qu'il n'aimait pas les potins. Chacun connaît son chez-soi et se gratte où ça le démange. Ça ne le démangeait pas, lui; il ne pouvait pas se gratter, pour faire plaisir au monde. Eh bien, et le sergent de ville, est-ce qu'il entendait? Pourtant ça y était, cette fois; on avait vu les amoureux, il ne s'agissait plus d'un cancan en l'air. Et il se fâchait, il ne comprenait pas comment un homme, un fonctionnaire du gouvernement, souffrait chez lui un pareil scandale. Le sergent de ville devait aimer la resucée des autres, voilà tout. Les soirs où Coupeau s'ennuyait, seul avec sa femme dans leur trou, sous les toits, ça ne l'empêchait pas de descendre chercher Lantier et de l'amener de force. Il trouvait la cambuse triste, depuis que le camarade n'était plus là. Il le raccommodait avec Gervaise, s'il les voyait en froid. Tonnerre de Dieu! est-ce qu'on n'envoie pas le monde à la balançoire, est-ce qu'il est défendu de s'amuser comme on l'entend? Il ricanait, des idées larges s'allumaient dans ses yeux vacillants de pochard, des besoins de tout partager avec le chapelier, pour embellir la vie. Et c'était surtout ces soirs-là que Gervaise ne savait plus s'il parlait pour rire ou pour de bon.

Au milieu de ces histoires, Lantier faisait le gros dos. Il se montrait paternel et digne. A trois reprises, il avait empêché des brouilles entre les Coupeau et les Poisson. Le bon accord des deux ménages entrait dans son contentement. Grâce aux regards tendres et fermes dont il surveillait Gervaise et Virginie, elles affectaient toujours l'une pour l'autre une grande amitié. Lui, régnant sur la blonde et sur la brune, avec une tranquillité de pacha, s'engraissait de sa roublardise. Ce mâtin-là digérait encore les Coupeau qu'il mangeait déjà les Poisson. Oh! ça ne le gênait guère! une boutique avalée, il entamait une seconde boutique. Enfin, il n'y a que les hommes de cette espèce qui aient de la chance.

Ce fut cette année-là, en juin, que Nana fit sa première communion. Elle allait sur ses treize ans, grande déjà

comme une asperge montée, avec un air d'effronterie;
l'année précédente, on l'avait renvoyée du catéchisme,
à cause de sa mauvaise conduite; et, si le curé l'admettait
cette fois, c'était de peur de ne pas la voir revenir et de
lâcher sur le pavé une païenne de plus. Nana dansait de
joie en pensant à la robe blanche. Les Lorilleux, comme
parrain et marraine, avaient promis la robe, un cadeau
dont ils parlaient dans toute la maison; Mme Lerat
devait donner le voile et le bonnet, Virginie la bourse,
Lantier le paroissien; de façon que les Coupeau attendaient la cérémonie sans trop s'inquiéter. Même les Poisson, qui voulaient pendre la crémaillère, choisirent justement cette occasion, sans doute sur le conseil du chapelier. Ils invitèrent les Coupeau et les Boche, dont
la petite faisait aussi sa première communion. Le soir,
on mangerait chez eux un gigot et quelque chose
autour.

Justement, la veille, au moment où Nana émerveillée
regardait les cadeaux étalés sur la commode, Coupeau
rentra dans un état abominable. L'air de Paris le reprenait. Et il attrapa sa femme et l'enfant, avec des raisons
d'ivrogne, des mots dégoûtants qui n'étaient pas à dire
dans la situation. D'ailleurs, Nana elle-même devenait
mal embouchée, au milieu des conversations sales qu'elle
entendait continuellement. Les jours de dispute, elle
traitait très bien sa mère de chameau et de vache.

« Et du pain! gueulait le zingueur. Je veux ma soupe,
tas de rosses!... En voilà des femelles avec leurs chiffons!
Je m'assois sur les affutiaux, vous savez, si je n'ai pas ma
soupe!

— Quel lavement, quand il est paf! » murmura Gervaise impatientée.

Et, se tournant vers lui :

« Elle chauffe, tu nous embêtes. »

Nana faisait la modeste, parce qu'elle trouvait ça gentil,
ce jour-là. Elle continuait à regarder les cadeaux sur la
commode, en affectant de baisser les yeux et de ne pas
comprendre les vilains propos de son père. Mais le zin-

gueur était joliment taquin, les soirs de ribote. Il lui
parlait dans le cou.

« Je t'en ficherai, des robes blanches! Hein? c'est
encore pour te faire des nichons dans ton corsage avec
des boules de papier, comme l'autre dimanche?... Oui,
oui, attends un peu! Je te vois bien tortiller ton derrière.
Ça te chatouille, les belles frusques. Ça te monte le
coco... Veux-tu décaniller de là, bougre de chenillon!
Retire tes patoches, colle-moi ça dans un tiroir, ou je te
débarbouille avec! »

Nana, la tête basse, ne répondait toujours rien. Elle
avait pris le petit bonnet de tulle, elle demandait à sa
mère combien ça coûtait. Et, comme Coupeau allongeait
la main pour arracher le bonnet, ce fut Gervaise qui le
repoussa en criant :

« Mais laisse-la donc, cette enfant! elle est gentille, elle
elle ne fait rien de mal. »

Alors le zingueur lâcha tout son paquet.

« Ah! les garces! La mère et la fille, ça fait la paire.
Et c'est du propre d'aller manger le Bon Dieu en gui-
gnant les hommes. Ose donc dire le contraire, petite
salope! Je vas t'habiller avec un sac, nous verrons si ça
te grattera la peau. Oui, avec un sac, pour vous dégoûter,
toi et tes curés. Est-ce que j'ai besoin qu'on te donne du
vice? Nom de Dieu! voulez-vous m'écouter, toutes les
deux! »

Et, du coup, Nana furieuse se tourna, pendant que
Gervaise devait étendre les bras, afin de protéger les
affaires que Coupeau parlait de déchirer. L'enfant
regarda son père fixement; puis, oubliant la modestie
recommandée par son confesseur :

« Cochon! » dit-elle les dents serrées.

Dès que le zingueur eut mangé sa soupe, il ronfla. Le
lendemain, il s'éveilla très bon enfant. Il avait un reste de
la veille, tout juste de quoi être aimable. Il assista à la
toilette de la petite, attendri par la robe blanche, trouvant qu'un rien du tout donnait à cette vermine un air de
vraie demoiselle. Enfin, comme il le disait, un père, en un

pareil jour, était naturellement fier de sa fille. Et il fallait
voir le chic de Nana, qui avait des sourires embarrassés de
mariée, dans sa robe trop courte. Quand on descendit et
qu'elle aperçut sur le seuil de la loge Pauline, également
habillée, elle s'arrêta, l'enveloppa d'un regard clair, puis
se montra très bonne, en la trouvant moins bien mise
qu'elle, arrangée comme un paquet. Les deux familles
partirent ensemble pour l'église. Nana et Pauline marchaient les premières, le paroissien à la main, retenant
leurs voiles que le vent gonflait; et elles ne causaient pas,
crevant de plaisir à voir les gens sortir des boutiques,
faisant une moue dévote pour entendre dire sur leur
passage qu'elles étaient bien gentilles. Mme Boche et
Mme Lorilleux s'attardaient, parce qu'elles se commu-
niquaient leurs réflexions sur la Banban, une mange-tout,
dont la fille n'aurait jamais communié si les parents ne lui
avaient tout donné, oui, tout, jusqu'à une chemise neuve,
par respect pour la sainte table. Mme Lorilleux s'occupait surtout de la robe, son cadeau à elle, foudroyant
Nana et l'appelant « grande sale », chaque fois que
l'enfant ramassait la poussière avec sa jupe, en s'approchant trop des magasins.

A l'église, Coupeau pleura tout le temps. C'était bête,
mais il ne pouvait se retenir. Ça le saisissait, le curé
faisant les grands bras, les petites filles pareilles à des
anges défilant les mains jointes; et la musique des orgues
lui barbotait dans le ventre, et la bonne odeur de l'encens
l'obligeait à renifler, comme si on lui avait poussé un bouquet dans la figure. Enfin, il voyait bleu, il était pincé au
cœur. Il y eut particulièrement un cantique, quelque
chose de suave, pendant que les gamines avalaient le Bon
Dieu, qui lui sembla couler dans son cou, avec un frisson
tout le long de l'échine. Autour de lui, d'ailleurs, les personnes sensibles trempaient aussi leur mouchoir. Vrai,
c'était un beau jour, le plus beau jour de la vie. Seulement, au sortir de l'église, quand il alla prendre un canon
avec Lorilleux, qui était resté les yeux secs et qui le blaguait, il se fâcha, il accusa les corbeaux de brûler chez eux

des herbes du diable pour amollir les hommes. Puis, après tout, il ne s'en cachait pas, ses yeux avaient fondu, ça prouvait simplement qu'il n'avait pas un pavé dans la poitrine. Et il commanda une autre tournée.

Le soir, la crémaillère fut très gaie, chez les Poisson. L'amitié régna sans un accroc, d'un bout à l'autre du repas. Lorsque les mauvais jours arrivent, on tombe ainsi sur de bonnes soirées, des heures où l'on s'aime entre gens qui se détestent. Lantier, ayant à sa gauche Gervaise et Virginie à sa droite, se montra aimable pour toutes les deux, leur prodiguant des tendresses de coq qui veut la paix dans son poulailler. En face, Poisson gardait sa rêverie calme et sévère de sergent de ville, son habitude de ne penser à rien, les yeux voilés, pendant ses longues factions sur les trottoirs. Mais les reines de la fête furent les deux petites, Nana et Pauline, auxquelles on avait permis de ne pas se déshabiller; elles se tenaient raides, de crainte de tacher leurs robes blanches, et on leur criait, à chaque bouchée, de lever le menton, pour avaler proprement. Nana, ennuyée, finit par baver tout son vin sur son corsage; ce fut une affaire, on la déshabilla, on lava immédiatement le corsage dans un verre d'eau.

Puis, au dessert, on causa sérieusement de l'avenir des enfants. Mme Boche avait fait son choix, Pauline allait entrer dans un atelier de reperceuses sur or et sur argent; on gagnait là-dedans des cinq et six francs. Gervaise ne savait pas encore, Nana ne montrait aucun goût. Oh! elle galopinait, elle montrait ce goût; mais, pour le reste, elle avait des mains de beurre.

« Moi, à votre place, dit Mme Lerat, j'en ferais une fleuriste. C'est un état propre et gentil.

— Les fleuristes, murmura Lorilleux, toutes des Marie-couche-toi-là.

— Eh bien, et moi! reprit la grande veuve, les lèvres pincées. Vous êtes galant. Vous savez, je ne suis pas une chienne, je ne me mets pas les pattes en l'air, quand on siffle! »

Mais toute la société la fit taire.

« Madame Lerat, oh ! madame Lerat ! »

Et on lui indiquait du coin de l'œil les deux premières communiantes qui se fourraient le nez dans leurs.verres pour ne pas rire. Par convenance, les hommes eux-mêmes avaient choisi jusque-là les mots distingués. Mais Mme Lerat n'accepta pas la leçon. Ce qu'elle venait de dire, elle l'avait entendu dans les meilleures sociétés. D'ailleurs, elle se flattait de savoir sa langue ; on lui faisait souvent compliment de la façon dont elle parlait de tout, même devant des enfants, sans jamais blesser la décence.

« Il y a des femmes très bien parmi les fleuristes, apprenez ça ! criait-elle. Elles sont faites comme les autres femmes, elles n'ont pas de la peau partout, bien sûr. Seulement, elles se tiennent, elles choisissent avec goût, quand elles ont une faute à faire... Oui, ça leur vient des fleurs. Moi, c'est ce qui m'a conservée...

— Mon Dieu ! interrompit Gervaise, je n'ai pas de répugnance pour les fleurs. Il faut que ça plaise à Nana, pas davantage ; on ne doit pas contrarier les enfants sur la vocation... Voyons, Nana, ne fais pas la bête, réponds. Ça te plaît-il, les fleurs ? »

La petite, penchée au-dessus de son assiette, ramassait des miettes de gâteau avec son doigt mouillé, qu'elle suçait ensuite. Elle ne se dépêcha pas. Elle avait son rire vicieux.

« Mais oui, maman, ça me plaît », finit-elle par déclarer.

Alors, l'affaire fut tout de·suite arrangée. Coupeau voulut bien que Mme Lerat emmenât l'enfant à son atelier, rue du Caire, dès le lendemain. Et la société parla gravement des devoirs de la vie. Boche disait que Nana et Pauline étaient des femmes, maintenant qu'elles avaient communié. Poisson ajoutait qu'elles devaient désormais savoir faire la cuisine, raccommoder des chaussettes, conduire une maison. On leur parla même de leur mariage et des enfants qui leur pousseraient un jour. Les gamines écoutaient et rigolaient en dessous, se frot-

taient l'une contre l'autre, le cœur gonflé d'être des
femmes, rouges et embarrassées dans leurs robes blanches.
Mais ce qui les chatouilla le plus, ce fut lorsque Lantier
les plaisanta, en leur demandant si elles n'avaient pas
déjà des petits maris. Et l'on fit avouer de force à Nana
qu'elle aimait bien Victor Fauconnier, le fils de la
patronne de sa mère.

« Ah bien! dit Mme Lorilleux devant les Boche,
comme on partait, c'est notre filleule, mais du moment
où ils en font une fleuriste, nous ne voulons plus entendre
parler d'elle. Encore une roulure pour les boulevards...
Elle leur chiera du poivre, avant six mois. »

En remontant se coucher, les Coupeau convinrent que
tout avait bien marché et que les Poisson n'étaient pas
de méchantes gens. Gervaise trouvait même la boutique
proprement arrangée. Elle s'attendait à souffrir, en passant ainsi la soirée dans son ancien logement, où d'autres
se carraient à cette heure; et elle restait surprise de n'avoir
pas ragé une seconde. Nana, qui se déshabillait, demanda
à sa mère si la robe de la demoiselle du second, qu'on
avait mariée le mois dernier, était en mousseline comme
la sienne.

Mais ce fut là le dernier beau jour du ménage. Deux
années s'écoulèrent pendant lesquelles ils s'enfoncèrent
de plus en plus. Les hivers surtout les nettoyaient. S'ils
mangeaient du pain au beau temps, les fringales arrivaient
avec la pluie et le froid, les danses devant le buffet, les
dîners par cœur, dans la petite Sibérie de leur cambuse.
Ce gredin de décembre entrait chez eux par-dessous la
porte, et il apportait tous les maux, le chômage des ateliers, les fainéantises engourdies des gelées, la misère
noire des temps humides. Le premier hiver, ils firent
encore du feu quelquefois, se pelotonnant autour du
poêle, aimant mieux avoir chaud que de manger; le
second hiver, le poêle ne se dérouilla seulement pas, il
glaçait la pièce de sa mine lugubre de borne de fonte.
Et ce qui leur cassait les jambes, ce qui les exterminait,
c'était par-dessus tout de payer leur terme. Oh! le terme

de janvier, quand il n'y avait pas un radis à la maison
et que le père Boche présentait la quittance! Ça soufflait
davantage de froid, une tempête du Nord. M. Marescot
arrivait, le samedi suivant, couvert d'un bon paletot,
ses grandes pattes fourrées dans des gants de laine; et
il avait toujours le mot d'expulsion à la bouche, pendant
que la neige tombait dehors, comme si elle leur préparait
un lit sur le trottoir, avec des draps blancs. Pour payer
le terme, ils auraient vendu de leur chair. C'était le
terme qui vidait le buffet et le poêle. Dans la maison
entière, d'ailleurs, une lamentation montait. On pleurait
à tous les étages, une musique de malheur ronflant le long
de l'escalier et des corridors. Si chacun avait eu un mort
chez lui, ça n'aurait pas produit un air d'orgues aussi
abominable. Un vrai jour du jugement dernier, la fin
des fins, la vie impossible, l'écrasement du pauvre monde.
La femme du troisième allait faire huit jours au coin de la
rue Belhomme. Un ouvrier, le maçon du cinquième,
avait volé chez son patron.

Sans doute, les Coupeau devaient s'en prendre à eux
seuls. L'existence a beau être dure, on s'en tire toujours,
lorsqu'on a de l'ordre et de l'économie, témoin les Lorilleux qui allongeaient leurs termes régulièrement, pliés
dans des morceaux de papier sales; mais, ceux-là, vraiment, menaient une vie d'araignées maigres, à dégoûter
du travail. Nana ne gagnait encore rien, dans les fleurs;
elle dépensait même pas mal pour son entretien. Gervaise,
chez Mme Fauconnier, finissait par être mal regardée.
Elle perdait de plus en plus la main, elle bousillait l'ouvrage, au point que la patronne l'avait réduite à quarante
sous, le prix des gâcheuses. Avec ça, très fière, très suscep-
tible, jetant à la tête de tout le monde son ancienne position de femme établie. Elle manquait des journées, elle
quittait l'atelier, par coup de tête : ainsi, une fois, elle
s'était trouvée si vexée de voir Mme Fauconnier prendre
Mme Putois chez elle, et de travailler ainsi coude à
coude avec son ancienne ouvrière, qu'elle n'avait pas
reparu de quinze jours. Après ces foucades, on la repre-

nait par charité, ce qui l'aigrissait davantage. Naturellement, au bout de la semaine, la paie n'était pas grasse;
et, comme elle le disait amèrement, c'était elle qui finirait un samedi par en redevoir à la patronne. Quant à
Coupeau, il travaillait peut-être, mais alors il faisait,
pour sûr, cadeau de son travail au gouvernement; car
Gervaise, depuis l'embauchage d'Étampes, n'avait pas
revu la couleur de sa monnaie. Les jours de sainte-
touche, elle ne lui regardait plus les mains, quand il
rentrait. Il arrivait les bras ballants, les goussets vides,
souvent même sans mouchoir; mon Dieu! oui, il avait
perdu son tire-jus, ou bien quelque fripouille de camarade le lui avait fait. Les premières fois, il établissait des
comptes, il inventait des craques, des dix francs pour une
souscription, des vingt francs coulés de sa poche par un
trou qu'il montrait, des cinquante francs dont il arrosait
des dettes imaginaires. Puis, il ne s'était plus gêné.
L'argent s'évaporait, voilà! Il ne l'avait plus dans la
poche, il l'avait dans le ventre, une autre façon pas
drôle de le rapporter à sa bourgeoise. La blanchisseuse,
sur les conseils de Mme Boche, allait bien parfois guetter
son homme à la sortie de l'atelier, pour pincer le magot
tout frais pondu; mais ça ne l'avançait guère, des camarades prévenaient Coupeau, l'argent filait dans les souliers
ou dans un porte-monnaie moins propre encore. Mme Boche était très maligne sur ce chapitre, parce que Boche
lui faisait passer au bleu des pièces de dix francs, des
cachettes destinées à payer des lapins aux dames aimables
de sa connaissance; elle visitait les plus petits coins de
ses vêtements, elle trouvait généralement la pièce qui
manquait à l'appel dans la visière de la casquette,
cousue entre le cuir et l'étoffe. Ah! ce n'était pas le
zingueur qui ouatait ses frusques avec de l'or! Lui, se le
mettait sous la chair. Gervaise ne pouvait pourtant pas
prendre ses ciseaux et lui découdre la peau du ventre.

Oui, c'était la faute du ménage, s'il dégringolait de
saison en saison. Mais ce sont des choses qu'on ne se dit
jamais, surtout quand on est dans la crotte. Ils accusaient

la malchance, ils prétendaient que Dieu leur en voulait.
Un vrai bousin, leur chez-eux, à cette heure. La journée
entière, ils s'empoignaient. Pourtant, ils ne se tapaient
pas encore, à peine quelques claques parties toutes seules
dans le fort des disputes. Le plus triste était qu'ils avaient
ouvert la cage à l'amitié, les sentiments s'étaient envolés
comme des serins. La bonne chaleur des pères, des mères
et des enfants, lorsque ce petit monde se tient serré, en
tas, se retirait d'eux, les laissait grelottants, chacun dans
son coin. Tous les trois, Coupeau, Gervaise, Nana, restaient pareils à des crins, s'avalant pour un mot, avec de la
haine plein les yeux; et il semblait que quelque chose
avait cassé, le grand ressort de la famille, la mécanique
qui, chez les gens heureux, fait battre les cœurs ensemble.
Ah! bien sûr, Gervaise n'était plus remuée comme autrefois, quand elle voyait Coupeau au bord des gouttières,
à des douze et des quinze mètres du trottoir. Elle ne
l'aurait pas poussé elle-même; mais s'il était tombé
naturellement, ma foi! ça aurait débarrassé la surface
de la terre d'un pas grand-chose. Les jours où le torchon
brûlait, elle criait qu'on ne le lui rapporterait donc
jamais sur une civière. Elle attendait ça, ce serait son
bonheur qu'on lui rapporterait. A quoi servait-il, ce
soûlard? à la faire pleurer, à lui manger tout, à la pousser
au mal. Eh bien! des hommes si peu utiles, on les jetait
le plus vite possible dans le trou, on dansait sur eux la
polka de la délivrance. Et lorsque la mère disait : « Tue! »
la fille répondait : « Assomme! » Nana lisait les accidents,
dans le journal, avec des réflexions de fille dénaturée.
Son père avait une telle chance, qu'un omnibus l'avait
renversé, sans seulement le dessouler. Quand donc
crèvera-t-il, cette rosse?

Au milieu de cette existence enragée par la misère,
Gervaise souffrait encore des faims qu'elle entendait
râler autour d'elle. Ce coin de la maison était le coin des
pouilleux, où trois ou quatre ménages semblaient s'être
donné le mot pour ne pas avoir du pain tous les jours. Les
portes avaient beau s'ouvrir, elles ne lâchaient guère

souvent des odeurs de cuisine. Le long du corridor, il y
avait un silence de crevaison, et les murs sonnaient
creux, comme des ventres vides. Par moments, des danses s'élevaient, des larmes de femmes, des plaintes de
mioches affamés, des familles qui se mangeaient pour
tromper leur estomac. On était là dans une crampe au
gosier générale, bâillant par toutes ces bouches tendues;
et les poitrines se creusaient, rien qu'à respirer cet
air, où les moucherons eux-mêmes n'auraient pas pu
vivre, faute de nourriture. Mais la grande pitié de Gervaise était surtout le père Bru, dans son trou, sous le
petit escalier. Il s'y retirait comme une marmotte, s'y
mettait en boule, pour avoir moins froid; il restait des
journées sans bouger, sur un tas de paille. La faim ne le
faisait même plus sortir, car c'était bien inutile d'aller
gagner dehors de l'appétit, lorsque personne ne l'avait
invité en ville. Quand il ne reparaissait pas de trois ou
quatre jours, les voisins poussaient sa porte, regardaient
s'il n'était pas fini. Non, il vivait quand même, pas beaucoup, mais un peu, d'un œil seulement; jusqu'à la mort
qui l'oubliait! Gervaise, dès qu'elle avait du pain, lui
jetait des croûtes. Si elle devenait mauvaise et détestait
les hommes, à cause de son mari, elle plaignait toujours
bien sincèrement les animaux; et le père Bru, ce pauvre
vieux, qu'on laissait crever, parce qu'il ne pouvait plus
tenir un outil, était comme un chien pour elle, une bête
hors de service, dont les équarrisseurs ne voulaient même
pas acheter la peau ni la graisse. Elle en gardait un poids
sur le cœur, de le savoir continuellement là, de l'autre
côté du corridor, abandonné de Dieu et des hommes, se
nourrissant uniquement de lui-même, retournant à la
taille d'un enfant, ratatiné et desséché à la manière des
oranges qui se racornissent sur les cheminées.

La blanchisseuse souffrait également beaucoup du
voisinage de Bazouge, le croque-mort. Une simple cloison,
très mince, séparait les deux chambres. Il ne pouvait pas
se mettre un doigt dans la bouche sans qu'elle l'entendît.
Dès qu'il rentrait, le soir, elle suivait malgré elle son petit

ménage, le chapeau de cuir noir sonnant sourdement sur
là commode comme une pelletée de terre, le manteau
noir accroché et frôlant le mur avec le bruit d'ailes d'un
oiseau de nuit, toute la défroque noire jetée au milieu de
la pièce et l'emplissant d'un déballage de deuil. Elle
l'écoutait piétiner, s'inquiétait au moindre de ses mouvements, sursautait s'il se tapait dans un meuble ou s'il
bousculait sa vaisselle. Ce sacré soûlard était sa préoccupation, une peur sourde mêlée à une envie de savoir.
Lui, rigolo, le sac plein tous les jours, la tête sens devant
dimanche, toussait, crachait, chantait la mère Godichon,
lâchait des choses pas propres, se battait avec les quatre
murailles avant de trouver son lit. Et elle restait toute
pâle, à se demander quel négoce il menait là; elle avait
des imaginations atroces, elle se fourrait dans la tête
qu'il devait avoir apporté un mort et qu'il le remisait
sous son lit. Mon Dieu! les journaux racontaient bien
une anecdote, un employé des pompes funèbres qui col-
lectionnait chez lui les cercueils des petits enfants, histoire
de s'éviter de la peine et de faire une seule course au cimetière. Pour sûr, quand Bazouge arrivait, ça sentait le
mort à travers la cloison. On se serait cru logé devant le
Père-Lachaise, en plein royaume des taupes. Il était
effrayant, cet animal, à rire continuellement tout seul,
comme si sa profession l'égayait. Même, quand il avait
fini son sabbat et qu'il tombait sur le dos, il ronflait d'une
façon extraordinaire, qui coupait la respiration à la
blanchisseuse. Pendant des heures, elle tendait l'oreille,
elle croyait que des enterrements défilaient chez le voisin.
　　Oui, le pis était que, dans ses terreurs, Gervaise se
trouvait attirée jusqu'à coller son oreille contre le mur,
pour mieux se rendre compte. Bazouge lui faisait l'effet
que les beaux hommes font aux femmes honnêtes : elles
voudraient les tâter, mais elles n'osent pas; la bonne
éducation les retient. Eh bien, si la peur ne l'avait pas
retenue, Gervaise aurait voulu tâter la mort, voir comment c'était bâti. Elle devenait si drôle par moments,
l'haleine suspendue, attentive, attendant le mot du secret

dans un mouvement de Bazouge, que Coupeau lui demandait en ricanant si elle avait un béguin pour le croque-mort d'à côté. Elle se fâchait, parlait de déménager, tant ce voisinage la répugnait; et, malgré elle, dès que le vieux arrivait avec son odeur de cimetière, elle retombait à ses réflexions, et prenait l'air allumé et craintif d'une épouse qui rêve de donner des coups de canif dans le contrat. Ne lui avait-il pas offert deux fois de l'emballer, de l'emmener avec lui quelque part, sur un dodo où la jouissance du sommeil est si forte, qu'on oublie du coup toutes les misères? Peut-être était-ce en effet bien bon. Peu à peu, une tentation plus cuisante lui venait d'y goûter. Elle aurait voulu essayer pour quinze jours, un mois! Oh! dormir un mois, surtout en hiver, le mois du terme, quand les embêtements de la vie la crevaient! Mais ce n'était pas possible, il fallait continuer de dormir toujours, si l'on commençait à dormir une heure; et cette pensée la glaçait, son béguin de la mort s'en allait, devant l'éternelle et sévère amitié que demandait la terre.

Cependant, un soir de janvier, elle cogna des deux poings contre la cloison. Elle avait passé une semaine affreuse, bousculée par tout le monde, sans le sou, à bout de courage. Ce soir-là, elle n'était pas bien, elle grelottait la fièvre et voyait danser des flammes. Alors, au lieu de se jeter par la fenêtre, comme elle en avait eu l'envie un moment, elle se mit à taper et à appeler :

« Père Bazouge! père Bazouge! »

Le croque-mort ôtait ses souliers en chantant : *Il était trois belles filles*. L'ouvrage avait dû marcher dans la journée, car il paraissait plus ému encore que d'habitude.

« Père Bazouge! père Bazouge! » cria Gervaise en haussant la voix.

Il ne l'entendait donc pas? Elle se donnait tout de suite, il pouvait bien la prendre à son cou et l'emporter où il emportait ses autres femmes, les pauvres et les riches qu'il consolait. Elle souffrait de sa chanson : *Il était trois*

belles filles, parce qu'elle y voyait le dédain d'un homme
qui a trop d'amoureuses.

« Quoi donc? quoi donc? bégaya Bazouge, qui est-ce
qui se trouve mal?... On y va, la petite mère! »

Mais, à cette voix enrouée, Gervaise s'éveilla comme
d'un cauchemar. Qu'avait-elle fait? elle avait tapé à la
cloison, bien sûr. Alors ce fut un vrai coup de bâton sur
ses reins, le trac lui serra les fesses, elle recula en croyant
voir les grosses mains du croque-mort passer au travers
du mur pour la saisir par la tignasse. Non, non, elle ne
voulait pas, elle n'était pas prête. Si elle avait frappé, ce
devait être avec le coude, en se retournant, sans en avoir
l'idée. Et une horreur lui montait des genoux aux épaules, à la pensée de se voir trimbaler entre les bras du
vieux, toute raide, la figure blanche comme une assiette.

« Eh bien, il n'y a plus personne? reprit Bazouge
dans le silence. Attendez, on est complaisant pour les
dames.

— Rien, ce n'est rien, dit enfin la blanchisseuse d'une
voix étranglée. Je n'ai besoin de rien. Merci. »

Pendant que le croque-mort s'endormait en grognant,
elle demeura anxieuse, l'écoutant, n'osant remuer, de
peur qu'il ne s'imaginât l'entendre frapper de nouveau.
Elle se jurait bien de faire attention maintenant. Elle
pouvait râler, elle ne demanderait pas du secours au
voisin. Et elle disait cela pour se rassurer, car à certaines
heures, malgré son taf, elle gardait toujours son béguin
épouvanté.

Dans son coin de misère, au milieu de ses soucis et de
ceux des autres, Gervaise trouvait pourtant un bel
exemple de courage chez les Bijard. La petite Lalie, cette
gamine de huit ans, grosse comme deux sous de beurre,
soignait le ménage avec une propreté de grande personne;
et la besogne était rude, elle avait la charge de deux
mioches, son frère Jules et sa sœur Henriette, des mômes
de trois ans et de cinq ans, sur lesquels elle devait veiller
toute la journée, même en balayant et en lavant la vaisselle. Depuis que le père Bijard avait tué sa bourgeoise

d'un coup de pied dans le ventre, Lalie s'était faite la
petite mère de tout ce monde. Sans rien dire, d'elle-
même, elle tenait la place de la morte, cela au point que
sa bête brute de père, pour compléter sans doute la
ressemblance, assommait aujourd'hui la fille comme il
avait assommé la maman autrefois. Quand il revenait
soûl, il lui fallait des femmes à massacrer. Il ne s'apercevait seulement pas que Lalie était toute petite; il
n'aurait pas tapé plus fort sur une vieille peau. D'une
claque, il lui couvrait la figure entière, et la chair avait
encore tant de délicatesse, que les cinq doigts restaient
marqués pendant deux jours. C'étaient des tripotées
indignes, des trépignées pour un oui, pour un non, un
loup enragé tombant sur un pauvre petit chat, craintif
et câlin, maigre à faire pleurer, et qui recevait ça avec ses
beaux yeux résignés, sans se plaindre. Non, jamais
Lalie ne se révoltait. Elle pliait un peu le cou, pour protéger son visage; elle se retenait de crier, afin de ne pas
révolutionner la maison. Puis, quand le père était las de
l'envoyer promener à coups de soulier aux quatre coins
de la pièce, elle attendait d'avoir la force de se ramasser;
et elle se remettait au travail, débarbouillait ses enfants,
faisait la soupe, ne laissait pas un grain de poussière
sur les meubles. Ça rentrait dans sa tâche de tous les
jours d'être battue.

Gervaise s'était prise d'une grande amitié pour sa voisine. Elle la traitait en égale, en femme d'âge, qui connaît l'existence. Il faut dire que Lalie avait une mine
pâle et sérieuse, avec une expression de vieille fille. On
lui aurait donné trente ans, quand on l'entendait causer.
Elle savait très bien acheter, raccommoder, tenir son
chez-elle, et elle parlait des enfants comme si elle avait
eu déjà deux ou trois couches dans sa vie. A huit ans, cela
faisait sourire les gens de l'entendre; puis, on avait la
gorge serrée, on s'en allait pour ne pas pleurer. Gervaise
l'attirait le plus possible, lui donnait tout ce qu'elle pouvait, du manger, des vieilles robes. Un jour, comme elle
lui essayait un ancien caraco à Nana, elle était restée

suffoquée, en lui voyant l'échine bleue, le coude écorché
et saignant encore, toute sa chair d'innocente martyrisée
et collée aux os. Eh bien, le père Bazouge pouvait apprêter sa boîte, elle n'irait pas loin de ce train-là ! Mais la
petite avait prié la blanchisseuse de ne rien dire. Elle ne
voulait pas qu'on embêtât son père à cause d'elle. Elle le
défendait, assurait qu'il n'aurait pas été méchant, s'il
n'avait pas bu. Il était fou, il ne savait plus. Oh ! elle lui
pardonnait, parce qu'on doit tout pardonner aux fous.

Depuis lors, Gervaise veillait, tâchait d'intervenir, dès
qu'elle entendait le père Bijard monter l'escalier. Mais,
la plupart du temps, elle attrapait simplement quelque
torgnole pour sa part. Dans la journée, quand elle entrait,
elle trouvait souvent Lalie attachée au pied du lit de fer ;
une idée du serrurier, qui, avant de sortir, lui ficelait les
jambes et le ventre avec de la grosse corde, sans qu'on
pût savoir pourquoi ; une toquade de cerveau dérangé
par la boisson, histoire sans doute de tyranniser la petite,
même lorsqu'il n'était plus là. Lalie, raide comme un
pieu, avec des fourmis dans les jambes, restait au poteau
pendant des journées entières ; même elle y resta une
nuit, Bijard ayant oublié de rentrer. Quand Gervaise,
indignée, parlait de la détacher, elle la suppliait de ne pas
déranger une corde, parce que son père devenait furieux,
s'il ne retrouvait pas les nœuds faits de la même façon.
Vrai, elle n'était pas mal, ça la reposait ; et elle disait cela
en souriant, ses courtes jambes de chérubin enflées et
mortes. Ce qui la chagrinait, c'était que ça n'avançait
guère l'ouvrage, d'être collée à ce lit, en face de la débandade du ménage. Son père aurait bien dû inventer autre
chose. Elle surveillait tout de même ses enfants, se faisait
obéir, appelait près d'elle Henriette et Jules pour les
moucher. Comme elle avait les mains libres, elle trico-
tait en attendant d'être délivrée, afin de ne pas perdre
complètement son temps. Et elle souffrait surtout,
lorsque Bijard la déficelait ; elle se traînait un bon quart
d'heure par terre, ne pouvant se tenir debout, à cause du
sang qui ne circulait plus.

Le serrurier avait aussi imaginé un autre petit jeu.
Il mettait des sous à rougir dans le poêle, puis les posait
sur un coin de la cheminée. Et il appelait Lalie, il lui
disait d'aller chercher deux livres de pain. La petite,
sans défiance, empoignait les sous, poussait un cri, les
jetait en secouant sa menotte brûlée. Alors, il entrait en
rage. Qui est-ce qui lui avait fichu une voirie pareille!
Elle perdait l'argent, maintenant! Et il menaçait de lui
enlever le troufignon, si elle ne ramassait pas l'argent
tout de suite. Quand la petite hésitait, elle recevait un
premier avertissement, une beigne d'une telle force qu'elle
en voyait trente-six chandelles. Muette, avec deux grosses
larmes au bord des yeux, elle ramassait les sous et s'en
allait, en les faisant sauter dans le creux de sa main, pour
les refroidir.

Non, jamais on ne se douterait des idées de férocité
qui peuvent pousser au fond d'une cervelle de pochard.
Un après-midi, par exemple, Lalie, après avoir tout
rangé, jouait avec ses enfants. La fenêtre était ouverte,
il y avait un courant d'air, et le vent engouffré dans le
corridor poussait la porte par légères secousses.

« C'est M. Hardi, disait la petite. Entrez donc, monsieur Hardi! Donnez-vous donc la peine d'entrer. »

Et elle faisait des révérences devant la porte, elle
saluait le vent. Henriette et Jules, derrière elle, saluaient
aussi, ravis de ce jeu-là, se tordant de rire comme si on
les avait chatouillés. Elle était toute rose de les voir
s'amuser de si bon cœur, elle y prenait même du plaisir
pour son compte, ce qui lui arrivait le trente-six de chaque
mois.

« Bonjour, monsieur Hardi. Comment vous portez-
vous, monsieur Hardi? »

Mais une main brutale poussa la porte, le père Bijard
entra. Alors, la scène changea, Henriette et Jules tombèrent sur leur derrière, contre le mur; tandis que Lalie,
terrifiée, restait au beau milieu d'une révérence. Le serrurier tenait un grand fouet de charretier tout neuf, à long
manche de bois blanc, à lanière de cuir terminée par un

bout de ficelle mince. Il posa ce fouet dans le coin du lit, il n'allongea pas son coup de soulier habituel à la petite, qui se garait déjà en présentant les reins. Un ricanement montrait ses dents noires, et il était très gai, très soûl, la trogne allumée d'une idée de rigolade.

« Hein? dit-il, tu fais la traînée, bougre de trognon! Je t'ai entendue danser d'en bas... Allons, avance! Plus près, nom de Dieu! et en face; je n'ai pas besoin de renifler ton moutardier. Est-ce que je te touche, pour trembler comme un quiqui?... Ote-moi mes souliers. »

Lalie, épouvantée de ne pas recevoir sa tatouille, redevenue toute pâle, lui ôta ses souliers. Il s'était assis au bord du lit, il se coucha habillé, resta les yeux ouverts, à suivre les mouvements de la petite dans la pièce. Elle tournait, abêtie sous ce regard, les membres travaillés peu à peu d'une telle peur, qu'elle finit par casser une tasse. Alors, sans se déranger, il prit le fouet, il le lui montra.

« Dis donc, le petit veau, regarde ça; c'est un cadeau pour toi. Oui, c'est encore cinquante sous que tu me coûtes... Avec ce joujou-là, je ne serai plus obligé de courir, et tu auras beau te fourrer dans les coins. Veux-tu essayer?... Ah! tu casses les tasses!... Allons, houp! danse donc, fais donc des révérences à M. Hardi! »

Il ne se souleva seulement pas, vautré sur le dos, la tête enfoncée dans l'oreiller, faisant claquer le grand fouet par la chambre, avec un vacarme de postillon qui lance ses chevaux. Puis, abattant le bras, il cingla Lalie au milieu du corps, l'enroula, la déroula comme une toupie. Elle tomba, voulut se sauver à quatre pattes; mais il la cingla de nouveau et la remit debout.

« Hop! hop! gueulait-il, c'est la course des bourriques... Hein? très chouette, le matin, en hiver; je fais dodo, je ne m'enrhume pas, j'attrape les veaux de loin, sans écorcher mes engelures. Dans ce coin-là, touchée, margot! Et dans cet autre coin, touchée aussi! Et dans cet autre, touchée encore! Ah! si tu te fourres sous le lit, je cogne avec le manche... Hop! hop! à dada! à dada! »

Une légère écume lui venait aux lèvres, ses yeux jaunes sortaient de leurs trous noirs. Lalie, affolée, hurlante, sautait aux quatre angles de la pièce, se pelotonnait par terre, se collait contre les murs ; mais la mèche mince du grand fouet l'atteignait partout, claquant à ses oreilles avec des bruits de pétard, lui pinçant la chair de longues brûlures. Une vraie danse de bête à qui on apprend des tours. Ce pauvre petit chat valsait, fallait voir ! les talons en l'air comme les gamines qui jouent à la corde et qui crient : Vinaigre ! Elle ne pouvait plus souffler, rebondissant d'elle-même ainsi qu'une balle élastique, se laissant taper, aveuglée, lasse d'avoir cherché un trou. Et son loup de père triomphait, l'appelait vadrouille, lui demandait si elle en avait assez et si elle comprenait suffisamment qu'elle devait lâcher l'espoir de lui échapper, à cette heure.

Mais Gervaise, tout d'un coup, entra, attirée par les hurlements de la petite. Devant un pareil tableau, elle fut prise d'une indignation furieuse.

« Ah ! la saleté d'homme ! cria-t-elle. Voulez-vous bien la laisser, brigand ! Je vais vous dénoncer à la police, moi ! »

Bijard eut un grognement d'animal qu'on dérange. Il bégaya :

« Dites donc, vous, la Tortillard ! mêlez-vous un peu de vos affaires. Il faut peut-être que je mette des gants pour la trifouiller... C'est à la seule fin de l'avertir, vous voyez bien, histoire simplement de lui montrer que j'ai le bras long. »

Et il lança un dernier coup de fouet qui atteignit Lalie au visage. La lèvre supérieure fut fendue, le sang coula. Gervaise avait pris une chaise, voulait tomber sur le serrurier. Mais la petite tendait vers elle des mains suppliantes, disait que ce n'était rien, que c'était fini. Elle épongeait le sang avec le coin de son tablier, et faisait taire ses enfants qui pleuraient à gros sanglots, comme s'ils avaient reçu la dégelée de coups de fouet.

Lorsque Gervaise songeait à Lalie, elle n'osait plus

se plaindre. Elle aurait voulu avoir le courage de cette
bambine de huit ans, qui en endurait à elle seule autant
que toutes les femmes de l'escalier réunies. Elle l'avait
vue au pain sec pendant trois mois, ne mangeant pas
même des croûtes à sa faim, si maigre et si affaiblie, qu'elle
se tenait aux murs pour marcher; et, quand elle lui
portait des restants de viande en cachette, elle sentait
son cœur se fendre, en la regardant avaler avec de grosses
larmes silencieuses, par petits morceaux, parce que son
gosier rétréci ne laissait plus passer la nourriture. Toujours
tendre et dévouée malgré ça, d'une raison au-dessus de
son âge, remplissant ses devoirs de petite mère, jusqu'à
mourir de sa maternité, éveillée trop tôt dans son innocence frêle de gamine. Aussi Gervaise prenait-elle exemple sur cette chère créature de souffrance et de pardon,
essayant d'apprendre d'elle à taire son martyre. Lalie
gardait seulement son regard muet, ses grands yeux noirs
résignés, au fond desquels on ne devinait qu'une nuit
d'agonie et de misère. Jamais une parole, rien que ses
grands yeux noirs, ouverts largement.

C'est que, dans le ménage des Coupeau, le vitriol de
l'Assommoir commençait à faire aussi son ravage. La
blanchisseuse voyait arriver l'heure où son homme prendrait un fouet comme Bijard, pour mener la danse. Et le
malheur qui la menaçait, la rendait naturellement plus
sensible encore au malheur de la petite. Oui, Coupeau
filait un mauvais coton. L'heure était passée où le cric
lui donnait des couleurs. Il ne pouvait plus se taper sur
le torse, et crâner, en disant que le sacré chien l'engraissait; car sa vilaine graisse jaune des premières années
avait fondu, et il tournait au sécot, il se plombait, avec des
tons verts de macchabée pourrissant dans une mare.
L'appétit, lui aussi, était rasé. Peu à peu, il n'avait plus
eu de goût pour le pain, il en était même arrivé à cracher
sur le fricot. On aurait pu lui servir la ratatouille la mieux
accommodée, son estomac se barrait, ses dents molles
refusaient de mâcher. Pour se soutenir, il lui fallait sa
chopine d'eau-de-vie par jour; c'était sa ration, son

manger et son boire, la seule nourriture qu'il digérât. Le
matin, dès qu'il sautait du lit, il restait un gros quart
d'heure plié en deux, toussant et claquant des os, se tenant
la tête et lâchant de la pituite, quelque chose d'amer
comme chicotin qui lui ramonait la gorge. Ça ne manquait jamais, on pouvait apprêter Thomas à l'avance. Il
ne retombait d'aplomb sur ses pattes qu'après son premier verre de consolation, un vrai remède dont le feu lui
cautérisait les boyaux. Mais, dans la journée, les forces
reprenaient. D'abord, il avait senti des chatouilles, des
picotements sur la peau, aux pieds et aux mains; et il
rigolait, il racontait qu'on lui faisait des minettes, que sa
bourgeoise devait mettre du poil à gratter entre les draps.
Puis, ses jambes étaient devenues lourdes, les chatouilles
avaient fini par se changer en crampes abominables qui
lui pinçaient la viande comme dans un étau. Ça, par
exemple, lui semblait moins drôle. Il ne riait plus,
s'arrêtait court sur le trottoir, étourdi, les oreilles bour-
donnantes, les yeux aveuglés d'étincelles. Tout lui
paraissait jaune, les maisons dansaient, il festonnait
trois secondes, avec la peur de s'étaler. D'autres fois,
l'échine au grand soleil, il avait un frisson, comme une
eau glacée qui lui aurait coulé des épaules au derrière. Ce
qui l'enquiquinait le plus, c'était un tremblement de
ses deux mains; la main droite surtout devait avoir
commis un mauvais coup, tant elle avait des cauchemars. Nom de Dieu! il n'était donc plus un homme, il
tournait à la vieille femme! Il tendait furieusement ses
muscles, il empoignait son verre, pariait de le tenir immobile, comme au bout d'une main de marbre; mais, le
verre, malgré son effort, dansait le chahut, sautait à
droite, sautait à gauche, avec un petit tremblement
pressé et régulier. Alors, il se le vidait dans le coco,
furieux, gueulant qu'il lui en faudrait des douzaines et
qu'ensuite il se chargeait de porter un tonneau sans
remuer un doigt. Gervaise lui disait au contraire de ne
plus boire, s'il voulait cesser de trembler. Et il se fichait
d'elle, il buvait des litres à recommencer l'expérience,

s'enrageant, accusant les omnibus qui passaient de lui
bousculer son liquide.

Au mois de mars, Coupeau rentra un soir trempé jusqu'aux os; il revenait avec Mes-Bottes de Montrouge, où
ils s'étaient flanqué une ventrée de soupe à l'anguille;
et il avait reçu une averse, de la barrière des Fourneaux
à la barrière Poissonnière, un fier ruban de queue. Dans la
nuit, il fut pris d'une sacrée toux; il était très rouge,
galopé par une fièvre de cheval, battant des flancs comme
un soufflet crevé. Quand le médecin des Boche l'eut vu le
matin, et qu'il lui eut écouté dans le dos, il branla la tête,
il prit Gervaise à part pour lui conseiller de faire porter
tout de suite son mari à l'hôpital. Coupeau avait une
fluxion de poitrine.

Et Gervaise ne se fâcha pas, bien sûr. Autrefois, elle se
serait plutôt fait hacher que de confier son homme aux
carabins. Lors de l'accident, rue de la Nation, elle avait
mangé leur magot, pour le dorloter. Mais ces beaux sen-
timents-là n'ont qu'un temps, lorsque les hommes tom-
bent dans la crapule. Non, non, elle n'entendait plus se
donner un pareil tintouin. On pouvait le lui prendre et ne
jamais le rapporter, elle dirait un grand merci. Pourtant, quand le brancard arriva et qu'on chargea
Coupeau comme un meuble, elle devint toute pâle, les
lèvres pincées; et si elle rognonnait et trouvait toujours
que c'était bien fait, son cœur n'y était plus, elle aurait
voulu avoir seulement dix francs dans sa commode,
pour ne pas le laisser partir. Elle l'accompagna à Lariboisière, regarda les infirmiers le coucher, au bout d'une
grande salle où les malades à la file, avec des mines de
trépassés, se soulevaient et suivaient des yeux le camarade
qu'on amenait; une jolie crevaison là-dedans, une odeur
de fièvre à suffoquer et une musique de poitrinaire à vous
faire cracher vos poumons; sans compter que la salle
avait l'air d'un petit Père-Lachaise, bordée de lits tout
blancs, une vraie allée de tombeaux. Puis, comme il
restait aplati sur son oreiller, elle fila, ne trouvant pas un
mot, n'ayant malheureusement rien dans la poche pour

le soulager. Dehors, en face de l'hôpital, elle se retourna, elle jeta un coup d'œil sur le monument. Et elle pensait aux jours d'autrefois, lorsque Coupeau, penché au bord des gouttières, posait là-haut ses plaques de zinc, en chantant dans le soleil. Il ne buvait pas alors, il avait une peau de fille. Elle, de sa fenêtre de l'hôtel Boncœur, le cherchait, l'apercevait au beau milieu du ciel ; et tous les deux agitaient des mouchoirs, s'envoyaient des risettes par le télégraphe. Oui, Coupeau avait travaillé là-haut, en ne se doutant guère qu'il travaillait pour lui. Maintenant, il n'était plus sur les toits, pareil à un moineau rigoleur et putassier ; il était dessous, il avait bâti sa niche à l'hôpital, et il y venait crever, la couenne râpeuse. Mon Dieu, que le temps des amours semblait loin, aujourd'hui !

Le surlendemain, lorsque Gervaise se présenta pour avoir des nouvelles, elle trouva le lit vide. Une sœur lui expliqua qu'on avait dû transporter son mari à l'asile Sainte-Anne, parce que, la veille, il avait tout d'un coup battu la campagne. Oh ! un déménagement complet, des idées de se casser la tête contre le mur, des hurlements qui empêchaient les autres malades de dormir. Ça venait de la boisson, paraissait-il. La boisson, qui couvait dans son corps, avait profité, pour lui attaquer et lui tordre les nerfs, de l'instant où la fluxion de poitrine le tenait sans forces sur le dos. La blanchisseuse rentra bouleversée. Son homme était fou à cette heure ! La vie allait devenir drôle, si on le lâchait. Nana criait qu'il fallait le laisser à l'hôpital, parce qu'il finirait par les massacrer toutes les deux.

Le dimanche seulement, Gervaise put se rendre à Sainte-Anne. C'était un vrai voyage. Heureusement, l'omnibus du boulevard Rochechouart à la Glacière passait près de l'asile. Elle descendit rue de la Santé, elle acheta deux oranges pour ne pas entrer les mains vides. Encore un monument, avec des cours grises, des corridors interminables, une odeur de vieux remèdes rances, qui n'inspirait pas précisément la gaieté. Mais, quand on

l'eut fait entrer dans une cellule, elle fut toute surprise
de voir Coupeau presque gaillard. Il était justement
sur le trône, une caisse de bois très propre, qui ne répandait pas la moindre odeur; et ils rirent de ce qu'elle le
trouvait en fonction, son trou de balle au grand air.
N'est-ce pas? on sait bien ce que c'est qu'un malade. Il se
carrait là-dessus comme un pape, avec son bagou d'autrefois. Oh! il allait mieux, puisque ça reprenait son cours.

« Et la fluxion? demanda la blanchisseuse.

— Emballée! répondit-il. Ils m'ont retiré ça avec la
main. Je tousse encore un peu, mais c'est la fin du ramo-
nage. »

Puis, au moment de quitter le trône pour se refourrer
dans son lit, il rigola de nouveau.

« T'as le nez solide, t'as pas peur de prendre une
prise, toi! »

Et ils s'égayèrent davantage. Au fond, ils avaient de la
joie. C'était par manière de se témoigner leur contentement sans faire de phrases, qu'ils plaisantaient ainsi
ensemble sur la plus fine. Il faut avoir eu des malades
pour connaître le plaisir qu'on éprouve à les revoir bien
travailler de tous les côtés.

Quand il fut dans son lit, elle lui donna les deux oranges, ce qui lui causa un attendrissement. Il redevenait
gentil, depuis qu'il buvait de la tisane et qu'il ne pouvait
plus laisser son cœur sur les comptoirs des mastroquets.
Elle finit par oser lui parler de son coup de marteau, surprise de l'entendre raisonner comme au bon temps.

« Ah! oui, dit-il en se blaguant lui-même, j'ai joliment rabâché!... Imagine-toi, je voyais des rats, je courais
à quatre pattes pour leur mettre un grain de sel sous la
queue. Et toi, tu m'appelais, des hommes voulaient t'y
faire passer. Enfin, toutes sortes de bêtises, des revenants
en plein jour... Oh! je me souviens très bien, la caboche
est encore solide... A présent, c'est fini, je rêvasse en
m'endormant, j'ai des cauchemars, mais tout le monde a
des cauchemars. »

Gervaise resta près de lui jusqu'au soir. Quand l'interne

vint, à la visite de six heures, il lui fit étendre les mains; elles ne tremblaient presque plus, à peine un frisson qui agitait le bout des doigts. Cependant, comme la nuit tombait, Coupeau fut peu à peu pris d'une inquiétude. Il se leva deux fois sur son séant, regardant par terre, dans les coins d'ombre de la pièce. Brusquement, il allongea le bras et parut écraser une bête contre le mur.

« Qu'est-ce donc? demanda Gervaise, effrayée.

— Les rats, les rats », murmura-t-il.

Puis, après un silence, glissant au sommeil, il se débattit, en lâchant des mots entrecoupés.

« Nom de Dieu! ils me trouent la pelure!... Oh! les sales bêtes!... Tiens bon! serre tes jupes! méfie-toi du salopiaud, derrière-toi!... Sacré tonnerre, la voilà cul-butée, et ces mufes qui rigolent!... Tas de mufes! tas de fripouilles! tas de brigands! »

Il lançait des claques dans le vide, tirait sa couverture, la roulait en tapon contre sa poitrine, comme pour la protéger contre les violences des hommes barbus qu'il voyait. Alors, un gardien étant accouru, Gervaise se retira, toute glacée par cette scène. Mais lorsqu'elle revint, quelques jours plus tard, elle trouva Coupeau complètement guéri. Les cauchemars eux-mêmes s'en étaient allés; il avait un sommeil d'enfant, il dormait ses dix heures sans bouger un membre. Aussi permit-on à sa femme de l'emmener. Seulement, l'interne lui dit à la sortie les bonnes paroles d'usage, en lui conseillant de les méditer. S'il recommençait à boire, il retomberait et finirait par y laisser sa peau. Oui, ça dépendait unique-ment de lui. Il avait vu comme on redevenait gaillard et gentil, quand on ne se soûlait pas. Eh bien, il devait continuer à la maison sa vie sage de Sainte-Anne, s'ima-giner qu'il était sous clef et que les marchands de vin n'existaient plus.

« Il a raison, ce monsieur, dit Gervaise dans l'omni-bus qui les ramenait rue de la Goutte-d'Or.

— Sans doute qu'il a raison », répondit Coupeau.

Puis, après avoir songé une minute, il reprit :

« Oh! tu sais, un petit verre par-ci, par-là, ça ne peut
pourtant pas tuer un homme, ça fait digérer. »

Et, le soir même, il but un petit verre de cric, pour la
digestion. Pendant huit jours, il se montra cependant
assez raisonnable. Il était très traqueur au fond, il ne se
souciait pas de finir à Bicêtre. Mais sa passion l'emportait,
le premier petit verre le conduisait malgré lui à un deuxième, à un troisième, à un quatrième; et, dès la fin de la
quinzaine, il avait repris sa ration ordinaire, sa chopine
de tord-boyaux par jour. Gervaise, exaspérée, aurait
cogné. Dire qu'elle était assez bête pour avoir rêvé de
nouveau une vie honnête, quand elle l'avait vu dans tout
son bon sens à l'asile! Encore une heure de joie envolée,
la dernière bien sûr! Oh! maintenant, puisque rien ne
pouvait le corriger, pas même la peur de sa crevaison
prochaine, elle jurait de ne plus se gêner; le ménage irait
à la six-quatre-deux, elle s'en battait l'œil; et elle parlait
de prendre, elle aussi, du plaisir où elle en trouverait.
Alors l'enfer recommença, une vie enfoncée davantage dans la crotte, sans coin d'espoir ouvert sur une meil-
leure saison. Nana, quand son père l'avait giflée, demandait furieusement pourquoi cette rosse n'était pas restée
à l'hôpital. Elle attendait de gagner de l'argent, disait-
elle, pour lui payer de l'eau-de-vie et le faire crever plus
vite. Gervaise, de son côté, un jour que Coupeau regrettait leur mariage, s'emporta. Ah! elle lui avait apporté la
resucée des autres, ah! elle s'était fait ramasser sur le
trottoir, en l'enjôlant par ses mines de rosière! Nom d'un
chien! il ne manquait pas d'aplomb! Autant de paroles,
autant de menteries. Elle ne voulait pas de lui, voilà la
vérité. Il se traînait à ses pieds pour la décider, pendant
qu'elle lui conseillait de bien réfléchir. Et si c'était à
refaire, comme elle dirait non! elle se laisserait plutôt
couper un bras. Oui, elle avait vu la lune, avant lui :
mais une femme qui a vu la lune et qui est travailleuse,
vaut mieux qu'un feignant d'homme qui salit son honneur et celui de sa famille dans tous les mannezingues.
Ce jour-là, pour la première fois, chez les Coupeau, on se

flanqua une volée en règle, on se tapa même si dur,
qu'un vieux parapluie et le balai furent cassés.

Et Gervaise tint parole. Elle s'avachit encore; elle
manquait l'atelier plus souvent, jacassait des journées
entières, devenait molle comme une chiffe à la besogne.
Quand une chose lui tombait des mains, ça pouvait bien
rester par terre, ce n'était pas elle qui se serait baissée
pour la ramasser. Les côtes lui poussaient en long. Elle
voulait sauver son lard. Elle en prenait à son aise et ne
donnait plus un coup de balai que lorsque les ordures
manquaient de la faire tomber. Les Lorilleux, maintenant, affectaient de se boucher le nez, en passant devant
sa chambre; une vraie poison, disaient-ils. Eux, vivaient
en sournois, au fond du corridor, se garant de toutes ces
misères qui piaulaient dans ce coin de la maison, s'enfermant pour ne pas avoir à prêter des pièces de vingt
sous. Oh! des bons cœurs, des voisins joliment obligeants!
oui, c'était le chat! On n'avait qu'à frapper et à demander
du feu, ou une pincée de sel, ou une carafe d'eau, on était
sûr de recevoir tout de suite la porte sur le nez. Avec ça,
des langues de vipère. Ils criaient qu'ils ne s'occupaient
jamais des autres, quand il était question de secourir leur
prochain; mais ils s'en occupaient du matin au soir, dès
qu'il s'agissait de mordre le monde à belles dents. Le
verrou poussé, une couverture accrochée pour boucher
les fentes et le trou de la serrure, ils se régalaient de potins,
sans quitter leurs fils d'or une seconde. La dégringolade de
la Banban surtout les faisait ronronner la journée entière,
comme des matous qu'on caresse. Quelle dèche, quel
décatissage, mes amis! Ils la guettaient aller aux provisions et rigolaient du tout petit morceau de pain qu'elle
rapportait sous son tablier. Ils calculaient les jours où elle
dansait devant le buffet. Ils savaient, chez elle, l'épaisseur
de la poussière, le nombre d'assiettes sales laissées en
plan, chacun des abandons croissants de la misère et de
la paresse. Et ses toilettes donc, des guenilles dégoûtantes
qu'une chiffonnière n'aurait pas ramassées! Dieu de
Dieu! il pleuvait drôlement sur sa mercerie, à cette belle

blonde, cette cato qui tortillait tant son derrière, autrefois,
dans sa belle boutique bleue. Voilà où menaient l'amour
de la fripe, les lichades et les gueuletons. Gervaise, qui se
doutait de la façon dont ils l'arrangeaient, ôtait ses
souliers, collait son oreille contre leur porte; mais la
couverture l'empêchait d'entendre. Elle les surprit seulement un jour en train de l'appeler « la grand-tétasse »,
parce que sans doute son devant de gilet était un peu
fort, malgré la mauvaise nourriture qui lui vidait la
peau. D'ailleurs, elle les avait quelque part; elle continuait à leur parler, pour éviter les commentaires, n'attendant de ces salauds que des avanies, mais n'ayant même
plus la force de leur répondre, et de les lâcher là comme
un paquet de sottises. Et puis, zut! elle demandait son
plaisir, rester en tas, tourner ses pouces, bouger quand il
s'agissait de prendre du bon temps, pas davantage.

Un samedi, Coupeau lui avait promis de la mener au
Cirque. Voir des dames galoper sur des chevaux et sauter
dans des ronds de papier, voilà au moins qui valait la
peine de se déranger. Coupeau justement venait de faire
une quinzaine, il pouvait se fendre de quarante sous; et
même ils devaient manger tous les deux dehors, Nana
ayant à veiller très tard ce soir-là chez son patron pour
une commande pressée. Mais, à sept heures, pas de Coupeau; à huit heures, toujours personne, Gervaise était
furieuse. Son soûlard fricassait pour sûr la quinzaine avec
les camarades, chez les marchands de vin du quartier.
Elle avait lavé un bonnet, et s'escrimait, depuis le matin,
sur les trous d'une vieille robe, voulant être présentable.
Enfin, vers neuf heures, l'estomac vide, bleue de colère,
elle se décida à descendre, pour chercher Coupeau dans
les environs.

« C'est votre mari que vous demandez? lui cria
Mme Boche, en l'apercevant la figure à l'envers. Il est
chez le père Colombe. Boche vient de prendre des
cerises avec lui. »

Elle dit merci. Elle fila raide sur le trottoir, en roulant
l'idée de sauter aux yeux de Coupeau. Une petite pluie

fine tombait, ce qui rendait la promenade encore moins
amusante. Mais, quand elle fut arrivée devant l'Assommoir, la peur de la danser elle-même, si elle taquinait
son homme, la calma brusquement et la rendit prudente.
La boutique flambait, son gaz allumé, les glaces blanches
comme des soleils, les fioles et les bocaux illuminant les
murs de leurs verres de couleur. Elle resta là un instant,
l'échine tendue, l'œil appliqué contre la vitre, entre deux
bouteilles de l'étalage, à guigner Coupeau, dans le fond
de la salle; il était assis avec des camarades, autour d'une
petite table de zinc, tous vagues et bleuis par la fumée des
pipes; et, comme on ne les entendait pas gueuler, ça
faisait un drôle d'effet de les voir se démancher, le menton
en avant, les yeux sortis de la figure. Était-il Dieu possible que des hommes pussent lâcher leurs femmes et leur
chez-eux pour s'enfermer ainsi dans un trou où ils étouffaient! La pluie lui dégouttait le long du cou; elle se releva, elle s'en alla sur le boulevard extérieur, réfléchissant, n'osant pas entrer. Ah bien! Coupeau l'aurait
joliment reçue, lui qui ne voulait pas être relancé! Puis,
vrai, ça ne lui semblait guère la place d'une femme
honnête. Cependant, sous les arbres trempés, un léger
frisson la prenait, et elle songeait, hésitant encore, qu'elle
était pour sûr en train de pincer quelque bonne maladie.
Deux fois elle retourna se planter devant la vitre, son œil
collé de nouveau, vexée de retrouver ces sacrés pochards
à couvert, toujours gueulant et buvant. Le coup de
lumière de l'Assommoir se reflétait dans les flaques des
pavés, où la pluie mettait un frémissement de petits
bouillons. Elle se sauvait, elle pataugeait là-dedans,
dès que la porte s'ouvrait et retombait, avec le claquement de ses bandes de cuivre. Enfin, elle s'appela trop
bête, elle poussa la porte et marcha droit à la table de
Coupeau. Après tout, n'est-ce pas? c'était son mari qu'elle
venait demander; et elle y était autorisée, puisqu'il avait
promis, ce soir-là, de la mener au Cirque. Tant pis! elle
n'avait pas envie de fondre comme un pain de savon, sur
le trottoir.

« Tiens! c'est toi, la vieille! cria le zingueur, qu'un
ricanement étranglait. Ah! elle est farce, par exemple!...
Hein? pas vrai, elle est farce! »

Tous riaient, Mes-Bottes, Bibi-la-Grillade, Bec-Salé, dit
Boit-sans-Soif. Oui, ça leur semblait farce; et ils n'expli-
quaient pas pourquoi. Gervaise restait debout, un peu
étourdie. Coupeau lui paraissait très gentil, elle se
risqua à dire :

« Tu sais, nous allons là-bas. Faut nous cavaler. Nous
arriverons encore à temps pour voir quelque chose.

— Je ne peux pas me lever, je suis collé, oh! sans
blague, reprit Coupeau qui rigolait toujours. Essaie, pour
te renseigner; tire-moi le bras, de toutes tes forces, nom
de Dieu! plus fort que ça, ohé, hisse!... Tu vois, c'est ce
roussin de père Colombe qui m'a vissé sur sa banquette. »

Gervaise s'était prêtée à ce jeu; et, quand elle lui lâcha
le bras, les camarades trouvèrent la blague si bonne,
qu'ils se jetèrent les uns sur les autres, braillant et se frottant les épaules comme des ânes qu'on étrille. Le zingueur
avait la bouche fendue par un tel rire, qu'on lui voyait
jusqu'au gosier.

« Fichue bête! dit-il enfin, tu peux bien t'asseoir une
minute. On est mieux là qu'à barboter dehors... Eh bien,
oui, je ne suis pas rentré, j'ai eu des affaires. Quand tu
feras ton nez, ça n'avancera à rien... Reculez-vous donc,
vous autres.

— Si madame voulait accepter mes genoux, ça serait
plus tendre », dit galamment Mes-Bottes.

Gervaise, pour ne pas se faire remarquer, prit une
chaise et s'assit à trois pas de la table. Elle regarda ce que
buvaient les hommes, du casse-gueule qui luisait pareil
à de l'or, dans les verres; il y en avait une petite mare
coulée sur la table, et Bec-Salé, dit Boit-sans-Soif, tout
en causant, trempait son doigt, écrivait un nom de
femme : *Eulalie*, en grosses lettres. Elle trouva Bibi-la-Grillade joliment ravagé, plus maigre qu'un cent de clous.
Mes-Bottes avait un nez qui fleurissait, un vrai dahlia bleu
de Bourgogne. Ils étaient très sales tous les quatre, avec

leurs ordures de barbes raides et pisseuses comme des balais à pot de chambre, étalant des guenilles de blouses, allongeant des pattes noires aux ongles en deuil. Mais, vrai, on pouvait encore se montrer dans leur société, car s'ils gobelottaient depuis six heures, ils restaient tout de même comme il faut, juste à ce point où l'on charme ses puces. Gervaise en vit deux autres devant le comptoir en train de se gargariser, si pafs, qu'ils se jetaient leur petit verre sous le menton, et imbibaient leur chemise, en croyant se rincer la dalle. Le gros père Colombe, qui allongeait ses bras énormes, les porte-respect de son établissement, versait tranquillement les tournées. Il faisait très chaud, la fumée des pipes montait dans la clarté aveuglante du gaz, où elle roulait comme une poussière, noyant les consommateurs d'une buée, lentement épaissie; et, de ce nuage, un vacarme sortait, assourdissant et confus, des voix cassées, des chocs de verre, des jurons et des coups de poing semblables à des détonations. Aussi Gervaise avait-elle pris sa figure en coin de rue, car une pareille vue n'est pas drôle pour une femme, surtout quand elle n'en a pas l'habitude; elle étouffait, les yeux brûlés, la tête déjà alourdie par l'odeur d'alcool qui s'exhalait de la salle entière. Puis, brusquement, elle eut la sensation d'un malaise plus inquiétant derrière son dos. Elle se tourna, elle aperçut l'alambic, la machine à soûler, fonctionnant sous le vitrage de l'étroite cour, avec la trépidation profonde de sa cuisine d'enfer. Le soir, les cuivres étaient plus mornes, allumés seulement sur leur rondeur d'une large étoile rouge; et l'ombre de l'appareil, contre la muraille du fond, dessinait des abominations, des figures avec des queues, des monstres ouvrant leurs mâchoires comme pour avaler le monde.

« Dis donc, Marie-bon-Bec, ne fais pas ta gueule! cria Coupeau. Tu sais, à Chaillot les rabat-joie!... Qu'est-ce que tu veux boire?

— Rien, bien sûr, répondit la blanchisseuse. Je n'ai pas dîné, moi.

— Eh bien, raison de plus; ça soutient, une goutte de quelque chose. »

Mais, comme elle ne se décidait pas, Mes-Bottes se montra galant de nouveau.

« Madame doit aimer les douceurs, murmura-t-il.

— J'aime les hommes qui ne se soûlent pas, reprit-elle en se fâchant. Oui, j'aime qu'on rapporte sa paie et qu'on soit de parole, quand on a fait une promesse!

— Ah! c'est ça qui te chiffonne! dit le zingueur, sans cesser de ricaner. Tu veux ta part. Alors, grande cruche, pourquoi refuses-tu une consommation?... Prends donc, c'est tout bénéfice. »

Elle le regarda fixement, l'air sérieux, avec un pli qui lui traversait le front d'une raie noire. Et elle répondit d'une voix lente :

« Tiens! tu as raison, c'est une bonne idée. Comme ça, nous boirons la monnaie ensemble. »

Bibi-la-Grillade se leva pour aller lui chercher un verre d'anisette. Elle approcha sa chaise, elle s'attabla. Pendant qu'elle sirotait son anisette, elle eut tout d'un coup un souvenir, elle se rappela la prune qu'elle avait mangée avec Coupeau, jadis, près de la porte, lorsqu'il lui faisait la cour. En ce temps-là, elle laissait la sauce des fruits à l'eau-de-vie. Et, maintenant, voici qu'elle se remettait aux liqueurs. Oh! elle se connaissait, elle n'avait pas pour deux liards de volonté. On n'aurait eu qu'à lui donner une chiquenaude sur les reins pour l'envoyer faire une culbute dans la boisson. Même ça lui semblait très bon, l'anisette, peut-être un peu trop doux, un peu écœurant. Et elle suçait son verre, en écoutant Bec-Salé, dit Boit-sans-Soif, raconter sa liaison avec la grosse Eulalie, celle qui vendait du poisson dans la rue, une femme rudement maligne, une particulière qui le flairait chez les marchands de vin, tout en poussant sa voiture, le long des trottoirs; les camarades avaient beau l'avertir et le cacher, elle le pinçait souvent, elle lui avait même, la veille, envoyé une limande par la figure, pour lui apprendre à manquer l'atelier. Par exemple, ça, c'était drôle.

Bibi-la-Grillade et Mes-Bottes, les côtes crevées de rire, appliquaient des claques sur les épaules de Gervaise, qui rigolait enfin, comme chatouillée et malgré elle; et ils lui conseillaient d'imiter la grosse Eulalie, d'apporter ses fers et de repasser les oreilles de Coupeau sur le zinc des mastroquets.

« Ah bien! merci, cria Coupeau qui retourna le verre d'anisette vidé par sa femme, tu vous pompes joliment ça! Voyez donc, la coterie, ça ne lanterne guère.

— Madame redouble? » demanda Bec-Salé, dit Boit-sans-Soif.

Non, elle en avait assez. Elle hésitait pourtant. L'anisette lui barbouillait le cœur. Elle aurait plutôt pris quelque chose de raide pour se guérir l'estomac. Et elle jetait des regards obliques sur la machine à soûler, derrière elle. Cette sacrée marmite, ronde comme un ventre de chaudronnière grasse, avec son nez qui s'allongeait et se tortillait, lui soufflait un frisson dans les épaules, une peur mêlée d'un désir. Oui, on aurait dit la fressure de métal d'une grande gueuse, de quelque sorcière qui lâchait goutte à goutte le feu de ses entrailles. Une jolie source de poison, une opération qu'on aurait dû enterrer dans une cave, tant elle était effrontée et abominable! Mais ça n'empêchait pas, elle aurait voulu mettre son nez là-dedans, renifler l'odeur, goûter à la cochonnerie, quand même sa langue brûlée aurait dû en peler du coup comme une orange.

« Qu'est-ce que vous buvez donc là? demanda-t-elle sournoisement aux hommes, l'œil allumé par la belle couleur d'or de leurs verres.

— Ça, ma vieille, répondit Coupeau, c'est le camphre du papa Colombe... Fais pas la bête, n'est-ce pas? On va t'y faire goûter. »

Et lorsqu'on lui eut apporté un verre de vitriol et que sa mâchoire se contracta, à la première gorgée, le zingueur reprit, en se tapant sur les cuisses :

« Hein! ça te rabote le sifflet!... Avale d'une lampée.

Chaque tournée retire un écu de six francs de la poche
du médecin. »

Au deuxième verre, Gervaise ne sentit plus la faim qui
la tourmentait. Maintenant, elle était raccommodée avec
Coupeau, elle ne lui en voulait plus de son manque de
parole. Ils iraient au Cirque une autre fois ; ce n'était pas
si drôle, des faiseurs de tours qui galopaient sur des chevaux. Il ne pleuvait pas chez le père Colombe, et si la
paie fondait dans le fil-en-quatre, on se la mettait sur le
torse au moins, on la buvait limpide et luisante comme
du bel or liquide. Ah ! elle envoyait joliment flûter le
monde ! La vie ne lui offrait pas tant de plaisirs ; d'ailleurs, ça lui semblait une consolation d'être de moitié dans
le nettoyage de la monnaie. Puisqu'elle était bien, pourquoi donc ne serait-elle pas restée ? On pouvait tirer le
canon, elle n'aimait plus bouger, quand elle avait fait son
tas. Elle mijotait dans une bonne chaleur, son corsage
collé à son dos, envahie d'un bien-être qui lui engourdissait les membres. Elle rigolait toute seule, les coudes sur la
table, les yeux perdus, très amusée par deux clients, un
gros mastoc et un nabot, à une table voisine, en train de
s'embrasser comme du pain, tant ils étaient gris. Oui,
elle riait à l'Assommoir, à la pleine lune du père Colombe,
une vraie vessie de saindoux, aux consommateurs fumant
leur brûle-gueule, criant et crachant, aux grandes flammes du gaz qui allumaient les glaces et les bouteilles de
liqueur. L'odeur ne la gênait plus ; au contraire, elle avait
des chatouilles dans le nez, elle trouvait que ça sentait
bon ; ses paupières se fermaient un peu, tandis qu'elle
respirait très court, sans étouffement, goûtant la jouissance du lent sommeil dont elle était prise. Puis, après
son troisième petit verre, elle laissa tomber son menton
sur ses mains, elle ne vit plus que Coupeau et les camarades ; et elle demeura nez à nez avec eux, tout près, les
joues chauffées par leur haleine, regardant leurs barbes
sales, comme si elle en avait compté les poils. Ils étaient
très soûls, à cette heure. Mes-Bottes bavait, la pipe aux
dents, de l'air muet et grave d'un bœuf assoupi. Bibi-la-

Grillade racontait une histoire, la façon dont il vidait un litre d'un trait, en lui fichant un tel baiser à la régalade, qu'on lui voyait le derrière.

Cependant, Bec-Salé, dit Boit-sans-Soif, était allé chercher le tourniquet sur le comptoir et jouait des consommations avec Coupeau.

« Deux cents!... T'es rupin, tu amènes les gros numéros à tous coups. »

La plume du tourniquet grinçait, l'image de la Fortune, une grande femme rouge, placée sous un verre, tournait et ne mettait, plus au milieu qu'une tache ronde, pareille à une tache de vin.

« Trois cent cinquante!... T'as donc marché dedans, bougre de lascar! Ah! zut! je ne joue plus! »

Et Gervaise s'intéressait au tourniquet. Elle soiffait à tire-larigot, et appelait Mes-Bottes « mon fiston ». Derrière elle, la machine à soûler fonctionnait toujours, avec son murmure de ruisseau souterrain; et elle désespérait de l'arrêter, de l'épuiser, prise contre elle d'une colère sombre, ayant des envies de sauter sur le grand alambic comme sur une bête, pour le taper à coups de talon et lui crever le ventre. Tout se brouillait, elle voyait la machine remuer, elle se sentait prise par ses pattes de cuivre, pendant que le ruisseau coulait maintenant au travers de son corps.

Puis, la salle dansa, avec les becs de gaz qui filaient comme des étoiles. Gervaise était poivre. Elle entendait une discussion furieuse entre Bec-Salé, dit Boit-sans-Soif, et cet encloué de père Colombe. En voilà un voleur de patron qui marquait à la fourchette! On n'était pourtant pas à Bondy. Mais, brusquement, il y eut une bousculade, des hurlements, un vacarme de tables renversées. C'était le père Colombe qui flanquait la société dehors, sans se gêner, en un tour de main. Devant la porte, on l'engueula, on l'appela fripouille. Il pleuvait toujours, un petit vent glacé soufflait. Gervaise perdit Coupeau, le retrouva et le perdit encore. Elle voulait rentrer, elle tâtait les boutiques pour reconnaître son chemin. Cette nuit soudaine l'étonnait beaucoup. Au coin de la rue des Poissonniers, elle s'assit dans le ruisseau, elle se crut au lavoir. Toute l'eau qui coulait lui tournait la tête et la rendait très malade. Enfin, elle arriva, elle fila raide devant la porte des concierges, chez lesquels elle vit parfaitement les Lorilleux et les Poisson attablés, qui firent des grimaces de dégoût en l'apercevant dans ce bel état.

Jamais elle ne sut comment elle avait monté les six étages. En haut, au moment où elle prenait le corridor, la petite Lalie, qui entendait son pas, accourut, les bras ouverts dans un geste de caresse, riant et disant :

« Madame Gervaise, papa n'est pas rentré, venez donc voir dormir mes enfants... Oh! ils sont gentils! »

Mais, en face du visage hébété de la blanchisseuse, elle recula et trembla. Elle connaissait ce souffle d'eau-de-vie, ces yeux pâles, cette bouche convulsée. Alors, Gervaise passa en trébuchant, sans dire un mot, pendant que la petite, debout sur le seuil de sa porte, la suivait de son regard noir, muet et grave.

XI

NANA grandissait, devenait garce. A quinze ans elle avait poussé comme un veau, très blanche de chair, très grasse, si dodue même qu'on aurait dit une pelote. Oui, c'était ça, quinze ans, toutes ses dents et pas de corset. Une vraie frimousse de margot, trempée dans du lait, une peau veloutée de pêche, un nez drôle, un bec rose, des quinquets luisants auxquels les hommes avaient envie d'allumer leur pipe. Son tas de cheveux blonds, couleur d'avoine fraîche, semblait lui avoir jeté de la poudre d'or sur les tempes, des taches de rousseur, qui lui mettaient là une couronne de soleil. Ah! une jolie pépée, comme disaient les Lorilleux, une morveuse qu'on aurait encore dû moucher et dont les grosses épaules avaient les rondeurs pleines, l'odeur mûre d'une femme faite.

Maintenant, Nana ne fourrait plus des boules de papier dans son corsage. Des nichons lui étaient venus, une paire de nichons de satin blanc tout neufs. Et ça ne l'embarrassait guère, elle aurait voulu en avoir plein les bras, elle rêvait des tétais de nounou, tant la jeunesse est gourmande et inconsidérée. Ce qui la rendait surtout friande, c'était une vilaine habitude qu'elle avait prise de sortir un petit bout de sa langue entre ses quenottes blanches. Sans doute, en se regardant dans les glaces, elle s'était trouvée gentille ainsi. Alors tout le long de la journée, pour faire la belle, elle tirait la langue.

« Cache donc ta menteuse! » lui criait sa mère.

Et il fallait souvent que Coupeau s'en mêlât, tapant du poing, gueulant avec des jurons :

« Veux-tu bien rentrer ton chiffon rouge! »

Nana se montrait très coquette. Elle ne se lavait pas toujours les pieds, mais elle prenait ses bottines si étroites, qu'elle souffrait le martyre dans la prison de Saint-Crépin ; et si on l'interrogeait, en la voyant devenir violette, elle répondait qu'elle avait des coliques, pour ne pas confesser sa coquetterie. Quand le pain manquait à la maison, il lui était difficile de se pomponner. Alors, elle faisait des miracles, elle rapportait des rubans de l'atelier, elle s'arrangeait des toilettes, des robes sales couvertes de nœuds et de bouffettes. L'été était la saison de ses triomphes. Avec une robe de percale de six francs, elle passait tous ses dimanches, elle emplissait le quartier de la Goutte-d'Or de sa beauté blonde. Oui, on la connaissait des boulevards extérieurs aux fortifications, et de la chaussée de Clignancourt à la grande rue de la Chapelle. On l'appelait « la petite poule », parce qu'elle avait vraiment la chair tendre et l'air frais d'une poulette.

Une robe surtout lui alla à la perfection. C'était une robe blanche à pois roses, très simple, sans garniture aucune. La jupe, un peu courte, dégageait ses pieds ; les manches largement ouvertes et tombantes, découvraient ses bras jusqu'aux coudes ; l'encolure du corsage, qu'elle ouvrait en cœur avec des épingles, dans un coin noir de l'escalier, pour éviter les calottes du père Coupeau, montrait la neige de son cou et l'ombre dorée de sa gorge. Et rien autre, rien qu'un ruban rose noué autour de ses cheveux blonds, un ruban dont les bouts s'envolaient sur sa nuque. Elle avait là-dedans une fraîcheur de bouquet. Elle sentait bon la jeunesse, le nu de l'enfant et de la femme.

Les dimanches furent pour elle, à cette époque, des journées de rendez-vous avec la foule, avec tous les hommes qui passaient et qui la reluquaient. Elle les attendait la semaine entière, chatouillée de petits désirs, étouffant, prise d'un besoin de grand air, de promenade au soleil, dans la cohue du faubourg endimanché. Dès le matin, elle s'habillait, elle restait des heures en chemise devant le morceau de glace accroché au-dessus de la commode ; et, comme toute la maison pouvait la voir par la fenêtre, sa mère se fâchait, lui demandait si elle n'avait pas bientôt fini de se promener en panais. Mais, elle, tranquille, se collait des accroche-cœur sur le front avec de l'eau sucrée, recousait les boutons de ses bottines ou faisait un point à sa robe, les jambes nues, la chemise glissée des épaules, dans le désordre de ses cheveux ébouriffés. Ah ! elle était chouette, comme ça ! disait le père Coupeau, qui ricanait et la blaguait ; une vraie Madeleine-la-Désolée ! Elle aurait pu servir de femme sauvage et se montrer pour deux sous. Il lui criait : « Cache donc ta viande, que je mange mon pain ! » Et elle était adorable, blanche et fine sous le débordement de sa toison blonde, rageant si fort que sa peau en devenait rose, n'osant répondre à son père et cassant son fil entre ses dents, d'un coup sec et furieux, qui secouait d'un frisson sa nudité de belle fille.

Puis, aussitôt après le déjeuner, elle filait, elle descendait dans la cour. La paix chaude du dimanche endormait la maison ; en bas, les ateliers étaient fermés, les logements bâillaient par leurs croisées ouvertes, montraient des tables déjà mises pour le soir, qui attendaient les ménages, en train de gagner de l'appétit sur les fortifications ; une femme, au troisième, employait la journée à laver sa chambre, roulant son lit, bousculant ses meubles, chantant pendant des heures la même chanson, sur un ton doux et pleurard. Et, dans le repos des métiers, au milieu de la cour vide et sonore, des parties de volants s'engageaient entre Nana, Pauline et d'autres grandes filles. Elles étaient cinq ou six, poussées ensemble, qui devenaient les reines de la maison et se partageaient les œillades des messieurs. Quand un homme traversait la cour, des rires flûtés montaient, les frou-frous de leurs jupes amidonnées passaient comme un coup de vent. Au-dessus d'elles, l'air des jours de fête flambait, brûlant

et lourd, comme amolli de paresse et blanchi par la
poussière des promenades.

Mais les parties de volants n'étaient qu'une frime pour
s'échapper. Brusquement, la maison tombait à un grand
silence. Elles venaient de se glisser dans la rue et de gagner
les boulevards extérieurs. Alors, toutes les six, se tenant
par les bras, occupant la largeur des chaussées, s'en
allaient, vêtues de clair, avec leurs rubans noués autour
de leurs cheveux nus. Les yeux vifs, coulant de minces
regards par le coin pincé des paupières, elles voyaient
tout, elles renversaient le cou pour rire, en montrant le
gras du menton. Dans les gros éclats de gaieté, lorsqu'un
bossu passait ou qu'une vieille femme attendait son chien
au coin des bornes, leur ligne se brisait, les unes restaient
en arrière, tandis que les autres les tiraient violemment ; et
elles balançaient les hanches, se pelotonnaient, se dégin-
gandaient, histoire d'attrouper le monde et de faire
craquer leur corsage sous leurs formes naissantes. La rue
était à elles ; elles y avaient grandi, en relevant leurs
jupes le long des boutiques ; elles s'y retroussaient encore
jusqu'aux cuisses pour rattacher leurs jarretières. Au
milieu de la foule lente et blême, entre les arbres
grêles des boulevards, leur débandade courait ainsi, de la
barrière Rochechouart à la barrière Saint-Denis, bousculant les gens, coupant les groupes en zigzag, se retournant
et lâchant des mots dans les fusées de leurs rires. Et leurs
robes envolées laissaient, derrière elles, l'insolence de
leur jeunesse ; elles s'étalaient en plein air, sous la lumière
crue, d'une grossièreté ordurière de voyous, désirables
et tendres comme des vierges qui reviennent du bain, la
nuque trempée.

Nana prenait le milieu, avec sa robe rose, qui s'allumait dans le soleil. Elle donnait le bras à Pauline, dont la
robe, des fleurs jaunes sur un fond blanc, flambait aussi,
piquée de petites flammes. Et comme elles étaient les
plus grosses toutes les deux, les plus femmes et les plus
effrontées, elles menaient la bande, elles se rengorgeaient
sous les regards et les compliments. Les autres, les gami-

nes, faisaient des queues à droite et à gauche, en tâchant
de s'enfler pour être prises au sérieux. Nana et Pauline
avaient, dans le fond, des plans très compliqués de ruses
coquettes. Si elles couraient à perdre haleine, c'était
histoire de montrer leurs bas blancs et de faire flotter
les rubans de leurs chignons. Puis, quand elles s'arrêtaient, en affectant de suffoquer, la gorge renversée et
palpitante, on pouvait chercher, il y avait bien sûr par
là une de leurs connaissances, quelque garçon du quartier; et elles marchaient languissamment alors, chucho-
tant et riant entre elles, guettant, les yeux en dessous.
Elle se cavalaient surtout pour ces rendez-vous du
hasard, au milieu des bousculades de la chaussée. De
grands garçons endimanchés, en veste et en chapeau
rond, les retenaient un instant au bord du ruisseau, à
rigoler et à vouloir leur pincer la taille. Des ouvriers de
vingt ans, débraillés dans des blouses grises, causaient
lentement avec elles, les bras croisés, leur soufflant au nez
la fumée de leurs brûle-gueule. Ça ne tirait pas à conséquence, ces gamins avaient poussé en même temps qu'elles
sur le pavé. Mais, dans le nombre, elles choisissaient
déjà. Pauline rencontrait toujours un des fils de Mme
Gaudron, un menuisier de dix-sept ans, qui lui payait
des pommes. Nana apercevait, du bout d'une avenue à
l'autre, Victor Fauconnier, le fils de la blanchisseuse,
avec lequel elle s'embrassait dans les coins noirs. Et ça
n'allait pas plus loin; elles avaient trop de vice pour
faire une bêtise sans savoir. Seulement, on en disait de
raides.

Puis, quand le soleil tombait, la grande joie de ces
mâtines était de s'arrêter aux faiseurs de tours. Des
escamoteurs, des hercules arrivaient, qui étalaient sur la
terre de l'avenue un tapis mangé d'usure. Alors, les
badauds s'attroupaient, un cercle se formait, tandis
que le saltimbanque, au milieu, jouait des muscles dans
son maillot fané. Nana et Pauline restaient des heures
debout, au plus épais de la foule. Leurs belles robes
fraîches s'écrasaient entre les paletots et les bourgerons

sales. Leurs bras nus, leur cou nu, leurs cheveux nus, s'échauffaient sous les haleines empestées, dans une odeur de vin et de sueur. Et elles riaient, amusées, sans un dégoût, plus roses et comme sur leur fumier naturel. Autour d'elles, les gros mots partaient, des ordures toutes crues, des réflexions d'hommes soûls. C'était leur langue, elles savaient tout, elles se retournaient avec un sourire, tranquilles d'impudeur, gardant la pâleur délicate de leur peau de satin.

La seule chose qui les contrariait était de rencontrer leurs pères, surtout quand ils avaient bu. Elles veillaient et s'avertissaient.

« Dis donc, Nana, criait tout d'un coup Pauline, voilà le père Coupeau!

— Ah bien! il n'est pas poivre, non, c'est que je tousse! disait Nana embêtée. Moi, je m'esbigne, vous savez! Je n'ai pas envie qu'il secoue mes puces... Tiens! il a piqué une tête! Dieu de Dieu, s'il pouvait se casser la gueule! »

D'autres fois, lorsque Coupeau arrivait droit sur elle, sans lui laisser le temps de se sauver, elle s'accroupissait, elle murmurait :

« Cachez-moi donc, vous autres!... Il me cherche, il a promis de m'enlever le ballon, s'il me pinçait encore à traîner ma peau. »

Puis, lorsque l'ivrogne les avait dépassées, elle se relevait, et toutes le suivaient en pouffant de rire. Il la trouvera! il ne la trouvera pas! C'était un vrai jeu de cache-cache. Un jour pourtant, Boche était venu chercher Pauline par les deux oreilles, et Coupeau avait ramené Nana à coups de pied au derrière.

Le jour baissait, elles faisaient un dernier tour de balade, elles rentraient dans le crépuscule blafard, au milieu de la foule éreintée. La poussière de l'air s'était épaissie, et pâlissait le ciel lourd. Rue de la Goutte-d'Or, on aurait dit un coin de province, avec les commères sur les portes, des éclats de voix coupant le silence tiède du quartier vide de voitures. Elles s'arrêtaient un instant dans la cour, reprenaient les raquettes, tâchaient de faire croire qu'elles n'avaient pas bougé de là. Et elles remontaient chez elles, en arrangeant une histoire, dont elles ne se servaient souvent pas, lorsqu'elles trouvaient leurs parents occupés à s'allonger des gifles, pour une soupe mal salée ou pas assez cuite.

Maintenant, Nana était ouvrière, elle gagnait quarante sous chez Titreville, la maison de la rue du Caire où elle avait fait son apprentissage. Les Coupeau ne voulaient pas la changer, pour qu'elle restât sous la surveillance de Mme Lerat, qui était première dans l'atelier depuis dix ans. Le matin, pendant que la mère regardait l'heure au coucou, la petite partait toute seule, l'air gentil, serrée aux épaules par sa vieille robe noire trop étroite et trop courte; et Mme Lerat était chargée de constater l'heure de son arrivée, qu'elle disait ensuite à Gervaise. On lui donnait vingt minutes pour aller de la rue de la Goutte-d'Or à la rue du Caire, ce qui était suffisant, car ces tortillons de filles ont des jambes de cerf. Des fois, elle arrivait juste, mais si rouge, si essoufflée, qu'elle venait bien sûr de dégringoler de la barrière en dix minutes, après avoir musé en chemin. Le plus souvent, elle avait sept minutes, huit minutes de retard; et, jusqu'au soir, elle se montrait très câline pour sa tante, avec des yeux suppliants, tâchant ainsi de la toucher et de l'empêcher de parler. Mme Lerat, qui comprenait la jeunesse, mentait aux Coupeau, mais en sermonnant Nana dans des bavardages interminables, où elle parlait de sa responsabilité et des dangers qu'une jeune fille courait sur le pavé de Paris. Ah! Dieu de Dieu! la poursuivait-on assez elle-même! Elle couvait sa nièce de ses yeux rallumés de continuelles préoccupations polissonnes, elle restait tout échauffée à l'idée de garder et de mijoter l'innocence de ce pauvre petit chat.

« Vois-tu, lui répétait-elle, il faut tout me dire. Je suis trop bonne pour toi, je n'aurais plus qu'à me jeter à la Seine, s'il t'arrivait un malheur... Entends-tu, mon petit chat, si des hommes te parlaient, il faudrait tout me répéter, tout, sans oublier un mot... Hein? on ne t'a encore rien dit, tu me le jures? »

Nana riait alors d'un rire qui lui pinçait drôlement la bouche. Non, non, les hommes ne lui parlaient pas. Elle marchait trop vite. Puis, qu'est-ce qu'ils lui auraient dit? elle n'avait rien à démêler avec eux, peut-être! Et elle expliquait ses retards d'un air de niaise : elle s'était arrêtée pour regarder les images, ou bien elle avait accompagné Pauline qui savait des histoires. On pouvait la suivre, si on ne la croyait pas : elle ne quittait même jamais le trottoir de gauche; et elle filait joliment, elle devançait toutes les autres demoiselles, comme une voiture. Un jour, à la vérité, Mme Lerat l'avait surprise, rue du Petit-Carreau, le nez en l'air, riant avec trois autres traînées de fleuristes, parce qu'un homme se faisait la barbe, à une fenêtre; mais la petite s'était fâchée, en jurant qu'elle entrait justement chez le boulanger du coin acheter un pain d'un sou.

« Oh! je veille, n'ayez pas peur, disait la grande veuve aux Coupeau. Je vous réponds d'elle comme de moi-même. Si un salaud voulait seulement la pincer, je me mettrais plutôt en travers. »

L'atelier, chez Titreville, était une grande pièce à l'entresol, avec un large établi posé sur des tréteaux, occupant tout le milieu. Le long des quatre murs vides, dont le papier d'un gris pisseux montrait le plâtre par des éraflures, s'allongeaient les étagères encombrées de vieux cartons, de paquets, de modèles de rebut oubliés là sous une épaisse couche de poussière. Au plafond, le gaz avait passé comme un badigeon de suie. Les deux fenêtres s'ouvraient si larges, que les ouvrières, sans quitter l'établi, voyaient défiler le monde sur le trottoir d'en face.

Mme Lerat, pour donner l'exemple, arrivait la première. Puis, la porte battait pendant un quart d'heure, tous les petits bonnichons de fleuristes entraient à la débandade, suantes, décoiffées. Un matin de juillet, Nana se présenta la dernière, ce qui d'ailleurs était assez dans ses habitudes.

« Ah bien! dit-elle, ce ne sera pas malheureux quand j'aurai voiture! »

Et, sans même ôter son chapeau, un caloquet noir qu'elle appelait sa casquette et qu'elle était lasse de retaper, elle s'approcha de la fenêtre, se pencha à droite et à gauche, pour voir dans la rue.

« Qu'est-ce que tu regardes donc? lui demanda Mme Lerat, méfiante. Est-ce que ton père t'a accompagnée?

— Non, bien sûr, répondit Nana tranquillement. Je ne regarde rien... Je regarde qu'il fait joliment chaud. Vrai, il y a de quoi vous donner du mal à vous faire courir ainsi. »

La matinée fut d'une chaleur étouffante. Les ouvrières avaient baissé les jalousies, entre lesquelles elles mouchardaient le mouvement de la rue; et elles s'étaient enfin mises au travail, rangées des deux côtés de la table, dont Mme Lerat occupait seule le haut bout. Elles étaient huit, ayant chacune devant soi son pot à colle, sa pince, ses outils et sa pelote à gaufrer. Sur l'établi traînait un fouillis de fils de fer, de bobines, d'ouate, de papier vert et de papier marron, de feuilles et de pétales taillés dans de la soie, du satin ou du velours. Au milieu, dans le goulot d'une grande carafe, une fleuriste avait fourré un petit bouquet de deux sous, qui se fanait depuis la veille à son corsage.

« Ah! vous ne savez pas, dit Léonie, une jolie brune, en se penchant sur sa pelote où elle gaufrait des pétales de rose, eh bien, cette pauvre Caroline est joliment malheureuse avec ce garçon qui venait l'attendre le soir. »

Nana, en train de couper de minces bandes de papier vert, s'écria :

« Pardi! un homme qui lui fait des queues tous les jours! »

L'atelier fut pris d'une gaieté sournoise, et Mme Lerat dut se montrer sévère. Elle pinça le nez, en murmurant :

« Tu es propre, ma fille, tu as de jolis mots! Je rapporterai ça à ton père, nous verrons si ça lui plaira. »

Nana gonfla les joues, comme si elle retenait un grand rire. Ah bien! son père! il en disait d'autres! Mais Léonie, tout d'un coup, souffla très bas et très vite : « Eh! méfiez-vous! la patronne! »

En effet, Mme Titreville, une longue femme sèche, entrait. Elle se tenait d'ordinaire en bas, dans le magasin. Les ouvrières la craignaient beaucoup, parce qu'elle ne plaisantait jamais.

Elle fit lentement le tour de l'établi, au-dessus duquel maintenant toutes les nuques restaient penchées, silencieuses et actives. Elle traita une ouvrière de sabot, l'obligea à recommencer une marguerite. Puis, elle s'en alla de l'air raide dont elle était venue.

« Houp! houp! répéta Nana, au milieu d'un grognement général.

— Mesdemoiselles, vraiment, mesdemoiselles! dit Mme Lerat qui voulut prendre un air de sévérité, vous me forcerez à des mesures... »

Mais on ne l'écoutait pas, on ne la craignait guère. Elle se montrait trop tolérante, chatouillée parmi ces petites qui avaient de la rigolade plein les yeux, les prenant à part pour leur tirer les vers du nez sur leurs amants, leur faisant même les cartes, lorsqu'un bout de l'établi était libre. Sa peau dure, sa carcasse de gendarme tressautait d'une joie dansante de commère, dès qu'on était sur le chapitre de la bagatelle. Elle se blessait seulement des mots crus; pourvu qu'on n'employât pas les mots crus, on pouvait tout dire.

Vrai! Nana complétait à l'atelier une jolie éducation! Oh! elle avait des dispositions, bien sûr. Mais ça l'achevait, la fréquentation d'un tas de filles déjà éreintées de misère et de vice. On était là les unes sur les autres, on se pourrissait ensemble; juste l'histoire des paniers de pommes quand il y a des pommes gâtées. Sans doute, on se tenait devant la société, on évitait de paraître trop rosse de caractère, trop dégoûtante d'expressions. Enfin, on posait pour la demoiselle comme il faut. Seulement, à

l'oreille, dans les coins, les saletés marchaient bon train.
On ne pouvait pas se trouver deux ensemble, sans tout de
suite se tordre de rire, en disant des cochonneries. Puis, on
s'accompagnait le soir; c'étaient alors des confidences,
des histoires à faire dresser les cheveux, qui attardaient
sur les trottoirs les deux gamines, allumées au milieu des
coudoiements de la foule. Et il y avait encore, pour les
filles restées sages comme Nana, un mauvais air à l'atelier, l'odeur de bastringue et de nuits peu catholiques,
apportée par les ouvrières coureuses, dans leurs chignons
mal rattachés, dans leurs jupes si fripées qu'elles semblaient avoir couché avec. Les paresses molles des lendemains de noces, les yeux culottés, ce noir des yeux que
Mme Lerat appelait honnêtement les coups de poing de
l'amour, les déhanchements, les voix enrouées, soufflaient
une perversion au-dessus de l'établi, parmi l'éclat et la
fragilité des fleurs artificielles. Nana reniflait, se grisait
lorsqu'elle sentait à côté d'elle une fille qui avait déjà vu
le loup. Longtemps elle s'était mise auprès de la grande
Lisa, qu'on disait grosse; et elle coulait des regards luisants sur sa voisine, comme si elle s'était attendue à la voir
enfler et éclater tout d'un coup. Pour apprendre du
nouveau, ça paraissait difficile. La gredine savait tout,
avait tout appris sur le pavé de la rue de la Goutte-d'Or.
A l'atelier, simplement, elle voyait faire, il lui poussait
peu à peu l'envie et le toupet de faire à son tour.

« On étouffe », murmura-t-elle en s'approchant d'une
fenêtre comme pour baisser davantage la jalousie.

Mais elle se pencha, regarda de nouveau à droite et à
gauche. Au même instant, Léonie, qui guettait un
homme, arrêté sur le trottoir d'en face, s'écria :

« Qu'est-ce qu'il fait là, ce vieux? Il y a un quart
d'heure qu'il espionne ici.

— Quelque matou, dit Mme Lerat. Nana, veux-tu
bien venir t'asseoir! Je t'ai défendu de rester à la fenêtre. »

Nana reprit les queues de violettes qu'elle roulait, et
tout l'atelier s'occupa de l'homme. C'était un monsieur
bien vêtu, en paletot, d'une cinquantaine d'années; il

avait une face blême, très sérieuse et très digne, avec un collier de barbe grise, correctement taillé. Pendant une heure, il resta devant la boutique d'un herboriste, levant les yeux sur les jalousies de l'atelier. Les fleuristes poussaient des petits rires, qui s'étouffaient dans le bruit de la rue; et elles se courbaient, très affairées, au-dessus de l'ouvrage, avec des coups d'œil, pour ne pas perdre de vue le monsieur.

« Tiens! fit remarquer Léonie, il a un lorgnon. Oh! c'est un homme chic... Il attend Augustine, bien sûr. »

Mais Augustine, une grande blonde laide, répondit aigrement qu'elle n'aimait pas les vieux. Et Mme Lerat, hochant la tête, murmura avec son sourire pincé, plein de sous-entendu :

« Vous avez tort, ma chère; les vieux sont plus tendres. »

A ce moment, la voisine de Léonie, une petite personne grasse, lui lâcha dans l'oreille une phrase; et Léonie, brusquement, se renversa sur sa chaise, prise d'un accès de fou rire, se tordant, jetant des regards vers le monsieur et riant plus fort. Elle bégayait :

« C'est ça, oh! c'est ça!... Ah! cette Sophie, est-elle sale! »

— Qu'est-ce qu'elle a dit? qu'est-ce qu'elle a dit? » demandait tout l'atelier, brûlant de curiosité.

Léonie essuyait les larmes de ses yeux, sans répondre. Quand elle fut un peu calmée, elle se remit à gaufrer, en déclarant :

« Ça ne peut pas se répéter. »

On insistait, elle refusait de la tête, reprise par des bouffées de gaieté. Alors Augustine, sa voisine de gauche, la supplia de le lui dire tout bas. Et Léonie, enfin, voulut bien le lui dire, les lèvres contre l'oreille. Augustine se renversa, se tordit à son tour. Puis, elle-même répéta la phrase, qui courut ainsi d'oreille à oreille, au milieu des exclamations et des rires étouffés. Lorsque toutes connurent la saleté de Sophie, elles se regardèrent, elles éclatèrent ensemble, un peu rouges et confuses pourtant.

Seule, Mme Lerat ne savait pas. Elle était très vexée.

« C'est bien mal poli ce que vous faites là, mesdemoiselles, dit-elle. On ne se parle jamais tout bas quand il y a
du monde... Quelque indécence, n'est-ce pas? Ah! c'est
du propre! »

Elle n'osa pourtant pas demander qu'on lui répétât la
saleté de Sophie, malgré son envie furieuse de la connaître.
Mais, pendant un instant, le nez baissé, faisant de la
dignité, elle se régala de la conversation des ouvrières.
Une d'elles ne pouvait lâcher un mot, le mot le plus
innocent, à propos de son ouvrage par exemple, sans
qu'aussitôt les autres y entendissent malice; elles détour-
naient le mot de son sens, lui donnaient une signification
cochonne, mettaient des allusions extraordinaires sous
des paroles simples comme celles-ci : « Ma pince est
fendue », ou bien : « Qui est-ce qui a fouillé dans mon
petit pot? » Et elles rapportaient tout au monsieur qui
faisait le pied de grue en face, c'était le monsieur qui arrivait quand même au bout des allusions. Ah! les oreilles
devaient lui corner! Elles finissaient par dire des choses
très bêtes, tant elles voulaient être malignes. Mais
ça ne les empêchait pas de trouver ce jeu-là bien amusant,
excitées, les yeux fous, allant de plus en plus fort. Mme
Lerat n'avait pas à se fâcher, on ne disait rien de cru.
Elle-même les fit toutes se rouler, en demandant :

« Mademoiselle Lisa, mon feu est éteint, passez-moi
le vôtre.

— Ah! le feu de Mme Lerat qui est éteint! » cria
l'atelier.

Elle voulut commencer une explication.

« Quand vous aurez mon âge, mesdemoiselles... »

Mais on ne l'écoutait pas, on parlait d'appeler le
monsieur pour rallumer le feu de Mme Lerat.

Dans cette bosse de rires, Nana rigolait, il fallait voir!
Aucun mot à double entente ne lui échappait. Elle en
lâchait elle-même de raides, en les appuyant du menton,
rengorgée et crevant d'aise. Elle était dans le vice comme
un poisson dans l'eau. Et elle roulait très bien ses queues

de violettes, tout en se tortillant sur sa chaise. Oh! un chic
épatant, pas même le temps de rouler une cigarette.
Rien que le geste de prendre une mince bande de papier
vert, et allez-y! le papier filait et enveloppait le laiton;
puis, une goutte de gomme en haut pour coller, c'était
fait, c'était un brin de verdure frais et délicat, bon à
mettre sur les appas des dames. Le chic était dans ses
doigts minces de gourgandine, qui semblaient désossés,
souples et câlins. Elle n'avait pu apprendre que ça du
métier. On lui donnait à faire toutes les queues de
l'atelier, tant elle les faisait bien.

Cependant, le monsieur du trottoir d'en face s'en était
allé. L'atelier se calmait, travaillait dans la grosse chaleur.
Quand sonna midi, l'heure du déjeuner, toutes se secouè-
rent. Nana, qui s'était précipitée vers la fenêtre, leur cria
qu'elle allait descendre faire les commissions, si elles
voulaient. Et Léonie lui commanda deux sous de crevettes. Augustine un cornet de pommes de terre frites,
Lisa une botte de radis, Sophie une saucisse. Puis, comme
elle descendait, Mme Lerat qui trouvait drôle son amour
pour la fenêtre, ce jour-là, dit en la rattrapant de ses
grandes jambes :

« Attends donc, je vais avec toi, j'ai besoin de quelque
chose. »

Mais voilà que, dans l'allée, elle aperçut le monsieur
planté comme un cierge, en train de jouer de la prunelle
avec Nana! La petite devint très rouge. Sa tante lui prit le
bras d'une secousse, la fit trotter sur le pavé, tandis que le
particulier emboîtait le pas. Ah! le matou venait pour
Nana! Eh bien, c'était gentil, à quinze ans et demi, de
traîner ainsi des hommes à ses jupes! Et Mme Lerat,
vivement, la questionnait. Oh! mon Dieu! Nana ne
savait pas; il la suivait depuis cinq jours seulement, elle
ne pouvait plus mettre le nez dehors, sans le rencontrer
dans ses jambes; elle le croyait dans le commerce, oui,
un fabricant de boutons en os. Mme Lerat fut très
impressionnée. Elle se retourna, guigna le monsieur du
coin de l'œil.

« On voit bien qu'il a le sac, murmura-t-elle. Écoute, mon petit chat, il faudra tout me dire. Maintenant, tu n'as plus rien à craindre. »

En causant, elles couraient de boutique en boutique, chez le charcutier, chez la fruitière, chez le rôtisseur. Et les commissions, dans des papiers gras, s'empilaient sur leurs mains. Mais elles restaient aimables, se dandinant, jetant derrière elles de légers rires et des œillades luisantes. Mme Lerat elle-même prenait des grâces, faisait la jeune fille, à cause du fabricant de boutons qui les suivait toujours.

« Il est très distingué, déclara-t-elle en rentrant dans l'allée. S'il avait seulement des intentions honnêtes... »

Puis, comme elles montaient l'escalier, elle parut brusquement se souvenir.

« A propos, dis-moi donc ce que ces demoiselles se sont dit à l'oreille ; tu sais, la saleté de Sophie ? »

Et Nana ne fit pas de façon. Seulement, elle prit Mme Lerat par le cou, la força à redescendre deux marches, parce que, vrai, ça ne pouvait pas se répéter tout haut, même dans un escalier. Et elle souffla le mot. C'était si gros, que la tante se contenta de hocher la tête, en arrondissant les yeux et en tordant la bouche. Enfin, elle savait, ça ne la démangeait plus.

Les fleuristes déjeunaient sur leurs genoux, pour ne pas salir l'établi. Elles se dépêchaient d'avaler, ennuyées de manger, préférant employer l'heure du repas à regarder les gens qui passaient ou à se faire des confidences dans les coins. Ce jour-là, on tâcha de savoir où se cachait le monsieur de la matinée ; mais, décidément, il avait disparu. Mme Lerat et Nana se jetaient des coups d'œil, les lèvres cousues. Et il était déjà une heure dix, les ouvrières ne paraissaient pas pressées de reprendre leurs pinces, lorsque Léonie, d'un bruit des lèvres, du prrrout ! dont les ouvriers peintres s'appellent, signala l'approche de la patronne. Aussitôt, toutes furent sur leurs chaises, le nez dans l'ouvrage. Mme Titreville entra et fit le tour sévèrement.

A partir de ce jour, Mme Lerat se régala de la première histoire de sa nièce. Elle ne la lâchait plus, l'accompagnait matin et soir, en mettant en avant sa responsabilité. Ça ennuyait bien un peu Nana ; mais ça la gonflait tout de même d'être gardée comme un trésor ; et les conversations qu'elles avaient dans les rues toutes les deux, avec le fabricant de boutons derrière elles, l'échauffaient et lui donnaient plutôt l'envie de faire le saut. Oh ! sa tante comprenait le sentiment ; même le fabricant de boutons, ce monsieur âgé déjà et si convenable, l'attendrissait, car enfin le sentiment chez les personnes mûres a toujours des racines plus profondes. Seulement, elle veillait. Oui, il lui passerait plutôt sur le corps avant d'arriver à la petite. Un soir, elle s'approcha du monsieur et lui envoya raide comme balle que ce qu'il faisait là n'était pas bien. Il la salua poliment, sans répondre, en vieux rocantin habitué aux rebuffades des parents. Elle ne pouvait vraiment pas se fâcher, il avait de trop bonnes manières. Et c'étaient des conseils pratiques sur l'amour, des allusions sur les salopiauds d'hommes, toutes sortes d'histoires de margots qui s'étaient bien repenties d'y avoir passé, dont Nana sortait languissante, avec des yeux de scélératesse dans son visage blanc.

Mais, un jour, rue du Faubourg-Poissonnière, le fabricant de boutons avait osé allonger son nez entre la nièce et la tante, pour murmurer des choses qui n'étaient pas à dire. Et Mme Lerat, effrayée, répétant qu'elle n'était même plus tranquille pour elle, lâcha tout le paquet à son frère. Alors ce fut un autre train. Il y eut, chez les Coupeau, de jolis charivaris. D'abord, le zingueur flanqua une tripotée à Nana. Qu'est-ce qu'on lui apprenait ? cette gueuse-là donnait dans les vieux ! Ah bien ! qu'elle se laissât surprendre à se faire relicher dehors, elle était sûre de son affaire, il lui couperait le cou un peu vivement ! Avait-on jamais vu une morveuse qui se mêlait de déshonorer la famille ! Et il la secouait, en disant, nom de Dieu ! qu'elle eût à marcher droit, car ce serait lui qui la surveillerait à l'avenir. Dès qu'elle rentrait, il la visitait, il la regardait bien en face, pour deviner si elle ne rapportait pas une souris sur l'œil, un de ces petits baisers qui se fourrent là sans bruit. Il la flairait, la retournait. Un soir, elle reçut encore une danse, parce qu'il lui avait trouvé une tache noire au cou. La mâtine osait dire que ce n'était pas un suçon! oui, elle appelait ça un bleu, tout simplement un bleu que Léonie lui avait fait en jouant. Il lui en donnerait des bleus, il l'empêcherait bien de rouscailler, lorsqu'il devrait lui casser les pattes. D'autres fois, quand il était de belle humeur, il se moquait d'elle, il la blaguait. Vrai, un joli morceau pour les hommes, une sole tant elle était plate, et avec ça des salières aux épaules, grandes à y fourrer le poing! Nana, battue pour les vilaines choses qu'elle n'avait pas commises, traînée dans la crudité des accusations abominables de son père, montrait la soumission sournoise et furieuse des bêtes traquées.

« Laisse-la donc tranquille! répétait Gervaise plus raisonnable. Tu finiras par lui en donner l'envie, à force de lui en parler. »

Ah! oui, par exemple, l'envie lui en venait! C'est-à-dire que ça lui démangeait par tout le corps, de se cavaler et d'y passer, comme disait le père Coupeau. Il la faisait trop vivre dans cette idée-là, une fille honnête s'y serait allumée. Même, avec sa façon de gueuler, il lui apprit des choses qu'elle ne savait pas encore, ce qui était bien étonnant. Alors, peu à peu, elle prit de drôles de manières. Un matin, il l'aperçut qui fouillait dans un papier, pour se coller quelque chose sur la frimousse. C'était de la poudre de riz, dont elle emplâtrait par un goût pervers le satin si délicat de sa peau. Il la barbouilla avec le papier, à lui écorcher la figure, en la traitant de fille de meunier. Une autre fois, elle rapporta des rubans rouges pour retaper sa casquette, ce vieux chapeau noir qui lui faisait tant de honte. Et il lui demanda furieusement d'où venaient ces rubans. Hein? C'était sur le dos qu'elle avait gagné ça! Ou bien elle les avait achetés à la foire d'empoigne? Salope ou voleuse, peut-être déjà toutes les deux. A plusieurs reprises, il lui vit ainsi dans les mains des objets gentils, une bague de cornaline, une paire de manches avec une petite dentelle, un de ces cœurs en doublé, des « Tâtez-y », que les filles se mettent entre les deux nénais. Coupeau voulait tout piler ; mais elle défendait ses affaires avec rage : c'était à elle, des dames les lui avaient données, ou encore elle avait fait des échanges à l'atelier. Par exemple, le cœur, elle l'avait trouvé rue d'Aboukir. Lorsque son père écrasa son cœur d'un coup de talon, elle resta toute droite, blanche et crispée, tandis qu'une révolte intérieure la poussait à se jeter sur lui, pour lui arracher quelque chose. Depuis deux ans, elle rêvait d'avoir ce cœur, et voilà qu'on le lui aplatissait ! Non, elle trouvait ça trop fort, ça finirait à la fin !

Cependant, Coupeau mettait plus de taquinerie que d'honnêteté dans la façon dont il entendait mener Nana au doigt et à l'œil. Souvent, il avait tort, et ses injustices exaspéraient la petite. Elle en vint à manquer l'atelier ; puis, quand le zingueur lui administra sa roulée, elle se moqua de lui, elle répondit qu'elle ne voulait plus retourner chez Titreville, parce qu'on la plaçait près d'Augustine, qui bien sûr devait avoir mangé ses pieds, tant elle trouillotait du goulot. Alors, Coupeau la conduisit lui-même rue du Caire, en priant la patronne de la coller toujours à côté d'Augustine, par punition. Chaque matin, pendant quinze jours, il prit la peine de descendre de la barrière Poissonnière pour accompagner Nana jusqu'à la porte de l'atelier. Et il restait cinq minutes sur le trottoir, afin d'être certain qu'elle était entrée. Mais, un matin, comme il s'était arrêté avec un camarade chez un marchand de vin de la rue Saint-Denis, il aperçut la mâtine, dix minutes plus tard, qui filait vite vers le bas de la rue, en secouant son panier aux crottes. Depuis quinze jours, elle le faisait poser, elle montait deux étages au lieu d'entrer chez Titreville, et s'asseyait sur une marche, en attendant qu'il fût parti. Lorsque Coupeau voulut s'en prendre à Mme Lerat, celle-ci lui cria très

vertement qu'elle n'acceptait pas la leçon ; elle avait dit à
sa nièce tout ce qu'elle devait dire contre les hommes, ce
n'était pas sa faute si la gamine gardait du goût pour ces
salopiauds ; maintenant, elle s'en lavait les mains, elle
jurait de ne plus se mêler de rien, parce qu'elle savait ce
qu'elle savait, des cancans dans la famille, oui, des personnes qui osaient l'accuser de se perdre avec Nana et de
goûter un sale plaisir à lui voir exécuter sous ses yeux le
grand écart. D'ailleurs, Coupeau apprit de la patronne
que Nana était débauchée par une autre ouvrière, ce
petit chameau de Léonie, qui venait de lâcher les fleurs
pour faire la noce. Sans doute l'enfant, gourmande seulement de galette et de vacherie dans les rues, aurait
encore pu se marier avec une couronne d'oranger sur la
tête. Mais, fichtre ! il fallait se presser joliment si l'on
voulait la donner à un mari sans rien de déchiré, propre
et en bon état, complète enfin ainsi que les demoiselles
qui se respectent.

Dans la maison, rue de la Goutte-d'Or, on parlait
du vieux de Nana, comme d'un monsieur que tout le
monde connaissait. Oh ! il restait très poli, un peu timide
même, mais entêté et patient en diable, la suivant à dix
pas d'un air de toutou obéissant. Des fois même, il entrait
jusque dans la cour. Mme Gaudron le rencontra un soir
sur le palier du second, qui filait le long de la rampe, le
nez baissé, allumé et peureux. Et les Lorilleux menaçaient de déménager si leur chiffon de nièce amenait
encore des hommes à son derrière, car ça devenait
dégoûtant, l'escalier en était plein, on ne pouvait plus
descendre sans en voir à toutes les marches, en train de
renifler et d'attendre ; vrai, on aurait cru qu'il y avait
une bête en folie, dans ce coin de la maison. Les Boche
s'apitoyaient sur le sort de ce pauvre monsieur, un homme
si respectable, qui se toquait d'une petite coureuse. Enfin !
c'était un commerçant, ils avaient vu sa fabrique de
boutons boulevard de la Villette, il aurait pu faire un sort
à une femme, s'il était tombé sur une fille honnête.
Grâce aux détails donnés par les concierges, tous les gens

du quartier, les Lorilleux eux-mêmes montraient la plus
grande considération pour le vieux, quand il passait sur
les talons de Nana, la lèvre pendante dans sa face blême,
avec son collier de barbe grise, correctement taillé.

Pendant le premier mois, Nana s'amusa joliment de
son vieux. Il fallait le voir, toujours en petoche autour
d'elle. Un vrai fouille-au-pot, qui tâtait sa jupe par-derrière, dans la foule, sans avoir l'air de rien. Et ses jambes !
des cotrets de charbonnier, de vraies allumettes ! Plus
de mousse sur le caillou, quatre cheveux frisant à plat
dans le cou, si bien qu'elle était toujours tentée de lui
demander l'adresse du merlan qui lui faisait la raie. Ah !
quel vieux birbe ! il était rien folichon !

Puis, à le retrouver sans cesse là, il ne lui parut plus
si drôle. Elle avait une peur sourde de lui, elle aurait crié
s'il s'était approché. Souvent, lorsqu'elle s'arrêtait devant
un bijoutier, elle l'entendait tout d'un coup qui lui
bégayait des choses dans le dos. Et c'était vrai ce qu'il
disait ; elle aurait bien voulu avoir une croix avec un
velours au cou, ou encore de petites boucles d'oreilles de
corail, si petites, qu'on croirait des gouttes de sang. Même,
sans ambitionner des bijoux, elle ne pouvait vraiment
pas rester un guenillon, elle était lasse de se retaper avec
la gratte des ateliers de la rue du Caire, elle avait surtout assez de sa casquette, ce caloquet sur lequel les
fleurs chipées chez Titreville faisaient un effet de gringue-
naudes pendues comme des sonnettes au derrière d'un
pauvre homme. Alors, trottant dans la boue, éclaboussée
par les voitures, aveuglée par le resplendissement des étalages, elle avait des envies qui la tortillaient à l'estomac,
ainsi que des fringales, des envies d'être bien mise, de
manger dans les restaurants, d'aller au spectacle, d'avoir
une chambre à elle avec de beaux meubles. Elle s'arrêtait
toute pâle de désir, elle sentait monter du pavé de Paris
une chaleur le long de ses cuisses, un appétit féroce de
mordre aux jouissances dont elle était bousculée, dans
la grande cohue des trottoirs. Et, ça ne manquait jamais,
justement à ces moments-là, son vieux lui coulait à

l'oreille des propositions. Ah! comme elle lui aurait tapé
dans la main, si elle n'avait pas eu peur de lui, une révolte
intérieure qui la raidissait dans ses refus, furieuse et
dégoûtée de l'inconnu de l'homme, malgré tout son vice.

Mais, lorsque l'hiver arriva, l'existence devint impossible chez les Coupeau. Chaque soir, Nana recevait sa
raclée. Quand le père était las de la battre, la mère lui
envoyait des torgnoles, pour lui apprendre à bien se
conduire. Et c'étaient souvent des danses générales; dès
que l'un tapait, l'autre la défendait, si bien que tous les
trois finissaient par se rouler sur le carreau, au milieu de
la vaisselle cassée. Avec ça, on ne mangeait point à sa
faim, on crevait de froid. Si la petite s'achetait quelque
chose de gentil, un nœud de ruban, des boutons de manchettes, les parents le lui confisquaient et allaient le laver.
Elle n'avait rien à elle que sa rente de calottes avant de
se fourrer dans le lambeau de drap, où elle grelottait
sous son petit jupon noir qu'elle étalait pour toute couverture. Non, cette sacrée vie-là ne pouvait pas continuer,
elle ne voulait point y laisser sa peau. Son père, depuis
longtemps, ne comptait plus; quand un père se soûle
comme le sien se soûlait, ce n'est pas un père, c'est une
sale bête dont on voudrait bien être débarrassé. Et, maintenant, sa mère dégringolait à son tour dans son amitié.
Elle buvait, elle aussi. Elle entrait par goût chercher son
homme chez le père Colombe, histoire de se faire offrir
des consommations; et elle s'attablait très bien, sans affi-
cher des airs dégoûtés comme la première fois, sifflant
les verres d'un trait, traînant ses coudes pendant des
heures et sortant de là avec les yeux hors de la tête. Lorsque Nana, en passant devant l'Assommoir, apercevait sa
mère au fond, le nez dans la goutte, avachie au milieu des
engueulades des hommes, elle était prise d'une colère
bleue, parce que la jeunesse, qui a le bec tourné à une
autre friandise, ne comprend pas la boisson. Ces soirs-là,
elle avait un beau tableau, le papa pochard, la maman
pocharde, un tonnerre de Dieu de cambuse où il n'y avait
pas de pain et qui empoisonnait la liqueur. Enfin, une

sainte ne serait pas restée là-dedans. Tant pis ! si elle prenait de la poudre d'escampette un de ces jours ; ses parents
pourraient bien faire leur *mea culpa* et dire qu'ils l'avaient
eux-mêmes poussée dehors.

Un samedi, Nana trouva en rentrant son père et sa
mère dans un état abominable. Coupeau, tombé en travers du lit, ronflait. Gervaise, tassée sur une chaise, roulait la tête avec des yeux vagues et inquiétants ouverts sur
le vide. Elle avait oublié de faire chauffer le dîner, un
restant de ragoût. Une chandelle, qu'elle ne mouchait
pas, éclairait la misère honteuse du taudis.

« C'est toi, chenillon ? bégaya Gervaise. Ah bien ! ton
père va te ramasser ! »

Nana ne répondait pas, restait toute blanche, regardait le poêle froid, la table sans assiettes, la pièce lugubre
où cette paire de soûlards mettaient l'horreur blême de
leur hébétement. Elle n'ôta pas son chapeau, fit le tour
de la chambre ; puis, les dents serrées, elle rouvrit la porte,
elle s'en alla.

« Tu redescends ? demanda sa mère, sans pouvoir tourner la tête.

— Oui, j'ai oublié quelque chose. Je vais remonter...
Bonsoir. »

Et elle ne revint pas. Le lendemain, les Coupeau, des-
soûlés, se battirent, en se jetant l'un à l'autre à la figure
l'envolement de Nana. Ah ! elle était loin, si elle courait
toujours ! Comme on dit aux enfants pour les moineaux,
les parents pouvaient aller lui mettre un grain de sel
au derrière, ils la rattraperaient peut-être. Ce fut un
grand coup qui écrasa encore Gervaise ; car elle sentit très
bien, malgré son avachissement, que la culbute de sa
petite, en train de se faire caramboler, l'enfonçait davantage, seule maintenant, n'ayant plus d'enfant à respecter, pouvant se lâcher aussi bas qu'elle tomberait. Oui,
ce chameau dénaturé lui emportait le dernier morceau de
son honnêteté dans ses jupons sales. Et elle se grisa trois
jours, furieuse, les poings serrés, la bouche enflée de mots
abominables contre sa garce de fille. Coupeau, après avoir

roulé les boulevards extérieurs et regardé sous le nez tous les torchons qui passaient, fumait de nouveau sa pipe, tranquille comme Baptiste; seulement, quand il était à table, il se levait parfois, les bras en l'air, un couteau au poing, en criant qu'il était déshonoré; et il se rasseyait pour finir sa soupe.

Dans la maison, où chaque mois des filles s'envolaient comme des serins dont on laisserait les cages ouvertes, l'accident des Coupeau n'étonna personne. Mais les Lorilleux triomphaient. Ah! ils l'avaient prédit que la petite leur chierait du poivre! C'était mérité, toutes les fleuristes tournaient mal. Les Boche et les Poisson ricanaient également, en faisant une dépense et un étalage extraordinaires de vertu. Seul, Lantier défendait sournoisement Nana. Mon Dieu! sans doute, déclarait-il de son air puritain, une demoiselle qui se cavalait offensait toutes les lois; puis, il ajoutait, avec une flamme dans le coin des yeux, que, sacredié! la gamine était aussi trop jolie pour foutre la misère à son âge.

« Vous ne savez pas? cria un jour Mme Lorilleux dans la loge des Boche, où la coterie prenait du café, eh bien, vrai comme la lumière du jour nous éclaire, c'est la Banban qui a vendu sa fille... Oui, elle l'a vendue, et j'ai des preuves!... Ce vieux, qu'on rencontrait matin et soir dans l'escalier, il montait déjà donner des acomptes. Ça crevait les yeux. Et, hier donc! quelqu'un les a aperçus ensemble à l'Ambigu, la donzelle et son matou... Ma parole d'honneur! ils sont ensemble, vous voyez bien! »

On acheva le café, en discutant ça. Après tout, c'était possible, il se passait des choses encore plus fortes. Et, dans le quartier, les gens les mieux posés finirent par répéter que Gervaise avait vendu sa fille.

Gervaise, maintenant, traînait ses savates, en se fichant du monde. On l'aurait appelée voleuse, dans la rue, qu'elle ne se serait pas retournée. Depuis un mois, elle ne travaillait plus chez Mme Fauconnier, qui avait dû la flanquer à la porte, pour éviter des disputes. En quelques semaines, elle était entrée chez huit blanchisseuses; elle faisait deux ou trois jours dans chaque atelier, puis elle recevait son paquet, tellement elle cochonnait l'ouvrage, sans soin, malpropre, perdant la tête jusqu'à oublier son métier. Enfin, se sentant gâcheuse, elle venait de quitter le repassage, elle lavait à la journée, au lavoir de la rue Neuve; patauger, se battre avec la crasse, redescendre dans ce que le métier a de rude et de facile, ça marchait encore, ça l'abaissait d'un cran sur la pente de sa dégringolade. Par exemple, le lavoir ne l'embellissait guère. Un vrai chien crotté, quand elle sortait de là-dedans, trempée, montrant sa chair bleuie. Avec ça, elle grossissait toujours, malgré ses danses devant le buffet vide, et sa jambe se tortillait si fort, qu'elle ne pouvait plus marcher près de quelqu'un, sans manquer de le jeter par terre, tant elle boitait.

Naturellement, lorsqu'on se décatit à ce point, tout l'orgueil de la femme s'en va. Gervaise avait mis sous elle ses anciennes fiertés, ses coquetteries, ses besoins de sentiments, de convenances et d'égards. On pouvait lui allonger des coups de soulier partout, devant et derrière, elle ne les sentait pas, elle devenait trop flasque et trop molle. Ainsi, Lantier l'avait complètement lâchée; il ne la pinçait même plus pour la forme; et elle semblait ne s'être pas aperçue de cette fin d'une longue liaison, lentement traînée et dénouée dans une lassitude mutuelle. C'était, pour elle, une corvée de moins. Même les rapports de Lantier et de Virginie la laissaient parfaitement calme, tant elle avait une grosse indifférence pour toutes ces bêtises dont elle rageait si fort autrefois. Elle leur aurait tenu la chandelle, s'ils avaient voulu. Personne maintenant n'ignorait la chose, le chapelier et l'épicière menaient un beau train. Ça leur était trop commode aussi, ce cornard de Poisson avait tous les deux jours un service de nuit, qui le faisait grelotter sur les trottoirs déserts, pendant que sa femme et le voisin, à la maison, se tenaient les pieds chauds. Oh! ils ne se pressaient pas, ils entendaient sonner lentement ses bottes, le long de la boutique, dans la rue noire et vide, sans pour cela hasarder leurs nez hors de la couverture. Un sergent de ville ne connaît que son devoir, n'est-ce pas? et ils restaient tranquillement jusqu'au jour à lui endommager sa propriété, pendant que cet homme sévère veillait sur la propriété des autres. Tout le quartier de la Goutte-d'Or rigolait de cette bonne farce. On trouvait drôle le cocuage de l'autorité. D'ailleurs, Lantier avait conquis ce coin-là. La boutique et la boutiquière allaient ensemble. Il venait de manger une blanchisseuse; à présent, il croquait une épicière; et s'il s'établissait à la file des mercières, des papetières, des modistes, il était de mâchoires assez larges pour les avaler.

Non, jamais on n'a vu un homme se rouler comme ça dans le sucre. Lantier avait joliment choisi son affaire en conseillant à Virginie un commerce de friandises. Il était trop Provençal pour ne pas adorer les douceurs; c'est-à-dire qu'il aurait vécu de pastilles, de boules de gomme, de dragées et de chocolat. Les dragées surtout, qu'il appelait des « amandes sucrées », lui mettaient une petite mousse aux lèvres tant elles lui chatouillaient la gargamelle. Depuis un an, il ne vivait plus que de bonbons. Il ouvrait les tiroirs, se fichait des culottes tout seul, quand Virginie le priait de garder la boutique. Souvent, en causant, devant des cinq ou six personnes, il ôtait le couvercle d'un bocal du comptoir, plongeait la main, croquait quelque chose; le bocal restait ouvert et se vidait. On ne faisait plus attention à ça, une manie, disait-il. Puis, il avait imaginé un rhume perpétuel, une irritation de la gorge, qu'il parlait d'adoucir. Il ne travaillait toujours pas, avait en vue des affaires de plus en plus considérables; pour lors, il mijotait une invention superbe, le chapeau-parapluie, un chapeau qui se transformait sur la tête en riflard, aux premières gouttes d'une averse; et il promettait à Poisson une moitié des bénéfices, il lui empruntait même des pièces de vingt francs, pour les expériences. En attendant, la boutique fondait sur sa langue; toutes les marchandises y passaient, jusqu'aux cigares en chocolat et aux pipes de caramel rouge. Quand il crevait de sucreries, et que, pris de tendresse, il se payait une dernière lichade sur la patronne, dans un coin, celle-ci le trouvait tout sucré, les lèvres comme des pralines. Un homme joliment gentil à embrasser! Positivement, il devenait tout miel. Les Boche disaient qu'il lui suffirait de tremper son doigt dans son café, pour en faire un vrai sirop.

Lantier, attendri par ce dessert continu, se montrait paternel pour Gervaise. Il lui donnait des conseils, la grondait de ne plus aimer le travail. Que diable! une femme, à son âge, devait savoir se retourner! Et il l'accusait d'avoir toujours été gourmande. Mais, comme il faut tendre la main aux gens, même lorsqu'ils ne le méritent guère, il tâchait de lui trouver de petits travaux. Ainsi, il avait décidé Virginie à faire venir Gervaise une fois par semaine pour laver la boutique et les chambres; ça la connaissait l'eau de potasse; et, chaque fois, elle gagnait trente sous. Gervaise arrivait le samedi matin, avec un seau et sa brosse, sans paraître souffrir de revenir ainsi faire une sale et humble besogne, la besogne des torchons de vaisselle, dans ce logement où elle avait trôné en belle patronne blonde. C'était un dernier aplatissement, la fin de son orgueil.

Un samedi, elle eut joliment du mal. Il avait plu trois jours, les pieds des pratiques semblaient avoir apporté dans le magasin toute la boue du quartier. Virginie était au comptoir, en train de faire la dame, bien peignée, avec un petit col et des manches de dentelle. A côté d'elle, sur l'étroite banquette de moleskine rouge, Lantier se prélassait, l'air chez lui, comme le vrai patron de la baraque; et il envoyait négligemment la main dans un bocal de pastilles à la menthe, histoire de croquer du sucre, par habitude.

« Dites donc, madame Coupeau! cria Virginie qui suivait le travail de la laveuse, les lèvres pincées, vous laissez de la crasse, là-bas, dans ce coin. Frottez-moi donc un peu mieux ça! »

Gervaise obéit. Elle retourna dans le coin, recommença

à laver. Agenouillée par terre, au milieu de l'eau sale, elle se pliait en deux, les épaules saillantes, les bras violets et raidis. Son vieux jupon trempé lui collait aux fesses. Elle faisait sur le parquet un tas de quelque chose de pas propre, dépeignée, montrant par les trous de sa camisole l'enflure de son corps, un débordement de chairs molles qui voyageaient, roulaient et sautaient, sous les rudes secousses de sa besogne ; et elle suait tellement, que, de son visage inondé, pissaient de grosses gouttes.

« Plus on met de l'huile de coude, plus ça reluit », dit sentencieusement Lantier, la bouche pleine de pastilles.

Virginie, renversée avec un air de princesse, les yeux demi-clos, suivait toujours le lavage, lâchant des réflexions.

« Encore un peu à droite. Maintenant, faites bien attention à la boiserie... Vous savez, je n'ai pas été très contente, samedi dernier. Les taches étaient restées. »

Et tous les deux, le chapelier et l'épicière, se carraient davantage, comme sur un trône, tandis que Gervaise se traînait à leurs pieds, dans la boue noire. Virginie devait jouir, car ses yeux de chat s'éclairèrent un instant d'étincelles jaunes, et elle regarda Lantier avec un sourire mince. Enfin, ça la vengeait donc de l'ancienne fessée du lavoir, qu'elle avait toujours gardée sur la conscience !

Cependant, un léger bruit de scie venait de la pièce du fond, lorsque Gervaise cessait de frotter. Par la porte ouverte on apercevait, se détachant sur le jour blafard de la cour, le profil de Poisson, en congé ce jour-là, et profitant de son loisir pour se livrer à sa passion des petites boîtes. Il était assis devant une table et découpait, avec un soin extraordinaire, des arabesques dans l'acajou d'une caisse à cigare.

« Écoutez, Badingue ! cria Lantier, qui s'était remis à lui donner ce surnom, par amitié ; je retiens votre boîte, un cadeau pour une demoiselle. »

Virginie le pinça, mais le chapelier, galamment, sans cesser de sourire, lui rendit le bien pour le mal en faisant la souris le long de son genou, sous le comptoir ; et il retira sa main d'une façon naturelle, lorsque le mari leva la tête, montrant son impériale et ses moustaches rouges, hérissées dans sa face terreuse.

« Justement, dit le sergent de ville, je travaillais à votre intention, Auguste. C'était un souvenir d'amitié.

— Ah! fichtre alors, je garderai votre petite machine! reprit Lantier en riant. Vous savez, je me la mettrai au cou avec un ruban. »

Puis, brusquement, comme si cette idée en éveillait une autre :

« A propos! s'écria-t-il, j'ai rencontré Nana, hier soir. »

Du coup, l'émotion de cette nouvelle assit Gervaise dans la mare d'eau sale qui emplissait la boutique. Elle demeura suante, essoufflée, avec sa brosse à la main.

« Ah! murmura-t-elle simplement.

— Oui, je descendais la rue des Martyrs, je regardais une petite qui se tortillait au bras d'un vieux, devant moi, et je me disais : « Voilà un troufignon que je con-« nais... » Alors, j'ai redoublé le pas, je me suis trouvé nez à nez avec ma sacrée Nana... Allez, vous n'avez pas à la plaindre, elle est bien heureuse, une jolie robe de laine sur le dos, une croix d'or au cou, et l'air drolichon avec ça !

— Ah! » répéta Gervaise d'une voix plus sourde.

Lantier, qui avait fini les pastilles, prit un sucre d'orge dans un autre bocal.

« Elle a un vice, cette enfant! continua-t-il. Imaginez-vous qu'elle m'a fait signe de la suivre, avec un aplomb bœuf. Puis, elle a remisé son vieux quelque part, dans un café... Oh! épatant, le vieux! vidé, le vieux!... Et elle est revenue me rejoindre sous une porte. Un vrai serpent ! gentille, et faisant sa tata, et vous lichant comme un petit chien! Oui, elle m'a embrassé, elle a voulu savoir des nouvelles de tout le monde... Enfin, j'ai été bien content de la rencontrer.

— Ah! » dit une troisième fois Gervaise.

Elle se tassait, elle attendait toujours. Sa fille n'avait donc pas eu une parole pour elle? Dans le silence, on entendait de nouveau la scie de Poisson. Lantier, égayé, suçait rapidement son sucre d'orge, avec un sifflement des lèvres.

« Eh bien, moi, je puis la voir, je passerai de l'autre côté de la rue, reprit Virginie, qui venait encore de pincer le chapelier d'une main féroce. Oui, le rouge me monterait au front, d'être saluée en public par une de ces filles... Ce n'est pas parce que vous êtes là, madame Coupeau, mais votre fille est une jolie pourriture. Poisson en ramasse tous les jours qui valent davantage. »

Gervaise ne disait rien, ne bougeait pas, les yeux fixes dans le vide. Elle finit par hocher lentement la tête, et comme pour répondre aux idées qu'elle gardait en elle, pendant que le chapelier, la mine friande, murmurait :

« De cette pourriture-là, on s'en ficherait volontiers des indigestions. C'est tendre comme du poulet... »

Mais l'épicière le regardait d'un air si terrible qu'il dut s'interrompre et l'apaiser par une gentillesse. Il guetta le sergent de ville, l'aperçut le nez sur sa petite boîte, et profita de ça pour fourrer le sucre d'orge dans la bouche de Virginie. Alors, celle-ci eut un rire complaisant. Puis, elle tourna sa colère contre la laveuse.

« Dépêchez-vous un peu, n'est-ce pas? Ça n'avance guère la besogne, de rester là comme une borne... Voyons, remuez-vous, je n'ai pas envie de patauger dans l'eau jusqu'à ce soir. »

Et elle ajouta plus bas, méchamment :

« Est-ce que c'est ma faute si sa fille fait la noce! »

Sans doute, Gervaise n'entendit pas. Elle s'était remise à frotter le parquet, l'échine cassée, aplatie par terre et se traînant avec des mouvements engourdis de grenouille. De ses deux mains, crispées sur le bois de la brosse elle poussait devant elle un flot noir, dont les éclaboussures la mouchetaient de boue, jusque dans ses cheveux. Il n'y avait plus qu'à rincer, après avoir balayé les eaux sales au ruisseau.

Cependant, au bout d'un silence, Lantier qui s'ennuyait haussa la voix.

« Vous ne savez pas, Badingue, cria-t-il, j'ai vu votre
patron hier, rue de Rivoli. Il est diablement ravagé, il
n'en a pas pour six mois dans le corps... Ah! dame! avec
la vie qu'il fait! »

Il parlait de l'empereur. Le sergent de ville répondit
d'un ton sec, sans lever les yeux :

« Si vous étiez le gouvernement, vous ne seriez pas
si gras.

— Oh! mon bon, si j'étais le gouvernement, reprit
le chapelier en affectant une brusque gravité, les choses
iraient un peu mieux, je vous en flanque mon billet...
Ainsi, leur politique extérieure, vrai! ça fait suer, depuis
quelque temps. Moi, moi qui vous parle, si je connais-
sais seulement un journaliste, pour l'inspirer de mes
idées... »

Il s'animait, et comme il avait fini de croquer son sucre
d'orge, il venait d'ouvrir un tiroir, dans lequel il prenait
des morceaux de pâte de guimauve qu'il gobait en gesticulant.

« C'est bien simple... Avant tout, je reconstituerais la
Pologne, et j'établirais un grand État scandinave, qui
tiendrait en respect le géant du Nord... Ensuite, je ferais
une république de tous les petits royaumes allemands...
Quant à l'Angleterre, elle n'est guère à craindre; si elle
bougeait, j'enverrais cent mille hommes dans l'Inde...
Ajoutez que je reconduirais, la crosse dans le dos, le
Grand Turc à La Mecque, et le pape à Jérusalem...
Hein? l'Europe serait vite propre. Tenez! Badingue,
regardez un peu... »

Il s'interrompit pour prendre à poignée cinq ou six
morceaux de guimauve.

« Eh bien, ce ne serait pas plus long que d'avaler ça. »

Et il jetait, dans sa bouche ouverte, les morceaux les
uns après les autres.

« L'empereur a un autre plan, dit le sergent de ville,
au bout de deux grandes minutes de réflexion.

— Laissez donc! reprit violemment le chapelier. On le
connaît, son plan! L'Europe se fiche de nous... Tous les

jours, les larbins des Tuileries ramassent votre patron sous la table, entre deux gadoues du grand monde. »

Mais Poisson s'était levé. Il s'avança et mit la main sur son cœur, en disant :

« Vous me blessez, Auguste. Discutez sans faire de personnalités. »

Virginie alors intervint, en les priant de lui flanquer la paix. Elle avait l'Europe quelque part. Comment deux hommes qui partageaient tout le reste, pouvaient-ils s'attraper sans cesse à propos de la politique ? Ils mâchèrent un instant de sourdes paroles. Puis, le sergent de ville, pour montrer qu'il n'avait pas de rancune, apporta le couvercle de sa petite boîte, qu'il venait de terminer ; on lisait dessus, en lettres marquetées : *A Auguste, souvenir d'amitié.* Lantier, très flatté, se renversa, s'étala, si bien qu'il était presque sur Virginie. Et le mari regardait ça, avec son visage couleur de vieux mur, dans lequel ses yeux troubles ne disaient rien ; mais les poils rouges de ses moustaches remuaient tout seuls par moments, d'une drôle de façon, ce qui aurait pu inquiéter un homme moins sûr de son affaire que le chapelier.

Cet animal de Lantier avait ce toupet tranquille qui plaît aux dames. Comme Poisson tournait le dos, il lui poussa l'idée farce de poser un baiser sur l'œil gauche de Mme Poisson. D'ordinaire, il montrait une prudence sournoise ; mais, quand il s'était disputé pour la politique, il risquait tout, histoire d'avoir raison sur la femme. Ces caresses goulues, chipées effrontément derrière le sergent de ville, le vengeaient de l'Empire, qui faisait de la France une maison à gros numéro. Seulement, cette fois, il avait oublié la présence de Gervaise. Elle venait de rincer et d'essuyer la boutique, elle se tenait debout près du comptoir, à attendre qu'on lui donnât ses trente sous. Le baiser sur l'œil la laissa très calme, comme une chose naturelle dont elle ne devait pas se mêler. Virginie parut un peu embêtée. Elle jeta les trente sous sur le comptoir, devant Gervaise. Celle-ci ne bougea pas, ayant l'air d'attendre toujours, secouée encore par le lavage, mouillée et laide comme un chien qu'on tirerait d'un égoût.

« Alors, elle ne vous a rien dit? demanda-t-elle enfin au chapelier.

— Qui ça? cria-t-il. Ah! oui, Nana!... Mais non, rien autre chose. La gueuse a une bouche! un petit pot de fraise! »

Et Gervaise s'en alla avec ses trente sous dans la main. Ses savates éculées crachaient comme des pompes, de véritables souliers à musique, qui jouaient un air en laissant sur le trottoir les empreintes mouillées de leurs larges semelles.

Dans le quartier, les soûlardes de son espèce racontaient maintenant qu'elle buvait pour se consoler de la culbute de sa fille. Elle-même, quand elle sifflait son verre de rogomme sur le comptoir, prenait des airs de drame, se jetait ça dans le plomb en souhaitant que ça la fît crever. Et, les jours où elle rentrait ronde comme une bourrique, elle bégayait que c'était le chagrin. Mais les gens honnêtes haussaient les épaules; on la connaît celle-là, de mettre les culottes de poivre d'Assommoir sur le compte du chagrin; en tout cas, ça devait s'appeler du chagrin en bouteille. Sans doute, au commencement, elle n'avait pas digéré la fugue de Nana. Ce qui restait en elle d'honnêteté se révoltait; puis, généralement, une mère n'aime pas se dire que sa demoiselle, juste à la minute, se fait peut-être tutoyer par le premier venu. Mais elle était déjà trop abêtie, la tête malade et le cœur écrasé, pour garder longtemps cette honte. Chez elle, ça entrait et ça sortait. Elle restait très bien des huit jours sans songer à sa gourgandine; et, brusquement, une tendresse ou une colère l'empoignait, des fois à jeun, des fois le sac plein, un besoin furieux de pincer Nana dans un petit endroit, où elle l'aurait peut-être embrassée, peut-être rouée de coups, selon son envie du moment. Elle finissait par n'avoir plus une idée bien nette de l'honnêteté. Seulement, Nana était à elle, n'est-ce pas? Eh bien, lorsqu'on a une propriété, on ne veut pas la voir s'évaporer.

Alors, dès que ces pensées la prenaient, Gervaise regardait dans les rues avec des yeux de gendarme. Ah! si elle avait aperçu son ordure, comme elle l'aurait raccompagnée à la maison! On bouleversait le quartier, cette année-là. On perçait le boulevard Magenta et le boulevard Ornano, qui emportaient l'ancienne barrière Poissonnière et trouaient le boulevard extérieur. C'était à ne plus s'y reconnaître. Tout un côté de la rue des Poissonniers était par terre. Maintenant, de la rue de la Goutte-d'Or, on voyait une immense éclaircie, un coup de soleil et d'air libre; et, à la place des masures qui bouchaient la vue de ce côté, s'élevait, sur le boulevard Ornano, un vrai monument, une maison à six étages, sculptée comme une église, dont les fenêtres claires, tendues de rideaux brodés, sentaient la richesse. Cette maison-là, toute blanche, posée juste en face de la rue, semblait l'éclairer d'une enfilade de lumière. Même, chaque jour, elle faisait disputer Lantier et Poisson. Le chapelier ne tarissait pas sur les démolitions de Paris; il accusait l'empereur de mettre partout des palais, pour renvoyer les ouvriers en province; et le sergent de ville, pâle d'une colère froide, répondait qu'au contraire l'empereur songeait d'abord aux ouvriers, qu'il raserait Paris, s'il le fallait, dans le seul but de leur donner du travail. Gervaise, elle aussi, se montrait ennuyée de ces embellissements, qui lui dérangeaient le coin noir de faubourg auquel elle était accoutumée. Son ennui venait de ce que, précisément, le quartier s'embellissait à l'heure où elle-même tournait à la ruine. On n'aime pas, quand on est dans la crotte, recevoir un rayon en plein sur la tête. Aussi, les jours où elle cherchait Nana, rageait-elle d'enjamber des matériaux, de patauger le long des trottoirs en construction, de buter contre des palissades. La belle bâtisse du boulevard Ornano la mettait hors des gonds. Des bâtisses pareilles, c'était pour des catins comme Nana.

Cependant, elle avait eu plusieurs fois des nouvelles de la petite. Il y a toujours de bonnes langues qui sont

pressées de vous faire un mauvais compliment. Oui, on
lui avait conté que la petite venait de planter là son vieux,
un beau coup de fille sans expérience. Elle était très bien
chez ce vieux, dorlotée, adorée, libre même, si elle avait
su s'y prendre. Mais la jeunesse est bête, elle devait s'en
être allée avec quelque godelureau, on ne savait pas bien
au juste. Ce qui semblait certain, c'était qu'un après-
midi, sur la place de la Bastille, elle avait demandé à son
vieux trois sous pour un petit besoin, et que le vieux
l'attendait encore. Dans les meilleures compagnies, on
appelle ça pisser à l'anglaise. D'autres personnes juraient
l'avoir aperçue depuis, pinçant un chahut au *Grand Salon
de la Folie*, rue de la Chapelle. Et ce fut alors que Gervaise
s'imagina de fréquenter les bastringues du quartier. Elle
ne passa plus devant la porte d'un bal sans entrer. Coupeau l'accompagnait. D'abord, ils firent simplement le
tour des salles, en dévisageant les traînées qui se trémous-
saient. Puis, un soir, ayant de la monnaie, ils s'attablèrent
et burent un saladier de vin à la française, histoire de se
rafraîchir et d'attendre voir si Nana ne viendrait pas. Au
bout d'un mois, ils avaient oublié Nana, ils se payaient le
bastringue pour leur plaisir, aimant regarder les danses.
Pendant des heures, sans rien se dire, ils restaient le
coude sur la table, hébétés, au milieu du tremblement du
plancher, s'amusant sans doute au fond à suivre de leurs
yeux pâles les roulures de barrière, dans l'étouffement et
la clarté rouge de la salle.

Justement, un soir de novembre, ils étaient entrés au
Grand Salon de la Folie, pour se réchauffer. Dehors, un
petit frisquet coupait en deux la figure des passants. Mais
la salle était bondée. Il y avait là-dedans un grouillement du tonnerre de Dieu, du monde à toutes les tables,
du monde au milieu, du monde en l'air, un vrai tas de
charcuterie ; oui, ceux qui aimaient les tripes à la mode de
Caen pouvaient se régaler. Quand ils eurent fait deux
fois le tour sans trouver une table, ils prirent le parti de
rester debout, à attendre qu'une société eût débarrassé
le plancher. Coupeau se dandinait sur ses pieds, en blouse

sale, en vieille casquette de drap sans visière, aplatie au
sommet du crâne. Et, comme il barrait le passage, il vit
un petit jeune homme maigre qui essuyait la manche de
son paletot, après lui avoir donné un coup de coude.

« Dites donc! cria-t-il, furieux, en retirant son brûle-
gueule de sa bouche noire, vous ne pourriez pas demander excuse?... Et ça fait le dégoûté encore, parce qu'on
porte une blouse! »

Le jeune homme s'était retourné, toisant le zingueur,
qui continuait :

« Apprends un peu, bougre de greluchon, que la
blouse est le plus beau vêtement, oui! le vêtement du
travail!... Je vas t'essuyer, moi, si tu veux, avec une
paire de claques... A-t-on jamais vu des tantes pareilles
qui insultent l'ouvrier. »

Gervaise tâchait vainement de le calmer. Il s'étalait
dans ses guenilles, il tapait sur sa blouse, en gueulant :

« Là-dedans, il y a la poitrine d'un homme! »

Alors, le jeune homme se perdit au milieu de la foule,
en murmurant :

« En voilà un sale voyou! »

Coupeau voulut le rattraper. Plus souvent qu'il se laissât mécaniser par un paletot! Il n'était seulement pas
payé, celui-là! Quelque pelure d'occasion pour lever une
femme sans lâcher un centime. S'il le retrouvait, il le collait à genoux et lui faisait saluer la blouse. Mais l'étouffement était trop grand, on ne pouvait pas marcher. Gervaise et lui tournaient avec lenteur autour des danses; un
triple rang de curieux s'écrasaient, les faces allumées,
lorsqu'un homme s'étalait ou qu'une dame montrait tout
en levant la jambe; et, comme ils étaient petits l'un et
l'autre, ils se haussaient sur les pieds, pour voir quelque
chose, les chignons et les chapeaux qui sautaient. L'orchestre, de ses instruments de cuivre fêlés, jouait furieusement
un quadrille, une tempête dont la salle tremblait; tandis
que les danseurs, tapant des pieds, soulevaient une poussière qui alourdissait le flamboiement du gaz. La chaleur
était à crever.

« Regarde donc! dit tout d'un coup Gervaise.

— Quoi donc?

— Ce caloquet de velours, là-bas. »

Ils se grandirent. C'était, à gauche, un vieux chapeau
de velours noir, avec deux plumes déguenillées qui se
balançaient; un vrai plumet de corbillard. Mais ils
n'apercevaient toujours que ce chapeau, dansant un chahut de tous les diables, cabriolant, tourbillonnant, plon-
geant et jaillissant. Ils le perdaient parmi la débandade
enragée des têtes, et ils le retrouvaient, se balançant au-
dessus des autres, d'une effronterie si drôle, que les gens,
autour d'eux, rigolaient, rien qu'à regarder ce chapeau
danser, sans savoir ce qu'il y avait dessous.

« Eh bien? demanda Coupeau.

— Tu ne reconnais pas ce chignon-là? murmura Gervaise, étranglée. Ma tête à couper que c'est elle! »

Le zingueur, d'une poussée, écarta la foule. Nom de
Dieu! oui, c'était Nana! Et dans une jolie toilette encore!
Elle n'avait plus sur le derrière qu'une vieille robe de
soie, toute poissée d'avoir essuyé les tables des caboulots,
et dont les volants arrachés dégobillaient de partout.
Avec ça, en taille, sans un bout de châle sur les épaules,
montrant son corsage nu aux boutonnières craquées.
Dire que cette gueuse-là avait eu un vieux rempli d'attentions, et qu'elle en était tombée à ce point, pour suivre
quelque marlou qui devait la battre! N'importe, elle restait joliment fraîche et friande, ébouriffée comme un
caniche, et le bec rose sous son grand coquin de chapeau.

« Attends, je vais te la faire danser! » reprit Coupeau.

Nana ne se méfiait pas, naturellement. Elle se tortillait,
fallait voir! Et des coups de derrière à gauche, et des
coups de derrière à droite, des révérences qui la cassaient
en deux, des battements de pieds jetés dans la figure de
son cavalier, comme si elle allait se fendre! On faisait
cercle, on l'applaudissait, et, lancée, elle ramassait ses
jupes, les retroussait jusqu'aux genoux, toute secouée par
le branle du chahut, fouettée et tournant pareille à une
toupie, s'abattant sur le plancher dans de grands écarts

qui l'aplatissaient, puis reprenant une petite danse modeste, avec un roulement de hanches et de gorge d'un chic épatant. C'était à l'emporter dans un coin pour la manger de caresses.

Cependant, Coupeau, tombant en plein dans la pastourelle, dérangeait la figure et recevait des bourrades.

« Je vous dis que c'est ma fille! cria-t-il. Laissez-moi passer! »

Nana, précisément, s'en allait à reculons, balayant le parquet avec ses plumes, arrondissant son postérieur et lui donnant de petites secousses, pour que ce fût plus gentil. Elle reçut un maître coup de soulier, juste au bon endroit, se releva et devint toute pâle en reconnaissant son père et sa mère. Pas de chance, par exemple!

« A la porte! » hurlaient les danseurs.

Mais Coupeau, qui venait de retrouver dans le cavalier de sa fille le jeune homme maigre au paletot, se fichait pas mal du monde.

« Oui, c'est nous, gueulait-il. Hein! tu ne t'attendais pas... Ah! c'est ici qu'on te pince, et avec un blanc-bec qui m'a manqué de respect tout à l'heure! »

Gervaise, les dents serrées, le poussa, en disant :

« Tais-toi!... Il n'y a pas besoin de tant d'explications.»

Et, s'avançant, elle flanqua à Nana deux gifles soignées. La première mit de côté le chapeau à plumes, la seconde resta marquée en rouge sur la joue blanche comme un linge. Nana, stupide, les reçut sans pleurer, sans se rebiffer. L'orchestre continuait, la foule se fâchait et répétait violemment :

« A la porte! à la porte!

— Allons, file! reprit Gervaise : marche devant! et ne t'avise pas de te sauver ou je te fais coucher en prison! »

Le petit jeune homme avait prudemment disparu. Alors, Nana marcha devant, très raide, encore dans la stupeur de sa mauvaise chance. Quand elle faisait mine de rechigner, une calotte par-derrière la remettait dans le chemin de la porte. Et ils sortirent ainsi tous les trois, au

milieu des plaisanteries et des huées de la salle, tandis que
l'orchestre achevait la pastourelle, avec un tel tonnerre
que les trombones semblaient cracher des boulets.

La vie recommença. Nana, après avoir dormi douze
heures dans son ancien cabinet, se montra très gentille
pendant une semaine. Elle s'était rafistolée une petite
robe modeste, elle portait un bonnet dont elle nouait les
brides sous son chignon. Même, prise d'un beau feu, elle
déclara qu'elle voulait travailler chez elle; on gagnait ce
qu'on voulait chez soi, puis on n'entendait pas les saletés
de l'atelier; et elle chercha de l'ouvrage, elle s'installa
sur une table avec ses outils, se levant à cinq heures, les
premiers jours, pour rouler ses queues de violettes. Mais,
quand elle en eut livré quelques grosses, elle s'étira les
bras devant la besogne, les mains tordues de crampes,
ayant perdu l'habitude des queues et suffoquant de rester
enfermée, elle qui s'était donné un si joli courant d'air de
six mois. Alors, le pot à colle sécha, les pétales et le papier
vert attrapèrent des taches de graisse, le patron vint trois
fois lui-même faire des scènes en réclamant ses fournitures
perdues. Nana se traînait, empochait toujours des tatouilles de son père, s'empoignait avec sa mère matin et soir,
des querelles où les deux femmes se jetaient à la tête des
abominations. Ça ne pouvait pas durer; le douzième
jour, la garce fila, emportant pour tout bagage sa robe
modeste à son derrière et son bonnichon sur l'oreille. Les
Lorilleux, que le retour et le repentir de la petite laissaient pincés, faillirent s'étaler les quatre fers en l'air,
tant ils crevèrent de rire. Deuxième représentation,
éclipse second numéro, les demoiselles pour Saint-
Lazare, en voiture! Non, c'était trop comique. Nana
avait un chic pour se tirer les pattes! Ah bien! si les
Coupeau voulaient la garder maintenant, ils n'avaient
plus qu'à lui coudre son affaire et à la mettre en cage!

Les Coupeau, devant le monde, affectèrent d'être bien
débarrassés. Au fond, ils rageaient. Mais la rage n'a toujours qu'un temps. Bientôt, ils apprirent, sans même
cligner un œil, que Nana roulait le quartier. Gervaise,

qui l'accusait de faire ça pour les déshonorer, se mettait
au-dessus des potins; elle pouvait rencontrer sa donzelle
dans la rue, elle ne se salirait seulement pas la main à lui
envoyer une baffe; oui, c'était bien fini, elle l'aurait
trouvée en train de crever par terre, la peau nue sur le
pavé, qu'elle serait passée sans dire que ce chameau venait
de ses entrailles. Nana allumait tous les bals des environs.
On la connaissait de la *Reine-Blanche* au *Grand Salon de
la Folie*. Quand elle entrait à l'*Elysée-Montmartre*, on montait sur les tables pour lui voir faire, à la pastourelle,
l'écrevisse qui renifle. Comme on l'avait flanquée deux
fois dehors, au *Château-Rouge*, elle rôdait seulement devant
la porte, en attendant des personnes de sa connaissance.
La *Boule-Noire*, sur le boulevard, et le *Grand-Turc*, rue
des Poissonniers, étaient des salles comme il faut où elle
allait lorsqu'elle avait du linge. Mais, de tous les bastringues du quartier, elle préférait encore le *Bal de l'Ermitage*,
dans une cour humide, et le *Bal Robert*, impasse du
Cadran, deux infectes petites salles éclairées par une
demi-douzaine de quinquets, tenues à la papa, tous
contents et tous libres, si bien qu'on laissait les cava-
liers et leurs dames s'embrasser au fond, sans les déranger.
Et Nana avait des hauts et des bas, de vrais coups de
baguette, tantôt nippée comme une femme chic, tantôt
balayant la crotte comme une souillon. Ah! elle menait
une belle vie!

Plusieurs fois, les Coupeau crurent apercevoir leur
fille dans des endroits pas propres. Ils tournaient le dos,
ils décampaient d'un autre côté, pour ne pas être obligés
de la reconnaître. Ils n'étaient plus d'humeur à se faire
blaguer de toute une salle, pour ramener chez eux une
voirie pareille. Mais, un soir, vers dix heures, comme ils se
couchaient, on donna des coups de poing dans la porte.
C'était Nana qui, tranquillement, venait demander à
coucher; et dans quel état, bon Dieu! nu-tête, une robe
en loques, des bottines éculées, une toilette à se faire
ramasser et conduire au Dépôt. Elle reçut une rossée,
naturellement; puis, elle tomba goulûment sur un mor-

ceau de pain dur, et s'endormit, éreintée, avec une dernière bouchée aux dents. Alors, ce train-train continua.
Quand la petite se sentait un peu requinquée, elle s'évaporait un matin. Ni vu ni connu! l'oiseau était parti. Et
des semaines, des mois s'écoulaient, elle semblait perdue,
lorsqu'elle reparaissait tout d'un coup, sans jamais
dire d'où elle arrivait, des fois sale à ne pas être prise avec
des pincettes, et égratignée du haut en bas du corps,
d'autres fois bien mise, mais si molle et vidée par la noce,
qu'elle ne tenait plus debout. Les parents avaient dû
s'accoutumer. Les roulées n'y faisaient rien. Ils la trépi-
gnaient, ce qui ne l'empêchait pas de prendre leur chez-
eux comme une auberge, où l'on couchait à la semaine.
Elle savait qu'elle payait son lit d'une danse, elle se
tâtait et venait recevoir la danse, s'il y avait bénéfice pour
elle. D'ailleurs, on se lasse de taper. Les Coupeau finissaient par accepter les bordées de Nana. Elle rentrait, ne
rentrait pas, pourvu qu'elle ne laissât pas la porte ouverte,
ça suffisait. Mon Dieu! l'habitude use l'honnêteté comme
autre chose.

Une seule chose mettait Gervaise hors d'elle. C'était
lorsque sa fille reparaissait avec des robes à queue et des
chapeaux couverts de plumes. Non, ce luxe-là, elle ne
pouvait pas l'avaler. Que Nana fît la noce, si elle voulait;
mais, quand elle venait chez sa mère, qu'elle s'habillât au
moins comme une ouvrière doit être habillée. Les robes à
queue faisaient une révolution dans la maison : les Lorilleux ricanaient; Lantier, tout émoustillé, tournait autour
de la petite, pour renifler sa bonne odeur; les Boche
avaient défendu à Pauline de fréquenter cette rouchie,
avec ses oripeaux. Et Gervaise se fâchait également des
sommeils écrasés de Nana, lorsque, après une de ces
fugues, elle dormait jusqu'à midi, dépoitraillée, le chignon
défait et plein encore d'épingles à cheveux, si blanche,
respirant si court, qu'elle semblait morte. Elle la secouait
des cinq ou six fois dans la matinée, en la menaçant de lui
flanquer sur le ventre une potée d'eau. Cette belle fille
fainéante, à moitié nue, toute grasse de vice l'exaspérait

en cuvant ainsi l'amour dont sa chair semblait gonflée, sans pouvoir même se réveiller. Nana ouvrait un œil, le refermait, s'étalait davantage.

Un jour, Gervaise qui lui reprochait sa vie crûment et lui demandait si elle donnait dans les pantalons rouges, pour rentrer cassée à ce point, exécuta enfin sa menace en lui secouant sa main mouillée sur le corps. La petite, furieuse, se roula dans le drap, en criant :

« En voilà assez, n'est-ce pas? maman! Ne causons pas des hommes, ça vaudra mieux. Tu as fait ce que tu as voulu, je fais ce que je veux.

— Comment? comment? bégaya la mère.

— Oui, je ne t'en ai jamais parlé, parce que ça ne me regardait pas; mais tu ne te gênais guère, je t'ai vue assez souvent te promener en chemise, en bas, quand papa ronflait... Ça ne te plaît plus maintenant, mais ça plaît aux autres. Fiche-moi la paix, fallait pas me donner l'exemple! »

Gervaise resta toute pâle, les mains tremblantes, tournant sans savoir ce qu'elle faisait, pendant que Nana, aplatie sur sa gorge, serrant son oreiller entre ses bras, retombait dans l'engourdissement de son sommeil de plomb.

Coupeau grognait, n'ayant même plus l'idée d'allonger des claques. Il perdait la boule, complètement. Et, vraiment, il n'y avait pas à le traiter de père sans moralité, car la boisson lui ôtait toute conscience du bien et du mal.

Maintenant, c'était réglé. Il ne dessoulait pas de six mois, puis il tombait et entrait à Sainte-Anne; une partie de campagne pour lui. Les Lorilleux disaient que M. le duc de Tord-Boyaux se rendait dans ses propriétés. Au bout de quelques semaines, il sortait de l'asile, réparé, recloué, et recommençait à se démolir, jusqu'au jour où, de nouveau sur le flanc, il avait encore besoin d'un raccommodage. En trois ans, il entra ainsi sept fois à Sainte-Anne. Le quartier racontait qu'on lui gardait sa cellule. Mais le vilain de l'histoire était que cet entêté soûlard se cassait davantage chaque fois, si bien que, de rechute en

rechute, on pouvait prévoir la cabriole finale, le dernier
craquement de ce tonneau malade dont les cercles
pétaient les uns après les autres.

Avec ça, il oubliait d'embellir ; un revenant à regarder !
Le poison le travaillait rudement. Son corps imbibé
d'alcool se ratatinait comme les fœtus qui sont dans des
bocaux, chez les pharmaciens. Quand il se mettait
devant une fenêtre, on apercevait le jour au travers de ses
côtes, tant il était maigre. Les joues creuses, les yeux
dégouttants, pleurant assez de cire pour fournir une
cathédrale, il ne gardait que sa truffe de fleurie, belle et
rouge, pareille à un œillet au milieu de sa trogne dévastée.
Ceux qui savaient son âge, quarante ans sonnés, avaient
un petit frisson, lorsqu'il passait, courbé, vacillant,
vieux comme les rues. Et le tremblement de ses mains
redoublait, sa main droite surtout battait tellement la
breloque que, certains jours, il devait prendre son verre
dans ses deux poings, pour le porter à ses lèvres. Oh ! ce
nom de Dieu de tremblement ! c'était la seule chose qui
le taquinât encore, au milieu de sa vacherie générale !
On l'entendait grogner des injures féroces contre ses
mains. D'autres fois, on le voyait pendant des heures en
contemplation devant ses mains qui dansaient, les regardant sauter comme des grenouilles, sans rien dire, ne se
fâchant plus, ayant l'air de chercher quelle mécanique
intérieure pouvait leur faire faire joujou de la sorte ; et,
un soir, Gervaise l'avait trouvé ainsi, avec deux grosses
larmes qui coulaient sur ses joues cuites de pochard.

Le dernier été, pendant lequel Nana traîna chez ses
parents les restes de ses nuits, fut surtout mauvais pour
Coupeau. Sa voix changea complètement, comme si le
fil-en-quatre avait mis une musique nouvelle dans sa
gorge. Il devint sourd d'une oreille. Puis, en quelques
jours, sa vue baissa ; il lui fallait tenir la rampe de l'escalier, s'il ne voulait pas dégringoler. Quant à sa santé, elle
se reposait, comme on dit. Il avait des maux de tête
abominables, des étourdissements qui lui faisaient voir
trente-six chandelles. Tout d'un coup, des douleurs

aiguës le prenaient dans les bras et dans les jambes; il
pâlissait, il était obligé de s'asseoir, et restait sur une chaise
hébété pendant des heures; même, après une de ces
crises, il avait gardé son bras paralysé tout un jour. Plusieurs fois, il s'alita; il se pelotonnait, se cachait sous le
drap, avec le souffle fort et continu d'un animal qui
souffre. Alors, les extravagances de Sainte-Anne recom-
mençaient. Méfiant, inquiet, tourmenté d'une fièvre
ardente, il se roulait dans des rages folles, déchirait ses
blouses, mordait les meubles, de sa mâchoire convulsée;
ou bien il tombait à un grand attendrissement, lâchant
des plaintes de fille, sanglotant et se lamentant de n'être
aimé par personne. Un soir, Gervaise et Nana, qui rentraient ensemble, ne le trouvèrent plus dans son lit. A
sa place, il avait couché le traversin. Et, quand elles le
découvrirent, caché entre le lit et le mur, il claquait des
dents, il racontait que des hommes allaient venir l'assas-
siner. Les deux femmes durent le recoucher et le rassurer
comme un enfant.

Coupeau ne connaissait qu'un remède, se coller sa
chopine de cric, un coup de bâton dans l'estomac, qui le
mettait debout. Tous les matins, il guérissait ainsi sa
pituite. La mémoire avait filé depuis longtemps, son
crâne était vide; et il ne se trouvait pas plus tôt sur les
pieds, qu'il blaguait la maladie. Il n'avait jamais été
malade. Oui, il en était à ce point où l'on crève en disant
qu'on se porte bien. D'ailleurs, il déménageait aussi pour
le reste. Quand Nana rentrait, après les six semaines de
promenade, il semblait croire qu'elle revenait d'une
commission dans le quartier. Souvent, accrochée au
bras d'un monsieur, elle le rencontrait et rigolait, sans
qu'il la reconnût. Enfin, il ne comptait plus, elle se
serait assise sur lui, si elle n'avait pas trouvé de chaise.

Ce fut aux premières gelées que Nana s'esbigna une
fois encore, sous le prétexte d'aller voir chez la fruitière
s'il y avait des poires cuites. Elle sentait l'hiver, elle ne
voulait pas claquer des dents devant le poêle éteint. Les
Coupeau la traitèrent simplement de rosse, parce qu'ils

attendaient les poires. Sans doute elle rentrerait; l'autre
hiver, elle était bien restée trois semaines pour descendre
chercher deux sous de tabac. Mais les mois s'écoulèrent,
la petite ne reparaissait plus. Cette fois, elle avait dû
prendre un fameux galop. Lorsque juin arriva, elle ne
revint pas davantage avec le soleil. Décidément, c'était
fini, elle avait trouvé du pain blanc quelque part. Les
Coupeau, un jour de dèche, vendirent le lit de fer de
l'enfant, six francs tout ronds qu'ils burent à Saint-Ouen.
Ça les encombrait, ce lit.

En juillet, un matin, Virginie appela Gervaise qui
passait, et la pria de donner un coup de main pour la
vaisselle, parce que la veille Lantier avait amené deux
amis à régaler. Et, comme Gervaise lavait la vaisselle,
une vaisselle joliment grasse du gueuleton du chapelier,
celui-ci, en train de digérer encore dans la boutique,
cria tout d'un coup :

« Vous ne savez pas, la mère! j'ai vu Nana, l'autre
jour. »

Virginie, assise au comptoir, l'air soucieux en face des
bocaux et des tiroirs qui se vidaient, hocha furieusement
la tête. Elle se retenait, pour ne pas en lâcher trop long;
car ça finissait par sentir mauvais. Lantier voyait Nana
bien souvent. Oh! elle n'en aurait pas mis la main au feu,
il était homme à faire pire, quand une jupe lui trottait
dans la tête. Mme Lerat, qui venait d'entrer, très liée en
ce moment avec Virginie, dont elle recevait les confidences, fit sa moue pleine de gaillardise, en demandant :

« Dans quel sens l'avez-vous vue?

— Oh! dans le bon sens, répondit le chapelier, très
flatté, riant et frisant ses moustaches. Elle était en voiture; moi, je pataugeais sur le pavé... Vrai, je vous le
jure! Il n'y aurait pas à se défendre, car les fils de famille
qui la tutoient de près sont bigrement heureux! »

Son regard s'était allumé, il se tourna vers Gervaise,
debout au fond de la boutique, en train d'essuyer un
plat.

« Oui, elle était en voiture, et une toilette d'un

chic...! Je ne la reconnaissais pas, tant elle ressemblait à
une dame de la haute, les quenottes blanches dans sa
frimousse fraîche comme une fleur. C'est elle qui m'a
envoyé une risette avec son gant... Elle a fait un vicomte,
je crois. Oh! très lancée! Elle peut se ficher de nous tous,
elle a du bonheur par-dessus la tête, cette gueuse!...
L'amour de petit chat! non, vous n'avez pas idée d'un
petit chat pareil! »

Gervaise essuyait toujours son plat, bien qu'il fût net
et luisant depuis longtemps. Virginie réfléchissait,
inquiète de deux billets qu'elle ne savait pas comment
payer le lendemain; tandis que Lantier, gros et gras,
suant le sucre dont il se nourrissait, emplissait de son
enthousiasme pour les petits trognons bien mis la boutique d'épicerie fine, mangée déjà aux trois quarts, et où
soufflait une odeur de ruine. Oui, il n'avait plus que
quelques pralines à croquer, quelques sucres d'orge à
sucer, pour nettoyer le commerce des Poisson. Tout d'un
coup, il aperçut, sur le trottoir d'en face, le sergent de
ville qui était de service et qui passait boutonné, l'épée
battant la cuisse. Et ça l'égaya davantage. Il força
Virginie à regarder son mari.

« Ah bien! murmura-t-il, il a une bonne tête ce
matin, Badingue!... Attention! il serre trop les fesses, il a
dû se faire coller un œil de verre quelque part, pour
surprendre son monde. »

Quand Gervaise remonta chez elle, elle trouva Coupeau assis au bord du lit, dans l'hébétement d'une de ses
crises. Il regardait le carreau de ses yeux morts. Alors,
elle s'assit elle-même sur une chaise, les membres cassés,
les mains tombées le long de sa jupe sale. Et, pendant
un quart d'heure, elle resta en face de lui, sans rien
dire.

« J'ai eu des nouvelles, murmura-t-elle enfin. On a vu
ta fille... Oui, ta fille est très chic et n'a plus besoin de
toi. Elle est joliment heureuse, celle-là, par exemple!...
Ah! Dieu de Dieu! je donnerais gros pour être à sa
place. »

Coupeau regardait toujours le carreau. Puis, il leva sa face ravagée, il eut un rire d'idiot, en bégayant :

« Dis donc, ma biche, je ne te retiens pas... T'es pas encore trop mal, quand tu te débarbouilles. Tu sais, comme on dit, il n'y a pas si vieille marmite qui ne trouve son couvercle... Dame ! si ça devait mettre du beurre dans les épinards ! »

XII

Ce devait être le samedi après le terme, quelque chose comme le 12 ou le 13 janvier,[1] Gervaise ne savait plus au juste. Elle perdait la boule, parce qu'il y avait des siècles qu'elle ne s'était rien mis de chaud dans le ventre. Ah! quelle semaine infernale! un ratissage complet, deux pains de quatre livres le mardi qui avaient duré jusqu'au jeudi, puis une croûte sèche retrouvée la veille, et pas une miette depuis trente-six heures, une vraie danse devant le buffet! Ce qu'elle savait, par exemple, ce qu'elle sentait sur son dos, c'était le temps de chien, un froid noir, un ciel barbouillé comme le cul d'une poêle, crevant d'une neige qui s'entêtait à ne pas tomber. Quand on a l'hiver et la faim dans les tripes, on peut serrer sa ceinture, ça ne vous nourrit guère.

Peut-être, le soir, Coupeau rapporterait-il de l'argent. Il disait qu'il travaillait. Tout est possible, n'est-ce pas? et Gervaise, attrapée pourtant bien des fois, avait fini par compter sur cet argent-là. Elle, après toutes sortes d'histoires, ne trouvait plus seulement un torchon à laver dans le quartier; même une vieille dame dont elle faisait le ménage, venait de la flanquer dehors, en l'accusant de boire ses liqueurs. On ne voulait d'elle nulle part, elle était brûlée; ce qui l'arrangeait dans le fond, car elle en était tombée à ce point d'abrutissement, où l'on préfère crever que de remuer ses dix doigts. Enfin, si Coupeau rapportait sa paie, on mangerait quelque chose de chaud.

Et, en attendant, comme midi n'avait pas sonné, elle
restait allongée sur la paillasse, parce qu'on a moins
froid et moins faim, lorsqu'on est allongé.

Gervaise appelait ça la paillasse; mais, à la vérité, ça
n'était qu'un tas de paille dans un coin. Peu à peu, le
dodo avait filé chez les revendeurs du quartier. D'abord,
les jours de débine, elle avait décousu le matelas, où elle
prenait des poignées de laine, qu'elle sortait dans son
tablier et vendait dix sous la livre, rue Belhomme.
Ensuite, le matelas vidé, elle s'était fait trente sous de la
toile, un matin, pour se payer du café. Les oreillers
avaient suivi, puis le traversin. Restait le bois de lit,
qu'elle ne pouvait mettre sous son bras, à cause des
Boche, qui auraient ameuté la maison, s'ils avaient vu
s'envoler la garantie du propriétaire. Et cependant, un
soir, aidée de Coupeau, elle guetta les Boche en train de
gueuletonner, et déménagea le lit tranquillement, morceau
par morceau, les bateaux, les dossiers, le cadre de
fond. Avec les dix francs de ce lavage, ils fricotèrent trois
jours. Est-ce que la paillasse ne suffisait pas? Même la
toile était allée rejoindre celle du matelas; ils avaient
ainsi achevé de manger le dodo, se donnant une indigestion de pain, après une fringale de vingt-quatre
heures. On poussait la paille d'un coup de balai, le pous-
sier était toujours retourné, et ça n'était pas plus sale
qu'autre chose.

Sur le tas de paille, Gervaise, tout habillée, se tenait
en chien de fusil, les pattes ramenées sous sa guenille de
jupon, pour avoir plus chaud. Et, pelotonnée, les yeux
grands ouverts, elle remuait des idées pas drôles, ce jour-
là. Ah! non, sacré mâtin! on ne pouvait continuer ainsi à
vivre sans manger! Elle ne sentait plus sa faim; seulement, elle avait un plomb dans l'estomac, tandis que son
crâne lui semblait vide. Bien sûr, ce n'était pas aux quatre
coins de la turne qu'elle trouvait des sujets de gaieté! Un
vrai chenil, maintenant, où les levrettes qui portent des
paletots, dans les rues, ne seraient pas demeurées en
peinture. Ses yeux pâles regardaient les murailles nues.

Depuis longtemps, ma tante avait tout pris. Il restait la commode, la table et une chaise; encore le marbre et les tiroirs de la commode s'étaient-ils évaporés par le même chemin que le bois de lit. Un incendie n'aurait pas mieux nettoyé ça, les petits bibelots avaient fondu, à commencer par la toquante, une montre de douze francs, jusqu'aux photographies de la famille, dont une marchande lui avait acheté les cadres; une marchande bien complaisante, chez laquelle elle portait une casserole, un fer à repasser, un peigne, et qui lui allongeait cinq sous, trois sous, deux sous, selon l'objet, de quoi remonter avec un morceau de pain. A présent, il ne restait plus qu'une vieille paire de mouchettes cassée, dont la marchande lui refusait un sou. Oh! si elle avait su à qui vendre les ordures, la poussière et la crasse, elle aurait vite ouvert boutique, car la chambre était d'une jolie saleté! Elle n'apercevait que des toiles d'araignées, dans les coins, et les toiles d'araignées sont peut-être bonnes pour les coupures, mais il n'y a pas encore de négociant qui les achète. Alors, la tête tournée, lâchant l'espoir de faire du commerce, elle se recroquevillait davantage sur sa paillasse, elle préférait regarder par la fenêtre le ciel chargé de neige, un jour triste qui lui glaçait la moelle des os.

Que d'embêtements! A quoi bon se mettre dans tous ses états et se turlupiner la cervelle? Si elle avait pu pioncer au moins! Mais sa pétaudière de cambuse lui trottait par la tête. M. Marescot, le propriétaire, était venu lui-même, la veille, leur dire qu'il les expulserait, s'ils n'avaient pas payé les deux termes arriérés dans les huit jours. Eh bien, il les expulserait, ils ne seraient certainement pas plus mal sur le pavé! Voyez-vous ce sagouin avec son pardessus et ses gants de laine, qui montait leur parler des termes, comme s'ils avaient eu un boursicot caché quelque part! Nom d'un chien! au lieu de se serrer le gaviot, elle aurait commencé par se coller quelque chose dans les badigoinces! Vrai, elle le trouvait trop rossard, cet entripaillé, elle l'avait où vous savez, et profondément encore! C'était comme sa bête brute de Cou-

peau, qui ne pouvait plus rentrer sans lui tomber sur le
casaquin : elle le mettait dans le même endroit que
le propriétaire. A cette heure, son endroit devait être
bigrement large, car elle y envoyait tout le monde, tant
elle aurait voulu se débarrasser du monde et de la vie.
Elle devenait un vrai grenier à coups de poing. Coupeau
avait un gourdin qu'il appelait son éventail à bourrique;
et il éventait la bourgeoise, fallait voir! des suées abominables, dont elle sortait en nage. Elle, pas trop bonne non
plus, mordait et griffait. Alors, on se trépignait dans la
chambre vide, des peignées à se faire passer le goût du
pain. Mais elle finissait par se ficher des dégelées comme
du reste. Coupeau pouvait faire la Saint-Lundi des
semaines entières, tirer des bordées qui duraient des mois,
rentrer fou de boisson et vouloir la réguiser, elle s'était
habituée, elle le trouvait tannant, pas davantage. Et
c'était ces jours-là, qu'elle l'avait dans le derrière. Oui,
dans le derrière, son cochon d'homme! dans le derrière,
les Lorilleux, les Boche et les Poisson! dans le derrière,
le quartier qui la méprisait! Tout Paris y entrait, et elle
l'y enfonçait d'une tape, avec un geste de suprême
indifférence, heureuse et vengée pourtant de le fourrer
là.

Par malheur, si l'on s'accoutume à tout, on n'a pas
encore pu prendre l'habitude de ne point manger. C'était
uniquement là ce qui défrisait Gervaise. Elle se moquait
d'être la dernière des dernières, au fin fond du ruisseau,
et de voir les gens s'essuyer, quand elle passait près d'eux.
Les mauvaises manières ne la gênaient plus, tandis que la
faim lui tordait toujours les boyaux. Oh! elle avait dit
adieu aux petits plats, elle était descendue à dévorer tout
ce qu'elle trouvait. Les jours de noce, maintenant, elle
achetait chez le boucher des déchets de viande à quatre
sous la livre, las de traîner et de noircir dans une assiette;
et elle mettait ça avec une potée de pommes de terre,
qu'elle touillait au fond d'un poêlon. Ou bien elle fricassait un cœur de bœuf, un rata dont elle se léchait les
lèvres. D'autres fois, quand elle avait du vin, elle se payait

une trempette, une vraie soupe de perroquet. Les deux sous de fromage d'Italie, les boisseaux de pommes blanches, les quarts de haricots secs cuits dans leur jus, étaient encore des régals qu'elle ne pouvait plus se donner souvent. Elle tombait aux arlequins, dans les gargots borgnes, où, pour un sou, elle avait des tas d'arêtes de poisson mêlées à des rognures de rôti gâté. Elle tombait plus bas, mendiait chez un restaurateur charitable les croûtes des clients, et faisait une panade, en les laissant mitonner le plus longtemps possible sur le fourneau d'un voisin. Elle en arrivait, les matins de fringale, à rôder avec les chiens, pour voir aux portes des marchands, avant le passage des boueux ; et c'était ainsi qu'elle avait parfois des plats de riches, des melons pourris, des maquereaux tournés, des côtelettes dont elle visitait le manche, par crainte des asticots. Oui, elle en était là ; ça répugne les délicats, cette idée ; mais si les délicats n'avaient rien tortillé de trois jours, nous verrions un peu s'ils bouderaient contre leur ventre ; ils se mettraient à quatre pattes et mangeraient aux ordures comme les camarades. Ah ! la crevaison des pauvres, les entrailles vides qui crient la faim, le besoin des bêtes claquant des dents et s'empiffrant de choses immondes, dans ce grand Paris si doré et si flambant ! Et dire que Gervaise s'était fichu des ventrées d'oie grasse ! Maintenant, elle pouvait s'en torcher le nez. Un jour, Coupeau lui ayant chipé deux bons de pain pour les revendre et les boire, elle avait failli le tuer d'un coup de pelle, affamée, enragée par le vol de ce morceau de pain.

Cependant, à force de regarder le ciel blafard, elle s'était endormie d'un petit sommeil pénible. Elle rêvait que ce ciel chargé de neige crevait sur elle, tant le froid la pinçait. Brusquement, elle se mit debout, réveillée en sursaut par un grand frisson d'angoisse. Mon Dieu ! est-ce qu'elle allait mourir ? Grelottante, bavarde, elle vit qu'il faisait jour encore. La nuit ne viendrait donc pas ! Comme le temps est long, quand on n'a rien dans le ventre ! Son estomac s'éveillait, lui aussi, et la torturait.

Tombée sur la chaise, la tête basse, les mains entre les cuisses pour se réchauffer, elle calculait déjà le dîner, dès que Coupeau apporterait l'argent : un pain, un litre, deux portions de gras-double à la lyonnaise. Trois heures sonnèrent au coucou du père Bazouge. Il n'était que trois heures. Alors elle pleura. Jamais elle n'aurait la force d'attendre sept heures. Elle avait un balancement de tout son corps, le dandinement d'une petite fille qui berce sa grosse douleur, pliée en deux, s'écrasant l'estomac, pour ne plus le sentir. Ah ! il vaut mieux accoucher que d'avoir faim ! Et, ne se soulageant pas, prise d'une rage, elle se leva, piétina, espérant rendormir sa faim comme un enfant qu'on promène. Pendant une demi-heure, elle se cogna aux quatre coins de la chambre vide. Puis, tout d'un coup, elle s'arrêta, les yeux fixes. Tant pis ! ils diraient ce qu'ils diraient, elle leur lécherait les pieds s'ils voulaient, mais elle allait emprunter dix sous aux Lorilleux.

L'hiver, dans cet escalier de la maison, l'escalier des pouilleux, c'étaient de continuels emprunts de dix sous, de vingt sous, des petits services que ces meurt-de-faim se rendaient les uns aux autres. Seulement, on serait plutôt mort que de s'adresser aux Lorilleux, parce qu'on les savait trop durs à la détente. Gervaise, en allant frapper chez eux, montrait un beau courage. Elle avait si peur, dans le corridor, qu'elle éprouva ce brusque soulagement des gens qui sonnent chez les dentistes.

« Entrez ! » cria la voix aigre du chaîniste.

Comme il faisait bon, là-dedans ! La forge flambait, allumait l'étroit atelier de sa flamme blanche, pendant que Mme Lorilleux mettait à recuire une pelote de fil d'or. Lorilleux, devant son établi, suait, tant il avait chaud, en train de souder des maillons au chalumeau. Et ça sentait bon, une soupe aux choux mijotait sur le poêle, exhalant une vapeur qui retournait le cœur de Gervaise et la faisait s'évanouir.

« Ah ! c'est vous, grogna Mme Lorilleux, sans lui dire seulement de s'asseoir. Qu'est-ce que vous voulez ? »

Gervaise ne répondit pas. Elle n'était pas trop mal avec les Lorilleux, cette semaine-là. Mais la demande des dix sous lui restait dans la gorge, parce qu'elle venait d'apercevoir Boche, carrément assis près du poêle, en train de faire des cancans. Il avait un air de se ficher du monde, cet animal! Il riait comme un cul, le trou de la bouche arrondi, et les joues tellement bouffies qu'elles lui cachaient le nez; un vrai cul, enfin!

« Qu'est-ce que vous voulez? répéta Lorilleux.

— Vous n'avez pas vu Coupeau? finit par balbutier Gervaise. Je le croyais ici. »

Les chaînistes et le concierge ricanèrent. Non, bien sûr, ils n'avaient pas vu Coupeau. Ils n'offraient pas assez de petits verres pour voir Coupeau comme ça. Gervaise fit un effort et reprit en bégayant :

« C'est qu'il m'avait promis de rentrer... Oui, il doit m'apporter de l'argent... Et comme j'ai absolument besoin de quelque chose... »

Un gros silence régna. Mme Lorilleux éventait rudement le feu de la forge, Lorilleux avait baissé le nez sur le bout de chaîne qui s'allongeait entre ses doigts, tandis que Boche gardait son rire de pleine lune, le trou de la bouche si rond, qu'on éprouvait l'envie d'y fourrer le doigt, pour voir.

« Si j'avais seulement dix sous », murmura Gervaise à voix basse.

Le silence continua.

« Vous ne pourriez pas me prêter dix sous?... Oh! je vous les rendrais ce soir! »

Mme Lorilleux se tourna et la regarda fixement. En voilà une peloteuse qui venait les embobiner. Aujourd'hui, elle les tapait de dix sous, demain ce serait de vingt, et il n'y avait plus de raison pour s'arrêter. Non, non, pas de ça. Mardi, s'il fait chaud.

« Mais, ma chère, cria-t-elle, vous savez bien que nous n'avons pas d'argent! Tenez, voilà la doublure de ma poche. Vous pouvez nous fouiller... Ce serait de bon cœur, naturellement.

— Le cœur y est toujours, grogna Lorilleux ; seulement, quand on ne peut pas, on ne peut pas. »

Gervaise, très humble, les approuvait de la tête. Cependant, elle ne s'en allait pas, elle guignait l'or du coin de
l'œil, les liasses d'or pendues au mur, le fil d'or que la
femme tirait à la filière de toute la force de ses petits bras,
les maillons d'or en tas sous les doigts noueux du mari.
Et elle pensait qu'un bout de ce vilain métal noirâtre
aurait suffi pour se payer un bon dîner. Ce jour-là, l'atelier avait beau être sale, avec ses vieux fers, sa poussière
de charbon, sa crasse des huiles mal essuyées, elle le
voyait resplendissant de richesses, comme la boutique
d'un changeur. Aussi se risqua-t-elle à répéter, doucement :

« Je vous les rendrais, je vous les rendrais, bien sûr...
Dix sous, ça ne vous gênerait pas. »

Elle avait le cœur tout gonflé, en ne voulant pas avouer
qu'elle se brossait le ventre depuis la veille. Puis, elle
sentit ses jambes qui se cassaient, elle eut peur de fondre
en larmes, bégayant encore :

« Vous seriez si gentils !... Vous ne pouvez pas savoir...
Oui, j'en suis là, mon Dieu ! j'en suis là... »

Alors, les Lorilleux pincèrent les lèvres et échangèrent
un mince regard. La Banban mendiait, à cette heure !
Eh bien, le plongeon était complet. C'est eux qui n'aimaient pas ça ! S'ils avaient su, ils se seraient barricadés,
parce qu'on doit toujours être sur l'œil avec les mendiants,
des gens qui s'introduisent dans les appartements sous
des prétextes, et qui filent en déménageant les objets
précieux. D'autant plus que, chez eux, il y avait de quoi
voler ; on pouvait envoyer les doigts partout, et en emporter des trente et des quarante francs, rien qu'en fermant
le poing. Déjà plusieurs fois, ils s'étaient méfiés, en remar-
quant la drôle de figure de Gervaise, quand elle se plan-
tait devant l'or. Cette fois, par exemple, ils allaient la
surveiller. Et, comme elle s'approchait davantage, les
pieds sur la claie de bois, le chaîniste lui cria rudement,
sans répondre davantage à sa demande :

« Dites donc ! faites un peu attention, vous allez
encore emporter des brins d'or à vos semelles. Vrai,
on dirait que vous avez là-dessous de la graisse, pour
que ça colle. »

Gervaise, lentement, recula. Elle s'était appuyée un
instant à une étagère, et voyant Mme Lorilleux lui examiner les mains, elle les ouvrit toutes grandes, les montra,
disant de sa voix molle, sans se fâcher, en femme tombée
qui accepte tout :

« Je n'ai rien pris, vous pouvez regarder. »

Et elle s'en alla, parce que l'odeur forte de la soupe
aux choux et la bonne chaleur de l'atelier la rendaient
trop malade.

Ah ! pour le coup, les Lorilleux ne la retinrent pas !
Bon voyage, du diable s'ils lui ouvraient encore ! Ils
avaient assez vu sa figure, ils ne voulaient pas chez eux
de la misère des autres, quand cette misère était méritée.
Et ils se laissèrent aller à une grosse jouissance d'égoïsme,
en se trouvant calés, bien au chaud, avec la perspective
d'une fameuse soupe. Boche aussi s'étalait, enflant encore
ses joues, si bien que son rire devenait malpropre. Ils se
trouvaient tous joliment vengés des anciennes manières
de la Banban, de la boutique bleue, des gueuletons, et
du reste. C'était trop réussi, ça prouvait où conduisait
l'amour de la frigousse. Au rancart les gourmandes, les
paresseuses et les dévergondées !

« Que ça de genre ! ça vient quémander des dix sous !
s'écria Mme Lorilleux derrière le dos de Gervaise. Oui,
je t'en fiche, je vas lui prêter dix sous tout de suite, pour
qu'elle aille boire la goutte ! »

Gervaise traîna ses savates dans le corridor, alourdie,
pliant les épaules. Quand elle fut à sa porte, elle n'entra
pas, sa chambre lui faisait peur. Autant marcher, elle
aurait plus chaud et prendrait patience. En passant, elle
allongea le cou dans la niche du père Bru, sous l'escalier ;
encore un, celui-là, qui devait avoir un bel appétit, car il
déjeunait et dînait par cœur depuis trois jours ; mais il
n'était pas là, il n'y avait que son trou, et elle éprouva

une jalousie, en s'imaginant qu'on pouvait l'avoir invité quelque part. Puis, comme elle arrivait devant les Bijard, elle entendit des plaintes, elle entra, la clef étant toujours sur la serrure.

« Qu'est-ce qu'il y a donc? » demanda-t-elle.

La chambre était très propre. On voyait bien que Lalie avait, le matin encore, balayé et rangé les affaires. La misère avait beau souffler là-dedans, emporter les frusques, étaler sa ribambelle d'ordures, Lalie venait derrière, et récurait tout, et donnait aux choses un air gentil. Si ce n'était pas riche, ça sentait bon la ménagère, chez elle. Ce jour-là, ses deux enfants, Henriette et Jules, avaient trouvé de vieilles images, qu'ils découpaient tranquillement dans un coin. Mais Gervaise fut toute surprise de trouver Lalie couchée, sur son étroit lit de sangle, le drap au menton, très pâle. Elle couchée, par exemple! elle était donc bien malade!

« Qu'est-ce que vous avez? » répéta Gervaise, inquiète.

Lalie ne se plaignit plus. Elle souleva lentement ses paupières blanches, et voulut sourire de ses lèvres qu'un frisson convulsait.

« Je n'ai rien, souffla-t-elle très bas, oh! bien vrai, rien du tout. »

Puis, les yeux refermés, avec un effort :

« J'étais trop fatiguée tous ces jours-ci, alors je fiche la paresse, je me dorlote, vous voyez. »

Mais son visage de gamine, marbré de taches livides, prenait une telle expression de douleur suprême, que Gervaise, oubliant sa propre agonie, joignit les mains et tomba à genoux près d'elle. Depuis un mois, elle la voyait se tenir aux murs pour marcher, pliée en deux par une toux qui sonnait joliment le sapin. La petite ne pouvait même plus tousser. Elle eut un hoquet, des filets de sang coulèrent aux coins de sa bouche.

« Ce n'est pas ma faute, je ne me sens guère forte, murmura-t-elle comme soulagée. Je me suis traînée, j'ai mis un peu d'ordre... C'est assez propre, n'est-ce pas?... Et je voulais nettoyer les vitres, mais les jambes m'ont

manqué. Est-ce bête! Enfin, quand on a fini, on se
couche. »

Elle s'interrompit, pour dire :

« Voyez donc si mes enfants ne se coupent pas avec
leurs ciseaux. »

Et elle se tut, tremblante, écoutant un pas lourd qui
montait l'escalier. Brutalement, le père Bijard poussa la
porte. Il avait son coup de bouteille comme à l'ordinaire,
les yeux flambants de la folie furieuse du vitriol. Quand
il aperçut Lalie couchée, il tapa sur ses cuisses avec un
ricanement, il décrocha le grand fouet, en grognant :

« Ah! nom de Dieu, c'est trop fort! nous allons rire!...
Les vaches se mettent à la paille en plein midi, maintenant!... Est-ce que tu te moques des paroissiens, sacré
feignante?... Allons, houp! décanillons! »

Il faisait déjà claquer le fouet au-dessus du lit. Mais
l'enfant, suppliante, répétait :

« Non, papa, je t'en prie, ne frappe pas... Je te jure
que tu aurais du chagrin... Ne frappe pas.

— Veux-tu sauter, gueula-t-il plus fort, ou je te chatouille les côtes!... Veux-tu sauter, bougre de rosse! »

Alors, elle dit doucement :

« Je ne puis pas, comprends-tu?... Je vais mourir. »

Gervaise s'était jetée sur Bijard et lui arrachait le fouet.
Lui, hébété, restait devant le lit de sangle. Qu'est-ce
qu'elle chantait là, cette morveuse? Est-ce qu'on meurt si
jeune, quand on n'a pas été malade! Quelque frime pour
se faire donner du sucre! Ah! il allait se renseigner, et si
elle mentait!

« Tu verras, c'est la vérité, continua-t-elle. Tant que
j'ai pu, je vous ai évité de la peine... Sois gentil, à cette
heure, et dis-moi adieu, papa. »

Bijard tortillait son nez, de peur d'être mis dedans.
C'était pourtant vrai qu'elle avait une drôle de figure,
une figure allongée et sérieuse de grande personne. Le
souffle de la mort, qui passait dans la chambre, le dessoulait. Il promena un regard autour de lui, de l'air d'un
homme tiré d'un long sommeil, vit le ménage en ordre,

les deux enfants débarbouillés, en train de jouer et de
rire. Et il tomba sur une chaise, balbutiant :

« Notre petite mère, notre petite mère... »

Il ne trouvait que ça, et c'était déjà bien tendre pour
Lalie, qui n'avait jamais été tant gâtée. Elle consola son
père. Elle était surtout ennuyée de s'en aller ainsi, avant
d'avoir élevé tout à fait ses enfants. Il en prendrait soin,
n'est-ce pas? Elle lui donna de sa voix mourante des
détails sur la façon de les arranger, de les tenir propres.
Lui, abruti, repris par les fumées de l'ivresse, roulait
la tête en la regardant passer de ses yeux ronds. Ça
remuait en lui toutes sortes de choses; mais il ne trouvait plus rien, et avait la couenne trop brûlée pour
pleurer.

« Écoute encore, reprit Lalie après un silence. Nous
devons quatre francs sept sous au boulanger; il faudra
payer ça... Mme Gaudron a un fer à nous que tu lui
réclameras... Ce soir, je n'ai pas pu faire de la soupe, mais
il reste du pain, et tu mettras chauffer les pommes de
terre... »

Jusqu'à son dernier râle, ce pauvre chat restait la
petite mère de tout son monde. En voilà une qu'on ne
remplacerait pas, bien sûr! Elle mourait d'avoir eu à son
âge la raison d'une vraie mère, la poitrine encore trop
tendre et trop étroite pour contenir une aussi large maternité. Et, s'il perdait ce trésor, c'était bien la faute de sa
bête féroce de père. Après avoir tué la maman d'un coup
de pied, est-ce qu'il ne venait pas de massacrer la fille!
Les deux bons anges seraient dans la fosse, et lui n'aurait
plus qu'à crever comme un chien au coin d'une borne.

Gervaise, cependant, se retenait pour ne pas éclater
en sanglots. Elle tendait les mains, avec le désir de soulager l'enfant; et, comme le lambeau de drap glissait, elle
voulut le rabattre et arranger le lit. Alors, le pauvre petit
corps de la mourante apparut. Ah! Seigneur! quelle
misère et quelle pitié! Les pierres auraient pleuré. Lalie
était toute nue, un reste de camisole aux épaules en guise
de chemise; oui, toute nue, et d'une nudité saignante

et douloureuse de martyre. Elle n'avait plus de chair,
les os trouaient la peau. Sur les côtes, de minces zébrures
violettes descendaient jusqu'aux cuisses, les cinglements
du fouet imprimés là tout vifs. Une tache livide cerclait
le bras gauche, comme si la mâchoire d'un étau avait
broyé ce membre si tendre, pas plus gros qu'une allumette. La jambe droite montrait une déchirure mal
fermée, quelque mauvais coup rouvert chaque matin en
trottant pour faire le ménage. Des pieds à la tête, elle
n'était qu'un noir. Oh! ce massacre de l'enfance, ces
lourdes pattes d'homme écrasant cet amour de quiqui,
cette abomination de tant de faiblesse râlant sous une
pareille croix! On adore dans les églises des saintes fouet-
tées dont la nudité est moins pure. Gervaise, de nouveau,
s'était accroupie, ne songeant plus à tirer le drap, renversée par la vue de ce rien du tout pitoyable, aplati au
fond du lit; et ses lèvres tremblantes cherchaient des
prières.

« Madame Coupeau, murmura la petite, je vous en
prie... »

De ses bras trop courts, elle cherchait à rabattre le
drap, toute pudique, prise de honte pour son père. Bijard,
stupide, les yeux sur ce cadavre qu'il avait fait, roulait
toujours la tête, du mouvement ralenti d'un animal qui
a de l'embêtement.

Et quand elle eut recouvert Lalie, Gervaise ne put
rester là davantage. La mourante s'affaiblissait, ne parlant plus, n'ayant plus que son regard, son ancien regard
noir de petite fille résignée et songeuse, qu'elle fixait sur
ses deux enfants, en train de découper leurs images. La
chambre s'emplissait d'ombre, Bijard cuvait sa bordée
dans l'hébétement de cette agonie. Non, non, la vie était
trop abominable! Ah! quelle sale chose! ah! quelle sale
chose! Et Gervaise partit, descendit l'escalier, sans savoir,
la tête perdue, si gonflée d'emmerdement qu'elle se serait
volontiers allongée sous les roues d'un omnibus, pour en
finir.

Tout en courant, en bougonnant contre le sacré sort,

elle se trouva devant la porte du patron, où Coupeau
prétendait travailler. Ses jambes l'avaient conduite là,
son estomac reprenait sa chanson, la complainte de la
faim en quatre-vingt-dix couplets, une complainte qu'elle
savait par cœur. De cette manière, si elle pinçait Coupeau
à la sortie, elle mettrait la main sur la monnaie, elle achè-
terait les provisions. Une petite heure d'attente au plus,
elle avalerait bien encore ça, elle qui se suçait les pouces
depuis la veille.

C'était rue de la Charbonnière, à l'angle de la rue de
Chartres, un fichu carrefour dans lequel le vent jouait
aux quatre coins. Nom d'un chien! il ne faisait pas chaud,
à arpenter le pavé. Encore si l'on avait eu des fourrures!
Le ciel restait d'une vilaine couleur de plomb, et la
neige, amassée là-haut, coiffait le quartier d'une calotte
de glace. Rien ne tombait, mais il y avait un gros silence
en l'air, qui apprêtait pour Paris un déguisement complet,
une jolie robe de bal, blanche et neuve. Gervaise levait le
nez, en priant le Bon Dieu de ne pas lâcher sa mousseline tout de suite. Elle tapait des pieds, regardait une boutique d'épicier, en face, puis tournait les talons, parce que
c'était inutile de se donner trop faim à l'avance. Le carrefour n'offrait pas de distractions. Les quelques passants
filaient roides, entortillés dans des cache-nez; car, naturellement, on ne flâne pas, quand le froid vous serre les
fesses. Cependant, Gervaise aperçut quatre ou cinq femmes qui montaient la garde comme elle, à la porte du
maître zingueur; encore des malheureuses, bien sûr, des
épouses guettant la paie, pour l'empêcher de s'envoler
chez le marchand de vin. Il y avait une grande haridelle,
une figure de gendarme, collée contre le mur, prête à
sauter sur le dos de son homme. Une petite, toute noire,
l'air humble et délicat, se promenait de l'autre côté
de la chaussée. Une autre, empotée, avait amené ses deux
mioches, qu'elle traînait à droite et à gauche, grelottant
et pleurant. Et toutes, Gervaise comme ses camarades de
faction, passaient et repassaient, en se jetant des coups
d'œil obliques, sans se parler. Une agréable rencontre,

ah! oui, je t'en fiche! Elles n'avaient pas besoin de lier
connaissance, pour connaître leur numéro. Elles logeaient
toutes à la même enseigne chez misère et compagnie. Ça
donnait plus froid encore, de les voir piétiner et se croiser
silencieusement, dans cette terrible température de
janvier.

Pourtant, pas un chat ne sortait de chez le patron.
Enfin, un ouvrier parut, puis deux, puis trois; mais
ceux-là, sans doute, étaient de bons zigs, qui rapportaient fidèlement leur prêt, car ils eurent un hochement de
tête en apercevant les ombres rôdant devant l'atelier.
La grande haridelle se collait davantage à côté de la
porte; et, tout d'un coup, elle tomba sur un petit homme
pâlot, en train d'allonger prudemment la tête. Oh! ce fut
vite réglé! elle le fouilla, lui ratissa la monnaie. Pincé,
plus de braise, pas de quoi boire une goutte! Alors, le
petit homme, vexé et désespéré, suivit son gendarme
en pleurant de grosses larmes d'enfant. Des ouvriers sortaient toujours, et comme la forte commère, avec ses deux
mioches, s'était approchée, un grand brun, l'air roublard,
qui l'aperçut, rentra vivement pour prévenir le mari;
lorsque celui-ci arriva en se dandinant, il avait étouffé
deux roues de derrière, deux belles pièces de cent sous
neuves, une dans chaque soulier. Il prit l'un de ses gosses
sur son bras, il s'en alla en contant des craques à sa bourgeoise qui le querellait. Il y en avait de rigolos, sautant
d'un bond dans la rue, pressés de courir béquiller leur
quinzaine avec les amis. Il y en avait aussi de lugubres, la
mine rafalée, serrant dans leur poing crispé les trois ou
quatre journées sur quinze qu'ils avaient faites, se traitant de feignants et faisant des serments d'ivrogne. Mais
le plus triste, c'était la douleur de la petite femme noire,
humble et délicate : son homme, un beau garçon, venait
de se cavaler sous son nez, si brutalement qu'il avait
failli la jeter par terre; et elle rentrait seule, chancelant
le long des boutiques, pleurant toutes les larmes de son
corps.

Enfin, le défilé avait cessé. Gervaise, droite au milieu de

la rue, regardait la porte. Ça commençait à sentir mauvais. Deux ouvriers attardés se montrèrent encore, mais
toujours pas de Coupeau. Et, comme elle demandait aux
ouvriers si Coupeau n'allait pas sortir, eux, qui étaient à la
couleur, lui répondirent en blaguant que le camarade
venait tout juste de filer avec Lantimêche par une porte
de derrière, pour mener les poules pisser. Gervaise comprit. Encore une menterie de Coupeau, elle pouvait
aller voir s'il pleuvait! Alors, lentement, traînant sa
paire de ripatons éculés, elle descendit la rue de la Charbonnière. Son dîner courait joliment devant elle, et elle
le regardait courir, dans le crépuscule jaune, avec un
petit frisson. Cette fois, c'était fini. Pas un fifrelin, plus un
espoir, plus que de la nuit et de la faim. Ah! une belle
nuit de crevaison, cette nuit sale qui tombait sur ses
épaules!

Elle montait lourdement la rue des Poissonniers, lorsqu'elle entendit la voix de Coupeau. Oui, il était là, à la
Petite-Civette, en train de se faire payer une tournée par
Mes-Bottes. Ce farceur de Mes-Bottes, vers la fin de l'été,
avait eu le truc d'épouser pour de vrai une dame, très
décatie déjà; mais qui possédait de beaux restes; oh! une
dame de la rue des Martyrs, pas de la gnognote de barrière. Et il fallait voir cet heureux mortel, vivant en bourgeois, les mains dans les poches, bien vêtu, bien nourri.
On ne le reconnaissait plus, tellement il était gras. Les
camarades disaient que sa femme avait de l'ouvrage
tant qu'elle voulait chez des messieurs de sa connaissance.
Une femme comme ça et une maison de campagne,
c'est tout ce qu'on peut désirer pour embellir la vie. Aussi
Coupeau guignait-il Mes-Bottes avec admiration. Est-ce
que le lascar n'avait pas jusqu'à une bague d'or au
petit doigt!

Gervaise posa la main sur l'épaule de Coupeau, au
moment où il sortait de la *Petite-Civette*.

« Dis donc, j'attends, moi... J'ai faim. C'est tout ce que
tu paies. »

Mais il lui riva son clou de la belle façon.

« T'as faim, mange ton poing!... Et garde l'autre pour
demain. »

C'est lui qui trouvait ça patagueule, de jouer le drame
devant le monde! Eh bien, quoi! il n'avait pas travaillé,
les boulangers pétrissaient tout de même. Elle le prenait
peut-être pour un dépuceleur de nourrices, à venir
l'intimider avec ses histoires.

« Tu veux donc que je vole », murmura-t-elle d'une
voix sourde.

Mes-Bottes se caressait le menton d'un air conciliant.

« Non, ça, c'est défendu, dit-il. Mais quand une femme
sait se retourner... »

Et Coupeau l'interrompit pour crier bravo! Oui, une
femme devait savoir se retourner. Mais la sienne avait
toujours été une guimbarde, un tas. Ce serait sa faute,
s'ils crevaient sur la paille. Puis, il retomba dans son
admiration devant Mes-Bottes. Était-il assez suiffard,
l'animal! Un vrai propriétaire; du linge blanc et des
escarpins un peu chouettes! Fichtre! ce n'était pas de la
ripopée! En voilà un au moins dont la bourgeoise menait
bien la barque!

Les deux hommes descendaient vers le boulevard extérieur. Gervaise les suivait. Au bout d'un silence, elle
reprit, derrière Coupeau :

« J'ai faim, tu sais... J'ai compté sur toi. Faut me
trouver quelque chose à claquer. »

Il ne répondit pas, et elle répéta sur un ton navrant
d'agonie :

« Alors, c'est tout ce que tu paies?

— Mais, nom de Dieu! puisque je n'ai rien! gueula-
t-il, en se retournant furieusement. Lâche-moi, n'est-ce
pas? ou je cogne! »

Il levait déjà le poing. Elle recula et parut prendre une
décision.

« Va, je te laisse, je trouverai bien un homme. »

Du coup, le zingueur rigola. Il affectait de prendre la
chose en blague, il la poussait, sans en avoir l'air. Par
exemple c'était une riche idée! Le soir, aux lumières, elle

pouvait encore faire des conquêtes. Si elle levait un
homme, il lui recommandait le restaurant du *Capucin*,[1] où
il y avait des petits cabinets dans lesquels on mangeait
parfaitement. Et, comme elle s'en allait sur le boulevard
extérieur, blême et farouche, il lui cria encore :

« Écoute donc, rapporte-moi du dessert, moi j'aime
les gâteaux... Et, si ton monsieur est bien nippé, demande-
lui un vieux paletot, j'en ferai mon beurre. »

Gervaise, poursuivie par ce bagou infernal, marchait
vite. Puis, elle se trouva seule au milieu de la foule, elle
ralentit le pas. Elle était bien résolue. Entre voler et
faire ça, elle aimait mieux faire ça, parce qu'au moins elle
ne causerait du tort à personne. Elle n'allait jamais dis-
poser que de son bien. Sans doute, ce n'était guère propre ; mais le propre et le pas propre se brouillaient dans
sa caboche, à cette heure ; quand on crève de faim, on ne
cause pas tant philosophie, on mange le pain qui se présente. Elle était remontée jusqu'à la chaussée Clignancourt. La nuit n'en finissait plus d'arriver. Alors, en
attendant, elle suivit les boulevards, comme une dame
qui prend l'air avant de rentrer pour la soupe.

Ce quartier, où elle éprouvait une honte, tant il embellissait, s'ouvrait maintenant de toutes parts au grand air.
Le boulevard Magenta, montant du cœur de Paris, et le
boulevard Ornano, s'en allant dans la campagne,
l'avaient troué à l'ancienne barrière, un fier abattis de
maisons, deux vastes avenues encore blanches de plâtre,
qui gardaient à leurs flancs les rues du Faubourg-Poissonnière et des Poissonniers, dont les bouts s'enfonçaient,
écornés, mutilés, tordus comme des boyaux sombres.
Depuis longtemps, la démolition du mur de l'octroi avait
déjà élargi les boulevards extérieurs, avec les chaussées
latérales et le terre-plein au milieu pour les piétons,
planté de quatre rangées de petits platanes. C'était un
carrefour immense débouchant au loin sur l'horizon, par
des voies sans fin, grouillantes de foule, se noyant dans
le chaos perdu des constructions. Mais, parmi les hautes
maisons neuves, bien des masures branlantes restaient

debout; entre les façades sculptées, des enfoncements
noirs se creusaient, des chenils bâillaient, étalant les
loques de leurs fenêtres. Sous le luxe montant de Paris,
la misère du faubourg crevait et salissait ce chantier
d'une ville nouvelle, si hâtivement bâtie.

Perdue dans la cohue du large trottoir, le long des
petits platanes, Gervaise se sentait seule et abandonnée.
Ces échappées d'avenues, tout là-bas, lui vidaient
l'estomac davantage; et dire que, parmi ce flot de monde,
où il y avait pourtant des gens à leur aise, pas un chrétien
ne devinait sa situation et ne lui glissait dix sous dans la
main! Oui, c'était trop grand, c'était trop beau, sa tête
tournait et ses jambes s'en allaient, sous ce pan démesuré
de ciel gris, tendu au-dessus d'un si vaste espace. Le
crépuscule avait cette sale couleur jaune des crépuscules
parisiens, une couleur qui donne envie de mourir tout
de suite, tellement la vie des rues semble laide. L'heure
devenait louche, les lointains se brouillaient d'une teinte
boueuse. Gervaise, déjà lasse, tombait justement en plein
dans la rentrée des ouvriers. A cette heure, les dames en
chapeau, les messieurs bien mis habitant les maisons
neuves, étaient noyés au milieu du peuple, des proces-
sions d'hommes et de femmes encore blêmes de l'air vicié
des ateliers. Le boulevard Magenta et la rue du Faubourg-Poissonnière en lâchaient des bandes, essoufflées de
la montée. Dans le roulement plus assourdi des omnibus
et des fiacres, parmi les haquets, les tapissières, les far-
diers, qui rentraient vides et au galop, un pullulement
toujours croissant de blouses et de bourgerons couvrait
la chaussée. Les commissionnaires revenaient, leurs
crochets sur les épaules. Deux ouvriers, allongeant le pas,
faisaient côte à côte de grandes enjambées, en parlant très
fort, avec des gestes, sans se regarder; d'autres, seuls, en
paletot et en casquette, marchaient au bord du trottoir,
le nez baissé; d'autres venaient par cinq ou six, se suivant et n'échangeant pas une parole, les mains dans les
poches, les yeux pâles. Quelques-uns gardaient leurs
pipes éteintes entre les dents. Des maçons, dans un sapin,

qu'ils avaient frété à quatre, et sur lequel dansaient leurs
auges, passaient en montrant leurs faces blanches aux
portières. Des peintres balançaient leurs pots à couleur ;
un zingueur rapportait une longue échelle, dont il manquait d'éborgner le monde ; tandis qu'un fontainier,
attardé, avec sa boîte sur le dos, jouait l'air du bon roi
Dagobert dans sa petite trompette, un air de tristesse au
fond du crépuscule navré. Ah ! la triste musique, qui
semblait accompagner le piétinement du troupeau, les
bêtes de somme se traînant, éreintées ! Encore une journée de finie ! Vrai, les journées étaient longues et recom-
mençaient trop souvent. A peine le temps de s'emplir
et de cuver son manger, il faisait déjà grand jour, il
fallait reprendre son collier de misère. Les gaillards pourtant sifflaient, tapant des pieds, filant raides, le bec
tourné vers la soupe.

Et Gervaise laissait couler la cohue, indifférente aux
chocs, coudoyée à droite, coudoyée à gauche, roulée au
milieu du flot ; car les hommes n'ont pas le temps de se
montrer galants, quand ils sont cassés en deux de fatigue
et galopés par la faim.

Brusquement, en levant les yeux, la blanchisseuse aperçut devant elle l'ancien hôtel Boncœur. La petite maison,
après avoir été un café suspect, que la police avait fermé,
se trouvait abandonnée, les volets couverts d'affiches,
la lanterne cassée, s'émiettant et se pourrissant du haut
en bas sous la pluie, avec les moisissures de son ignoble
badigeon lie de vin. Et rien ne paraissait changé autour
d'elle. Le papetier et le marchand de tabac étaient toujours là. Derrière, par-dessus les constructions basses, on
apercevait encore des façades lépreuses de maisons à
cinq étages, haussant leurs grandes silhouettes délabrées.
Seul, le bal du *Grand-Balcon* n'existait plus ; dans la salle
aux dix fenêtres flambantes venait de s'établir une
scierie de sucre, dont on entendait les sifflements conti-
nus. C'était pourtant là, au fond de ce bouge de l'hôtel
Boncœur, que toute la sacrée vie avait commencé. Elle
restait debout, regardant la fenêtre du premier, où une

persienne arrachée pendait, et elle se rappelait sa jeunesse avec Lantier, leurs premiers attrapages, la façon dégoûtante dont il l'avait lâchée. N'importe, elle était jeune, tout ça lui semblait gai, vu de loin. Vingt ans seulement, mon Dieu! et elle tombait au trottoir. Alors, la vue de l'hôtel lui fit mal, elle remonta le boulevard du côté de Montmartre.

Sur les tas de sable, entre les bancs, des gamins jouaient encore, dans la nuit croissante. Le défilé continuait, les ouvrières passaient, trottant, se dépêchant, pour rattraper le temps perdu aux étalages; une grande, arrêtée, laissait sa main dans celle d'un garçon, qui l'accompagnait à trois portes de chez elle; d'autres, en se quittant, se donnaient des rendez-vous pour la nuit, au *Grand Salon de la Folie* ou à la *Boule-Noire*. Au milieu des groupes, des ouvriers à façon s'en retournaient, leurs toilettes pliées sous le bras. Un fumiste, attelé à des bricoles, tirant une voiture remplie de gravats, manquait de se faire écraser par un omnibus. Cependant, parmi la foule plus rare, couraient des femmes en cheveux, redescendues après avoir allumé le feu, et se hâtant pour le dîner; elles bousculaient le monde, se jetaient chez les boulangers et les charcutiers, repartaient sans traîner, avec des provisions dans les mains. Il y avait des petites filles de huit ans, envoyées en commission, qui s'en allaient le long des boutiques, serrant sur leur poitrine de grands pains de quatre livres aussi hauts qu'elles, pareils à de belles poupées jaunes, et qui s'oubliaient pendant des cinq minutes devant des images, la joue appuyée contre leurs grands pains. Puis, le flot s'épuisait, les groupes s'espaçaient, le travail était rentré; et, dans les flamboiements du gaz, après la journée finie, montait la sourde revanche des paresses et des noces qui s'éveillaient.

Ah! oui, Gervaise avait fini sa journée! Elle était plus éreintée que tout ce peuple de travailleurs, dont le passage venait de la secouer. Elle pouvait se coucher là et crever, car le travail ne voulait plus d'elle, et elle avait assez peiné dans son existence, pour dire : « A qui le

tour? moi, j'en ai ma claque! » Tout le monde mangeait,
à cette heure. C'était bien la fin, le soleil avait soufflé sa
chandelle, la nuit serait longue. Mon Dieu! s'étendre à
son aise et ne plus se relever, penser qu'on a remisé ses
outils pour toujours et qu'on fera la vache éternelle-
ment! Voilà qui est bon, après s'être esquintée pendant
vingt ans! Et Gervaise, dans les crampes qui lui tordaient l'estomac, pensait malgré elle aux jours de fête,
aux gueuletons et aux rigolades de sa vie. Une fois surtout, par un froid de chien, un jeudi de la mi-carême, elle
avait joliment nocé. Elle était bien gentille, blonde et
fraîche, en ce temps-là. Son lavoir, rue Neuve, l'avait
nommée reine, malgré sa jambe. Alors, on s'était baladé
sur les boulevards, dans des chars ornés de verdure, au
milieu du beau monde qui la reluquait joliment. Des
messieurs mettaient leurs lorgnons comme pour une vraie
reine. Puis, le soir, on avait fichu un balthazar à tout
casser, et jusqu'au jour on avait joué des guibolles.
Reine, oui, reine! avec une couronne et une écharpe,
pendant vingt-quatre heures, deux fois le tour du cadran!
Et, alourdie, dans les tortures de sa faim, elle regardait
par terre, comme si elle eût cherché le ruisseau où elle
avait laissé choir sa majesté tombée.

Elle leva de nouveau les yeux. Elle se trouvait en face
des abattoirs qu'on démolissait; la façade éventrée montrait des cours sombres, puantes, encore humides de
sang. Et, lorsqu'elle eut redescendu le boulevard, elle vit
aussi l'hôpital de Lariboisière, avec son grand mur gris,
au-dessus duquel se dépliaient en éventail les ailes mornes,
percées de fenêtres régulières; une porte, dans la muraille,
terrifiait le quartier, la porte des morts, dont le chêne
solide, sans une fissure, avait la sévérité et le silence d'une
pierre tombale. Alors, pour s'échapper, elle poussa plus
loin, elle descendit jusqu'au pont du chemin de fer. Les
hauts parapets de forte tôle boulonnée lui masquaient la
voie; elle distinguait seulement, sur l'horizon lumineux
de Paris, l'angle élargi de la gare, une vaste toiture, noire
de la poussière du charbon; elle entendait, dans ce vaste

espace clair, des sifflets de locomotives, les secousses rythmées des plaques tournantes, toute une activité colossale et cachée. Puis, un train passa, sortant de Paris, arrivant avec l'essoufflement de son haleine et son roulement peu à peu enflé. Et elle n'aperçut de ce train qu'un panache blanc, une brusque bouffée qui déborda du parapet et se perdit. Mais le pont avait tremblé, elle-même restait dans le branle de ce départ à toute vapeur. Elle se tourna, comme pour suivre la locomotive invisible, dont le grondement se mourait. De ce côté, elle devinait la campagne, le ciel libre, au fond d'une trouée, avec de hautes maisons à droite et à gauche, isolées, plantées sans ordre, présentant des façades, des murs non crépis, des murs peints de réclames géantes, salis de la même teinte jaunâtre par la suie des machines. Oh! si elle avait pu partir ainsi, s'en aller là-bas, en dehors de ces maisons de misère et de souffrance! Peut-être aurait-elle recommencé à vivre. Puis, elle se retourna lisant stupidement les affiches collées contre la tôle. Il y en avait de toutes les couleurs. Une, petite, d'un joli bleu, promettait cinquante francs de récompense pour une chienne perdue. Voilà une bête qui avait dû être aimée!

Gervaise reprit lentement sa marche. Dans le brouillard d'ombre fumeuse qui tombait, les becs de gaz s'allumaient; et ces longues avenues, peu à peu noyées et devenues noires, reparaissaient toutes braisillantes, s'allongeant encore et coupant la nuit, jusqu'aux ténèbres perdues de l'horizon. Un grand souffle passait, le quartier élargi enfonçait des cordons de petites flammes sous le ciel immense et sans lune. C'était l'heure, où, d'un bout à l'autre des boulevards, les marchands de vin, les bastringues, les bousingots, à la file, flambaient gaiement dans la rigolade des premières tournées et du premier chahut. La paie de grande quinzaine emplissait le trottoir d'une bousculade de goualpeurs tirant une bordée. Ça sentait dans l'air la noce, une sacrée noce, mais gentille encore, un commencement d'allumage, rien de plus. On s'empiffrait au fond des gargotes; par toutes les vitres

éclairées, on voyait des gens manger, la bouche pleine,
riant sans même prendre la peine d'avaler. Chez les marchands de vin, des pochards s'installaient déjà, gueulant
et gesticulant. Et un bruit du tonnerre de Dieu montait
des voix glapissantes, des voix grasses, au milieu du
continuel roulement des pieds sur le trottoir. « Dis donc !
viens-tu becqueter ?... Arrive, clampin ! je paie un canon
de la bouteille... Tiens ! v'la Pauline ! ah bien ! non, on
va rien se tordre ! » Les portes battaient, lâchant des
odeurs de vin et des bouffées de cornet à pistons. On
faisait la queue devant l'Assommoir du père Colombe,
allumé comme une cathédrale pour une grand-messe ; et,
nom de Dieu ! on aurait dit une vraie cérémonie, car les
bons zigs chantaient là-dedans avec des mines de chantres
au lutrin, les joues enflées, le bedon arrondi. On célébrait
la sainte-touche, quoi ! une sainte bien aimable, qui doit
tenir la caisse au paradis. Seulement, à voir avec quel
entrain ça débutait, les petits rentiers, promenant leurs
épouses, répétaient en hochant la tête qu'il y aurait
bigrement des hommes soûls dans Paris, cette nuit-là. Et
la nuit était très sombre, morte et glacée, au-dessus de ce
bousin, trouée uniquement par les lignes de feu des boulevards, aux quatre coins du ciel.

Plantée devant l'Assommoir, Gervaise songeait. Si elle
avait eu deux sous, elle serait entrée boire la goutte.
Peut-être qu'une goutte lui aurait coupé la faim. Ah ! elle
en avait bu des gouttes ! Ça lui semblait bien bon tout de
même. Et, de loin, elle contemplait la machine à soûler,
en sentant que son malheur venait de là, et en faisant le
rêve de s'achever avec de l'eau-de-vie, le jour où elle
aurait de quoi. Mais un frisson lui passa dans les cheveux,
elle vit que la nuit était noire. Allons, la bonne heure
arrivait. C'était l'instant d'avoir du cœur et de se montrer
gentille, si elle ne voulait pas crever au milieu de l'allé-
gresse générale. D'autant plus que de voir les autres
bâfrer ne lui remplissait pas précisément le ventre. Elle
ralentit encore le pas, regarda autour d'elle. Sous les
arbres, traînait une ombre plus épaisse. Il passait peu de

monde, des gens pressés, traversant vivement le boulevard. Et, sur ce large trottoir sombre et désert, où
venaient mourir les gaietés des chaussées voisines, des
femmes, debout, attendaient. Elles restaient de longs
moments immobiles, patientes, raidies comme les petits
platanes maigres ; puis, lentement, elles se mouvaient,
traînaient leurs savates sur le sol glacé, faisaient dix pas et
s'arrêtaient de nouveau, collées à la terre. Il y en avait
une, au tronc énorme, avec des jambes et des bras
d'insecte, débordante et roulante, dans une guenille de
soie noire, coiffée d'un foulard jaune ; il y en avait une
autre, grande, sèche, en cheveux, qui avait un tablier de
bonne ; et d'autres encore, des vieilles replâtrées, des
jeunes très sales, si sales, si minables, qu'un chiffonnier ne
les aurait pas ramassées. Gervaise, pourtant, ne savait pas,
tâchait d'apprendre, en faisant comme elles. Une émotion
de petite fille la serrait à la gorge ; elle ne sentait pas si elle
avait honte, elle agissait dans un vilain rêve. Pendant un
quart d'heure, elle se tint toute droite.

Des hommes filaient, sans tourner la tête. Alors, elle
se remua à son tour, elle osa accoster un homme qui
sifflait, les mains dans les poches, et elle murmura d'une
voix étranglée :

« Monsieur, écoutez donc... »

L'homme la regarda de côté et s'en alla en sifflant
plus fort.

Gervaise s'enhardissait. Et elle s'oublia dans l'âpreté
de cette chasse, le ventre creux, s'acharnant après son
dîner qui courait toujours. Longtemps, elle piétina, igno-
rante de l'heure et du chemin. Autour d'elle, les femmes,
muettes et noires, sous les arbres, voyageaient, enfermaient leur marche dans le va-et-vient régulier des bêtes
en cage. Elles sortaient de l'ombre, avec une lenteur
vague d'apparitions ; elles passaient dans le coup de
lumière d'un bec de gaz, où leur masque blafard nettement surgissait ; et elles se noyaient de nouveau, reprises
par l'ombre, balançant la raie blanche de leur jupon,
retrouvant le charme frissonnant des ténèbres du trot-

toir. Des hommes se laissaient arrêter, causaient pour la
blague, repartaient en rigolant. D'autres, discrets, effacés,
s'éloignaient, à dix pas derrière une femme. Il y avait de
gros murmures, des querelles à voix étouffée, des mar-
chandages furieux, qui tombaient tout d'un coup à de
grands silences. Et Gervaise, aussi loin qu'elle s'enfonçait,
voyait s'espacer ces factions de femme dans la nuit,
comme si, d'un bout à l'autre des boulevards extérieurs,
des femmes fussent plantées. Toujours, à vingt pas d'une
autre, elle en apercevait une autre. La file se perdait,
Paris entier était gardé. Elle, dédaignée, s'enrageait,
changeait de place, allait maintenant de la chaussée de
Clignancourt à la grande rue de la Chapelle.

« Monsieur, écoutez donc... »

Mais les hommes passaient. Elle partait des abattoirs,
dont les décombres puaient le sang. Elle donnait un
regard à l'ancien hôtel Boncœur, fermé et louche. Elle
passait devant l'hôpital de Lariboisière, comptait machi-
nalement le long des façades les fenêtres éclairées, brûlant comme des veilleuses d'agonisant, avec des lueurs
pâles et tranquilles. Elle traversait le pont du chemin de
fer, dans le branle des trains, grondant et déchirant l'air
du cri désespéré de leurs sifflets. Oh! que la nuit faisait
toutes ces choses tristes! Puis, elle tournait sur ses talons,
elle s'emplissait les yeux des mêmes maisons, du défilé
toujours semblable de ce bout d'avenue; et cela à dix, à
vingt reprises, sans relâche, sans un repos d'une minute
sur un banc. Non, personne ne voulait d'elle. Sa honte
lui semblait grandir de ce dédain. Elle descendait encore
vers l'hôpital, elle remontait vers les abattoirs. C'était sa
promenade dernière, des cours sanglantes où l'on assommait, aux salles blafardes où la mort raidissait les gens
dans les draps de tout le monde. Sa vie avait tenu là.

« Monsieur, écoutez donc... »

Et brusquement, elle aperçut son ombre par terre.
Quand elle approchait d'un bec de gaz, l'ombre vague
se ramassait et se précisait, une ombre énorme, trapue,
grotesque tant elle était ronde. Cela s'étalait, le ventre,

la gorge, les hanches, coulant et flottant ensemble. Elle
louchait si fort de la jambe, que, sur le sol, l'ombre faisait la culbute à chaque pas; un vrai guignol! Puis, lorsqu'elle s'éloignait, le guignol grandissait, devenait géant,
emplissait le boulevard, avec des révérences qui lui cassaient le nez contre les arbres et contre les maisons. Mon
Dieu! qu'elle était drôle et effrayante! Jamais elle n'avait
si bien compris son avachissement. Alors, elle ne put
s'empêcher de regarder ça, attendant les becs de gaz, suivant des yeux le chahut de son ombre. Ah! elle avait là
une belle gaupe qui marchait à côté d'elle! Quelle
touche! Ça devait attirer les hommes tout de suite. Et
elle baissait la voix, elle n'osait plus que bégayer dans le
dos des passants.

« Monsieur, écoutez donc... »

Cependant, il devait être très tard. Ça se gâtait, dans le
quartier. Les gargots étaient fermés, le gaz rougissait chez
les marchands de vin, d'où sortaient des voix empâtées
d'ivresse. La rigolade tournait aux querelles et aux coups.
Un grand diable dépenaillé gueulait : « Je vas te démolir,
numérote tes os! » Une fille s'était empoignée avec son
amant, à la porte d'un bastringue, l'appelant sale mufe et
cochon malade, tandis que l'amant répétait : « Et ta
sœur? » sans trouver autre chose. La soûlerie soufflait
dehors un besoin de s'assommer, quelque chose de
farouche, qui donnait aux passants plus rares des visages
pâles et convulsés. Il y eut une bataille, un soûlard tomba
pile, les quatre fers en l'air, pendant que son camarade,
croyant lui avoir réglé son compte, fuyait en tapant ses
gros souliers. Des bandes braillaient de sales chansons, de
grands silences se faisaient, coupés par des hoquets et
des chutes sourdes d'ivrognes. La noce de la quinzaine
finissait toujours ainsi, le vin coulait si fort depuis six
heures, qu'il allait se promener sur les trottoirs. Oh! de
belles fusées, des queues de renard élargies au beau
milieu du pavé, que les gens attardés et délicats étaient
obligés d'enjamber, pour ne pas marcher dedans! Vrai,
le quartier était propre! Un étranger, qui serait venu le

visiter avant le balayage du matin, en aurait emporté une
jolie idée. Mais, à cette heure, les soûlards étaient chez
eux, ils se fichaient de l'Europe. Nom de Dieu! les couteaux sortaient des poches et la petite fête s'achevait dans
le sang. Des femmes marchaient vite, des hommes
rôdaient avec des yeux de loup, la nuit s'épaississait,
gonflée d'abominations.

Gervaise allait toujours, gambillant, remontant et
redescendant avec la seule pensée de marcher sans cesse.
Des somnolences la prenaient, elle s'endormait, bercée
par sa jambe; puis, elle regardait en sursaut autour d'elle,
et elle s'apercevait qu'elle avait fait cent pas sans connaissance, comme morte. Ses pieds à dormir debout s'élargissaient dans ses savates trouées. Elle ne se sentait plus,
tant elle était lasse et vide. La dernière idée nette qui
l'occupât, fut que sa garce de fille, au même instant,
mangeait peut-être des huîtres. Ensuite, tout se brouilla,
elle resta les yeux ouverts, mais il lui fallait faire un trop
grand effort pour penser. Et la seule sensation qui per-
sistait en elle, au milieu de l'anéantissement de son être,
était celle d'un froid de chien, d'un froid aigu et mortel
comme jamais elle n'en avait éprouvé. Bien sûr, les morts
n'ont pas si froid dans la terre. Elle souleva pesamment la
tête, elle reçut au visage un cinglement glacial. C'était la
neige qui se décidait enfin à tomber du ciel fumeux, une
neige fine, drue, qu'un léger vent soufflait en tourbillons.
Depuis trois jours, on l'attendait. Elle tombait au bon
moment.

Alors, dans cette première rafale, Gervaise, réveillée,
marcha plus vite. Des hommes couraient, se hâtaient de
rentrer, les épaules déjà blanches. Et, comme elle en
voyait un qui venait lentement sous les arbres, elle
s'approcha, elle dit encore :

« Monsieur, écoutez donc... »

L'homme s'était arrêté. Mais il n'avait pas semblé
entendre. Il tendait la main, il murmurait d'une voix
basse :

« La charité, s'il vous plaît... »

Tous deux se regardèrent. Ah! mon Dieu! Ils en étaient là, le père Bru mendiant, Mme Coupeau faisant le trottoir! Ils demeuraient béants en face l'un de l'autre. A cette heure, ils pouvaient se donner la main. Toute la soirée, le vieil ouvrier avait rôdé, n'osant aborder le monde; et la première personne qu'il arrêtait, était une meurt-de-faim comme lui. Seigneur! n'était-ce pas une pitié? avoir travaillé cinquante ans, et mendier! s'être vue une des plus fortes blanchisseuses de la rue de la Goutte-d'Or, et finir au bord du ruisseau! Ils se regardaient toujours. Puis, sans rien se dire, ils s'en allèrent chacun de son côté, sous la neige qui les fouettait.

C'était une vraie tempête. Sur ces hauteurs, au milieu de ces espaces largement ouverts, la neige fine tournoyait, semblait soufflée à la fois des quatre points du ciel. On ne voyait pas à dix pas, tout se noyait dans cette poussière volante. Le quartier avait disparu, le boulevard paraissait mort, comme si la rafale venait de jeter le silence de son drap blanc sur les hoquets des derniers ivrognes. Gervaise, péniblement, allait toujours, aveuglée, perdue. Elle touchait les arbres pour se retrouver. A mesure qu'elle avançait, les becs de gaz sortaient de la pâleur de l'air, pareils à des torches éteintes. Puis, tout d'un coup, lorsqu'elle traversait un carrefour, ces lueurs elles-mêmes manquaient; elle était prise et roulée dans un tourbillon blafard, sans distinguer rien qui pût la guider. Sous elle, le sol fuyait, d'une blancheur vague. Des murs gris l'enfermaient. Et, quand elle s'arrêtait, hésitante, tournant la tête, elle devinait, derrière ce voile de glace, l'immensité des avenues, les files interminables des becs de gaz, tout cet infini noir et désert de Paris endormi.

Elle était là, à la rencontre du boulevard extérieur et des boulevards de Magenta et d'Ornano, rêvant de se coucher par terre, lorsqu'elle entendit un bruit de pas. Elle courut, mais la neige lui bouchait les yeux, et les pas s'éloignaient, sans qu'elle pût saisir s'ils allaient à droite ou à gauche. Enfin elle aperçut les larges épaules d'un homme, une tache sombre et dansante, s'enfonçant dans

un brouillard. Oh! celui-là, elle le voulait, elle ne le
lâcherait pas! Et elle courut plus fort, elle l'atteignit, le
prit par la blouse.

« Monsieur, monsieur, écoutez donc... »

L'homme se tourna. C'était Goujet.

Voilà qu'elle raccrochait la Gueule-d'Or, maintenant!
Mais qu'avait-elle donc fait au Bon Dieu, pour être ainsi
torturée jusqu'à la fin? C'était le dernier coup, se jeter
dans les jambes du forgeron, être vue par lui au rang des
roulures de barrière, blême et suppliante. Et ça se passait
sous un bec de gaz, elle apercevait son ombre difforme qui
avait l'air de rigoler sur la neige, comme une vraie
caricature. On aurait dit une femme soûle. Mon Dieu! ne
pas avoir une lichette de pain, ni une goutte de vin dans le
corps, et être prise pour une femme soûle! C'était sa
faute, pourquoi se soûlait-elle? Bien sûr, Goujet croyait
qu'elle avait bu et qu'elle faisait une sale noce.

Goujet, cependant, la regardait, tandis que la neige
effeuillait des pâquerettes dans sa belle barbe jaune. Puis,
comme elle baissait la tête en reculant, il la retint.

« Venez », dit-il.

Et il marcha le premier. Elle le suivit. Tous deux traversèrent le quartier muet, filant sans bruit le long des
murs. La pauvre Mme Goujet était morte au mois
d'octobre, d'un rhumatisme aigu. Goujet habitait toujours la petite maison de la rue Neuve, sombre et seul. Ce
jour-là, il s'était attardé à veiller un camarade blessé.
Quand il eut ouvert la porte et allumé une lampe, il se
tourna vers Gervaise, restée humblement sur le palier.
Il dit très bas, comme si sa mère avait encore pu l'entendre :

« Entrez. »

La première chambre, celle de Mme Goujet, était
conservée pieusement dans l'état où elle l'avait laissée.
Près de la fenêtre, sur une chaise, le tambour se trouvait
posé, à côté du grand fauteuil qui semblait attendre la
vieille dentellière. Le lit était fait, et elle aurait pu se coucher, si elle avait quitté le cimetière pour venir passer la

soirée avec son enfant. La chambre gardait un recueillement, une odeur d'honnêteté et de bonté.

« Entrez », répéta plus haut le forgeron.

Elle entra, peureuse, de l'air d'une fille qui se coule
dans un endroit respectable. Lui, était tout pâle et tout
tremblant, d'introduire ainsi une femme chez sa mère
morte. Ils traversèrent la pièce à pas étouffés, comme
pour éviter la honte d'être entendus. Puis, quand il eut
poussé Gervaise dans sa chambre, il ferma la porte. Là, il
était chez lui. C'était l'étroit cabinet qu'elle connaissait,
une chambre de pensionnaire, avec un petit lit de fer
garni de rideaux blancs. Contre les murs, seulement, les
images découpées s'étaient encore étalées et montaient
jusqu'au plafond. Gervaise, dans cette pureté, n'osait
avancer, se retirait, loin de la lampe. Alors, sans une
parole, pris d'une rage, il voulut la saisir et l'écraser
entre ses bras. Mais elle défaillait, elle murmura :

« Oh! mon Dieu!... oh! mon Dieu!... »

Le poêle, couvert de poussière de coke, brûlait encore,
et un restant de ragoût, que le forgeron avait laissé au
chaud, en croyant rentrer, fumait devant le cendrier.
Gervaise, dégourdie par la grosse chaleur, se serait mise
à quatre pattes pour manger dans le poêlon. C'était plus
fort qu'elle, son estomac se déchirait, et elle se baissa,
avec un soupir. Mais Goujet avait compris. Il posa le
ragoût sur la table, coupa du pain, lui versa à
boire.

« Merci! merci! disait-elle. Oh! que vous êtes bon!
Merci! »

Elle bégayait, elle ne pouvait plus prononcer les mots.
Lorsqu'elle empoigna la fourchette, elle tremblait tellement qu'elle la laissa retomber. La faim qui l'étranglait
lui donnait un branle sénile de la tête. Elle dut prendre
avec les doigts. A la première pomme de terre qu'elle se
fourra dans la bouche, elle éclata en sanglots. De grosses
larmes roulaient le long de ses joues, tombaient sur son
pain. Elle mangeait toujours, elle dévorait goulûment son
pain trempé de ses larmes, soufflant très fort, le menton

convulsé. Goujet la força à boire, pour qu'elle n'étouffât
pas; et son verre eut un petit claquement contre ses
dents.

« Voulez-vous encore du pain? » demandait-il à
demi-voix.

Elle pleurait, elle disait non, elle disait oui, elle ne
savait pas. Ah! Seigneur! que cela est bon et triste de
manger, quand on crève!

Et lui, debout en face d'elle, la contemplait. Maintenant, il la voyait bien, sous la vive clarté de l'abat-jour.
Comme elle était vieillie et dégommée! La chaleur
fondait la neige sur ses cheveux et ses vêtements, elle
ruisselait. Sa pauvre tête branlante était toute grise, des
mèches grises que le vent avait envolées, le cou engoncé
dans les épaules, elle se tassait, laide et grosse à donner
envie de pleurer. Et il se rappelait leurs amours, lorsqu'elle était toute rose, tapant ses fers, montrant le pli de
bébé qui lui mettait un si joli collier au cou. Il allait, dans
ce temps, la reluquer pendant des heures, satisfait de la
voir. Plus tard, elle était venue à la forge, et là ils avaient
goûté de grosses jouissances, tandis qu'il frappait sur
son fer et qu'elle restait dans la danse de son marteau.
Alors, que de fois il avait mordu son oreiller, la nuit,
en souhaitant de la tenir ainsi dans sa chambre! Oh!
il l'aurait cassée, s'il l'avait prise, tant il la désirait! Et
elle était à lui, à cette heure, il pouvait la prendre. Elle
achevait son pain, elle torchait ses larmes au fond du
poêlon, ses grosses larmes silencieuses qui tombaient
toujours dans son manger.

Gervaise se leva. Elle avait fini. Elle demeura un instant
la tête basse, gênée, ne sachant pas s'il voulait d'elle. Puis,
croyant voir une flamme s'allumer dans ses yeux, elle
porta la main à sa camisole, elle ôta le premier bouton.
Mais Goujet s'était mis à genoux, il lui prenait les mains,
en disant doucement :

« Je vous aime, madame Gervaise, oh! je vous aime
encore et malgré tout, je vous le jure!

— Ne dites pas cela, monsieur Goujet! s'écria-t-elle

affolée de le voir ainsi à ses pieds. Non, ne dites pas cela, vous me faites trop de peine! »

Et comme il répétait qu'il ne pouvait pas avoir deux sentiments dans sa vie, elle se désespéra davantage.

« Non, non, je ne veux plus, j'ai trop de honte... pour l'amour de Dieu! relevez-vous. C'est ma place, d'être par terre. »

Il se releva, il était tout frissonnant, et d'une voix balbutiante :

« Voulez-vous. me permettre de vous embrasser? »

Elle, éperdue de surprise et d'émotion, ne trouvait pas une parole. Elle dit oui de la tête. Mon Dieu! elle était à lui, il pouvait faire d'elle ce qu'il lui plairait. Mais il allongeait seulement les lèvres.

« Ça suffit entre nous, madame Gervaise, murmura-t-il. C'est toute notre amitié, n'est-ce-pas? »

Il la baisa sur le front, sur une mèche de ses cheveux gris. Il n'avait embrassé personne, depuis que sa mère était morte. Sa bonne amie Gervaise seule lui restait dans l'existence. Alors, quand il l'eut baisée avec tant de respect, il s'en alla à reculons tomber en travers de son lit, la gorge crevée de sanglots. Et Gervaise ne put pas demeurer là plus longtemps; c'était trop triste et trop abominable, de se retrouver dans ces conditions, lorsqu'on s'aimait. Elle lui cria :

« Je vous aime, monsieur Goujet, je vous aime bien aussi... Oh! ce n'est pas possible, je comprends... Adieu, adieu, car ça nous étoufferait tous les deux. »

Et elle traversa en courant la chambre de Mme Goujet, elle se retrouva sur le pavé. Quand elle revint à elle, elle avait sonné rue de la Goutte-d'Or, Boche tirait le cordon. La maison était toute sombre. Elle entra là-dedans, comme dans son deuil. A cette heure de nuit, le porche, béant et délabré, semblait une gueule ouverte. Dire que jadis elle avait ambitionné un coin de cette carcasse de caserne! Ses oreilles étaient donc bouchées, qu'elle n'entendait pas à cette époque la sacrée musique de désespoir qui ronflait derrière les murs! Depuis le jour où elle y avait fichu les pieds, elle s'était mise à dégringoler. Oui, ça devait porter malheur d'être ainsi les uns sur les autres, dans ces grandes gueuses de maisons ouvrières ; on y attraperait le choléra de la misère. Ce soir-là, tout le monde paraissait crevé. Elle écoutait seulement les Boche ronfler, à droite ; tandis que Lantier et Virginie, à gauche, faisaient un ronron, comme des chats qui ne dorment pas et qui ont chaud, les yeux fermés. Dans la cour, elle se crut au milieu d'un vrai cimetière ; la neige faisait par terre un carré pâle : les hautes façades montaient, d'un gris livide, sans une lumière, pareilles à des pans de ruine ; et pas un soupir, l'ensevelissement de tout un village raidi de froid et de faim. Il lui fallut enjamber un ruisseau noir, une mare lâchée par la teinturerie, fumant et s'ouvrant un lit boueux dans la blancheur de la neige. C'était une eau couleur de ses pensées. Elles avaient coulé, les belles eaux bleu tendre et rose tendre !

Puis, en montant les six étages, dans l'obscurité, elle ne put s'empêcher de rire ; un vilain rire, qui lui faisait du mal. Elle se souvenait de son idéal, anciennement : travailler tranquille, manger toujours du pain, avoir un trou un peu propre pour dormir, bien élever ses enfants, ne pas être battue, mourir dans son lit. Non, vrai, c'était comique, comme tout ça se réalisait ! Elle ne travaillait plus, elle ne mangeait plus, elle dormait sur l'ordure, sa fille courait le guilledou, son mari lui flanquait des tatouilles ; il ne lui restait qu'à crever sur le pavé, et ce serait tout de suite, si elle trouvait le courage de se flanquer par la fenêtre, en rentrant chez elle. N'aurait-on pas dit qu'elle avait demandé au ciel trente mille francs de rente et des égards ? Ah ! vrai, dans cette vie, on a beau être modeste, on peut se fouiller ! Pas même la pâtée et la niche, voilà le sort commun. Et ce qui redoublait son mauvais rire, c'était de se rappeler son bel espoir de se retirer à la campagne, après vingt ans de repassage. Eh bien, elle y allait, à la campagne. Elle voulait son coin de verdure au Père-Lachaise.

Lorsqu'elle s'engagea dans le corridor, elle était comme

folle. Sa pauvre tête tournait. Au fond, sa grosse douleur venait d'avoir dit un adieu éternel au forgeron. C'était fini entre eux, ils ne se reverraient jamais. Puis, là-dessus, toutes les autres idées de malheur arrivaient et achevaient de lui casser le crâne. En passant, elle allongea le nez chez les Bijard, elle aperçut Lalie morte, l'air content d'être allongée, en train de se dorloter pour toujours. Ah bien! les enfants avaient plus de chance que les grandes personnes! Et, comme la porte du père Bazouge laissait passer une raie de lumière, elle entra droit chez lui, prise d'une rage de s'en aller par le même voyage que la petite.

Ce vieux rigolo de père Bazouge était revenu, cette nuit-là, dans un état de gaieté extraordinaire. Il avait pris une telle culotte, qu'il ronflait par terre, malgré la température; et ça ne l'empêchait pas de faire sans doute un joli rêve, car il semblait rire du ventre en dormant. La camoufle, restée allumée, éclairait sa défroque, son chapeau noir aplati dans un coin, son manteau noir qu'il avait tiré sur ses genoux, comme un bout de couverture.

Gervaise, en l'apercevant, venait tout d'un coup de se lamenter si fort, qu'il se réveilla.

« Nom de Dieu! fermez donc la porte! Ça fiche un froid!... Hein! c'est vous!... Qu'est-ce qu'il y a? qu'est-ce que vous voulez? »

Alors, Gervaise, les bras tendus, ne sachant plus ce qu'elle bégayait, se mit à le supplier avec passion.

« Oh! emmenez-moi, j'en ai assez, je veux m'en aller... Il ne faut pas me garder rancune. Je ne savais pas, mon Dieu! On ne sait jamais, tant qu'on n'est pas prête... Oh! oui, l'on est content d'y passer un jour!... Emmenez-moi, emmenez-moi, je vous crierai merci! »

Et elle se mettait à genoux, toute secouée d'un désir qui la pâlissait. Jamais elle ne s'était ainsi roulée aux pieds d'un homme. La trogne du père Bazouge, avec sa bouche tordue et son cuir encrassé par la poussière des enterrements, lui semblait belle et resplendissante comme un soleil. Cependant, le vieux, mal éveillé, croyait à quelque mauvaise farce.

« Dites donc, murmurait-il, il ne faut pas me la faire!

— Emmenez-moi répéta plus ardemment Gervaise. Vous vous rappelez, un soir, j'ai cogné à la cloison; puis, j'ai dit que ce n'était pas vrai, parce que j'étais encore trop bête... Mais, tenez! donnez vos mains, je n'ai plus peur! Emmenez-moi faire dodo, vous sentirez si je remue... Oh! je n'ai que cette envie, oh! je vous aimerai bien! »

Bazouge, toujours galant, pensa qu'il ne devait pas bousculer une dame qui semblait avoir un tel béguin pour lui.

Elle déménageait, mais elle avait tout de même de beaux restes, quand elle se montait.

« Vous êtes joliment dans le vrai, dit-il d'un air convaincu; j'en ai encore emballé trois, aujourd'hui, qui m'auraient donné un fameux pourboire, si elles avaient pu envoyer la main à la poche... Seulement, ma petite mère, ça ne peut pas s'arranger comme ça...

— Emmenez-moi, emmenez-moi, criait toujours Gervaise, je veux m'en aller...

— Dame! il y a une petite opération auparavant... Vous savez, couic! »

Et il fit un effort de la gorge, comme s'il avalait sa langue. Puis, trouvant la blague bonne, il ricana.

Gervaise s'était relevée lentement. Lui non plus ne pouvait donc rien pour elle? Elle rentra dans sa chambre, stupide, et se jeta sur sa paille, en regrettant d'avoir mangé. Ah! non, par exemple, la misère ne tuait pas assez vite

XIII

COUPEAU tira une bordée, cette nuit-là. Le lendemain,
Gervaise reçut dix francs de son fils Étienne, qui était
mécanicien dans un chemin de fer; le petit lui envoyait
des pièces de cent sous de temps à autre, sachant qu'il
n'y avait pas gras à la maison. Elle mit un pot-au-feu et le
mangea toute seule, car cette rosse de Coupeau ne rentra
pas davantage le lendemain. Le lundi personne, le mardi
personne encore. Toute la semaine se passa. Ah! nom
d'un chien! si une dame l'avait enlevé, c'est ça qui
aurait pu s'appeler une chance. Mais, juste le dimanche,
Gervaise reçut un papier imprimé, qui lui fit peur
d'abord, parce qu'on aurait dit une lettre du commissaire de police. Puis, elle se rassura, c'était simplement
pour lui apprendre que son cochon était en train de
crever à Sainte-Anne. Le papier disait ça plus poliment,
seulement ça revenait au même. Oui, c'était bien une
dame qui avait enlevé Coupeau, et cette dame s'appelait
Sophie Tourne-de-l'œil, la dernière bonne amie des
pochards.

Ma foi, Gervaise ne se dérangea pas. Il connaissait le
chemin, il reviendrait bien tout seul de l'asile; on l'y
avait tant de fois guéri, qu'on lui ferait une fois de plus la
mauvaise farce de le remettre sur ses pattes. Est-ce qu'elle
ne venait pas d'apprendre le matin même que, pendant
huit jours, on avait aperçu Coupeau, rond comme une
balle, roulant les marchands de vin de Belleville, en

compagnie de Mes-Bottes! Parfaitement, c'était même Mes-Bottes qui finançait; il avait dû jeter le grappin sur le magot de sa bourgeoise, des économies gagnées au joli jeu que vous savez. Ah! ils buvaient là du propre argent, capable de flanquer toutes les mauvaises maladies! Tant mieux, si Coupeau en avait empoigné des coliques. Et Gervaise était surtout furieuse, en songeant que ces deux bougres d'égoïstes n'auraient seulement pas songé à venir la prendre pour lui payer une goutte. A-t-on jamais vu! une noce de huit jours, et pas une galanterie aux dames! Quand on boit seul, on crève seul, voilà!

Pourtant, le lundi, comme Gervaise avait un bon petit repas pour le soir, un reste de haricots et une chopine, elle se donna le prétexte qu'une promenade lui ouvrirait l'appétit. La lettre de l'asile, sur la commode, l'embêtait. La neige avait fondu, il faisait un temps de demoiselle, gris et doux, avec un fond vif dans l'air qui ragaillardissait. Elle partit à midi, car la course était longue; il fallait traverser Paris, et sa gigue restait toujours en retard. Avec ça, il y avait une nuée de monde dans les rues; mais le monde l'amusait, elle arriva très gentiment. Lorsqu'elle se fut nommée, on lui en raconta une raide : il paraît qu'on avait repêché Coupeau au Pont-Neuf; il s'était élancé par-dessus le parapet, en croyant voir un homme barbu qui lui barrait le chemin. Un joli saut, n'est-ce pas? et quant à savoir comment Coupeau se trouvait sur le Pont-Neuf, c'était une chose qu'il ne pouvait pas expliquer lui-même.

Cependant, un gardien conduisit Gervaise. Elle montait un escalier, lorsqu'elle entendit des gueulements qui lui donnèrent froid aux os.

« Hein? il en fait une musique! dit le gardien.

— Qui donc? demanda-t-elle.

— Mais votre homme! Il gueule comme ça depuis avant-hier. Et il danse, vous allez voir. »

Ah! mon Dieu! quelle vue! Elle resta saisie. La cellule était matelassée du haut en bas; par terre, il y avait deux paillassons, l'un sur l'autre; et, dans un coin, s'allon-

geaient un matelas et un traversin, pas davantage. Là-
dedans, Coupeau dansait et gueulait. Un vrai chienlit de
la Courtille, avec sa blouse en lambeaux et ses membres
qui battaient l'air ; mais un chienlit pas drôle, oh ! non,
un chienlit dont le chahut effrayant vous faisait dresser
tout le poil du corps. Il était déguisé en un-qui-va-mourir.
Cré nom ! quel cavalier seul ! Il butait contre la fenêtre,
s'en retournait à reculons, les bras marquant la mesure,
secouant les mains, comme s'il avait voulu se les casser et
les envoyer à la figure du monde. On rencontre des far-
ceurs dans les bastringues, qui imitent ça ; seulement,
ils l'imitent mal, il faut voir sauter ce rigodon des soûlards, si l'on veut juger quel chic ça prend, quand c'est
exécuté pour de bon. La chanson a son cachet aussi,
une engueulade continue de carnaval, une bouche
grande ouverte lâchant pendant des heures les mêmes
notes de trombone enroué. Coupeau, lui, avait le cri
d'une bête dont on a écrasé la patte. Et, en avant l'orchestre, balancez vos dames !

« Seigneur ! qu'est-ce qu'il a donc ?... qu'est-ce qu'il a
donc ?... » répétait Gervaise, prise de taf.

Un interne, un gros garçon blond et rose, en tablier
blanc, tranquillement assis, prenait des notes. Le cas
était curieux, l'interne ne quittait pas le malade.

« Restez un instant, si vous voulez, dit-il à la blanchisseuse ; mais tenez-vous tranquille... Essayez de lui parler,
il ne vous reconnaîtra pas. »

Coupeau, en effet, ne parut même pas apercevoir sa
femme. Elle l'avait mal vu en entrant, tant il se dislo-
quait. Quand elle le regarda sous le nez, les bras lui
tombèrent. Était-ce Dieu possible qu'il eût une figure
pareille, avec du sang dans les yeux et des croûtes plein
les lèvres ? Elle ne l'aurait bien sûr pas reconnu. D'abord,
il faisait trop de grimaces, sans dire pourquoi, la margoulette tout d'un coup à l'envers, le nez froncé, les joues
tirées, un vrai museau d'animal. Il avait la peau si
chaude, que l'air fumait autour de lui ; et son cuir était
comme verni, ruisselant d'une sueur lourde qui dégou-

linait. Dans sa danse de chicard enragé, on comprenait
tout de même qu'il n'était pas à son aise, la tête lourde,
avec des douleurs dans les membres.

Gervaise s'était approchée de l'interne, qui battait un
air du bout des doigts sur le dossier de sa chaise.

« Dites donc, monsieur, c'est sérieux alors, cette fois ? »

L'interne hocha la tête sans répondre.

« Dites donc, est-ce qu'il ne jacasse pas tout bas ?...
Hein ? vous entendez, qu'est-ce que c'est ?

— Des choses qu'il voit, murmura le jeune homme.
Taisez-vous, laissez-moi écouter. »

Coupeau parlait d'une voix saccadée. Pourtant, une
flamme de rigolade lui éclairait les yeux. Il regardait par
terre, à droite, à gauche, et tournait, comme s'il avait
flâné au bois de Vincennes, en causant tout seul.

« Ah ! ça, c'est gentil, c'est pommé... Il y a des chalets,
une vraie foire. Et de la musique un peu chouette ! Quel
balthazar ! ils cassent les pots, là-dedans... Très chic ! V'là
que ça s'illumine ; des ballons rouges en l'air, et ça saute,
et ça file !... Oh ! oh ! que de lanternes dans les arbres !...
Il fait joliment bon ! Ça pisse de partout, des fontaines, des
cascades, de l'eau qui chante, oh ! d'une voix d'enfant de
chœur... Épatant ! les cascades ! »

Et il se redressait, comme pour mieux entendre la
chanson délicieuse de l'eau ; il aspirait l'air fortement,
croyant boire la pluie fraîche envolée des fontaines. Mais,
peu à peu, sa face reprit une expression d'angoisse. Alors,
il se courba, il fila plus vite le long des murs de la cellule,
avec de sourdes menaces.

« Encore des fourbis, tout ça !... Je me méfiais...
Silence, tas de gouapes ! Oui, vous vous fichez de moi.
C'est pour me turlupiner que vous buvez et que vous
braillez là-dedans avec vos traînées. Je vas vous démolir,
moi, dans votre chalet !... Nom de Dieu ! voulez-vous
me foutre la paix ! »

Il serrait les poings ; puis, il poussa un cri rauque, il
s'aplatit en courant. Et il bégayait, les dents claquant
d'épouvante :

« C'est pour que je me tue. Non, je ne me jetterai
pas !... Toute cette eau, ça signifie que je n'ai pas de cœur.
Non, je ne me jetterai pas ! »

Les cascades, qui fuyaient à son approche, s'avançaient
quand il reculait. Et, tout d'un coup, il regarda stupidement autour de lui, il balbutia, d'une voix à peine
distincte :

« Ce n'est pas possible, on a embauché des physiciens
contre moi !

— Je m'en vais, monsieur, bonsoir ! dit Gervaise à
l'interne. Ça me retourne trop, je reviendrai. »

Elle était blanche. Coupeau continuait son cavalier
seul, de la fenêtre au matelas, et du matelas à la fenêtre,
suant, s'échinant, battant la même mesure. Alors, elle
se sauva. Mais elle eut beau dégringoler l'escalier, elle
entendit jusqu'en bas le sacré chahut de son homme.
Ah ! mon Dieu ! qu'il faisait bon dehors, on respirait !

Le soir, toute la maison de la Goutte-d'Or causait de
l'étrange maladie du père Coupeau. Les Boche, qui traitaient la Banban par-dessous la jambe maintenant, lui
offrirent pourtant un cassis dans leur loge, histoire d'avoir
des détails. Mme Lorilleux arriva, Mme Poisson aussi.
Ce furent des commentaires interminables. Boche avait
connu un menuisier qui s'était mis tout nu dans la rue
Saint-Martin, et qui était mort en dansant la polka ; celui-
là buvait de l'absinthe. Ces dames se tortillèrent de rire,
parce que ça leur semblait drôle tout de même, quoique
triste. Puis, comme on ne comprenait pas bien, Gervaise
repoussa le monde, cria pour avoir de la place ; et, au
milieu de la loge, tandis que les autres regardaient, elle
fit Coupeau, braillant, sautant, se démanchant avec des
grimaces abominables. Oui, parole d'honneur ! c'était
tout à fait ça ! Alors, les autres s'épatèrent : pas possible !
un homme n'aurait pas duré trois heures à un commerce
pareil. Eh bien, elle le jurait sur ce qu'elle avait de plus
sacré, Coupeau durait depuis la veille, trente-six heures
déjà. On pouvait aller y voir, d'ailleurs, si on ne la
croyait pas. Mais Mme Lorilleux déclara que, merci

bien! elle était revenue de Sainte-Anne; elle empêcherait même Lorilleux d'y ficher les pieds. Quant à Virginie
dont la boutique tournait de plus mal en plus mal, et qui
avait une figure d'enterrement, elle se contenta de murmurer que la vie n'était pas toujours gaie, ah! sacredié,
non! On acheva le cassis, Gervaise souhaita le bonsoir à
la compagnie. Lorsqu'elle ne parlait plus, elle prenait
tout de suite la tête d'un ahuri de Chaillot, les yeux grands
ouverts. Sans doute elle voyait son homme en train de
valser. Le lendemain, en se levant, elle se promit de ne
plus aller là-bas. A quoi bon? Elle ne voulait pas perdre
la boule, à son tour. Cependant, toutes les dix minutes,
elle retombait dans ses réflexions, elle était sortie, comme
on dit. Ça serait curieux pourtant, s'il faisait toujours
ses ronds de jambe. Quand midi sonna, elle ne put tenir
davantage, elle ne s'aperçut pas de la longueur du
chemin, tant le désir et la peur de ce qui l'attendait lui
occupaient la cervelle.

Oh! elle n'eut pas besoin de demander des nouvelles.
Dès le bas de l'escalier, elle entendit la chanson de Coupeau. Juste le même air, juste la même danse. Elle pouvait croire qu'elle venait de descendre à la minute, et
qu'elle remontait. Le gardien de la veille, qui portait des
pots de tisane dans le corridor, cligna de l'œil en la
rencontrant, pour se montrer aimable.

« Alors, toujours? dit-elle.

— Oh! toujours », répondit-il sans s'arrêter.

Elle entra, mais elle se tint dans le coin de la porte,
parce qu'il y avait du monde avec Coupeau. L'interne
blond et rose était debout, ayant cédé sa chaise à un vieux
monsieur décoré, chauve et la figure en museau de fouine.
C'était bien sûr le médecin en chef, car il avait des
regards minces et perçants comme des vrilles. Tous les
marchands de mort subite vous ont de ces regards-là.

Gervaise, d'ailleurs, n'était pas venue pour ce monsieur,
et elle se haussait derrière son crâne, mangeant Coupeau
des yeux. Cet enragé dansait et gueulait plus fort que la
veille. Elle avait bien vu, autrefois, à des bals de la mi-

carême, des garçons de lavoir solides s'en donner pendant
toute une nuit; mais jamais, au grand jamais, elle ne se
serait imaginé qu'un homme pût prendre du plaisir si
longtemps; quand elle disait prendre du plaisir, c'était
une façon de parler, car il n'y a pas de plaisir à faire
malgré soi des sauts de carpe, comme si on avait avalé une
poudrière. Coupeau, trempé de sueur, fumait davantage,
voilà tout. Sa bouche semblait plus grande, à force de
crier. Oh! les dames enceintes faisaient bien de rester
dehors. Il avait tant marché du matelas à la fenêtre,
qu'on voyait son petit chemin à terre; le paillasson était
mangé par ses savates.

Non, vrai, ça n'offrait rien de beau, et Gervaise, tremblante, se demandait pourquoi elle était revenue. Dire
que, la veille au soir, chez les Boches, on l'accusait d'exa-
gérer le tableau! Ah bien! elle n'en avait pas fait la
moitié assez! Maintenant, elle voyait mieux comment
Coupeau s'y prenait, elle ne l'oublierait jamais plus, les
yeux grands ouverts sur le vide. Pourtant, elle saisissait
des phrases entre l'interne et le médecin. Le premier
donnait des détails sur la nuit, avec des mots qu'elle ne
comprenait pas. Toute la nuit, son homme avait causé et
pirouetté, voilà ce que ça signifiait au fond. Puis, le
vieux monsieur chauve, pas très poli d'ailleurs, parut enfin
s'apercevoir de sa présence; et, quand l'interne lui eut dit
qu'elle était la femme du malade, il se mit à l'interroger,
d'un air méchant de commissaire de police.

« Est-ce que le père de cet homme buvait?

— Oui, monsieur, un petit peu, comme tout le
monde... Il s'est tué en dégringolant d'un toit, un jour de
ribote.

— Est-ce que sa mère buvait?

— Dame! monsieur, comme tout le monde, vous
savez, une goutte par-ci, une goutte par-là... Oh! la
famille est très bien!... Il y a eu un frère, mort très jeune
dans des convulsions. »

Le médecin la regardait de son œil perçant. Il reprit,
de sa voix brutale :

« Vous buvez aussi, vous? »

Gervaise bégaya, se défendit, posa la main sur son cœur pour donner sa parole sacrée.

« Vous buvez! Prenez garde, voyez où mène la boisson... Un jour ou l'autre, vous mourrez ainsi. »

Alors, elle resta collée contre le mur. Le médecin avait tourné le dos. Il s'accroupit, sans s'inquiéter s'il ne ramassait pas la poussière du paillasson avec sa redingote; il étudia longtemps le tremblement de Coupeau, l'attendant au passage, le suivant du regard. Ce jour-là, les jambes sautaient à leur tour, le tremblement était descendu des mains dans les pieds; un vrai polichinelle, dont on aurait tiré les fils, rigolant des membres, le tronc raide comme du bois. Le mal gagnait petit à petit. On aurait dit une musique sous la peau; ça partait toutes les trois ou quatre secondes, roulait un instant; puis ça s'arrêtait et ça reprenait, juste le petit frisson qui secoue les chiens perdus, quand ils ont froid l'hiver, sous une porte. Déjà le ventre et les épaules avaient un frémissement d'eau sur le point de bouillir.

Une drôle de démolition tout de même, s'en aller en se tordant, comme une fille à laquelle les chatouilles font de l'effet!

Coupeau, cependant, se plaignait d'une voix sourde. Il semblait souffrir beaucoup plus que la veille. Ses plaintes entrecoupées laissaient deviner toutes sortes de maux. Des milliers d'épingles le piquaient. Il avait partout sur la peau quelque chose de pesant; une bête froide et mouillée se traînait sur ses cuisses et lui enfonçait des crocs dans la chair. Puis, c'étaient d'autres bêtes qui se collaient à ses épaules, en lui arrachant le dos à coups de griffes.

« J'ai soif, oh! j'ai soif! » grogna-t-il continuellement.

L'interne prit un pot de limonade sur une planchette et le lui donna. Il saisit le pot à deux mains, aspira goulûment une gorgée, en répandant la moitié du liquide sur lui; mais il cracha tout de suite la gorgée, avec un dégoût furieux, en criant :

« Nom de Dieu! c'est de l'eau-de-vie! »

Alors, l'interne, sur un signe du médecin, voulut lui faire boire de l'eau, sans lâcher la carafe. Cette fois, il avala la gorgée, en hurlant, comme s'il avait avalé du feu.

« C'est de l'eau-de-vie, nom de Dieu! c'est de l'eau-de-vie! »

Depuis la veille, tout ce qu'il buvait était de l'eau-de-vie. Ça redoublait sa soif, et il ne pouvait plus boire, parce que tout le brûlait. On lui avait apporté un potage, mais on cherchait à l'empoisonner bien sûr, car ce potage sentait le vitriol. Le pain était aigre et gâté. Il n'y avait que du poison autour de lui. La cellule puait le soufre. Même il accusait des gens de frotter des allumettes sous son nez pour l'empester.

Le médecin venait de se relever et écoutait Coupeau, qui maintenant voyait de nouveau des fantômes en plein midi. Est-ce qu'il ne croyait pas apercevoir sur les murs des toiles d'araignées grandes comme des voiles de bateau! Puis ces toiles devenaient des filets avec des mailles qui se rétrécissaient et s'allongeaient, un drôle de joujou! Des boules noires voyageaient dans les mailles, de vraies boules d'escamoteur, d'abord grosses comme des billes, puis grosses comme des boulets; et elles enflaient, et elles maigrissaient, histoire simplement de l'embêter. Tout d'un coup, il cria :

« Oh! les rats, v'là les rats, à cette heure. »

C'étaient les boules qui devenaient des rats. Ces sales animaux grossissaient, passaient à travers le filet, sautaient sur le matelas, où ils s'évaporaient. Il y avait aussi un singe, qui sortait du mur, qui rentrait dans le mur, en s'approchant chaque fois si près de lui, qu'il reculait, de peur d'avoir le nez croqué. Brusquement, ça changea encore; les murs devaient cabrioler, car il répétait, étranglé de terreur et de rage :

« C'est ça, aïe donc! secouez-moi, je m'en fiche!... Aïe donc! la cambuse! aïe donc! par terre!... Oui, son-nez les cloches, tas de corbeaux! jouez de l'orgue pour m'empêcher d'appeler la garde!... Et ils ont mis une

machine derrière le mur, ces racailles! Je l'entends bien,
elle ronfle, ils vont nous faire sauter... Au feu! nom de
Dieu! au feu. On crie au feu! voilà que ça flambe. Oh!
ça s'éclaire, ça s'éclaire! tout le ciel brûle, des feux
rouges, des feux verts, des feux jaunes... A moi! au
secours! au feu! »

Ses cris se perdaient dans un râle. Il ne marmottait
plus que des mots sans suite, une écume à la bouche, le
menton mouillé de salive. Le médecin se frottait le nez
avec le doigt, un tic qui lui était sans doute habituel, en
face des cas graves. Il se tourna vers l'interne, lui demanda
à demi-voix :

« Et la température, toujours quarante degrés, n'est-ce
pas?

— Oui, monsieur. »

Le médecin fit une moue. Il demeura encore là, deux
minutes, les yeux fixés sur Coupeau. Puis, il haussa les
épaules, en ajoutant :

« Le même traitement, bouillon, lait, limonade citri-
que, extrait mou de quinquina en potion... Ne le quittez
pas, et faites-moi appeler. »

Il sortit, Gervaise le suivit, pour lui demander s'il n'y
avait plus d'espoir. Mais il marchait si raide dans le corridor, qu'elle n'osa pas l'aborder. Elle resta plantée là un
instant, hésitant à rentrer voir son homme. La séance lui
semblait déjà joliment rude. Comme elle l'entendait crier
encore que la limonade sentait l'eau-de-vie, ma foi! elle
fila, ayant assez d'une représentation. Dans les rues, le
galop des chevaux et le bruit des voitures lui firent croire
que tout Sainte-Anne était à ses trousses. Et ce médecin
qui l'avait menacée! Vrai, elle croyait déjà avoir la
maladie.

Naturellement, rue de la Goutte-d'Or, les Boche et
les autres l'attendaient. Dès qu'elle parut sous la porte,
on l'appela dans la loge. Eh bien, est-ce que le père Coupeau durait toujours? Mon Dieu! oui, il durait toujours.
Boche semblait stupéfait et consterné : il avait parié un
litre que le père Coupeau n'irait pas jusqu'au soir. Com-

ment! il durait encore! Et toute la société s'étonnait, en
se tapant sur les cuisses. En voilà un gaillard qui résistait!
Mme Lorilleux calcula les heures; trente-six heures et
vingt-quatre heures, soixante heures. Sacré mâtin, soixante heures déjà qu'il jouait des quilles et de la gueule!
On n'avait jamais vu un pareil tour de force. Mais Boche,
qui riait jaune à cause de son litre, questionnait Gervaise
d'un air de doute, en lui demandant si elle était bien sûre
qu'il n'eût pas défilé la parade derrière son dos. Oh! non,
il sautait trop fort, il n'en avait pas envie. Alors, Boche,
insistant davantage, la pria de refaire un peu comme il
faisait, pour voir. Oui, oui, encore un peu! à la demande
générale! la société lui disait qu'elle serait bien gentille,
car justement il y avait là deux voisines, qui n'avaient
pas vu la veille, et qui venaient de descendre exprès pour
assister au tableau. La concierge criait au monde de se
ranger, les gens débarrassaient le milieu de la loge, en se
poussant du coude avec un frémissement de curiosité.
Cependant, Gervaise baissait la tête. Vrai, elle craignait
de se rendre malade. Pourtant, désirant prouver que ce
n'était pas histoire de se faire prier, elle commença deux
ou trois petits sauts; mais elle devint toute chose, elle se
rejeta en arrière; parole d'honneur, elle ne pouvait pas.
Un murmure de désappointement courut: c'était dommage, elle imitait ça à la perfection. Enfin, si elle ne pouvait pas! Et, comme Virginie retournait à sa boutique,
on oublia le père Coupeau, pour causer vivement du
ménage Poisson, une pétaudière maintenant; la veille,
les huissiers étaient venus; le sergent de ville allait perdre
sa place; quant à Lantier, il tournait autour de la fille
du restaurant d'à côté, une femme magnifique, qui parlait
de s'établir tripière. Dame! on en rigolait, on voyait déjà
une tripière installée dans la boutique; après la friandise,
le solide. Ce cocu de Poisson avait une bonne tête, dans
tout ça; comment diable un homme dont le métier était
d'être malin, se montrait-il si godiche chez lui. Mais on
se tut brusquement, en apercevant Gervaise qu'on ne
regardait plus et qui s'essayait toute seule au fond de

la loge, tremblant des pieds et des mains, faisant Coupeau.
Bravo ! c'était ça, on n'en demandait pas davantage. Elle
resta hébétée, ayant l'air de sortir d'un rêve. Puis, elle fila
raide. Bien le bonsoir, la compagnie ! elle montait pour
tâcher de dormir.

Le lendemain, les Boche la virent partir à midi, comme
les deux autres jours. Ils lui souhaitaient bien de l'agrément. Ce jour-là, à Sainte-Anne, le corridor tremblait des
gueulements et des coups de talon de Coupeau. Elle
tenait encore la rampe de l'escalier, qu'elle l'entendit
hurler :

« En v'là des punaises !... Rappliquez un peu par ici,
que je vous désosse !... Ah ! ils veulent m'escoffier, ah ! les
punaises !... Je suis plus rupin que vous tous ! Décarrez,
nom de Dieu ! »

Un instant, elle souffla devant la porte. Il se battait
donc avec une armée ! Quand elle entra, ça croissait et ça
embellissait. Coupeau était fou furieux, un échappé de
Charenton ! Il se démenait au milieu de la cellule, envoyant les mains partout, sur lui, sur les murs, par terre,
culbutant, tapant dans le vide ; et il voulait ouvrir la
fenêtre, et il se cachait, se défendait, appelait, répondait,
tout seul pour faire ce sabbat, de l'air exaspéré d'un
homme cauchemardé par une flopée de monde. Puis,
Gervaise comprit qu'il s'imaginait être sur un toit, en
train de poser des plaques de zinc. Il faisait le soufflet
avec sa bouche, il remuait des fers dans le réchaud, se
mettait à genoux, pour passer le pouce sur les bords du
paillasson, en croyant qu'il le soudait. Oui, son métier
lui revenait, au moment de crever ; et s'il gueulait si fort,
s'il se crochait sur son toit, c'était que des mufes l'empêchaient d'exécuter proprement son travail. Sur tous
les toits voisins, il y avait de la fripouille qui le méca-
nisait. Avec ça, ces blagueurs lui lâchaient des bandes de
rats dans les jambes. Ah ! les sales bêtes, il les voyait toujours ! Il avait beau les écraser, en frottant son pied sur le
sol de toutes ses forces, il en passait de nouvelles ribam-
belles, le toit en était noir. Est-ce qu'il n'y avait pas des

araignées aussi! Il serrait rudement son pantalon pour
tuer contre sa cuisse de grosses araignées, qui s'étaient
fourrées là. Sacré tonnerre! il ne finirait jamais sa journée, on voulait le perdre, son patron allait l'envoyer à
Mazas. Alors, en se dépêchant, il crut qu'il avait une
machine à vapeur[1] dans le ventre; la bouche grande
ouverte, il soufflait de la fumée, une fumée épaisse qui
emplissait la cellule et qui sortait par la fenêtre; et,
penché, soufflant toujours, il regardait dehors le ruban
de fumée se dérouler, monter dans le ciel, où il cachait le
soleil.

« Tiens! cria-t-il, c'est la bande de la chaussée Clignancourt, déguisée en ours, avec des fla-fla... »

Il restait accroupi devant la fenêtre, comme s'il avait
suivi un cortège dans une rue, du haut d'une toiture.

« V'là la calvacade, des lions et des panthères qui font
des grimaces... Il y a des mômes habillés en chiens et en
chats... Il y a la grande Clémence, avec sa tignasse pleine
de plumes. Ah! sacredié! elle fait la culbute, elle montre
tout ce qu'elle a!... Dis donc, ma biche, faut nous cara-
pater... Eh! bougres de roussins, voulez-vous bien ne
pas la prendre!... Ne tirez pas, tonnerre! ne tirez
pas... »

Sa voix montait, rauque, épouvantée, et il se baissait
vivement, répétant que la rousse et les pantalons rouges
étaient en bas, des hommes qui le visaient avec des fusils.
Dans le mur, il voyait le canon d'un pistolet braqué sur sa
poitrine. On venait lui reprendre la fille.

« Ne tirez pas, nom de Dieu! ne tirez pas... »

Puis, les maisons s'effondraient, il imitait le craquement d'un quartier qui croule; et tout disparaissait, tout
s'envolait. Mais il n'avait pas le temps de souffler, d'autres
tableaux passaient, avec une mobilité extraordinaire. Un
besoin furieux de parler lui remplissait la bouche de
mots, qu'il lâchait sans suite, avec un barbotement de la
gorge. Il haussait toujours la voix.

« Tiens, c'est toi, bonjour!... Pas de blague! ne me
fais pas manger tes cheveux. »

Et il passait la main devant son visage, il soufflait pour écarter des poils. L'interne l'interrogea :

« Qui voyez-vous donc?

— Ma femme, pardi! »

Il regardait le mur, tournant le dos à Gervaise.

Celle-ci eut un joli trac, et elle examina aussi le mur, pour voir si elle ne s'apercevait pas. Lui, continuait de causer.

« Tu sais, ne m'embobine pas... Je ne veux pas qu'on m'attache... Fichtre! te voilà belle, t'as une toilette chic. Où as-tu gagné ça, vache! Tu viens de la retape, chameau! Attends un peu que je t'arrange!... Hein? tu caches ton monsieur derrière tes jupes. Qu'est-ce que c'est que celui-là? Fais donc la révérence, pour voir... Nom de Dieu! c'est encore lui! »

D'un saut terrible, il alla se heurter la tête contre la muraille; mais la tenture rembourrée amortit le coup. On entendit seulement le rebondissement de son corps sur le paillasson, où la secousse l'avait jeté.

« Qui voyez-vous donc? répéta l'interne.

— Le chapelier! le chapelier! » hurlait Coupeau.

Et, l'interne ayant interrogé Gervaise, celle-ci bégaya sans pouvoir répondre, car cette scène remuait en elle tous les embêtements de sa vie. Le zingueur allongeait les poings.

« A nous deux, mon cadet! Faut que je te nettoie à la fin! Ah! tu viens tout de go, avec cette drogue au bras, pour te ficher de moi en public. Eh bien, je vas t'estrangouiller, oui, oui, moi! et sans mettre des gants encore!... Ne fais pas le fendant... Empoche ça. Et atout! atout! atout! »

Il lançait ses poings dans le vide. Alors, une fureur s'empara de lui. Ayant rencontré le mur en reculant, il crut qu'on l'attaquait par derrière. Il se retourna, s'acharna sur la tenture. Il bondissait, sautait d'un coin à un autre, tapait du ventre, des fesses, d'une épaule, roulait, se relevait. Ses os mollissaient, ses chairs avaient un bruit d'étoupes mouillées. Et il accompagnait ce joli jeu de menaces atroces, de cris gutturaux et sauvages. Cependant, la bataille devait mal tourner pour lui, car sa respiration devenait courte, ses yeux sortaient de leurs orbites; et il semblait peu à peu pris d'une lâcheté d'enfant.

« A l'assassin! à l'assassin!... Foutez le camp, tous les deux. Oh! les salauds, ils rigolent. La voilà les quatre fers en l'air, cette garce!... Il faut qu'elle y passe, c'est décidé... Ah! le brigand, il la massacre! Il lui coupe une quille avec son couteau. L'autre quille est par terre, le ventre est en deux, c'est plein de sang... Oh! mon Dieu, oh! mon Dieu, oh! mon Dieu... »

Et, baigné de sueur, les cheveux dressés sur le front, effrayant, il s'en alla à reculons, en agitant violemment les bras, comme pour repousser l'abominable scène. Il jeta deux plaintes déchirantes, il s'étala à la renverse sur le matelas, dans lequel ses talons s'étaient empêtrés.

« Monsieur, monsieur, il est mort! » dit Gervaise les mains jointes.

L'interne s'était avancé, tirant Coupeau au milieu du matelas. Non, il n'était pas mort. On l'avait déchaussé; ses pieds nus passaient, au bout; et ils dansaient tout seuls, l'un à côté de l'autre, en mesure, d'une petite danse pressée et régulière.

Justement, le médecin entra. Il amenait deux collègues, un maigre et un gras, décorés comme lui. Tous les trois se penchèrent, sans rien dire, regardant l'homme partout; puis, rapidement, à demi-voix, ils causèrent. Ils avaient découvert l'homme des cuisses aux épaules, Gervaise voyait, en se haussant, ce torse nu étalé. Eh bien, c'était complet, le tremblement était descendu des bras et monté des jambes, le tronc lui-même entrait en gaieté à cette heure! Positivement, le polichinelle rigolait aussi du ventre. C'étaient des risettes le long des côtes, un essoufflement de la berdouille, qui semblait crever de rire. Et tout marchait, il n'y avait pas à dire! les muscles se faisaient vis-à-vis, la peau vibrait comme un tambour, les poils valsaient en se saluant. Enfin, ça devait

être le grand branle-bas, comme qui dirait le galop de la
fin, quand le jour paraît et que tous les danseurs se tiennent par la patte en tapant du talon.

« Il dort », murmura le médecin en chef.

Et il fit remarquer la figure de l'homme aux deux
autres. Coupeau, les paupières closes, avait de petites
secousses nerveuses qui lui tiraient toute la face. Il était
plus affreux encore, ainsi écrasé, la mâchoire saillante,
avec le masque déformé d'un mort qui aurait eu des
cauchemars. Mais les médecins, ayant aperçu les pieds,
vinrent mettre leurs nez dessus d'un air de profond intérêt. Les pieds dansaient toujours. Coupeau avait beau
dormir, les pieds dansaient! Oh! leur patron pouvait
ronfler, ça ne les regardait pas, ils continuaient leur
train-train, sans se presser ni se ralentir. De vrais pieds
mécaniques, des pieds qui prenaient leur plaisir où ils
le trouvaient.

Pourtant, Gervaise, ayant vu les médecins poser leurs
mains sur le torse de son homme, voulut le tâter elle aussi.
Elle s'approcha doucement, lui appliqua sa main sur une
épaule. Et elle la laissa une minute. Mon Dieu! qu'est-ce
qui se passait donc là-dedans? Ça dansait jusqu'au fond
de la viande; les os eux-mêmes devaient sauter. Des fré-
missements, des ondulations arrivaient de loin, coulaient
pareils à une rivière, sous la peau. Quand elle appuyait
un peu, elle sentait les cris de souffrance de la moelle.
A l'œil nu, on voyait seulement les petites ondes creusant
des fossettes, comme à la surface d'un tourbillon; mais,
dans l'intérieur, il devait y avoir un joli ravage. Quel
sacré travail! un travail de taupe! C'était le vitriol de
l'Assommoir qui donnait là-bas des coups de pioche. Le
corps entier en était saucé, et dame! il fallait que ce
travail s'achevât, émiettant, emportant Coupeau, dans
le tremblement général et continu de toute la carcasse.

Les médecins s'en étaient allés. Au bout d'une heure,
Gervaise, restée avec l'interne, répéta à voix basse :

« Monsieur, monsieur, il est mort... »

Mais l'interne, qui regardait les pieds, dit non de la

tête. Les pieds nus, hors du lit, dansaient toujours, ils n'étaient guère propres et ils avaient les ongles longs. Des heures encore passèrent. Tout d'un coup, ils se raidirent, immobiles. Alors, l'interne se tourna vers Gervaise, en disant :

« Ça y est. »

La mort seule avait arrêté les pieds.

Quand Gervaise rentra rue de la Goutte-d'Or, elle trouva chez les Boche un tas de commères qui jabotaient d'une voix allumée. Elle crut qu'on l'attendait pour avoir des nouvelles, comme les autres jours.

« Il est claqué », dit-elle en poussant la porte, tranquillement, la mine éreintée et abêtie.

Mais on ne l'écoutait pas. Toute la maison était en l'air. Oh! une histoire impayable! Poisson avait pigé sa femme avec Lantier. On ne savait pas au juste les choses, parce que chacun racontait ça à sa manière. Enfin, il était tombé sur leur dos au moment où les deux autres ne l'attendaient pas. Même on ajoutait des détails que les dames se répétaient en pinçant les lèvres. Une vue pareille, naturellement, avait fait sortir Poisson de son caractère. Un vrai tigre! Cet homme, peu causeur, qui semblait marcher avec un bâton dans le derrière, s'était mis à rugir et à bondir. Puis, on n'avait plus rien entendu. Lantier devait avoir expliqué l'affaire au mari. N'importe, ça ne pouvait plus aller loin. Et Boche annonçait que la fille du restaurant d'à côté prenait décidément la boutique, pour y installer une triperie. Ce roublard de chapelier adorait les tripes.

Cependant, Gervaise, en voyant arriver Mme Lorilleux avec Mme Lerat, répéta mollement :

« Il est claqué... Mon Dieu! quatre jours à gigoter et à gueuler... »

Alors, les deux sœurs ne purent pas faire autrement que de tirer leurs mouchoirs. Leur frère avait eu bien des torts, mais enfin c'était leur frère. Boche haussa les épaules, en disant assez haut pour être entendu de tout le monde :

« Bah ! c'est un soûlard de moins ! »

Depuis ce jour, comme Gervaise perdait la tête souvent, une des curiosités de la maison était de lui voir faire Coupeau. On n'avait plus besoin de la prier, elle donnait le tableau gratis, tremblement des pieds et des mains, lâchant de petits cris involontaires. Sans doute elle avait pris ce tic-là à Sainte-Anne, en regardant trop longtemps son homme. Mais elle n'était pas chanceuse, elle n'en crevait pas comme lui. Ça se bornait à des grimaces de singe échappé, qui lui faisaient jeter des trognons de choux par les gamins, dans les rues.

Gervaise dura ainsi pendant des mois. Elle dégringolait plus bas encore, acceptait les dernières avanies, mourait un peu de faim tous les jours. Dès qu'elle possédait quatre sous, elle buvait et battait les murs. On la chargeait des sales commissions du quartier. Un soir, on avait parié qu'elle ne mangerait pas quelque chose de dégoûtant ; et elle l'avait mangé, pour gagner dix sous. M. Marescot s'était décidé à l'expulser de la chambre du sixième. Mais, comme on venait de trouver le père Bru mort dans son trou, sous l'escalier, le propriétaire avait bien voulu lui laisser cette niche. Maintenant, elle habitait la niche du père Bru. C'était là-dedans, sur de la vieille paille, qu'elle claquait du bec, le ventre vide et les os glacés. La terre ne voulait pas d'elle, apparemment. Elle devenait idiote, elle ne songeait seulement pas à se jeter du sixième sur le pavé de la cour, pour en finir. La mort devait la prendre petit à petit, morceau par morceau, en la traînant ainsi jusqu'au bout dans la sacrée existence qu'elle s'était faite. Même on ne sut jamais au juste de quoi elle était morte. On parla d'un froid et chaud. Mais la vérité était qu'elle s'en allait de misère, des ordures et des fatigues de sa vie gâtée. Elle creva d'avachissement, selon le mot des Lorilleux. Un matin, comme ça sentait mauvais dans le corridor, on se rappela qu'on ne l'avait pas vue depuis deux jours ; et on la découvrit déjà verte, dans sa niche.

Justement, ce fut le père Bazouge qui vint, avec la caisse des pauvres sous le bras, pour l'emballer. Il était

encore joliment soûl ce jour-là, mais bon zig tout de
même, et gai comme un pinson. Quand il eut reconnu
la pratique à laquelle il avait affaire, il lâcha des réflexions philosophiques, en préparant son petit ménage.

« Tout le monde y passe... On n'a pas besoin de se
bousculer, il y a de la place pour tout le monde... Et c'est
bête d'être pressé, parce qu'on arrive moins vite...
Moi, je ne demande pas mieux que de faire plaisir. Les
uns veulent, les autres ne veulent pas. Arrangez un peu
ça, pour voir... En v'là une qui ne voulait pas, puis elle a
voulu. Alors, on l'a fait attendre... Enfin, ça y est, et,
vrai! elle l'a gagné! Allons-y gaiement! »

Et, lorsqu'il empoigna Gervaise dans ses grosses mains
noires, il fut pris d'une tendresse, il souleva doucement
cette femme qui avait eu un si long béguin pour lui. Puis,
en l'allongeant au fond de la bière avec un soin paternel,
il bégaya, entre deux hoquets :

« Tu sais, écoute bien... c'est moi, Bibi-la-Gaieté, dit
le consolateur des dames... Va, t'es heureuse. Fais dodo,
ma belle! »

COMMENTAIRES

par

Auguste Dezalay

Originalité de l'œuvre

Un roman documentaire

Zola, primitivement, avait choisi pour titre possible de son roman *La Simple Vie de Gervaise Macquart*. C'était, d'avance, orienter le lecteur dans une certaine interprétation de l'œuvre, qui en aurait pu faire, toutes proportions gardées, l'équivalent, dans l'évocation d'une ouvrière, de cette biographie pessimiste d'une riche oisive de l'aristocratie que Maupassant plus tard allait réussir dans *Une Vie*. Et René Clément, donc, ne serait pas vraiment infidèle à la première pensée de l'écrivain naturaliste, lorsqu'il titrerait *Gervaise* son adaptation cinématographique du roman. Mais, tout de même, en fin de compte, l'intitulé de *L'Assommoir* l'a emporté, devenant certainement un facteur décisif du succès de l'ouvrage. Pour nous, maintenant, il forme diptyque avec *Germinal*, et inscrit dans notre mémoire le souvenir des deux romans de l'ouvrier les plus célèbres du siècle et les plus significatifs de toute la série des *Rougon-Macquart*.

Ce roman de l'ouvrier figurait déjà sur la première liste d'œuvres remise par Zola à son éditeur au début de 1869, et sa publication en 1877 seulement ne doit pas faire oublier qu'il a été très tôt prévu, et préparé de longue date par un écrivain qui avait connu la gêne, sinon la misère, à Paris, aux environs de sa vingtième année, et

connaissait fort bien, pour avoir vécu près d'eux et
partagé parfois leurs angoisses, les artisans et petits
boutiquiers dont il voulait évoquer la vie difficile. Il y
avait eu, bien sûr, déjà plusieurs tentatives, dans la
littérature du temps, pour ouvrir la voie au roman du
peuple. Sans remonter jusqu'à Balzac, qui s'intéresse plus
aux paysans et aux commerçants qu'au monde ouvrier, et
se contente, à travers *La Comédie humaine*, d'allusions à
une brodeuse dans *Une Double Famille*, à la bonneterie
de Champagne dans *Le Député d'Arcis*, ou même aux
« prolétaires » au début de *Pierrette*, il faut citer au moins
Hugo, dont *Les Misérables* de 1862 comportaient des
indications sur la fabrication du jais à Montreuil-sur-Mer.
Mais surtout on doit penser aux œuvres des Goncourt,
dont Zola avait admiré en 1864 *Germinie Lacerteux*,
roman d'une bonne hystérique, et qui traitaient du peuple
comme d'un milieu pittoresque et exotique à révéler aux
bourgeois curieux de sensations fortes et nouvelles. Cela
dit, l'entreprise de Zola est beaucoup plus systématique
et va beaucoup plus loin que celles de ses devanciers, en
ce qui concerne du moins la description exacte et sug-
gestive des travailleurs de la société moderne, dont
Balzac, venu trop tôt, ne pouvait avoir une vue très
complète sous la Restauration et le début de la monar-
chie de Juillet. *L'Assommoir* brosse le tableau de l'artisanat et de la petite industrie, avant que *Germinal* en 1885
n'offre l'évocation de la mine et du grand capital, et que
par la suite *La Bête humaine* ne présente le monde des
cheminots et toute l'organisation du trafic ferroviaire. Le
roman de Gervaise comporte déjà un véritable répertoire
des petits métiers : Coupeau est zingueur, Gervaise elle-
même laveuse, puis patronne d'une blanchisserie, Virginie couturière avant de reprendre la boutique de Gervaise et de la transformer en commerce d'épicerie fine,
Nana fleuriste dans l'atelier où travaille Mme Lerat,
Goujet forgeron, le père Bijard serrurier, enfin les Lorilleux travaillent l'or comme chaînistes au fond de leur
soupente. Et la réalité de la vie laborieuse apparaît à
travers la description précise et documentée du lavoir
industriel dominé par le ronflement de la machine à
vapeur, de l'atelier du chaîniste avec sa petite forge, ou
de la fabrique de boulons et de rivets dans laquelle les

machines à riveter commencent à concurrencer le travail de Goujet.

L'Assommoir ne prétend pas seulement caractériser les multiples aspects du monde du travail, et le titre définitif du roman l'indique suffisamment par sa référence à l'assommoir du père Colombe, où l'alambic distille infatigablement l'alcool, « machine à soûler » pour les ouvriers paresseux comme Mes-Bottes ou Bec-Salé. Le roman vise la dénonciation des méfaits de l'alcoolisme dans le milieu ouvrier du quartier de la Goutte-d'Or, et cet aspect de l'œuvre a fini par occulter presque tous les autres. Zola lui-même d'ailleurs y mettait volontiers l'accent et allait jusqu'à déclarer, dans une lettre du 13 février 1877 au directeur du *Bien public* : « Si l'on voulait me forcer absolument à conclure, je dirais que tout *L'Assommoir* peut se résumer dans cette phrase : "Fermez les cabarets, ouvrez les écoles." L'ivrognerie dévore le peuple. Consultez les statistiques, allez dans les hôpitaux, faites une enquête, vous verrez si je mens. L'homme qui tuerait l'ivrognerie ferait plus pour la France que Charlemagne ou Napoléon. J'ajouterai encore : assainissez les faubourgs et augmentez les salaires. La question du logement est capitale ; les puanteurs de la rue, l'escalier sordide, l'étroite chambre où dorment pêle-mêle les pères et les filles, les frères et les sœurs, sont la grande cause de la dépravation des faubourgs. Le travail écrasant qui rapproche l'homme de la brute, le salaire insuffisant qui décourage et fait chercher l'oubli, achèvent d'emplir les cabarets et les maisons de tolérance. Oui, le peuple est ainsi, mais parce que la société le veut bien. » L'accusation, on le voit, vise non pas les victimes de l'alcoolisme, cette population de travailleurs sans avenir, marginalisés dans les faubourgs, maintenus dans l'ignorance par la bourgeoisie du Second Empire ou du début de la IIIe République, et ravalés par la littérature feuilletonesque d'Eugène Sue ou de Paul Féval à l'état de brigands pour « tapis francs » dans *Les Mystères de Paris* ou *Les Mystères de Londres*, mais la société bourgeoise elle-même, jugée coupable de confondre « classes laborieuses » et « classes dangereuses », et d'interdire, par peur du scandale, toute représentation vraie du sort de ceux qu'elle exploite et qu'elle opprime.

Un roman de la chute

L'imprégnation alcoolique gagne progressivement la plupart des personnages de *L'Assommoir*, et jusqu'à Coupeau et Gervaise, dont la vie et la carrière, un moment réussies, avec l'installation dans la boutique et la naissance de Nana, ne seront bientôt plus qu'une lente déchéance terminée pour l'un par le delirium tremens, et pour l'autre par une sorte de pourrissement qui la fera s'en aller « de misère, des ordures et des fatigues de sa vie gâtée » (p. 494). Cette déchéance correspond à la progressive décadence du Second Empire, dans l'imagination de Zola, puisque la durée de la fiction dans le roman s'étend de 1850 à 1869 environ, à la veille même des désastres de la guerre et de la capitulation de Sedan. Mais elle est surtout signifiée par le développement du thème de la chute, qui donne à toute l'œuvre son sens presque métaphysique. Ce roman de la chute est inscrit déjà dans le texte par la mention d'une légère claudication chez Gervaise, qui rapproche ce personnage de la Teuse, autre boiteuse, dans *La Faute de l'abbé Mouret*, et l'exposera au surnom moqueur de « la Banban » affectionné de Mme Lorilleux, la sœur de Coupeau. Mais quand on apprend, dès la première rencontre de Gervaise et de Coupeau dans l'assommoir du père Colombe, que « le papa Coupeau, qui était zingueur comme lui, s'était écrabouillé la tête sur le pavé de la rue Coquenard, en tombant, un jour de ribote, de la gouttière du n° 25 » (p. 49), on peut se douter que pareil accident va arriver à Coupeau lui-même, et l'on ne sera guère étonné de constater l'importance véritablement catastrophique prise par cet événement dans la vie du jeune ménage, d'autant qu'il sera suivi d'une chute morale de Gervaise tombant à nouveau dans les bras de Lantier le jour où son mari, rentré ivre mort en son absence, a glissé de son lit pour se vautrer dans son ordure. Le fantasme de la chute s'empare finalement de l'esprit de Gervaise qui imagine parfois que Lantier et Coupeau s'accordent à la pousser dans un puits, et va même jusqu'à rêver la possibilité d'un nouvel accident pour Coupeau reparti de temps à autre travailler sur les toits. Une thématique du vide et du trou se répand dans tout le roman et engendre des images de mort et de suicide qui aboutissent à la mise en valeur du personnage de Bazouge le croque-mort, dont les successives apparitions fascinent Gervaise en proie au vertige de l'anéantissement. D'une certaine façon, comme le soulignent certaines analyses modernes, le roman est un parcours mais c'est aussi une chute de l'extérieur à l'intérieur, de la chambre-fenêtre à la niche-cercueil, et l'insistance mise par Zola sur le motif de l'escalier du grand immeuble tend à le montrer, dans le renversement des perspectives qui le présente d'en haut sous la forme d'un puits, près duquel Gervaise se hasarde « comme au bord d'un gouffre » (p. 63).

La signification métaphysique de l'œuvre est celle d'une retombée dans la matière, après un essai bien timide de Gervaise pour y échapper, par la pensée d'un « idéal » plusieurs fois rappelé, avec une amertume croissante par l'héroïne, au fur et à mesure qu'elle s'en éloigne et s'abaisse de plus en plus vers la terre, jusqu'à se retrouver à genoux pour nettoyer le sol de son ancienne boutique, sous le regard ironique et méprisant de Virginie et de Lantier. Elle est précipitée par le poids de sa matérialité, figurée dans le roman par la difformité grandissante de son corps, et par l'accumulation de toute cette crasse que sa fonction, peut-être sa vocation, était naguère de faire disparaître au lavoir ou dans sa blanchisserie, et dans laquelle, vers la fin de son existence, elle trouve presque un certain plaisir à se vautrer. Autrement dit, *L'Assommoir* pose une fois de plus le problème du matérialisme de Zola, et de sa triple réduction du psychologique au physiologique, des luttes d'idées aux luttes des classes, et de l'aérien au souterrain. Il faut reconnaître dans l'œuvre un triple constat : celui de la « paupérisation », de l'appauvrissement jugé inéluctable des travailleurs, sous l'influence des firmes qui emploient les ouvriers en chambre, comme les Lorilleux, ou par la concurrence des machines qui vont peu à peu réduire au chômage des artisans tels que Goujet ; celui de la déchéance due à l'alcoolisme, qui risque de ramener l'ouvrier au niveau d'une vie purement végétative, et d'un corps ruiné par des désordres physiologiques irréparables ; le constat enfin d'une misère qui fait progressivement de Gervaise une chose qu'on oublie, ou une

« ordure » qu'on va jeter. Mais apparaissent aussi des formes plus spécifiquement romanesques du matérialisme, dans ces descriptions appuyées des repas dans le monde d'une faim perpétuellement inassouvie, le repas de la noce déjà, mais surtout le repas gigantesque, ou gargantuesque, de la fête de Gervaise, qui finit par déborder toutes les limites spatiales et temporelles accoutumées, et s'achève dans le cauchemar d'« un brouillard jaune, avec des figures rouges qui sautaient, la bouche fendue d'une oreille à l'autre » (p. 262), au comble de l'ivresse générale. Il faut y ajouter le déversement de l'obscénité tant reprochée à Zola, et les débordements de la chair marqués dans les débauches de Nana et le partage du corps de Gervaise s'abandonnant aux désirs de son amant Lantier comme à ceux de son mari Coupeau.

Une œuvre tragique

Ce matérialisme qui nie et tourne en dérision l'idéal religieux au moment de la communion de Nana, donne au roman une dimension tragique, en ruinant par avance tous les efforts des êtres pour échapper à l'enfer d'une vie sans espoir. Mais la rigueur de la tragédie se trouve aussi bien dans l'organisation de l'espace et du temps, dans la composition d'ensemble de l'œuvre, dans l'utilisation savante d'une technique des annonces et des rappels, dans la disposition des arrière-plans historiques ou familiaux. Zola sait occuper l'espace de sa fiction en le délimitant par rapport aux frontières que constituent d'une part le monde des « barrières » et de l'autre le « trou immense de Paris » (p. 50). Mais il y plante aussi des repères, l'abattoir, l'hôpital, l'assommoir, la boutique, dont la valeur symbolique, l'animalité, la maladie, la mort, le refuge, excède de beaucoup le rôle purement fonctionnel. Au début comme à la fin de l'œuvre la clôture du destin de Gervaise est soigneusement indiquée : lorsqu'elle se rend compte de sa solitude après le départ de Lantier, et qu'elle retrouve l'allée lugubre de l'hôtel Boncœur, « il lui sembl(e) entrer dans son abandon » (p. 39). Mais cet abandon est celui d'un être enfermé désormais dans les limites d'un univers de misère et de souffrance, qui devine que sa vie va s'inscrire entre le lieu de la mort des bêtes et celui de la mort des hommes, « entre un abattoir et un hôpital » (p. 40), qui, plus tard, en fin de parcours, descendant encore vers l'hôpital, remontant vers les abattoirs, fera « sa promenade dernière, des cours sanglantes où l'on assommait, aux salles blafardes où la mort raidissait les gens dans les draps de tout le monde » (p. 466). Ainsi va se préciser le double motif du lieu clos, de la fixité d'une vie enfermée dans la demeure du travail ou de la mort, et de l'errance de l'individu dans le milieu urbain, de l'instabilité d'une existence qui le mène à vagabonder de café en café, de logement en logement, du bal des barrières aux bastringues du quartier, et pour finir d'un trottoir à l'autre à la rencontre des désirs, dans l'espace de la rue ou des grands boulevards.

Le temps romanesque paraît d'abord excéder singulièrement la durée de la tragédie, puisque vingt ans à peu près s'écoulent de l'arrivée de Gervaise à Paris à sa fin misérable dans la soupente du père Bru. Mais ces vingt ans déterminent le cycle d'une vie et d'une histoire qui reviennent fatalement à leurs origines, à la violence pour un régime politique né d'un coup d'État et promis à la défaite et à l'insurrection, au délire et à l'abrutissement pour un Coupeau et une Gervaise marqués par la tare héréditaire d'une famille d'alcooliques. Si bien que le temps d'une génération s'identifie à la durée de la journée d'un travail et d'une existence tragiques, qui commence de bon matin au premier chapitre par le spectacle du défilé interminable des ouvriers allant à leur tâche dans Paris, et s'achève, le soir tombé, vers la fin de l'œuvre, par leur rentrée dans les faubourgs, coïncidant avec les derniers efforts de Gervaise pour trouver un moyen de ne pas mourir de faim : « Ah ! oui, Gervaise avait fini sa journée ! Elle était plus éreintée que tout ce peuple de travailleurs, dont le passage venait de la secouer. Elle pouvait se coucher là et crever, car le travail ne voulait plus d'elle » (p. 461). La tragédie en définitive s'est confondue avec le trajet du retour, qui ramène les ouvriers au lieu de leur misère, et au plus près des assommoirs, et qui a conduit Gervaise à retrouver le chemin de l'hôtel Boncœur maintenant dégradé et déclassé, et à rencontrer à nouveau les témoins de son

ancienne existence et de sa jeunesse, le père Bru ou
Goujet le forgeron. Le motif du retour tragique est figuré,
sur le plan de l'histoire, par la réapparition de Lantier et
de Virginie, qui symbolise la vanité des efforts de Gervaise pour reconstruire sa vie avec Coupeau et se débarrasser des fantômes de son passé. Mais il s'exprime aussi,
au niveau de la composition d'ensemble du roman, par la
multiplicité des rappels de thèmes et des répétitions
d'expressions, qu'il s'agisse par exemple de la série des
changements de couleur du ruisseau de la teinturerie, ou
de la reprise de la phrase de Gervaise sur son « idéal » de
vie, ou de ses dialogues pathétiques avec Bazouge le
croque-mort.

On le voit, *L'Assommoir* est une œuvre fortement struc-
turée, dont Zola a médité soigneusement l'organisation et
le langage. C'est un chef-d'œuvre de composition qui
place au centre du roman et de l'action les scènes vécues
dans la boutique louée par Gervaise avec l'argent de
Goujet, et distribue, de part et d'autre, les étapes successives de l'amélioration, puis de la dégradation du sort de
la blanchisseuse. A travers ses différents logements, la
chambre d'hôtel aux chapitres i, ii, iii, la petite maison au
chapitre iv, la boutique aux chapitres v, vi, vii, viii, ix, puis
la chambre du sixième aux chapitres x, xi, xii et la
« niche » du père Bru au treizième et dernier chapitre, on
suit le trajet qui la mène de l'espoir au désespoir. Le
milieu exact de l'œuvre est occupé, au chapitre vii, par le
récit de la fête de l'héroïne, et par l'immense description
du repas qui la célébrera. Comble de la gourmandise et
de la paresse, logique et significatif dans ce roman du
travail et de la faim. Mais peut-être aussi sommet de l'art
de Zola dans l'utilisation d'un langage savoureux, mêlant
l'argot véritable des faubourgs à l'invention d'images et
d'expressions inattendues et y ajoutant le pittoresque
troupier ou gaulois de multiples chansons qui témoignent de la vivacité et de la verdeur de la langue du
peuple.

Car la nouveauté de *L'Assommoir* ne réside pas seulement dans la précision du tableau de la vie ouvrière sous
le Second Empire, ni même dans la profondeur d'une
évocation des misères de la condition humaine, mais
dans la création presque « philologique », ainsi que Zola

y insistait dans sa préface, d'une technique originale d'expression, qui lui permettait de fondre harmonieusement les phrases de la langue parlée et le discours habituel de la narration. Mallarmé parlait lui-même, dans une lettre à Zola, d'une admirable tentative linguistique ». De quoi s'agissait-il donc ? Essentiellement, selon Jacques Dubois, d'une expansion dans le récit de l'usage du style indirect libre, qui permet de reproduire des pensées plus encore que des paroles, et qui autorise des passages subtils et presque imperceptibles entre le discours du narrateur et celui de son personnage, voire une confusion presque totale entre l'expression volontaire du moi et la dérive d'une rêverie proche du véritable monologue intérieur des modernes. Le mode d'énonciation choisi par Zola dans *L'Assommoir* rapproche déjà son œuvre de celle de Céline dans son fameux *Voyage au bout de la nuit*, ou de certains romans de Beckett tels que *L'Innommable*. C'est dire son originalité, et permettre sans doute de mieux comprendre au moins l'une des raisons du scandale qu'elle provoqua.

Étude des personnages

L'auteur des *Rougon-Macquart* a prétendu poser en des termes nouveaux le problème du personnage romanesque, en refusant les facilités de la « psychologie », en insistant au contraire sur l'insertion de l'être humain dans un milieu, et sur la nécessité, pour qui veut faire comprendre ses actes, de décrire son aspect physique et sa physiologie. D'où son refus de l'analyse des « caractères », à laquelle il veut substituer l'étude des « tempéraments », sanguin, nerveux ou lymphatique, par exemple. Comme, au surplus, il ne fait pas mystère d'introduire dans ses romans, et particulièrement dans *L'Assommoir* ou dans *Germinal*, l'évocation d'êtres symboliques, l'alambic, le Voreux ou collectifs, la rue, le quartier, la foule des ouvriers ou des mineurs, il semble prendre plaisir à compliquer la tâche du commentateur en bouleversant toutes les catégories jusque-là définies par la tradition.

Mais le romancier de *L'Assommoir*, qui a conçu son œuvre, entre autres perspectives, comme la biographie de Gervaise Macquart, a tendu malgré tout à définir en elle une héroïne véritable, capable d'inspirer au lecteur des sentiments de sympathie et de compassion pour un personnage bien près de lui apparaître, justement par ses traits de caractère, une figure traditionnelle du discours romanesque.

GERVAISE

Gervaise, doit-on rappeler d'abord, appartient à la famille des Rougon-Macquart, originaire de Plassans, près de Marseille, selon ses propres indications données à Mme Boche au début de la scène du lavoir. Son père, Antoine Macquart, est un des bâtards de la tante Dide, l'aïeule de toute la famille, et son appartenance au monde des bâtards signifie d'avance pour Gervaise une destinée difficile, dont les enfants légitimes, les Rougon, seront en général exceptés. Elle est affligée d'une fâcheuse hérédité alcoolique, qui explique curieusement son infirmité dès sa naissance, selon *La Fortune des Rougon*, le premier roman de la série, où elle se trouve déjà présentée. C'est donc, pour ainsi dire, et compte tenu des multiples différences qui séparent Zola de Balzac, un « personnage reparaissant », comme il y en aura d'autres dans l'ensemble du cycle, mais dont l'existence est définitivement arrêtée dès la fin du septième volume des *Rougon-Macquart*.

Dans la lettre adressée par Zola, en février 1877, au directeur du *Bien public*, pour répondre aux sévères jugements portés parfois sur *L'Assommoir* et pour défendre la moralité de ses principaux personnages, qualifiés d'« ignobles » par certains critiques contemporains, le romancier déclarait Gervaise « la plus sympathique et la plus tendre des figures qu'(il eût) encore créées ; elle reste bonne jusqu'au bout ». Voilà les traits essentiels de son caractère en effet, la bonté, qui apparaît dès le début dans son affection pour ses enfants, et la tendresse inquiète qui motive son attente anxieuse du retour de Lantier, au premier chapitre de l'œuvre, comme plus tard son chagrin et son dévouement pour son mari après la

chute de Coupeau, ou sa joie lorsque Goujet lui fait
sentir son amour pour elle, au cours d'une brève promenade où il lui a presque proposé un enlèvement aussitôt
refusé, et enfin son désespoir quand, tombée à la rue, elle
le rencontre une dernière fois avant de mourir. Elle n'a
pas seulement de la bonté, mais du courage et de
l'endurance au moment de l'accouchement d'Anna, ou
dans les « années de dur travail » qui suivent son mariage
avec Coupeau, puis la prise de possession de sa boutique.
Mais la bonté bientôt deviendra paresse, et l'affection
complaisance, au milieu même de son bonheur. Sa faiblesse apparaît dans une sorte d'« indulgence générale »
qui la conduit à excuser les premiers débordements de
Coupeau, et l'amènera plus tard, pour préserver sa tranquillité, à partager sa vie entre son mari et son ancien
amant. Sa vraie nature se révèle dans les aléas de son
existence, et sa vie s'écoule « à vau-l'eau », pour reprendre une expression de Huysmans, bien significative de la
conception naturaliste du décours inexorable d'une histoire humaine. Gervaise est un être rempli de qualités,
mais promis à un destin de victime, et sa passivité
grandissante sous les coups du sort est une donnée
fondamentale de l'évolution d'un personnage tragique,
marqué du signe du malheur dès sa naissance, déjà
estropié physiquement par la vie, avant même la défor-
mation morale des dernières années.

Son attitude primordiale est la peur de la vie, qui
cache mal une véritable fascination de la mort. Elle a
peur d'être laissée seule en face de Paris, quand elle est
abandonnée par Lantier, elle ne peut réprimer un sursaut de crainte devant la grande maison où habitent les
Lorilleux et qui va devenir aussi la sienne, elle est prise
d'un frisson devant l'alambic, lors de sa première visite à
l'Assommoir du père Colombe. Paris, le grand immeuble,
l'alambic, autant de monstres pour elle, qui terrifient
l'humanité profonde du personnage aimé de Zola. Mais
sa terreur se changera peu à peu en désir funèbre, et
devant la mort personnifiée par Bazouge elle hésite entre
l'horreur et la curiosité, « car, à certaines heures, malgré
son taf (sa peur), elle gardait toujours son béguin épouvanté ». En elle se confondent la hantise et le goût du
néant. C'est pourquoi, dans l'incertitude où elle demeure,

elle essaie perpétuellement de trouver des refuges contre elle-même, en s'identifiant à son travail ou à sa boutique, en se laissant aller à la gourmandise qui lui permet de s'unir à la matière, ou même en s'accommodant de la saleté qui l'entoure, dans sa blanchisserie, pour s'y blottir dans un nid de crasse et de graisse. En vain puisque sa destinée l'entraîne, dans ce roman de la chute, à tomber toujours plus bas. Et en définitive si sa peur de la vie l'amène à la mort, c'est peut-être parce que, étouffée par le monde de réalité sordide qui l'entoure, elle essaie de se réfugier dans le rêve, ou du moins dans une vague rêverie qui lui masque le réel. Car elle est un personnage idéal, idéaliste, et un peu idéalisé, qui va mourir de misère, mais plus encore si possible de la fin horrible de son amour pour Goujet, ce qui risque de lui faire quitter la tragédie pour le mélodrame, où elle rejoindrait alors sa protégée et son double, la petite Lalie Bijard.

Coupeau et Lantier

Coupeau et Lantier, face à Gervaise, s'opposent et se ressemblent. Ils s'opposent comme le bon et le mauvais ouvrier, tel Goujet en face de Bec-Salé. Ils se ressemblent parce qu'ils s'assemblent pour pousser Gervaise finale-ment à la misère et à la rue. Mais il y a entre eux cette différence essentielle que Lantier n'est visiblement qu'un opérateur romanesque tandis que Coupeau acquiert pro-gressivement la complexité et l'ampleur d'un personnage de premier plan, capable d'évolution, donc, et pourvu d'un destin. Il n'apparaît d'abord que pour relancer l'action interrompue par le départ de Lantier et pour insérer Gervaise dans la communauté d'un quartier, d'une maison, d'une famille. Et l'allusion à l'alcoolisme du père de Coupeau, dès le début, semble trop exacte-ment symétrique de la référence à l'anisette bue par la mère de Gervaise à Plassans. Tout change pourtant à partir de l'instant de l'accident, et l'analyse de Zola devient alors beaucoup plus subtile pour rendre compte des dangers de l'inaction dans une vie jusque-là rythmée par la cadence du travail, qui s'abandonne aux délices de la paresse, puis aux poisons distillés par l'Assommoir. Les réactions de Coupeau, endoctriné par les Lorilleux, puis par Lantier, vis-à-vis d'Étienne, l'enfant du premier lit, et de Goujet, l'amoureux sans espoir de Gervaise, montrent alors en lui le développement d'une véritable psychologie, où la jalousie le dispute au plaisir de faire le mal, qui l'amènera, une fois repris par la tare héréditaire, à essayer de pervertir à son tour Gervaise, pour l'entraîner avec lui dans la misère, et la faire sombrer dans l'abrutissement.

LES « UTILITÉS »

Autour de ces deux personnages de premier plan, tous les autres ne sont guère plus que des utilités, des « emplois », ou des symboles parfois trop visibles. Dans ce roman documentaire passent les silhouettes d'une fleuriste, Mme Lerat, d'une blanchisseuse, Mme Fauconnier, d'ouvriers en chambre, les Lorilleux, d'un forgeron, Goujet, mais aussi de concierges, les Boche, d'un propriétaire, M. Marescot, même d'un sergent de ville abondamment plaisanté, qui occupe ses loisirs à faire de petites boîtes comme le Binet de *Madame Bovary* tourne des ronds de serviette, et dont la femme, Virginie, est naturellement vue par Gervaise en train de rapporter un maquereau à son mari nommé Poisson !

Les « emplois » du bon et du méchant sont tenus par Goujet et Lantier, mais Virginie remplit aussi le rôle du traître du mélodrame qui poursuit sournoisement sa victime pour venger une injure ancienne, la fessée de la scène du lavoir, et triompher, au chapitre XI, de Gervaise condamnée à voir à genoux la victoire de celle qui, après Adèle sa sœur, lui vole à son tour Lantier.

Mais surtout le roman présente toute une série de personnages purement symboliques tels que le père Bru, Bazouge le croque-mort, Lalie Bijard, ou Goujet lui-même. Bru, vieil ouvrier tombé dans la misère, incarne le futur destin de Gervaise qui finira d'ailleurs par prendre sa place dans la soupente où il s'est éteint. Bazouge, bien évidemment, figure la mort souvent réclamée par les misérables. Quant à Lalie Bijard, elle suggère le martyre vécu par les enfants dans l'univers de la déchéance et de l'alcoolisme, et tient dans *L'Assommoir* la place plus tard occupée par Alzire chez les Maheu dans *Germinal*. Il reste enfin Goujet la Gueule-d'Or, symbole solaire du travail et de l'amour dans un monde qui serait revenu à la pureté et à l'innocence édéniques, image d'évasion pour Gervaise dans la vie étouffante et absurde qui lui a été imposée.

NANA

Il est pourtant une figure qui doit retenir l'attention, pour ce qu'elle est dans le roman, et tout autant pour ce qu'elle sera dans une œuvre ultérieure. Il s'agit, bien entendu, de Nana, dont le destin entretient avec celui de Gervaise des rapports très étroits et très étranges. Anna, dite Nana, fille de Coupeau, présente en fait des dispositions au vice et à la paresse qui seraient beaucoup plutôt celles de Lantier que celles de l'ouvrier couvreur. Car, en vertu d'une croyance partagée par Zola avec toute son époque, l'imprégnation de Gervaise par son premier amant détermine durablement ses conceptions successives, même lorsqu'un autre homme l'a rendue mère une nouvelle fois. Porteuse ainsi d'un héritage doublement détestable, celui des Lantier, celui des Macquart, Nana oriente sa vie dans une direction de plus en plus contraire à celle de sa mère, et la dernière partie du roman, qui accentue la description de la progressive déchéance de Gervaise, met en valeur, à l'inverse, l'évolution de plus en plus rapide de sa fille vers la richesse et la gloire équivoque des femmes entretenues et des demi-mondaines du Second Empire célébrées par Dumas fils. Elle finira par être la désolation de la blanchisseuse, mais en fait, selon Zola, sa revanche sur son destin de misère et de honte. Car sur le boulevard Ornano qu'on vient de percer, on voit apparaître, à la fin du roman, « une maison à six étages, sculptée comme une église, dont les fenêtres claires, tendues de rideaux brodés, sentaient la richesse » (p. 427), et dont la vue est bientôt insupportable à Gervaise persuadée, à juste titre, que « des bâtisses pareilles, c'était pour des catins comme Nana » (p. 427). Mais l'ironie du destin de la blanchisseuse voudra qu'elle finisse par imiter maladroitement, en essayant de se prostituer sur les grands boulevards, les allures superbes de la « marquise des hauts trottoirs », promise à l'empire

de la galanterie, comme l'annonce déjà dans *L'Assommoir*
l'image satirique représentant « Napoléon III, les jambes
nues, ayant gardé seulement le grand cordon de la
Légion d'honneur, poursuivant une gamine qui se dérobait à sa luxure » (p. 276), qui anticipe sur la représentation du comte Muffat, grand chambellan de l'Empereur,
poursuivant de ses assiduités, dans *Nana*, la fille de
Gervaise devenue la reine du Tout-Paris. Ainsi, dans
L'Assommoir, sont dénoncées à la fois, dans les destinées
inverses de Gervaise et de Nana, l'injustice de la condition faite à l'ouvrier et à la femme sous le Second
Empire, et l'indignité d'un régime politique dont les
représentants ne songent qu'au plaisir et à la corrup-
tion.

Le travail de l'écrivain

Genèse

Depuis fort longtemps Zola songeait à décrire la vie
des artisans et des ouvriers, car il la connaissait bien
pour avoir partagé, aux temps difficiles de ses apprentis-
sages, l'existence précaire des gens du peuple, et bien
avant *Les Rougon-Macquart*, certains textes publiés dans
les journaux, et recueillis ensuite dans *Les nouveaux
Contes à Ninon* en 1874, présentaient des personnages qui
allaient plus tard figurer dans *L'Assommoir*, tels le croque-mort dans « Mon voisin Jacques » paru dès 1865, où
le maréchal-ferrant dans la nouvelle « Le Forgeron »,
composée vers 1873. On ne peut oublier non plus que le
jeune romancier a vécu entre 1865 et 1870 dans la
compagnie des peintres de « plein air » qui allaient,
autour de Manet, puis de Monet ou de Pissarro, découvrir, après Courbet dans ses « Casseurs de pierres », la
réalité de la vie, de la nature et du travail. Et d'ailleurs
l'exposition des Impressionnistes en 1874 présenterait un
peu plus tard, parmi bien d'autres toiles, le portrait de la
« Blanchisseuse » par Degas. L'activité journalistique de
Zola, qui dans ces années défend vigoureusement la
nouvelle peinture, l'amène donc à s'intéresser de très

près, pour toute sorte de raisons, au monde des travailleurs de l'artisanat ou de la petite industrie.

Il faut dire cependant que, dès 1868-1869, il envisageait
d'insérer, dans la série des *Rougon-Macquart*, une œuvre
consacrée à l'évocation des classes laborieuses. Dans le
premier plan remis à l'éditeur Lacroix, qui comporte une
liste de dix sujets de romans, se trouve en effet prévu, à
la septième place, « un roman qui aura pour cadre le
monde ouvrier, et pour héros Louis Duval, marié à
Laure, fille de Bergasse (...) Drame intime et profond de
la déchéance du travailleur parisien sous la déplorable
influence du milieu des barrières et des cabarets »
(ms 10 303, f⁰ 60). Et dès la composition de *La Fortune des
Rougon*, le premier volume du cycle, il prenait soin de
préparer son futur récit de la vie de Gervaise en donnant
déjà à la blanchisseuse des antécédents à Plassans, au
foyer des Macquart, où sa mère « Fine, la voyant toute
pâle et toute faible, la (met) au régime de l'anisette, sous
prétexte qu'elle avait besoin de prendre des forces[1] ».
Mais le travail de l'écrivain ne prendra toute son
ampleur, dans la composition de *L'Assommoir*, qu'à partir
du moment où il s'engagera dans ce curieux dialogue
avec lui-même qui, dans les manuscrits préparatoires de
chacun des *Rougon-Macquart*, s'intitule « ébauche », et
précède, non seulement, comme il est logique, l'élabora-
tion des divers « plans détaillés », mais aussi — et c'est
plus inattendu — la constitution du dossier documentaire.

Structuration

L'ébauche de *L'Assommoir* comporte seulement quelques feuillets, portant des indications très significatives
sur le mouvement de l'imagination du créateur. Zola
s'inquiète d'abord de tracer ce qu'on pourrait appeler la
« ligne de vie » du personnage principal : « Ma Gervaise
Macquart doit être l'héroïne. Je fais donc la femme du
peuple, la femme de l'ouvrier. C'est son histoire que je
conte » (f⁰ 158), et, un peu plus loin : « Les personnages
secondaires doivent me servir à compliquer le récit »

1. *La Fortune des Rougon*, chapitre IV.

(f° 163). Il essaie ensuite de rythmer son futur roman par trois évocations des Bijard : « Revenir aux Bijard. Second tableau (...). Le troisième tableau des Bijard. Mort de la petite exténuée. (...) La fin. Mort de Gervaise » (f° 166). Il a aussi des soucis de structuration d'ensemble : « Pour mettre de l'équilibre dans l'œuvre, il faudrait que la grande Adèle (Mme Poisson) et Gervaise soient en rivalité pendant toute la durée du livre » (f° 170). De temps à autre on le sent prêt à céder à la tentation du mélodrame, à laquelle pourtant il saura résister dans l'œuvre achevée. C'est ainsi qu'il imagine un moment Gervaise vitriolant Lantier surpris en flagrant délit avec la Poisson : « Alors Lantier, rendu fou par la douleur, la prend et la traîne par les cheveux dans la cour. (...) C'est là que Goujet peut arriver et engager un duel formidable avec Lantier » (f° 169). Ou encore, à propos de Poisson : « Maintenant il serait excellent de le faire finir par un coup d'horreur, le montrer brusquement terrible et tout puissant. Cela entrerait dans le drame. Il peut soit faire usage de son épée, soit dénoncer quelqu'un, soit prêter un faux témoignage. A creuser » (f° 173). En définitive il s'en tiendra à sa première idée : « C'est résolu, j'en fais un mannequin, sévère, sérieux, buvant les verres de vin qu'on lui offre d'une façon profonde... » (f° 173).

Documentation

De toute façon, très vite, son effort de documentation allait lui interdire une trop grande débauche d'invention. Cette documentation a eu deux sources, l'une simplement livresque, l'autre proprement réaliste. Zola s'est promené dans le quartier de la Goutte-d'Or où il allait situer l'action de son roman, et l'on peut encore suivre sur un guide de Paris les principaux trajets de ses personnages, inscrits d'ailleurs dans le dossier documentaire sous la forme d'un plan des rues dessiné par l'auteur lui-même. Il a observé très précisément la vie du quartier, a pris des notes sur place, et découvert les petits hôtels, et le grand immeuble où allait loger Gervaise : « La grande maison (entre deux petites), est très près de la rue des Poissonniers, à quatre ou cinq maisons. Elle a onze fenêtres de façade et six étages. Toute noire, nue, sans sculptures (...) (dossier sur « le quartier, les rues, les cabarets et les bals »). Il s'est renseigné sur le métier des blanchisseuses, leur salaire, leurs conditions de travail, et s'est documenté aussi sur les autres artisans qu'il allait faire figurer dans son œuvre.

Cette documentation est venue également des ouvrages techniques que Zola n'a pas manqué de consulter. L'enquête a concerné naturellement les travaux sur l'alcoolisme, et donc le livre du docteur Magnan, *De l'alcoolisme,* paru en 1874, mais a utilisé surtout deux ouvrages de référence, celui de Denis Poulot intitulé *Le Sublime,* publié en 1870, et celui d'Alfred Delvau, le *Dictionnaire de la langue verte,* paru en 1866. *Le Sublime,* écrit par un ancien « compagnon », a beaucoup retenu son attention : dans l'argot du temps le « sublime » signifiait le mauvais ouvrier, et Denis Poulot classait les travailleurs en huit types différents, allant de « l'ouvrier vrai » au « sublime des sublimes ». Zola lui a emprunté toute sorte de notations sur les mœurs des ouvriers sous le Second Empire, peut-être même le futur titre de son roman, un chapitre du *Sublime* étant consacré à un « assommoir » de Belleville, mais surtout les oppositions entre Goujet par exemple, « l'ouvrier vrai » et Lantier ou Coupeau à son dernier stade, « fils de Dieu » ou « sublime flétri et descendu » dans la classification de Poulot. Quant au *Dictionnaire* d'Alfred Delvau, il en a tiré des centaines de termes argotiques dont il a ensuite parsemé son roman, pour lui donner un ton particulier, et en faire cette création « philologique » dont il revendiquait l'originalité, suivant toutefois l'exemple d'un Eugène Sue dans ses *Mystères de Paris,* ou surtout d'un Hugo qui avait consacré tout un chapitre des *Misérables* à l'étude de l'argot.

Composition

Zola avait commencé la préparation de son roman lors de ses vacances d'été au bord de la mer, dans le Calvados. Après avoir écrit l'ébauche, et rassemblé une partie de sa documentation, l'écrivain avait élaboré un premier plan général en vingt et un chapitres, datés de mai 1850 à 1868, qui furent réduits à treize dans l'œuvre achevée. Ce plan ne fait encore aucune place à Virginie, et ne mentionne qu'à la dernière ligne du sommaire du vingt et unième chapitre l'internement de Coupeau. En fait, il y aura encore beaucoup de remaniements, dont témoignent entre autres les « plans détaillés » écrits par Zola après de nouvelles réflexions et de nouvelles lectures, juste avant la rédaction proprement dite. Voici, pour en terminer avec l'étude de ce travail d'arrangement, quelques extraits du chapitre III. D'abord cette précision : « De toutes petites descriptions semées », puis « je passe rapidement sur la mairie et l'église » (f° 11) avant des remarques plus développées sur la promenade dans Paris, et la montée dans la colonne Vendôme, et des notations sur le dîner : « Comment on se place. La conversation. Là, sur la politique. (...) Retour sur l'ivresse, mais léger, gradué (...) » (f° 12). Tout cela révèle une attention soutenue jusqu'au bout, et les préoccupations d'un artiste exigeant dans le choix de ses procédés, destinés, comme le « style, à toute volée », selon les recommandations de l'ébauche, à produire le maximum d'effet.

Le livre et son public

La « bataille » de *L'Assommoir*

La publication de *L'Assommoir* en 1877 fut à la fois un triomphe et un scandale, et pour comprendre l'un et l'autre, il faut rappeler les circonstances qui en firent un événement de la vie de l'époque aussi bien que de la carrière littéraire de Zola. N'oublions pas, en effet, que la France contemporaine, malgré la victoire des républicains, qui ont fait passer de justesse l'amendement Wallon en 1875, et commencé, aux élections de février-mars 1876, la reconquête du pouvoir, est encore soumise au régime de l'Ordre moral sous la présidence du maréchal de Mac-Mahon qui va bientôt tenter un coup de force contre la Chambre nouvellement élue, en ouvrant, par la dissolution de l'Assemblée, la crise du 16 mai 1877, au terme de laquelle, vaincu, il sera obligé de « se démettre », suivant l'injonction de Gambetta. D'autre part, le mouvement ouvrier est en pleine réorganisation, après la répression consécutive à la Commune de 1871, et l'exil ou la déportation de ses principaux chefs : l'amnistie pour les communards ne viendra qu'en 1880. 1876 marque même la fin de la Iʳᵉ Internationale fondée à Londres par Karl Marx en 1864.

On ne peut donc s'étonner qu'une bonne partie de la presse conservatrice fasse chorus avec la royaliste *Gazette de France* lorsque le 19 avril 1876, quelques jours après la première livraison de *L'Assommoir* dans *Le Bien public* d'Yves Guyot, elle émet l'idée que « M. Zola est le chef de la Commune littéraire ». L'œuvre, en effet, comme beaucoup d'autres de Zola, paraissait en feuilleton dans un grand quotidien, dont le directeur, ami personnel de l'écrivain, souhaitait soutenir, en favorisant une telle publication, les efforts de Gambetta et des républicains. Mais les républicains eux-mêmes s'effarouchèrent assez vite devant la noirceur de l'évocation de l'ouvrier par Zola, et la publication du roman, qui avait commencé le 13 avril, fut arrêtée le 7 juin 1876 dans *Le Bien public*, avant de reprendre le 9 juillet, et jusqu'au 7 janvier 1877, dans *La République des lettres*, revue hebdomadaire dirigée par Catulle Mendès. A la fin de janvier *L'Assommoir* parut en volume chez Gustave Charpentier, qui, devant l'ampleur du succès, décida de mettre Zola « au pourcentage ». La faveur du public est attestée par le nombre des rééditions, 38 en 1877, 12 en 1878, et en 1881 la 91ᵉ est atteinte ! En 1885, l'année de *Germinal*, le tirage global se montait à 100 000 exemplaires, pour atteindre 162 000 en 1908, 203 000 en 1923, et l'œuvre figure maintenant encore parmi les romans les plus vendus en France.

La présentation de *L'Assommoir* en volume plus facile à consulter désormais, pourvu d'un texte revu par un Zola soucieux de rétablir les passages jugés parfois trop hardis par le directeur du *Bien public*, déchaîna une fois de plus la colère et l'enthousiasme. La colère des chroniqueurs mondains comme Pontmartin dans *La Gazette de France* ou Albert Milhaud dans *Le Figaro* du 1ᵉʳ septembre parlant, pour dénigrer définitivement Zola, d'un « roman intitulé *L'Assommoir*, qui nous fait l'effet de devoir être réellement l'assommoir de son talent naissant » ; mais la colère aussi de certains hommes de gauche comme Arthur Ranc, proche de Gambetta, déclarant, dans une brochure imprimée à Bruxelles, que « M. Zola (...) a pour le peuple un mépris de bourgeois, doublé d'un mépris d'artiste faisant de l'art pour l'art, d'un mépris néronien ». En revanche, Zola gagnait les suffrages de quelques critiques (A. Wolff dans *Le Figaro*, parlant d'une « révélation ») et de plusieurs écrivains : il avait dédicacé son roman « A mon grand ami Gustave Flaubert, en haine du goût », et Flaubert, après avoir hésité, finit par reconnaître la puissance de l'œuvre, comme un certain nombre de romanciers de l'époque.

L'accueil des écrivains contemporains

Flaubert déclarait d'abord à Tourgueniev le 14 décembre 1876 : « J'ai lu, comme vous, quelques fragments de *L'Assommoir*. Ils m'ont déplu. Zola devient une précieuse, à l'inverse. Il croit qu'il y a des mots énergiques, comme Cathos et Madelon croyaient qu'il en existait de nobles. Le *Système* l'égare. » Puis, lisant l'œuvre en volume, il parla, dans une lettre à Mme Roger des Genettes en février 1877, d'« une narration qui a de grandes allures et des vérités incontestables ». C'était aussi l'opinion d'Anatole France, séduit par l'utilisation d'un langage nouveau dans la littérature, ou de Huysmans, encore naturaliste et fidèle à Zola, et qui publiait toute une étude sur *Émile Zola et « L'Assommoir »* en 1876. Paul Bourget lui-même, romancier pourtant plutôt « psychologue » et mondain, n'hésitait pas, le 2 février 1877, à dire son admiration à l'auteur : « Vous êtes absolument dans une terre à vous. Rien de Flaubert, rien de Goncourt, rien de Balzac ou de Dickens. Vous avez inventé une manière (...) ».

Il revenait à un poète, Stéphane Mallarmé, lecteur fervent et indéfectible ami de Zola, de donner sans doute l'appréciation la plus juste et la plus belle du livre, dans une lettre du 3 février au romancier : « Voilà une bien grande œuvre ; et digne d'une époque où la vérité devient la forme populaire de la beauté ! (...) La simplicité si prodigieusement sincère des descriptions de Coupeau travaillant ou de l'atelier de la femme me tiennent sous un charme que n'arrivent point à me faire oublier les

tristesses finales : c'est quelque chose d'absolument nouveau dont vous avez doté la littérature, que ces pages
si tranquilles qui se tournent comme les jours d'une
vie (...) ».

Lectures modernes

Le débat autour de *L'Assommoir* a d'abord été, jusque
dans les années 50, une discussion sur la valeur sociale
de l'œuvre, et sur la vérité de l'évocation de l'ouvrier.
Zola lui-même, répondant sur ce point à ses détracteurs,
dans une lettre du 13 février 1877 au directeur du *Bien
public*, s'indignait qu'on l'accusât d'avoir « pris seulement
des ivrognes et des fainéants comme personnages. Tout
le monde travaille au contraire dans *L'Assommoir* : il y a
sept ou huit tableaux qui montrent les ouvriers au
travail ». Mais un critique marxiste comme Jean Fréville,
en 1952, allait plus loin encore en lui reprochant d'être
réactionnaire : « L'idéal de Zola dans *L'Assommoir* —
indépendance des petits métiers, maintien et défense de
l'artisanat — est réactionnaire sur le plan économique et
social, inefficace sur le plan individuel. Comme Coupeau
et ses amis, les artisans du Moyen Age, assez irréguliers
au travail, fêtaient par des libations nombreuses les
saints du calendrier, ainsi qu'en témoignent les vieilles
chansons[1]. »
Des études plus récentes, sans perdre complètement
de vue cet aspect de la question, déplacent le problème,
en mettant l'accent, comme Roger Ripoll, sur l'importance, dans le roman, d'une vision tragique du monde : « La
mythologie de *L'Assommoir*, contredisant le parti pris
monographique, impose une vision globale de la condition ouvrière, vision désespérée qui conteste vigoureusement l'optique moralisatrice présente également dans le
roman : l'univers du prolétariat est un univers de la
fatalité[2]. » A partir de là peut s'instituer une autre forme
de discours critique, plus préoccupé désormais de découvrir les lois d'un univers fictif que d'y inscrire un témoi-

1. J. Fréville, *Zola, semeur d'orages*, Ed. Sociales, p. 100.
2. R. Ripoll, *Réalité et mythe chez Zola*, Champion, t. I, p. 598.

gnage controversé sur la société ouvrière du Second Empire.

Pour un Michel Serres, par exemple, le cycle des *Rougon-Macquart* est comparable à un cycle de Carnot, et donc *L'Assòmmoir* se résume dans « La guerre des machines. La machine à vapeur contre l'alambic. La machine à laver contre la machine à soûler. (...) La machine organique est-elle une machine thermique ou un alambic de chimie ? Le sang circule dans le corps. Boire de l'eau et faire circuler ce qui lave le sang, boire du vitriol ou faire circuler ce qui l'empoisonne... L'aliment solide est un combustible, le corps est une machine à vapeur (qui) se nettoie tout comme une autre. Le vin fermente et il pourrit. Transforme l'organisme en alambic. Le précipité à la chimie du diable (...)[1] »

Cette réflexion sur la dynamique des liquides aboutira chez Jean Borie, dans une tout autre perspective, à un essai de compréhension psychanalytique des rapports de Bec-Salé et de Goujet : « Sur la halle et sur Bec-Salé, nous ne nous attarderons guère (...) : un hangar crasseux et noir, un ouvrier déchu et répugnant qui réunit un priapisme diabolique et les valeurs de l'analité ; le feu intérieur, l'alcool qui graisse, le fer noir et une lubricité grimaçante sont ses attributs. Le chaste Goujet gagne à son évidente castration de beaux avantages : la virilité dont il s'est dépouillé réapparaît, si l'on ose dire, esthétiquement, dans sa belle barbe fauve, son cou pareil à une colonne. Il y a une transfiguration divine de Goujet (...) Le fer et l'alcool se changent en or et en sang[2]. »

Mais la scène de l'affrontement de la Gueule-d'Or et de Bec-Salé, où, selon Jean Borie, « se consomment chastement les noces de Goujet et de Gervaise », s'offre aussi à une lecture « rythmologique » sinon « rythmanalytique » dans une autre tentative d'interprétation : car « d'un bout à l'autre de *L'Assommoir* (...), s'est livrée cette lutte implacable entre deux formes de répétitions, traduites l'une et l'autre dans des scènes fondées sur la description et l'opposition des rythmes de travail. Au commencement le vrai travail, bien rythmé de l'extérieur par une chan-

1. M. Serres, *Zola*, Grasset, p. 233.
2. J. Borie, *Zola et les mythes*, Ed. du Seuil, p. 106.

son de métier, l'a emporté sur la simple apparence laborieuse de Virginie (...) Puis le duel de Goujet et de Bec-Salé a révélé, dans l'opposition du bon et du mauvais ouvrier, la victoire de celui qui sait frapper des coups réguliers. Enfin Coupeau, devenu incapable de régler sa vie par son travail, a dû subir, sans pouvoir la contrôler, l'invasion d'une " musique sous la peau "[1] ».

Cette préoccupation « rythmologique » s'est traduite, selon Jacques Allard, dans un curieux « chiffrage » du texte du roman où le motif de la chute et du « trou » serait figuré par le modèle de la « triade » et du chiffre « trois » dans l'organisation des séquences du discours narratif et de l'espace de la fiction[2]. Cet espace, d'ailleurs, sert de refuge symbolique à l'héroïne d'après Jacques Dubois qui note que « le comportement de Gervaise nous est donné comme un comportement individuel, certes, mais capable de gagner de façon homogène tout un groupe social. Face à l'adversité de la vie, l'homme n'a guère le choix qu'entre le repli et la révolte. Ensemble les ouvriers de *Germinal* choisiront la révolte ; ceux de *L'Assommoir* optent pour l'une des formes les plus accentuées du repli. Ils se réfugient sans trêve au plus intime de leurs réalités et de leurs rêves[3] ».

Phrases clefs

● Ce sont souvent, dans le roman, des *leitmotive* qui scandent les thèmes essentiels : l'abandon, la présence de l'alambic, l'« idéal » de Gervaise, le symbolisme du ruisseau de la teinturerie, l'apparition de Bazouge.

P. 40 : « C'était sur ce pavé, dans cet air de fournaise, qu'on la jetait toute seule avec les petits ; et elle enfila d'un regard les boulevards extérieurs, à droite, à gauche, s'arrêtant aux deux bouts, prise d'une épouvante sourde, comme si sa vie, désormais, allait tenir là, entre un abattoir et un hôpital. » (Voir aussi p. 466.)

1. A. Dezalay, *L'Opéra des Rougon-Macquart*, Klincksieck, p. 293.
2. J. Allard, *Le Chiffre du texte*, P.U.G.
3. Jacques Dubois, « *L'Assommoir* » *de Zola*, Larousse, p. 53.

P. 49 : « Mon idéal, ce serait de travailler tranquille, de manger toujours du pain, d'avoir un trou un peu propre pour dormir, vous savez, un lit, une table et deux chaises, pas davantage... » (Voir aussi pp. 156 et 474.)

P. 50 : « L'alambic, sourdement, sans une flamme, sans une gaieté dans les reflets éteints de ses cuivres, continuait, laissait couler sa sueur d'alcool, pareil à une source lente et entêtée, qui à la longue devait envahir la salle, se répandre sur les boulevards extérieurs, inonder le trou immense de Paris. » (Voir aussi p. 389.)

P. 53 : « Au milieu de ce porche, pavé comme la rue, un ruisseau coulait, roulant une eau rose très tendre. » (Voir aussi pp. 73, 146, 154, 354, 474.)

P. 109 : « Alors, Bazouge, en chancelant, eut un geste plein de dédain philosophique.

« Ça ne vous empêchera pas d'y passer, ma petite... Vous serez peut-être bien contente d'y passer un jour... Oui, j'en connais, des femmes, qui diraient merci, si on les emportait. » (Voir aussi pp. 345, 372, 476, 495.)

• Il faut isoler aussi quelques *passages typiques* : le tournoi des forgerons, la fête du quartier, la danse de Coupeau.

P. 192 : « Oui, c'était pour elle, ce tonnerre de Dédèle et de Fifine sur l'enclume ; c'était pour elle, tout ce fer écrasé ; c'était pour elle, cette forge en branle, flambante d'un incendie, emplie d'un pétillement d'étincelles vives. Ils lui forgeaient là un amour, ils se la disputaient, à qui forgerait le mieux. »

P. 261 : « La rue de la Goutte-d'Or elle-même, maintenant, s'en mêlait. Le quartier chantait *Qué cochon d'enfant*. En face le petit horloger, les garçons épiciers, la tripière, la fruitière, qui savaient la chanson, allaient au refrain, en s'allongeant des claques pour rire. Vrai, la rue finissait par être soûle, rien que l'odeur de la noce qui sortait de chez les Coupeau faisait festonner les gens sur les trottoirs. »

P. 491 : « L'interne s'était avancé, tirant Coupeau au milieu du matelas. Non, il n'était pas mort. On l'avait déchaussé ; ses pieds nus passaient, au bout ; et ils dansaient tout seuls, l'un à côté de l'autre, en mesure, d'une petite danse pressée er régulière. »

Biographie de Zola (1840-1902)

Chronologie générale

1840. — Naissance à Paris d'Émile Zola, fils de François Zola, ingénieur originaire de Venise, et d'Émilie Zola, née Aubert, d'origine beauceronne.

1843. — La famille s'installe à Aix-en-Provence, où François Zola va construire un barrage et un canal qui portera son nom.

1847. — Mort de François Zola et ruine de sa famille.

1852-1858. — Bonnes études d'Émile Zola au collège d'Aix, où il se lie d'amitié avec Paul Cézanne, son aîné d'un an.

1858-1962. — Zola, venu à Paris, déraciné, abandonne ses études, et connaît la misère avant d'entrer, sur recommandation, à la librairie de Louis Hachette.

1862-1866. — Vite devenu chef de la publicité chez Hachette, il débute dans le journalisme, en province, puis à Paris à l'*Événement* et au *Figaro* de Villemessant. Après avoir publié en 1864 les *Contes à Ninon*, en 1865 *La Confession de Claude*, il quitte Hachette en 1866.

1866-1869. — En 1867, Zola fait paraître *Thérèse Raquin*, puis, après *Madeleine Férat* (1868), dresse pour l'éditeur Lacroix le premier plan général des *Rougon-Macquart* (10 volumes prévus).

1870-1893. — Publication des vingt volumes des *Rougon-Macquart*, dont *La Fortune des Rougon* (1870), *L'Assommoir* (1877), *Nana* (1880), *Germinal* (1885), *La Bête humaine* (1890), *Le Docteur Pascal* (1893).

1893-1898. — *Les Trois Villes*, *Lourdes* (1894), *Rome* (1896), *Paris* (1898). Zola s'interroge sur la religiosité de la fin du siècle à travers la personnalité de l'abbé Pierre Froment en quête d'une « religion nouvelle » dans trois villes symboliques de l'évolution du christianisme.

1898-1903. — Zola convaincu par Bernard Lazare de l'innocence de Dreyfus, fait paraître « J'accuse » dans *L'Aurore* de Clemenceau (1898). Condamné par deux fois, il s'exile en Angleterre pour un an. Revenu en France après le suicide du commandant Henry convaincu de faux, il publie son message d'espoir, *Les Quatre Évangiles, Fécondité* (1899), *Travail* (1901), *Vérité* (paru en 1903, après la mort accidentelle (?) de l'écrivain en 1902.

ZOLA CRÉATEUR DE *L'Assommoir*

Zola, depuis 1874, a loué au 21, rue Saint-Georges, quartier des Batignolles, un petit hôtel particulier à deux étages, qu'il occupe entièrement avec sa femme, et sa mère logée au second. C'est dire que depuis *La Conquête de Plassans,* ses ressources se sont beaucoup améliorées, grâce à l'honnêteté de Charpentier, son éditeur, à qui il devait en principe, par contrat, deux romans par an payés chacun trois mille francs. En fait Zola produit un roman par an, et y ajoute diverses collaborations dans des journaux de Paris et de Marseille, et même, depuis 1875, une correspondance littéraire dans *Le Messager de l'Europe* à Saint-Pétersbourg. Cette année-là, justement, après la publication de *La Faute de l'abbé Mouret,* l'écrivain et sa femme, pour la première fois depuis bien longtemps, vont prendre des vacances à Saint-Aubin-sur-Mer, dans le Calvados. Et c'est au bord de la mer, selon Paul Alexis, que Zola aurait eu la première idée de ce qui allait devenir *L'Assommoir* : « Tenez, me dit-il tout à coup en me désignant du doigt (la) ligne d'horizon, il me faudrait trouver quelque chose comme cela... Quelque chose de tout à fait simple, une belle ligne allant tout droit. L'effet serait peut-être aussi très grand.

« Et il ajouta qu'il se contenterait probablement de la simple vie d'une femme du peuple (...) Mais le nœud lui manquait, et il ne poussa le fameux Eureka ! que lorsqu'il eut l'idée de faire revenir Lantier dans le ménage. *L'Assommoir* était fait. » Entre-temps il faudrait tout de même écrire *Son Excellence Eugène Rougon,* et passer d'autres vacances à la mer, en Bretagne, cette fois, à Piriac, qui allait inspirer à Zola une nouvelle, « Les coquillages de M. Chabre », écrite dans l'été 1876. Dès octobre 1875, Zola s'était mis à la tâche sérieusement, et il avait achevé la première partie du roman en avril 1876. Mais ce n'est qu'à la fin de novembre, après le séjour en Bretagne, que l'œuvre fut achevée.

A Piriac, Zola, quand il n'était pas à sa table de travail, pêchait la crevette avec Charpentier, son éditeur. A Paris, quand il n'écrivait pas *L'Assommoir*, il réunissait le jeudi à son domicile des amis écrivains et gourmands comme lui pour se délasser de ses immenses travaux. A suivre Zola dans cette vie tranquille et réglée, on comprend mieux ce passage de sa préface à *L'Assommoir* : « Ah ! si l'on savait combien mes amis s'égaient de la légende stupéfiante dont on amuse la foule ! Si l'on savait combien le buveur de sang, le romancier féroce, est un digne bourgeois, un homme d'étude et d'art, vivant sagement dans son coin (...) » On ne peut mieux dire, en effet, ni plus vrai !

ZOLA ET SON TEMPS

Quand Zola en 1877 publie *L'Assommoir*, il fait figure d'homme « installé » plutôt que d'auteur « arrivé ». Il jouit certes d'une honnête aisance grâce au contrat qui le lie à son éditeur Georges Charpentier, et surtout, par *Thérèse Raquin*, par *La Curée*, par *Le Ventre de Paris*, il s'est ménagé des protections et des amitiés dans le monde des lettres ; sa *Correspondance* le montre désormais en relations épistolaires fréquentes et régulières avec Flaubert, Edmond de Goncourt, ou même Ivan Tourguénieff. Il n'est pas jusqu'à Taine qui en avril 1873 ne lui adresse une longue lettre élogieuse et perspicace pour le remercier de l'envoi des cinq premiers *Rougon-Macquart*.

Mais le romancier ne se sent pas pleinement reconnu, et l'homme a encore du mal à se faire une place dans la société de son temps. Il a failli, curieusement, gagner un poste de sous-préfet en 1870 à suivre, à l'Assemblée de Bordeaux, le député Glais-Bizouin, qu'il avait connu comme journaliste à *La Tribune*, et qui était alors devenu membre du Gouvernement de la Défense nationale. Mais depuis, il se contente de ses fonctions de chroniqueur dans différents quotidiens. Et c'est même seulement à l'étranger, dans les *Lettres de Paris* qu'il adresse au *Messager de l'Europe* à Saint-Pétersbourg, qu'il ose véritablement être lui-même et dévoiler à ses lecteurs ses opinions politiques et ses options républicaines dans une période où sévit encore, au moins jusqu'à la démission du maréchal de Mac-Mahon, le régime de « l'Ordre moral » dans une « République sans les Républicains ».

Il est toujours l'ami des « peintres de plein-air », les futurs impressionnistes », qu'il a défendus si vigoureusement en 1866 dans *Le Figaro* de Villemessant, et certains de ses articles adressés au *Sémaphore* de Marseille, commenteront avec éloges en 1874 et 1876 les expositions privées des nouveaux peintres, tels que Monet, Degas ou Renoir.

Fidèle à ses amours (il a épousé en 1870 Alexandrine, avec qui il vivait depuis plusieurs années), il demeure lié aux amis de sa jeunesse, des artistes justement comme Cézanne le peintre ou le sculpteur Philippe Solari, mais aussi des écrivains tels que Valabrègue ou Paul Alexis, son futur biographe. Ainsi se forme peu à peu autour de lui un groupe d'amis qui deviendra, au moment de *L'Assommoir*, un vrai groupe littéraire, et l'engagera peut-être encore plus à pratiquer une littérature de groupe, dans *Les Soirées de Médan* en 1880, et, d'une autre façon, pendant un quart de siècle, dans *Les Rougon-Macquart*.

Bibliographie

Éditions du roman

Édition originale, Paris, Librairie Charpentier, 1877.
Éditions modernes :
Zola, *L'Assommoir*, extraits, Larousse, 1953, éd. procurée par Marcel Girard ;
Zola, *Les Rougon-Macquart*, Pléiade, Gallimard, t. II, 1961, éd. procurée par A. Lanoux et H. Mitterand.

Zola, *Les Rougon-Macquart,* L'Intégrale, t. II, Le Seuil, 1970, éd. procurée par P. Cogny.

Ouvrages généraux sur Zola, *Les Rougon-Macquart* et le naturalisme

A. Lanoux, *Bonjour, Monsieur Zola,* Hachette-Le Livre de Poche, 1962 et 1972.
H. Mitterand, *Zola journaliste,* A. Colin, coll. Kiosque, 1962.
Colette Becker, *Zola et les critiques de notre temps,* Garnier, 1972.
J. Borie, *Zola et les mythes,* éd. du Seuil, 1971.
A. Dezalay, *Lectures de Zola,* A. Colin, Coll. Prisme, 1973.
A. Dezalay, *L'Opéra des Rougon-Macquart,* Klincksieck, 1983.
J. Fréville, *Zola semeur d'orages,* Ed. Sociales, 1952.
H. Guillemin, *Présentation des Rougon-Macquart,* Gallimard, 1964.
R. Ripoll, *Réalité et Mythe chez Zola,* Librairie Champion, 1981, t. I et II.
M. Serres, *Zola, Feux et signaux de brume,* Grasset, 1975.
Y. Chevrel, *Le Naturalisme,* P.U.F., 1982.
A. de Lattre, *Le Réalisme selon Zola,* P.U.F., 1975.

Études sur *L'Assommoir*

Livres
H. Massis, *Comment Zola composait ses romans,* Fasquelle, 1906.
Colette Becker, *L'Assommoir,* « Profil d'une œuvre », Hatier, 1972.
J. Dubois, *L'Assommoir de Zola,* « Thèmes et textes », Larousse, 1973.
J. Allard, *Zola, le chiffre du texte,* P.U.G., 1978.

Revues
Numéro spécial des *Cahiers naturalistes,* « Le Centenaire de *L'Assommoir* », n° 52, Fasquelle, 1978.
P. Cogny, « Zola et *Le Sublime* de Denis Poulot » Cahiers de l'A.I.E.F., 1972.

NOTES

P. 10
1. La vie de Gervaise se passe aux limites du Paris d'alors, sur les « boulevards extérieurs » qui longent le mur d'octroi, l'enceinte des Fermiers généraux. La « barrière Poissonnière » était très proche de l'emplacement actuel du carrefour Barbès-Rochechouart, où est censé se trouver l'assommoir du père Colombe (voir p. 41).

P. 12
1. C'est en avril 1850 qu'Eugène Sue, romancier « socialiste » des *Mystères de Paris* (1848), avait été élu député de Paris. L'événement sert de repère temporel dans le roman, dont l'action commence par conséquent en mai 1850.

P. 19
1. Selon G. Duveau *(La Vie ouvrière en France sous le Second Empire)*, « un pain de quatre livres coûtait, en 1854, 0,72 F, la viande entre 0,80 F et 1,50 F le kilo ».

P. 21
1. Aujourd'hui, rue des Islettes dans le quartier de la Goutte-d'Or.

P. 23
1. Plassans, c'est-à-dire Aix-en-Provence, est le berceau de la famille des Rougon-Macquart, selon *La Fortune des Rougon*, premier roman du cycle, où commence le récit de la vie de Gervaise, fille d'Antoine Macquart et de Fine Gavaudan.

P. 41
1. Le nom de « L'Assommoir » était celui « d'un cabaret de Belleville, qui est devenu celui de tous les cabarets de bas étage, où le peuple boit des liquides frelatés qui le tuent », selon A. Delvau dans son *Dictionnaire de la langue verte* (1866). Pour les autres termes d'argot, voir le « Lexique ».

P. 43
1. Gervaise a eu, d'après *L'Assommoir*, deux enfants de Lantier, Claude, l'aîné, le peintre du *Ventre de Paris* et de *L'Œuvre*

(voir p. 112), et Étienne le futur héros de *Germinal*. Mais Zola, plus tard, leur adjoindra Jacques, qui deviendra le mécanicien pervers de *La Bête humaine*. De Coupeau, Gervaise aura Anna, future « Nana » (voir p. 115). Voir l'arbre généalogique des Rougon-Macquart dans *Le Docteur Pascal*.

P. 76

1. Selon G. Duvau *(op. cit.)*, un ouvrier gagnait, vers le milieu du Second Empire, entre 3 F et 5 F par jour.

P. 90

1. Le défilé de la noce ressemble de plus en plus à un cortège vaudevillesque de Labiche. La visite au Louvre permet à Zola, critique d'art depuis 1866, et ami de Cézanne, d'évoquer l'univers labyrinthique de la création esthétique.

P. 100

1. Selon la loi du 31 mai 1880 il fallait, pour être électeur, avoir habité pendant trois ans au moins le même domicile. L'allusion, peu après, à l'Élysée et à Bonaparte, situe la scène sous la Seconde République, pendant la présidence de Louis-Napoléon Bonaparte, futur Napoléon III.

P. 113

1. Avril 1851. Le chapitre mène l'action jusqu'en 1854.

P. 123

1. Une des phrases ambiguës qui signalent l'inscription de l'idéologie contemporaine dans *L'Assommoir*.

P. 125

1. Allusion probable à la mort du député Baudin au moment du coup d'État de décembre 1851 sur une barricade, et à son mot fameux : « Vous allez voir comment on meurt pour vingt-cinq francs. »

P. 140

1. Prélude au travail d'Étienne à la forge de Goujet (voir p. 173), puis à son départ pour les ateliers de chemin de fer du Nord (voir chapitre VIII, p. 279).

P. 155

1. Elle avait vingt-deux ans au début du récit (p. 16), en 1850. Nous serions donc en 1856. En fait selon les plans de Zola, le chapitre mènerait le lecteur jusqu'à 1858 (voir p. 181 : « Trois années se passèrent. »). De toute façon, il ne faut pas serrer de trop près la chronologie du roman. La durée du temps qui passe est symbolisée par les nombreuses allusions à la pendule, au coucou, aux montres de l'horloger.

P. 191

1. De telles notations de rythme sont fréquentes dans *L'Assommoir*. Voir le chant cadencé de Gervaise, p. 37, et le battement des pieds de Coupeau, p. 491.

P. 196

1. Les problèmes de la restitution et du « retour » sont posés dans le plupart des *Rougon-Macquart*.

P. 221

1. 1868 encore, probablement. Chapitre clef de l'œuvre, situé au milieu du récit, et, dans la durée de la fiction, à peu près à égale distance du début et de la fin du roman.

2. Les chiffres jouent de toute façon un rôle important dans toute l'œuvre, particulièrement 3, 6, 12 (voir J. Allard, *Le Chiffre du texte*).

P. 228

1. La phrase se retrouve dans *Pot-Bouille*, sur les lèvres de Mme Josserand.

P. 269

1. Novembre 1858. Le chapitre prolonge l'action jusqu'en 1860.

P. 275

1. « Badinguet » était le surnom de Napoléon III parmi les opposants républicains.

P. 276

1. Dans *Nana*, les scènes entre le comte Muffat et la courtisane reprendront ce thème.

2. La « bibliothèque » de Lantier contient des œuvres célèbres des républicains, ici curieusement placés sous le signe de la dérision par l'intérêt que leur porte un personnage tel que Lantier, proche de celui de Sénécal dans *L'Éducation sentimentale*.

P. 279

1. Le mot « producteur » répété évoque le journal saint-simonien *Le Producteur*.

P. 291

1. Ces noms correspondent à des restaurants connus, en particulier le Moulin de la Galette, dans la rue Lepic, à Montmartre. En 1859, les communes situées entre le mur d'octroi et les fortifications, ici Montmartre, ou Passy encore extérieur à Paris dans *Une Page d'amour*, avaient été rattachées à la capitale. Voir dans *L'Assommoir*, p. 458 : « Depuis longtemps, la démolition du mur d'octroi avait déjà élargi les boulevards extérieurs. »

P. 309
1. Décembre 1860. Ce chapitre conduit l'action jusqu'en 1862.

P. 310
1. Les plaintes de maman Coupeau trouveront un écho dans celles de Mme Chanteau, dans *La Joie de vivre*.

P. 325
1. L'antithèse des gras et des maigres est particulièrement développée dans *Le Ventre de Paris*.

P. 354
1. Nous sommes en 1863. Le chapitre x nous conduira jusqu'en 1865.

P. 390
1. Rappel du chapitre ii, p. 48.

P. 395
1. Nana étant née en 1851, le chapitre commence en 1866. Il se terminera en 1868.

P. 416
1. « L'envolement de Nana » avec un vieux prélude à son histoire de fille entretenue par le comte Muffat dans *Nana*, paru en 1880, trois ans seulement après *L'Assommoir*.

P. 441
1. Janvier 1869.

P. 458
1. Voir la note 1, p. 291. La rentrée des ouvriers revenant de Paris marque la fin du roman, en contraste voulu avec leur entrée dans Paris au début.

P. 466
1. Voir p. 40 : « Comme si sa vie, désormais, allait tenir là. » Il y a chez Zola des soucis d'orchestration, d'harmonie, de « réponse », qui font de ses œuvres, il le disait lui-même, des sortes d'« opéras ».

P. 489
1. Voir l'ouvrage de Michel Serres, où il montre l'importance de la machine à vapeur dans l'imaginaire de Zola et dans le fonctionnement de ses romans. Le romancier, pour l'évocation du delirium tremens, s'est documenté dans l'ouvrage du docteur Magnan, *De l'alcoolisme*, paru en 1874.

LEXIQUE DE L'ARGOT

(Définitions du *Sublime* ou de Delvau)

ARLEQUINS : rogatons, déchets de cuisine.
BALADEUSE : fille ou femme qui préfère l'oisiveté au travail.
BASTRINGUE : guinguette de barrière, où le populaire va boire et danser les dimanches et les lundis.
BÉQUILLER : manger.
BERDOUILLE : le ventre.
BONDY (ÊTRE À) : le dépotoir de Paris.
BOULOTTER : aller doucement, faire ses petites affaires.
BRINDEZINGUES (SE METTRE DANS LES) : être complètement ivre.
CADET : compagnon.
CAMOUFLE : chandelle.
CATO : prostituée de bas étage.
CARMER LES PUCES : être au bord de l'ivresse.
CHEULARD : soûlard.
CLAMPIN : fainéant.
COVARDER (SE) : s'enivrer.
COCO : eau-de-vie.
COTRETS : jambes.
CRIC : eau-de-vie de qualité inférieure.
CROCHER (SE) : se battre à coups de poing et de pied.
CULOTTE : cuite.
DÉGOTTER : surpasser.
DROGUER : attendre.
ENDÊVER : taquiner.
FESTONNER : être en état d'ivresse.
FIL-EN-QUATRE : eau-de-vie très forte.
FRIGOUSSE : cuisine.
FRIPE : action de manger ou de cuisiner.
GALFÂTRE : goinfre, abruti.
GAUPE : fille d'une conduite lamentable.
GOBELOTTER : boire des petits coups de cabaret en cabaret.
GODAILLER : courir les cabarets.
GOUAPER : flâner.
GUEULARDISE : gourmandise.
LAVER : vendre à perte.
LICHER : bien manger.

MANNEZINGUE : marchand de vin.
MÉCANISER : se moquer de.
MISTOUFLE : farce.
NÉGRESSE : bouteille de vin.
ŒIL (AVOIR L') : avoir crédit.
PANAIS (EN) : en chemise, sans pantalon.
PARADE (DÉFILER LA) : mourir.
PEAU : fille ou femme de très mauvaise vie.
PICHENET : petit vin de pays.
PLAN (METTRE EN) : porter au clou, au Mont-de-Piété.
POIVRE : complètement ivre.
POT-BOUILLE : cuisine ou plutôt chose cuisinée.
POUF : dette qu'on ne paie pas.
QUEUES (FAIRE DES... À) : tromper.
RAFALER (SE) : devenir pauvre.
RELICHER : embrasser.
RIBOTE : ivresse.
RIPOPÉE : mauvais vin.
RIQUIQUI : eau-de-vie de qualité inférieure.
ROGOME : eau-de-vie.
ROUCHIE : fille ou femme de mauvaise vie.
ROUSSIN : policier.
SCHLOFFER : dormir.
SCHNICK : eau-de-vie de qualité inférieure.
SCIE : femme, épouse.
SINGE : patron.
TAF : peur.
TATA (FAIRE SA) : bavarder.
THOMAS : pot de chambre.
VADROUILLE : drôlesse.
VIAUPER : pleurer comme un veau.
VITRIOL : eau-de-vie.
VOIRIE : fille ou femme de mauvaise vie.

TABLE

COMMENTAIRES

LES ROUGON-MACQUART

Histoire naturelle et sociale d'une famille
sous le Second Empire

Ordre chronologique :

ŒUVRES D'ÉMILE ZOLA

LES ROUGON-MACQUART

Histoire naturelle et sociale d'une famille sous le Second Empire

LA FORTUNE DES ROUGON.
LA CURÉE.
LE VENTRE DE PARIS.
LA CONQUÊTE DE PLASSANS.
LA FAUTE DE L'ABBÉ MOURET.
SON EXCELLENCE EUGÈNE ROUGON.
L'ASSOMMOIR.
UNE PAGE D'AMOUR.
NANA.
POT-BOUILLE.
AU BONHEUR DES DAMES.

LA JOIE DE VIVRE.
GERMINAL.
L'ŒUVRE.
LA TERRE.
LE RÊVE.
LA BÊTE HUMAINE.
L'ARGENT.
LA DÉBACLE.
LE DOCTEUR PASCAL.
LES PERSONNAGES
DES ROUGON-MACQUART.

LES TROIS VILLES
LOURDES - ROME - PARIS.

LES QUATRE ÉVANGILES
FÉCONDITÉ - TRAVAIL - VÉRITÉ.

ROMANS ET NOUVELLES

CONTES A NINON.
NOUVEAUX CONTES A NINON.
LA CONFESSION DE CLAUDE.
THÉRÈSE RAQUIN.
MADELEINE FÉRAT.
LE VŒU D'UNE MORTE.

LES MYSTÈRES DE MARSEILLE.
LE CAPITAINE BURLE.
NAÏS MICOULIN.
MADAME SOURDIS.
LES SOIRÉES DE MÉDAN (en
    collaboration).

THÉATRE

THÉRÈSE RAQUIN.   LES HÉRITIERS RABOURDIN.
LE BOUTON DE ROSE.
POÈMES LYRIQUES : Messidor, l'Ouragan, l'Enfant-Roi, etc.

ŒUVRES CRITIQUES

MES HAINES.
LE ROMAN EXPÉRIMENTAL.
LE NATURALISME AU THÉATRE.
NOS AUTEURS DRAMATIQUES.

DOCUMENTS LITTÉRAIRES.
UNE CAMPAGNE (1880-1881).
NOUVELLE CAMPAGNE (1896).
LA VÉRITÉ EN MARCHE.

LES ROMANCIERS NATURALISTES.

CORRESPONDANCE

LETTRES DE JEUNESSE.   LES LETTRES ET LES ARTS.
DENISE LE BLOND-ZOLA :
Émile Zola raconté par sa fille, avec portraits.

IMPRIMÉ EN FRANCE PAR BRODARD ET TAUPIN
Usine de La Flèche (Sarthe).
LIBRAIRIE GÉNÉRALE FRANÇAISE - 6, rue Pierre-Sarrazin - 75006 Paris.

ISBN : 2 - 253 - 00285 - 2   ✦ 30/0097/3